UM ENCONTRO DE SOMBRAS

OBRAS DA AUTORA PUBLICADAS PELA GALERA RECORD:

Série Vilões
Vilão
Vingança
ExtraOrdinários

Série Os Tons de Magia
Um tom mais escuro de magia
Um encontro de sombras
Uma conjuração de luz

Série Os Fios do Poder
Os frágeis fios do poder

Série A Guardiã de Histórias
A guardiã de histórias
A guardiã dos vazios

Série A Cidade dos Fantasmas
A cidade dos fantasmas
Túnel de ossos
Ponte das almas

A vida invisível de Addie LaRue
Vampiros nunca envelhecem (com outros autores)
Mansão Gallant

V.E. SCHWAB

UM ENCONTRO DE SOMBRAS

Tradução de
Ana Carolina Delmas

1ª edição

— Galera —
RIO DE JANEIRO
2024

CIP-BRASIL. CATALOGAÇÃO NA PUBLICAÇÃO
SINDICATO NACIONAL DOS EDITORES DE LIVROS, RJ

S425e   Schwab, V. E., 1987-
        Um encontro de sombras / V. E. Schwab ; tradução Ana Carolina Delmas. - 1. ed. - Rio de Janeiro : Galera Record, 2024.
               (Os tons de magia ; 2)

        Tradução de: A gathering of shadows
        Sequência de: Um tom mais escuro de magia
        Continua com: Uma conjuração de luz
        ISBN 978-65-5981-367-4

        1. Ficção americana. I. Delmas, Ana Carolina. II. Título. III. Série.

                        CDD: 813
23-86088   CDU: 82-3(73)

Meri Gleice Rodrigues de Souza - Bibliotecária - CRB-7/6439

Título original:
A Gathering of Shadows

Copyright © Victoria Schwab, 2016
Publicado mediante acordo com a autora, representada por BAROR INTERNATIONAL, INC., Armonk, New York, U.S.A.

Texto revisado segundo o Acordo Ortográfico da Língua Portuguesa de 1990.

Todos os direitos reservados. Proibida a reprodução, no todo ou em parte, através de quaisquer meios. Os direitos morais da autora foram assegurados.

Editoração eletrônica: Abreu's System

Direitos exclusivos de publicação em língua portuguesa somente para o Brasil adquiridos pela
EDITORA GALERA RECORD LTDA.
Rua Argentina, 120 – Rio de Janeiro, RJ – 20921-380 – Tel.: (21) 2585-2000, que se reserva a propriedade literária desta tradução.

Impresso no Brasil

ISBN 978-65-5981-367-4

Seja um leitor preferencial Record.
Cadastre-se no site www.record.com.br e receba informações sobre nossos lançamentos e nossas promoções.

Atendimento e venda direta ao leitor:
sac@record.com.br

Para aqueles que abrem seus caminhos lutando.

A magia e o mago devem ter equilíbrio entre si.
A magia é o caos. O mago deve ser calmo.
Uma personalidade fraturada é um receptáculo frágil
para o poder,
derramando-o sem foco ou razão por cada rachadura.

— TIEREN SERENSE,
Sumo sacerdote do Santuário de Londres

UM

LADRA AO MAR

UM

LADRA
AO MAR

I

Mar Arnesiano

Delilah Bard tinha um dom para encontrar problemas.

Ela sempre achou que era melhor do que deixar que os problemas *a* encontrassem, mas estar flutuando no oceano em um esquife sem remos, sem avistar terra firme e sem recursos a não ser pelas cordas atando seus pulsos, quase a estava fazendo mudar de ideia.

O céu noturno não tinha luar, e o mar e o céu espelhavam a mesma escuridão estrelada por todos os lados; apenas o ondular da água sob o barco balançando demarcava a diferença entre o que havia em cima e o que estava embaixo. Aquele reflexo infinito normalmente fazia com que Lila se sentisse empoleirada no centro do universo.

Hoje à noite, à deriva, aquilo lhe dava vontade de gritar.

Em vez disso, ela apertou os olhos para enxergar as luzinhas ao longe; somente a tonalidade vermelha distinguia as lanternas do navio do restante das estrelas. Ela observou o navio — o seu navio — mover-se devagar, mas decididamente para longe.

O pânico subiu rastejando por sua garganta, mas ela se manteve firme.

Eu sou Delilah Bard, pensou, conforme as cordas cortavam sua pele. *Sou uma ladra, uma pirata e uma viajante. Pisei em três mundos diferentes e sobrevivi. Derramei sangue da realeza e tive a magia em mi-*

nhas mãos. Um navio cheio de homens não pode fazer o que eu posso. Não preciso de nenhum de vocês.

Eu sou única, caramba.

Sentindo-se devidamente poderosa, recostou-se no barco e contemplou a imensa noite à frente.

Poderia ser pior, pensou, segundos antes de sentir a água gelada lambendo suas botas, olhar para baixo e ver que havia um buraco no barco. Não era assim tão grande, mas o tamanho não era de se menosprezar; um buraco pequeno poderia afundar uma embarcação com a mesma eficácia e talvez até mais rápido.

Lila resmungou e baixou os olhos para a grossa corda amarrada com força em volta de suas mãos, duplamente grata pelos desgraçados terem deixado suas pernas livres, mesmo que ela estivesse presa naquele *vestido* abominável. Uma geringonça verde e imbecil de saia rodada com tule demais e uma cintura tão apertada que ela mal conseguia respirar. *Por que em nome de Deus* as mulheres precisam *fazer* isso com elas mesmas?

A água subiu mais um centímetro no esquife, e Lila se forçou a focar na situação. Ela respirou o pouco de ar que sua roupa permitia e fez um inventário de seu escasso — e cada vez mais encharcado — estoque: um único barril de cerveja (um presente de despedida); três facas (todas escondidas); meia dúzia de sinalizadores (legados dos homens que a deixaram à deriva); o já mencionado vestido (que queimasse no inferno) e os conteúdos da saia e dos bolsos dele (necessários, se ela quisesse triunfar).

Lila pegou um dos sinalizadores — um dispositivo como fogos de artifício que, quando golpeado contra qualquer superfície, produzia um raio de luz colorida. Não uma explosão, mas um feixe constante, forte o suficiente para cortar a escuridão como uma faca. Cada sinalizador deveria durar quinze minutos, e cada cor tinha seu próprio código em alto-mar: amarelo para um navio afundando, verde para uma doença a bordo, branco para um problema desconhecido e vermelho para piratas.

Lila tinha um de cada tipo, e seus dedos dançaram sobre suas extremidades enquanto ela considerava as opções. Ela olhou para a água que subia e parou no sinalizador amarelo, pegando-o com as mãos e batendo-o na lateral do pequeno barco.

A luz explodiu, súbita e ofuscante. Dividiu o mundo em dois, o violento branco-dourado do sinalizador e o denso escuro vazio ao redor. Lila passou meio minuto xingando e piscando para se livrar das lágrimas provocadas pela luminosidade enquanto elevava o sinalizador para longe do rosto. E então começou a contar. Quando seus olhos estavam finalmente se acostumando, o sinalizador falhou, piscou e apagou. Ela examinou o horizonte à procura de um navio, mas nada viu, e a água no barco continuou a lenta, porém firme, ascensão até a panturrilha de sua bota. Ela pegou um segundo sinalizador — branco para problemas — e bateu na madeira, protegendo os olhos. Contou os minutos conforme passavam, verificando a noite além do barco, procurando sinais de vida.

— Vamos lá — sussurrou. — Vamos lá, vamos lá, vamos lá... — As palavras se perderam no silvo do sinalizador enquanto esse se apagava, deixando-a novamente na escuridão.

Lila rangeu os dentes.

A julgar pelo nível de água em seu pequeno barco, tinha apenas uns quinze minutos — o tempo de um sinalizador — antes de realmente correr o risco de afundar.

Então algo serpenteou ao longo do esquife de madeira. Algo com dentes.

Se existe um Deus, pensou, *um corpo celestial, um poder divino ou alguém acima — ou abaixo — que possa querer me ver viver outro dia, por pena ou por diversão, agora seria uma boa hora de intervir.*

E, assim, puxou o sinalizador vermelho — aquele para piratas — e o golpeou, banhando a noite à sua volta em uma estranha luz carmesim. Isso a fez lembrar por um instante do rio Atol, lá em Londres. Não na *sua* Londres — se aquele lugar lúgubre algum dia fora dela — ou da aterrorizantemente pálida Londres responsável por Athos, Astrid e Holland, mas a Londres *dele*. A Londres de Kell.

Ele apareceu em sua visão como um sinalizador, o cabelo castanho avermelhado e o cenho constantemente franzido fazendo uma ruga entre os olhos: um azul, outro preto. *Antari*. Garoto mágico. Príncipe.

Lila olhou diretamente para a luz vermelha do sinalizador até tirar a imagem de sua cabeça. Ela tinha preocupações mais urgentes no momento. A água continuava subindo. O sinalizador estava apagando. Sombras resvalavam no barco.

Assim que a luz vermelha do sinalizador de piratas começou a falhar, ela viu.

Começou como um nada — um fiapo de névoa na superfície do mar —, mas logo a neblina se transformou no fantasma de um navio. O casco preto polido e as velas pretas reluzentes refletiam a noite por todos os lados, e as lanternas a bordo eram pequenas e incolores o suficiente para se passarem por estrelas. Somente quando se aproximou o bastante para que a luz vermelha e quase extinta do sinalizador dançasse pelas superfícies refletoras foi que o navio entrou em foco. E nesse momento já estava quase em cima dela.

Sob o brilho crepitante do sinalizador, Lila pôde distinguir o nome do navio, marcado com uma pintura cintilante ao longo do casco. *Is Ranes Gast.*

Copper Thief.

Os olhos de Lila se arregalaram de perplexidade e alívio. Ela abriu um sorriso pequeno, secreto, e então enterrou a expressão sob algo mais apropriado — uma expressão em algum lugar entre a gratidão e a súplica, com um traço de esperança cautelosa.

O sinalizador oscilou e apagou, mas o navio estava ao seu lado agora, perto o suficiente para que ela visse os rostos dos homens inclinados sobre a amurada.

— *Tosa!* — gritou ela em arnesiano, colocando-se de pé com cuidado para não balançar o pequeno barco condenado.

Socorro. A vulnerabilidade nunca tinha sido algo natural para Lila, mas ela fez o possível para representá-la enquanto os homens a olhavam, amontoados ali diante de seu pequeno barco inundado, com os pulsos atados e o vestido verde encharcado. Ela se sentiu ridícula.

— *Kers la?* — perguntou um deles, mais para os outros do que para ela. *O que é isso?*

— Um presente? — falou outro.

— Vocês vão ter que dividir — resmungou um terceiro.

Alguns dos outros homens disseram coisas menos agradáveis, e Lila se retesou, grata por seus sotaques estarem muito abafados pelo barulho das ondas do mar para que ela entendesse todas as palavras, mesmo captando seu significado.

— O que você está fazendo aí embaixo? — perguntou um deles, sua pele tão escura que seus contornos se confundiam com a noite.

Seu arnesiano ainda estava longe de ser ótimo, mas quatro meses no mar, cercada por pessoas que não falavam inglês, certamente o haviam melhorado.

— *Sensan* — respondeu Lila, *afundando*, o que mereceu uma risada da tripulação. Eles, contudo, pareciam não ter pressa em tirá-la dali. Lila ergueu as mãos para que pudessem ver a corda. — Uma ajuda seria útil — disse lentamente, as palavras ensaiadas.

— Estou vendo — disse o homem.

— Quem joga fora uma coisinha bonitinha dessas? — interrompeu outro.

— Talvez ela esteja muito usada.

— Nah.

— Ei, garota! Você está inteirinha?

— Melhor deixar a gente ver!

— Que gritaria é essa? — ressoou uma voz, e, um instante depois, um homem extremamente magro, com olhos fundos e cabelos pretos puxados para trás apareceu na lateral do navio. Os outros se afastaram em deferência quando ele pegou a amurada de madeira e olhou para Lila. Seus olhos a percorreram por inteiro, o vestido, a corda, o barril, o barco.

O capitão, apostou ela.

— Você parece estar em apuros — disse ele. Não levantou a voz, mas ela ainda assim chegou até Lila; o sotaque arnesiano acentuado, porém claro.

— Que perspicaz — respondeu Lila antes que pudesse se conter. A insolência era um risco, mas não importava onde ela estivesse, se havia uma coisa que sabia era como ler um alvo. Como era de se esperar, o homem magro sorriu. — Meu navio foi roubado — continuou ela. — E o novo não vai durar muito, e, como você pode ver...

Ele a interrompeu.

— Não seria mais fácil conversar se a senhorita subisse aqui?

Lila concordou com uma pontada de alívio. Ela estava começando a temer que eles navegassem para longe e a deixassem para se afogar. O que, a julgar pelos tons lascivos da tripulação e olhares ainda mais libidinosos, poderia realmente ser a melhor opção. Ali embaixo, porém, ela nada tinha, e lá em cima havia uma chance.

Uma corda foi jogada pela lateral; o nó caiu na água ascendente, perto dos seus pés. Ela segurou e usou-a para guiar o barco para perto da lateral do navio, onde havia sido baixada uma escada; antes que pudesse se levantar, no entanto, dois homens desceram e pularam no barco ao lado dela, fazendo com que ele afundasse *consideravelmente* mais rápido. Nenhum dos dois parecia incomodado. Um deles se ocupou em levantar o barril de cerveja e o outro, para grande consternação de Lila, começou a *carregá-la*. Atirou-a sobre o ombro, e foi preciso cada miligrama do seu autocontrole — que nunca tinha sido abundante — para ela não enterrar uma faca nas costas dele, especialmente quando as mãos dele começaram a subir pela saia.

Lila cravou as unhas nas palmas das próprias mãos e, no momento em que o homem finalmente a colocou no convés do navio ao lado do barril à espera para ser aberto ("Ela é mais pesada do que parece", murmurou ele, "e menos macia do que deveria..."), marcara oito pequenas meias-luas em sua pele.

— Filho da mãe — rosnou Lila em inglês, baixinho. Ele deu uma piscadela e murmurou algo sobre ela ser macia onde importava, e Lila jurou matá-lo. Lentamente.

Então ela se endireitou e viu-se parada diante de um círculo de marinheiros.

Não, não marinheiros, claro.

Piratas.

Encardidos, manchados pelo mar e descorados pelo sol, suas peles escurecidas e suas roupas desbotadas, cada um com uma faca tatuada na garganta. A marca dos piratas do *Copper Thief*. Ela contou sete ao seu redor, cinco trabalhando nos equipamentos e nas velas, e presumiu que devia haver outra meia dúzia sob o convés. Dezoito. Arredondando para vinte.

O homem magro rompeu o círculo e deu um passo à frente.

— *Solase* — disse ele, abrindo os braços. — O que meus homens têm em ousadia lhes falta em boas maneiras. — Ele levou as mãos aos ombros do vestido verde. Havia sangue sob as unhas. — Você está tremendo.

— Eu tive uma noite difícil — respondeu Lila, torcendo, enquanto examinava o violento grupo, para que não estivesse prestes a piorar.

O homem magro sorriu, sua boca surpreendentemente cheia de dentes.

— *Anesh* — falou ele —, mas agora você está em boas mãos.

Lila conhecia o suficiente sobre a tripulação do *Copper Thief* para saber que era mentira, mas fingiu ignorância.

— De quem seriam essas mãos? — perguntou ela quando a figura esquelética pegou seus dedos e pressionou os lábios rachados nos nós deles, ignorando a corda ainda atada firmemente nos pulsos dela.

— Baliz Kasnov — disse ele. — Ilustre capitão do *Copper Thief*.

Perfeito. Kasnov era uma lenda no mar Arnesiano. Sua tripulação era pequena, porém ágil, e tinha uma propensão a embarcar navios e cortar gargantas nas horas mais escuras da madrugada, fugindo com a carga e deixando os mortos para trás para apodrecer. Ele podia parecer desnutrido, mas era um suposto glutão por tesouros, especialmente o tipo consumível, e Lila sabia que o *Copper Thief* estava navegando para a costa setentrional de uma cidade chamada Sol, na esperança de emboscar os donos de um navio particularmente grande transportando bebidas finas.

— Baliz Kasnov — disse ela, pronunciando o nome como se nunca o tivesse ouvido.

— E a senhorita é? — pressionou ele.

— Delilah Bard — respondeu ela. — Ex-tripulante do *Peixe Dourado*.

— Ex? — instigou Kasnov conforme seus homens, obviamente impacientes pelo fato de ela ainda estar vestida, começavam a bater no barril. — Bem, senhorita Bard — disse ele, unindo seu braço ao dela com um ar conspiratório. — Por que você não me conta como foi parar naquele pequeno barco? O mar não é lugar para uma linda jovem como você.

— *Vaskens* — falou ela, *piratas,* como se não soubesse que a palavra se aplicava à sua presente companhia. — Eles roubaram meu navio. Foi um presente do meu pai, de casamento. Nosso destino era navegar em direção a Faro, e partimos duas noites atrás, mas eles vieram do nada, invadiram o *Peixe Dourado...* — Ela havia praticado o discurso; não apenas as palavras, como também as pausas.

— Eles... Eles mataram meu marido. Meu capitão. A maior parte da minha tripulação. — Nesse momento Lila abandonou o idioma arnesiano e voltou para o seu. — Aconteceu tão rápido... — Ela se interrompeu, como se o deslize tivesse sido acidental.

Mas a atenção do capitão foi fisgada, como um peixe no anzol.

— De onde você é?

— Londres — disse Lila, deixando o sotaque aparecer. Um burburinho percorreu o grupo. Ela continuou, com a intenção de terminar sua história. — O *Peixe* era pequeno — contou —, mas precioso. Carregado com um mês de suprimentos. Comida, bebida... dinheiro. Como eu disse, era um presente. E agora se foi.

Mas não se fora realmente, ainda não. Ela olhou para trás por sobre a amurada. O navio era um borrão de luz no horizonte distante. Havia interrompido sua retirada e parecia estar esperando. Os piratas seguiram o olhar de Lila com olhos vorazes.

— Quantos homens? — perguntou Kasnov.

— O suficiente — respondeu ela. — Sete? Oito?

Os piratas sorriram avidamente, e Lila sabia o que estavam pensando. Eles tinham mais que o dobro desse contingente e um navio que se camuflava como uma sombra no escuro. Se pudessem pegar a recompensa flutuante... Ela pôde sentir os olhos fundos de Baliz Kasnov examinando-a. Lila olhou para ele e se perguntou se ele poderia fazer qualquer magia. A maioria dos navios era protegida por um punhado de feitiços — coisas para tornar suas vidas mais seguras e mais práticas —, mas ela se surpreendera ao descobrir que a maioria dos homens que conheceu no mar tinha pouca inclinação para as artes elementais. Alucard dissera que a proficiência mágica era uma destreza valiosa, e que a verdadeira habilidade normalmente rendia um emprego lucrativo em terra. Os magos no mar quase sempre se concentravam nos elementos de relevância — água e vento —, mas poucas mãos conseguiam virar a maré, e, no fim, a maioria ainda preferia o bom e velho aço. O que Lila certamente podia apreciar, tendo no momento várias peças escondidas em sua pessoa.

— Por que pouparam você? — perguntou Kasnov.

— Pouparam? — desafiou Lila.

O capitão lambeu os lábios. Ele já havia decidido o que fazer a respeito do navio, ela sabia; agora estava decidindo o que fazer com ela. Os tripulantes do *Copper Thief* não tinham reputação de serem misericordiosos.

— Baliz... — disse um dos piratas, um homem com a pele mais escura do que o restante. Ele apertou o ombro do capitão e sussurrou em seu ouvido. Lila só conseguiu distinguir algumas das palavras murmuradas. *Londrinos. Ricos.* E *resgate*.

Um sorriso lento se abriu nos lábios do capitão.

— *Anesh* — falou ele, com um aceno de cabeça. E então, para toda a tripulação reunida: — Levantar velas! Curso sul por oeste! Temos um peixe dourado para pegar.

Os homens retumbaram sua aprovação.

— Minha senhora — disse Kasnov, conduzindo Lila em direção aos degraus. — Você teve uma noite difícil. Deixe-me lhe mostrar meus aposentos, onde certamente ficará mais confortável.

Atrás dela, Lila ouviu os sons do barril sendo aberto e da cerveja sendo servida, sorrindo enquanto o capitão a conduzia por sob o convés.

Kasnov não demorou a sair, graças a Deus.

Ele a depositou em seus aposentos, a corda ainda nos pulsos, e desapareceu novamente, trancando a porta atrás dele. Para seu alívio, ela só tinha visto três homens sob o convés. Isso significava quinze a bordo do *Copper Thief*.

Lila se encarapitou na borda da cama do capitão e contou até dez, vinte e trinta, enquanto os degraus rangiam acima e o navio se inclinava em direção à sua própria embarcação em fuga. Eles nem sequer se preocuparam em revistá-la à procura de armas, o que Lila achou um pouco presunçoso, conforme tirava uma lâmina da bota e, com um único gesto praticado, girava o cabo e cortava as cordas. Elas caíram no chão e Lila esfregou os pulsos, cantarolando para si mesma. Uma canção de marinheiros sobre o Sarows, um fantasma que dizem assombrar navios rebeldes à noite

Como se sabe quando o Sarows está chegando?
(Está chegando está chegando está chegando a bordo?)

Lila puxou o tecido da cintura do vestido com as mãos e o rompeu; a saia rasgou, revelando as calças pretas justas — com coldres que seguravam uma faca acima de cada joelho até se enfiarem nas botas. Ela pegou a lâmina e deslizou-a em direção ao espartilho nas costas, cortando as fitas para que pudesse respirar.

Quando o vento para de soprar, mas ainda canta em seus ouvidos,
(Em seus ouvidos em sua cabeça em seu sangue em seus ossos.)

Ela jogou a saia verde na cama e cortou-a da bainha até a cintura esfarrapada. Escondidos entre os tules havia meia dúzia de paus finos que passavam por barbatanas e sinalizadores, mas não eram nem um nem outro. Ela deslizou a lâmina de volta na bota e libertou as estacas.

Quando a corrente para, mas o navio continua à deriva,
(Flutua à deriva flutua para longe, sozinho.)

Lá em cima, Lila ouviu um baque, como peso morto. E então outro e mais outro, conforme a cerveja fazia efeito. Ela pegou um pedaço de pano preto, esfregou carvão em um dos lados e o amarrou sobre o nariz e a boca.

Quando a lua e as estrelas se escondem da escuridão,
(Porque a escuridão não é nada vazia, não.)
(Porque a escuridão não é nada vazia.)

A última coisa que Lila tirou de dentro das dobras da saia verde foi sua máscara. Uma peça de couro preto, simples a não ser pelos chifres que se curvavam com uma graça estranha e ameaçadora sobre a testa. Lila colocou a máscara sobre o nariz e amarrou-a no lugar.

Como se sabe quando o Sarows está chegando?
(Está chegando está chegando está chegando a bordo?)

Um espelho, já desgastado pelo tempo, estava encostado no canto da cabine do capitão, e ela viu seu reflexo enquanto ouvia passos na escada.

Por que não se vê e não vê e não o verá chegando,
(Não o verá chegando jamais.)

Lila sorriu por trás da máscara. E então se virou e pressionou as costas contra a parede. Golpeou as pequenas estacas contra a madeira, da mesma forma como fizera com os sinalizadores, mas, diferentemente deles, nenhuma luz se derramou, apenas verteram nuvens de fumaça pálida.

Um instante depois, a porta dos aposentos do capitão se abriu, mas os piratas chegaram tarde demais. Ela jogou as estacas de fumaça no cômodo e ouviu passos virarem tropeços, e os homens tossirem antes de a fumaça drogada os derrubar.

Dois a menos, pensou Lila, pisando em seus corpos.

Faltam só treze.

II

Ninguém conduzia o navio.

Ele havia se inclinado nas ondas e agora quebrava contra elas, recebendo golpes pelo lado em vez de pela frente, de modo que a coisa toda balançava de forma desagradável sob os pés de Lila.

Ela chegou a meio caminho da escada antes de o primeiro pirata cruzar seu caminho. Ele era enorme, mas seus passos desaceleraram e ficaram desajeitados por causa da droga dissolvida na cerveja. Lila se desvencilhou e acertou-o no esterno com a bota, fazendo-o bater na parede com força suficiente para quebrar alguns ossos. Ele gemeu e deslizou para as tábuas de madeira, metade de um xingamento nos lábios antes de a ponta da bota de Lila encontrar sua mandíbula. A cabeça girou para os lados, depois se inclinou sobre o peito.

Doze.

Passos ecoaram lá em cima. Ela acendeu outra estaca e jogou-a nos degraus quando mais três homens apareceram sob o convés. O primeiro viu a fumaça e tentou retroceder, mas o impulso do segundo e terceiro barrou sua retirada, e logo os três estavam tossindo, ofegando e caindo pela escada de madeira.

Nove.

Lila cutucou o mais próximo com a ponta da bota, passou por cima dele e então subiu os degraus. Ela parou na beirada do convés, escondida na sombra da escada, e procurou sinais de vida. Quando não viu nenhum, afastou o pano sujo de carvão da boca, respirando fundo o ar gélido de inverno antes de sair para a noite. Os corpos estavam espalhados pelo convés. Contou-os enquanto caminhava, diminuindo cada um da quantidade de piratas a bordo.

Oito.

Sete.

Seis.

Cinco.

Quatro.

Três.

Dois.

Lila parou, olhando para os homens. Então, por cima da amurada, algo se moveu. Ela tirou uma das facas da bainha na coxa — uma de suas favoritas, uma lâmina grossa com um cabo modelado em forma de soco-inglês — e caminhou em direção à forma vacilante, cantarolando enquanto andava.

Como se sabe quando o Sarows está chegando?

(Está chegando está chegando está chegando a bordo?)

O homem estava rastejando pelo chão do convés, o rosto inchado por causa da cerveja drogada. Em um primeiro momento, Lila não o reconheceu. Então ele olhou para cima e ela percebeu que era o homem que a carregara a bordo. Aquele com as mãos bobas. Aquele que tinha falado sobre encontrar seus lugares macios.

— Vadia estúpida — murmurou ele em arnesiano.

Era quase difícil compreendê-lo através da respiração ofegante. A droga não era letal, pelo menos não em doses baixas (ela não tinha exatamente economizado na quantidade inserida no barril), mas fazia inchar as veias e as vias aéreas, privando o corpo de oxigênio até a vítima desmaiar.

Olhando para o pirata agora, com o rosto inchado, os lábios roxos e exalando o ar de forma entrecortada, ela supôs que talvez tivesse sido muito generosa demais com a quantidade. O homem estava tentando — sem sucesso — se levantar. Lila se abaixou, enredou os dedos da mão livre na gola da camisa dele e o ajudou a se pôr de pé.

— Do que você me chamou? — perguntou ela.

— Eu disse — ofegou ele — vadia... estúpida. Você vai pagar... por isso. Eu vou...

Ele nunca terminou. Lila deu-lhe um forte empurrão e ele tombou sobre a amurada, caindo direto no mar.

— Mostre algum respeito pelo Sarows — murmurou ela, observando-o flutuar por um instante e depois desaparecer sob a superfície da maré.

Um.

Lila ouviu as tábuas gemerem atrás dela e conseguiu pegar a faca um segundo antes de a corda ser enrolada em volta de sua garganta. Fibras grossas arranharam seu pescoço antes de ela cortá-las, e se libertar. Quando o fez, cambaleou para a frente e girou para encontrar o capitão do *Copper Thief*, seus olhos astutos, seus passos resolutos.

Baliz Kasnov não tinha compartilhado a cerveja com sua tripulação.

Ele jogou os pedaços de corda para o lado, e Lila apertou a faca ao se preparar para a luta, mas o capitão não sacou nenhuma arma. Em vez disso, estendeu as mãos à frente, as palmas voltadas para cima.

Lila inclinou a cabeça, os chifres da máscara apontando para ele.

— Você está se rendendo? — perguntou ela.

Os olhos escuros do capitão cintilaram, e sua boca se contraiu. À luz da lanterna, a tatuagem de faca em sua garganta parecia reluzir.

— Ninguém rouba o *Copper Thief* — declarou ele.

Seus lábios se moveram e seus dedos se contraíram quando as chamas saltitaram sobre eles. Lila olhou para baixo, viu a marca destruída aos seus pés e soube o que ele estava prestes a fazer. A maioria dos navios era protegida contra o fogo, mas ele havia quebrado o feitiço. Ele pulou para a vela mais próxima, Lila girou a lâmina em sua mão, e então a arremessou. O equilíbrio da faca era precário por causa do punho pesado, e ela o atingiu no pescoço em vez de na cabeça. Ele caiu para a frente, as mãos projetadas para aparar a queda, o fogo conjurado encontrando um rolo de corda em vez das velas.

O fogo se manteve, mas o próprio corpo de Kasnov abafou a maior parte quando o pirata caiu. O sangue que escorria do pescoço o extinguiu ainda mais. Apenas pequenas chamas persistiram, mastigando seu caminho cordas acima. Lila estendeu a mão para o fogo; quando fechou os dedos em punho, as chamas morreram.

Ela sorriu e recuperou sua faca favorita do pescoço do capitão morto, limpando o sangue da lâmina nas roupas dele. Estava embainhando-a novamente quando ouviu um assobio; olhou para cima e viu seu navio, o *Night Spire*, parando ao lado do *Copper Thief*.

Os homens haviam se reunido ao longo da amurada, e ela cruzou a extensão do *Thief* para cumprimentá-los, empurrando a máscara para o alto da testa. A maioria dos homens estava de cenho franzido, mas no centro havia uma figura alta, portando uma faixa preta e um sorriso divertido, os cabelos castanhos avermelhados puxados para trás e uma safira na testa. Alucard Emery. O capitão dela.

— *Mas aven* — resmungou o primeiro imediato, Stross, incrédulo.

— Não é possível, caramba — disse o cozinheiro, Olo, examinando os corpos espalhados pelo convés.

Tanto Vasry Formoso quanto Tavestronask (que atendia simplesmente por Tav) aplaudiram, Kobis observou com os braços cruzados, e Lenos permaneceu boquiaberto como um peixe.

Lila ficou satisfeita com a mistura de perplexidade e aprovação conforme ia até a amurada e abria os braços.

— Capitão — falou ela alegremente. — Parece que tenho um navio para você.

Alucard sorriu.

— É o que parece.

Uma prancha foi colocada entre as duas embarcações e Lila andou habilmente por ela, sem olhar nem uma vez para baixo. Ela pousou no convés do *Night Spire* e se virou para o jovem esguio com olheiras como se nunca dormisse.

— Pode pagar, Lenos.

Ele franziu a testa.

— Capitão — implorou ele, com uma risada nervosa.

Alucard deu de ombros.

— Vocês fizeram a aposta — disse ele. — Você e Stross — acrescentou, acenando com a cabeça para o seu primeiro imediato, um homem bruto de barba. — Ideia e dinheiro de vocês.

E eles apostaram, sim. Claro, Lila se vangloriara de que conseguiria roubar o *Copper Thief* sozinha, mas foram eles que decidiram apostar que ela não conseguiria. Levara quase um mês para comprar uma quantidade suficiente de droga para as estacas e a cerveja, um pouco cada vez que o navio atracava. Valera a pena.

— Mas foi um truque! — retrucou Lenos.

— Idiotas — falou Olo, com a voz grave e trovejante.

— Ela claramente planejou isso — resmungou Stross.

— É — disse Lenos. — Como é que a gente ia saber que ela estava *planejando* tudo?

— Deveriam saber que é melhor não apostar com Bard, para começo de conversa. — Alucard encontrou o olhar dela e deu uma piscadela. — Regras são regras, e a menos que vocês queiram ficar com os corpos naquele navio quando terminarmos, sugiro que paguem à minha ladra o que lhe é devido.

Stross puxou a carteira do bolso.

— Como você fez isso? — exigiu ele, empurrando a carteira nas mãos dela.

— Não importa — retrucou Lila, pegando o dinheiro. — O que importa é que fiz.

Lenos já ia abdicar da própria carteira, quando Lila balançou a cabeça.

— Não foi isso que eu apostei, e você sabe disso.

Lenos começou a se encolher ainda mais do que o normal, enquanto soltava a lâmina do antebraço.

— Você já não tem facas demais? — resmungou, os lábios projetados para a frente em um beicinho.

O sorriso de Lila se alargou.

— Facas nunca são demais — afirmou ela, fechando os dedos ao redor da lâmina. *Além disso*, ela pensou, *esta é especial*. Ela vinha cobiçando a arma desde que vira Lenos usá-la pela primeira vez, em Korma.

— Vou ganhá-la de volta de você — resmungou ele.

Lila deu um tapinha em seu ombro.

— Você pode tentar.

— *Anesh!* — ressoou Alucard, batendo com a mão na prancha. — Chega de ficar sem fazer nada, Spires, temos um navio para saquear. Peguem tudo. Quero que aqueles desgraçados acordem sem nada nas mãos, a não ser os próprios paus.

Os homens aplaudiram, e Lila riu sem querer.

Ela nunca conhecera um homem que amasse seu trabalho mais do que Alucard Emery. Ele o saboreava da mesma forma que as crianças se deleitam com um jogo, do mesmo modo que homens e mulheres se deliciam em atuar, jogando-se em suas peças com alegria e abandono. Havia uma medida de teatralidade em tudo o que Alucard fazia. Ela se perguntou quantos outros papéis ele poderia interpretar. Perguntava-se qual, se é que havia algum, *não* era um personagem, mas o ator.

Os olhos dele encontraram os dela na escuridão. Eram uma tempestade de azul e cinza, às vezes brilhante e outras, quase incolor. Ele inclinou a cabeça na direção de seus aposentos sem dizer uma palavra, e ela o seguiu.

A cabine de Alucard tinha o cheiro de sempre, de vinho de verão, lençóis limpos e brasas se extinguindo. Ele gostava de coisas boas, isso era óbvio, mas, ao contrário de colecionadores ou ostentadores, que colocam seus ornamentos em exibição apenas para serem vistos e invejados, todos os luxos de Alucard pareciam absolutamente bem-aproveitados.

— Então, Bard — indagou ele, passando para o inglês assim que eles se viram sozinhos. — Vai me dizer como conseguiu?

— Que graça teria isso? — desafiou ela, afundando em uma das duas cadeiras de espaldar alto diante da lareira, onde ardia um fogo pálido, como sempre, e dois copos de aperitivo estavam apoiados na mesa, esperando para receber seu conteúdo. — Os mistérios são sempre mais emocionantes do que a realidade.

Alucard andou até a mesa e pegou uma garrafa, enquanto sua gata branca, Esa, apareceu e se esfregou na bota de Lila.

— Você é feita de algo *além* de mistérios?

— Houve apostas? — perguntou ela, ignorando tanto ele quanto a gata.

— É claro — respondeu ele, tirando a rolha da garrafa. — Todo tipo de pequenas apostas. Se você se afogaria, se o *Thief* iria mesmo apanhá-la, se encontraríamos os seus restos caso eles a apanhassem... — Ele derramou um líquido âmbar nos copos e ofereceu para Lila. Ela o aceitou e, enquanto o fazia, ele arrancou a máscara de chifres da cabeça dela, atirando-a sobre a mesa entre eles. — Foi uma performance impressionante — disse ele, afundando na própria cadeira. — Aqueles a bordo que não a temiam antes da noite de hoje certamente a temem agora.

Lila olhou para o copo da mesma forma como alguns olhavam fixamente para o fogo.

— Havia alguém a bordo que não me temia? — perguntou ela, maliciosamente.

— Alguns deles ainda a chamam de Sarows, sabia? — divagou ele. — Quando você não está por perto. Falam num sussurro, como se pensassem que você pode ouvir.

— Talvez eu possa. — Ela rolou o copo por entre os dedos.

Não houve nenhuma réplica inteligente. Ela olhou por cima do copo e viu Alucard observando-a, como ele sempre fazia, examinando seu rosto da mesma maneira que os laqrões vasculham bolsos, tentando encontrar alguma coisa.

— Bem — falou ele, finalmente, erguendo o copo —, ao que devemos brindar? Ao Sarows? A Baliz Kasnov e seus tolos de cobre? A capitães bonitos e navios elegantes?

Mas Lila sacudiu a cabeça.

— Não — disse ela, erguendo o copo com um sorriso astuto. — À melhor ladra.

Alucard riu, suavemente e sem emitir som.

— À melhor ladra — repetiu ele.

E então ele inclinou seu copo para o dela, e ambos beberam.

III

Quatro Meses Atrás
Londres Vermelha

Ir embora tinha sido fácil.

Não olhar para trás foi mais difícil.

Lila sentira Kell a observando enquanto se afastava, parando apenas quando ela estava fora de vista. Estava sozinha, de novo. *Livre*. Para ir a qualquer lugar. Ser quem quisesse. À medida que a luz diminuía, contudo, sua coragem começou a vacilar. A noite arrastou-se pela cidade e ela passou a se sentir menos como uma conquistadora e mais como uma garota sozinha em um mundo estranho sem entender a língua e com nada nos bolsos, exceto pelo presente de despedida de Kell (um conjunto de elementos), seu relógio de prata e o punhado de moedas que ela tinha afanado de um guarda do palácio antes de sair.

Ela já havia possuído menos, com certeza, mas também já tivera mais.

E sabia o suficiente para reconhecer que não iria longe, não sem um navio.

Abria e fechava o relógio de bolso com cliques, observando os contornos das embarcações ondulando no rio, o brilho vermelho do Atol mais demarcado na escuridão que se instaurava. Tinha olhos para um navio em particular; havia ficado observando, cobiçando, o dia todo. Era um navio esplêndido, seu casco e mastros esculpidos em madeira escura e decorados com prata, suas velas mudando do azul-marinho para o preto, de acordo com a luz. Um nome corria ao longo de seu casco — *Saren Noche* —, e mais tarde ela descobriria que significava *Night Spire*, ou "pináculo noturno". Por enquanto Lila só sabia que o queria. Mas ela não poderia simplesmente invadir um navio totalmente tripulado e reivindicá-lo como seu. Ela era boa. mas não tão boa. E havia o triste fato de que *tecnicamente* Lila nao sabia como navegar. Então ela encostou-se a um muro de pedra lisa, seu traje preto misturando-se às sombras, e observou, o balanço suave do barco e o barulho do Mercado Noturno mais acima da margem, induzindo-a a uma espécie de transe.

Um transe que se quebrou quando meia dúzia de homens irrompeu pelo convés do navio e desceu pela prancha com suas botas pesadas, moedas tilintando nos bolsos e gargalhadas estridentes. O navio estivera se preparando para o mar o dia inteiro, e os homens tinham um entusiasmo maníaco que só podia ser o de uma última noite em terra. Pareciam ávidos para desfrutá-la. Um deles começou uma canção e os demais acompanharam, levando a música com eles em direção às tavernas.

Lila fechou o relógio de bolso com força, afastou-se da parede e os seguiu.

Ela não tinha disfarce, só suas roupas, que eram de corte masculino, os cabelos escuros, que caíam nos olhos, e suas próprias feições, que exibiu de um jeito fechado. Baixando o tom de voz, esperava poder passar por um jovem esbelto. Máscaras podiam ser usadas em becos escuros e bailes de máscaras, mas não em tavernas. Não sem atrair mais atenção do que valia a pena.

Os homens à frente desapareceram dentro de um estabelecimento. O lugar não tinha um nome que deixasse óbvio do que se tratava, mas a placa acima da porta era feita de metal, um cobre cintilante que girava e ondulava ao redor de uma bússola de prata. Lila arrumou o casaco, levantou o colarinho e entrou.

O cheiro a atingiu em cheio.

Não podre ou mofado, como as tavernas do cais que ela conhecera, ou o cheiro perfumado, como o palácio real vermelho, mas cálido, simples e acolhedor, o aroma de guisado fresco misturando-se com os filetes de fumo de cachimbo e o sal distante do mar.

Chamas crepitavam em lareiras nos cantos, e o bar não ficava ao longo de uma parede, mas no centro do ambiente, um círculo de metal que imitava a bússola da porta. Era uma peça de artesanato incrível, uma única peça de prata, os raios apontando para as quatro lareiras.

Era uma taverna de marinheiros diferente de qualquer outra que ela já tinha visto, com quase nenhuma mancha de sangue nos assoalhos ou brigas que ameaçavam terminar na rua. A Barren Tide, na Londres de Lila — não, não a dela, não mais —, tinha servido a uma multidão muito mais rude, mas aqui metade dos homens usava as cores reais, claramente a serviço da coroa. O resto era uma grande mistura, mas nenhum tinha a aparência abatida e os olhos famintos do desespero. Muitos — como os homens que ela havia seguido — estavam bronzeados e tinham a pele curtida, mas mesmo suas botas pareciam polidas, e suas armas, bem-embainhadas.

Lila deixou o cabelo cair na frente do olho cego, adotou uma postura arrogante, mas reservada, e caminhou até o balcão.

— *Avan* — disse o barman, um homem magro com olhos amigáveis. Uma lembrança a atingiu, de Barron, da Stone's Throw, com sua calidez sisuda e sua calma impassível, mas ela ergueu a guarda antes que o golpe pudesse atingi-la. Sentou-se em um banquinho e o barman fez-lhe uma pergunta, e mesmo que não entendesse as palavras, adivinhou o significado delas. Bateu com o indicador no copo quase vazio de uma bebida ao lado dela, e o homem se virou para buscar o pedido. Apareceu um instante depois com uma bela e espumante cerveja da cor da areia, e Lila tomou um longo e tranquilizante gole.

A um quarto de volta ao redor do balcão, um homem estava brincando distraidamente com suas moedas, e levou um instante para Lila perceber que ele não estava realmente tocando nelas. O metal circulava em torno dos dedos e sob as palmas das mãos dele, como por magia, e é claro que era isso mesmo. Outro homem, do outro lado, estalou os dedos e acendeu o cachimbo com a chama que pairava na ponta do próprio polegar. Os gestos não a assustaram, e ela se maravilhou com aquilo; apenas uma semana neste mundo e parecia mais natural para ela do que a Londres Cinza jamais fora.

Ela se virou em seu assento e localizou os homens do *Night Spire*, agora espalhados pelo salão. Dois conversando ao lado de uma lareira, um sendo atraído por uma mulher bem-dotada para a sombra mais próxima, três se preparando para jogar cartas com um casal de marinheiros trajando vermelho e dourado. Um dos homens do grupo de três atraiu a atenção de Lila, não porque ele fosse particularmente bonito — era, na verdade, muito feio, pelo que ela podia ver sob a mata de pelos em seu rosto —, mas porque estava trapaceando.

Pelo menos, ela *achava* que ele estivesse roubando. Não podia ter certeza, uma vez que o jogo parecia ter poucas regras. Ainda assim, ela tinha certeza de que o tinha visto guardar uma carta e apresentar outra. A mão dele era rápida, mas não tão rápida quanto os olhos dela. Lila sentiu o desafio comichando em seus nervos conforme o olhar dela passava dos dedos do homem para o banquinho baixo em que ele estava sentado, onde a bolsa dele descansava na madeira. A bolsa estava amarrada ao seu cinto por uma correia de couro e parecia pesada e cheia de moedas. A mão de Lila deslizou até o quadril, onde uma faca curta e afiada estava embainhada. Ela a tirou dali.

Imprudente, sussurrou uma voz em sua cabeça, e ela ficou bastante desconcertada ao perceber que a voz que uma vez soara como Barron agora soava como Kell. Ela a descartou, seu sangue fervilhando com o risco, mas parou bruscamente quando o homem se virou e olhou diretamente para ela — não, não para ela, para o barman logo atrás. Ele gesticulou para a mesa com o sinal universal de *traga mais bebidas*.

Lila terminou sua cerveja e deixou cair algumas moedas no balcão, observando enquanto o barman servia a rodada de bebidas em uma bandeja e um segundo homem aparecia para levar o pedido até a mesa.

Ela viu sua chance e se levantou.

O salão pareceu girar um pouco pelo efeito da cerveja, a bebida mais forte do que ela estava acostumada, mas rapidamente voltou ao normal. Ela seguiu o homem com a bandeja, seus olhos fixos na porta mais adiante mesmo quando sua bota pegou o calcanhar dele. O homem tropeçou e conseguiu manter o equilíbrio, mas não o da bandeja; bebidas e copos caíram para a frente sobre a mesa, varrendo metade das cartas para o chão em uma onda de cerveja derramada. O grupo irrompeu, xingando, gritando e se levantando, tentando salvar moedas e roupas, e quando o pesaroso criado se voltou para ver quem tropeçara nele, a bainha do casaco preto de Lila já desaparecia pela porta.

Lila perambulou pela rua, a bolsa roubada do jogador pendurada em uma das mãos. Para ser uma boa ladra não era preciso apenas ter dedos rápidos. Era preciso transformar situações em oportunidades. Ela levantou a bolsa, avaliando-a, e sorriu com o peso. Seu sangue cantou, triunfante.

E então, atrás dela, alguém gritou.

Ela se virou e deu de cara com o sujeito barbudo que acabara de roubar. Nem se deu ao trabalho de negar — não sabia o suficiente de arnesiano para tentar, e a bolsa ainda estava pendurada em seus dedos. Em vez disso, ela guardou o fruto do roubo e se preparou para uma briga. O homem tinha o dobro de seu tamanho em largura, era uns trinta centímetros mais alto, e entre um passo e outro uma lâmina curvada apareceu em suas mãos, uma versão em miniatura de uma foice. Ele disse algo para ela, um resmungo baixo de uma ordem. Talvez ele estivesse lhe dando a chance de deixar o prêmio roubado e ir embora sem se machucar. Mas ela duvidava que seu orgulho ferido fosse permitir isso, e, mesmo que permitisse, ela precisava do dinheiro o bastante para arriscar. As pessoas sobrevivem sendo cautelosas, mas progridem sendo ousadas.

— Achado não é roubado — disse ela, observando a surpresa iluminar os traços do homem. *Inferno.* Kell a advertira que o inglês tinha um propósito e um lugar neste mundo. Vivia entre integrantes da realeza, não entre piratas. Se ela quisesse ser bem-sucedida no mar, teria que dobrar a língua até aprender uma nova.

O homem barbudo resmungou algo, passando a mão pela curva de sua faca. Parecia muito, muito afiada.

Lila suspirou e sacou sua arma, uma lâmina denteada com um cabo em forma de soco-inglês. E então, depois de avaliar seu oponente mais uma vez, ela sacou uma segunda lâmina. A curta e afiada que usara para roubar a bolsa.

— Sabe — disse ela em inglês, já que não havia ninguém por perto para ouvir. — Você ainda pode se safar disso.

O homem barbudo cuspiu uma frase nela que terminou com *pilse*. Era uma das poucas palavras em arnesiano que Lila conhecia. E ela sabia que não era educada. Ainda estava se sentindo ofendida quando o homem atacou. Lila saltou para trás e atingiu a foice com ambas as lâminas, o som do metal no metal soando estridentemente pela rua. Mesmo com o barulho do mar e o ruído das tavernas, não ficariam sozinhos por muito tempo.

Ela empurrou a lâmina, lutando para recuperar o equilíbrio, e se afastou no mesmo instante que ele golpeou novamente, desta vez errando sua garganta por um fio de cabelo.

Lila se agachou, girou e se levantou, recebendo o último golpe da foice com sua faca principal, as armas deslizando até que a lâmina dele se aproximou do cabo da adaga. Ela girou a faca e a liberou, indo por cima da foice e batendo o soco-inglês do punho da faca na mandíbula do homem. Antes que ele pudesse se recuperar, ela atacou com a segunda lâmina e enterrou-a entre as costelas dele. O homem tossiu, o sangue manchando a barba, e investiu com o restante de suas forças para atacar Lila, mas ela forçou a arma da investida para cima, transpassando órgãos entre os ossos, até que finalmente a foice do homem caiu e seu corpo ficou inerte.

Por um instante, outra morte apareceu em sua mente, outro corpo em sua lâmina, um menino num castelo em um mundo gélido e branco. Não havia sido a sua primeira morte, mas fora a primeira a ficar gravada em sua mente. A primeira que doeu. A lembrança vacilou e morreu, e ela estava de volta ao cais, a culpa sangrando junto com a vida do homem. Acontecera tão rápido.

Ela se soltou e deixou que ele desabasse na rua, seus ouvidos ainda zumbindo pelo barulho do choque das lâminas e pela emoção da luta. Ela respirou fundo algumas vezes, depois se virou para correr e deu de cara com os outros cinco homens do navio.

Um burburinho percorreu a tripulação.

Armas foram sacadas.

Lila xingou baixinho, seus olhos se desviando por um instante para o palácio arqueado sobre o rio atrás deles, conforme um débil pensamento cintilava por sua mente — ela deveria ter ficado, *poderia* ter ficado, teria sido seguro —, mas Lila o afastou e segurou firme suas facas.

Ela era Delilah Bard, e iria viver ou morrer por seus próprios malditos...

Um punho se conectou com o estômago dela, interrompendo sua linha de raciocínio. Outro colidiu com sua mandíbula. Lila caiu bruscamente na rua, uma das facas deslizando da mão enquanto sua visão era espatifada por uma explosão de estrelas. Ela se esforçou para se erguer de cócoras, segurando a segunda lâmina, mas uma bota caiu firme em seu pulso. Outra encontrou suas costelas. Algo a acertou na lateral da cabeça e o mundo ficou fora de foco por vários segundos, voltando somente quando mãos fortes a arrastaram e a colocaram de pé. Uma espada veio repousar debaixo de seu queixo, e ela se preparou, mas seu mundo não terminou com uma mordida da lâmina.

Em vez disso, uma correia de couro, não muito diferente da que ela tinha cortado para liberar a bolsa, foi atada em seus pulsos e firmemente apertada, e ela foi forçada a descer as docas.

As vozes dos homens encheram sua cabeça como estática, uma palavra saltando para a frente e para trás mais do que as demais.

Casero. Ela não sabia o que significava.

Lila sentiu gosto de sangue, mas não soube dizer se vinha do nariz, da boca ou da garganta. O que não fazia a menor diferença, se estavam planejando despejar seu corpo no Atol (a menos que isso fosse um sacrilégio, o que fez Lila se perguntar o que as pessoas daqui faziam com seus mortos), mas depois de vários minutos de discussão acalorada, ela foi conduzida pela prancha para o navio que passara a tarde toda observando. Ouviu um baque surdo e olhou para trás para ver um homem colocar o cadáver barbudo na prancha. *Interessante*, pensou ela, sombriamente. *Os homens não o trouxeram a bordo.*

Durante todo o tempo, Lila segurou a língua, e seu silêncio só pareceu irritar a tripulação. Eles gritavam uns com os outros e com ela. Mais homens apareceram. Mais gritos de *casero*. Lila desejou ter tido mais do que alguns dias para estudar arnesiano. *Casero* significava julgamento? Morte? Assassinato?

E então um homem atravessou o convés, portando uma faixa preta e um chapéu elegante, uma espada reluzente e um sorriso perigoso. Os gritos cessaram, e Lila compreendeu.

Casero queria dizer *capitão*.

O capitão do *Night Spire* era impressionante. E impressionantemente jovem. Sua pele era bronzeada, mas não curtida; seu cabelo, de um castanho-escuro entremeado com fios acobreados, estava preso para trás com uma fivela elegante. Seus olhos, de um azul tão escuro que era quase preto, desviaram do corpo sobre a prancha para a multidão de homens reunidos, e para Lila. Uma safira cintilava em sua sobrancelha esquerda.

— *Kers la?* — perguntou ele.

Os cinco homens que tinham arrastado Lila a bordo começaram a tagarelar. Ela nem tentou entendê-los ou pescar palavras conforme eles a circundavam. Em vez disso, manteve os olhos fixos no capitão e, embora ele estivesse obviamente ouvindo as afirmações dos homens, manteve os olhos nela. Quando se acalmaram, o capitão começou a interrogá-la — ou, pelo menos, a divagar. Ele não parecia particularmente irritado, apenas descontente. Apertou a ponte do nariz e falou muito rápido, claramente alheio ao fato de ela não saber mais do que algumas poucas palavras em arnesiano. Lila esperou que ele percebesse, e eventualmente ele deve ter reconhecido o vazio em seu olhar pela falta de compreensão, porque se interrompeu.

— *Shast* — murmurou em voz baixa e depois recomeçou, lentamente, tentando várias outras línguas, cada uma mais gutural ou mais fluida do que o arnesiano, esperando captar a luz do entendimento em seus olhos, mas Lila só conseguia sacudir cabeça. Ela sabia algumas palavras de francês, mas isso provavelmente não iria ajudá-la neste mundo. Não *havia* França aqui. — *Anesh* — falou finalmente o capitão, uma palavra em arnesiano que, tanto quanto Lila podia dizer, era um som geral de assentimento. — *Ta...* — Ele apontou para ela. — *Vasar...* — Traçou uma linha na própria garganta. — *Mas...* — Apontou para si mesmo. — *Eran gast* — Com isso, ele apontou para o corpo do homem que ela tinha matado.

Gast. Ela já conhecia aquela palavra. *Ladrão.*

Ta vasar mas eran gast.

Você matou o meu melhor ladrão.

Lila sorriu sem querer, acrescentando as novas palavras ao seu parco arsenal.

— *Vasar es* — disse um dos homens, apontando para Lila. *Mate-a*. Ou talvez, *Mate-o*, uma vez que Lila tinha certeza de que ainda não tinham descoberto que era mulher. E não tinha intenção de contar para eles. Ela podia estar muito longe de casa, mas algumas coisas não mudam, e ela preferia ser homem, mesmo que fosse ser um homem morto. E a tripulação parecia estar mirando nesse fim, pois um murmúrio de aprovação perpassou o grupo, pontuado por *vasar*.

O capitão passou a mão nos cabelos, obviamente considerando a proposta. Ele arqueou uma sobrancelha para Lila como se dissesse: *Bem? O que você quer que eu faça?*

Lila teve uma ideia. Uma ideia muito estúpida. Mas uma ideia estúpida era melhor do que nenhuma, pelo menos em teoria. Então, ela arrastou as palavras até formá-las e as pronunciou com seu sorriso mais afiado.

— *Nas* — falou, lentamente. — *An to eran gast.*

Não. Eu sou seu melhor ladrão.

Ela sustentou o olhar do capitão ao dizer isso, o queixo empinado e presunçoso. Os demais resmungaram e rosnaram, mas eles não importavam para ela, não existiam. O mundo limitava-se a Lila e ao capitão do navio.

O sorriso dele foi quase imperceptível. O menor franzir de lábios.

Outros ficaram menos entretidos com seu show. Dois deles avançaram nela e, no tempo que Lila levou para recuar um passo, já tinha outra faca na mão. O que foi uma façanha, considerando a correia de couro que lhe prendia os pulsos. O capitão assobiou, e ela não soube dizer se era uma ordem para seus homens ou um som de aprovação. Não importava. Um punho atingiu as costas dela, e Lila cambaleou para a frente esbarrando no capitão, que pegou seus pulsos e criou um sulco entre seus ossos. A dor disparou por seu braço, e a faca se estatelou no convés. Ela olhou ferozmente para o rosto do capitão, que estava a poucos centímetros do seu próprio, e, quando os olhos dele penetraram nos dela, Lila os sentiu procurando por algo.

— *Eran gast?* — perguntou ele. — *Anesh...* — E então, para a surpresa dela, o capitão a soltou. Ele deu um tapinha no casaco. — *Casero* Alucard Emery — disse ele, pronunciando as sílabas de forma bem explicada. Então apontou para ela com um olhar interrogativo.

— Bard — respondeu ela.

Ele acenou com a cabeça, uma vez, refletindo, e depois se virou para a tripulação à espera. Começou a falar com eles, as palavras fluidas e rápidas demais para Lila decifrar. Ele gesticulou para o corpo na prancha e então para ela. A tripulação não parecia satisfeita, mas o capitão era capitão por um bom motivo, e eles o ouviram. Quando terminou, eles continuaram parados, imóveis e mal-humorados. O Capitão Emery virou-se e fez o caminho de volta através do convés para a escada que descia sob o casco do navio.

Quando sua bota tocou o primeiro degrau, ele parou e olhou para trás com um novo sorriso, agora afiado.

— *Nas vasar!* — ordenou. *Não matar.*

Então lançou à Lila um olhar que dizia: *Boa sorte*, e desapareceu sob o convés.

Os homens enrolaram o corpo em uma lona e o colocaram de volta nas docas.

Superstição, imaginou ela, sobre trazer mortos a bordo.

Uma moeda de ouro foi colocada na testa do homem, talvez como pagamento para o despojo. Pelo que Lila podia dizer, a Londres Vermelha não era um lugar particularmente religioso. Se esses homens adoravam alguma coisa era a magia, o que ela supunha que seria considerado uma heresia na Londres Cinza. Pensando bem, contudo, os cristãos veneravam um homem velho no céu, e se Lila tivesse que dizer qual deles parecia mais real no momento, teria que ficar do lado da magia.

Por sorte, ela nunca havia sido devota. Nunca acreditara em poderes superiores, nunca frequentara a Igreja, nunca orara antes de dormir. Na verdade, a única pessoa para quem Lila já havia rezado era ela mesma.

Considerou furtar a moeda de ouro, mas, Deus existindo ou não, aquilo lhe pareceu errado, então ela ficou no convés e assistiu aos procedimentos com resignação. Era difícil se sentir mal por matar o homem — ele a teria matado —, e nenhum dos outros marinheiros parecia terrivelmente devastado por causa da perda em si... mas, por sua vez, Lila supôs que não estava em posição de julgar o valor de uma pessoa por aqueles que sentiriam a sua falta. Não com a coisa mais próxima de uma família que havia tido apodrecendo a um mundo de distância. Quem encontrara Barron? Quem o tinha enterrado? Ela empurrou as perguntas para o fundo da mente. Não o trariam de volta.

O amontoado de homens embarcou novamente. Um deles foi direto até Lila, e ela reconheceu sua adaga com soco-inglês no punho. Ele resmungou algo em voz baixa, ergueu a faca e enterrou a ponta em um caixote ao lado da cabeça dela. Em sua defesa, não foi *na* cabeça dela, e, na de Lila, ela não se esquivou. Ela posicionou os pulsos em volta da lâmina e puxou para baixo em um único movimento brusco, libertando-se da correia.

O navio estava quase pronto para zarpar, e Lila parecia ter ganhado um lugar nele, embora não tivesse certeza se era como prisioneira, carga ou tripulação. Uma chuva fraca começou a cair, mas ela ficou no convés e fora do caminho como a pária do *Night Spire*, o coração acelerado quando o navio desviou para o meio do Atol e deu as costas para a cidade cintilante. Lila segurou a amurada da popa do *Spire* e observou a Londres Vermelha encolher a distância.

Ela ficou de pé ali até suas mãos estarem duras de frio e a loucura do que ela fizera ter se instalado em seus ossos. Então, o capitão gritou o nome dela:

— Bard! — E apontou para um grupo lutando para carregar as caixas, e ela foi ajudá-los.

E foi assim — não só assim, é claro, pois houve muitas noites tensas e brigas ganhas, primeiro contra e depois ao lado dos outros homens, sangue derramado e navios tomados — que Lila Bard tornou-se integrante da tripulação do *Night Spire*.

IV

Uma vez a bordo do *Night Spire*, Lila mal dissera uma palavra (Kell teria ficado impressionado). Ela passava cada instante tentando aprender arnesiano, construindo um vocabulário —, mas, apesar de estar absorvendo rápido, ainda era mais fácil apenas ouvir do que participar.

A tripulação passava um bom tempo atirando palavras para ela, tentando descobrir sua língua nativa, mas foi Alucard Emery quem descobriu.

Lila tinha estado a bordo por somente uma semana quando o capitão se deparou com ela amaldiçoando Caster, sua pistola, por ser um pedaço de merda encharcado com a última bala presa no tambor.

— Ora, isso é uma surpresa.

Lila olhou para cima e viu Alucard parado ali. Em um primeiro momento, ela pensou que seu arnesiano estava melhorando, porque compreendeu as palavras sem pensar, mas então percebeu que ele não estava falando arnesiano. Estava falando *inglês*. E mais, seu sotaque tinha a enunciação nítida e execução suave de alguém fluente na língua real. Não como os alpinistas sociais que tateavam as palavras, oferecendo-as como um truque de festa. Não, falava como Kell ou Rhy. Alguém que tinha sido criado com o idioma equilibrado nos lábios.

A um mundo de distância, nas ruas cinzentas da antiga cidade de Lila, essa fluência pouco significaria, mas ali significava que nenhum dos dois era um simples marinheiro.

Em um último esforço para proteger seu segredo, Lila fingiu não entendê-lo.

— Ah, não fique sem palavras comigo agora, Bard — disse ele. — Você está só começando a se tornar interessante.

Eles estavam sozinhos naquela área do navio, enfiados debaixo da borda do convés superior. Os dedos de Lila rumaram para a faca na cintura, mas Alucard levantou a mão.

— Por que não levamos essa conversa para os meus aposentos? — perguntou ele, os olhos cintilando. — A menos que você queira fazer uma cena.

Lila supôs que seria melhor não cortar a garganta do capitão à vista de todos.

Não: aquilo poderia ser feito em particular.

No instante em que ficaram sozinhos, Lila o confrontou.

— Você fala ing... — começou, então se corrigiu — ... ilustre real. — Era como se referiam ao idioma inglês por ali.

— Obviamente — disse Alucard, antes de passar sem esforço para o arnesiano. — Mas não é a *minha* língua nativa.

— *Tac* — retrucou Lila no mesmo idioma. — Quem disse que é a minha?

Alucard abriu um sorriso brincalhão e voltou para o inglês.

— Primeiro, porque seu arnesiano é horrível — ralhou ele. — E segundo, porque é uma lei universal que todos os homens xingam em sua língua nativa. E devo dizer que seu uso foi bastante colorido.

Lila cerrou os dentes, irritada com sua mancada enquanto Alucard a conduzia para dentro de sua cabine. Era elegante, porém aconchegante, com uma cama em um recanto ao longo de uma parede, uma lareira ao longo da outra e duas cadeiras de espaldar alto diante de um fogo pálido. Uma gata branca estava deitada encolhida em uma mesa de madeira escura, como um peso de papel sobre os mapas. Chicoteou a cauda quando eles chegaram e abriu um olho cor de lavanda quando Alucard atravessou o cômodo até a mesa, examinando alguns papéis. Ele acariciou a gata atrás das orelhas distraidamente.

— Esa — falou ele, à guisa de apresentação. — Senhora do meu navio.

Ele agora estava de costas para Lila, e a mão dela rumou mais uma vez para a faca em seu quadril. Antes que ela pudesse alcançar a arma, no entanto, os dedos de Alucard se contraíram, a lâmina saltou de sua bainha e voou para a mão dele, o cabo batendo na palma. Ele nem sequer olhou em sua direção. Os olhos de Lila se estreitaram. Na semana em que estivera a bordo, não vira ninguém praticar magia. Alucard voltou-se para ela agora com um sorriso fácil, como se ela não tivesse acabado de tentar atacá-lo. Ele jogou a faca casualmente sobre a mesa (o som fez Esa chicotear a cauda novamente).

— Você pode me matar mais tarde — disse ele, sinalizando as duas cadeiras diante do fogo. — Primeiro, vamos conversar.

Um decantador estava sobre uma mesa entre as cadeiras, junto com dois copos, e Alucard serviu uma bebida da cor de frutas vermelhas e estendeu-a para Lila. Ela não aceitou.

— Por quê? — perguntou ela.

— Porque gosto muito de ilustre real — respondeu ele — e sinto falta de alguém para conversar nesse idioma. — Era um sentimento que Lila entendia. O puro alívio de falar depois de tanto tempo em silêncio era como esticar os músculos após dormir mal, livrando-se da rigidez. — Eu não gostaria que enferrujasse enquanto estou no mar.

Alucard afundou em uma das cadeiras e sorveu a bebida, a joia em sua testa brilhando à luz da lareira. Ele inclinou o copo vazio para a outra cadeira e Lila refletiu sobre ele, sobre as suas opções, e então se sentou. O decantador de vinho roxo estava na mesa entre os dois. Ela serviu-se de um copo e inclinou-se para trás, imitando a postura de Alucard, sua bebida apoiada no braço da cadeira, as pernas estendidas, as botas cruzadas na altura do tornozelo. A imagem da indiferença. Ele torceu um de seus anéis distraidamente, uma pena de prata enrolada em um círculo.

Por um longo momento, eles avaliaram um ao outro em silêncio, como dois jogadores de xadrez antes do primeiro movimento. Lila sempre odiara xadrez. Nunca teve paciência para isso.

Alucard foi o primeiro a se mover, o primeiro a falar.

— Quem é você?

— Eu já lhe disse — respondeu ela, com simplicidade. — Meu nome é Bard.

— Bard — repetiu ele. — Não há nenhuma casa nobre com esse nome. De qual família você realmente é? Os Rosec? Os Casin? Os Loreni?

Lila bufou silenciosamente, mas não respondeu. Alucard estava fazendo uma suposição, a única suposição que um arnesiano faria: que, por falar inglês, ou melhor, ilustre real, ela tinha que ser nobre. Um integrante da corte, ensinado a exibir palavras em inglês como joias, com a intenção de impressionar um membro da família real, reivindicando um título, uma coroa. Imaginou o príncipe, Rhy, com seu charme fácil e seu ar galanteador. Ela provavelmente poderia ter atraído sua atenção, se quisesse. E então seus pensamentos vagaram para Kell, parado como uma sombra atrás do herdeiro exuberante. Kell, com seu cabelo avermelhado, seu olho preto e carranca permanente.

— Tudo bem — cortou Alucard. — Uma pergunta mais fácil. Você tem um primeiro nome, senhorita Bard? — Lila arqueou uma sobrancelha. — É, eu sei que você é mulher. Você pode até passar por um menino muito bonito lá na corte, mas o tipo de homem que trabalha em navio tende a ter um pouco mais de...

— Músculos? — arriscou ela.

— Eu ia dizer pelos faciais.

Lila não conseguiu conter o sorriso.

— Há quanto tempo você sabe?

— Desde que você subiu a bordo.

— Mas você me deixou ficar.

— Fiquei curioso. — Alucard encheu o próprio copo. — Diga-me, o que a trouxe para o meu navio?

— Seus homens.

— Mas eu a vi naquele dia. Você *queria* vir a bordo.

Lila o examinou por um momento e então falou:

— Gostei do seu navio. Parecia caro.

— Ah, realmente é.

— Eu pretendia esperar que a tripulação desembarcasse, para então matá-lo e tomar o *Spire* para mim.

— Quanta candura — disse ele pausadamente, bebendo seu vinho.

Lila deu de ombros.

— Eu sempre quis um navio pirata.

Nesse momento, Alucard riu.

— O que a faz pensar que sou um pirata, senhorita Bard?

O queixo de Lila caiu. Ela não entendia. Ela os vira capturar um navio no dia anterior, embora tivesse ficado confinada ao *Spire*, tinha observado desde o início enquanto lutaram, invadiram e seguiram navegando com uma nova recompensa.

— O que mais você seria?

— Sou um *corsário* — explicou ele, empinando o queixo. — A serviço da boa coroa arnesiana. Eu navego com a permissão da família Maresh. Monitoro seus mares e cuido de qualquer problema que encontrar neles. Por que você acha que meu ilustre real é tão polido?

Lila xingou baixinho. Não era de se admirar que os homens tivessem sido bem-recebidos naquela taverna com a bússola. Eram bons marinheiros. Seu coração afundou um pouco com esse pensamento.

— Mas você não usa as cores reais — afirmou ela.

— Suponho que eu poderia...

— Então por que não o faz? — explodiu ela.

Ele deu de ombros.

— Acredito que seja menos divertido. — Ele abriu um novo sorriso, dessa vez perverso. — E, como disse, eu *poderia* usar as cores reais, *se* quisesse ser atacado em cada volta ou assustar a minha presa. Mas eu gosto muito dessa embarcação e não gostaria de vê-la naufragada nem de perder meu posto por falta de serviço. Não, os Spires preferem uma forma mais sutil de infiltração. Mas não somos piratas. — Ele deve ter visto Lila desanimar, porque acrescentou: — Vamos, não fique tão desapontada, senhorita Bard. Não importa do que você chamar, *pirata* ou *corsário*, a única diferença é o nome. O que importa é que eu sou o *capitão* deste navio. E pretendo manter meu posto e minha vida. O que nos leva à questão do que fazer com *você*.

Ele fez uma pausa e então continuou:

— Aquele homem que você esfaqueou na primeira noite, Bels... a única coisa que salvou sua pele foi o fato de você tê-lo matado em terra e não no mar. Existem regras em navios, Bard. Se você tivesse derramado o sangue dele a bordo do meu navio, eu não teria escolha a não ser derramar o seu.

— Você ainda poderia ter feito isso — observou ela. — Seus homens certamente não desaprovariam. Então por que me poupou? — A pergunta a estava corroendo por dentro desde a primeira noite.

— Eu estava curioso — respondeu ele, olhando para a calma luz clara do fogo da lareira. — Além disso — acrescentou, com seus olhos escuros voltando a olhar para ela —, eu vinha procurando uma maneira de me livrar de Bels por meses; aquela escória traiçoeira estava me roubando. Então suponho que você tenha me feito um favor, e eu decidi retribuí-lo. Para a sua sorte, a maioria da tripulação detestava o filho da mãe, de qualquer maneira.

Esa apareceu ao lado da cadeira dele, seus grandes olhos cor de lavanda olhando para — ou encarando — Lila. A gata não piscou. Lila tinha certeza de que os gatos deveriam piscar.

— Então — disse Alucard, endireitando-se. — Você veio a bordo com a intenção de me matar e roubar meu navio. Já se passou uma semana; por que ainda não tentou?

Lila deu de ombros.

— Ainda não estivemos em terra.

Alucard riu.

— Você é sempre assim, encantadora?

— Só em minha língua nativa. Meu arnesiano, como você ressaltou, deixa a desejar.

— Estranho, considerando que nunca conheci alguém que pudesse falar a língua da corte, mas não o idioma comum...

Ele parou, obviamente esperando uma resposta. Lila sorveu seu vinho e deixou o silêncio tomar conta.

— Vou lhe dizer uma coisa — começou ele, quando estava claro que ela não iria segui-lo naquele raciocínio. — Passe as noites comigo, e eu vou ajudá-la a melhorar a sua língua.

Lila quase engasgou com o vinho e olhou para Alucard. Ele estava rindo — era um som fácil e natural, embora fizesse a gata eriçar o pelo.

— Não foi isso que eu quis dizer — disse ele, recuperando a compostura. Lila sentiu como se estivesse da cor da bebida em seu copo. O rosto dela queimava. Isso a fez querer dar um soco nele. — Venha me fazer companhia — tentou ele de novo — e eu guardarei seu segredo.

— E deixar a tripulação pensar que estou indo *para a cama* com você?

— Ah, duvido que eles pensem isso — falou ele com um gesto de mão. Lila tentou não se sentir ofendida. — E prometo que só quero os prazeres da sua conversa. Eu lhe ajudarei com seu arnesiano.

Lila tamborilou com os dedos no braço da cadeira, refletindo.

— Muito bem — respondeu. Ela se levantou e seguiu até a mesa dele, onde a faca ainda estava sobre os mapas. Pensou na maneira como ele a arrancara das mãos dela. — Mas quero um favor em troca.

— Engraçado, pensei que o favor era permitir que você permanecesse no meu navio, apesar do fato de ser uma mentirosa, uma ladra e uma assassina. Mas, por favor, vá em frente.

— Magia — disse ela, devolvendo a lâmina ao coldre.

Ele arqueou a sobrancelha decorada com a safira.

— O que tem ela?

Ela hesitou, tentando escolher as palavras.

— Você a pratica.

— E?

Lila puxou o presente de Kell do bolso e colocou-o sobre a mesa.

— E eu quero aprender. — Se ela quisesse ter uma chance neste novo mundo, precisava aprender a sua *verdadeira* linguagem.

— Não sou um professor muito bom — disse Alucard

— Mas eu aprendo rápido.

Alucard inclinou a cabeça, considerando a ideia. Então, pegou a caixa de Kell e soltou o fecho, deixando-a abrir na palma de sua mão.

— O que você quer saber?

Lila voltou para a cadeira e se inclinou para a frente, com os cotovelos sobre os joelhos.

— Tudo.

V

Mar Arnesiano

Lila cantarolava enquanto atravessava o ventre do navio. Ela enfiou uma das mãos no bolso, os dedos se fechando em torno do fragmento de pedra branca que guardava ali. Um lembrete.

Era tarde, e o *Night Spire* tinha deixado para trás as sobras do *Copper Thief*. Os treze piratas que ela não matara acordariam em breve e encontrariam seu capitão morto e seu navio saqueado. Poderia ser pior; suas gargantas poderiam ter sido cortadas em cima daquelas facas tatuadas, mas Alucard preferiu deixar os piratas viverem, alegando que a captura e libertação tornam os mares mais interessantes.

Seu corpo estava quente pelo vinho e pela companhia agradável, e enquanto o navio balançava suavemente sob seus pés, o ar do mar envolvendo seus ombros e as ondas murmurando sua canção, aquela canção de ninar que ela desejava havia tanto tempo, Lila percebeu que estava feliz.

Uma voz sibilou em seu ouvido.

Vá embora.

Lila reconheceu aquela voz, não do mar, mas das ruas da Londres Cinza — pertencia a ela, à menina que ela havia sido por tantos anos. Desesperada, desconfiada de qualquer coisa que não fosse dela e somente dela.

Vá embora, pediu com veemência. Mas Lila não queria ir.

E *isso* a assustava mais do que tudo.

Ela balançou a cabeça e cantarolou a canção do Sarows enquanto chegava à própria cabine, os acordes agindo como uma espécie de proteção contra problemas, embora ela não tivesse encontrado nenhum a bordo de seu navio em meses. Não que fosse *seu* navio, não exatamente, ainda não.

Sua cabine era pequena — grande o suficiente apenas para uma cama estreita e um baú — mas era o único lugar do navio onde ela podia estar verdadeiramente sozinha, e o peso de sua persona deslizava de seus ombros como um casaco quando ela fechava a porta.

Uma única janela interrompia as tábuas de madeira da parede mais distante, o luar refletindo nas ondas do oceano. Ela pegou uma lanterna de cima do baú e acendeu-a na mão com o mesmo fogo encantado que preenchia a lareira de Alucard (o feitiço não era dela, nem a magia). Pendurando a luz em um gancho na parede, ela tirou as botas, assim como as armas, alinhando-as no baú, todas menos a faca com o soco-inglês no punho, que mantinha consigo. Mesmo que agora tivesse um quarto próprio, ela ainda dormia de costas para a parede e com a arma no joelho, da mesma forma que fizera no começo. Velhos hábitos. Ela não se importava muito. Não tinha uma boa noite de sono havia anos. A vida nas ruas da Londres Cinza lhe ensinara a descansar sem realmente dormir.

Ao lado de suas armas ficava a pequena caixa que Kell lhe dera naquele dia. Tinha o cheiro dele, o que significava dizer que tinha o cheiro da Londres Vermelha, de flores e solos recém-remexidos, e toda vez que ela a abria, uma pequena parte sua ficava aliviada pelo cheiro ainda estar lá. Uma ligação com a cidade, com ele. Levou-a consigo para a cama, sentando-se de pernas cruzadas e colocando o objeto sobre o cobertor rígido diante de seus joelhos. Lila estava cansada, mas isso havia se tornado parte de seu ritual noturno, e ela sabia que não dormiria bem — se dormisse — até que o fizesse.

A caixa era feita de madeira escura entalhada e mantida trancada por um pequeno fecho de prata. Era refinada, e ela teria sido capaz de vendê-la por um bom preço, mas Lila manteve-a por perto. Não por sentimentalismo, dizia a si mesma — o relógio de bolso prateado era a única coisa que não conseguia vender —, mas porque era útil.

Ela deslizou o fecho de prata, e o tabuleiro caiu aberto na frente dela, os elementos em seus sulcos — terra e ar, fogo, água e osso — esperando para serem movidos. Lila flexionou os dedos. Ela sabia que a maioria das pessoas só conseguia dominar um único elemento, talvez dois, e que ela, sendo de outra Londres, não deveria ser capaz de controlar nenhum.

Mas Lila nunca deixou que as estatísticas ficassem em seu caminho.

Além disso, aquele velho padre, mestre Tieren, dissera que ela tinha poder em algum lugar de seus ossos. E que ele só precisava ser nutrido.

Agora ela sustentava as mãos acima de cada lado da gota de óleo no sulco, palmas viradas como se ela pudesse se aquecer com ele. Lila não sabia as palavras para invocar magia. Alucard insistiu que ela não precisava aprender outra língua, que as palavras eram mais para a pessoa do que para o objeto, destinadas a ajudá-la a encontrar seu foco, mas, sem um feitiço em si, Lila se sentia tola. Nada além de uma garota louca falando sozinha no escuro. Não, ela precisava de algo. E um poema, ela tinha descoberto, era como uma espécie de feitiço. Ou, pelo menos, era mais do que apenas palavras sem sentido.

— *Tigre! Tigre! Brilho, brasa...* — murmurou ela baixinho.

Ela não conhecia muitos poemas — o roubo não levava ao estudo literário —, mas conhecia Blake de cor, graças a sua mãe. Lila não se lembrava muito da mulher, que morrera havia mais de uma década, mas lembrava-se das noites em que o sono era atraído por *Canções da Inocência e da Experiência*. A suave cadência da voz de sua mãe embalando-a como ondas a um barco.

As palavras embalavam Lila agora, como tinham feito naquela época, aquietando a tempestade que acontecia dentro de sua cabeça, e soltavam o nó de tensão em seu peito.

— *Que a furna noturna abrasa...*

As palmas das mãos de Lila se aqueceram enquanto ela tecia o poema através do ar. Ela não sabia se estava fazendo direito, se *havia* uma forma certa — se Kell estivesse aqui, ele provavelmente insistiria que havia e resmungaria até que ela a fizesse, mas Kell não estava aqui, e Lila achou que devia haver mais de uma maneira de fazer algo funcionar.

— *Em que céu se foi forjar...*

Talvez o poder tivesse que ser cultivado, como Tieren dissera, mas nem todas as coisas cresciam em jardins.

Muitas plantas cresciam selvagens.

E Lila sempre pensara em si mesma mais como um tipo de erva daninha do que como um arbusto de rosas.

— *... o fogo do teu olhar?*

O óleo no sulco cintilou com vida: não branco, como na lareira de Alucard, mas dourado. Lila sorriu triunfante enquanto a chama saía do sulco para o ar entre as palmas das suas mãos, dançando como metal derretido, despertando a memória do desfile que ela vira no primeiro dia na Londres Vermelha, quando elementais de toda espécie dançavam pelas ruas, fogo, água e ar como fitas em seu rastro.

O poema continuou em sua mente enquanto o calor fazia cócegas em suas palmas. Kell diria que era impossível. Que palavra inútil em um mundo com magia.

"O que é você?", Kell lhe perguntara certa vez.

O que eu sou?, perguntava-se ela agora, conforme o fogo rolava pelos nós de seus dedos como uma moeda.

Ela deixou o fogo se apagar, a gota de óleo afundando de volta no sulco. A chama tinha desaparecido, mas Lila podia sentir a magia no ar como fumaça enquanto pegava sua mais nova faca, a que ela ganhara de Lenos. Não era uma arma comum. Um mês antes, quando eles tinham levado um navio pirata faroense chamado *Serpent* para fora da costa de Korma, ela o tinha visto usá-la. Passou a mão pela lâmina até encontrar o entalhe oculto, onde o metal se encontrava com o cabo. Empurrou o fecho e ele soltou, e a faca executou uma espécie de truque de mágica. Ela se separava em suas mãos, e o que tinha sido uma lâmina agora se tornavam duas, imagens espelhadas tão finas quanto navalhas. Lila tocou o grânulo de óleo e passou o dedo pelas costas de ambas as facas. E então ela as equilibrou em suas mãos, cruzou suas bordas afiadas — *Tigre! Tigre! Brilho, brasa* — e golpeou.

O fogo percorreu todo o metal, e Lila sorriu.

Isso ela não tinha visto Lenos fazer.

As chamas se espalharam até cobrir as lâminas do cabo à ponta, cintilando com uma luz dourada.

Isso ela não tinha visto *ninguém* fazer.

O que eu sou? Única.

Eles dizem o mesmo sobre Kell.

O mensageiro vermelho.

O príncipe de olho preto.

O último *Antari.*

Mas, quando ela girou as facas flamejantes em seus dedos, não pôde deixar de pensar...

Eles eram realmente únicos, ou dois do mesmo tipo de único?

Ela esculpiu um arco de fogo no ar, maravilhada com o caminho da luz que se arrastava como a cauda de um cometa, e lembrou-se da sensação dos olhos dele em suas costas enquanto ela se afastava. Esperando. Lila sorriu para a lembrança. Ela não tinha dúvida de que seus caminhos se cruzariam novamente.

E, quando se encontrassem, ela *mostraria* a ele o que era capaz de fazer.

DOIS

UM PRÍNCIPE À SOLTA

I

Londres Vermelha

Kell ajoelhou-se no centro do Dique.

A grande sala circular fora escavada em um dos pilares da ponte que sustentava o palácio. Por baixo da corrente do Atol, o mais débil brilho vermelho do rio penetrava as paredes de pedra vítrea com uma luz misteriosa. Um círculo de concentração tinha sido gravado no chão de pedra, o padrão projetado para canalizar o poder, e todo o espaço, tanto a parede quanto o ar, zumbiam com energia, um som profundo e ressonante como o interior de um sino.

Kell sentiu o poder vertendo por ele, querendo sair — sentiu toda a energia, a tensão, a raiva e o medo arranhando e tentando fugir —, mas se forçou a se concentrar em sua respiração, para encontrar seu equilíbrio, para tornar um ato consciente o processo que se tornara tão natural. Ele retrocedeu o relógio mental até seus 10 anos, sentado no chão da cela monástica do Santuário de Londres, a voz firme de mestre Tieren em sua cabeça.

A magia é confusa, então você deve ser sereno.

A magia é selvagem, então você deve ser manso.

A magia é caos, então você deve ser calmo.

Você está calmo, Kell?

Kell levantou-se lentamente e ergueu a cabeça. Além dos limites do círculo de concentração, a escuridão se retorceu e as sombras surgiram. À luz bruxuleante das tochas, figuras de treinamento começaram a assumir o rosto de inimigos.

A voz reconfortante de Tieren desapareceu de sua cabeça, e o tom frio de Holland tomou seu lugar.

Sabe o que o torna fraco?

A voz do *Antari* ecoou em sua mente.

Kell encarou as sombras fora dos limites do círculo, imaginando uma capa ondulante, um reflexo de aço.

Você nunca teve que ser forte.

A luz das tochas vacilou, e Kell inalou, exalou e golpeou.

Ele golpeou a primeira forma, derrubando-a. No momento em que a sombra caiu, Kell já estava girando para a segunda às suas costas.

Nunca teve que tentar.

Kell estendeu a mão; água saltou até cercá-la e, em seguida, em um único movimento, navegou em direção à figura, transformando-se em gelo segundos antes de se chocar com a cabeça da forma.

Nunca teve que lutar.

Kell girou e ficou face a face com uma sombra que tomou a forma de Holland.

E tenho certeza de que nunca teve que lutar pela sua vida.

Houve um tempo em que ele teria hesitado — um tempo em que ele *havia* hesitado —, mas não desta vez. Com um gesto de sua mão, estacas de metal deslizaram da bainha de seu casaco até sua palma. Elas pairaram no ar e dispararam para a frente, enterrando-se na garganta do espectro, em seu coração, em sua cabeça.

Mas havia mais sombras. Sempre havia mais.

Kell pressionou as costas contra a parede curva do Dique e ergueu as mãos. Um pequeno triângulo de metal afiado cintilou na parte de trás de seu pulso; quando ele flexionou a mão, tornou-se uma ponta, e Kell cortou a palma da mão com ela, derramando sangue. Ele pressionou as duas mãos juntas e depois as separou.

— *As Osoro* — comandou ao sangue.

Escureça.

O comando soou, ecoando através da câmara, e entre as palmas de suas mãos o ar começou a engrossar e a girar, transformando-se em sombras tão grossas quanto fumaça. Elas ondularam e se espalharam, e em poucos instantes a sala foi tomada pela escuridão.

Kell se recostou de volta à parede de pedra fria da sala, ofegante e tonto pela força de tanta magia. O suor escorria para seus olhos — um azul, o outro inteiramente preto — conforme ele deixava o silêncio do espaço assentar sobre ele.

— Matou todos?

A voz veio de algum lugar atrás dele, não um fantasma, mas de carne e osso e com um traço de divertimento.

— Não tenho certeza — respondeu Kell.

Ele acabou com o espaço entre suas mãos e o véu de escuridão se dissolveu instantaneamente, revelando o espaço pelo que realmente era: um cilindro de pedra vazio obviamente projetado para meditação, não para combate. As figuras de treinamento estavam espalhadas, uma queimando com vivacidade, outra toda espetada por lanças de metal. As demais — golpeadas, maltratadas, quebradas — dificilmente ainda poderiam ser chamadas de manequins de treinamento. Ele fechou a mão em punho e o fogo na figura se apagou.

— Exibido — resmungou Rhy.

O príncipe estava encostado no arco de entrada, seus olhos cor de âmbar iluminados como os de um gato pela luz das tochas. Kell passou a mão ensanguentada pelo cabelo acobreado enquanto seu irmão se aproximava, as botas ecoando no chão de pedra do Dique.

Rhy e Kell não eram realmente irmãos, não de sangue. Um ano mais velho que Rhy, Kell fora adotado pela família real arnesiana quando tinha 5 anos, sem família e sem memória. Na verdade, sem nada além de um punhal e um olho completamente preto: a marca de um mago *Antari*. Mas Rhy era a coisa mais próxima de um irmão que Kell conhecera. Daria a vida pelo príncipe. E, muito recentemente, dera de fato.

Rhy arqueou uma sobrancelha para o que sobrou do treinamento de Kell.

— Sempre pensei que ser um *Antari* significava que você não precisava treinar, que tudo vinha — ele gesticulou de um jeito casual — naturalmente.

— A *habilidade* vem naturalmente — respondeu Kell. — A *proficiência* demanda treino. Exatamente como expliquei em cada uma de suas lições.

O príncipe deu de ombros.

— Quem precisa de magia quando se é tão bonito?

Kell revirou os olhos. Havia uma mesa na entrada da alcova, repleta de recipientes — alguns continham terra, outros areia e óleo — e uma grande tigela de água; ele mergulhou as mãos na tigela e jogou água no rosto antes que seu sangue pudesse manchá-la de vermelho.

Rhy entregou-lhe uma toalha.

— Melhor?

— Melhor.

Nenhum deles estava se referindo às propriedades refrescantes da água. A verdade era que o sangue de Kell pulsava com uma batida inquieta quando a coisa que corria dentro dele desejava atividade. Algo havia sido despertado nele e não parecia ter a intenção de voltar a dormir. Ambos sabiam que as visitas de Kell ao Dique estavam aumentando, tanto em frequência quanto em duração. O treino acalmava seus nervos e a energia em seu sangue, mas só por um tempo. Era como uma febre que baixava, só para subir novamente.

Rhy agora estava inquieto, jogando o peso do corpo de um pé para outro, e quando Kell lhe deu uma olhada geral, notou que o príncipe trocara seu habitual vermelho e dourado por esmeralda e cinza, a fina seda por lã e algodão gasto, suas botas ornamentadas a ouro por um par de couro preto.

— O que você está tentando parecer? — perguntou Kell.

Havia um brilho travesso nos olhos de Rhy quando ele se curvou com um floreio.

— Um plebeu, é claro.

Kell balançou a cabeça. Aquele era um ardil ineficaz. Apesar da roupa, o cabelo preto de Rhy estava lustroso e penteado, seus dedos, cheios de anéis, seu casaco cor de esmeralda, fechado com botões perolados. Tudo nele transpirava realeza.

— Você ainda parece um príncipe.

— Bem, obviamente — retrucou Rhy. — Só porque estou disfarçado não significa que não quero ser reconhecido.

Kell suspirou.

— Na verdade — falou ele —, é exatamente o que significa. Ou *significaria* para qualquer um, menos para você. — Rhy apenas sorriu, como se fosse um elogio. — Eu quero saber *por que* você está vestido assim.

— Ah! — exclamou o príncipe. — Porque nós vamos sair.

Kell sacudiu a cabeça.

— Passo. — Tudo o que ele queria era um banho e uma bebida, e ambos estavam ao seu alcance na paz de seus aposentos.

— Ótimo — disse Rhy. — *Eu* vou sair. E quando for roubado e deixado em um beco, *você* pode dizer aos nossos pais o que aconteceu. Não se esqueça de incluir a parte em que você ficou em casa em vez de garantir a minha segurança.

Kell resmungou.

— Rhy, da última vez...

Mas o príncipe fez um aceno de desdém para *a última vez* como se não tivesse envolvido um nariz quebrado, muitos subornos e mil lins em danos.

— Hoje vai ser diferente — insistiu Rhy. — Nada de brincadeiras de mau gosto. Nenhum caos. Só uma bebida em algum lugar adequado à nossa posição. Vamos, Kell, por mim? Não posso passar mais um minuto aprisionado planejando torneios enquanto nossa mãe critica todas as minhas escolhas e nosso pai se preocupa com Faro e Vesk.

Kell não confiava que seu irmão fosse ficar longe de problemas, mas pôde ver na expressão do rosto dele e no brilho de seus olhos que ele sairia de qualquer jeito. O que significava que *eles* sairiam. Kell suspirou e acenou com a cabeça para a escada.

— Posso pelo menos parar em meu quarto e trocar de roupa?

— Não precisa — disse Rhy alegremente. — Eu lhe trouxe uma túnica limpa. — Ele pegou uma camisa macia da cor de trigo. Era evidente que pretendia tirar Kell do palácio antes que este pudesse mudar de ideia.

— Quanta consideração — resmungou Kell, tirando a camisa. Ele viu o olhar do príncipe recair na cicatriz gravada em seu peito. A imagem espelhada daquela que havia sobre o próprio coração de Rhy. Um pedaço de magia proibida, irreversível.

Minha vida é dele. A vida dele é minha. Traga-o de volta.

Kell engoliu em seco. Ele ainda não estava acostumado com o desenho — primeiro preto, agora prateado — que os unia. A dor de ambos. A alegria de ambos. A vida de ambos.

Ele vestiu a túnica limpa, exalando o ar quando a marca desapareceu sob o algodão. Tirou o cabelo do rosto e se virou para Rhy.

— Satisfeito?

O príncipe começou a balançar a cabeça concordando, depois parou.

— Quase esqueci — disse ele, tirando alguma coisa do bolso. — Eu trouxe chapéus. — Pôs um chapéu cinza pálido escrupulosamente em seus cachos pretos, tomando o cuidado de colocá-lo em um ligeiro ângulo de modo que o brilho das gemas verdes se dispersasse pela borda.

— Maravilha — resmungou Kell enquanto o príncipe estendia a mão e depositava um chapéu cor de carvão sobre os cabelos avermelhados de Kell. Seu casaco pendia em um gancho na alcova, e ele o pegou e o vestiu.

Rhy estalou a língua, produzindo um som de desaprovação.

— Você nunca vai se enturmar usando isso — ressaltou o príncipe, e Kell resistiu ao desejo de argumentar que, com sua pele clara, cabelos ruivos e um olho preto, sem mencionar a palavra *Antari* seguindo-o aonde quer que fosse, metade do tempo em tom de oração e metade em tom de maldição, ele nunca se enturmaria em nenhum lugar.

Em vez disso, Kell falou:

— Nem você. Achei que essa era a intenção.

— Eu quis dizer usando o casaco — forçou Rhy. — Preto não é a cor da moda nesse inverno. Não tem nada em azul-índigo ou azul-cerúleo escondido aí dentro?

Quantos casacos você acha que existem dentro desse aí?

A memória o atingiu como um soco. Lila.

— Eu prefiro esse aqui — afirmou Kell, afastando a memória dela, a mão de uma batedora de carteiras espantada com as dobras de um casaco.

— Está bem, está bem.

Rhy deslocou seu peso de um pé para o outro novamente. O príncipe nunca tinha sido hábil em ficar quieto, mas Kell achou que vinha piorando. Havia uma nova inquietação em seus movimentos, uma energia retesada que refletia a de Kell. E ainda assim a de Rhy era diferente. Perturbada. Perigosa. Seu humor estava mais sombrio, e suas mudanças, mais bruscas, durando o intervalo de segundos. Era tudo o que Kell podia fazer para acompanhar.

— E então, estamos prontos?

Kell olhou para o topo da escada.

— E quanto aos guardas?

— Os seus ou os meus? — perguntou o príncipe. — Os seus estão de guarda nas portas superiores. Ajuda o fato de eles não saberem que há outra maneira de sair desse lugar. Quanto aos meus próprios homens, provavelmente ainda estão do lado de fora do meu quarto. Minha capacidade de agir furtivamente está realmente em ótima forma hoje. Vamos?

O Dique tinha sua própria rota de saída do palácio, uma escadaria estreita que circulava a estrutura acima e saía na margem do rio. Os dois subiram iluminados apenas pela penumbra avermelhada e pelas lanternas pálidas que pendiam escassamente, queimando com chamas eternas.

— Essa é uma má ideia — falou Kell, não porque esperasse fazer Rhy repensar aquela saída, mas simplesmente porque era seu trabalho dizer isso, para que depois pudesse contar ao rei e à rainha que ele tentara.

— O melhor tipo de ideia — disse Rhy, apoiando o braço nos ombros de Kell.

E assim os dois saíram do palácio e caíram na noite.

II

Outras cidades aproveitavam para se recuperar nos meses de inverno, mas a Londres Vermelha não mostrava sinais de retração. Enquanto os dois irmãos caminhavam pelas ruas, fogos elementais queimavam em cada lareira, vapor flutuava pelas chaminés, e, por entre a sua respiração condensada, Kell viu as luzes aureoladas do Mercado Noturno ao longo da margem do rio. O cheiro de vinho quente e de ensopado invadia as ruas cheias de figuras envoltas em cachecóis e capas das cores de joias.

Rhy estava certo: Kell era o único de preto. Ele puxou o chapéu para baixo sobre a testa, menos para protegê-lo do frio do que dos olhares inevitáveis.

Duas moças passeavam de braços dados, e quando uma lançou um olhar furtivo para Rhy, quase tropeçando nas próprias saias, ele a segurou pelo cotovelo.

— *An, solase, res naster* — desculpou-se a moça.

— *Mas murist* — respondeu Rhy em seu arnesiano fácil e impecável.

A moça não pareceu notar Kell, que ainda se mantinha um passo atrás, com metade corpo na sombra da margem do rio. Mas a amiga notou. Ele pôde sentir os olhos dela se demorando nele, e, quando ele finalmente encontrou o olhar da garota, sentiu uma satisfação soturna por ela estar prendendo a respiração.

— *Avan* — disse Kell, sua voz pouco mais espessa que a névoa.

— *Avan* — respondeu ela, tensa, fazendo uma mesura com a cabeça.

Rhy beijou a mão enluvada da outra moça, mas Kell não desviou os olhos daquela que o observava. Houve um tempo em que os arnesianos o adoravam como se fosse abençoado, caíam tentando curvar-se baixo o suficiente. Mesmo ele nunca tendo gostado daquela exibição, isso era pior. Havia certa reverência nos olhos dela, mas também medo e o pior: desconfiança. Ela olhava para Kell como se ele fosse um animal perigoso. Como se qualquer movimento súbito pudesse fazê-lo atacar. Afinal, até onde ela sabia, ele fora o culpado pela Noite Preta que tinha varrido a cidade, pela magia que fizera os olhos das pessoas se tornarem tão pretos quanto o seu próprio conforme os consumia de dentro para fora. E não importava quais declarações o rei e a rainha tenham emitido, não importava quantos rumores Rhy tentara espalhar contando o contrário, todos acreditavam que fora obra de Kell. Culpa dele.

E, de certa forma, é claro, fora mesmo.

Ele sentiu a mão de Rhy em seu ombro e piscou.

As garotas estavam indo embora, de braços dados, cochichando energicamente.

Kell suspirou e olhou para trás, para o palácio real arqueando-se sobre o rio.

— Essa foi uma má ideia — disse ele novamente, mas Rhy já estava longe, afastando-se do Mercado Noturno e do brilho do Atol.

— Para onde estamos indo? — perguntou Kell, entrando no ritmo dos passos do príncipe.

— É surpresa.

— Rhy — advertiu Kell, que passara a odiar surpresas.

— Nada tema, irmão. Prometi uma noite elegante e pretendo cumprir a promessa.

Kell odiou o lugar assim que o viu. Chamava-se *Rachenast*.

Esplendor.

Nocivamente ruidoso e dissolutamente colorido, o Esplendor era um palácio do lazer onde a *ostra* da cidade — a elite — podia protelar os meses mais frios apenas negando sua presença. Atravessando as portas recobertas de prata, a noite de inverno evaporava. Lá dentro era um dia de verão, das lanternas de fogo queimando como a luz do sol até as árvores artificiais lançando sombras sobre todos como um dossel de folhas verdes entremeadas.

Ao sair da noite gelada com sua cortina de sombra e neblina para um campo expansivo e bem-iluminado, Kell se sentiu repentina — e horrivelmente — exposto. Ele não podia acreditar, mas ele e Rhy estavam realmente *malvestidos*. Ele se perguntou se Rhy *queria* causar um escândalo ou uma cena, ter sua presença desafiada. Mas os criados à porta devem ter reconhecido o príncipe real ou o próprio Kell (e, por extensão, Rhy, já que, santos, todos sabiam que ninguém mais poderia arrastar o *Antari* para tal festa), porque os dois foram bem recebidos.

Kell semicerrou os olhos diante da fúria de atividades. As mesas de banquete estavam cheias com pilhas de frutas, queijos e jarras de vinho gelado de verão, e casais rodopiavam em uma plataforma de pedra azul feita para se assemelhar a um lago, enquanto outros descansavam em almofadas sob as árvores encantadas. Os carrilhões de vento ecoavam, e as pessoas riam — o riso alto e cintilante dos aristocratas —, brindando aos seus companheiros com cálices de cristal, suas riquezas, como a paisagem, em exibição.

Talvez toda a pantomima tivesse sido encantadora se não fosse tão frívola, tão espalhafatosa. Em vez disso, Kell a achou insuportável. A Londres Vermelha poderia ter sido a joia do império arnesiano, mas ainda tinha pessoas pobres e em sofrimento — e, ainda assim, em lugares como o Esplendor, a *ostra* podia fingir, construir utopias com dinheiro e magia.

Além de tudo, Rhy tinha razão: ninguém mais estava de preto, e Kell se sentiu como uma mancha em uma toalha limpa assim que o príncipe colocou a mão em seu ombro e conduziu-o para a frente (pensou em mudar o casaco, trocando o preto por algo mais claro, mas não conseguiria usar nenhum dos tons pavoneantes que estavam na moda neste inverno). Passaram por uma mesa de banquete, e Rhy pegou duas taças de vinho de verão. Kell manteve o chapéu, examinando a sala entre a aba do acessório e a borda do copo que Rhy pressionava nas mãos.

— Acha que já desvendaram meu disfarce — devaneou o príncipe, mantendo a cabeça abaixada — ou estão todos muito ocupados alisando as próprias penas?

Kell ficou surpreso com a insinuação de julgamento no tom do irmão.

— Dê um tempo a eles — falou —, nós acabamos de chegar.

Mas ele podia sentir o burburinho da informação movendo-se como um tremor através do salão conforme Rhy os levava até um sofá debaixo de uma árvore.

O príncipe afundou nas almofadas e tirou o chapéu. Seus cachos pretos brilharam, e, mesmo sem a habitual coroa de ouro no cabelo, tudo nele — sua postura, seu sorriso perfeito, seu autocontrole — transpiravam realeza. Kell sabia que não podia imitar nenhuma dessas coisas; já havia tentado. Rhy jogou o chapéu na mesa. Kell hesitou, passando os dedos pela aba, mas manteve-o na cabeça, pois era sua única armadura contra os olhares intrometidos.

Ele sorveu a bebida, pouco interessado no resto do Esplendor, e analisou o irmão. Ele ainda não entendia o disfarce meia-boca de Rhy. O Esplendor era um esconderijo para a elite, e a elite conhecia a companhia do príncipe melhor do que qualquer um na cidade. Eles passavam meses aprendendo o idioma real apenas para que pudessem cair em suas graças (ainda que Kell soubesse que Rhy achava esse hábito desconfortável e desnecessário). A roupa não era a única coisa que o incomodava, no entanto. Tudo no príncipe estava em seu lugar, mas...

— Eu sou mesmo tão bonito assim? — perguntou Rhy, sem encontrar o olhar do irmão, enquanto uma risada estridente atravessava a sala.

— Você sabe que é — respondeu Kell, voltando a atenção para o tapete de grama sob seus pés.

Ninguém se aproximou do sofá, a não ser por uma criada, uma jovem de vestido branco que perguntou se havia alguma coisa que pudesse fazer para tornar a noite deles mais agradável. Rhy abriu um sorriso e a enviou em busca de uma bebida mais forte e de uma flor.

Kell observou o príncipe esticar os braços pelas costas do sofá, seus olhos dourados pálidos brilhando enquanto examinava o salão. Este era Rhy no seu modo mais discreto, e ainda era terrivelmente chamativo.

A criada voltou segurando um decantador com uma bebida cor de rubi e uma única flor azul-escura; Rhy aceitou a bebida e colocou a flor atrás da orelha dela com um sorriso. Kell revirou os olhos. Algumas coisas nunca mudavam.

Conforme Rhy enchia seu copo, Kell captou uma onda de sussurros enquanto mais olhos voltavam-se para eles. Sentia o peso inevitável quando o olhar coletivo se deslocava do príncipe para seu companheiro. A pele de Kell se arrepiou ante aquele escrutínio, mas, em vez de esquivar a cabeça, ele se forçou a encará-los.

— Isso seria muito mais divertido — observou Rhy — se você parasse de fazer cara feia para todo mundo.

Kell lançou-lhe um olhar fulminante.

— Eles têm medo de mim.

— Eles veneram você — disse Rhy com um gesto de desdém. — A maioria das pessoas desta cidade pensa que você é um *deus*.

Kell se encolheu com a menção da palavra. Magos *Antari* eram raros — tão raros que eram vistos por alguns como divinos, escolhidos.

— E o restante pensa que sou um demônio.

Rhy chegou para a frente.

— Você sabia que em Vesk acreditam que você pode mudar as estações do ano, controlar a maré e abençoar o império?

— Se você está querendo massagear o meu ego...

— Estou simplesmente lembrando que você sempre será singular.

Kell ficou paralisado, pensando em Holland. Ele disse a si mesmo que um novo *Antari* nasceria ou seria encontrado algum dia, mas não tinha certeza se acreditava nisso. Ele e Holland tinham sido dois exemplares de uma espécie quase extinta. *Antaris* sempre foram raros, mas estavam rapidamente se aproximando da extinção. E se ele realmente fosse o último?

Kell franziu o cenho.

— Preferia ser normal.

Agora foi a vez de Rhy usar o olhar fulminante.

— Pobrezinho. Imagino como é se sentir em um pedestal.

— A diferença — falou Kell — é que as pessoas te *amam*.

— Para cada dez que me amam — disse Rhy, gesticulando para a sala —, uma gostaria de me ver morto.

Uma lembrança surgiu, dos Sombras, homens e mulheres que seis anos antes haviam tentado tirar a vida de Rhy, apenas para enviar uma mensagem à coroa de que estavam desperdiçando recursos preciosos em assuntos frívolos, ignorando as necessidades de seu povo. Pensando no Esplendor, Kell quase podia entender.

— O que quero dizer — continuou Rhy — é que para cada dez pessoas que te adoram, uma quer vê-lo queimar. Essa é a proporção quando se trata de pessoas como nós.

Kell serviu-se de uma bebida.

— Este lugar é horrível — ponderou ele.

— Bem... — falou Rhy, esvaziando o copo com um gole e colocando-o sobre a mesa, produzindo um som de *clique*. — Nós podemos ir embora.

E ali estava, no olhar de Rhy, aquele brilho, e Kell de repente compreendeu a vestimenta do príncipe. Rhy não estava vestido para o Esplendor porque aquele não era seu verdadeiro destino.

— Você escolheu este lugar de propósito.

Rhy abriu um sorriso lânguido.

— Não sei do que você está falando.

— Você o escolheu porque *sabia* que eu ficaria infeliz aqui e mais suscetível a concordar quando você sugerisse irmos para outro lugar.

— E?

— E você subestima muito a minha resistência ao sofrimento.

— Como quiser — disse o príncipe, levantando-se com a habitual graciosidade indolente. — *Eu* vou dar uma voltinha pelo salão.

Kell olhou-o enfurecido, mas não se levantou. Observou o príncipe andando para longe, tentando imitar a indiferença calculada do irmão enquanto se ajeitava no sofá e se recostava com seu copo.

Viu o irmão circular pelo mar de pessoas, sorrindo alegremente, apertando mãos, beijando bochechas e gesticulando ocasionalmente para a própria roupa com uma risada autodepreciativa. Apesar de sua observação anterior, o fato era que Rhy ambientava-se sem esforço. *Como deveria ser*, ponderou Kell.

E ainda assim, Kell detestava a forma gananciosa com que a *ostra* olhava para o príncipe. O pestanejar afetado das mulheres continha afeto de menos e astúcia demais. Os olhares de avaliação dos homens mostravam pouca bondade e muita voracidade. Um ou dois lançaram olhares para Kell com um espectro da mesma ânsia, mas ninguém era suficientemente corajoso para se aproximar. Bom. Que sussurrassem, que olhassem. Ele sentiu o impulso estranho e súbito de fazer um escarcéu, ver a diversão deles se transfigurar em terror ao presenciar seu verdadeiro poder.

Kell apertou o copo com mais força, prestes a se levantar, quando captou um fragmento da conversa do grupo de pessoas mais próximo.

Ele não pretendia bisbilhotar; a prática veio naturalmente. Talvez a magia em suas veias lhe tivesse dado ouvidos potentes, ou talvez ele simplesmente tivesse aprendido a sintonizá-los ao longo dos anos. Quando se era tantas vezes o assunto de conversas sussurradas, isso se tornava um hábito.

— Eu poderia ter entrado — falou um nobre, reclinado sobre uma montanha de almofadas.

— Ora, vamos — repreendeu uma mulher ao seu lado. — Mesmo que possuísse as habilidades, o que você não possui, é tarde demais. A lista de participantes já foi montada.

— Foi mesmo?

Como a maior parte da cidade, eles estavam falando sobre os *Essen Tasch* — Os Jogos Elementais —, e a princípio Kell lhes deu pouca importância, uma vez que a *ostra* normalmente se preocupava mais com bailes e banquetes do que com os concorrentes. E quando raramente falavam dos magos, era da forma como se fala de animais exóticos.

— Bem, a lista ainda não foi *divulgada* — continuou a mulher em um tom conspiratório —, mas meu irmão tem seus métodos.

— Alguém que conheçamos? — perguntou outro homem, de forma displicente e despreocupada.

— Ouvi dizer que a última vencedora, Kisimyr, disputará de novo.

— E o Emery?

Nesse momento o corpo de Kell se enrijeceu e ele segurou o cálice com tanta força que os nós de seus dedos ficaram brancos. *Certamente isso é um engano*, pensou ele, ao mesmo tempo que uma mulher perguntou:

— *Alucard* Emery?

— O próprio. *Ouvi dizer* que ele está voltando para competir.

O sangue pulsou em baques surdos nos ouvidos de Kell, e o vinho em seu cálice começou a formar um redemoinho.

— Isso é bobagem — insistiu um dos homens.

— Você dá *muita atenção* às fofocas. Emery não pisa em Londres há três anos.

— Pode ser — insistiu a mulher —, mas o nome dele está na lista. O amigo do meu irmão tem uma irmã que é mensageira para o *Aven Essen*, e ela disse que...

Uma dor repentina percorreu o ombro de Kell, e ele quase derrubou o cálice. Ergueu a cabeça subitamente, procurando a fonte do ataque enquanto sua mão ia até o ombro. Demorou um instante para registrar que a dor não era sua. Era um eco.

Rhy.

Onde estava Rhy?

Kell se levantou de um salto, derrubando tudo o que estava sobre a mesa enquanto esquadrinhava o salão à procura do cabelo cor de ônix do príncipe, de seu casaco azul. Ele não estava em lugar algum. O coração de Kell martelou no peito, e ele resistiu à vontade de gritar o nome de Rhy por todo o gramado. Podia sentir olhos em cima dele, mas não se importava. Não ligava a mínima para nenhum deles. A única pessoa neste lugar — nesta *cidade* — com quem ele se importava estava próximo dali, sentindo dor.

Kell semicerrou os olhos ante o brilho forte demais do ambiente do Esplendor. As lanternas solares resplandeciam logo acima, mas ao longe a luz da tarde do salão aberto se afunilava nos corredores de uma floresta mais escura. Kell praguejou e se embrenhou pelo campo, ignorando os olhares dos outros clientes.

A dor veio novamente, desta vez na região lombar, e a faca de Kell já estava desembainhada conforme ele invadia o dossel sombreado, xingando as árvores densas que faziam das luzes das estrelas que passavam por entre os ramos as únicas fontes de iluminação. As únicas outras coisas que havia naquele bosque eram casais entrelaçados.

Maldição, praguejou, sua pulsação atingindo um ritmo colérico conforme ele retrocedia.

Ele aprendera a guardar um objeto de Rhy com ele, por via das dúvidas, e estava prestes a derramar seu sangue e conjurar um feitiço para encontrá-lo quando sentiu sua cicatriz latejar de uma maneira que lhe indicou que o príncipe estava perto. Ele se virou e ouviu uma voz abafada pela copa de árvore mais próxima, uma voz que poderia ser de Rhy. Kell avançou, esperando encontrar uma luta, e se deparou com algo completamente diferente.

Ali, em uma inclinação coberta de musgo, Rhy estava semivestido, pairando sobre a garota de branco, a flor azul ainda nos cabelos, o rosto enterrado no ombro dela. Ao longo das costas nuas dele, Kell pôde ver marcas de arranhões profundas o suficiente para verter sangue, e um eco recente de dor floresceu perto dos quadris de Kell enquanto ela cravava as unhas na carne de Rhy.

Kell expirou bruscamente, por desconforto e por alívio. A garota o viu parado ali e arquejou. Rhy ergueu lentamente a cabeça, ofegante, e teve a audácia de sorrir.

— Seu idiota — sibilou Kell.

— Amante? — perguntou a garota.

Rhy se endireitou e então se virou com uma elegância lânguida, reclinando-se no musgo.

— Irmão — explicou.

— Vá embora — ordenou Kell à garota. Ela pareceu desconcertada, mas arrumou o vestido de qualquer jeito e se foi, enquanto Rhy levantou vacilante e procurou por sua camisa. — Pensei que você estivesse sendo atacado!

— Bem... — Rhy deslizou a túnica delicadamente sobre a cabeça. — De certa forma, eu estava.

Kell encontrou o casaco de Rhy pendurado sobre um galho baixo e o atirou em cima dele. Então conduziu o príncipe de volta através dos bosques e do campo, passando pelas portas de prata e saindo para a noite. Fora uma procissão silenciosa, mas no momento em que saíram do Esplendor, Kell virou o irmão para si.

— O que você estava *pensando*?

— Precisa mesmo perguntar?

Kell sacudiu a cabeça, incrédulo.

— Você é um imbecil sem comparação.

Rhy apenas riu.

— Como eu iria saber que ela seria tão bruta comigo?

— Vou matar você.

— Você não pode — falou Rhy de maneira simples, estendendo os braços. — Assegurou-se disso.

E por um instante, enquanto as palavras pairavam na nuvem de seu hálito gélido de inverno, o príncipe pareceu genuinamente chateado. Mas então o sorriso já estava de volta.

— Venha — disse ele, apoiando o braço nos ombros de Kell. — Eu já cansei mesmo do Esplendor. Vamos encontrar um lugar mais agradável para beber.

Uma neve fina começou a cair à volta deles, e Rhy suspirou.

— Você não se lembrou de pegar meu chapéu, lembrou?

III

—Santos — praguejou Rhy. — *Todas* as Londres ficam assim tão geladas?

— Ficam — respondeu Kell enquanto seguia o príncipe para longe do coração pulsante e brilhante da cidade, descendo ruas cada vez mais estreitas. — E ainda mais.

Enquanto caminhavam, Kell imaginou essa Londres interposta com as outras Londres, como uma camada ou mesmo um espectro sobre as demais. Por ali, eles iriam para Westminster. Lá estaria o pátio de pedra onde certa vez houvera uma estátua dos Danes.

Os passos de Rhy pararam de súbito à frente, e Kell ergueu os olhos para ver o príncipe segurando a porta de uma taverna. Uma placa de madeira trazia os dizeres *IS AVEN STRAS*.

Blessed Waters.

Kell xingou baixinho. Ele conhecia o suficiente sobre o lugar para saber que eles não deveriam estar ali. *Rhy* não deveria estar ali. Não era tão ruim quanto a Three of Knives, no coração do *shal*, onde as marcas pretas dos limitadores faiscavam em quase todos os punhos, ou a Jack and All, que tinha causado tantos problemas na última saída deles. Mas a Waters tinha a sua reputação de desordeira.

— *Tac* — repreendeu Kell, em arnesiano, porque este não era o tipo de lugar para falar ilustre real.

— O quê? — perguntou Rhy inocentemente, tirando o chapéu da cabeça de Kell. — Não é o Rachenast. E tenho negócios aqui.

— Que negócios? — perguntou Kell enquanto Rhy acomodava o chapéu sobre seus cachos, mas o príncipe apenas piscou e entrou, de modo que ele não teve escolha senão congelar ali fora ou segui-lo.

O interior do lugar cheirava a mar e a cerveja. Enquanto o Esplendor era amplo, com cores vivas e luz brilhante, a Waters era feita de cantos escuros e lareiras com fogo baixo, mesas e cabines espalhadas como corpos pelo salão. O ar era denso de fumaça e barulhento, com risadas estridentes e ameaças ébrias.

Pelo menos este lugar é autêntico, pensou Kell. Sem fingimento. Sem ilusões. Lembrava-o da Stone's Throw, da Setting Sun e da Scorched Bone. Pontos fixos no mundo, lugares onde Kell tinha feito negócios, tempos atrás, quando seus negócios eram menos aceitáveis. Quando barganhava com bugigangas de lugares distantes, do tipo que apenas ele podia alcançar.

Rhy puxou a aba do chapéu para cobrir os olhos claros conforme se aproximava do bar. Ele apontou para uma sombra atrás do barman, deslizando um pedaço de papel e um único *lish* de prata pela madeira do balcão.

— Para o *Essen Tasch* — disse o príncipe em voz baixa.

— Competidor? — perguntou a sombra com uma voz áspera.

— Kamerov Loste.

— Vencedor?

Rhy negou com a cabeça.

— Não. Só até as nonas.

A sombra lançou um olhar cauteloso, mas pegou a aposta com um movimento rápido dos dedos, como quem recolhe uma carta de baralho em um truque, e recuou para o canto do bar.

Kell sacudiu a cabeça, incrédulo.

— Você veio aqui fazer uma aposta. No torneio que *você mesmo* está organizando.

Havia um brilho nos olhos de Rhy.

— Exatamente.

— Isso é ilegal — retrucou Kell.

— E é por isso que estamos *aqui*.

— E pode me explicar por que não podíamos ter *começado* a noite aqui?

— Porque — explicou Rhy, chamando o barman com um aceno de mão — você estava de péssimo humor quando eu o arrastei daquele palácio. O que não é nada incomum, mas, ainda assim... E estava determinado a desprezar o primeiro destino da noite por uma questão de princípios. Eu apenas vim preparado.

O barman se aproximou, porém manteve o olhar no copo que estava polindo. Se ele reparou no cabelo ruivo de Kell ou em seu olho preto, não demostrou.

— Dois Black Sallies — pediu Rhy em arnesiano, e foi astuto o suficiente para pagar em moedas trocadas de *lin* em vez de usar o *lish* ou o *rish* de ouro empregado pelos nobres. O barman assentiu com a cabeça e serviu dois copos de um líquido grosso e escuro.

Kell ergueu o copo — o conteúdo era denso demais para se ver através dele — e tomou um gole, com cautela. Ele quase engasgou, o que provocou risadas em um punhado de homens no bar. A bebida era áspera, viscosa e doce, porém forte, e agarrou-se à garganta de Kell enquanto subia para sua cabeça.

— Isso é repulsivo — falou Kell com a voz sufocada. — O que tem aqui?

— Acredite em mim, irmão, você não quer saber. — Rhy se voltou para o barman. — Vamos querer também duas cervejas de inverno.

— Quem bebe isso? — Kell tossiu.

— Pessoas que querem ficar bêbadas — respondeu Rhy, tomando um longo e sofrido gole.

Kell sentiu a cabeça rodar conforme empurrava seu copo para longe.

— Vá devagar — disse ele, mas o príncipe parecia decidido a terminar a bebida, e bateu o copo vazio no balcão, estremecendo. Os homens no fim do bar bateram seus próprios copos, em um gesto de aprovação, e Rhy fez uma mesura vacilante.

— Impressionante — murmurou Kell, ao mesmo tempo que alguém atrás deles falava com desprezo:

— Se você quer saber, o príncipe é um merdinha mimado.

Kell e Rhy ficaram tensos. O homem estava jogado a uma mesa com mais dois homens, todos virados de costas para o bar.

— Olha como cê fala — avisou o outro. — É a realeza que cê tá jogando na lama. — Mas antes que Kell pudesse sentir qualquer alívio, todos começaram a rir.

Rhy segurou a borda do balcão com tanta força que os nós de seus dedos ficaram brancos, e Kell apertou o ombro do irmão forte o suficiente para sentir a dor ecoar no seu próprio. A última coisa de que precisava era do príncipe herdeiro envolvido em uma briga na Blessed Waters.

— O que foi que você disse antes — sibilou no ouvido de Rhy — sobre aqueles que queriam nos ver queimar?

— Dizem que ele não tem um pingo de magia nele — prosseguiu o primeiro homem, obviamente bêbado. Nenhum homem sóbrio falaria algo assim em voz alta.

— Vai entender — murmurou o segundo.

— Num é justo — falou o terceiro. — Se ele não tivesse naquele palácio enfeitado, estaria mendigando como um cachorro.

A pior parte era que o homem provavelmente estava certo. O mundo era *governado* pela magia, mas o poder não seguia linha ou linhagem clara; fluía espesso em alguns e ralo em outros. E, além disso, se a magia negava seu poder a uma pessoa, o povo entendia como um julgamento. Os fracos eram evitados e deixados à própria mercê para se defenderem. Às vezes, tais pessoas iam para a vida no mar, onde o poder elemental importava menos do que a força simples dos músculos, mas era mais comum que ficassem e roubassem, acabando com menos do que tinham de início. Era uma vida da qual Rhy tinha sido poupado apenas por seu nascimento.

— Que direito ele tem de sentar naquele trono? — resmungou o segundo.

— Nenhum, essa é que...

Kell já tinha ouvido o suficiente. Estava a ponto de se virar para a mesa quando Rhy estendeu a mão. O gesto foi relaxado, o toque, despreocupado.

— Não se dê ao trabalho — disse ele, pegando as cervejas e se dirigindo para o outro lado do salão.

Um dos homens estava recostado na cadeira, inclinada e apenas com duas pernas de madeira no chão, e Kell a desequilibrou ao passar. Ele não olhou para trás, mas ouviu o som do corpo caindo no chão.

— Cachorrinho levado — sussurrou Rhy, mas Kell percebeu o sorriso na voz dele.

O príncipe passou entre as mesas para chegar a uma cabine na parede mais distante, e Kell estava prestes a segui-lo quando algo na taverna chamou sua atenção. Ou melhor, *alguém*. Ela se destacava, não apenas porque era uma das únicas mulheres no local, mas porque ele a conhecia. Haviam se encontrado somente duas vezes, mas ele a reconheceu instantaneamente, desde o sorriso felino até o cabelo preto torcido como uma corda atrás de sua cabeça, cada mecha intrincada com fios de ouro. Era muito corajoso trajar metal tão precioso em um lugar de bandidos e ladrões.

Mas Kisimyr Vasrin era mais ousada do que a maioria.

Era também a atual campeã do *Essen Tasch*, e a razão pela qual o torneio estava sendo realizado em Londres. Os Jogos só começariam dali a quinze dias, mas lá estava ela, divertindo-se com seu cortejo em um canto da Blessed Waters, cercada por sua costumeira comitiva de belos bajuladores. A competidora passara a maior parte do ano viajando pelo império, exibindo-se e orientando jovens magos — quando os bolsos deles eram grandes o suficiente. A primeira vez em que conseguira um lugar na cobiçada lista de participantes foi quando tinha apenas 16 anos, e nos últimos doze anos e quatro torneios, ela havia escalado posições até o lugar de vencedora.

Com apenas 28 anos, podia facilmente voltar a fazê-lo.

Kisimyr mexeu preguiçosamente em um brinco de pedra, um dos três que tinha em cada orelha, sustentando um sorriso lupino no rosto. Então ela deixou o olhar vagar, passando por sua mesa e pelo salão, até repousá-lo em Kell. Os olhos dela tinham uma miríade de cores, e alguns insistiam que ela podia ver dentro da alma de uma pessoa. Mesmo Kell duvidando de que suas íris únicas pudessem lhe conceder algum poder extraordinário (mas quem era ele para julgar, carregando a marca da magia desenhada como tinta em um dos olhos?), o olhar dela era enervante ainda assim.

Ele inclinou o queixo para cima e deixou que a luz da taverna captasse o preto brilhante de seu olho direito. Kisimyr sequer pareceu surpresa. Ela simplesmente brindou a ele, com um movimento quase imperceptível, quando levou um copo daquele líquido preto aos lábios.

— Você vai se sentar — perguntou Rhy — ou vai ficar de sentinela?

Kell desviou o olhar e virou-se para o irmão. Rhy estava esticado ao longo do banco com os pés para cima, mexendo na aba do chapéu de Kell e murmurando o quanto gostara do seu próprio. Kell empurrou as botas do príncipe para o lado para conseguir sentar.

Ele queria perguntar sobre a lista de participantes do torneio, sobre Alucard Emery —, mas, mesmo não dito, o nome deixou um sabor amargo em sua boca. Ele tomou um longo gole de cerveja, que não foi capaz de limpar a bile.

— Devíamos fazer uma viagem — falou Rhy, arrastando-se para sentar-se direito. — Quando o torneio acabar.

Kell riu.

— Estou falando sério — insistiu o príncipe, embaralhando ligeiramente as palavras.

Ele sabia que Rhy estava realmente falando sério, mas também sabia que isso nunca aconteceria. A coroa não permitia que Kell viajasse além das fronteiras de Londres, mesmo quando se aventurava em mundos diferentes. Alegavam que era para sua própria segurança — e talvez fosse —, mas ele e Rhy sabiam que essa não era a única razão.

— Vou falar com papai... — disse Rhy, divagando como se o assunto já estivesse desaparecendo de sua mente. E então já estava novamente de pé, deslizando para fora da cabine.

— Aonde você está indo? — perguntou Kell.

— Buscar outra rodada para nós.

Kell olhou para o copo descartado de Rhy e depois para o seu, ainda pela metade.

— Acho que já bebemos o suficiente — afirmou Kell.

O príncipe girou à volta dele, agarrando-se à cabine.

— Então agora você fala por nós dois? — explodiu, os olhos vidrados. — Primeiro o corpo e agora a vontade?

A alfinetada o atingiu, e Kell de repente se sentiu horrivelmente cansado.

— Está bem — rosnou. — Vá nos envenenar.

Ele esfregou os olhos e viu seu irmão se afastar. Rhy sempre tivera uma inclinação pela bebida, mas nunca com o único propósito de estar bêbado demais para funcionar. Bêbado demais para pensar. Os santos sabiam que Kell tinha seus próprios demônios, mas não poderia afogá-los. Não daquele jeito. Não sabia por que continuava deixando Rhy tentar.

Kell procurou nos bolsos de seu casaco e encontrou um clipe de bronze com três cigarrilhas.

Ele nunca tinha sido um grande fumante — embora também nunca houvesse sido um grande bebedor — e ainda assim, querendo recuperar pelo menos um pouco do controle sobre o que colocava no próprio corpo, estalou os dedos e acendeu a cigarrilha com a pequena chama que dançava sobre seu polegar.

Ele aspirou profundamente — não era tabaco, como na Londres Cinza, nem o horrível charuto que fumavam na Londres Branca, e sim uma agradável folha condimentada que arejava sua cabeça e acalmava seus nervos. Kell soltou uma baforada, seus olhos perdendo o foco na nuvem de fumaça.

Ele ouviu passos e ergueu os olhos, esperando ver Rhy, mas encontrou uma jovem. Ela trazia as marcas da comitiva de Kisimyr, desde o cabelo escuro enrolado, passando pelas borlas de ouro, até o pingente de olho de gato no pescoço.

— *Avan* — falou ela com uma voz suave como seda.

— *Avan* — respondeu Kell.

A mulher se aproximou, e a barra de seu vestido roçou na beirada da cabine.

— A mestra Vasrin envia seus cumprimentos e deseja que eu lhe transmita uma mensagem.

— E qual é a mensagem? — indagou ele, tragando mais uma vez.

Ela sorriu, e antes que ele pudesse fazer qualquer coisa, antes mesmo que pudesse exalar a fumaça, estendeu as mãos, pegou o rosto de Kell e o beijou. A respiração ficou presa no peito de Kell, o calor percorreu seu corpo, e, quando a garota se afastou — o suficiente para encontrar seu olhar — ela soltou um sopro de fumaça. Ele quase riu. Seus lábios se curvaram em um sorriso felino, e os olhos dela procuraram os dele, não com medo ou mesmo surpresa, mas com algo que lembrava empolgação. Reverência. E Kell sabia que aquele era o momento em que ele deveria se sentir como um impostor... mas não sentiu.

Ele olhou por trás dela, para o príncipe que ainda estava de pé em frente ao bar.

— Ela só disse isso? — perguntou Kell.

A boca da jovem se contraiu de leve.

— As instruções dela foram vagas, *mas aven vares.*

Meu abençoado príncipe.

— Não — disse ele, franzindo o cenho. — Não diga príncipe.

— O quê, então?

Ele engoliu em seco.

— Apenas Kell.

Ela corou. Era íntimo demais. As normas da sociedade ditavam que, mesmo que ele se despisse do título real, deveria ser chamado de *mestre* Kell. Mas ele também não queria ser isso. Só queria ser ele mesmo.

— Kell — pronunciou, testando a palavra nos lábios.

— E qual é o seu nome? — perguntou ele.

— Asana — sussurrou ela, a palavra escapando como um som indicativo de prazer.

Ela o guiou de volta ao banco, o gesto de alguma forma ousado e tímido ao mesmo tempo. E então sua boca estava na dele. Suas roupas eram acinturadas, de acordo com a moda atual, e ele enredou os dedos nos laços do corpete que ficavam na parte inferior das costas.

— Kell — alguém sussurrou no ouvido dele.

Mas não era Asana e sim Delilah Bard. Ela fazia isso, entrava em seus pensamentos e roubava sua concentração, como uma ladra. E isso era exatamente o que ela era. O que ela *havia* sido, antes que ele a tirasse do mundo dela e a levasse para o dele. Só os santos sabiam como ou onde ela estava atualmente, mas em seus pensamentos ela sempre seria a ladra que roubava nos momentos mais inoportunos. *Vá embora*, pensou, agarrando com mais força o vestido da jovem. Asana o beijou de novo, mas ele estava sendo arrastado para outro lugar, lá fora, nas ruas da noite fria de outubro, e outros lábios estavam pressionados contra os dele, durando apenas um instante: um fantasma de um beijo.

— *Por que você fez isso?*

Ela abriu um sorriso afiado como uma navalha.

— *Para dar sorte.*

Ele gemeu, frustrado, e puxou Asana para si, beijando-a profunda e desesperadamente, tentando sufocar a intromissão de Lila enquanto os lábios de Asana roçavam seu pescoço.

— *Mas vares* — exalou ela na pele dele.

— Não sou... — começou ele, mas então a boca de Asana estava na dele de novo, roubando a argumentação e o fôlego. A mão dele desapareceu em algum lugar sob a cascata dos cabelos dela. E agora reaparecia sobre a nuca. A mão dela estava espalmada no peito dele, e então seus dedos desceram para a boca do estômago e...

Dor.

Resvalou pelo queixo, súbita e pungente.

— O que foi? — perguntou Asana. — Qual é o problema?

Kell cerrou os dentes.

— Nada.

Vou matar meu irmão.

Ele desviou os pensamentos de Rhy para Asana, mas, assim que sua boca encontrou a dela novamente, a dor voltou, assolando seu quadril.

Por um único e nebuloso instante, Kell se perguntou se Rhy tinha apenas encontrado outra conquista entusiasmada. Mas então a dor veio pela terceira vez, agora nas costelas, lancinante o suficiente para arrebatar seu fôlego, e a possibilidade se esvaiu.

— Santo — praguejou ele, desvencilhando-se do abraço de Asana e saindo da cabine ao mesmo tempo em que murmurava desculpas. A sala oscilou por ele ter se levantado rápido demais, e Kell se recostou na cabine, examinando o salão e se perguntando em que tipo de problema Rhy tinha se metido dessa vez.

Então ele viu a mesa perto do bar, onde antes os três homens estiveram conversando. Eles tinham ido embora. Havia duas portas no Blessed Waters: a da frente e a dos fundos. Kell escolheu a segunda opção, e sua escolha foi certeira. Ele saiu intempestivamente pela noite com uma velocidade que francamente o surpreendeu, dado o quanto ele e Rhy tinham bebido. Mas a dor e o frio eram coisas que deixavam um homem sóbrio rapidamente, e enquanto ele resvalava até parar em um beco coberto de neve, já podia sentir a magia correndo quente por suas veias, pronta para o combate.

A primeira coisa que Kell viu foi o sangue.

E depois a faca do príncipe caída sobre os paralelepípedos.

Os três homens tinham encurralado Rhy no final do beco. Um deles tinha um corte no antebraço. O outro, na bochecha. Rhy deve ter conseguido desferir alguns golpes antes de perder sua arma, mas agora estava encurvado, com um braço em torno das costelas e sangue escorrendo do nariz. Os homens, obviamente, não sabiam quem ele era. Uma coisa era falar mal da realeza, já colocar as mãos nele...

— Vou te dar uma lição por cortar o meu rosto — rosnou um.

— Fiz uma melhoria — resmungou Rhy por entre os dentes cerrados. Kell não podia acreditar: Rhy estava provocando os homens.

— ... procurando problemas. — Vai acabar encontrando.

— Não... tenha tanta... certeza... — O príncipe tossiu.

Sua cabeça se ergueu acima dos homens e ele viu Kell. Abriu um sorriso fraco, cheio de dentes ensanguentados.

— Vejam só. Olá — falou, como se tivessem acabado de se esbarrar ao acaso.

Como se ele não estivesse sendo surrado para valer atrás da Blessed Waters. E como se, naquele instante, Kell não tivesse vontade de deixar os homens baterem em Rhy por ser estúpido e autodestrutivo o suficiente para provocar essa briga (porque Kell não tinha dúvida de que o príncipe tinha começado). O desejo aumentava pelo fato de que, embora os bandidos não soubessem, eles não podiam matá-lo. Essa era a razão do feitiço gravado em sua pele. *Nada* podia matar Rhy. Porque não era mais a vida de Rhy que o mantinha vivo. Era a de Kell. E, enquanto Kell vivesse, o príncipe também viveria.

Mas podiam machucá-lo, e Kell não estava com raiva suficiente para deixar isso acontecer.

— Olá, irmão — falou Kell, cruzando os braços.

Dois dos três homens se viraram para Kell.

— *Kers la?* — debochou um. — Um cãozinho de estimação veio morder nossos calcanhares?

— Não parece que consiga morder muito — disse outro.

O terceiro sequer se deu ao trabalho de se virar. Rhy dissera alguma coisa para insultá-lo — Kell não entendeu as palavras —, e agora ele se preparava para chutar o estômago do príncipe. Mas não o atingiu. Kell cerrou os dentes e a bota do homem congelou no ar, os ossos em sua perna paralisados.

— Que diabos...

Kell o girou com a mente e o homem foi voando de lado até se chocar contra a parede mais próxima. Ele caiu no chão, gemendo, e os outros dois olharam com surpresa e horror.

— Você não pode... — resmungou um deles, embora o fato de que Kell *podia* era menos chocante do que o fato de que ele já *havia* feito.

Manipular ossos com magia era uma habilidade rara e perigosa, proibida porque quebrava a lei cardeal: que ninguém podia usar magia, mental ou física, para controlar outra pessoa. Aqueles que demonstravam a habilidade eram fortemente encorajados a desaprendê-la. Qualquer pessoa apanhada fazendo aquilo seria recompensada com um conjunto completo de limitadores.

Um mago comum nunca arriscaria receber a punição.

Kell não era um mago comum.

Ele levantou o queixo para que os homens pudessem ver seus olhos, e sentiu uma satisfação sombria quando a cor se esvaiu de seus rostos. Então ouviu o barulho de passos e se voltou para ver mais homens chegando ao beco. Bêbados, com raiva e armados. Algo se agitou nele.

Seu coração disparou, e magia borbulhou em suas veias. Ele sentiu algo em seu rosto, e levou um instante para perceber que estava *sorrindo*.

Ele tirou a adaga da bainha escondida em seu braço e com um único movimento cortou a palma da mão. O sangue caiu na rua em pesadas gotas vermelhas.

— *As Isera* — pronunciou. As palavras tomaram forma em seu sangue e no ar ao mesmo tempo. Vibraram por todo o beco.

E, então, o chão começou a *congelar*.

Começou nas gotas de sangue e se espalhou rapidamente como uma geada sobre as pedras e sob os pés, até que, um instante depois, todos no beco estavam em cima de uma única placa sólida de gelo. Um homem deu um passo, e seus pés voaram para o alto, agitando os braços em busca de equilíbrio conforme caía. Outro devia estar com botas melhores, porque deu um passo seguro para a frente. Mas Kell já estava em movimento. Ele se agachou, pressionou a palma sangrenta contra as pedras da rua e disse:

— *As steno.*

Quebrar.

Um som de algo rachando cortou a noite, o silêncio se quebrando junto com a placa de gelo vítreo. Rachaduras verteram da mão de Kell, fissurando o chão por todos os lados, e, quando ele se levantou, os estilhaços o acompanharam. Cada pedaço de gelo que não estava preso por botas ou corpos se ergueu no ar e ali ficou, com as bordas afiadas como facas voltadas para o lado oposto de Kell como raios de luz perversos.

De repente, todos no beco ficaram imóveis, não porque ele estivesse comandando os ossos em seus corpos, mas porque estavam com medo. Como deveriam estar. Ele não se sentia bêbado agora. Não sentia frio.

— Ei, você — disse um deles, suas mãos se erguendo em rendição. — Não precisa fazer isso.

— Não é justo — rosnou outro devagar, uma lâmina de gelo em sua garganta.

— Justo? — perguntou Kell, surpreso com a firmeza da própria voz. — Três contra um é justo?

— Ele começou!

— Oito contra dois é justo? — continuou Kell. — Parece para mim que as chances estão a *seu* favor.

Os pedaços de gelo pairando no ar começaram a se mover para a frente. Kell ouviu os silvos de pânico.

— Estávamos apenas nos defendendo.

— Não sabíamos.

Virado de costas para a parede traseira, Rhy se endireitou.

— Qual é, Kell...

— Fique quieto, Rhy — avisou Kell. —Você já causou problemas demais.

Os fragmentos pontiagudos de gelo flutuaram para todos os lados e, em seguida, voaram com uma precisão lenta até que dois ou três encontraram cada homem, traçaram um curso até garganta, coração e vísceras. Os estilhaços e os homens que olhavam para eles esperaram com olhos arregalados e prenderam a respiração para ver o que fariam.

O que *Kell* faria. Um movimento de seu pulso era tudo o que era preciso para acabar com todos os homens no beco.

Pare, disse uma voz, a palavra quase suave demais para se ouvir. *Pare.*

E então, de repente, muito mais alto, a voz era de Rhy, as palavras irrompendo de sua garganta.

— *KELL, PARE!*

E a noite voltou ao foco e ele percebeu que estava ali de pé, controlando oito vidas em suas mãos, e quase as tinha exterminado. Não para puni-los por atacar Rhy (o príncipe provavelmente os havia provocado) nem por terem sido homens maus (embora vários deles pudessem ser). Mas apenas porque *podia*, porque era bom estar no controle, ser o mais forte, saber que no final ele seria o único que ficaria de pé.

Kell expirou e baixou a mão, deixando os estilhaços de gelo caírem nos paralelepípedos, onde se quebraram. Os homens arfaram, xingaram e tropeçaram juntos, o feitiço daquele instante sendo quebrado.

Um caiu no chão, tremendo.

Outro parecia prestes a vomitar.

— Saiam daqui — falou Kell, calmamente.

E os homens obedeceram. Ele os viu sair correndo.

As pessoas já pensavam que Kell era um monstro, e agora ele tinha dado mais peso aos medos, o que só faria tudo ficar pior. Mas não importava. Nada do que ele fazia parecia tornar as coisas melhores.

Seus passos crepitaram no gelo quebrado conforme ele caminhava até onde Rhy estava apoiado na parede. Ele parecia atordoado, mas Kell pensou que tinha menos a ver com a surra e mais com a bebida. O sangue tinha parado de escorrer do nariz e do lábio, e seu rosto não estava ferido. Quando Kell examinou o próprio corpo em busca de ecos de dor, sentiu apenas um par de costelas doloridas.

Kell estendeu a mão e ajudou Rhy a se levantar. O príncipe deu um passo à frente e se desequilibrou, mas Kell o pegou e o manteve de pé.

— Lá vai você de novo — murmurou Rhy, apoiando a cabeça no ombro de Kell. — Você nunca me deixa cair.

— E deixar você me levar junto? — ralhou Kell, apoiando o braço do príncipe em seus ombros. — Vamos, irmão. Acho que já nos divertimos bastante por uma noite.

— Sinto muito — sussurrou Rhy.

— Eu sei.

Mas a verdade era que Kell não conseguia se esquecer do modo como se sentira durante a luta, a pequena parte desafiadora que, sem dúvida, *gostara* de tudo. Ele não podia esquecer aquele sorriso que pertenceria a ele e ao mesmo tempo a alguém inteiramente diferente.

Kell estremeceu e ajudou o irmão a voltar para casa.

IV

Os guardas estavam esperando por eles no corredor.

Kell levara o príncipe por todo o caminho de volta ao palácio e pela escadaria do Dique antes de esbarrar com os homens: dois deles eram guardas de Rhy, os outros dois dele próprio, e os quatro pareciam irritados.

— Vis, Tolners — falou Kell, fingindo frivolidade. — Querem me dar uma ajuda?

Como se estivesse carregando um saco de trigo e não o príncipe real de Arnes.

Os guardas de Rhy estavam pálidos de raiva e preocupação, mas nenhum se moveu.

— Staff, Hastra? — disse ele, apelando para seus próprios guardas. Tudo que encontrou foi um silêncio inquebrável. — Ótimo, saiam do caminho; eu mesmo vou levá-lo.

Ele passou com truculência pelos guardas.

— Esse sangue é do príncipe? — perguntou Vis, apontando para a manga da blusa de Kell, que ele usara para limpar o rosto de Rhy.

— Não — mentiu. — Só meu.

Os homens de Rhy relaxaram consideravelmente ao ouvir essa informação, o que Kell achou desconcertante. Vis era do tipo nervoso, os pelos sempre eriçados, e Tolners não tinha um pingo de senso de humor, com a carranca de um oficial militar. Ambos tinham servido ao rei Maxim antes de serem designados para proteger o jovem da realeza, e viam a rebeldia do príncipe com muito menos indiferença do que os anteriores. Quanto aos guardas de Kell, Hastra era jovem e ansioso, mas Staff quase nunca dizia uma palavra, fosse para Kell ou em sua presença. No primeiro mês, Kell não conseguia ter certeza se o guarda o odiava, o temia ou ambos. Então Rhy lhe contara a verdade: a irmã de Staff tinha morrido na Noite Preta, e Kell soube que ele provavelmente sentia ambos.

— Ele é um bom guarda — disse Rhy quando Kell perguntou por que designariam um homem como ele para protegê-lo. Então acrescentou sombriamente: — Foi escolha do papai.

Agora, quando o grupo alcançou o corredor real que os irmãos compartilhavam, Tolners pegou um bilhete e ergueu-o para Kell ler.

— Isso não é engraçado.

Aparentemente Rhy tivera a graça de fixar um bilhete na porta de seu quarto, no caso de alguém no palácio se preocupar.

Não fui sequestrado.
Saí para beber com Kell.
Fiquem aqui esperando.

O quarto de Rhy ficava no fim do corredor, destacado por duas portas ornamentadas. Kell deu um chute para abri-las.

— Muito barulho — resmungou Rhy.

— Mestre Kell — advertiu Vis, seguindo-o para dentro do aposento. — Devo insistir para que você pare com essas...

— Não o forcei a sair.

— Mas você *permitiu*...

— Sou irmão dele, não *guarda* — explodiu Kell.

Ele sabia que tinha sido criado para proteger Rhy tanto quanto para ser seu companheiro, mas não era uma tarefa fácil e, além do mais, já não tinha feito o suficiente?

Tolners ralhou:

— O rei e a rainha...

— Vão embora — gritou Rhy, despertando. — Estão me dando dor de cabeça.

— Alteza — começou Vis, alcançando o braço de Rhy.

— *Fora* — vociferou o príncipe com súbito vigor.

Os guardas se afastaram, depois olharam, inseguros, para Kell.

— Vocês ouviram o príncipe — resmungou ele. — Saiam — Seu olhar recaiu sobre seus próprios homens. — Todos vocês.

Quando as portas se fecharam atrás dele, Kell meio guiou, meio arrastou Rhy para a cama.

— Acho que os guardas estão começando a gostar de mim — resmungou ele.

Rhy cambaleou e caiu de costas na cama, um dos braços cobrindo os olhos.

— Desculpe... desculpe... — disse ele, quase sussurrando, e Kell estremeceu, lembrando-se daquela noite horrível: o príncipe sangrando até a morte enquanto ele e Lila tentavam levá-lo para a segurança, os suaves *desculpe* se esvaindo até se transformarem em silêncio, quietude e...

— ... tudo minha culpa... — a voz de Rhy o trouxe de volta à realidade.

— Fique quieto — pediu Kell, desabando em uma cadeira que estava ao lado da cama.

— Eu só queria... como era antes.

— Eu sei — disse Kell, esfregando os olhos. — Eu sei.

Ele continuou sentado ali até Rhy ficar em silêncio, a salvo em seu sono, então fez força para se colocar de pé. O quarto balançou ligeiramente, e Kell se apoiou por um instante na coluna de madeira esculpida da cama antes de voltar para os próprios aposentos. Não pelo corredor principal e por seus guardas, mas pelo corredor secreto que seguia entre os quartos. Quando Kell entrou, as lamparinas se acenderam, vivas. Era magia fácil, sem esforço, mas a luz não o fez se sentir em casa. O cômodo sempre parecera estranhamente alheio. Rígido, como uma vestimenta malfeita e sem o caimento apropriado.

Era um quarto para a realeza. O teto era revestido de tecidos que caíam oscilantes, das cores da noite, e uma elegante escrivaninha ocupava uma das paredes. Um sofá e cadeiras estavam dispostos em volta de um conjunto de chá de prata, e um par de portas de vidro levava a uma varanda agora coberta por uma fina camada de neve. Kell tirou o casaco e revirou-o de dentro para fora algumas vezes, retornando ao vermelho real antes de colocá-lo sobre um otomano.

Ele sentia falta de seu pequeno quarto no alto da escada da Ruby Fields, com suas paredes ásperas, sua cama estreita e dura e seu ruído constante. Mas o quarto, a taverna e a mulher que o administrava haviam sido queimados até virar cinzas meses atrás por Holland, e Kell não conseguiu encontrar forças para procurar outro.

O quarto fora um segredo, e Kell havia prometido à coroa — e a Rhy — que pararia de guardar segredos. Ele perdera o quarto e a privacidade que vinha com ele, mas havia algo bom em continuar sentindo aquela falta. Ele supôs que merecia isso. Outros perderam muito mais por causa dele.

E então Kell permaneceu nos aposentos reais.

A cama o convidava em uma plataforma elevada, com um colchão macio e um mar de travesseiros, mas, em vez de ir para lá, Kell desabou em sua cadeira favorita. Uma coisa gasta se comparada à cama, encontrada em um dos escritórios do palácio, encarava as portas da varanda e o horizonte, voltada para o brilho quente e vermelho do Atol. Ele estalou os dedos, e as lamparinas escureceram até apagar.

Sentado ali apenas à luz do rio, sua mente cansada se voltou, como invariavelmente fazia, para Delilah Bard. Quando Kell pensava nela, não era uma garota e sim, três: a ladra de rua magrela que o roubara em um beco, a parceira sanguinária que lutara ao lado dele e a garota impossível que fora embora sem nunca olhar para trás.

Onde você está, Lila?, ponderou. *E em que tipo de problemas você está se metendo?*

Kell puxou um lenço do bolso traseiro: um pequeno quadrado de tecido escuro, que lhe fora dado pela primeira vez por uma garota vestida de garoto em um beco escuro, um truque de mãos para poder roubá-lo. Ele o usara para encontrá-la mais de uma vez, e se perguntou se poderia fazê-lo de novo ou se agora pertencia mais a ele do que a ela. Imaginou aonde o levaria, se funcionasse.

Ele sabia com uma certeza que vinha de suas entranhas que ela estava viva, ela tinha que estar viva, e a invejava. Invejava o fato de que aquela garota da Londres Cinza estava lá fora em algum lugar, vendo partes do mundo que Kell, um habitante da Londres Vermelha, um *Antari*, nunca tinha vislumbrado.

Kell colocou o lenço de lado, fechou os olhos e esperou que o sono o dominasse. Quando isso aconteceu, ele sonhou com ela. De pé em sua varanda, incitando-o a sair e brincar. Sonhou que a mão dela se enroscava na dele, um pulso de poder os entrelaçando e unindo. Sonhou com os dois correndo por ruas desconhecidas, não aquelas de Londres que já haviam percorrido, mas curvas e desvios em lugares aonde ele nunca tinha ido e outros que ele poderia jamais conhecer. Mas lá estava ela, ao seu lado, puxando-o para a liberdade.

V

Londres Branca

Ojka sempre fora graciosa.

Graciosa quando dançava. Graciosa quando matava.

A luz do sol se derramava pelo chão de pedra enquanto ela girava, suas facas lambendo o ar enquanto arqueavam e mergulhavam, presas às mãos dela e umas às outras por um único pedaço de cordão preto.

Seu cabelo, antes pálido, agora brilhava vermelho, um contraste com sua pele ainda branca e viçosa, vistoso como sangue. Roçava seus ombros quando ela girava e se curvava, um raio brilhante no centro de um círculo mortal. Ojka dançou, e o metal acompanhou o ritmo; era o parceiro perfeito para seus movimentos fluidos. E durante todo o tempo ela manteve os olhos fechados. Conhecia a dança de cor, uma dança que ela tinha aprendido ainda criança nas ruas de Kosik, na pior parte de Londres. Uma dança que ela dominara. Não se ficava vivo nesta cidade apenas por sorte. Não se você tivesse um traço que fosse de poder. Os carniceiros o farejariam, rasgariam sua garganta para poder roubar qualquer vestígio que houvesse em seu sangue. Eles não se importavam se você fosse criança. Só o tornaria um alvo mais fácil de agarrar e matar.

Mas não Ojka. Ela havia aberto caminho à força por Kosik. Crescera e sobrevivera em uma cidade que conseguia matar a todos. E a tudo.

Mas aquilo fora em outra vida. Aquilo fora antes. Isso era depois.

As veias de Ojka traçavam elegantes linhas pretas sobre sua pele conforme ela se movia. Podia sentir a magia correndo por ela, um segundo pulso entrelaçado com sua pulsação. Primeiro havia queimado, tão quente que ela temeu que a consumisse, da mesma forma que tinha consumido outros. Mas então ela se entregara. Seu corpo parara de lutar, assim como o poder. Ela o abraçara, e, uma vez que o havia feito, ele retribuíra o abraço e eles dançaram juntos, queimaram juntos, fundindo-se como aço reforçado.

As lâminas cantaram, extensões de suas mãos. A dança estava quase terminada.

E então ela sentiu a convocação, como uma labareda de calor dentro do crânio.

E parou. Não de súbito, é claro, mas lentamente, enrolando o cordão preto em torno das mãos até que as lâminas bateram nas palmas. Só então seus olhos se abriram.

Um era amarelo.

O outro era preto.

Prova de que ela havia sido escolhida.

Não era a primeira, mas isso não era problema. Não importava. O que importava era que os outros haviam sido muito fracos. O primeiro durara apenas alguns dias. O segundo mal conseguira aguentar uma semana. Mas Ojka era diferente. Ojka era forte. Ela tinha sobrevivido. Ela *iria* sobreviver enquanto fosse digna.

Essa fora a promessa do rei quando a escolhera.

Ojka enrolou o cordão ao redor das lâminas e deslizou a arma de volta no coldre em seu quadril.

O suor gotejava das pontas do cabelo carmesim, e ela o torceu antes de se enfiar no casaco e amarrar a capa. Seus dedos tracejaram a cicatriz que subia da garganta até a mandíbula e ao longo da bochecha, terminando logo abaixo da marca do rei.

Quando a magia trouxe força aos seus músculos, calor ao seu sangue e cor às suas feições, ela temeu que isso fosse apagar a cicatriz. Tinha ficado aliviada quando não aconteceu. Ela merecera aquela cicatriz, assim como todas as outras que carregava.

A convocação flamejou novamente atrás de seus olhos, e ela saiu. O dia estava frio, mas não demais, e lá em cima, além das nuvens, o céu estava azul. *Azul*. Não o branco gelado com o qual ela crescera, mas um azul verdadeiro. Como se o próprio céu estivesse descongelado. A água do Sijlt estava descongelando também, cada dia mais; o gelo dava lugar à água verde-cinzenta.

Em todos os lugares para onde olhava, o mundo estava acordando.

Renascendo.

E o sangue de Ojka acelerava ante essa visão. Ela havia estado em uma loja certa vez, e tinha visto um baú coberto de poeira. Lembrou-se de ter passado a mão por ele, retirando a camada de cinza e revelando a madeira escura embaixo. Era exatamente assim, pensou. O rei veio e passou a mão pela cidade, limpando a poeira.

Levaria tempo, dissera ele, mas estava tudo a contento. A mudança estava chegando.

Apenas uma estrada ficava entre seus aposentos e os muros do castelo, e, ao atravessar a rua, seu olhar flutuou na direção do rio e da outra metade da cidade ao longe. Do coração de Kosik aos degraus do castelo. Ela havia percorrido um longo caminho.

Os portões estavam abertos, novas videiras escalando as paredes de pedra de ambos os lados. Ela estendeu a mão e tocou um pequeno gomo roxo quando entrou no terreno.

Onde o Krös Mejkt uma vez se espalhara, um cemitério de cadáveres de pedra aos pés do castelo, agora havia grama selvagem, crescendo apesar do frio do inverno. Apenas duas estátuas permaneciam, flanqueando as escadas do castelo, ambas encomendadas pelo novo rei. Não um aviso, e sim um lembrete de falsas promessas e tiranos caídos.

Eram semelhantes aos antigos governantes, Athos e Astrid Dane, esculpidos em mármore branco. Ambas as figuras estavam de joelhos. Athos Dane olhava para o chicote em suas mãos, enrolado como uma serpente em torno dos pulsos, e seu rosto estava retorcido de dor. Por sua vez, Astrid agarrava o punho de uma adaga, a lâmina enterrada no peito, e sua boca estava escancarada em um grito silencioso e imortal.

As estátuas eram horríveis, objetos sem elegância. O oposto do novo rei.

O novo rei era perfeito.

O novo rei fora escolhido.

O novo rei era Deus.

E Ojka? Ela via a maneira como ele a olhava com aqueles olhos lindos, e sabia que o rei também via a beleza nela, mais e mais a cada dia.

Ela chegou ao topo da escadaria e entrou no castelo.

Ojka ouvira histórias sobre os guardas de olhos vazios que haviam servido aos Dane. Homens destituídos de suas mentes e almas, que se transformaram em nada além de cascas vazias. Mas eles já haviam desaparecido e o castelo estava aberto, e estranhamente vazio. Havia sido invadido, tomado, mantido e perdido nas semanas após os Dane terem caído, mas não havia sinal de massacre agora. Tudo estava calmo.

Havia criados, homens e mulheres aparecendo e desaparecendo com as cabeças abaixadas em reverência, e uma dúzia de guardas, mas seus olhos não eram vazios. Do contrário, moviam-se com um propósito, uma devoção que Ojka entendia. Esta fora a ressurreição, uma lenda trazida à vida, e todos eles faziam parte dela.

Ninguém a deteve enquanto andava castelo adentro.

Na verdade, alguns se ajoelharam conforme ela passava, outros sussurravam bênçãos e baixavam a cabeça. Quando ela chegou à sala do trono, as portas estavam abertas, e o rei estava à sua espera. O teto abobadado se fora, paredes e colunas maciças agora dando lugar ao céu aberto.

Os passos de Ojka ecoaram no chão de mármore.

Houve um tempo em que realmente fora feito de ossos, ela se perguntou, *ou isso é lenda?* (Tudo o que Ojka tinha ouvido eram rumores, então ela fora inteligente e se escondera em Kosik, evitando os Dane a todo custo durante o seu reinado. Muitas histórias cercavam os gêmeos, todas sangrentas.)

O rei estava de pé diante do trono, admirando a superfície lustrosa da piscina de divinação que formava um círculo preto e liso diante do estrado em que ele estava. Ojka achou sua imobilidade quase tão hipnótica quanto o homem refletido nela.

Quase.

Mas havia algo nele que faltava à piscina preta. Sob a superfície calma do rei, a energia ondulava. Ela podia senti-la do outro lado da sala, agitando-se em ondas. Uma fonte de poder.

A vida poderia estar fincando raízes na cidade. Porém, no rei, já havia florescido.

Ele era alto e forte, os músculos delineando o corpo esculpido, sua força evidente até mesmo através de suas roupas elegantes. O cabelo preto puxado para trás revelava seu rosto de maçãs altas e mandíbula forte. O arco de seus lábios franziu levemente, e um vinco sutil se formou entre suas sobrancelhas conforme ele analisava a piscina, com as mãos entrelaçadas para trás, em suas costas. As mãos dele. Ela se lembrou daquele dia, quando aquelas mãos tinham se apoiado na pele dela, uma pressionada contra a nuca, a outra estendida sobre os olhos. Ela havia sentido o seu poder antes mesmo de passar entre eles, pulsando sob a pele do rei. E ela o queria, precisava dele como precisava de ar.

A boca do rei estivera demasiadamente perto de sua orelha quando ele falara:

— Você aceita esse poder?

— Aceito — respondera ela.

E então tudo se transformara em um calor abrasador, escuridão e dor. Queimando. Até que a voz dele voltara, bem perto, e tinha dito:

— Pare de lutar, Ojka. Deixe-o entrar.

E ela deixara.

Ele a escolhera, e ela não o decepcionaria. Assim como nas profecias, o salvador havia chegado. E ela estaria ao lado dele.

— Ojka — falou ele agora, sem erguer o olhar. O nome dela era um feitiço nos lábios dele.

— Majestade — disse ela, ajoelhando-se diante da piscina.

A cabeça dele se ergueu.

— Você sabe que eu não gosto de títulos — disse ele, rodeando a piscina. Ela se endireitou e encontrou os olhos dele: um verde, o outro preto. — Pode me chamar de Holland.

TRÊS

A VIRADA DA MARÉ

TRÊS

A VIRADA
DA MARÉ

I

Londres Vermelha

O pesadelo começou da mesma forma de sempre, com Kell parado no meio de um lugar público — às vezes na Stone's Throw, no jardim de estátuas em frente à fortaleza dos Dane ou no Santuário de Londres —, ao mesmo tempo cercado e sozinho.

Dessa vez ele estava no meio do Mercado Noturno.

Estava lotado, mais cheio do que Kell já tinha visto, o povo imprensado ombro a ombro ao longo da margem do rio. Ele pensou ter visto Rhy na outra extremidade, mas, quando chamou o nome do irmão, o príncipe já havia desaparecido na multidão.

Perto de onde estava, vislumbrou uma garota com cabelos escuros que iam até a linha do queixo e gritou:

— Lila?

Assim que deu um passo na direção dela, contudo, a multidão se agitou e a engoliu novamente. Todos ali tinham rostos familiares, e ao mesmo tempo todos na massa de corpos eram estranhos.

E então uma mecha de cabelos brancos chamou sua atenção: a figura pálida de Athos Dane deslizava como uma serpente através da multidão. Kell grunhiu e pegou a faca, porém foi impedido por dedos frios se fechando sobre os dele.

— Garoto das flores — arrulhou uma voz em seu ouvido, e ao se virar Kell encontrou Astrid, coberta de rachaduras, como se alguém tivesse colado os pedaços de seu corpo. Kell cambaleou para trás, mas a multidão estava aumentando ainda mais, e alguém o empurrou por trás. Quando recuperou o equilíbrio, os irmãos Dane já haviam sumido.

Rhy voltou a aparecer ao longe. Ele estava olhando ao redor como se procurasse alguém, pronunciando uma palavra, um nome que Kell não conseguia ouvir.

Outro estranho esbarrou em Kell com força.

— Sinto muito — murmurou ele. — Sinto muito...

Mas as palavras ecoaram e as pessoas continuaram passando por ele como se não o vissem, como se ele não estivesse lá. Então, assim que pensou nisso, todos pararam no meio dos próprios passos e cada rosto voltou-se em sua direção, os rostos assumindo horríveis feições de raiva, medo e nojo.

— Sinto muito — falou ele novamente. Ergueu as mãos e viu que suas veias estavam ficando pretas.

— Não — sussurrou, enquanto a magia traçava linhas em seus braços. — Não, por favor, não.

Ele podia sentir a escuridão zumbindo em seu sangue conforme se espalhava. A multidão começou a se mover novamente, mas, em vez de se afastar, todos estavam indo em sua direção.

— Afastem-se — disse Kell. Quando eles não o fizeram, ele tentou correr, mas descobriu que suas pernas não se moviam.

— Tarde demais — reverberou a voz de Holland, vinda de lugar nenhum. E de todos os lugares. — Ao deixar a magia entrar, você já perdeu.

A magia forçou seu caminho por dentro do corpo dele a cada batida de seu coração. Kell tentou lutar contra ela, mas agora estava em sua cabeça, sussurrando na voz de *Vitari*.

Deixe-me entrar.

A dor disparou lancinante pelo peito de Kell quando a escuridão atingiu seu coração, e, a distância, Rhy desmoronou.

— Não! — gritou Kell, tentando inútil e desesperadamente alcançar o irmão, mas, ao esbarrar com a mão na pessoa mais próxima, a escuridão saltou como fogo de seus dedos para o peito do homem. Ele estremeceu e depois desmoronou, desfazendo-se em cinzas enquanto seu corpo atingia as pedras da rua. Antes que ele caísse totalmente no chão, as pessoas de ambos os lados começaram a desabar também, a morte atingindo a multidão como uma onda, consumindo silenciosamente a todos. Além deles, os edifícios começaram a desmoronar também, assim como as pontes e depois o palácio, até que Kell se viu sozinho em um mundo vazio.

E então, em meio ao silêncio, ele ouviu um som: não um soluço nem um grito, mas uma *risada*.

E levou um instante para reconhecer a voz.

Era a sua.

Kell arquejou, acordando bruscamente.

A luz estava sendo filtrada pelas portas do pátio, refletindo em uma camada recente de neve. Os fragmentos de sol o fizeram se encolher e desviar o olhar enquanto pressionava a palma da mão contra o peito e esperava que o coração diminuísse o ritmo.

Ele adormecera na cadeira, completamente vestido, com a cabeça dolorida por causa das indulgências do irmão.

— Droga, Rhy — murmurou, pondo-se de pé.

Sua cabeça estava martelando, um som espelhado pelo que quer que estivesse acontecendo do lado de fora de sua janela. Os golpes que ele, ou melhor, que Rhy levara na noite anterior já eram lembranças, mas o efeito decorrente das bebidas era dilacerante, e Kell decidiu naquele momento que preferia de longe a dor aguda e breve de uma ferida à dor entorpecida e prolongada de uma ressaca. Parecia que estava morrendo e, enquanto jogava água fria em seu rosto e pescoço e se vestia, só conseguia desejar que o príncipe estivesse se sentindo pior.

Do lado de fora da porta, um homem sisudo e grisalho vigiava. Kell se encolheu. Ele sempre torcia para que seu guarda fosse Hastra. Em vez disso, ele costumava ter Staff. Aquele que o odiava.

— Bom dia — falou Kell, passando pelo guarda.

— Boa *tarde*, senhor — respondeu Staff, ou Silver, como Rhy apelidara o guarda real que estava ficando grisalho e que começou a andar atrás de Kell.

Ele não ficara empolgado com o aparecimento de Staff ou Hastra no rescaldo da Noite Preta, mas também não ficara surpreso. Os guardas não eram culpados pela perda de confiança do rei Maxim em seu *Antari*. Assim como não era culpa de Kell que os guardas nem sempre soubessem onde estava.

Ele encontrou Rhy na pérgula, um pátio fechado por vidro, almoçando com o rei e a rainha. O príncipe parecia estar lidando com a própria ressaca com uma serenidade surpreendente, embora Kell pudesse sentir a dor de cabeça de Rhy latejando junto da sua, e notou que o príncipe estava sentado de costas para as vidraças e, portanto, para a luz brilhante que emanava delas.

— Kell — falou Rhy alegremente. — Estava começando a pensar que você dormiria o dia todo.

— Peço desculpas — disse Kell. — Devo ter me excedido um pouco demais ontem à noite.

— Boa tarde, Kell — falou a rainha Emira, uma mulher elegante, com a pele cor de madeira polida e uma coroa de ouro descansando sobre o cabelo preto e brilhante.

Seu tom era amável, porém distante, e parecia que havia semanas desde que ela se aproximara e tocara o rosto dele. Na verdade, havia mais tempo. Quase quatro meses, desde a Noite Preta, quando Kell trouxera a pedra preta para a cidade, *Vitari* assolara as ruas, Astrid Dane enfiara uma adaga no peito de Rhy, e Kell dera um pedaço de sua vida para trazê-lo de volta.

"Onde está nosso filho?", implorara ela, como se só tivesse um.

— Espero que esteja descansado — disse o rei Maxim, olhando por cima de uma pilha de papéis à sua frente.

— Estou sim, senhor.

A mesa estava cheia de frutas e pães, e, quando Kell sentou-se na cadeira que estava vazia, um criado apareceu com um bule de prata e lhe serviu uma xícara de chá fumegante. Kell sorveu o líquido da xícara em um único gole, que desceu queimando, e o criado o observou e então deixou o bule, um pequeno gesto pelo qual Kell ficou imensamente grato.

Duas outras pessoas estavam sentadas à mesa: um homem e uma mulher, ambos vestidos em tons de vermelho e cada um com um broche dourado do selo Maresh (o cálice e o sol nascente) preso ao ombro. A joia os marcava como amigos da coroa: permitia-lhes pleno acesso ao palácio e instruía todos os servos e guardas a não somente acolhê-los, mas também auxiliá-los.

— Parlo, Lisane — saudou Kell.

Eles foram os representantes da *ostra* selecionados para ajudar a organizar o torneio, e Kell sentiu como se os tivesse visto mais nas últimas semanas do que tinha visto o rei e a rainha.

— Mestre Kell — disseram em uníssono, inclinando a cabeça com sorrisos praticados e propriedade calculada.

Um mapa do palácio e dos terrenos ao redor estava aberto sobre a mesa, uma ponta enfiada debaixo de um prato de tortas, outra sob uma xícara de chá, e Lisane estava apontando para a ala sul.

— Providenciamos para que o príncipe Col e a princesa Cora ficassem ali, na suíte esmeralda. As flores frescas serão cultivadas lá na véspera de sua chegada.

Rhy fez uma careta para Kell através da mesa. Kell estava cansado demais para tentar entendê-la.

— Lorde Sol-in-Ar, entretanto — prosseguiu Lisane —, será acomodado no solário da ala oeste. Abastecemos o cômodo com café, assim como foi instruído, e...

— E a rainha veskana? — resmungou Maxim. — Ou o rei faroense? Por que *eles* não nos prestigiam com sua presença? Não confiam em nós? Ou simplesmente têm coisas melhores para fazer?

Emira franziu o cenho.

— Os emissários que escolheram são apropriados.

Rhy escarneceu.

— A rainha Lastra de Vesk tem *sete* filhos, mãe; duvido que seja muito inconveniente para ela nos emprestar dois deles. Quanto aos faroenses, lorde Sol-in-Ar é um conhecido antagonista que passou as duas últimas décadas incitando o descontentamento por onde quer que fosse, esperando provocar conflito suficiente para destronar seu irmão e conquistar o controle de Faro.

— Desde quando você está tão envolvido na política imperial? — perguntou Kell, sorvendo sua terceira xícara de chá.

Para sua surpresa, Rhy olhou para ele com uma carranca.

— Estou envolvido no meu *reino*, irmão — esbravejou ele. — Você também deveria estar.

— Não *sou* o príncipe deles — observou Kell. Não estava com disposição para o mau humor de Rhy. — Sou apenas aquele que tem que dar um jeito nas *bagunças* dele.

— Ah, porque você mesmo não fez nenhuma?

Eles se entreolharam duramente. Kell resistiu ao desejo de enfiar um garfo em sua própria perna só para ver o irmão estremecer.

O que estava acontecendo com eles? Nunca haviam sido cruéis um com o outro. Mas dor e prazer não eram as únicas coisas que pareciam ser transferidas com o vínculo. Medo, aborrecimento, raiva: todos arraigados ao feitiço de ligação, reverberando entre eles, amplificando-se. Rhy sempre fora frívolo, mas agora Kell *sentia* o temperamento volúvel do irmão, a constante oscilação, e isso era enlouquecedor. A distância não significava nada. Eles poderiam estar lado a lado ou em Londres distintas. Não havia escapatória.

Cada vez mais, o elo se assemelhava a uma corrente.

Emira pigarreou.

— Acredito que o solário da ala leste seja melhor para lorde Sol-in-Ar. Entra mais luz ali. Mas e sua comitiva? Os veskanos viajam sempre com um cortejo completo...

A rainha acalmou o clima à mesa, guiando a conversa devagar para longe dos humores acirrados dos irmãos, mas havia muitas coisas não ditas no ar, tornando-o sufocante. Kell pôs-se de pé e se virou para sair.

— Aonde você vai? — perguntou Maxim, entregando seus papéis a um serviçal.

Kell virou-se para ele.

— Supervisionar a construção nas arenas flutuantes, Majestade.

— Rhy pode cuidar disso — decretou o rei. — Você tem uma missão a cumprir. — Com isso, ele estendeu um envelope.

Kell não percebera como estava ansioso para ir, para escapar não apenas do palácio, mas também daquela cidade, daquele mundo, até que viu aquele pedaço de papel.

Não continha endereço, mas ele sabia exatamente aonde deveria levá-lo. Com o trono da Londres Branca vazio e a cidade mergulhada em uma guerra pela coroa pela primeira vez em sete anos, a comunicação havia sido suspensa. Kell tinha ido lá apenas uma vez, nas semanas após os gêmeos Dane caírem, e quase perdera a vida para as massas violentas. Depois disso fora decidido que Kell deixaria a Londres Branca de lado por algum tempo, até que as coisas se acalmassem.

Com isso restava apenas a Londres Cinza. O reino simples e sem magia, permeado por fumaça de carvão e pedras antigas e resistentes.

— Irei agora — declarou Kell, cruzando o cômodo até o rei.

— Cuidado com o príncipe regente — advertiu Maxim. — Essas correspondências são uma questão de tradição, mas as perguntas do homem têm se tornado cada vez mais inconvenientes.

Kell acenou com a cabeça. Muitas vezes ele desejara perguntar ao rei Maxim o que ele pensava sobre o líder da Londres Cinza e se via curioso a respeito do conteúdo de suas cartas: se o príncipe regente fazia tantas perguntas sobre a coroa vizinha quanto fazia sobre Kell.

— Ele pergunta frequentemente sobre magia — contou Kell ao rei. — Faço o meu melhor para dissuadi-lo.

Maxim grunhiu.

— Ele é um homem tolo. Tome cuidado.

Kell arqueou uma sobrancelha. Maxim estava realmente preocupado com a segurança dele? Porém, quando foi pegar a carta, viu a centelha de desconfiança nos olhos do rei e sentiu um aperto no coração. Os rancores de Maxim eram como cicatrizes. Esmaeciam gradualmente, mas sempre deixavam marcas.

Kell sabia que era culpado por isso. Durante anos, ele usara suas expedições de conexão entre as coroas para transportar objetos proibidos entre os mundos. Se ele não tivesse desenvolvido uma reputação de contrabandista, a pedra preta nunca teria chegado às suas mãos, nunca teria matado tantos homens e mulheres e nunca teria causado destruição na Londres Vermelha. Ou talvez os Dane ainda tivessem encontrado uma forma de fazê-lo, mas não teriam usado *Kell*. Ele havia sido um peão e um tolo e agora estava pagando por isso — assim como Rhy fora forçado a pagar por sua participação, pelo amuleto de possessão que deixara Astrid Dane tomar conta de seu corpo. No fim das contas, ambos eram culpados. Mas o rei ainda amava Rhy. A rainha ainda conseguia olhar para o príncipe.

Emira estendeu um envelope menor. O bilhete para o rei George. Era acima de tudo uma cortesia, mas o rei frágil se agarrava a essas correspondências, assim como Kell. O rei doente não fazia ideia de como seu conteúdo ficava cada vez mais breve, e Kell não tinha intenção de deixá-lo saber. Ele tinha se dedicado a elaborar histórias, tecendo tramas sobre o rei e a rainha arnesianos, as façanhas do príncipe e sua própria vida no palácio. Talvez desta vez ele contasse a George sobre o torneio. O rei adoraria isso.

Ele pegou as cartas e virou-se para ir embora, já pensando no que diria, quando Maxim o deteve.

— E o seu local de retorno?

Kell enrijeceu imperceptivelmente. A pergunta foi como um pequeno puxão, um lembrete de que ele estava sendo mantido em uma coleira.

— A porta estará na entrada de Naresh Kas, na margem sul do Mercado Noturno.

O rei olhou para Staff, que estava parado à porta para se certificar de que tinha ouvido, e o guarda acenou uma vez com a cabeça.

— Não se atrase — ordenou Maxim.

Kell se virou e deixou a família real conversando sobre os visitantes do torneio, lençóis limpos e quem preferia café, vinho ou chá forte.

Às portas da pérgula, ele olhou para trás e viu Rhy olhando para ele com uma expressão que poderia significar *eu sinto muito*, mas também *que se dane*, ou, pelo menos, *falaremos mais tarde*. Kell deixou a questão de lado e saiu, enfiando as cartas no bolso do casaco. Ele caminhou rapidamente através dos salões do palácio, de volta para seus aposentos e para o segundo quarto, menor, fechando a porta atrás de si. Rhy provavelmente teria usado tal alcova para guardar botas ou broches de casaco, mas Kell transformara o espaço em uma biblioteca pequena, porém bem guarnecida, protegendo os textos que tinha colecionado sobre magia. Eles eram tão filosóficos quanto práticos, muitos presenteados por mestre Tieren ou emprestados da biblioteca real, assim como alguns diários próprios, rabiscados com pensamentos sobre a magia de sangue *Antari*, a respeito da qual tão pouco se sabia. Um fino volume de capa preta ele dedicara a *Vitari*, a magia sombria que ele capturara, despertara e destruíra no ano anterior. O diário continha mais perguntas do que respostas.

Na parte de trás da porta de madeira da biblioteca havia meia dúzia de símbolos desenhados à mão. Simples, porém distintos entre si: atalhos para outros lugares da cidade, cuidadosamente desenhados com sangue. Alguns desvanecidos pela falta de uso, outros recém-reforçados. Um dos símbolos — um círculo com um par de linhas cruzadas sobre ele — levava ao santuário de Tieren na margem oposta do rio. Enquanto Kell tracejava a marca com os dedos, lembrou-se vividamente de quando ajudara Lila a carregar um Rhy moribundo pela porta. Outra marca costumava levar ao quarto particular de Kell na Ruby Fields, o único lugar em Londres que tinha sido verdadeiramente dele. Agora não passava de uma mancha.

Kell analisou a porta até encontrar o símbolo que estava procurando: uma estrela feita de três linhas que se cruzavam.

Esta marca trazia suas próprias memórias de um velho rei em um quarto que parecia uma cela, seus dedos nodosos fechados ao redor de uma única moeda vermelha, enquanto murmurava sobre a magia desvanecente.

Kell tirou a adaga de seu lugar sob o punho do casaco e arranhou o pulso. O sangue brotou, rico e vermelho, ele tocou levemente no corte e desenhou novamente a marca. Quando terminou, pressionou a mão aberta contra o símbolo e disse:

— *As Tascen. — Transportar.*

E então deu um passo e atravessou.

O mundo suavizou-se e deformou-se em torno de sua mão, e ele passou da alcova escura para a luz do sol, viçosa e brilhante o suficiente para reavivar a dor de cabeça atrás de seus olhos que estivera melhorando. Kell não estava mais na sua biblioteca improvisada, mas de pé em um pátio bem provido. Não estava na Londres Cinza, ainda não, mas em um jardim da *ostra*, em uma elegante vila chamada Disan, importante não por causa de suas árvores frutíferas ou estátuas de vidro, mas porque ocupava o mesmo terreno na Londres Vermelha que o Castelo de Windsor ocupava na Londres Cinza.

Exatamente o mesmo terreno.

As viagens por magia funcionavam de duas formas. Kell poderia se transportar entre dois lugares diferentes de um mesmo mundo ou viajar para o mesmo lugar em mundos diferentes. E porque mantinham o rei inglês em Windsor, que ficava fora da cidade de Londres, ele primeiro teve que abrir caminho para o jardim de Paveron, membro da *ostra*. Foi uma manobra de navegação inteligente da parte de Kell... não que alguém soubesse o suficiente sobre magia *Antari* para apreciá-la. Holland poderia ter apreciado, mas Holland estava morto, e ele provavelmente tinha sido detentor de uma rede de caminhos entrecruzados suficientemente complexos para fazer os esforços de Kell parecerem infantis. O ar do inverno o açoitou, e ele estremeceu ao tirar as cartas do bolso com a mão que não estava ensanguentada e depois revirar o casaco para dentro e para fora até encontrar o lado que estava procurando: uma vestimenta preta na altura do joelho com capuz e forro de veludo. Perfeita para a Londres Cinza, onde o frio sempre parecia mais frio, pungente e úmido de uma maneira que se infiltrava através dos tecidos e da pele.

Kell se enfiou no casaco novo e colocou as cartas no fundo de um dos bolsos (revestidos com lã macia em vez de seda), soprou uma nuvem de hálito quente e marcou a parede gelada com o sangue de sua mão. Mas então, quando ia segurar o cordão com pingentes de cada lugar ao redor de seu pescoço, algo chamou sua atenção. Kell fez uma pausa e olhou ao redor, analisando o jardim. Ele estava sozinho, realmente sozinho, e sentiu vontade de saborear a sensação. Além de uma viagem ao norte quando ele e Rhy eram meninos, este lugar era o mais distante da cidade em que Kell já havia estado. Ele sempre tinha sido vigiado, mas se sentira mais confinado nos últimos quatro meses do que nos quase vinte anos em que vinha servindo à coroa. Kell costumava se sentir como uma posse. Agora se sentia como um prisioneiro.

Talvez devesse ter fugido quando tivera a chance.

Você ainda pode fugir, disse uma voz em seu ouvido. Soava suspeitamente como Lila.

No fim das contas, ela havia fugido. Poderia ele fazer o mesmo? Kell não precisava sair correndo para outro mundo. E se ele simplesmente... fosse embora? Embora do jardim e da aldeia, embora da cidade. Ele poderia pegar um coche ou um barco para o oceano, e então... Então o quê? Até onde ele chegaria com quase nenhum dinheiro próprio e um olho que o marcava como *Antari*?

Você poderia pegar o que precisasse, disse a voz.

Era um mundo muito grande. E ele nunca o tinha visto.

Se ele ficasse em Arnes, acabaria por ser encontrado. E se fugisse para Faro ou Vesk? Os faroenses viam seu olho como uma marca de força, nada mais, mas Kell tinha ouvido seu nome ao lado de uma palavra em veskano: *crat'a — pilar*. Como se ele sozinho sustentasse o império arnesiano. E se um dos outros impérios pusesse as mãos nele...

Kell encarou a mão manchada de sangue. Santos, como ele poderia realmente ter considerado a possibilidade de fugir?

Era loucura, a ideia de que ele poderia — de que iria — abandonar sua cidade. Seu rei e sua rainha. Seu irmão. Ele os havia traído uma vez — bem, fora um crime, embora cometido muitas vezes — e isso quase lhe custara tudo. Não os abandonaria de novo, independentemente da inquietação que havia sido despertada nele.

Você poderia ser livre, insistiu a voz.

Mas essa era a questão. Kell *nunca* seria livre. Não importava para quão longe ele fugisse. Ele havia desistido da liberdade com sua vida, quando a entregara a Rhy.

— Chega — disse em voz alta, silenciando as dúvidas enquanto tirava o cordão de baixo do colarinho e o puxava pela cabeça.

Na faixa estava pendurada uma moeda de cobre, a face completamente lisa por causa dos vários anos de uso. *Chega*, pensou ele, e então levou a mão ensanguentada até a parede do jardim. Ele tinha um trabalho a fazer.

— *As Travars.*

Viajar.

O mundo começou a curvar-se em torno das palavras, do sangue e da magia, e Kell deu um passo à frente, esperando deixar seus problemas para trás, junto com sua Londres. Trocá-los por alguns minutos com o rei.

Assim que suas botas tocaram o tapete do castelo, no entanto, ele percebeu que seus problemas estavam apenas começando. No mesmo instante, Kell soube que algo estava errado.

Windsor estava calmo demais. Escuro demais.

A tigela de água que normalmente esperava por ele na antessala estava vazia, e as velas que ficavam em ambos os lados estavam apagadas. Quando buscou ouvir o som de passos, ouviu-os ao longe, nos corredores atrás dele. Nos aposentos à sua frente, foi recebido com silêncio.

O temor se instalou nele quando entrou no quarto do rei, esperando ver sua silhueta sem viço dormindo em sua poltrona de encosto alto, ouvir sua voz frágil e melódica. Mas o cômodo estava vazio. As janelas estavam fechadas por causa da neve, e não havia fogo na lareira. O quarto estava frio e escuro de uma forma claustrofóbica.

Kell dirigiu-se até a lareira e estendeu as mãos, como se fosse aquecê-las, e um instante depois as chamas lamberam onde antes nada havia. O fogo não duraria muito se fosse alimentado apenas por ar e magia, mas à sua luz Kell andou pelo espaço em busca de sinais de ocupação recente. Chá frio. Um xale deixado de lado. Mas a sala parecia abandonada, sem vida.

E então seu olhar foi atraído pela carta.

Se aquilo pudesse ser chamado de carta.

Um único pedaço de papel bege novo, quase intacto, dobrado e apoiado na bandeja diante do fogo. Trazia seu nome escrito na frente com a caligrafia firme e confiante do príncipe regente.

Kell pegou a nota, sabendo o que encontraria antes de desdobrar a página, mas ainda assim sentiu-se indisposto quando as palavras dançaram sob a luz do fogo encantado.

O rei está morto.

II

As quatro palavras o atingiram como um soco.

O rei está morto.

Kell cambaleou; não estava acostumado à perda. Temia a morte — sempre temera — agora mais do que nunca, com a vida do príncipe ligada à sua. Até a Noite Preta, porém, Kell nunca perdera alguém que conhecesse. Alguém de quem *gostasse*. Ele sempre sentira afeição pelo rei enfermo, mesmo em seus últimos anos, quando a loucura e a cegueira haviam roubado a maior parte de sua dignidade e todo o seu poder.

E agora o rei tinha morrido. Uma parte retornara ao todo, como Tieren diria.

Abaixo, o príncipe regente havia acrescentado um *post-scriptum*.

Vá até o saguão. Alguém o levará aos meus aposentos.

Kell hesitou e olhou ao redor do cômodo vazio. E então, relutante, fechou a mão em punho, esmagando o fogo da lareira até extingui-lo. Deixou o quarto na escuridão e saiu, passando pela antessala para os corredores adiante.

Foi como entrar em outro mundo.

Windsor não era tão opulento como St. James, mas não era tão sombrio quanto o quarto do velho rei fazia parecer. Tapeçarias e carpetes aqueciam os salões. Ouro e prata cintilavam em castiçais e pratos. Lâmpadas ardiam em candeeiros nas paredes, vozes e música percorriam o local como uma corrente de ar.

Alguém pigarreou e Kell se virou, deparando-se com um atendente elegantemente vestido à espera.

— Ah, senhor, muito bem, por aqui — disse o homem com uma reverência. E então, sem aguardar, partiu pelo corredor.

Enquanto caminhavam, o olhar de Kell percorria tudo. Nunca havia explorado os salões que ficavam além dos aposentos do rei, mas tinha certeza de que nem sempre haviam sido assim.

Fogos ardiam nas lareiras de cada cômodo pelos quais passaram, tornando o palácio incomodamente quente. Todos estavam ocupados, e Kell não pôde deixar de sentir como se estivesse sendo posto em exibição, abrindo caminho entre senhoras murmurantes e cavalheiros curiosos. Ele cerrou os punhos e baixou o olhar. No momento em que chegou à grande sala de estar, seu rosto estava corado de calor e de aborrecimento.

— Ah, mestre Kell.

O príncipe regente — o *rei*, corrigiu-se Kell — estava sentado em um sofá, flanqueado por um punhado de homens retesados e mulheres dando risadinhas. Parecia mais gordo e mais arrogante do que de costume, com os botões estourando, o nariz e o queixo erguidos. Seus acompanhantes ficaram em silêncio ao ver Kell, de pé ali, com seu casaco de viagem preto.

— Majestade — disse ele, inclinando a cabeça para a frente na mais sutil demonstração de deferência.

O gesto recolocou o cabelo sobre seu olho preto. Ele sabia que suas palavras seguintes deveriam expressar condolências, mas, olhando para o rosto do novo rei, Kell sentiu que era o mais acometido pela perda dos dois.

— Eu teria ido a St. James se soubesse...

George meneou a mão imperiosamente.

— Eu não vim aqui por você — declarou ele, ficando de pé, embora sem qualquer graciosidade. — Vou passar quinze dias em Windsor, resolvendo coisas. Encerrando assuntos, por assim dizer. — Ele deve ter percebido o desgosto que contorceu o rosto de Kell, porque acrescentou: — O que foi?

— O senhor não parece entristecido pela perda — observou Kell.

George bufou, irritado.

— Meu pai morreu há três semanas e deveria ter tido a decência de morrer anos atrás, quando ficou doente. Pelo bem dele e pelo meu. — Um sorriso sombrio se espalhou pelo rosto do novo rei como uma ondulação. — Mas suponho que para você o choque seja recente. — Ele foi até um balcão lateral para servir-se de uma bebida. — Eu sempre esqueço — disse ele, enquanto o líquido âmbar vertia pelo cristal — que, enquanto você está no seu mundo, nada ouve do nosso.

Kell ficou tenso, sua atenção movendo-se repentinamente para os aristocratas que pontilhavam a vasta sala. Eles estavam sussurrando, olhando para Kell com interesse por cima de suas taças.

Kell resistiu ao desejo de estender a mão e agarrar o rei pela manga de sua camisa.

— O quanto essas pessoas sabem? — exigiu saber, lutando para manter a voz baixa e composta. — Sobre mim?

George acenou com a mão.

— Ah, nada que cause problemas. Acredito que disse a eles que você era um dignitário estrangeiro. O que é verdade, no sentido mais estrito. Mas o problema é que, quanto menos sabem, mais eles fofocam. Talvez devêssemos simplesmente lhe apresentar...

— Gostaria de prestar meus respeitos — interrompeu Kell. — Ao antigo rei. — Ele sabia que neste mundo eles enterravam os homens. Parecia-lhe estranho colocar um corpo numa caixa, mas significava que o rei, o que restava dele, estaria ali, em algum lugar.

George suspirou, como se o pedido fosse ao mesmo tempo esperado e terrivelmente inconveniente.

— Eu já imaginava — disse, terminando sua bebida. — Ele está na capela. Mas primeiro... — Ele estendeu a mão, adornada com anéis.

— Minha carta. — Kell retirou o envelope do bolso do casaco. — E a carta para meu pai.

Relutantemente, Kell pegou a segunda missiva. O velho rei sempre tivera muito cuidado com as cartas, instruindo Kell a não danificar o selo. O novo rei pegou uma pequena faca no balcão lateral e cortou o envelope, retirando o conteúdo. Kell odiou a ideia de George ver o diminuto bilhete.

— Você veio até aqui para ler isso para ele? — perguntou o rei, com desprezo.

— Eu gostava do rei.

— Bem, agora terá que se contentar comigo.

Kell nada disse.

A segunda carta era significativamente mais longa, e o novo rei sentou-se em um sofá para lê-la. Kell sentiu-se absolutamente desconfortável, parado ali enquanto George olhava para a carta e a comitiva do rei olhava para *ele*. Quando o rei já havia lido e relido três ou quatro vezes, ele acenou com a cabeça para si mesmo, guardou a carta e ficou de pé.

— Muito bem — declarou. — Vamos acabar com isso.

Kell seguiu George, grato por escapar daquele cômodo e de todos os olhares sobre ele.

— Frio insuportável — disse o rei, enrolando-se em um luxuoso casaco com gola de pele. — Acredito que não possa fazer algo a respeito?

Os olhos de Kell se estreitaram.

— Do clima? Não.

O rei encolheu os ombros, e eles saíram para os terrenos do palácio, seguidos de perto por um grupo de serviçais. Kell fechou bem o casaco; era um dia frio e pungente de fevereiro, com ventos fortes, ar úmido e um frio penetrante. A neve caía à volta deles, se aquilo podia ser chamado de cair. O ar envolvia a neve e as correntes de vento se tornavam espirais de gelo, de forma que pouco chegava ao solo congelado. Kell vestiu o capuz.

Apesar do frio, suas mãos estavam nuas dentro dos bolsos, e as pontas dos dedos estavam entorpecidas, mas um *Antari* dependia de suas mãos e de seu sangue para fazer magia: luvas eram incômodas, um obstáculo para feitiços súbitos. Não que ele temesse um ataque no solo da Londres Cinza, mas preferia estar preparado...

No entanto, pensando bem, com George até uma simples conversa lembrava um duelo, os dois possuindo pouca consideração e ainda menos confiança um pelo outro. Além disso, o fascínio do novo rei pela magia estava crescendo. Quanto tempo levaria para George atacar Kell apenas para ver se e como ele se defenderia? Entretanto, tal movimento acabaria com a comunicação entre os dois mundos, e Kell não julgava que o rei fosse *tão* tolo. Pelo menos esperava que não; mesmo odiando George, Kell não queria perder sua única desculpa para viajar.

A mão de Kell encontrou a moeda no bolso, e ele a virou e revirou distraidamente para manter os dedos quentes. Supôs que estivesse andando em direção a um cemitério, mas, em vez disso, o rei o levou a uma igreja.

— A Capela de São Jorge — explicou o rei, entrando no santuário.

Era uma edificação impressionante, uma estrutura elevada, cheia de arestas afiadas. No interior, o teto era abobadado sobre um piso de pedra xadrez. George tirou o casaco e o soltou sem olhar para trás, simplesmente presumindo que haveria alguém para pegá-lo — e havia. Kell olhou para a luz que penetrava pelas janelas de vitral colorido e pensou que não seria um lugar tão ruim para ser enterrado. Até perceber que George III não tinha sido colocado para descansar ali, rodeado pela luz do sol.

Ele estava no mausoléu.

O teto era mais baixo, e a luz, mais escassa. Tudo isso, em conjunto com o cheiro de pedra empoeirada, fez Kell se arrepiar.

George pegou um candelabro apagado em uma prateleira.

— Você se importaria? — perguntou.

Kell franziu o cenho. Houve algo de faminto na maneira como George perguntou. De cobiçoso.

— Claro que não — respondeu Kell.

Ele estendeu a mão para as velas, e seus dedos pairaram acima delas antes de passar direto e chegar a um recipiente cheio de fósforos longos. Ele pegou um e o riscou com um meneio cerimonial, depois acendeu as velas.

George apertou os lábios, decepcionado.

— Você era bastante afoito para se exibir para meu pai.

— Seu pai era um homem diferente — declarou Kell, sacudindo e apagando o fósforo.

A carranca de George ficou mais severa. Ele obviamente não estava acostumado a ser contrariado, mas Kell não tinha certeza se estava aborrecido apenas pelo fato de ter um pedido negado, ou especificamente por lhe ter sido negada uma demonstração de magia. Por que ele estava tão empenhado em ver uma? Simplesmente desejava provas? Entretenimento? Ou era mais do que isso?

Ele seguiu o homem através do mausoléu real, suprimindo um estremecimento ao pensar em ser enterrado ali. Ser colocado em uma caixa enterrada no chão era bastante ruim, mas ser *sepultado* assim, com camadas de pedra entre você e o mundo? Kell nunca entenderia o modo como esses habitantes do mundo cinza lacravam seus mortos, aprisionando as conchas descartadas em ouro, madeira e pedra, como se algum remanescente de quem eles tinham sido na vida permanecesse. E se isso realmente acontecesse? Que castigo cruel.

Quando George alcançou o túmulo de seu pai, ele abaixou o candelabro, pegou a bainha do casaco em sua mão e ajoelhou, inclinando a cabeça. Seus lábios moveram-se silenciosamente por alguns segundos, então ele tirou uma cruz de ouro debaixo de sua gola e tocou-a nos lábios. Finalmente ele ficou de pé, franzindo o cenho para o pó em seus joelhos e espanando-o.

Kell estendeu a mão e a apoiou pensativamente no túmulo, desejando que ele pudesse sentir algo, qualquer coisa, ali dentro. Estava silencioso e frio.

— Seria apropriado fazer uma oração — avisou o rei.

Kell franziu o cenho, confuso.

— Com que finalidade?

— Pela alma dele, é claro. — A confusão de Kell deve ter transparecido. — Vocês não têm Deus em seu mundo? — Kell balançou a cabeça. George pareceu surpreso. — Nenhum poder superior?

— Eu não disse isso — respondeu Kell. — Suponho que você poderia dizer que veneramos a magia. Esse é o nosso maior poder.

— Isso é heresia.

Kell ergueu uma sobrancelha, sua mão escorregando da tampa da tumba.

— Majestade, o senhor venera algo que não pode ver nem tocar, enquanto eu venero algo com que lido em cada momento de cada dia. Qual é o caminho mais lógico?

George franziu a testa.

— Não é uma questão de lógica. É uma questão de fé.

Fé. Parecia uma substituição superficial, mas Kell supôs que não podia culpar os habitantes do mundo cinza. Todos precisavam acreditar em *algo*, e, sem magia, eles haviam estabelecido suas orações para um deus menor. Um cheio de pontos falhos, mistérios e regras inventadas. A ironia era que eles haviam abandonado a magia muito antes de ela abandoná-los, sufocando-a com este Deus todo poderoso deles.

— Mas e os seus mortos? — pressionou o rei.

— Nós os queimamos.

— Um ritual pagão.

— Melhor que colocar seus corpos em uma caixa.

— E quanto às suas *almas*? — insistiu George, parecendo genuinamente perturbado. — Para onde acreditam que vão, se não creem em céu e inferno?

— Retornam para a fonte — explicou Kell. — A magia é tudo, Majestade. É a corrente da vida. Acreditamos que quando alguém morre, sua alma retorna para essa corrente, e seu corpo é reduzido novamente aos elementos.

— Mas e a *pessoa*?

— A *pessoa* deixa de existir.

— Qual é o sentido, então? — resmungou o rei. — De viver uma boa vida se nada nos espera? Nada é conquistado?

Kell se perguntara diversas vezes a mesma coisa, à sua maneira, mas não era uma vida após a morte que desejava. Ele simplesmente não queria voltar a ser nada, como se nunca tivesse sido algo. Mas o inferno da Londres Cinza congelaria antes que ele concordasse com o novo rei em qualquer coisa.

— Suponho que o importante é viver bem.

A pele de George estava ficando vermelha.

— Mas o que impede alguém de cometer pecados se não há nada a temer?

Kell deu de ombros.

— Vi pessoas pecarem em nome de Deus *e* em nome da magia. As pessoas abusam de seus poderes superiores, não importa qual forma tenham.

— Mas não ter uma vida após a morte — murmurou o rei. — Sem alma imortal? Não é natural.

— Pelo contrário — retrucou Kell. — É a coisa mais natural do mundo. A natureza é feita de ciclos, e nós somos feitos da natureza. O que não é natural é acreditar em um homem infalível e um lugar agradável esperando no céu.

A expressão de George ficou sombria.

— Cuidado, mestre Kell. Isso é blasfêmia.

Kell ficou confuso.

— O senhor nunca me pareceu um homem devoto, Majestade.

O rei fez o sinal da cruz.

— Melhor prevenir do que remediar. Além disso — disse ele, olhando ao redor —, sou o rei da Inglaterra. Meu legado é divino. Eu governo pela graça deste Deus de que você zomba. Sou Seu servo, assim como este reino é meu por graça Dele. — Parecia uma declamação. O rei colocou a cruz de volta sob a gola da roupa. —

Talvez — acrescentou, contorcendo o rosto — eu pudesse venerar o seu deus, se pudesse vê-lo e tocá-lo como você pode.

E começou tudo de novo. O velho rei olhava a magia com admiração, maravilhado como uma criança. Este novo rei olhava para ela do jeito que olhava para tudo. Com luxúria.

— Eu lhe avisei uma vez, Majestade — disse Kell. — A magia não tem lugar em seu mundo. Não mais.

George sorriu e, por um instante, pareceu mais um lobo do que um homem bem alimentado.

— Você mesmo disse, mestre Kell, que o mundo é feito de ciclos. Talvez o nosso tempo chegue de novo.

E então o sorriso desapareceu, engolido por sua habitual expressão jocosa. O efeito era desconcertante, e Kell se perguntou se o homem era realmente tão intenso e egoísta como seu povo pensava que era, ou se havia algo mais sob a casca superficial e hedonista.

O que foi que Astrid Dane dissera?

Não confio em algo, a menos que me pertença.

Uma corrente de ar perpassou a abóbada, agitando a luz das velas.

— Venha — disse George, virando as costas para Kell e para o túmulo do velho rei.

Kell hesitou, então tirou o *lin* da Londres Vermelha do bolso, a estrela brilhando no centro da moeda. Ele sempre trazia uma para o rei; todos os meses, o velho monarca afirmava que a magia na moeda dele estava desvanecendo, como brasas de carvão morrendo, então Kell lhe trazia uma nova para trocar pela antiga, dessa vez ainda guardando o calor do bolso e cheirando a rosas. Agora Kell avaliava a moeda, girando-a por entre os dedos.

— Esta aqui está nova, Majestade.

Ele a tocou nos lábios e estendeu a mão para depositar a moeda quente sobre o túmulo de pedra fria.

— *Sores nast* — sussurrou. *Durma bem.*

E, com isso, Kell subiu as escadas atrás do novo rei e retornou ao frio.

Kell lutou para não ficar se remexendo enquanto esperava que o rei da Inglaterra terminasse de escrever sua carta.

O homem estava enrolando, deixando o silêncio na sala se avolumar até se tornar algo profundamente desconfortável, a ponto de Kell se pegar querendo falar, mesmo que fosse apenas para quebrá-lo. Sabendo que provavelmente era essa a intenção do rei, segurou a língua e ficou de pé observando a neve cair e o céu escurecer no horizonte da janela.

Quando finalmente terminou a carta, George recostou-se na cadeira e pegou um cálice de vinho, olhando para as páginas enquanto bebia.

— Conte-me algo — pediu ele — sobre a magia. — Kell ficou tenso, mas o rei continuou. — Todos em seu mundo possuem essa habilidade?

Kell hesitou.

— Nem todos — respondeu. — E não da mesma forma.

George inclinou o cálice para um lado e depois para o outro.

— Então pode-se dizer que os poderosos são escolhidos.

— Alguns acreditam nisso — retrucou Kell. — Outros pensam que é simplesmente uma questão de sorte. Uma boa mão em um jogo de cartas.

— Se esse for o caso, então você deve ter conseguido uma mão muito boa.

Kell o analisou por inteiro.

— Se o senhor terminou sua carta, eu deveria...

— Quantas pessoas podem fazer o que você faz? — interrompeu o rei. — Viajar entre mundos. Aposto que não muitos, ou então eu poderia tê-los visto. Realmente — disse ele, levantando-se — é de se admirar que o seu rei o deixe fora das vistas dele.

Ele podia ver os pensamentos nos olhos de George, como engrenagens girando. Mas Kell não pretendia se tornar parte da coleção do rei.

— Majestade — disse Kell, tentando manter a voz calma —, se sente o desejo de me manter aqui, pensando que poderia lhe render alguma coisa, eu desencorajaria *veementemente* a tentativa e lembraria que qualquer gesto assim acarretaria na interrupção de futuras comunicações com o meu mundo. — *Por favor, não faça isso*, ele queria acrescentar. *Nem tente*. Kell não podia suportar a ideia de perder sua última válvula de escape. — Além disso — acrescentou para não deixar dúvidas —, acho que descobriria que não é fácil me manter preso.

Felizmente, o rei ergueu as mãos cheias de anéis em um gesto zombeteiro de rendição.

— Você se engana sobre mim — falou ele com um sorriso, embora Kell não pensasse que havia se enganado. — Apenas não vejo por que nossos dois *grandes* reinos não devam compartilhar um vínculo mais estreito.

O rei dobrou a carta e selou-a com cera. Era extensa, várias páginas mais longa do que de costume, a julgar pela forma como o papel se abaulava e pelo peso que Kell sentiu quando a pegou.

— Durante anos essas cartas foram permeadas de formalidades, anedotas em vez de história, avisos em lugar de explicações, pedaços de informações inúteis quando poderíamos compartilhar um conhecimento *real* — pressionou o rei.

Kell enfiou a carta no bolso do casaco.

— Se isso é tudo...

— Na verdade, não é — disse George. — Tenho algo para você.

Kell se encolheu quando o homem colocou uma pequena caixa sobre a mesa. Ele não estendeu a mão para pegá-la.

— É muito gentil de sua parte, Majestade, mas devo recusar.

O sorriso superficial de George desapareceu.

— Você recusaria um presente do *rei da Inglaterra*?

— Eu recusaria um presente de qualquer pessoa — afirmou Kell —, especialmente quando fica evidente que se trata de um pagamento. Embora eu não saiba pelo quê.

— É bastante simples — explicou George. — Da próxima vez que você vier, eu gostaria que me trouxesse algo em troca.

Kell fez uma careta por dentro.

— A transferência é uma traição — disse ele, recitando uma regra que ele tinha quebrado diversas vezes.

— Você seria bem recompensado.

Kell apertou a ponte do nariz.

— Majestade, houve um momento em que eu teria considerado o seu pedido. — *Bem, não* o seu, pensou, *mas* o de alguém. — Porém esse tempo passou. Peça explicações ao meu rei, se desejar. Peça um presente *a ele*, e se for concedido, irei trazê-lo para o senhor. Mas não carrego nada por vontade própria.

Era doloroso pronunciar tais palavras, uma ferida ainda não completamente curada, a pele ainda dolorida. Ele inclinou-se em uma reverência e virou-se para sair, embora o rei não o tivesse liberado.

— Muito bem — falou George de pé, com as bochechas coradas. — Vou conduzi-lo à saída.

— Não — disse Kell, voltando-se. — Não vou incomodá-lo — acrescentou. — O senhor tem convidados para receber. — As palavras foram cordiais. Seu tom, não. — Voltarei pelo mesmo caminho por onde vim.

E você não me seguirá.

Kell deixou George de rosto vermelho ao lado da escrivaninha e refez seus passos até a câmara do velho rei. Desejou poder trancar a porta atrás dele. Mas, é claro, as fechaduras ficavam do lado de fora deste cômodo. Outro lembrete de que aquele ambiente tinha sido mais uma prisão do que um palácio.

Ele fechou os olhos e tentou se lembrar da última vez em que vira o monarca vivo. O velho rei não parecia bem. Não parecia nada bem, mas reconhecera Kell, ainda se iluminava por sua presença, ainda sorria e levava a carta real ao nariz, inalando seu aroma.

Rosas, murmurou suavemente. *Sempre rosas.*

Kell abriu os olhos. Parte dele — uma parte cansada e triste — simplesmente queria voltar para casa. Mas o resto dele queria sair desse castelo maldito, ir a algum lugar onde não fosse um mensageiro real ou um *Antari*, não um prisioneiro e nem um príncipe, e vagar pelas ruas da Londres Cinza até se tornar apenas uma sombra, uma entre milhares.

Ele cruzou para a parede mais distante, onde pesadas cortinas emolduravam a janela. Estava tão frio ali que não havia geada no vidro. Ele abriu a cortina, revelando o papel de parede rebuscado, o desenho maculado por um símbolo desbotado, pouco mais que um borrão quando visto à pouca luz. Era um círculo com uma única linha através dele, a marca de transferência que levava de Windsor a St. James. Ele deslocou a pesada cortina, abrindo-a ainda mais e revelando uma marca que teria sido apagada havia muito tempo se não estivesse totalmente protegida do tempo e da luz.

Uma estrela de seis pontas. Uma das primeiras marcas que Kell fizera, anos atrás, quando o rei fora trazido para Windsor. Ele havia desenhado a mesma marca nas pedras de uma parede de jardim que corria ao lado de Westminster. A segunda marca havia se perdido havia muito tempo, lavada pela chuva ou enterrada pelo musgo, mas não importava. Tinha sido desenhada uma vez, e mesmo que as linhas já não fossem mais visíveis, um símbolo mágico de sangue não desaparecia do mundo tão rapidamente quanto o fazia do olhar de todos.

Kell puxou a manga e desembainhou a faca. Ele cortou uma linha superficial na parte de trás do braço, tocou os dedos no sangue e redesenhou o símbolo. Pressionou a palma da mão e lançou um último olhar para o quarto vazio, para a luz que se infiltrava sob a porta, escutando os longínquos sons de riso.

Malditos reis, pensou Kell, deixando Windsor de uma vez por todas.

III

Fronteira de Arnes

As botas de Lila tocaram terra firme pela primeira vez em meses.

A última vez que eles haviam atracado tinha sido em Korma, três semanas antes, e Lila tinha dado azar no sorteio, sendo forçada a ficar a bordo do navio. Antes disso, houve Sol e Rinar, mas em ambas Emery insistiu que ela permanecesse no *Spire*. Ela provavelmente não teria dado ouvidos, mas algo na voz do capitão a fizera ficar. Ela tinha desembarcado na cidade portuária de Elon, mas isso tinha sido por apenas metade da noite, mais de dois meses antes.

Agora arrastava uma das botas, maravilhando-se de como o mundo parecia sólido sob seus pés. No mar, tudo se movia. Mesmo nos dias de vento calmo e maré tranquila ainda se estava em uma coisa sobre a água. O mundo ia e vinha. Os marinheiros falavam sobre pernas acostumadas ao mar, a forma como elas desequilibram tanto quando você embarca pela primeira vez, quanto depois, quando desembarca.

Mas, quando Lila desceu para as docas, ela não sentiu seu equilíbrio abalado. Se havia algo, era a sensação de que estava centrada, aterrada. Como um peso equilibrado no meio de seu ser, e mais nada poderia derrubá-la.

Isso a fazia querer começar uma briga.

O primeiro imediato de Alucard, Stross, gostava de dizer que ela tinha sangue quente. Lila tinha certeza de que ele queria fazer disso um elogio, mas, na verdade, uma briga era apenas a maneira mais fácil de testar seu vigor e perceber se você havia ficado mais forte ou mais fraco. Claro, ela vinha lutando no mar durante todo o inverno, mas a terra era uma criatura diferente. Como cavalos que eram treinados na areia para serem mais rápidos quando corriam em terra batida.

Lila estalou os dedos e jogou seu peso de um pé para o outro.

Procurando por problemas, disse uma voz em sua cabeça. *Você vai procurar até encontrá-los.*

Lila se encolheu diante do espectro das palavras de Barron, uma lembrança que ainda era dolorosa demais para recordar.

Ela olhou ao redor. O *Night Spire* havia atracado em um lugar chamado Sasenroche, uma aglomeração de madeira e pedra na fronteira do império arnesiano. No *limite* da fronteira.

Sinos soaram as horas, e o som se dissolveu no precipício e na neblina. Se ela apertasse os olhos, podia distinguir três outros navios, um arnesiano e os outros dois estrangeiros: o primeiro (que ela reconheceu pelas bandeiras) era uma embarcação comerciante de Vesk, esculpido no que parecia ser um pedaço sólido de madeira preta, e o outro era um planador faroense: longo, esquelético e em forma de pluma. No mar, lonas podiam ser esticadas sobre suas farpas alongadas em dezenas de maneiras diferentes para manobrar o vento.

Lila observou como os homens se misturavam no convés do navio veskano. Ela estava havia quatro meses no *Spire* e nunca viajara para águas estrangeiras, nunca vira o povo dos impérios vizinhos de perto. Tinha ouvido histórias, é claro (marinheiros sobreviviam de histórias tanto quanto de ar do mar e bebida barata), sobre a pele escura dos faroenses, adornadas de joias, e sobre os veskanos altíssimos com seus cabelos que brilhavam como metal polido.

Mas uma coisa era ouvir falar, e outra era ver com os próprios olhos.

Ela tropeçara em um mundo grande, cheio de regras que não conhecia, etnias que nunca vira e línguas que não falava. Cheio de *magia*. Lila descobrira que a parte mais difícil de sua empreitada era fingir que tudo era velho, quando era tudo tão novo. Ser forçada a fingir o tipo de indiferença que só vem de uma vida inteira tendo contato e achando tudo natural. Lila era uma aprendiz rápida e sabia como manter uma fachada, mas por trás da máscara de desinteresse, ela absorvia *tudo*. Era como uma esponja, aprendendo as palavras e os costumes, treinando-se para ver algo pela primeira vez e ser capaz de fingir que já havia visto aquilo uma dezena, uma centena de vezes.

As botas de Alucard ressoaram na doca de madeira, e ela desviou a atenção dos navios estrangeiros. O capitão parou ao lado de Lila, respirou fundo e apoiou a mão no ombro dela. A garota ainda se retesava sob um toque repentino, um reflexo que ela duvidava que fosse desaparecer algum dia, mas não se desvencilhou.

Alucard estava vestido com seu estilo habitual, um casaco azul-prateado cintado com uma faixa preta, seu cabelo castanho frisado puxado para trás com uma fivela preta, sob um chapéu elegante. Ele parecia gostar de chapéus como Lila gostava de facas. A única coisa fora de lugar era a bolsa pendurada no ombro.

— Sente esse cheiro, Bard? — perguntou ele em arnesiano.

Lila fungou.

— Sal, suor e cerveja? — arriscou ela.

— Dinheiro — respondeu ele, animado.

Lila olhou em volta, admirando a cidade portuária. Uma névoa de inverno engolira os topos dos poucos edifícios achatados, e o que aparecia através da neblina era relativamente inexpressivo. Nada sobre o lugar gritava dinheiro. Na verdade, nada no lugar atraía a atenção. Sasenroche era a própria definição de modéstia. E essa era, aparentemente, a ideia.

Porque, oficialmente, Sasenroche sequer existia.

Não aparecia em nenhum mapa de terra — Lila aprendeu logo que havia dois tipos de mapas, um de terra e um de mar, e eles eram tão diferentes como uma Londres da outra. Um mapa de terra era uma coisa comum, mas um mapa de mar era uma coisa especial, mostrando não só o mar aberto como também seus segredos, suas ilhas e cidades escondidas, os lugares a evitar e os lugares a percorrer, e a quem procurar quando se chegasse lá. Um mapa de mar nunca devia ser retirado de seu navio. Não podia ser vendido ou trocado, não sem que a notícia chegasse ao dono, e a punição era severa. Era um mundo pequeno, e a recompensa não valia o risco. Se qualquer homem das águas — ou qualquer homem que quisesse manter a cabeça no pescoço — visse um mapa de mar em terra firme, queimaria o artefato antes que ele o queimasse.

Sendo assim, Sasenroche era um segredo bem guardado em terra e uma lenda no mar. Indicado nos mapas certos (e conhecido pelos marinheiros certos) simplesmente como o Canto, Sasenroche era o único lugar onde os três impérios fisicamente se encontravam. Faro, as terras ao sul e ao leste, e Vesk, o reino ao norte, aparentemente encontravam Arnes bem ali, naquela modesta cidade portuária. E isso tornava o lugar perfeito, explicara Alucard, para encontrar coisas forasteiras sem atravessar águas estrangeiras e para se livrar de qualquer coisa que não pudesse levar para casa.

— Um mercado clandestino? — perguntara Lila, olhando pasma para o mapa que pertencia ao *Spire*, na mesa do capitão.

— O mais clandestino de todas as terras — respondera Alucard, bem-humorado.

— Por favor, me diga. O que estamos fazendo aqui exatamente?

— Todo bom navio corsário — explicara ele — tem em suas mãos dois tipos de coisas: aquelas que pode entregar para a coroa e aquelas que não pode. Certos artefatos não têm lugar no reino, por qualquer motivo, mas valem uma boa quantia em um lugar como este.

Lila suspirara, fingindo desaprovação.

— Isso não parece lícito.

Alucard lançara um sorriso que provavelmente poderia encantar cobras.

— Agimos em nome da coroa, mesmo quando ela não sabe.

— E mesmo quando lucramos? — desafiara Lila com ironia.

A expressão de Alucard mudara para um arremedo de ofensa.

— Esses serviços que fazemos para manter a coroa imaculada e o reino seguro passam despercebidos. Sendo assim, devemos recompensar a nós mesmos de vez em quando.

— Entendo...

— É um trabalho perigoso, Bard — dissera ele, tocando o peito com a mão cheia de anéis — para nossos corpos e nossas almas.

Agora, enquanto os dois estavam no cais, ele voltou a lançar aquele sorriso recatado, e ela percebeu que havia começado a sorrir também, logo antes de serem interrompidos por um estrondo. Parecia que um saco de pedras havia sido jogado nas docas, mas era apenas o resto da tripulação do *Night Spire* desembarcando. Não era de se admirar que todos pensassem em Lila como um fantasma. Os marinheiros faziam uma quantidade atroz de ruído. A mão de Alucard caiu do ombro de Lila conforme ele se virou para olhar para seus homens.

— Vocês conhecem as regras — vociferou ele. — São livres para fazerem o que quiserem, mas nada desonroso. Vocês são, afinal de contas, homens de Arnes que estão aqui a serviço de sua coroa.

Uma risada baixinha percorreu o grupo.

— Nós nos encontraremos na Inroads ao entardecer, e eu tenho negócios para discutir, então não fiquem muito embriagados antes disso.

Lila ainda só entendia cerca de seis palavras em cada dez. O arnesiano era uma língua fluida, com palavras se unindo de uma forma serpentina — mas ela foi capaz de preencher as lacunas.

Uma tripulação mínima ficou a bordo do *Spire* e os demais foram dispensados. A maioria dos homens seguiu um caminho, em direção às lojas e tavernas mais próximas do cais, mas Alucard tomou outro rumo, indo sozinho para a entrada de uma rua estreita e desaparecendo rapidamente na névoa.

Havia uma regra tácita de que, para onde Alucard ia, Lila o seguia. Se ele a convidava ou não, pouca diferença fazia. Ela se tornara a sombra dele.

— Seus olhos se fecham em algum momento? — perguntara ele em Elon, vendo quão intensamente ela examinava as ruas.

— Descobri que observar é a maneira mais rápida de aprender e a forma mais segura de permanecer viva.

Alucard sacudiu a cabeça, exasperado.

— O sotaque da nobreza e as sensibilidades de uma ladra.

Mas Lila apenas sorriu. Ela havia dito algo muito parecido uma vez para Kell. Antes que soubesse que ele *era* da realeza. E, na verdade, também um ladrão.

Uma vez que a tripulação já havia se dispersado, ela seguiu os passos do capitão conforme ele traçava seu sinuoso caminho em Sasenroche. E, ao fazer isso, Sasenroche começou a mudar. Se vista do mar ela parecia ser uma diminuta cidade à beira das falésias rochosas, de perto se mostrava muito mais profunda, as ruas se desenrolando e aflorando. A cidade tinha escavado tocas nas falésias: a rocha (um mármore escuro rajado de veios brancos) arqueava, serpenteava e se erguia por toda parte, engolindo edifícios e formando outros, revelando becos e escadarias apenas a uma curta distância. Entre a forma espiralada da cidade e as brumas do mar, era difícil acompanhar o capitão. Lila o perdeu várias vezes de vista, mas então divisava a cauda do casaco ou ouvia o som entrecortado de suas botas e o encontrava novamente. Ela passou por um punhado de pessoas, mas seus capuzes estavam levantados para protegê-los do frio, e seus rostos, escondidos nas sombras.

Então ela virou uma esquina, e o nevoeiro do crepúsculo que se espalhava deu lugar a algo completamente diferente. Algo que reluzia, resplandecia e cheirava a magia.

O Mercado Clandestino de Sasenroche.

IV

O mercado se ergueu ao redor de Lila, súbito e grandioso, como se ela tivesse entrado nos penhascos e os encontrado ocos. Havia dezenas de barracas, todas aninhadas sob o teto arqueado da rocha, cuja superfície parecia estranhamente... viva. Ela não saberia dizer se os veios da pedra estavam realmente reluzindo ou se estavam apenas refletindo as lanternas que pendiam de cada loja. De qualquer forma, o efeito era impressionante.

Alucard manteve um ritmo lento e casual à frente dela, mas era óbvio que ele tinha um destino. Lila o seguiu, mas era difícil manter sua atenção no capitão em vez de voltá-la para as barracas. A maioria exibia coisas que ela nunca tinha visto, o que não era em si tão extraordinário, uma vez que ela jamais havia visto a maior parte do que este mundo tinha para oferecer, mas ela estava começando a entender a ordem fundamental, e muitas das coisas que vira ali pareciam quebrá-la. A magia tinha um pulso, e ali no Mercado Clandestino de Sasenroche, ele parecia errático.

No entanto, a maioria das coisas exibidas parecia, à primeira vista, bastante inofensiva. Onde, ponderou, Sasenroche escondia seus tesouros verdadeiramente perigosos? Lila tinha aprendido em primeira mão o que a magia proibida podia fazer, e ao mesmo tempo que esperava nunca mais encontrar uma coisa como a pedra da Londres Preta, não conseguia conter sua curiosidade. Era incrível o quão rapidamente o mágico tornara-se mundano: havia poucos meses ela não sabia que a magia era real, mas agora sentia o ímpeto de procurar as coisas mais estranhas.

O mercado estava fervilhando, porém era assustadoramente silencioso, o murmúrio de uma dezena de dialetos suavizados pela rocha, transformando uma amálgama de sons em um ruído ambiente. À frente, Alucard finalmente parou diante de uma barraca sem nome. Era uma tenda, uma banca envolta numa cortina de seda de um azul bem escuro, por trás da qual ele desapareceu. Lila perderia toda a pretensão de sutileza se o seguisse, então permaneceu e esperou, examinando uma mesa com uma série de lâminas que iam de facas curtas e afiadas a grandes cimitarras.

Nenhuma pistola, ela notou, desapontada.

Seu revólver precioso, Caster, estava guardado, inútil, no baú perto de sua cama. Ela tinha ficado sem balas, para então descobrir que não se usava armas de fogo neste mundo, pelo menos não em Arnes. Ela poderia levá-la para um ferreiro, mas o fato era que o objeto não tinha lugar ali, e a transferência era considerada traição (veja o que acontecera a Kell, fazendo o contrabando de itens; um desses itens fora ela mesma e outro tinha sido a pedra preta), então Lila estava um pouco relutante em introduzir uma nova arma no mundo. E se isso desencadeasse algum tipo de reação em cadeia? E se mudasse a forma como a magia era usada? E se isso tornasse este mundo mais parecido com o dela?

Não, não valia o risco.

Em vez disso, Caster permanecia vazio, uma lembrança do mundo que ela deixara para trás. Um que ela nunca mais veria.

Lila endireitou-se e deixou seu olhar passear pelo mercado. Quando ele parou, não foi em armas ou bugigangas, mas nela mesma.

A barraca logo à esquerda estava cheia de espelhos de diferentes formas e tamanhos; alguns emoldurados e outros simples painéis de vidro revestido.

Não havia vendedor algum à vista, e Lila se aproximou para analisar seu reflexo. Para se proteger do frio, ela usava um manto curto de feltro e um dos chapéus de Alucard (ele tinha o suficiente para emprestar), um tricórnio com uma pena feita de prata e vidro.

Sob o chapéu, seus olhos castanhos olharam de volta para ela, um mais claro que o outro e inútil, embora poucas pessoas notassem. Seus cabelos escuros agora roçavam os ombros, fazendo com que ela parecesse mais uma garota do que gostaria (ela deixara crescer para o ardil do *Copper Thief*), e fez uma anotação mental de cortá-lo em seu comprimento usual na altura da linha do queixo.

Seu olhar desceu.

Ela não ganhara busto, graças a Deus, mas quatro meses a bordo do *Night Spire* tinham gerado uma transformação sutil. Lila sempre fora magra, só não fazia ideia se era fruto da sua genética ou produto de comida escassa e corrida demais por muitos anos. A tripulação de Alucard trabalhava duro e comia bem, então ela tinha passado de franzina a magra, de esquelética a musculosa. As distinções eram pequenas, mas faziam diferença.

Ela sentiu um frio cortante perpassar seus dedos e olhou para baixo e viu que sua mão tocara a superfície fria do espelho. Estranho, ela não se lembrava de ter estendido a mão.

Olhando para cima, ela encontrou o olhar de seu próprio reflexo. Ele a analisava. Então, lentamente, começou a mudar. Seu rosto envelheceu vários anos e seu casaco ondulou e escureceu até se parecer com o de Kell, aquele com bolsos demais e ainda mais lados. Uma monstruosa máscara repousava sobre sua cabeça, como uma fera com a boca larga, e uma chama lambeu os dedos do reflexo no ponto em que encontravam o espelho, mas não os queimou. Em torno de sua outra mão havia água, enrolada como uma cobra, que logo depois se transformou em gelo. O chão sob os pés do reflexo começou a rachar e a se partir, como se estivesse sob algo pesado, e o ar ao redor do reflexo estremeceu. Lila tentou afastar a mão do espelho, mas não conseguiu, assim como foi incapaz de desviar o olhar do rosto de seu reflexo, onde seus olhos (ambos) se tornaram pretos, algo girando nas profundezas deles.

De repente, a imagem se soltou, e o corpo de Lila foi projetado para trás, ofegando. A dor latejou em sua mão, ela olhou para baixo e viu pequenos cortes com gotas de sangue vertendo de cada ponta de seus dedos.

Os cortes eram limpos, as linhas feitas por algo afiado. Como vidro.

Ela levou a mão ao peito, e seu reflexo — agora apenas uma garota usando um chapéu de tricórnio — fez o mesmo.

— A placa diz *não toque* — falou alguém atrás dela, e quando ela se virou lá estava o vendedor da barraca.

Era faroense, sua pele negra era como as paredes de rocha e toda a sua vestimenta era feita de um único pedaço de seda branca. Ele estava muito bem barbeado, como a maioria dos faroenses, mas usava apenas duas gemas em sua pele, uma sob cada olho. Ela sabia que ele era o vendedor da barraca por causa dos óculos no nariz dele: o vidro não era apenas vidro, mas espelhos, refletindo o rosto pálido dela.

— Sinto muito — disse ela, olhando para o espelho e esperando ver o lugar onde ela o havia tocado, onde tinha se *cortado*, mas o sangue tinha desaparecido.

— Você sabe o que esses espelhos fazem? — perguntou ele.

Levou um momento para Lila perceber que, embora a voz tivesse um sotaque carregado, ele estava falando em inglês. E, no entanto, não, ele não estava, não exatamente. As palavras que ele pronunciava não se alinhavam com as que ela ouvia. Um talismã brilhava na garganta dele. À primeira vista ela julgara que fosse um broche prendendo o tecido, mas agora pulsava fracamente, e ela entendeu.

O homem levou os dedos ao pingente.

— Ah, sim, uma coisa útil, isto, quando se é um comerciante na esquina do mundo. Não é exatamente lícito, claro, com as leis contra ilusões, mas...

Ele encolheu os ombros, como se dissesse: *O que se pode fazer?* Parecia fascinado pela linguagem que articulava, como se soubesse seus significados.

Lila voltou-se para os espelhos.

— O que eles fazem?

O vendedor analisou o espelho, e, nos óculos dele, ela viu o artefato refletido várias vezes.

— Bem — disse ele —, um dos lados mostra o que você quer.

Lila pensou na garota de olhos pretos e reprimiu um arrepio.

— Não me mostrou o que eu quero — afirmou ela.

Ele adejou a cabeça.

— Tem certeza? A forma, talvez não, mas a ideia, talvez?

Qual seria a ideia por trás do que ela tinha visto? A Lila no espelho era... poderosa. Tão poderosa quanto Kell. Mas também era diferente. Mais sombria.

— As ideias são bonitas e boas — prosseguiu o mercador —, mas as realidades podem ser... menos agradáveis.

— E o outro lado? — perguntou ela.

— Hã? — Seus óculos espelhados eram irritantes.

— Você disse que *um dos lados* mostra o que a pessoa quer. E o outro?

— Bem, se você ainda quiser o que vê, o outro lado mostra como conseguir.

Lila ficou tensa. Foi isso que fez com que os espelhos fossem proibidos? O mercador faroense olhou para ela, como se pudesse ver seus pensamentos tão claramente quanto seu reflexo, e continuou:

— Talvez olhar para a própria mente não pareça tão raro. Pedras de sonho e tábuas de divinação, essas coisas nos ajudam a ver dentro de nós mesmos. O primeiro lado do espelho não é tão diferente, é quase comum... — Lila pensou que jamais consideraria *esse* tipo de magia como comum. — Ver os fios do mundo é uma coisa. Mexer neles é outra. Saber como fazer música com eles, bem... Digamos apenas que isso não é mesmo uma coisa simples.

— Não, suponho que não — falou ela calmamente, ainda esfregando os dedos machucados. — Quanto lhe devo por usar o primeiro lado?

O vendedor deu de ombros.

— Qualquer um pode se ver — disse ele. — O espelho recolhe o próprio dízimo. A questão agora, Delilah, é se você quer ver o segundo lado.

Mas Lila já estava se afastando dos espelhos e do vendedor misterioso.

— Obrigada — falou ela, percebendo que ele não tinha indicado o preço. — Mas vou declinar.

Ela já percorrera metade do caminho da volta para a barraca de armas antes de perceber que nunca dissera seu nome ao comerciante.

Bom, pensou Lila, apertando seu manto ao redor dos ombros, *isso foi perturbador*. Ela enfiou as mãos nos bolsos — tanto para evitar que tremessem quanto para ter certeza de que não tocaria acidentalmente em mais nada — e voltou para a barraca de armas. Logo sentiu que alguém se aproximava e captou o aroma familiar de mel, prata e vinho temperado.

— Capitão — disse ela.

— Acredite ou não, Bard — falou ele —, sou suficientemente capaz de defender minha própria honra.

Ela lançou-lhe um olhar enviesado e notou que a bolsa tinha desaparecido.

— Não é sua honra que me preocupa.

— É a minha saúde, então? Ninguém me matou ainda.

Lila encolheu os ombros.

— Todos são imortais até não serem mais.

Alucard sacudiu a cabeça.

— Que perspectiva deliciosamente mórbida, Bard.

— Além disso — continuou Lila —, não estou particularmente preocupada com sua honra *ou* com sua vida, capitão. Eu estava apenas esperando receber minha parte nos lucros.

Alucard suspirou e passou o braço pelos ombros dela.

— E eu começando a pensar que você se importa. — Ele se virou para analisar as facas na mesa em frente e riu. — A maioria das garotas deseja comprar vestidos.

— Eu não sou como a maioria das garotas.

— Sem dúvida. — Ele gesticulou para o que estava exposto. — Vê algo de que gosta?

Por um momento, a imagem no espelho surgiu na mente de Lila, ameaçadora, com os olhos pretos e vibrando com poder. Lila a afastou de seus pensamentos, olhou para as lâminas e indicou com a cabeça um punhal com uma lâmina denteada.

— Você já não tem facas demais?

— Facas nunca são demais.

Ele balançou a cabeça.

— Você continua sendo uma criatura muito peculiar. — Com isso, ele começou a levá-la embora dali. — Mas mantenha seu dinheiro em seus bolsos. Nós *vendemos* para o Mercado Clandestino de Sasenroche, Bard. Não compramos dele. *Isso* seria muito errado.

— Você tem uma bússola moral distorcida, Alucard.

— Já me disseram isso.

— E se eu roubasse? — perguntou ela, casualmente. — Certamente não pode ser errado *roubar* alguma coisa de um mercado ilegal?

Alucard engasgou com uma risada.

— Você poderia tentar, mas falharia. E provavelmente perderia uma das mãos pela tentativa.

— Você tem pouca fé em mim.

— Não tem nada a ver com fé. Observe como os fornecedores não parecem particularmente preocupados em vigiar suas mercadorias. Isso é porque o mercado foi protegido. — Eles agora estavam na entrada da caverna, e Lila se virou para analisar o lugar. Ela semicerrou os olhos, esforçando-se para enxergar algo nas barracas.

— É magia forte — continuou ele. — Se um objeto deixasse seu lugar sem permissão, o resultado seria... desagradável.

— Então, você alguma vez já tentou roubar algo?

— Não sou tão idiota.

— Talvez seja apenas um boato criado para assustar os ladrões.

— Não é — afirmou Alucard, saindo da caverna e adentrando a noite. A neblina ficara mais espessa, e a noite caíra como um cobertor de frio.

— Como você sabe? — pressionou Lila, cruzando os braços sob a capa.

O capitão encolheu os ombros.

— Suponho que... — Hesitou. — Suponho que eu tenha um talento especial.

— Para quê?

A safira cintilou na testa dele.

— Para ver a magia.

Lila franziu o cenho. As pessoas falavam em *sentir* magia, *cheirá-la*, mas nunca em *vê-la*. Claro, podia-se ver os efeitos que ela tinha sobre as coisas, os elementos sendo possuídos por ela, porém nunca a magia em si. Ela supunha que era como a alma em um corpo. Podia-se ver a carne, o sangue, mas não o que eles continham.

Pensando bem, a única vez que Lila já *vira* magia fora no rio da Londres Vermelha, o brilho do poder emanando dele com uma constante luz carmesim. Uma fonte, foi como Kell o havia chamado. As pessoas pareciam acreditar que aquele poder corria em todos e em tudo. Nunca ocorrera a ela que alguém pudesse ver isso em qualquer lugar do mundo.

— Hã — falou ela.

— Hum — exalou ele. E nada mais disse.

Os dois moveram-se em silêncio pelo labirinto pétreo de ruas, e logo todos os sinais do mercado foram engolidos pela névoa. A pedra escura dos túneis deu lugar à madeira conforme o coração de Sasenroche cedeu novamente à sua fachada.

— E quanto a mim? — perguntou ela quando chegaram ao porto.

Alucard olhou para trás.

— O que tem você?

— O que você vê — indagou ela — quando olha para mim?

Ela queria saber a verdade. Quem era Delilah Bard? *O que* ela era? A primeira era uma pergunta para a qual ela achava que sabia a resposta, porém a segunda... Havia tentado não se preocupar com isso, mas, como Kell tinha sinalizado tantas vezes, ela não deveria estar ali. Não deveria estar viva, para começar. Ela distorcera a maioria das regras. Quebrara as demais. E queria saber por quê. Como. Se ela era apenas um pontinho no universo, uma anomalia, ou se era algo *mais*.

— E então? — pressionou ela.

Ela estava esperando que Alucard ignorasse a pergunta, mas por fim ele se virou, endireitando-se para olhar para ela.

Por um instante, o rosto dele se contorceu. Ele tão raramente franzia o cenho que a expressão parecia errada nele. Houve um longo silêncio, preenchido apenas pelas batidas da pulsação de Lila, enquanto os olhos escuros do capitão a analisavam.

— Segredos — disse ele, finalmente. E então deu uma piscadela. — Por que você acha que a deixei ficar?

E Lila sabia que, se quisesse saber a verdade, teria que dar outra em troca, e ainda não estava pronta para isso. Então ela se forçou a sorrir e deu de ombros.

— Você gosta do som da própria voz. Achei que tivesse sido para ter alguém com quem conversar.

Ele riu e apoiou o braço nos ombros dela.

— Isso também, Bard. Isso também.

V

Londres Cinza

A cidade parecia positivamente lúgubre, envolta em uma luz moribunda, como se tudo tivesse sido pintado apenas com preto e branco, uma paleta inteira amortecida pelos tons de cinza. As chaminés lançavam nuvens de fumaça, e formas amontoadas passavam rapidamente, os ombros encurvados contra o frio.

E Kell nunca estivera tão feliz por estar ali.

Por estar invisível.

Parado na rua estreita à sombra de Westminster, ele respirou fundo, apesar do ar nebuloso, cheio de fumaça e frio, e se deleitou com a sensação. Um vento gelado soprou cortante, levando-o a enfiar as mãos nos bolsos e começar a andar. Não sabia para onde estava indo. Não importava.

Não havia lugar para se esconder na Londres Vermelha, não mais, mas aqui ele ainda podia abrir um espaço para si mesmo. Passou por algumas pessoas nas ruas, mas ninguém o conhecia. Ninguém hesitou ou se encolheu. Certamente já havia rumores em certos círculos, mas para a maioria dos transeuntes ele era apenas mais um estranho. Uma sombra. Um fantasma em uma cidade cheia de...

— É *você*.

Kell ficou tenso ao ouvir aquela voz. Ele desacelerou, mas não parou, supondo que as palavras não eram destinadas para ele, ou, se fossem, que haviam sido ditas por engano.

— Senhor! — chamou a voz de novo, e Kell olhou ao redor. Não para a fonte dela, mas para qualquer um com quem poderia estar falando. Mas não havia ninguém por perto, e a palavra fora dita com identificação, com *reconhecimento*.

A melhora em seu humor estremeceu e morreu quando ele se forçou a parar, virou-se e viu um homem esguio segurando uma braçada de papéis e olhando diretamente para ele com olhos arregalados do tamanho de moedas. Um lenço escuro pendia dos ombros do homem, e suas roupas não eram esfarrapadas, mas não lhe serviam bem. Ele parecia estar esticado, o rosto e os membros muito alongados para o terno. Seus pulsos saíam dos punhos do paletó, e, na parte de trás de um deles, Kell viu a ponta de uma tatuagem.

Uma runa de poder.

Da primeira vez que Kell a vira, lembrava de ter pensado duas coisas. A primeira foi que era imprecisa, distorcida da forma como uma cópia de uma cópia de uma cópia poderia ficar. A segunda era que pertencia a um Entusiasta, um habitante do mundo cinza que se achava um mago.

Kell *odiava* Entusiastas.

— Edward Archibald Tuttle terceiro — disse Kell em tom seco.

O homem — Ned — abriu um sorriso estranho, como se Kell tivesse acabado de lhe dar a notícia mais espetacular.

— Você se lembra de mim!

Kell lembrava. Lembrava-se de todos com quem fizera negócios (ou aqueles com quem preferira *não* fazer negócios).

— Eu não tenho sua terra — falou ele, lembrando-se da promessa sarcástica de trazer para o homem um saco de terra, se ele esperasse por Kell.

Ned acenou com a mão, fazendo pouco caso da promessa.

— Você voltou — disse ele, correndo. — Eu estava começando a pensar que você não voltaria, depois de tudo, quer dizer, depois do que aconteceu de horrível com o proprietário do pub, uma coisa terrível. Eu esperei, sabe, antes que acontecesse, e depois, é claro, ainda estava esperando. E estava começando a me perguntar, o que não é a mesma coisa que duvidar, sabe, eu não tinha começado a duvidar, mas ninguém tinha visto você por meses e meses, e agora, bem, você está de volta...

Ned finalmente parou de falar, ofegante. Kell não sabia o que dizer. O homem já falara o suficiente pelos dois. Um vento cortante soprou, e Ned quase perdeu seus papéis.

— Que diabos, está frio — praguejou ele. — Deixe-me lhe oferecer uma bebida.

Ele acenou com a cabeça para algo atrás de Kell ao dizer isso, e Kell se virou e viu uma taverna. Seus olhos se arregalaram quando percebeu aonde seus pés traiçoeiros o haviam levado. Ele deveria ter imaginado. A sensação estava lá, no próprio solo, a atração sutil que pertencia apenas a um ponto fixo.

Stone's Throw.

Kell estava a poucos passos do local onde havia feito negócios, o lugar onde Lila tinha morado e onde Barron tinha morrido. (Ele havia voltado uma vez, depois que tudo acabara, mas as portas estavam trancadas. Havia arrombado e entrado, porém o corpo de Barron já tinha sido removido. Ele subira as estreitas escadas até o quarto de Lila, lá em cima, e nada encontrara além de uma mancha escura no chão e um mapa sem marcações... Levara o mapa com ele, a última coisa que contrabandeara. E não havia voltado desde então.)

O peito de Kell doeu ao ver o lugar. Já não se *chamava* Stone's Throw. Parecia o mesmo lugar, tinha a mesma *sensação*, agora que Kell estava prestando atenção, mas a placa que pendia acima da porta dizia: The Five Points.

— Eu realmente não deveria... — disse Kell, franzindo o cenho para o nome.

— A taverna só abre daqui a uma hora — insistiu Ned. — E quero lhe mostrar uma coisa.

Ele tirou uma chave do bolso, deixando cair um de seus pergaminhos no processo. Kell estendeu a mão e o pegou, mas sua atenção estava na chave quando Ned a enfiou na fechadura.

— Você é o *dono*? — perguntou, incrédulo.

Ned assentiu.

— Bem, quero dizer, não desde sempre, mas eu a comprei, depois de tudo que aconteceu de desagradável. Houve quem quisesse demoli-la, mas isso simplesmente não parecia certo, então, quando foi posta à venda, bem, quer dizer, você e eu, nós dois sabemos que este lugar não é *apenas* uma taverna, é um lugar especial, tem essa aura de — ele baixou a voz — *magia*... — e depois voltou a falar em voz alta — sobre ele. E, além disso, eu sabia que você voltaria. Eu simplesmente *sabia*...

Ned entrou, andando atrapalhado, e Kell não teve escolha a não ser segui-lo. Ele poderia ter virado as costas e deixado o homem tagarelando, mas Ned havia esperado, tinha comprado a maldita taverna para poder *continuar* esperando, e havia algo de intrigante nessa determinação teimosa, então ele seguiu o homem e entrou.

O lugar estava absolutamente escuro, então Ned colocou os pergaminhos na mesa mais próxima e se dirigiu, tateando, até a lareira com o intuito de acender o fogo.

— O horário de funcionamento mudou — explicou ele, empilhando alguns troncos na lareira — porque minha família não sabe, veja você, que eu comprei a Points. Eles simplesmente não entenderiam, diriam que não é uma profissão digna para alguém na minha posição, mas eles não me conhecem, não de verdade. Acho que sempre tive algo de gato vadio. Mas você não liga para isso, desculpe, eu só queria explicar por que estava fechado. O público também é diferente hoje em dia...

Ned parou, lutando com uma pedra para produzir fagulhas, e o olhar de Kell se afastou das toras semicarbonizadas na lareira para as lanternas apagadas que estavam espalhadas sobre as mesas e penduradas nas vigas do teto. Ele suspirou, e então, porque estava sentindo frio ou apenas com boa vontade, estalou os dedos. O fogo na lareira explodiu e se acendeu, e Ned cambaleou para trás enquanto ele crepitava com a luz branca azulada de chamas encantadas, antes de se acalmar e se assentar nos amarelos e vermelhos de um fogo mais comum.

Uma a uma, as lanternas começaram a cintilar também, e Ned ficou de pé e se virou, observando as luzes que emanavam das lâmpadas que se inflamaram sozinhas como se Kell tivesse convocado as estrelas para a sua taverna.

Ned fez um barulho, uma inspiração aguda, e seus olhos se arregalaram: não com medo, nem mesmo com surpresa, mas com adoração. Com *reverência*. Havia algo no fascínio aparente do homem, em sua alegria desenfreada ao olhar o espetáculo, que lembrou Kell do velho rei. Seu coração doeu. Ele havia interpretado o interesse do Entusiasta como desejo, ganância, mas talvez tivesse se enganado. Ele não se parecia em nada com o novo rei George. Não, Ned tinha a intensidade infantil de alguém que *queria* que o mundo fosse mais estranho do que era, alguém que pensava que podia *acreditar* na magia e torná-la real.

Ned estendeu a mão e a deixou perto de uma das lanternas.

— Está quente — sussurrou.

— O fogo geralmente é — disse Kell, examinando o local.

Com a infusão de luz, ele pôde ver que, enquanto o exterior permanecera o mesmo, por dentro a Five Points era um lugar completamente diferente.

As cortinas haviam sido penduradas a partir do teto em faixas escuras, erguendo-se e caindo acima das mesas, que estavam dispostas como raios em uma roda. Padrões escuros haviam sido desenhados, ou melhor, *pirogravados* nos tampos das mesas de madeira, e Kell supôs que deveriam ser símbolos de poder — embora alguns parecessem a tatuagem de Ned, vagamente distorcida, enquanto outros pareciam inteiramente inventados.

A Stone's Throw sempre fora um lugar de magia, mas a Five Points *parecia* um. Ou pelo menos, uma ideia infantil de um.

Havia um ar de mistério, performático, e quando Ned despiu o casaco, Kell viu que ele estava usando uma camisa preta de colarinho alto com botões brilhantes de ônix. Um colar em sua garganta tinha uma estrela de cinco pontas, e Kell se perguntou se era dali que a taverna tinha obtido o seu nome, até ver o desenho emoldurado na parede. Era um esquema da caixa que Kell levava consigo quando ele e Ned se conheceram. O jogo de elementos, com seus cinco sulcos.

Fogo, água, terra, ar, osso. Kell franziu o cenho. O diagrama era impressionantemente preciso, até os veios na madeira. Ele ouviu o som de vidros tilintando e viu Ned atrás do balcão, mexendo em garrafas na parede. Ele serviu duas doses de algo escuro e as estendeu, oferecendo.

Por um instante, Kell pensou em Barron. O barman era tão largo quanto Ned era estreito, tão brusco quanto o jovem era exuberante. Mas fizera parte desse lugar como a madeira e as pedras e estava morto por causa de Holland. Por causa de Kell.

— Mestre Kell? — insistiu Ned, ainda segurando o copo.

Ele sabia que devia ir embora, mas se pegou indo até o balcão, comandando o banquinho a se mexer alguns centímetros antes de se sentar.

Exibido, falou uma voz em sua cabeça, e talvez estivesse certa, mas a verdade era que fazia muito tempo que ninguém o olhava da maneira como Ned fazia agora.

Kell pegou a bebida.

— O que você queria me mostrar, Ned?

O homem sorriu ao ouvir seu apelido.

— Bem, sabe — disse ele, pegando uma caixa de baixo do balcão —, eu tenho *praticado*. — Ele colocou a caixa sobre o balcão, abriu a tampa e tirou um pequeno pacote de dentro. Kell estava com o copo a meio caminho de seus lábios quando viu o que Ned estava segurando e prontamente colocou a bebida no balcão. Era um conjunto de elementos, parecido com o que Kell havia negociado quatro meses atrás. Não, era *exatamente* o mesmo conjunto de elementos, desde os lados de madeira escura até o pequeno fecho de bronze.

— Onde você conseguiu isso? — perguntou Kell.

— Bem, eu comprei. — Ned colocou o tabuleiro do mago sobre o balcão entre eles com reverência e deslizou o fecho, deixando-o se desdobrar para revelar os cinco elementos em seus sulcos. — Daquele cavalheiro para quem você vendeu. Não foi fácil, mas chegamos a um acordo.

Ótimo, pensou Kell, seu humor de repente esfriando. A única coisa pior do que um Entusiasta comum era um Entusiasta rico.

— Eu tentei fazer o meu próprio — continuou Ned —, mas não era a mesma coisa, eu nunca fui muito bom nisso, você deveria ter visto a porcaria que estava esse esquema antes que eu contratasse...

— Foco — disse Kell, sentindo que Ned poderia andar a noite toda por digressões mentais.

— Certo — falou ele. — Então, o que eu queria mostrar — ele estalou os nós dos dedos dramaticamente — era isso.

Ned bateu com o indicador no sulco que continha água, e depois apoiou as mãos espalmadas no balcão. Ele focalizou os olhos semicerrados no tabuleiro e Kell relaxou quando percebeu aonde isso iria parar: em lugar nenhum.

No entanto, algo estava diferente. Da última vez que Ned tentara isso, ele gesticulara no ar e proferira palavras absurdas acima da água, como se elas próprias tivessem algum poder. Desta vez, seus lábios se moveram, mas Kell não conseguia ouvir o que ele estava dizendo. Suas mãos ficaram abertas, esticadas no balcão, uma em cada lado do tabuleiro.

Por um instante, conforme o previsto, nada aconteceu.

E então, quando Kell já estava perdendo a paciência, a água se *moveu*. Não muito, mas uma gota pareceu levantar ligeiramente da poça antes de cair de novo, provocando ondas minúsculas pela superfície da água.

Santo.

Ned deu um passo para trás, triunfante, e, embora conseguisse manter a compostura, era evidente que queria jogar os braços para cima e comemorar.

— Você viu isso? Você viu? — celebrou ele. E Kell tinha visto.

Não era nem de longe uma habilidade perigosa para a magia, mas era muito mais do que ele esperava. Deveria ser impossível — para Ned, para qualquer habitante do mundo cinza —, porém os últimos meses fizeram com que ele se perguntasse se algo estava realmente fora de ordem. Afinal, Lila tinha vindo da Londres Cinza, e estava... bom, mas ela era algo inteiramente diferente.

A magia não tem lugar em seu mundo, dissera ele ao rei. *Não mais.*

O mundo é feito de ciclos. Talvez o nosso tempo chegue de novo.

O que estava acontecendo? Ele sempre pensara na magia como um fogo, cada Londres mais longe da fonte de calor do que a outra. A Londres Preta havia queimado por estar perto demais da chama, mas a Londres Cinza tinha esgotado seu combustível havia muito tempo. Será que de alguma forma ainda havia uma faísca? Algo para acender? Teria ele acidentalmente soprado as flamas moribundas? Ou tinha sido Lila?

— Isso é tudo que eu tenho sido capaz de fazer — disse Ned, animadamente. — Mas, com o treinamento apropriado... — Ele olhou para Kell com expectativa enquanto dizia isso e então rapidamente olhou para baixo de novo. — Quer dizer, com o professor certo ou pelo menos alguma orientação...

— Ned — começou Kell.

— Claro, eu sei que você deve estar ocupado, comprometido, e o tempo é precioso...

— Edward — tentou ele, novamente.

— Mas eu tenho algo para você — insistiu o homem.

Kell suspirou. Por que todos de repente estavam tão ansiosos para lhe dar presentes?

— Eu tentei pensar no que você disse, da última vez, sobre como você só estava interessado em coisas que importassem, e levei algum tempo, mas acho que encontrei algo digno. Vou buscar.

Antes que Kell pudesse dizer a ele para parar, pudesse explicar que, o que quer que fosse, ele não poderia aceitar, o homem saíra de trás do balcão e disparara em direção ao corredor, subindo as escadas dois degraus de cada vez.

Kell observou-o ir, desejando poder ficar.

Ele sentia falta da Stone's Throw, não importava seu nome, sentia falta da solidez simples deste lugar, desta cidade. Ele tinha mesmo que ir para casa? E aquele era o problema, exatamente. A Londres Vermelha era *sua casa*. Kell não pertencia a este mundo. Ele era uma criatura de magia — arnesiana, não inglesa. E, mesmo que este mundo ainda guardasse algum poder (pois Tieren dissera que nenhum lugar era verdadeiramente desprovido dele), Kell não poderia dar-se ao luxo de atiçá-lo, nem por Ned, nem pelo rei, nem por ele mesmo. Ele já havia perturbado dois mundos. Não seria culpado por um terceiro.

Kell passou a mão pelos cabelos e se levantou do banco, os passos que ouvia no teto sobre sua cabeça ficando cada vez mais fracos.

O tabuleiro de jogo ainda estava aberto no balcão. Kell sabia que devia levá-lo de volta, mas então o quê? Ele teria que explicar sua presença para Staff e Hastra. Não, que o menino tolo ficasse com ele. Colocou o copo vazio no balcão e virou-se para sair, enfiando as mãos nos bolsos.

Seus dedos roçaram algo no fundo do casaco.

Sua mão se fechou sobre o objeto, e ele tirou de lá um segundo *lin* da Londres Vermelha. Estava velho, a estrela dourada quase totalmente desgastada pelo tempo e pelo toque das mãos, e Kell não sabia dizer quanto tempo havia ficado perdida em seu bolso. Poderia ser uma das moedas que ele tinha pegado do velho rei, trocado por uma nova. Ou poderia ter sido um trocado esquecido, perdido no bolso de lã. Ele o analisou por um instante, então ouviu o som de uma porta se fechando no andar de cima e passos na escada.

Kell colocou a moeda no balcão, ao lado do copo vazio, e saiu.

VI

Sasenroche

Ao longo de sua vida, Lila sempre odiara tavernas.

Parecia ligada a elas por algum tipo de amarração; fugia o mais rápido que podia, e então em algum momento ela chegava ao fim da linha e era puxada de volta. Passara anos tentando cortar aquele laço. Nunca conseguira.

A Inroads ficava no fim do píer, com suas lanternas envoltas por fios de névoa do mar que se infiltravam pelo porto. Uma placa acima da porta estava escrita em três línguas, e Lila reconheceu apenas uma.

Os sons familiares vindos lá de dentro chegaram a ela, o ruído ambiente de cadeiras sendo arrastadas e vidros tilintando, de risos, ameaças e brigas prestes a eclodir. Eram os mesmos sons que ela tinha ouvido centenas de vezes na Stone's Throw, e parecia-lhe estranho que esses sons pudessem existir ali, em uma cidade com um mercado clandestino à margem de um império em um mundo mágico. Havia, supôs, um conforto nesses lugares, no tecido de que eram feitos, no modo como duas tavernas, em cidades separadas — em *mundos* separados — pudessem passar a mesma sensação, parecerem iguais, soarem da mesma maneira.

Alucard estava segurando a porta aberta para ela.

— *Tas enol* — falou ele, passando de novo para o arnesiano. *Depois de você.*

Lila meneou a cabeça e entrou.

Lá dentro, a Inroads parecia bastante familiar; as *pessoas* é que eram diferentes. Ao contrário do mercado clandestino, ali capuzes e chapéus haviam sido deixados de lado e Lila pôde dar uma boa olhada nas tripulações dos outros navios atracados ao longo do cais. Um veskano muito alto passou por eles, praticamente preenchendo a soleira da porta ao passar, uma enorme trança loira caindo-lhe pelas costas. Seus braços estavam nus quando ele saiu no frio do inverno.

Um amontoado de homens estava parado perto da porta, falando em voz baixa em línguas estrangeiras e fluidas. Um deles olhou para ela, que ficou assustada ao ver que seus olhos eram dourados. Não cor de âmbar, como os do príncipe, mas brilhantes e quase refletindo a luz, seus centros metálicos salpicados de preto. Aqueles olhos reluziam em contraste com uma pele tão escura quanto o oceano à noite, e, ao contrário do faroense que ela tinha visto no mercado, o rosto desse homem estava repleto de dezenas de pedaços de cristal verde-claro. Os fragmentos traçavam linhas sobre suas sobrancelhas, seguiam a curva de sua bochecha e desciam por sua garganta. O efeito era perturbador.

— Feche a boca — sibilou Alucard em seu ouvido. — Está parecendo um peixe.

A luz na taverna era baixa, cintilando nas mesas e lareiras em vez de vir descendo do teto e das paredes. Lançavam sombras estranhas nos rostos conforme as luzes das velas refletiam nas bochechas e sobrancelhas.

O lugar não estava muito lotado. Ela só tinha visto quatro navios no porto e conseguia distinguir os homens do *Spire*, espalhados e conversando em alguns grupos de dois ou três.

Stross e Lenos tinham surrupiado uma mesa junto ao bar e estavam jogando cartas com um punhado de veskanos; Olo observava, e Tav, de ombros largos, conversava absorto com um arnesiano de outro navio.

Vasry Formoso estava flertando com uma garçonete que aparentava ser faroense — nada de estranho aqui —, e um marinheiro atlético chamado Kobis estava sentado na ponta de um sofá, lendo um livro à luz baixa, claramente saboreando a coisa mais próxima que encontrara de paz e silêncio.

Uma dezena de rostos se virou conforme Lila e Alucard se moveram pelo salão, e ela se sentiu encolher em direção à sombra mais próxima antes de perceber que nenhum deles estava olhando para ela. Era o capitão do *Night Spire* quem atraía a atenção. Alguns menearam a cabeça, outros ergueram uma das mãos ou um copo, uns poucos exclamaram uma saudação. Ele obviamente fizera alguns amigos durante seus anos no mar. Pensando bem, se Alucard Emery tinha feito *inimigos*, ela ainda não conhecera um.

Um arnesiano de outra embarcação acenou para Alucard, e, em vez de segui-lo, Lila dirigiu-se para o bar e pediu uma espécie de sidra que cheirava a maçã, especiarias e muito álcool. Ela tomou vários goles antes de voltar sua atenção para o veskano a poucos metros do bar.

A tripulação do *Spire* chamava os veskanos de *"choser"* — *gigantes* —, e ela estava começando a entender por quê.

Lila tentou não olhar fixamente — ou melhor, tentou olhar sem parecer que estivesse encarando —, mas o homem era *enorme*, mais alto do que Barron, com um rosto que parecia um bloco de pedra rodeado por uma corda de cabelos loiros. Não o loiro esbranquiçado e desbotado dos gêmeos Dane, mas uma cor de mel, viva de uma forma que combinava com a sua pele, como se ele nunca tivesse passado um dia na sombra.

Os braços dele, um dos quais estava apoiado no balcão, tinham cada um o tamanho da cabeça dela. O sorriso dele era mais largo do que a faca de Lila, mas não tão perverso; e os olhos, quando se moveram na direção dela, eram como um céu azul sem nuvens. O cabelo e a barba do veskano cresciam juntos em volta de seu rosto, abrindo-se apenas para seus olhos largos e nariz reto, e tornavam sua expressão difícil de ler. Ela não sabia dizer se estava apenas sendo avaliada ou desafiada.

Os dedos de Lila se dirigiram ao punhal em seu quadril, embora ela honestamente não quisesse tentar a sorte contra um homem que provavelmente esmagaria sua faca em vez de ser empalado por ela.

Então, para sua surpresa, o veskano ergueu o copo.

— *Is aven* — disse ela, levantando sua própria bebida. *Saúde*.

O homem deu uma piscadela e então começou a tomar a cerveja em um único e contínuo gole. Lila, percebendo o desafio, fez o mesmo. Seu copo tinha a metade do tamanho do dele, mas, justiça seja feita, ele tinha mais que o dobro do tamanho dela, por isso parecia uma competição equilibrada. Quando sua caneca vazia bateu no balcão um instante antes da dele, o veskano riu e bateu na mesa duas vezes com o punho cerrado, enquanto murmurava em apreciação.

Lila depositou uma moeda no balcão e se levantou. A sidra a atingiu em cheio, fazendo-a sentir-se como se já não estivesse em terra firma, mas de volta ao *Spire* no meio de uma tempestade.

— Devagar. — Alucard segurou seu cotovelo, então passou o braço em seus ombros para esconder a falta de equilíbrio dela. — É isso que se ganha por fazer amigos.

Ele a levou até uma cabine onde a maioria dos homens se reunira, e ela afundou, grata, em uma cadeira na ponta. Quando o capitão se sentou em seu lugar, o resto da tripulação se aproximou, como se tivesse sido atraído por uma corrente invisível. Mas, é claro, a corrente era o próprio Alucard.

Homens riam. Copos tilintavam. Cadeiras arranhavam o chão.

Em outro canto da cabine, Lenos arriscou um olhar de soslaio para ela. Fora ele quem começara os rumores sobre ela ser o Sarows. Será que ele ainda tinha medo dela, depois de tanto tempo?

Ela desembainhou a faca dele (que agora era dela) do cinto e a poliu com a ponta da camisa.

Sua cabeça estava girando por causa daquela primeira bebida, e ela deixou que seus ouvidos e atenção vagassem pela tripulação como fumaça, deixando as palavras em arnesiano se dissolverem novamente em tons altos e baixos, as melodias de uma língua estrangeira.

Do lado oposto da mesa, Alucard se vangloriou, aplaudiu e bebeu com sua tripulação, e Lila ficou maravilhada com a maneira como o homem mudava para se adaptar ao ambiente. Ela sabia como se adaptar o suficiente, mas Alucard sabia como se *transformar*. De volta ao *Spire*, ele não era apenas capitão, mas também rei. Aqui nesta mesa, cercado por seus homens, era um deles. Ainda o chefe, sempre o chefe, mas não tão acima do resto. Este Alucard se esforçava para rir tão alto quanto Tav, flertar quase tanto quanto Vasry e derramar cerveja como Olo, embora Lila o tivesse visto dar chiliques em sua cabine sempre que ela derramava água ou vinho.

Era uma performance, uma cena interessante de assistir. Lila se perguntou, talvez pela centésima vez, qual versão de Alucard era a verdadeira, ou se, de alguma forma, todas eram reais, cada uma à sua maneira.

Ela também se perguntou onde Alucard encontrara um grupo tão estranho de homens, quando e de que forma foram recrutados. Ali, em terra, eles pareciam ter tão pouco em comum, mas no *Spire* funcionavam como amigos, como uma *família*. Ou, pelo menos, como Lila imaginava que uma família agiria. Claro que brigavam, e de vez em quando chegavam a trocar socos, mas também eram extremamente leais.

E quanto a Lila? Era leal também?

Ela pensou em suas primeiras noites no navio, quando dormira de costas para a parede e com uma faca à mão, esperando ser atacada. Quando teve que encarar o fato de que não sabia quase nada sobre a vida a bordo e lutou todos os dias para permanecer de pé, agarrando-se a pedaços de habilidade e linguagem e, na ocasião em que era oferecida, ajuda. Parecia que uma vida inteira se passara. Agora a tratavam mais ou menos como se fosse um deles. Como se ela *pertencesse* àquele grupo. Uma parte pequena e desafiadora dela, a parte que buscara ao máximo sufocar nas ruas de Londres, se alegrou com esse pensamento.

Mas o resto dela se sentiu mal.

Queria se afastar da mesa e sair, ir embora, arrebentar as cordas que a amarravam a este navio, a esta tripulação e a esta vida, e recomeçar. Sempre que sentia o peso desses laços desejava poder pegar sua faca mais afiada e cortá-los, extirpar a parte dela que queria ficar, que se importava, que acolhia a sensação da mão de Alucard no ombro, o sorriso de Tav, o aceno de cabeça de Stross.

Fraca, advertiu uma voz em sua cabeça.

Fuja, disse outra.

— Tudo bem, Bard? — perguntou Vasry, parecendo genuinamente preocupado.

Lila acenou com a cabeça, fixando o fio de um sorriso de volta no rosto.

Stross deslizou uma bebida em sua direção, como se não fosse nada.

Fuja.

Alucard atraiu a atenção dela e deu uma piscadela.

Cristo, ela devia tê-lo matado quando teve a chance.

— Muito bem, capitão — gritou Stross por cima do barulho. — Você nos reuniu aqui. Estamos esperando. Qual é a grande notícia?

A mesa começou a ficar silenciosa, e Alucard baixou sua caneca de cerveja.

— Ouçam, seus miseráveis — disse ele, sua voz repercutindo em uma onda. O grupo começou a murmurar e depois ficou em silêncio. — Vocês podem passar a noite em terra. Mas zarparemos à primeira luz do amanhecer.

— Para onde? — perguntou Tav.

Alucard olhou diretamente para Lila quando falou.

— Para Londres.

Lila ficou rígida no assento.

— Para quê? — perguntou Vasry.

— Negócios.

— Que engraçado — interveio Stross, coçando a bochecha. — Não está na época do torneio?

— Pode ser — respondeu Alucard com um sorriso maroto.

— Você *não fez* isso — ofegou Lenos.

— Não fez o quê? — perguntou Lila.

Tav deu uma risadinha.

— Ele se inscreveu no *Essen Tasch*.

Essen Tasch, pensou Lila, tentando traduzir a frase. *Elemento... alguma coisa*. O que era isso? Todo mundo na mesa parecia saber. Apenas Kobis não disse nada, simplesmente franzindo a testa para sua bebida, mas ele não parecia confuso, apenas preocupado.

— Não sei, não, capitão — falou Olo. — Você acha que é bom o suficiente para disputar esse jogo?

Alucard deu uma risada e sacudiu a cabeça. Ele levou seu copo até os lábios, tomou um gole e, em seguida, bateu com a caneca na mesa. Ela se quebrou, mas, antes que a sidra pudesse se derramar, saltou para o ar, junto com o conteúdo de cada um dos copos na mesa, o líquido congelando à medida que subia. Os drinques congelados pairaram por um momento, depois caíram na mesa de madeira. Alguns fincaram a extremidade pontuda nela, outros rolaram. Lila observou a lança congelada que uma vez tinha sido sua sidra bater contra o copo. Somente o pedaço de gelo que havia sido a bebida de Alucard ficou em pé, pairando suspenso acima de sua caneca de vidro despedaçada.

A tripulação gritou e aplaudiu.

— Ei — rosnou um homem atrás do balcão. — Você paga por tudo que quebrar.

Alucard sorriu e levantou as mãos em rendição. Então, quando flexionou os dedos, os estilhaços de vidro espalhados sobre a mesa tremeram e se reposicionaram na forma de uma caneca, como se o próprio tempo tivesse rebobinado. A caneca se reconstituiu em uma das mãos de Alucard, as rachaduras se unindo e então desaparecendo conforme o vidro se refundia. Ele a ergueu, como se quisesse analisar a peça, e o fragmento de sidra congelada ainda pairando no ar acima de sua cabeça se liquefez e se derramou de volta no copo intacto. Ele tomou um gole e brindou ao homem atrás do bar, então a tripulação explodiu em uma comemoração estridente, batucando na mesa, esquecendo-se de suas próprias bebidas.

Somente Lila permaneceu imóvel, aturdida pela exibição.

Ela já tinha visto Alucard fazer magia, é claro; ele a vinha ensinando durante meses. Mas havia uma diferença — um abismo, um mundo — entre levitar uma faca e *isso*. Ela não tinha visto ninguém lidar com magia de tal forma. Não desde Kell.

Vasry devia ter percebido a surpresa dela, porque inclinou a cabeça em sua direção.

— O capitão é um dos melhores em Arnes — disse ele. — A maioria dos magos só consegue controlar um elemento. Alguns são duplos. Mas Alucard? Ele é tríade. — Ele disse a palavra com admiração. — Não anda por aí exibindo seu poder porque os grandes magos são raros nessas águas, mais raros do que uma recompensa, então é arriscado ser capturado e vendido. Claro que não seria a primeira oferta por sua cabeça, mas, ainda assim... A maioria não sai das cidades.

Então por que ele saiu?, perguntou-se ela.

Quando ergueu o olhar, viu o olhar de Alucard sobre ela, a safira reluzindo acima de um olho escuro como uma tempestade.

— Você já foi a um *Essen Tasch*, Vasry? — perguntou ela.

— Uma vez — disse o belo marinheiro. — A última vez que os Jogos foram em Londres.

Jogos, pensou Lila. Então era isso que *Tasch* queria dizer.

Os Jogos Elementais.

— Só acontece de três em três anos — continuou Vasry —, na cidade do último vencedor.

— Como são? — indagou ela, lutando para manter seu interesse casual.

— Nunca foi a um? Bem, você está com sorte.

Lila gostava de Vasry. Ele não era o homem mais inteligente, nem de longe; não percebeu o que estava escondido nas perguntas, não se questionou como ou por que ela não sabia as respostas.

— O *Essen Tasch* vem acontecendo há mais de sessenta anos, desde a última guerra imperial. A cada três anos os impérios se reúnem, Arnes, Faro e Vesk, e inscrevem seus melhores magos. Pena que durem só uma semana.

— É o jeito dos impérios de apertar as mãos e sorrir, mostrando que tudo está bem — disse Tav, que se inclinara em tom de conspiração.

— *Tac*, política é chato — disse Vasry, acenando com a mão. — Mas os duelos são divertidos de se assistir. E as *festas*. As bebidas, as apostas, as lindas mulheres...

Tav bufou.

— Não dê ouvidos ao Vasry, Bard — falou ele. — Os duelos são a melhor parte. Uma dezena dos maiores magos de cada império lutando cabeça a cabeça.

Duelos.

— Ah, e as máscaras são bonitas, também — divagou Vasry, com os olhos vidrados.

— Máscaras? — perguntou Lila, com o interesse a mil.

Tav inclinou-se para a frente com entusiasmo.

— No começo — explicou ele —, os competidores usavam capacetes, para se protegerem. Mas com o tempo começaram a enfeitá-los. Para se destacar. Com o tempo, as máscaras se tornaram parte do torneio. — Tav franziu o cenho ligeiramente. — Estou surpreso que você nunca tenha ido a um *Essen Tasch*, Bard.

Lila se encolheu.

— Nunca estive no lugar certo na hora certa.

Ele assentiu com a cabeça, como se a resposta fosse boa o suficiente, e deixou o assunto de lado.

— Bem, se Alucard está competindo, será um torneio para ficar na memória.

— Por que os homens fazem isso? — perguntou ela. — Só para se exibir?

— Não apenas homens — falou Vasry. — Mulheres também.

— É uma honra ser escolhido para competir pela sua coroa...

— A glória é muito boa — disse Vasry —, mas neste jogo o vencedor leva tudo. Não que o capitão precise do dinheiro.

Tav lançou-lhe um olhar de advertência.

— Uma quantia tão grande — disse Olo, acenando — até mesmo o próprio rei está sofrendo por se separar dela.

Lila passou o dedo pela sidra que começava a derreter na mesa, apenas entreouvindo a tripulação enquanto conversavam. Magia, máscaras, dinheiro... O *Essen Tasch* estava se tornando cada vez mais interessante.

— Qualquer um pode competir? — perguntou ela, distraída.

— Claro — respondeu Tav —, se for bom o suficiente para conseguir um lugar.

Lila parou de passar o dedo pela sidra, e ninguém notou que o líquido derramado continuou se movendo, traçando padrões na madeira.

Alguém colocou uma nova bebida na frente dela.

Alucard estava querendo chamar atenção.

— Para Londres — disse ele, levantando o copo.

Lila levantou o seu.

— Para Londres — disse ela, abrindo um sorriso afiado como uma faca.

QUATRO

O CHAMADO DAS LONDRES

QUATRO

O CHAMADO
DAS
LONDRES

I

Londres Vermelha

A cidade estava sitiada.

Rhy estava na varanda mais alta do palácio e observava as forças se reunirem. O ar frio lhe mordia as bochechas e açoitava sua meia capa, erguendo-a como uma bandeira dourada atrás dele.

Lá embaixo, estruturas colidiam e paredes eram erguidas. Os sons de fogueiras sendo atiçadas e martelos batendo em aço ecoavam como armas sendo empilhadas em uma barragem de madeira, metal e vidro.

Seria surpreendente para a maioria das pessoas saber que, quando Rhy pensava em si mesmo como rei, via-se assim: não em um trono nem brindando com amigos em jantares luxuosos, mas supervisionando exércitos. E, mesmo que ele nunca tivesse visto um campo de batalha *real* — a última guerra de verdade tinha ocorrido mais de sessenta anos antes, e as forças de seu pai sempre sufocaram as labaredas das fronteiras e as escaramuças civis antes que pudessem tomar vulto —, Rhy fora abençoado com imaginação suficiente para compensar esse fato. À primeira vista, Londres *parecia* estar sob ataque, embora as forças fossem todas arnesianas.

Para onde quer que Rhy olhasse, a cidade estava sendo tomada, não por soldados inimigos, mas por pedreiros e magos, por construções frenéticas de plataformas e palcos, das arenas flutuantes e das tendas que iriam abrigar o *Essen Tasch* e seus competidores.

— A vista daqui de cima... — falou um homem atrás dele — é... magnífica. — As palavras foram proferidas em ilustre real, suas bordas suavizadas pelo sotaque arnesiano do membro da *ostra*.

— É verdade, mestre Parlo — disse Rhy, virando-se para o homem.

Ele teve que morder o lábio para conter um sorriso. Parlo estava visivelmente infeliz, um tanto congelado e obviamente desconfortável com a distância entre a varanda e o rio vermelho lá embaixo, apertando os pergaminhos contra o padrão florido de seu colete como se fossem cordas de segurança. Quase tão tenso quanto Vis: o guarda estava de pé com sua armadura pressionada na parede, pálido.

Rhy sentiu-se tentado a se inclinar na grade, apenas para deixar o membro da *ostra* e o guarda nervosos. Era algo que Kell faria. Em vez disso, afastou-se da beirada, e Parlo repetiu a ação, agradecido, recuando um passo na direção da porta.

— O que o traz ao telhado? — perguntou Rhy.

Parlo pegou um rolo de pergaminho que estava sob seu braço.

— Os preparativos para as cerimônias de abertura, Alteza.

— É claro. — Ele pegou o pergaminho com os planos, mas não os desenrolou. Parlo ainda estava lá, parado, como se estivesse esperando alguma coisa... Uma dica? Uma recompensa? Rhy finalmente disse: — Você pode ir agora.

O *ostra* pareceu ofendido, então Rhy convocou seu sorriso mais principesco.

— Ora, mestre Parlo, você foi dispensado, não banido. A vista aqui pode ser magnífica, mas o clima não é, e você parece estar precisando de chá e de uma lareira. Encontrará ambos na galeria lá embaixo.

— Isso realmente parece agradável... Mas os planos...

— Espero não precisar de ajuda para decifrar um planejamento que eu mesmo fiz. Se eu precisar, sei onde encontrá-lo.

Um instante depois, Parlo finalmente acenou com a cabeça e se retirou. Rhy suspirou e pôs os planos em uma pequena mesa de vidro perto da porta. Ele desenrolou o pergaminho, estremecendo conforme a luz do sol lançava na página um brilho branco, a cabeça ainda latejando muito por causa da noite anterior. As noites vinham se tornado mais difíceis para Rhy. Ele nunca tivera medo do escuro, nem mesmo depois que os Sombras vieram e tentaram matá-lo no meio da noite, mas isso era porque a escuridão costumava estar vazia. Agora não mais. Podia senti-la, onde quer que estivesse, pairando no ar ao seu redor, esperando o sol se pôr e o mundo ficar em silêncio. Silencioso o suficiente para permitir *pensar*. Pensamentos, era isso o que espreitava, e, uma vez que começavam, nada parecia conseguir silenciá-los.

Santos, e como ele tentava.

Rhy serviu-se de um copo de chá e forçou sua atenção de volta para os planejamentos, pondo pesos nos cantos para protegê-los da ação do vento. E lá estava, exposto diante dele, aquilo em que se concentrava, em uma tentativa desesperada de manter os pensamentos longe.

Is Essen Tasch.

Os Jogos Elementais.

Um torneio internacional entre os três impérios: Vesk, Faro e, é claro, Arnes. Não era um empreendimento modesto. O *Essen Tasch* era composto por 36 magos, mil espectadores ricos dispostos a fazer a viagem para assistir-lhe, e, obviamente, os convidados reais. O príncipe e a princesa de Vesk. O irmão do rei de Faro. Por tradição, o torneio era hospedado pela capital de onde viera o vencedor do anterior. E graças à façanha de Kisimyr Vasrin e à visão de Rhy, Londres seria o deslumbrante ornamento central dos jogos daquele ano.

E, no centro disso tudo, o ápice das conquistas de Rhy: as primeiras arenas flutuantes.

Tendas e estádios floresciam por toda a cidade, porém os maiores orgulhos de Rhy eram aqueles três estádios erguidos não nas margens, mas sobre o próprio rio. Eles eram temporários, sim, e seriam derrubados quando o torneio terminasse, mas também eram *gloriosos*, obras de arte, estátuas em escala de estádios. Rhy havia contratado os melhores artesãos de metal e de terra do reino para construir suas arenas magníficas. Pontes e passagens estavam sendo erguidas em torno do palácio, e lá de cima pareciam ondulações douradas através da água vermelha do Atol. Cada estádio era um octógono, as lonas esticadas como velas sobre um esqueleto de pedra. Por cima deste corpo, as arenas foram recobertas: a primeira com escamas esculpidas, a segunda com penas de tecido e a terceira com um casaco de peles feito de grama.

Sob as vistas de Rhy, imensos dragões esculpidos em gelo foram sendo colocados no rio para circundar a arena leste, enquanto os pássaros de lona flutuavam como pipas acima da arena central, presos em um vento perpétuo. E, a oeste, oito magníficos leões de pedra marcavam os pilares do estádio, cada um deles congelado em uma posição diferente, um momento capturado na narrativa de predador e presa.

Ele poderia ter simplesmente numerado as plataformas, supôs, mas isso teria sido muito previsível demais. Não, o *Essen Tasch* exigia mais.

Espetáculo.

Era isso que todos esperavam. E espetáculo era certamente algo que Rhy sabia como dar. Mas isso não se tratava apenas de fazer um show. Kell podia provocar o quanto quisesse, mas Rhy realmente se importava com o futuro do seu reino. Quando seu pai o colocara no comando do torneio, ele se sentira insultado. Achava que o *Essen Tasch* era uma festa gloriosa, e, mesmo sendo tão bom em entreter, Rhy queria mais. Mais responsabilidade. Mais poder. E dissera isso ao rei.

— Reinar é algo delicado — repreendera o pai. — Cada gesto tem propósito e significado. Esse torneio não é apenas um jogo. Ajuda a manter a paz com os nossos impérios vizinhos e nos permite mostrar os nossos recursos a eles sem insinuar qualquer ameaça. — O rei havia entrelaçado seus dedos. — A política é uma dança até o momento em que se torna uma guerra. E nós controlamos a música.

E quanto mais Rhy pensava nisso, melhor ele compreendia.

A família Maresh estava no poder havia mais de cem anos. Desde antes da Guerra dos Impérios. A elite *ostra* os amava, e ninguém da *vestra* real tinha coragem suficiente para desafiar seu reinado, sólido como era. Esse era o benefício de governar por mais de um século; ninguém se lembrava de como era a vida antes de os Maresh chegarem ao poder. Era fácil acreditar que a dinastia nunca terminaria.

Mas e os outros impérios? Ninguém falava de guerra — ninguém jamais falava em guerra —, mas sussurros de descontentamento passavam como o nevoeiro através das fronteiras. Com sete filhos, os veskanos almejavam o poder, e o irmão do rei estava faminto; era apenas uma questão de tempo até que lorde Sol-in-Ar forçasse seu caminho para o trono faroense, e, mesmo que Vesk e Faro estivessem de olho um no outro, o fato era que Arnes estava localizado exatamente no meio deles.

E havia Kell.

Ainda que Rhy brincasse com o irmão sobre sua reputação, não havia brincadeira para Faro ou Vesk. Alguns estavam convencidos de que Kell era a pedra fundamental do império arnesiano e que este desmoronaria e ruiria sem ele no centro.

Não importava se isso era verdade. Os vizinhos estavam sempre procurando por uma fraqueza, porque governar um império tinha tudo a ver com *força*. Com o que era realmente a *imagem* da força. O *Essen Tasch* era a plataforma perfeita para tal exibição.

Uma chance para Arnes brilhar.

Uma chance para *Rhy* brilhar, não apenas como uma joia, mas como uma espada. Ele sempre fora um símbolo de riqueza. Queria ser um símbolo de *poder*. A magia era poder, claro, mas não era o *único* tipo. Rhy disse a si mesmo que ainda podia ser forte sem ela.

Seus dedos apertaram o balaústre da varanda.

A lembrança do presente de Holland tremeluziu em sua mente. Meses antes, ele havia feito algo tolo — tão tolo que quase custara tudo a ele e à cidade — apenas para ser forte da forma como Kell era. Seu povo nunca saberia quão perto ele havia chegado de falhar com eles. E mais do que tudo, Rhy Maresh queria ser aquilo de que seu povo precisava. Por muito tempo ele pensara que precisavam do nobre alegre e dissoluto. Ele não era tão ignorante a ponto de pensar que sua cidade estava livre de sofrimento, mas costumava pensar, ou talvez apenas *quisesse* pensar, que poderia trazer um pouco de felicidade para o seu povo sendo ele mesmo feliz. Afinal, eles o amavam. Mas o que servia para um príncipe não servia para um rei.

Não seja mórbido, pensou. Ambos os pais gozavam de boa saúde. No entanto, as pessoas viviam e morriam. Essa era a natureza do mundo. Ou, pelo menos, era assim que deveria ser.

As lembranças subiram como bile em sua garganta. A dor, o sangue, o medo e, finalmente, o silêncio e o escuro. A entrega de se deixar levar e ser arrastado de volta com uma força que lembrava a de uma queda, seguida de uma dor terrível e lancinante quando ele bateu no chão. Só que ele não estava caindo. Estava subindo. Erguendo-se à superfície de si mesmo, e...

— Príncipe Rhy.

Ele piscou os olhos e viu seu guarda, Tolners, de pé na porta. Alto, rígido e cerimonioso.

Os dedos de Rhy estavam doendo quando ele os tirou do balaústre gelado. Ele abriu a boca para falar e sentiu gosto de sangue. Provavelmente mordera a língua. *Desculpe, Kell*, pensou. Era uma coisa tão peculiar, saber que sua dor estava amarrada a alguém, que toda vez que você se machucava, ele sentia, e que quando ele se machucava era por sua causa. Atualmente Rhy parecia ser sempre a fonte do sofrimento de Kell, enquanto o próprio Kell andava como se o mundo de repente fosse feito de vidro, tudo por causa de Rhy. No final, não havia igualdade, nem equilíbrio nem justiça. Rhy tinha a *dor* de Kell em suas mãos, enquanto Kell tinha a *vida* de Rhy nas dele.

— O senhor está bem? — pressionou o guarda. — Está pálido.

Rhy pegou o copo de chá, agora frio, e enxaguou o sabor metálico de sua boca, colocando o cálice de lado com dedos trêmulos.

— Diga-me, Tolners — disse ele, fingindo indiferença. — Estou correndo tanto perigo que não preciso de um, mas de *dois* homens protegendo a minha vida? — Rhy apontou para o primeiro guarda, que ainda estava de pé, encostado na parede exterior de pedra fria. — Ou você veio para render o pobre Vis antes que ele desmaie sobre nós?

Tolners olhou para Vis e acenou com a cabeça. O outro guarda, grato, recuou pelas portas do pátio e entrou na segurança do quarto. Tolners não assumiu o posto encostado na parede; ficou diante de Rhy, atento. Estava vestido, como sempre, com a armadura completa: a capa vermelha ondulando atrás dele no vento frio e o capacete dourado enfiado debaixo do braço. Parecia mais uma estátua do que um homem, e naquele instante — como em muitos outros — Rhy sentiu falta de seus velhos guardas, Gen e Parrish. Sentiu falta de seu senso de humor, de suas brincadeiras casuais e da forma como ele conseguia fazê-los esquecer de que era um príncipe. E, às vezes, da maneira como eles conseguiam fazer com que *ele* também esquecesse.

Não seja contraditório, pensou Rhy. *Você não pode ser o símbolo do poder e um homem comum ao mesmo tempo. Você tem que escolher. Escolha direito.*

A varanda de repente parecia lotada. Rhy pegou os planos na mesa e se retirou para o calor de seus aposentos. Ele jogou os papéis em um sofá e estava cruzando o cômodo até o aparador para pegar uma bebida mais forte quando percebeu a carta sobre a mesa. Estava lá havia quanto tempo?

O olhar de Rhy correu para seus guardas. Vis estava de pé junto às portas de madeira escura, ocupando-se com um fio solto em sua capa. Tolners ainda estava na varanda, olhando para as construções do torneio lá embaixo com um leve vinco entre as sobrancelhas.

Rhy pegou o papel e o desdobrou. A mensagem rabiscada em preto com uma caligrafia pequena não estava em inglês ou arnesiano, mas em *kas-avnes*, um raro dialeto de fronteira que Rhy tinha aprendido vários anos antes.

Ele sempre tivera aptidão para idiomas, desde que pertencessem aos homens e não à magia.

Rhy sorriu ao ver o dialeto. Tão inteligente quanto usar um código e muito menos perceptível.

O bilhete dizia:

Príncipe Rhy,

Eu desaprovo completamente e mantenho a esperança, por menor que seja, de que ambos recuperem o juízo. No caso de não o fazerem, providenciei os arranjos necessários; espero que eles não venham me assombrar. Vamos discutir o custo de seus esforços esta tarde. Talvez os vapores clareiem suas ideias. Independentemente da sua decisão, espero que uma doação substancial seja feita ao Santuário de Londres quando isso acabar.

Seu servo, ancião e Aven Essen,
Tieren Serense

Rhy sorriu e deixou o bilhete de lado enquanto os sinos soavam pela cidade, dobrando no próprio santuário do outro lado do rio.

Talvez os vapores clareiem suas ideias.

Rhy bateu palmas, surpreendendo os guardas.

— Cavalheiros — disse ele, pegando um roupão. — Acho que estou com vontade de tomar um banho.

II

O mundo embaixo d'água era morno e calmo.

Rhy permaneceu sob a água o máximo que pôde, até que sua cabeça se moveu involuntariamente, seu pulso acelerou e seu peito começou a doer. Então, e só então, ele emergiu, enchendo os pulmões com ar.

Ele amava os banhos reais: passara muitas tardes lânguidas — noites e manhãs também — neles, mas raramente sozinho. Estava acostumado com a risada de presenças barulhentas ecoando nas pedras, o abraço lúdico de uma companhia e beijos estalando na pele, mas hoje os banhos estavam em silêncio, exceto pelo suave gotejar da água. Seus guardas se postavam um de cada lado da porta, e um par de assistentes estava empoleirado, aguardando com jarras de sabão e óleo, escovas, roupões e toalhas enquanto Rhy atravessava a piscina com água pela cintura.

Uma piscina profunda feita de rochas pretas polidas ocupava metade do salão, suas bordas adornadas com vidro e ouro. A luz dançava pelos tetos arqueados, e a parede externa era interrompida apenas por janelas altas e finas preenchidas com vidro colorido.

A água ao redor ainda estava agitada com a sua saída, e ele esticou os dedos pela superfície, esperando que as ondulações se acalmassem novamente.

Era um jogo que costumava jogar quando era jovem, tentando ver se conseguia acalmar a superfície da água. Não com magia, apenas com paciência. Quando jovem, havia sido ainda pior em esperar do que em convocar elementos, mas ultimamente estava melhorando. Ficou no centro da banheira e diminuiu a respiração, observando a água ficar imóvel e lisa como vidro. Logo seu reflexo apareceu na superfície, nítida como um espelho, e Rhy analisou os cabelos pretos e olhos cor de âmbar antes que seu olhar invariavelmente vagasse por seus ombros negros até a marca em seu peito.

Os círculos se enroscavam e se uniam de uma maneira intuitiva e estranha. Um símbolo de morte e de vida. Ele se concentrou e tomou consciência da pulsação em seus ouvidos, do eco do pulso de Kell, ambos os batimentos cada vez mais altos, até Rhy achar que o som arruinaria a quietude vítrea da água.

Uma sutil aura de paz quebrou o som dos pulsos sobrepostos.

— Alteza — falou Vis de seu lugar à porta. — Você tem uma...

— Deixe-o passar — ordenou o príncipe, de costas para o guarda. Ele fechou os olhos e ouviu o som abafado dos passos de pés descalços, o sussurro das vestes roçando as pedras: suave e ainda assim alto o bastante para abafar o som do coração de seu irmão.

— Boa tarde, príncipe Rhy. — A voz do *Aven Essen* era um tamborilar suave, mais suave que a do rei, porém tão forte quanto. Sonora.

Rhy girou lentamente para encarar o sacerdote, com um sorriso acendendo seu rosto.

— Tieren. Que surpresa agradável.

O sumo sacerdote do Santuário de Londres não era um homem grande, mas suas vestes brancas dificilmente o engoliam. Ao contrário, ele as preenchia, o tecido balançava ligeiramente em torno dele, mesmo quando estava parado. O ar da sala mudara com a sua presença, uma calma se assentando sobre tudo da mesma forma que a neve o fazia. O que era bom, porque neutralizava o desconforto visível que a maioria parecia sentir perto do homem, afastando-se como se Tieren pudesse ver através deles, passando por pele e ossos até chegar aos pensamentos, às vontades e à alma. Provavelmente por isso Vis estava analisando as próprias botas.

O *Aven Essen* era uma figura intimidante para a maioria — muito parecido com Kell, supunha Rhy — mas, para ele, o mestre Serense sempre fora *Tieren*.

— Se cheguei em uma hora ruim... — começou a falar o sacerdote, cruzando as mãos sob as mangas de suas vestes.

— De forma alguma — disse Rhy, subindo as escadas de vidro alinhadas em todos os lados da piscina.

Ele podia sentir os olhos no ambiente se moverem para o seu peito: não apenas para o símbolo gravado em sua pele cor de bronze, mas também para a cicatriz entre as costelas, onde sua faca — a faca de Astrid — havia penetrado. Antes, contudo, que o ar frio pudesse incomodá-lo ou que os olhos se demorassem, um atendente chegou e o enrolou em um luxuoso manto vermelho.

— Por favor, deixem-nos a sós — ordenou ele, dirigindo-se ao restante dos que estavam no cômodo. Os assistentes imediatamente começaram a se retirar, mas o guarda permaneceu. — Você também, Vis.

— Príncipe Rhy — começou ele. — Eu não deveria...

— Está tudo bem — falou Rhy ironicamente. — Não creio que o *Aven Essen* queira me fazer mal.

As sobrancelhas prateadas de Tieren subiram um milímetro.

— Isso é o que veremos — disse o sacerdote, calmamente.

Vis tinha dado um passo para se afastar, mas parou ao ouvir essas palavras. Rhy suspirou. Desde a Noite Preta, os guardas reais haviam recebido instruções estritas com relação ao herdeiro do seu reino. E ao *Antari*. Ele não sabia as palavras exatas que seu pai havia usado, mas estava bastante certo de que incluíam *não deixá-los* e *fora de sua vista* e, possivelmente, *sob risco de morte*.

— Vis — disse Rhy lentamente, tentando convocar a expressão de comando firme de seu pai. — Você me insulta, e ao sumo sacerdote, com sua presença. Há apenas uma porta de entrada e saída deste cômodo. Fique do outro lado, junto com Tolners, e *guarde-a*.

A expressão deve ter sido convincente, porque Vis assentiu e se retirou, relutante.

Tieren tomou assento sobre um amplo banco de pedra grudado à parede, as vestes brancas se espalhando ao seu redor, e Rhy foi sentar-se ao lado dele, recostando-se nas pedras.

— Não há muito senso de humor nestes aqui — disse Tieren quando se viram sozinhos.

— Nenhum — reclamou Rhy, dando de ombros. — Sabe, a sinceridade é uma forma peculiar de castigo.

— Os preparativos para o torneio estão caminhando?

— Estão — respondeu Rhy. — As arenas estão quase prontas, e as tendas do império estão positivamente decadentes. Quase invejo os magos.

— Por favor, me diga que *você* não está pensando em competir também.

— Depois de tudo o que Kell fez para me manter vivo? Isso seria um agradecimento estranho.

O menor dos vincos se formou entre os olhos de Tieren. Teria sido imperceptível em qualquer outra pessoa, porém, no rosto calmo do *Aven Essen*, transparecia seu descontentamento — embora ele alegasse que Kell e Rhy eram os únicos que conseguiam provocar aquele vinco em particular na sua testa.

— Falando em Kell... — disse Rhy.

O olhar de Tieren ficou afiado.

— Você reconsiderou?

— Você realmente pensou que eu o faria?

— Um homem pode sonhar.

Rhy sacudiu a cabeça.

— Há alguma coisa com que deveríamos estar preocupados?

— Além de seus próprios planos tolos? Acredito que não.

— E o capacete?

— Estará pronto. — O *Aven Essen* fechou os olhos. — Estou ficando velho demais para subterfúgios.

— Ele precisa disso, Tieren — pressionou Rhy. E então abriu um sorriso que tentava passar recato. — Quantos anos você *tem*?

— Sou velho o suficiente — respondeu Tieren. — Por quê? — Um olho se abriu. — Já estou com cabelos brancos?

Rhy sorriu. A cabeça de Tieren fora prateada desde que conseguia se lembrar. Rhy amava o velho e suspeitava que, contra o bom senso de Tieren, ele também amava Rhy. Como o *Aven Essen*, ele era o protetor da cidade, um curandeiro talentoso e um amigo muito próximo da coroa. Ele tinha orientado Kell quando os poderes dele apareceram e cuidara da saúde de Rhy sempre que ele estivera doente ou quando havia feito algo estúpido e não queria ser pego. Ele e Kell certamente tinham mantido o velho ocupado ao longo dos anos.

— Sabe — disse Tieren lentamente —, você realmente deveria ter mais cuidado com quem vê sua cicatriz.

Rhy lançou-lhe um olhar de afronta fingida.

— Você não espera que eu fique vestido o tempo *todo*, mestre Tieren.

— Suponho que isso seria pedir muito.

Rhy inclinou a cabeça nas pedras.

— As pessoas presumem que seja apenas uma cicatriz daquela noite — afirmou ele —, o que é exatamente o que ela é. E contanto que *Kell* permaneça vestido, o que, sejamos honestos, é uma demanda *muito* mais fácil, ninguém vai perceber que é algo além.

Tieren suspirou, seu sinal universal de descontentamento. A verdade era que a marca desconcertava Rhy, mais do que ele gostaria de admitir, e escondê-la só fazia com que sentisse que era como uma maldição. E, estranhamente, era tudo o que ele tinha. Olhando para seus braços, para seu dorso, Rhy viu que, além da marca de feitiço prateada e da ferida de faca que parecia tão pequena e pálida embaixo da outra, ele tinha pouquíssimas cicatrizes. O selo não era agradável, mas era uma cicatriz que ele ganhara. E com a qual precisava viver.

— As pessoas comentam — observou Tieren.

— Se eu tentar escondê-la além do que seria normal para mim, elas apenas comentarão *mais*.

O que teria acontecido, perguntou-se Rhy, *se eu tivesse ido a Tieren com meus medos de fraqueza, em vez de aceitar o presente de Holland para ganhar força? Será que o sacerdote teria sabido o que dizer? Teria sabido como ajudar?* Rhy se confessara a Tieren nas semanas que se seguiram ao incidente. Contara sobre como aceitara o talismã — com o feitiço de possessão — esperando ser repreendido pelo ancião. Em vez disso, Tieren tinha ouvido, falando apenas quando Rhy não tinha mais palavras.

— Força e fraqueza são coisas entrelaçadas — falara o *Aven Essen*. — São muito parecidas, e muitas vezes as confundimos, da mesma forma como confundimos magia e poder.

Rhy julgara a resposta frívola, mas nos meses seguintes Tieren esteve sempre ali, ao lado de Rhy, como um lembrete e um apoio.

Ao olhar agora para Tieren, viu que o homem estava encarando a água, olhando através dela como se pudesse ver algo lá, refletido na superfície ou no vapor.

Talvez Rhy pudesse aprender a fazer isso. Vidência. Mas Tieren lhe dissera certa vez que não era tanto sobre olhar para fora quanto sobre olhar para dentro, e Rhy não tinha certeza se queria gastar ainda mais tempo do que o necessário fazendo isso. Ainda assim, não conseguia afastar a sensação — a esperança — de que todos nascem com a habilidade de fazer *alguma coisa*, e de que, se ele apenas se esforçasse o bastante, encontraria. Seu dom. Seu *propósito*.

— Então — disse Rhy, quebrando o silêncio —, as águas lhe agradam?

— Por que não me deixa em paz?

— Há muito o que fazer.

Tieren suspirou.

— Como parece que você não será dissuadido... — Ele tirou um rolo de pergaminho das mangas dobradas de suas vestes. — A lista final de competidores.

Rhy se endireitou no assento e pegou o papel.

— Será publicada nos próximos dias — explicou o sacerdote —, assim que recebermos as listas de Faro e Vesk. Mas achei que gostaria de vê-la primeiro. — Havia algo no tom de voz dele, um cuidado gentil, então Rhy desamarrou a fita e desenrolou o pergaminho com dedos nervosos, sem saber o que encontraria. Como *Aven Essen* da cidade, era tarefa do mestre Tieren escolher os doze representantes de Arnes.

Rhy examinou a lista, sua atenção recaindo primeiro sobre Kamerov Loste — ele sentiu empolgação ao ver o nome, uma invenção, uma ficção tornada real — antes que um nome mais abaixo capturasse seu olhar, um espinho escondido entre as rosas.

Alucard Emery.

Rhy estremeceu, recuou, mas não antes que o nome sugasse seu sangue.

— Como? — perguntou ele, sua voz baixa, quase inexpressiva.

— Aparentemente — respondeu Tieren —, você não é o único capaz de mexer alguns pauzinhos. E antes de ficar chateado, saiba que Emery quebrou *muito* menos regras do que você. Na verdade, ele tecnicamente não quebrou regra alguma. Fez um teste comigo no outono, quando o *Spire* estava atracado, e, até onde sei, ele é o mais forte dos concorrentes. Duas semanas atrás, a irmã dele veio até mim, para refrescar minha memória e pedir o lugar do irmão, embora eu ache que ela simplesmente quer que ele volte para casa. Se isso não for suficiente, há a questão da lacuna.

Rhy teve que se segurar para não amassar o pergaminho.

— Que lacuna?

— Emery foi formalmente convidado para competir há três anos, porém... — Tieren hesitou, parecendo desconfortável. — Bem, nós dois sabemos que certas circunstâncias o impediram. Ele tem direito a um lugar.

Rhy queria voltar para a piscina e desaparecer debaixo d'água. Em vez disso, lenta e metodicamente enrolou o pergaminho e reatou a fita.

— E eu pensando que você poderia ficar contente — falou Tieren. — O mistério e a loucura da juventude estão claramente fora do meu alcance.

Rhy se inclinou para a frente, esfregando o pescoço e depois o ombro. Seus dedos encontraram a cicatriz sobre seu coração, e ele tracejou as linhas distraidamente, um hábito recente. A pele era prateada e lisa, ligeiramente mais alta do que o restante, mas ele sabia que o selo o atravessava por inteiro, carne, osso e alma.

— Deixe-me ver — disse Tieren, de pé.

Rhy ficou grato pela mudança de assunto. Ele inclinou a cabeça para trás, tirando-a do caminho, e deixou o homem examinar seu ombro, pressionando uma mão fria e seca pela frente e outra por trás. Rhy sentiu um calor estranho se espalhando por ele ao longo das linhas do feitiço.

— O vínculo enfraqueceu?

Rhy sacudiu a cabeça.

— Pelo contrário, parece estar ficando mais forte. No começo, os ecos eram abafados, mas agora... Também não é apenas dor, Tieren. Prazer, cansaço. Mas também raiva, inquietação. Como agora, se eu esvaziar minha mente, posso sentir... — Ele hesitou, procurando pelo irmão. — ... o aborrecimento dele. É exaustivo.

— Faz sentido — disse Tieren, deixando as mãos caírem. — Não é apenas um vínculo físico. Você e Kell estão compartilhando uma força vital.

— Eu estou compartilhando a *dele*, você quer dizer — corrigiu Rhy. A sua própria vida tinha sido cortada pela adaga cravada em seu peito. O que ele tinha, estava sugando de Kell. O calor do banho tinha desaparecido, e Rhy agora sentia cansaço e frio.

— A autocomiseração não lhe cai bem, Alteza — afirmou Tieren, voltando-se para a porta.

— Obrigado — gritou Rhy para ele, segurando o pergaminho. — Por isto.

Tieren nada disse, apenas franziu o cenho ligeiramente. Ali estava outra vez, aquele vinco. Então desapareceu.

Rhy afundou novamente no banco e observou a lista mais uma vez; o nome de Kamerov tão perto do de Alucard.

Uma coisa era certa.

Ia ser um torneio e tanto.

III

Os guardas estavam aguardando Kell na entrada de Naresh Kas, conforme o planejado.

Staff com seu peitoral de barril, suas costeletas e barba prateadas, e Hastra, jovem e alegre, com uma tez aquecida pelo sol e uma coroa de cachos escuros. *Pelo menos ele é bonito*, Rhy tinha dito meses antes, ao ver os novos guardas. O príncipe estivera de mau humor porque os guardas designados para ele, Tolners e Vis, não tinham beleza nem senso de humor.

— Cavalheiros — saudou Kell, enquanto acomodava o casaco sobre si no beco. Os guardas pareciam enregelados, e ele se perguntou quanto tempo estiveram esperando por ele. — Eu teria trazido uma bebida quente para vocês, mas... — Ele ergueu as mãos vazias, como se dissesse *são as regras*.

— Tá tudo bem, mestre Kell — disse Hastra por entre os dentes cerrados, não entendendo a ironia. Staff, por sua vez, nada falou.

Eles tiveram a decência de não revistá-lo ali mesmo; viraram-se e seguiram silenciosamente atrás de Kell quando ele partiu em direção ao palácio. Ele podia sentir os olhos vagando para sua pequena procissão, qualquer possibilidade de se misturar arruinada pela presença dos guardas reais que o flanqueavam, reluzentes em suas armaduras e capas vermelhas.

Kell teria preferido um subterfúgio, a suspeita de ser seguido, à realidade. Porém, endireitou os ombros, manteve a cabeça erguida e tentou lembrar-se de que parecia um membro da realeza, mesmo que se sentisse como um prisioneiro.

Ele não havia feito nada de errado, não hoje, e os santos sabiam que ele tinha tido chance. *Várias* chances.

Afinal chegaram aos degraus do palácio, até agora salpicados com flores recobertas de gelo.

— O rei? — perguntou Kell enquanto passavam pela entrada.

Staff liderou o caminho até uma câmara onde o rei Maxim estava perto de uma lareira ardente, conversando com vários membros da *ostra*. Quando viu Kell, ele os dispensou. Kell manteve a cabeça erguida, mas nenhum dos assistentes encontrou seu olhar. Quando haviam ido embora, o rei acenou com a cabeça para que ele viesse à frente.

Kell continuou no meio do cômodo antes de estender os braços para Staff e Hastra, em um gesto que era tanto um desafio quanto um convite.

— Não seja dramático — disse Maxim.

Os guardas tiveram a decência de parecer inseguros à medida que se aproximavam.

— Rhy deve estar me influenciando, Majestade — falou Kell com um ar severo enquanto Staff o ajudava a despir seu casaco, e Hastra revistou-lhe a camisa e as calças, além de passar a mão pelo contorno de suas botas.

Ele nada tinha consigo, e eles não seriam capazes de encontrar coisa nenhuma em seu casaco, não a menos que ele quisesse que fosse encontrado. Às vezes, preocupava-se que o casaco tivesse vontade própria. A única pessoa que conseguira encontrar o que queria nos bolsos fora Lila. Ele nunca descobrira como ela tinha feito aquilo. Casaco traiçoeiro.

Staff retirou a carta da Londres Cinza de um dos bolsos e entregou-a ao rei antes de devolver o casaco a Kell.

— Como estava o rei? — perguntou Maxim, pegando a carta.

— Morto — respondeu Kell.

Isso pegou o homem desprevenido. Kell contou sobre sua visita e sobre o renovado interesse do príncipe regente, agora George IV, pela magia. Até mencionou que o novo rei tinha tentado suborná-lo, tendo o cuidado de enfatizar o fato de que ele tinha *recusado* a oferta.

Maxim acariciou sua barba e pareceu preocupado, mas não disse uma palavra, apenas acenou com uma das mãos para mostrar a Kell que estava dispensado. Ele se virou, sentindo seu humor azedar, mas, quando Staff e Hastra se moveram para segui-lo, Maxim os chamou de volta.

— Deixem-no em paz — ordenou, e Kell sentiu-se grato por aquela pequena gentileza enquanto escapava para seus aposentos.

Seu alívio não durou muito. Quando chegou às portas de seu quarto, encontrou mais dois guardas em pé. Os homens de Rhy.

— *Santos*, posso jurar que vocês ficam se multiplicando — murmurou.

— Senhor? — perguntou Tolners.

— Nada — resmungou Kell, passando por eles. Havia apenas uma razão para que Tolners e Vis estivessem parados à porta de *seu* quarto.

Ele encontrou Rhy de pé no meio do aposento, de costas, enquanto se admirava em um espelho de corpo inteiro. De onde estava, Kell não podia ver o rosto do príncipe e, por um momento, uma lembrança surgiu em sua mente: de Rhy esperando que ele acordasse, só que não era Rhy, obviamente, mas Astrid usando a pele dele. Então estavam nos aposentos de Rhy, não nos seus. Mas, por um instante, os detalhes ficaram borrados, e ele se encontrou examinando Rhy e buscando quaisquer pendentes ou amuletos, procurando por sangue no chão antes que o passado desmoronasse e voltasse a ser apenas memória.

— Já era hora — exclamou Rhy, e Kell ficou secretamente aliviado quando percebeu que a voz que saiu dos lábios de Rhy era, sem dúvida, de seu irmão.

— O que o traz ao meu quarto? — perguntou Kell, o alívio transformando-se em aborrecimento.

— Aventura. Intriga. Preocupação fraternal. Ou — continuou languidamente o príncipe — talvez eu esteja apenas dando ao seu espelho algo para olhar que não seja sua constante cara amarrada.

Kell franziu o cenho, e Rhy sorriu.

— Ah, aí está! A famosa carranca.

— Eu não sou carrancudo.

Rhy lançou um olhar conspiratório para seu próprio reflexo. Kell suspirou e jogou o casaco sobre o sofá mais próximo antes de ir para a alcova ao lado de seu quarto.

— O que você está fazendo? — perguntou Rhy.

— Espere um instante — pediu Kell, fechando a porta entre eles.

Uma única vela acendeu sozinha, e, à sua luz, ele viu os símbolos desenhados na madeira. Lá, entre as outras marcas e a recém-desenhada com sangue, estava a porta de entrada para Disan. O caminho para o Castelo de Windsor. Kell estendeu a mão e esfregou a marca até que ficasse borrada, então completamente apagada.

Quando Kell voltou, Rhy estava sentado na cadeira favorita dele, que o irmão havia arrastado para que ficasse de frente para o quarto em vez de para as portas da varanda.

— O que você fez ali? — perguntou Rhy com a cabeça apoiada na mão.

— Essa é a minha cadeira — disse Kell, de pronto.

— Uma coisa velha e surrada — desdenhou Rhy, sabendo o quanto Kell gostava dela. O príncipe tinha travessura nos olhos cor de ouro pálido quando se levantou.

— Ainda estou com dor de cabeça — reclamou Kell. — Então, se você está aqui para me forçar a sair em outra excursão...

— Não é por isso que estou aqui — disse Rhy, atravessando o cômodo até o aparador.

Ele começou a servir-se de uma bebida, e Kell estava prestes a dizer algo muito desagradável quando viu que era apenas chá. Ele acenou com a cabeça para um dos sofás.

— Sente-se.

Kell teria ficado de pé apenas para provocá-lo, mas estava cansado da viagem, então se jogou no sofá mais próximo. Rhy terminou de servir-se de chá e sentou-se de frente para o irmão.

— E então? — perguntou Kell.

— Pensei que Tieren estava lhe ensinando a ser paciente — repreendeu Rhy. Ele colocou o chá sobre a mesa e pegou uma caixa de madeira embaixo dela. — Eu queria me desculpar.

— Pelo quê? — indagou Kell. — Pela mentira? Pela bebedeira? Pela luta? Pela implacável... — Mas algo na expressão de Rhy o fez parar.

O príncipe tirou os cachos pretos do rosto, e Kell percebeu que ele parecia mais velho. Não *velho*, Rhy tinha apenas 20 anos, um ano e meio mais jovem do que Kell, porém as extremidades de seu rosto estavam mais angulosas, e seus olhos brilhantes estavam menos deslumbrados, mais intensos. Ele havia crescido, e Kell não pôde deixar de se perguntar se era algo natural (a simples e inevitável progressão do tempo), ou se os últimos resquícios de sua juventude haviam sido arrancados pelo que tinha acontecido.

— Olhe — disse o príncipe —, sei que as coisas têm sido difíceis. Mais difíceis do que nunca nos últimos meses. E sei que eu só as fiz piorar.

— Rhy...

O príncipe ergueu a mão para silenciá-lo.

— Eu tenho sido difícil.

— Eu também — admitiu Kell.

— Você realmente tem sido.

Kell se pegou rindo, mas balançou a cabeça.

— Uma vida é algo difícil de manter, Rhy. Duas é...

— Acharemos o nosso compasso — insistiu o príncipe. E então deu de ombros. — Ou você vai matar a nós dois.

— Como pode dizer isso de forma tão leviana? — exclamou Kell, endireitando-se.

— Kell. — Rhy inclinou-se para a frente, com os cotovelos apoiados nos joelhos. — Eu estava morto.

As palavras pairaram no ar entre eles.

— Eu estava *morto* — disse de novo —, e você me trouxe de volta. Você já me deu algo que eu não deveria ter. — Uma sombra passou pelo seu rosto quando ele disse isso, estava lá e de repente se fora. — Caso eu morra de novo — prosseguiu Rhy —, eu já teria vivido duas vezes. Tudo isso me foi emprestado.

— Não — disse Kell, com severidade —, foi comprado e pago.

— Por quanto tempo? — retrucou Rhy. — Você não pode mensurar o que adquiriu. Sou grato pela vida que você me comprou, embora eu odeie o custo. Mas o que você pretende fazer, Kell? Viver para sempre? Eu não quero isso.

Kell franziu o cenho.

— Você prefere morrer?

Rhy parecia cansado.

— A morte vem para todos nós, irmão. Você não pode se esconder dela para sempre. Nós *morreremos* um dia, você e eu.

— E isso não o assusta?

Rhy deu de ombros.

— Não tanto quanto a ideia de desperdiçar uma vida perfeitamente boa com medo da morte. E, pensando nisso... — Ele empurrou a caixa na direção de Kell.

— O que é isso?

— Uma oferta de paz. Um presente. Feliz aniversário.

Kell franziu o cenho.

— Meu aniversário é daqui a um mês.

Rhy pegou o chá.

— Não seja ingrato. Apenas aceite.

Kell puxou a caixa, colocou-a sobre os joelhos e levantou a tampa. Dentro dela, um rosto olhou para ele.

Era um capacete feito de uma única peça de metal que se curvava do queixo até o topo da cabeça e seguia até a base do crânio. Uma rachadura formava a boca, um arco era o nariz, e um visor com a forma da testa escondia os olhos de quem a usasse. Além desta modelagem simples, as únicas marcas da máscara eram um par de asas decorativas, uma acima de cada orelha.

— Estou indo para a guerra? — perguntou Kell, confuso.

— De certo modo — respondeu Rhy. — É a sua máscara para o torneio.

Kell quase deixou cair o capacete.

— O *Essen Tasch*? Você perdeu o juízo?

Rhy deu de ombros.

— Acho que não. Não, a não ser que tenha perdido o seu... — Ele fez uma pausa. — Você acha que funciona assim? Quero dizer, suponho que...

— Eu sou um *Antari*! — interrompeu Kell, lutando para manter sua voz baixa. — O filho adotado da coroa Maresh, o mago mais forte do império arnesiano, possivelmente do mundo...

— Cuidado com seu ego, Kell.

— ... e você quer que eu participe de um torneio interimperial.

— Obviamente, o grande e poderoso Kell não pode competir — falou Rhy. — Isso seria uma fraude no jogo. Poderia iniciar uma guerra.

— *Exatamente*.

— É por isso que você estará disfarçado.

Kell gemeu, balançando a cabeça.

— Isso é loucura, Rhy. E, mesmo que você fosse louco o suficiente para pensar que poderia funcionar, Tieren nunca permitiria isso.

— Ah, ele não permitiu. Não no primeiro momento. Ele lutou comigo com unhas e dentes. Chamou de loucura. Chamou a nós dois de tolos...

— Mas sequer foi ideia minha!

— ... mas no final ele entendeu que aprovar algo e permitir algo não são sempre a mesma coisa.

Kell estreitou os olhos.

— Por que Tieren mudaria de ideia?

Rhy engoliu em seco.

— Porque eu disse a verdade a ele.

— E qual é a verdade?

— Que você precisava disso.

— Rhy...

— Que *nós* precisávamos disso. — Ele fez uma careta quando falou.

Kell hesitou, encontrando o olhar de seu irmão.

— O que você quer dizer com isso?

Rhy levantou-se subitamente da cadeira.

— Você não é o único que quer fugir da própria pele, Kell — esbravejou, andando de um lado para o outro. — Eu vejo o modo como este confinamento está desgastando você. — Ele bateu no próprio peito. — Posso *sentir*. Você passa horas treinando no Dique sem ninguém para lutar; não ficou em paz por um único dia desde Holland, desde os Dane, desde a Noite Preta. E, se você quer a verdade nua e crua, a menos que encontre alguma válvula de escape — Rhy parou de andar —, vou acabar eu mesmo estrangulando você.

Kell estremeceu e olhou para a máscara em seu colo. Ele passou os dedos pela prata lisa. Era simples e elegante, a prata polida de tal forma que era quase um espelho. Seu reflexo olhou para ele, distorcido. Era uma loucura, e o assustava o quanto ele queria concordar com isso. Mas não podia.

Ele colocou a máscara no sofá.

— É perigoso demais.

— Não se tivermos cuidado — insistiu o irmão.

— Estamos presos um ao outro, Rhy. Minha dor será a sua dor.

— Estou bem consciente da nossa condição.

— Então você sabe que eu não posso. *Não vou.*

— Não sou apenas seu irmão — afirmou Rhy. — Eu sou seu príncipe. E eu ordeno que o faça. Você vai competir no *Essen Tasch*. Vai queimar um pouco deste fogo antes que ele se espalhe.

— E o nosso vínculo? Se eu me machucar...

— Então irei compartilhar sua dor — disse Rhy, despreocupadamente.

— Você diz isso agora, mas...

— Kell. O maior medo que tenho na vida não é morrer. É ser a fonte do sofrimento de alguém. Eu sei que você se sente preso. Sei que sou sua gaiola. E não posso... — A voz dele falhou, e Kell pôde sentir a dor de seu irmão, tudo o que ele tentara sufocar até o escurecer e abafar até o amanhecer. — Você *fará* isso — disse Rhy. — Por mim. Por nós dois.

Kell sustentou o olhar do irmão.

— Está bem — disse ele.

As feições de Rhy ficaram confusas, e então ele abriu um sorriso. Ao contrário do resto de seu rosto, seu sorriso era tão infantil quanto antes.

— Vai mesmo?

Kell sentiu uma emoção perpassando seu corpo enquanto pegava a máscara de novo.

— Vou. Mas, se não estou competindo como eu mesmo — indagou ele —, então quem serei?

Rhy colocou a mão dentro da caixa e retirou dos embrulhos um rolo de papel que Kell não notara. Ele o estendeu para Kell, e, quando este o desenrolou, viu a lista de competidores arnesianos. Doze nomes. Os homens e as mulheres que representariam seu império.

Ali estava Kisimyr, é claro, assim como Alucard — uma empolgação percorreu Kell ao pensar em ter uma desculpa para lutar com ele. Olhou todos, procurando.

— Eu mesmo escolhi o seu nome — explicou Rhy. — Você vai competir como...

— Kamerov Loste — respondeu Kell, lendo o sétimo nome em voz alta.

Era evidente.

K. L.

As letras gravadas na faca que ele carregava em seu antebraço. As únicas coisas que tinham vindo com ele de sua vida anterior, fosse qual fosse. Essas letras haviam se tornado seu nome — *KL, Ka- -El, Kell* —, mas quantas noites ele passara perguntando a si mesmo o que queriam dizer? Quantas noites ele tinha sonhado com nomes para si mesmo?

— Ah, vamos lá — repreendeu Rhy, interpretando mal a tensão de Kell como aborrecimento. — É um bom nome! Um tanto principesco, se quer saber.

— Vai servir — afirmou Kell, lutando para conter um sorriso enquanto colocava o pergaminho de lado.

— Bem — disse Rhy, pegando o capacete e estendendo-o para Kell. — Experimente.

Kell hesitou. A voz do príncipe era leve, e o convite era casual, mas havia mais no gesto, e ambos sabiam disso. Se Kell colocasse a máscara, tudo deixaria de ser uma ideia estúpida e inofensiva e se tornaria algo mais. Algo real. Ele estendeu a mão e pegou o capacete.

— Espero que sirva — brincou Rhy. — Você sempre teve uma cabeça grande.

Kell colocou o capacete, ficando de pé conforme o fazia. O interior era macio, o caimento era confortável por causa do estofamento. O visor cortava o capacete de orelha a orelha, de modo que sua visão e audição eram claras.

— Como estou? — perguntou Kell, sua voz ligeiramente abafada pelo metal.

— Veja você mesmo — falou Rhy, indicando o espelho. Kell virou-se. Era assustador: o metal polido criava um reflexo replicado, e o recorte do visor escondia seu olhar de modo que, mesmo ele enxergando bem, ninguém conseguiria ver que um de seus olhos era azul e o outro era preto.

— Eu vou me destacar — disse Kell.

— É o *Essen Tasch* — falou Rhy. — Todo mundo se destaca.

E embora fosse verdade que todos usavam *máscaras* e que isso fazia parte do drama, da tradição, essa não era apenas uma máscara.

— A maioria dos competidores não se veste como se estivesse indo para a guerra.

Rhy cruzou os braços e lançou-lhe um olhar de avaliação.

— Bem, a maioria dos competidores não *precisa* realmente manter seu anonimato, mas suas características são... únicas.

— Está dizendo que sou feio?

Rhy bufou.

— Nós dois sabemos que você é o rapaz mais bonito do baile.

Kell não conseguia parar de lançar olhares furtivos para o espelho. O capacete de prata pairava sobre sua roupa preta simples, mas algo estava faltando...

Seu casaco ainda estava jogado na parte de trás do sofá. Ele o pegou e o sacudiu ligeiramente enquanto o revirava de dentro para fora. E, conforme fez isso, sua jaqueta preta usual com botões de prata tornou-se outra coisa. Algo novo.

— Nunca vi esse antes — exclamou Rhy.

Nem Kell, até alguns dias antes, quando ficara entediado e decidira ver que outros lados o casaco tinha escondido; de vez em quando, os não utilizados pareciam desaparecer e outros novos apareciam no lugar.

Kell havia se perguntado sobre a aparição repentina daquele traje, tão diferente dos outros. Mas agora, enquanto se enfiava nele, percebeu que era porque este casaco não lhe pertencia.

Pertencia a *Kamerov*.

O casaco ia até o joelho e era prateado, enfeitado com uma barra preta bordada e forrado em seda cor de sangue. As mangas eram estreitas, e a parte de baixo se abria em evasê, a gola suficientemente alta para alcançar a base do crânio.

Kell terminou de vestir o casaco, abotoando os fechos que delimitavam uma linha assimétrica do ombro ao quadril. Rhy tinha ido bisbilhotar no armário de Kell e agora voltava trazendo uma bengala prateada. Atirou-a, e Kell a pegou no ar, seus dedos fechados em torno da cabeça de leão preta que era o seu cabo.

E então se virou novamente para o próprio reflexo.

— Bem, mestre Loste — disse Rhy, recuando —, você está mesmo esplêndido.

Kell não reconheceu o homem no espelho, e não apenas porque a máscara escondia seu rosto. Não, era também a sua postura, os ombros retos e a cabeça erguida, seu olhar firme por trás do visor.

Kamerov Loste era uma figura impressionante.

Uma brisa soprou suavemente ao redor dele, agitando seu casaco. Kell sorriu.

— Sobre isso — disse Rhy, referindo-se ao redemoinho de ar. — Por razões óbvias, Kamerov não pode ser um *Antari*. Sugiro que você escolha um elemento e se atenha a ele. Dois, se fizer questão... Ouvi dizer que há muitos duplos este ano, e os tríades são raros o suficiente para chamar atenção...

— Hum — murmurou Kell, ajustando sua postura.

— Embora seja solidário ao seu súbito ataque de narcisismo — falou Rhy —, isso é importante, Kell. Quando você estiver usando essa máscara, não pode ser o mago mais poderoso de Arnes.

— Eu entendo. — Kell tirou o capacete e lutou para ajeitar seu cabelo. — Rhy — começou Kell —, você tem certeza...? — O coração dele estava disparado. Ele queria aquilo. Não deveria querer. Era uma ideia horrível. Mas ele queria do mesmo jeito. O sangue de Kell cantou com a ideia de uma luta. De uma boa luta.

Rhy assentiu.

— Tudo bem, então.

— Caiu em si?

Kell balançou a cabeça, aturdido.

— Ou perdi a cabeça. — Mas ele agora estava sorrindo com tanta vontade que sentiu que seu rosto poderia se quebrar.

Ele virou e revirou o capacete em suas mãos.

E então, tão subitamente quanto seu espírito se elevou, ele afundou.

— *Santo* — praguejou, jogando-se de volta no sofá. — E os meus guardas?

— Prata e Ouro? — perguntou Rhy, usando seus apelidos favoritos para os homens. — O que tem eles?

— Não posso exatamente me livrar de Staff e Hastra durante todo o torneio. Tampouco posso "me perder" deles em cada luta.

— Desculpe, eu pensei que você fosse um grande mago.

Kell ergueu as mãos, defendendo-se.

— Não tem nada a ver com minhas habilidades, Rhy. Existem suspeitas, e existe o óbvio.

— Bem, então — falou o príncipe —, nós teremos que contar a eles.

— E eles vão contar ao rei. E você quer adivinhar o que o rei fará? Porque eu estou disposto a apostar que ele não vai arriscar a estabilidade do reino para que eu possa aliviar um pouco a minha tensão.

Rhy beliscou a ponte do nariz. Kell franziu o cenho. Aquele gesto não combinava com o príncipe; era algo que *ele* faria, que havia feito centenas de vezes.

— Deixe comigo — disse Rhy.

Ele dirigiu-se às portas do quarto de Kell e as abriu, encostando-se na soleira. Kell esperava que os guardas tivessem realmente ficado para trás quando deixara o rei Maxim, mas eles deviam apenas ter lhe concedido uma vantagem, porque Rhy os chamou, fechando a porta antes que seus próprios guardas pudessem segui-los.

Kell se levantou sem saber o que seu irmão pretendia fazer.

— Staff — começou Rhy, dirigindo-se ao homem com costeletas prateadas. — Quando meu pai o designou para ser a sombra Kell, o que ele disse?

Staff olhou de Kell para Rhy, como se fosse uma armadilha, uma pergunta capciosa.

— Bem... Ele disse que deveríamos vigiá-lo e protegê-lo e relatar à Sua Majestade se víssemos o mestre Kell fazendo alguma coisa. . . suspeita.

Kell franziu o cenho, mas Rhy lançou um sorriso encorajador.

— Foi isso mesmo, Hastra?

O guarda com cabelo dourado escuro meneou a cabeça.

— Foi, sim, Alteza.

— Mas se você fosse informado sobre algo com antecedência, então não seria suspeito, seria?

Hastra olhou para cima.

— Hum... não, Alteza?

— Rhy — protestou Kell, mas o príncipe ergueu a mão, pedindo que o deixasse continuar.

— Vocês dois juraram suas vidas a esta família, a esta coroa e a este império. Seus juramentos são válidos?

Ambos fizeram mesuras com a cabeça e levaram as mãos ao peito.

— É claro, Alteza — disseram, quase em uníssono.

Onde diabos Rhy está querendo chegar?, perguntou-se Kell.

E, então, o semblante do príncipe mudou. A leveza se foi, assim como seu sorriso alegre. Sua postura se endireitou e sua mandíbula se apertou, e naquele momento parecia menos um príncipe do que um futuro rei. Ele parecia *Maxim*.

— Então compreendam uma coisa — declarou, sua voz agora baixa e severa. — O que estou prestes a dizer a vocês diz respeito não apenas à segurança da nossa família, mas também do império arnesiano.

Os olhos dos homens se arregalaram de preocupação. Os de Kell estreitaram-se.

— Acreditamos que há uma ameaça no torneio. — Rhy lançou um olhar conspiratório para Kell, embora ele honestamente não tivesse ideia de aonde o irmão estava querendo chegar. — Para descobrir a natureza dessa ameaça, Kell vai competir no *Essen Tasch* disfarçado como um concorrente comum, Kamerov Loste.

Os guardas franziram as sobrancelhas, lançando olhares para Kell, que conseguiu produzir um rígido gesto de concordância.

— O segredo da minha identidade — interrompeu — é primordial. Se Faro ou Vesk descobrirem meu envolvimento, presumirão que trapaceamos no jogo.

— Meu pai já sabe do envolvimento de Kell — acrescentou Rhy. — Ele tem os próprios assuntos para resolver. Se virem alguma coisa durante o torneio, irão contar para Kell ou para mim.

— Mas como vamos protegê-lo — perguntou Staff —, se ele estiver fingindo ser outra pessoa?

Rhy não vacilou nem por um segundo.

— Um de vocês se colocará como seu segundo. Cada competidor precisa de um assistente. E o outro continuará a protegê-lo de uma distância segura.

— Eu sempre quis fazer parte de uma conspiração — sussurrou Hastra. E então, erguendo a voz: — Alteza, eu poderia ser aquele que vai estar disfarçado? — Sua ânsia era algo muito mal contido.

Rhy olhou para Kell, que assentiu. Hastra sorriu, e Rhy juntou as mãos em um aplauso suave e decisivo.

— Então está resolvido. Quando Kell for Kell, vocês o guardarão com sua atenção usual. Mas quando lidarem com Kamerov, a ilusão deve ser impecável, e o segredo, bem guardado.

Os dois guardas concordaram com um gesto solene e foram dispensados. *Santos*, pensou Kell, enquanto as portas se fechavam. *Ele realmente conseguiu.*

— Pronto — disse Rhy, recostando-se no sofá. — Isso não foi tão difícil.

Kell olhou para o irmão com uma mistura de surpresa e admiração.

— Sabe — falou, pegando a máscara —, se sua capacidade para governar for metade de sua capacidade para mentir, você será um rei incrível.

Rhy abriu um sorriso deslumbrante.

— Obrigado.

IV

Sasenroche

Já era tarde quando Lila voltou para o *Night Spire*. Sasenroche tinha se acalmado e começara a chover granizo, uma mistura gelada que se transformou em lama no convés e teve que ser varrida antes que congelasse.

Na Londres dela, a *antiga* Londres, Lila sempre odiara o inverno.

Noites mais longas significavam mais horas para roubar, mas as pessoas que se aventuravam nas ruas geralmente o faziam porque não tinham escolha, o que as tornava alvos ruins. Pior do que isso, no inverno tudo era úmido, cinzento e de um frio cortante.

Em muitas noites na sua vida passada ela fora para a cama tremendo. Noites em que ela não podia comprar lenha ou carvão, então vestira cada peça de roupa que possuía, encolhera-se e congelara. O calor custava dinheiro, mas alimentos e abrigo também custavam, assim como todas as outras coisas de que alguém precisava para sobreviver, e às vezes era preciso escolher.

Mas aqui, se Lila praticasse, podia invocar fogo com as pontas dos dedos, podia mantê-lo ardendo em nada além de magia e perseverança. Ela estava determinada a dominá-lo, não apenas porque o fogo era útil ou perigoso, mas porque era *quente*, e, não importava o que acontecesse, Lila Bard nunca mais queria voltar a sentir frio.

Foi por isso que Lila preferira o fogo.

Ela soltou um sopro de ar. A maioria dos homens ficou para trás para desfrutar a noite em terra, mas Lila preferiu seu quarto no navio, e ela queria ficar sozinha para conseguir pensar.

Londres. Sua pulsação se agitou com o pensamento. Fazia quatro meses que ela embarcara no *Night Spire*. Quatro meses desde que dissera adeus a uma cidade que sequer conhecia, cujo nome era a única amarra à sua antiga vida. Ela planejara voltar, é claro. Eventualmente. O que Kell diria quando a visse? Não que *esse* fosse seu primeiro pensamento. Não era. Era o sexto, ou talvez o sétimo, em algum lugar abaixo de todos aqueles sobre Alucard e o *Essen Tasch*. Mas ainda estava *lá*, nadando em sua cabeça.

Lila suspirou, sua respiração formando fumaça enquanto ela apoiava os cotovelos no parapeito coberto de neve parcialmente derretida e olhava para a maré enquanto esta batia e espumava contra o casco. Lila preferia o fogo, mas não era seu único truque.

Ela direcionou seu foco para a água lá embaixo e, enquanto fazia isso, tentava empurrar a corrente para trás, para longe. A onda mais próxima titubeou, mas o restante continuou vindo. A cabeça de Lila começou a doer, latejando no compasso das ondas, mas ela agarrou o parapeito lascado, determinada. Imaginou que podia *sentir* a água — não apenas o tremor que subia pelo barco, mas a energia que a percorria. A magia não deveria ser aquilo que formava todas as coisas? Se aquilo era verdade, então não se tratava de mover a água, e sim de mover a *magia*.

Ela pensou em "O Tigre", o poema que ela usava para se concentrar, com seu ritmo forte e constante... mas aquela era uma canção para o fogo. Não, ela queria algo diferente. Algo que fluísse.

— *Doces sonhos*... — murmurou, convocando um verso de outro poema de Blake, tentando se concentrar na sensação certa. — ... *de riachos aprazíveis*... — Ela recitou outro verso de novo e de novo até a água encher sua visão, até que o som das ondas quebrando era tudo o que conseguia ouvir, e a batida delas coincidia com a batida de seu coração. Ela podia sentir a corrente em suas veias, e a água para cima e para baixo no cais começou a se acalmar, e...

Uma gota escura atingiu o parapeito, no espaço entre suas mãos. Lila levou os dedos ao nariz; eles voltaram sujos de sangue.

Alguém estalou a língua, produzindo um som de desaprovação, e Lila levantou rapidamente a cabeça. Há quanto tempo Alucard estava ali de pé, às suas costas?

— Por favor, não me diga que você acabou de tentar exercer a sua vontade no *oceano* — disse ele, oferecendo-lhe um lenço.

— Eu quase consegui — insistiu ela, segurando o tecido contra o rosto. Cheirava como ele. Como sua magia, uma mistura estranha de ar marinho, mel, prata e especiarias.

— Não que eu duvide do seu potencial, Bard, mas isso não é possível.

— Talvez não para *você* — retrucou ela, embora, na verdade, ainda estivesse intimidada pelo que tinha visto Alucard fazer na taverna.

— Não é possível para *ninguém* — disse Alucard em tom professoral. — Eu lhe disse: quando você controla um elemento, sua vontade tem que ser capaz de englobá-lo. Tem que ser capaz de alcançá-lo, de cercá-lo. É assim que se dá forma a um elemento, e é assim que você o comanda. Ninguém pode esticar a mente em torno de um oceano. Não sem se romper. Da próxima vez, mire em algo men...

Ele se interrompeu quando um torrão de lama gelada bateu no ombro de seu casaco.

— Argh! — exclamou, enquanto pedaços escorriam pelo colarinho. — Eu sei onde você dorme, Bard.

Ela sorriu maliciosamente.

— Então sabe que eu durmo com facas.

Seu sorriso vacilou.

— Ainda?

Ela deu de ombros e virou-se para a água.

— O jeito que eles me tratam...

— Minhas ordens foram muito claras — falou ele, obviamente presumindo que algo de errado havia acontecido. Mas não era isso.

— ... como se eu fosse um deles — ela terminou de falar.

Alucard piscou, confuso.

— Por que não deveriam? Você faz parte da tripulação.

Lila se encolheu. *Tripulação*. A própria palavra referia-se a mais de uma pessoa. Mas pertencer significava se importar, e se importar era algo perigoso. Na melhor das hipóteses, complicava tudo. Na pior das hipóteses, as pessoas morriam. Pessoas como Barron.

— Você preferiria que eles tentassem esfaqueá-la no escuro? — perguntou o capitão. — Jogá-la ao mar e fingir que foi um acidente?

— Óbvio que não — respondeu Lila. Mas pelo menos ela saberia como reagir àquilo. Lutar era algo que ela conhecia. Amizade? Ela não sabia o que fazer com aquilo. — Eles provavelmente estão muito assustados para tentar.

— Alguns deles podem ter medo de você, mas todos a respeitam. E não se deixe levar — acrescentou ele, cutucando o ombro dela com o seu —, mas alguns parecem até *gostar* de você.

Lila grunhiu, e Alucard riu.

— Quem é você? — perguntou ele.

— Eu sou Delilah Bard — disse ela calmamente. — A melhor ladra a bordo do *Night Spire*.

Normalmente, Alucard deixaria por isso mesmo, mas não naquela noite.

— Mas quem *era* Delilah Bard antes de embarcar no meu navio?

Lila manteve os olhos na água.

— Outra pessoa — respondeu ela. — E ela será ainda outra pessoa quando partir.

Alucard soltou uma baforada de ar, e os dois ficaram ali, lado a lado no convés, olhando para a névoa. Ela pairava acima da água, embaçando a linha entre céu e mar, porém sem estar inteiramente imóvel. Mudava, contorcia-se e espiralava, os movimentos sutis e fluidos como o balanço da água.

Os marinheiros a chamavam de névoa de divinação — supostamente, se você olhasse para ela por tempo suficiente, começaria a ver coisas. Se eram mesmo visões ou apenas uma ilusão de ótica, dependia de para quem você perguntava.

Lila olhou para a névoa espiralada com os olhos semicerrados, esperando nada enxergar — ela nunca tivera uma imaginação particularmente fértil — porém, depois de um instante, ela pensou ter visto a neblina começar a se alterar, começar a *mudar*. O efeito era estranhamente fascinante, e Lila descobriu que não conseguia desviar o olhar enquanto os fios de névoa fantasmagórica se tornavam dedos, e depois uma mão tentando alcançá-la através da escuridão.

— Então. — A voz de Alucard era como uma pedra estilhaçando a visão. — Londres.

Ela exalou, a nuvem de respiração obstruindo a vista.

— O que tem ela?

— Pensei que você ficaria feliz. Ou triste. Ou com raiva. Na verdade, pensei que você sentiria *alguma coisa*.

Lila inclinou a cabeça.

— E por que você pensaria isso?

— Já se passaram quatro meses. Imaginei que você tivesse partido por alguma razão.

Ela lançou-lhe um olhar severo.

— Por que *você* partiu?

Houve uma pausa, a mais breve sombra, então ele deu de ombros.

— Para ver o mundo.

Lila encolheu os ombros.

— Eu também.

As duas respostas eram mentiras ou, na melhor das hipóteses, meias verdades, mas desta vez um não desafiou o outro. Os dois se afastaram da água e atravessaram o convés em silêncio, protegendo seus segredos do frio ao redor.

V

Londres Branca

Até as estrelas agora brilhavam coloridas.

O que ele sempre tomara por branco se tornara um azul gélido, e o céu noturno, outrora preto, agora se mostrava um roxo aveludado, como a aresta mais escura de um hematoma.

Holland sentou-se no trono, olhando além das paredes abobadadas para a grande extensão do céu, esforçando-se para discernir as cores do seu mundo. Elas sempre estiveram lá, enterradas sob a película da magia extinta, ou eram novas? Vinhas em tons fortes de verde se esgueiravam, escuras e deliciosas, subindo em torno dos pilares de pedra pálidos que circundavam a sala do trono, suas folhas de esmeralda alcançavam o luar prateado, ao passo que suas raízes tracejavam o chão e entravam na superfície imóvel e escura da piscina de divinação.

Por quantas vezes Holland havia sonhado em sentar-se neste trono? Em cortar a garganta de Athos, enterrar uma espada no coração de Astrid e retomar sua vida. Quantas vezes... e no entanto não tinha sido a sua mão, no fim das contas.

Tinha sido a de Kell.

A mesma mão que havia transpassado uma barra de metal pelo peito de Holland e empurrado seu corpo moribundo para o abismo.

Holland se levantou, as ricas dobras de sua capa assentando-se ao seu redor enquanto ele descia os degraus do estrado, parando diante da piscina preta e reflexiva. A sala do trono estava vazia. Ele havia dispensado a todos, aos criados e aos guardas, desejando a solidão. Mas isso não existia, não mais. Seu reflexo olhava para ele da superfície vítrea da água, como uma janela no escuro: seu olho verde uma joia flutuando sobre a água, seu olho preto desaparecendo nas profundezas. Parecia mais jovem, mas é claro que, mesmo na juventude, Holland nunca havia sido *assim*. O rubor da saúde, a suavidade de uma vida sem dor.

Holland permaneceu perfeitamente imóvel, mas seu reflexo se moveu.

Um aceno de cabeça, o nuance de um sorriso, o olho verde devorado pelo preto.

Nós formamos um ótimo rei, disse o reflexo, as palavras ecoando na mente de Holland.

— Formamos — falou Holland em voz baixa. — Formamos, sim.

Londres Preta
Três meses atrás

Escuridão.

Por toda parte.

Do tipo que se estendia.

Por segundos, horas e dias.

E depois.

Lentamente.

A escuridão foi iluminada pelo entardecer.

O nada deu lugar a algo, recompondo-se até que houvesse terra, ar, e um mundo entre eles.

Um mundo que era calmo de uma forma impossível, não natural.

Holland estava deitado sobre a terra fria, manchado de sangue no peito e nas costas onde a barra de metal o tinha transpassado. Ao redor de seu corpo, o entardecer tinha uma estranha permanência, sem raios persistentes de luz do dia, sem as bordas da noite que se aproximava. Havia um silêncio pesado naquele lugar, como prateleiras debaixo da poeira havia muito assentada. Uma casa abandonada. Um corpo sem respiração.

Até que Holland arquejou.

Em resposta, o mundo empoeirado estremeceu ao seu redor, como se ao respirar ele tivesse soprado vida nele, tivesse feito o tempo, ainda que de forma vacilante, voltar a andar para a frente. Flocos de sujeira, cinzas ou algo parecido pairavam no ar acima dele, do mesmo modo como partículas faziam ao entrar em feixes de luz do sol, e agora caíam, depositando-se como neve em seus cabelos, em suas bochechas, em suas roupas.

Dor. Tudo era dor.

Mas ele estava vivo.

De alguma maneira impossível, ele estava vivo.

Seu corpo inteiro doía: não apenas a ferida em seu peito, mas seus músculos e seus ossos, como se ele tivesse ficado deitado no chão por dias, semanas, e cada respiração superficial enviava estocadas aos seus pulmões. Ele deveria estar morto. Em vez disso, reuniu forças e se sentou.

Sua visão oscilou por um momento, mas, para seu alívio, a dor em seu peito não piorou. Permaneceu uma dor aguda, pulsando no compasso de seu coração. Ele olhou ao redor e descobriu que estava sentado em um jardim murado, ou, pelo menos, o que poderia ter sido um. As plantas haviam murchado havia muito tempo, e o que ainda restava de videira e caule parecia pronto para se desfazer em cinzas ao menor toque.

Onde ele estava?

Holland revirou sua memória, mas a última imagem que guardava era do rosto de Kell com uma determinação inflexível, mesmo enquanto lutava contra a água que Holland usara para prendê-lo. Os olhos de Kell estreitando-se para manter o foco, seguido pela pontada de dor nas costas de Holland, a haste de metal rasgando carne e músculos, estilhaçando costelas e desfazendo a cicatriz em seu peito. Uma dor imensa, seguida de rendição, e então mais nada.

Mas essa luta tinha acontecido em outra Londres. Este lugar aqui não tinha nenhum resquício do aroma floral daquela cidade, nenhum traço de sua magia pulsante. Nem era a *sua* Londres, e isto Holland sabia com igual certeza, pois embora compartilhasse a atmosfera estéril, a paleta sem cor, faltava o frio amargo e o cheiro de cinza e metal.

Vagamente, Holland lembrou-se de estar deitado na Floresta de Pedra, entorpecido para tudo, exceto para o lento desvanecimento de sua pulsação. E depois, lembrou-se de ser arrastado para o abismo. Uma escuridão que ele presumiu ser a morte. Mas a morte o havia rejeitado, entregando-o a este lugar.

E só poderia ser um lugar.

A Londres Preta.

Holland tinha parado de sangrar, e seus dedos se moveram de maneira distraída e automática, não para seu ferimento, mas para o círculo de prata que prendia seu manto — a marca do controle dos Dane —, e ele descobriu que havia desaparecido, assim como a própria capa. Sua camisa estava rasgada, e a pele abaixo dela, onde houvera uma cicatriz prateada do selo de Athos, era agora uma bagunça de carne rasgada e sangue seco. Só então, com seus dedos pairando sobre a ferida, Holland sentiu a mudança. Havia sido ofuscada pelo choque, pela dor e pelo arredor estranho, mas agora formigava em sua pele e em suas veias: uma leveza que não sentia havia sete anos.

Liberdade.

O feitiço de Athos tinha sido quebrado, a ligação havia sido estilhaçada. Mas como? A magia estava ligada à alma, não à pele. Holland sabia, tinha tentado cortá-la uma dúzia de vezes. Ela só podia ser quebrada por quem a conjurara.

O que só poderia significar uma coisa.

Athos Dane estava *morto*.

A compreensão reverberou por Holland com uma intensidade inesperada, e ele ofegou, e agarrou o solo ressecado embaixo dele. Só que não estava mais seco. Enquanto o mundo, por todos os lados, tinha a quietude erma de uma paisagem de inverno, o solo sob Holland, o lugar que havia sido embebido com seu sangue, tinha um verde rico e vivaz.

Ao lado dele na grama estava a pedra preta — *Vitari* —, e ele ficou tenso antes de perceber que estava inócua. Vazia.

Ele se revistou em busca de armas. Nunca se preocupara particularmente em estar armado, preferindo seus próprios talentos afiados ao fio mais desajeitado de uma lâmina, mas sua cabeça estava zonza e, considerando a força que estava fazendo apenas para ficar de pé, honestamente não tinha certeza se possuía qualquer magia para convocar naquele momento. Ele havia perdido sua lâmina curva na outra Londres, mas encontrou uma adaga presa à canela. Pressionou a ponta contra o chão duro e usou-a para ajudá-lo a se pôr de joelhos, depois a se levantar.

Uma vez de pé — após controlar uma onda de tontura e uma explosão de dor —, Holland viu que a vegetação não estava inteiramente restrita ao local em que estivera no chão. Ela se afastava dele, forjando uma espécie de caminho. Era pouco mais do que um fio de verde bordado pela terra estéril, uma faixa estreita de grama, ervas daninhas e flores selvagens desaparecendo através do arco murado na extremidade do jardim.

Hesitante, Holland o seguiu.

Seu peito latejava e seu corpo doía, suas veias ainda estavam famintas de sangue, mas as costelas que ele sabia que estavam quebradas tinham começado a se curar, e os músculos a voltar para o lugar. E, pouco a pouco, Holland encontrou algo semelhante ao seu antigo ritmo.

Os anos sob a crueldade de Athos Dane o ensinaram a suportar sua dor em silêncio, então rangeu os dentes e seguiu a fita de vida que o conduzia para além da parede do jardim, em direção à estrada.

A respiração de Holland ficou presa em seu peito, enviando uma nova pontada de dor pelo seu ombro. A cidade se alastrava ao seu redor, uma versão de Londres ao mesmo tempo familiar e inteiramente *estranha*. As construções eram estruturas elegantes, impossíveis, esculpidas em pedra vítrea, suas silhuetas flutuando para o céu como fumaça. Elas refletiam a pouca luz que restava à medida que o entardecer se tornava crepúsculo, mas não havia outra fonte de luz. Sem lanternas em ganchos ou fogos em lareiras. Holland tinha olhos aguçados, então não era a escuridão opressiva que o incomodava, mas o que ela significava: ou não havia ninguém aqui para *precisar* de luz, ou o que restava preferia a escuridão.

Todos haviam suposto que a Londres Preta tinha consumido a si mesma, se destruído como um fogo privado de combustível e ar. E por mais que isso parecesse ser verdade, Holland sabia que pressupostos foram feitos para ocupar o lugar de verdades, e o trecho de verde aos pés de Holland o fez ponderar se aquele mundo estava realmente morto ou meramente *esperando*.

Afinal, você pode matar pessoas, mas não pode matar a magia. Não de verdade.

Ele seguiu o fio do novo crescimento, que atravessava as ruas fantasmagóricas, esticando-se aqui e ali para se apoiar nas paredes de pedra lisa, espiando pelas janelas e nada encontrando. Ninguém.

Chegou ao rio, aquele que possuía diversos nomes, mas corria por todas as Londres. Era preto como tinta, mas isso perturbava menos a Holland do que o fato de que não fluía. Não estava congelado, como o Atol; e, como era feito de água, não poderia ter se decomposto como o resto da cidade. E ainda assim não havia corrente. A imobilidade impossível só aumentava a sensação inquietante de que Holland estava em um pedaço de tempo em vez de em algum lugar.

Eventualmente, o caminho verde o levou ao palácio.

Da mesma forma como acontecia com as outras construções, ele subia como fumaça para o céu, seus pináculos pretos desaparecendo na névoa do crepúsculo. Os portões estavam abertos, o peso apoiado sobre dobradiças enferrujadas, os grandes degraus rachados. O fio de grama continuou, perseverante a despeito da paisagem. Na verdade, parecia engrossar, trançado em uma corda de videira e flores conforme subia pela escada quebrada. Holland subiu com ele, uma das mãos pressionando suas costelas doloridas.

As portas do palácio abriram-se sob o seu toque, o ar lá dentro estagnado como em um túmulo, os tetos abobadados lembrando os da Londres Branca e sua forma de igreja, porém com arestas mais suaves. A forma como a pedra vítrea era contínua por dentro e por fora, sem sinal de forja ou emenda, fazia com que parecesse etéreo, impossível. O lugar inteiro havia sido feito com magia.

O caminho de grama verde persistiu na frente dele, sinuoso, sobre os pisos de pedra e por baixo de outro par de portas, painéis gigantescos de vitrais coloridos com flores murchas presas no interior. Holland abriu as portas e deparou-se com um rei.

Sua respiração ficou presa antes de perceber que o homem diante dele, lançado nas sombras, não era feito de carne e osso, mas de uma pedra preta e vítrea.

Apenas uma estátua sentada em um trono.

Porém, ao contrário das estátuas que ocupavam a Floresta de Pedra em frente ao palácio dos Dane, esta estava *vestida*. E as roupas pareciam se *mover*. O manto que rodeava os ombros do rei flutuava, como se ondulado pelo vento, e os cabelos, embora fossem *esculpidos*, pareciam farfalhar suavemente na brisa (embora *não houvesse* brisa no salão). Havia uma coroa sobre a cabeça do rei, e um fio de fumaça cinza, de um tom mais claro do que a pedra em si, rodopiava em frente aos olhos abertos da estátua. Em um primeiro momento, Holland pensou que era simplesmente parte da rocha, mas então o redemoinho de cinza se contraiu e se moveu. Enrolou-se até formar pupilas que ficaram à deriva até encontrarem Holland, então pararam.

Holland ficou tenso.

A estátua estava *viva*.

Talvez não da forma como vivem os homens, mas ainda assim viva, de uma forma simples e resistente, como a grama a seus pés. Natural. E ao mesmo tempo completamente não natural.

— *Oshoc* — murmurou Holland.

Uma palavra para um pedaço de magia que se desgarrou, tornou-se algo mais, algo com uma mente própria. Uma vontade.

A estátua nada disse. Os fios de fumaça cinza o observavam do rosto do rei, e a trilha de verde subia pelo estrado, enrolava-se ao redor do trono do *oshoc* e à volta de uma bota esculpida. Holland avançou até que seus sapatos tocaram o limite da plataforma do trono.

E então, finalmente, a estátua falou.

Não em voz alta, mas na mente de Holland.

Antari.

— Quem é você? — perguntou Holland.

Sou rei.

— Você tem um nome?

Novamente, a ilusão de movimento. O gesto mais sutil: os dedos apertando o trono, uma inclinação da cabeça, como se isso fosse um enigma. *Todas as coisas têm nomes.*

— Havia uma pedra encontrada em minha cidade — continuou Holland —, e ela se autodenominava de *Vitari*.

Um sorriso pareceu bruxulear como luz no rosto petrificado da criatura. *Eu não sou Vitari*, disse ele calmamente. *Mas Vitari era eu.* Holland franziu a testa, e a criatura pareceu desfrutar de sua confusão. *Uma folha em uma árvore*, disse ele, indulgente.

Holland ficou tenso. A ideia de que o poder da pedra era uma mera folha em comparação com a coisa que estava diante dele — a *coisa* com seu rosto de pedra, os modos calmos e os olhos tão velhos quanto o mundo...

Meu nome, disse a criatura, *é Osaron.*

Era uma palavra antiga, uma palavra *Antari*, que significava *sombra*.

Holland abriu a boca para falar, mas ficou sem ar quando outro espasmo de dor percorreu seu peito. A fumaça cinza contorceu-se.

Seu corpo é fraco.

O suor escorreu pelo rosto de Holland, mas ele se forçou a ficar ereto.

Eu salvei você.

Holland não sabia se o *oshoc* queria dizer que salvara sua vida uma vez ou se ainda a estava salvando.

— Por quê? — engasgou ele.

Eu estava sozinho. Agora estamos juntos.

Um arrepio percorreu Holland. Essa era a *coisa* que tinha se banqueteado com um mundo inteiro de magos. E agora, de algum modo, Holland a tinha despertado.

Outro espasmo de dor, e ele sentiu um joelho ameaçando falhar.

Você vive por minha causa. Mas ainda está morrendo.

A visão de Holland entrou e saiu de foco. Ele engoliu em seco e sentiu gosto de sangue.

— O que aconteceu com este mundo? — perguntou ele.

A estátua olhou-o de forma leviana. *Morreu.*

— Você o matou?

Holland sempre presumira que a praga da Londres Preta era algo vasto e incontrolável, nascida da fraqueza, da ganância e da fome. Nunca lhe ocorrera que pudesse ser uma criatura, uma entidade. Um *oshoc*.

Morreu, repetiu a sombra. *Como tudo morre.*

— Como? — indagou Holland. — Como este mundo morreu?

Eu... não sabia, disse, *que os seres humanos eram coisas tão frágeis. Eu aprendi... a ser mais cuidadoso. Mas...*

Mas era tarde demais, pensou Holland. *Não havia sobrado ninguém.*

Eu salvei você, disse a coisa novamente, reforçando o argumento.

— O que você quer?

Selar um acordo. O vento invisível em torno de Holland se agitou e a estátua de Osaron pareceu se inclinar para a frente. *O que* você *quer, Antari?*

Ele tentou proteger sua mente daquela pergunta, mas as respostas verteram como fumaça. Viver. Ser livre. E então ele pensou em seu mundo, faminto por poder, por vida. Pensou em cómo morreria — não como este lugar, porém lenta e dolorosamente.

O que você quer, Holland?

Ele queria salvar seu mundo. Atrás dos olhos, a imagem começou a mudar conforme Londres — a *sua* Londres — voltava à vida. Ele viu a si mesmo no trono, olhando para o topo de um palácio sem teto na direção de um céu azul brilhante, o calor do sol em sua pele e...

— Não — vociferou ele, enterrando a mão no ombro ferido e fazendo com que a dor o retirasse daquela visão. Era um truque, uma armadilha.

Todas as coisas têm um preço, disse Osaron. *Essa é a natureza do mundo. Dar e receber. Você pode ficar aqui e morrer por nada enquanto seu mundo morre também. Ou pode salvá-lo. A escolha é sua.*

— O que *você* quer? — perguntou Holland.

Viver, respondeu a sombra. *Posso salvar sua vida. Posso salvar seu mundo. É uma negociação simples,* Antari. *Meu poder pelo seu corpo.*

— E a mente de quem? — desafiou Holland. — A *vontade* de quem?

Nossas, ronronou o rei.

O peito de Holland doía. Outro vínculo. Ele nunca seria livre?

Ele fechou os olhos e se viu de volta no trono, admirando aquele céu maravilhoso.

Bem, perguntou o rei da sombra. *Temos um acordo?*

CINCO

ACOLHIDA REAL

I

Mar Arnesiano

— Maldição, Bard, você vai atear fogo na gata.

Lila subitamente levantou a cabeça. Ela estava sentada na beirada de uma cadeira na cabine de Alucard, segurando uma chama entre as palmas das mãos. Sua atenção deve ter vacilado, porque baixara as mãos sem pensar, deixando o fogo entre elas descer alguns centímetros em direção ao chão e de Esa, que estava ali sentada observando com uma intensidade felina.

Ela respirou fundo e uniu rapidamente as palmas das mãos, extinguindo a chama a tempo de salvar a ponta da cauda branca e felpuda de Esa.

— Desculpe — murmurou ela, recostando-se na cadeira. — Devo ter ficado entediada.

Na verdade, Lila estava exausta. Vinha dormindo ainda menos do que o normal desde o anúncio de Alucard, gastando cada momento de folga praticando tudo que ele lhe tinha ensinado e algumas coisas que ele não tinha. E quando ela realmente *tentava* dormir, seus pensamentos invariavelmente se voltavam para Londres. E para o torneio. E para Kell.

— Deve ter sido isso — resmungou Alucard, alçando Esa com um braço e colocando-a em segurança sobre sua mesa.

— O que você queria? — bocejou ela. — Eu estava segurando aquela chama havia séculos.

— Exatamente 43 minutos — disse ele. — E o *objetivo* principal do exercício é treinar sua mente a não divagar.

— Bom — falou Lila, servindo-se de uma bebida —, acho que só estou distraída.

— Pela minha presença inebriante ou por nossa chegada iminente?

Lila girou o cálice de vinho e tomou um gole. Era forte e doce, mais encorpado do que o tipo que Alucard costumava ter no decantador sobre a mesa.

— Você já lutou contra um veskano? — perguntou ela, esquivando-se da pergunta dele.

Alucard bebeu de seu copo.

— Atrás de uma taverna, sim. Em um torneio, não.

— E quanto a um faroense?

— Bem — disse ele, recostando-se na cadeira em frente. — Se eles lutam da mesma forma como se comportam na cama...

— Você pode zombar — falou ela, chegando o corpo para a frente —, mas não terá que lutar contra ambos no *Essen Tasch*?

— Se eu não perder a primeira rodada, terei sim.

— Então, o que sabe sobre eles? — pressionou Lila. — Suas habilidades? Seus estilos de luta?

A safira cintilou quando ele ergueu a sobrancelha.

— Você está muito curiosa.

— Sou naturalmente curiosa — retrucou ela. — E, acredite ou não, prefiro não ter que procurar um novo capitão quando isso acabar.

— Ah, não se preocupe, poucos competidores chegam a *morrer*. — Ela lançou-lhe um olhar duro. — E o que eu sei sobre eles? Vamos ver. Além de os veskanos serem altos como árvores e os faroenses levarem minhas escolhas de adornos faciais ao extremo, ambos são bastante fascinantes quando se trata de magia.

Lila deixou a bebida de lado.

— Como assim?

— Bem, nós arnesianos temos o Atol como uma fonte. Acreditamos que a magia flui pelo mundo da maneira que o rio corre por nossa capital, como uma veia. De forma semelhante, os veskanos têm suas montanhas e alegam que elas os aproximam de seus deuses, cada um dos quais incorpora um elemento. São pessoas fortes, mas se apoiam na força física, acreditando que, quanto mais se parecem com as montanhas, mais perto estão do poder.

— E os faroenses? Qual é a fonte deles?

Alucard sorveu um gole de seu cálice.

— Essa é a questão. Eles não têm uma. Os faroenses acreditam que a magia está em toda parte. E de certa forma eles estão certos. A magia tecnicamente está em tudo, mas eles afirmam que podem tocar no coração do mundo simplesmente por andar sobre ele. Os faroenses se consideram um povo abençoado. Um pouco arrogantes, mas são *poderosos*. Talvez *tenham* encontrado uma maneira de se tornarem veículos. Ou talvez usem aquelas joias para vinculá-los à magia. — Sua voz mostrou uma pontada de desgosto quando ele disse isso, e Lila se lembrou do que Kell havia contado a ela sobre os habitantes da Londres Branca, sobre a forma como eles usavam tatuagens para ligar o poder a si mesmos e sobre como as pessoas da Londres Vermelha consideravam a prática vergonhosa. — Ou talvez seja tudo apenas para se exibir.

— Não te incomoda que cada um acredite em coisas diferentes?

— Por que deveria me incomodar? — perguntou ele. — Na verdade, todos acreditamos na mesma coisa, apenas damos nomes diferentes a ela. Isso não é crime.

Lila bufou. Se as pessoas no mundo dela tivessem uma postura tolerante assim...

— O *Essen Tasch* é uma espécie de lição — continuou Alucard — de que não importa o que você chame de magia, desde que acredite.

— Você realmente acha que pode ganhar o torneio? — perguntou Lila.

Ele assumiu um ar zombeteiro.

— Provavelmente não.

— Então por que se inscrever?

— Porque a luta é metade da diversão — respondeu ele, então percebeu o ceticismo dela. — Não finja que é um conceito desconhecido para você, Bard. Eu já vi a maneira como você se mete em encrencas.

— Não é isso que...

E não era. Ela estava apenas tentando imaginar Alucard em um duelo mágico. Era difícil, porque Lila nunca tinha visto o capitão *brigar*. Claro, ela o vira segurar uma espada e fazer grandes gestos com ela, mas ele geralmente só ficava por perto, fazendo poses. Antes de sua performance em Sasenroche, ela não fazia ideia de como ele era bom em magia. Mas a maneira como ele havia se exibido sem qualquer esforço na Inroads... Ela não podia deixar de se perguntar como seria sua forma de lutar. Seria como uma torrente de energia ou como uma brisa? Ou seria como Kell, que era de alguma forma ambas ao mesmo tempo?

— Estou surpreso — falou Alucard — que você nunca tenha visto o torneio.

— Quem disse que não?

— Você está fazendo perguntas para meus homens há dias. Achou que eu não notaria?

Obviamente, pensou ela.

— Tá. E daí? Eu nunca vi. — Lila deu de ombros, sorvendo sua bebida novamente. — Nem todo mundo passa os invernos na cidade.

A expressão presunçosa dele vacilou.

— Você poderia simplesmente ter perguntado para *mim*.

— E aguentar sua especulação, suas respostas que são na verdade perguntas, o fato de que você está sempre sondando, explorando?

— Já me disseram que minha exploração constante é bastante agradável. — Lila bufou em sua xícara. — Você não pode culpar um capitão por querer conhecer sua tripulação.

— E você não pode culpar uma ladra por ter seus segredos.

— Você tem dificuldade em confiar nos outros, Delilah Bard.

— Seu poder de observação é espantoso.

Ela sorriu e terminou sua bebida. Seus lábios formigavam e sua garganta queimava. Era realmente mais forte do que o habitual. Lila não costumava beber muito, passara muitos anos precisando de todas as faculdades que possuía funcionando, para se manter viva. Mas ali, na cabine de Alucard Emery, ela percebeu algo: não tinha medo. Não estava fugindo. Claro, era um ato de equilíbrio a cada vez que conversavam, mas ela sabia como se manter de pé.

Alucard lhe ofereceu um sorriso preguiçoso e inebriado. Ébrio ou sóbrio, ele estava sempre sorrindo. Tão diferente de Kell, constantemente carrancudo.

Alucard suspirou e fechou os olhos, inclinando a cabeça para trás no estofamento da cadeira. Ele tinha um rosto bonito, suave e anguloso ao mesmo tempo. Ela teve o estranho desejo de estender a mão e traçar as linhas com os dedos.

Lila realmente devia tê-lo matado quando se encontraram pela primeira vez. Antes que ela pudesse conhecê-lo. Antes que pudesse gostar tanto dele.

Os olhos do capitão se abriram.

— Prata e ouro pelos seus pensamentos — disse suavemente, erguendo o copo até os lábios.

Esa roçou o corpo na cadeira de Lila, e ela enrolou a cauda da gata em torno de seus dedos.

— Estava apenas desejando tê-lo matado meses atrás — respondeu ela animadamente, saboreando o modo como Alucard quase engasgou com o próprio vinho.

— Ah, Bard — provocou ele —, isso significa que você passou a gostar de mim?

— A afeição é uma fraqueza — falou ela automaticamente.

Ao ouvir isso, Alucard parou de sorrir e colocou o copo de lado. Ele se inclinou para a frente, observou-a por um longo momento e então disse:

— Sinto muito.

As palavras soaram tão... verdadeiras, e isso imediatamente deixou Lila cabreira. Alucard era muitas coisas, mas, normalmente, honesto não era uma delas.

— Por me cativar? — perguntou ela.

Ele balançou a cabeça.

— Pelo que quer que tenha acontecido com você. Por quem te machucou tão profundamente que fez você enxergar amigos e afeição como armas e não escudos.

Lila sentiu o calor subindo pelo seu rosto.

— Isso me manteve viva, não foi?

— Talvez. Mas a vida é inútil sem prazer.

Lila se irritou com isso e se levantou.

— Quem disse que eu não sinto prazer? Sinto prazer quando ganho uma aposta. Prazer quando conjuro o fogo. Prazer quando...

Alucard a interrompeu. Não com uma palavra, mas com um beijo. Ele acabou com o espaço entre eles com um único e fluido movimento, e então uma de suas mãos estava no braço de Lila, a outra apoiando a nuca e a boca na dela. Lila não se afastou. Mais tarde, ela dissera a si mesma que fora detida pela surpresa, mas isso poderia ter sido mentira. Talvez tivesse sido o vinho. Talvez tivesse sido o calor do quarto. Talvez o medo de que ele estivesse certo sobre ela, sobre ter prazer, sobre a vida. Talvez, mas naquele momento tudo que ela sabia era que Alucard a estava beijando e que ela estava sendo receptiva. E então, de repente, a boca do capitão se afastou da dela, seu sorriso flutuando na frente do rosto de Lila.

— Diga-me — sussurrou ele —, isso foi melhor do que ganhar uma aposta?

Ela estava sem fôlego.

— Você propôs um argumento válido.

— Eu adoraria insistir no assunto — falou ele —, mas primeiro... — Ele pigarreou e olhou para a faca que ela havia apoiado no interior da perna dele.

— Reflexo — disse ela com um sorriso, devolvendo a arma à bainha.

Nenhum deles se moveu. Seus rostos estavam tão próximos, nariz com nariz, lábio com lábio, cílios com cílios, e tudo o que ela podia ver eram os olhos dele, uma tempestade azul, além das tênues linhas de sorriso que arranhavam os cantos ao lado deles da mesma forma como no rosto de Kell havia um vinco no espaço entre eles. Opostos. O polegar de Alucard roçou sua bochecha, e então ele a beijou novamente, e desta vez o gesto não foi um ataque, não houve nenhuma surpresa. Apenas uma precisão lenta. A boca de Alucard roçou a dela, e, quando ela se inclinou, entrando no beijo, ele recuou, brincando. Movimento por movimento, como uma dança. Ele queria que ela o desejasse, queria provar que estava certo — seu lado racional sabia de tudo isso, mas esse lado estava se perdendo sob seu coração palpitante. Corpos eram coisas traidoras, ela percebeu, enquanto os lábios dele roçavam seu queixo e começaram a descer pelo pescoço, fazendo-a tremer.

Ele deve ter sentido o tremor, porque sorriu junto à pele dela, aquele sorriso perfeito e viperino. As costas dela arquearam. A mão dele estava na sua lombar, puxando-a enquanto ele percorria o caminho ao longo de sua clavícula, provocando-a. O calor floresceu por todo o corpo dela nos locais em que as mãos dele encontraram sua pele. Lila enlaçou os dedos nos cabelos dele e puxou sua boca de volta para a dela. Eles eram um emaranhado de membros e desejo, e ela não achava que aquilo era *melhor* do que a liberdade, o dinheiro ou a magia, mas certamente estava perto.

Alucard foi o primeiro a buscar por ar.

— Lila — sussurrou, ofegante.

— Eu — falou ela, e a palavra era metade resposta e metade pergunta.

Os olhos semicerrados de Alucard dançavam.

— Do que você está fugindo?

As palavras foram como um banho de água fria, arrancando-a do momento. Ela o empurrou para longe. A parte de trás dos joelhos dele bateu na cadeira e ele caiu graciosamente nela, exalando algo que era tanto um riso quanto um suspiro.

— Você é um *idiota* — explodiu ela, corando.

Ele inclinou a cabeça preguiçosamente.

— Sem dúvida.

— Tudo isso, o que quer que tenha sido — ela acenou com a mão —, apenas para eu te contar a verdade.

— Eu não diria isso. Eu sou mais do que capaz de realizar múltiplas tarefas.

Lila pegou o copo de vinho e atirou-o nele. Tanto o vinho quanto o cálice voaram pelo ar, mas, antes de alcançarem a cabeça de Alucard, apenas... pararam. O copo ficou suspenso no ar entre eles, e gotas de vinho roxo flutuaram como se não tivessem peso.

— Esse vinho — explicou ele, erguendo a mão para colher o cálice que pairava no ar — é de uma safra *muito* cara.

Os dedos de sua outra mão fizeram um movimento de espiral, e o líquido se tornou uma fita, derramando-se de volta no cálice. Ele sorriu. E Lila também, pouco antes de arrebatar a garrafa da mesa e atirá-la na lareira. Desta vez Alucard não foi rápido o suficiente; o fogo crepitou e aumentou conforme devorava o vinho.

Alucard soltou um som exasperado, mas Lila já estava saindo intempestivamente, e o capitão teve bom senso suficiente para não segui-la.

II

Londres Vermelha

Os sinos dobravam, e Rhy estava atrasado.

Ele podia ouvir os sons distantes de música e risos, o barulho de carruagens e danças. As pessoas estavam esperando por ele. Tinham brigado, ele e o pai, pelo fato de ele não levar as coisas a sério. De *nunca* ter levado as coisas a sério. Como poderia ser rei quando sequer se dava ao trabalho de chegar na hora?

Os sinos pararam de tocar e Rhy praguejou, tentando fechar sua túnica. Ele continuava lutando com o botão superior.

— Onde ele *está*? — ouviu seu pai resmungando.

O botão voltou a abrir. Rhy gemeu e se aproximou de seu espelho, mas, quando se pôs na frente dele, ficou paralisado.

O mundo calou-se em seus ouvidos.

Ele olhou para o espelho, mas foi *Kell* quem olhou de volta.

Os olhos de seu irmão estavam arregalados, alarmados. O quarto de Rhy estava refletido atrás dele, mas Kell agia como se estivesse preso em uma caixa, seu peito subindo e descendo pelo pânico.

Rhy estendeu a mão, mas um arrepio terrível perpassou por ele quando tocou o espelho. Ele se afastou.

— Kell — chamou. — Você pode me ouvir?

Os lábios de Kell se moveram, e Rhy pensou por um instante que aquele reflexo impossível estava apenas repetindo suas próprias palavras, mas as formas que a boca de Kell assumia eram diferentes.

Kell pressionou as mãos no espelho, elevou a voz, e uma única palavra abafada atravessou a barreira.

— *Rhy...*

— Onde você está? — perguntou Rhy, conforme o quarto atrás de Kell começava a escurecer e girar entre as sombras, o aposento se dissolvendo na escuridão. — *O que está acontecendo?*

E então, do outro lado do espelho, Kell agarrou seu peito e *gritou.*

Um som horrível e aterrorizante que rasgou o cômodo e eriçou todos os cabelos no corpo de Rhy.

Ele gritou o nome de Kell e esmurrou o espelho com os punhos, tentando quebrar o feitiço, ou o vidro, tentando alcançar seu irmão, mas a superfície sequer sofreu uma fissura. Rhy não sabia o que estava errado. Ele não conseguia sentir a dor de Kell. Não conseguia sentir *nada.*

Do outro lado do espelho, Kell soltou outro grito soluçante e se dobrou antes de cair de joelhos.

E então Rhy viu o sangue. Kell pressionava as mãos contra o próprio peito e Rhy observava, aterrorizado e impotente, enquanto o sangue vertia por entre os dedos do irmão. Muito sangue. Sangue demais. Equivalente a uma vida. *Não, não, não,* pensou Rhy, *isso não.*

Ele olhou para baixo e viu a faca enterrada em suas costelas, seus próprios dedos enrolados em torno do cabo dourado.

Rhy arquejou e tentou puxar a lâmina, mas estava presa.

Do outro lado do espelho, Kell tossiu sangue.

— *Aguente firme!* — exclamou Rhy.

Kell estava ajoelhado em uma poça vermelha. Um quarto. Um mar. Tanto vermelho. Suas mãos despencaram.

— *Aguente firme!* — implorou Rhy, puxando a faca com toda a força. Ela não se moveu.

A cabeça de Kell pendeu para a frente.

— Aguente firme.

O corpo dele caiu.

A faca se libertou.

Rhy acordou com um sobressalto.

Seu coração estava acelerado e os lençóis estavam encharcados de suor. Ele levou um travesseiro ao colo e enterrou o rosto nele, respirando de forma difícil e entrecortada enquanto esperava que seu corpo percebesse que o sonho não era real. O suor escorreu pelo rosto. Seus músculos se contraíram. Sua respiração começou a entrar em compasso e ele olhou para cima, esperando encontrar a luz da manhã entrando pelas portas da varanda. Mas tudo o que encontrou foi a escuridão, amenizada apenas pelo brilho vermelho pálido do Atol.

Ele reprimiu o choro de frustração.

Havia um copo de água ao lado da cama, que ele engoliu, segurando com dedos trêmulos, enquanto esperava para ver se seu irmão viria invadir o cômodo, convencido de que o príncipe estava sendo atacado, da mesma forma como havia feito naquelas primeiras noites.

Mas quando se tratava de noites, manhãs e dos sonhos entre elas, Rhy e Kell tinham rapidamente desenvolvido um acordo silencioso. Depois de uma noite ruim, um daria ao outro um olhar curto e tranquilizador, mas parecia crucialmente importante que nada fosse realmente *dito* sobre os pesadelos que os atormentavam.

Rhy pressionou a palma da mão contra o peito, diminuindo a pressão ao inspirar, aumentando ao expirar, exatamente como Tieren lhe ensinara a fazer anos antes, depois de ter sido sequestrado pelos Sombras. Não fora o rapto que lhe dera pesadelos nos meses seguintes, mas a visão de Kell agachado sobre ele com os olhos arregalados e a pele pálida, a faca na mão e os rios de sangue vertendo de suas veias cortadas.

Está tudo bem, Rhy falou agora para si mesmo. *Você está bem. Está tudo bem.*

Sentindo-se mais tranquilo, ele atirou os lençóis para longe e saiu da cama cambaleando.

Suas mãos comicharam para buscar uma bebida, mas ele não podia suportar a ideia de voltar a dormir. Além disso, estava mais perto da aurora do que do crepúsculo. Era melhor esperar.

Rhy pegou um par de calças de seda e um roupão — esse último felpudo e pesado de uma maneira simples e reconfortante — e abriu a varanda, deixando o frio congelado da noite dissipar qualquer vestígio de sono.

Lá embaixo, as arenas flutuantes não passavam de sombras manchando o brilho do rio. A cidade estava salpicada com luzes aqui e ali, mas sua atenção flutuou para as docas, onde mesmo nesse momento navios velejavam sonolentos em direção ao porto.

Rhy apertou os olhos, esforçando-se para enxergar um navio em particular.

Um navio de madeira escura com decorações prateadas e velas azuis escuras.

Mas não havia qualquer sinal do *Night Spire*.

Ainda não.

III

Mar Arnesiano

Lila correu pelo convés do *Spire*, encarando furiosamente qualquer um que se atrevesse a olhar para ela. Seu casaco havia ficado na cabine de Alucard, e o vento noturno a açoitou, penetrando pelas mangas até atingir sua pele. O frio a pinicou e mordeu, mas Lila não voltou; em vez disso, agradeceu pelo choque do ar frio tê-la deixado sóbria conforme ela cruzava para a popa do navio e depois se debruçava no parapeito.

— *Idiota* — resmungou ela para a água lá embaixo.

Ela estava acostumada a ser a ladra e não o alvo. E quase caíra na armadilha, com sua atenção focada na mão na frente de seu rosto, enquanto a outra tentava afanar seu bolso. Ela agarrou o parapeito com os dedos nus e olhou para o mar aberto, furiosa: com Alucard, consigo mesma, com esse navio estúpido cujos limites eram tão firmes e tão pequenos.

Do que você está fugindo?, perguntara ele.

De nada.

De tudo.

De nós. Disso aqui.

Da magia.

A verdade era que, por um instante, ela olhara para o fogo sibilante, e ele olhara de volta para ela, quente e violento, escutando, e ela soube que poderia tê-lo feito aumentar, poderia ter incendiado a cabine inteira em um momento de raiva. Queimado o navio, ela mesma e todos que estavam nele.

Estava começando a entender que a magia não era apenas algo para ser acessado, instigado quando necessário. Ela estava sempre lá, pronta, aguardando. E isso a assustou. Quase tanto quanto a forma como Alucard tinha sido capaz de engabelá-la, de brincar com ela, manipular a distração dela em proveito próprio. Ela havia baixado a guarda, um erro que não cometeria novamente.

Idiota.

O ar frio ajudou a esfriar o fogo em seu rosto, mas a energia ainda fervilhava sob sua pele. Ela olhou para o mar e imaginou a si mesma estendendo a mão e empurrando a água com todas as suas forças. Como uma criança em uma banheira.

Sequer se incomodou em invocar poemas, não esperava que o desejo realmente fosse tomar forma, mas um instante depois sentiu a energia fluir através dela. A água se ergueu, formando uma súbita onda na qual o navio se inclinou violentamente.

Gritos de preocupação emergiram pelo *Spire* enquanto os homens tentavam descobrir o que tinha acontecido, e Lila sorriu maliciosamente, esperando que lá embaixo alguns outros vinhos caros de Alucard tivessem sido derrubados. E então ela se deu conta do que acontecera, do que ela tinha feito. Tinha movido o oceano, ou pelo menos uma porção do tamanho do navio. Ela levou uma das mãos ao nariz, esperando encontrar sangue, mas não havia nenhum. Estava bem. Ilesa. Deixou escapar uma risadinha breve e aturdida.

O que você é?

Lila estremeceu, o frio finalmente atingindo seus ossos. De repente sentiu-se cansada, sem saber se era uma reação da magia que realizara ou simplesmente sua frustração se esvaindo.

O que Barron costumava dizer?

Algo sobre temperamento, velas e barris de pólvora.

O fato de que ela não conseguia se lembrar exatamente das palavras atingiu-a como um golpe certeiro no peito. Barron fora uma de suas únicas amarras, e agora se fora. E que direito ela tinha de chorar? Ela queria ser livre dele, não queria? E era por isso. As pessoas só podiam te machucar se você se importasse o suficiente para deixar que elas o fizessem.

Lila estava prestes a se afastar do parapeito quando ouviu um som de fungar abafado e percebeu que não estava sozinha. Claro, ninguém estava realmente sozinho, não em um navio, mas alguém estava de pé apoiado no cordame ali perto, prendendo a respiração. Ela olhou para as sombras, e, então, quando a figura parecia mais propensa a desmoronar do que a dar um passo à frente, ela estalou os dedos e convocou uma chama pequena e vibrante; um gesto realizado com indiferença, mesmo que ela tivesse praticado por semanas.

A luz, que lutava contra a brisa do mar, iluminou a silhueta de espantalho de Lenos, o segundo imediato de Alucard. Ele guinchou, então ela suspirou e extinguiu o fogo, mergulhando ambos de volta em uma confortável escuridão.

— Lenos — disse ela, tentando parecer amigável.

Teria ele visto o que ela fizera com o navio e com o mar? O olhar no rosto dele era de cautela, se não de medo absoluto, mas aquela era a expressão habitual que ele exibia perto de Lila. Afinal, fora ele o responsável por começar o boato de que ela era o Sarows, assombrando o *Spire*.

O homem deu um passo à frente e ela viu que ele estava segurando algo e oferecendo para ela. O casaco dele.

Uma recusa veio automaticamente até os seus lábios, mas então o bom senso a fez estender a mão e pegá-lo. Sobrevivera a portas mágicas e a rainhas más; não se perdoaria se morresse por pegar um resfriado.

Ele soltou o casaco no instante em que os dedos dela o encontraram, como se tivesse medo de ser queimado, e ela o vestiu, sentindo o forro ainda quente do corpo de Lenos. Levantou a gola e enfiou as mãos nos bolsos, flexionando os dedos para aquecê-los.

— Você tem medo de mim? — perguntou ela em arnesiano.

— Um pouco — admitiu ele, desviando o olhar.

— Porque não confia em mim?

Ele balançou a cabeça.

— Não é isso — murmurou ele. — Mas você é diferente de nós...

Ela abriu um sorriso torto.

— Já me disseram.

— Não porque você é uma, bem, você sabe, uma garota. Não isso.

— Porque eu sou o Sarows, então? Você realmente acha isso?

Ele encolheu os ombros.

— Não isso, não exatamente. Mas você é *aven*.

Lila franziu o cenho. A palavra que ele usou foi *abençoada*. Mas Lila havia aprendido que não havia um equivalente exato em inglês. Em arnesiano, *abençoado* nem sempre era uma coisa boa. Alguns diziam que significava *escolhido*. Outros diziam *favorecido*. Mas alguns diziam *amaldiçoado*. *Diferente*. *Isolado*.

— *Aven* também pode ser uma coisa boa — falou ela —, contanto que estejam do seu lado.

— Você está do nosso lado? — perguntou ele, calmamente.

Lila estava do próprio lado, mas supôs que também estava do lado do *Spire*.

— É claro.

Lenos se abraçou e voltou sua atenção para a água. Uma névoa estava flutuando, e, quando ele olhou atentamente para ela, Lila se perguntou o que ele vira lá.

— Eu cresci em um pequeno lugar chamado Casta — contou ele. — Nos penhascos do sul, os castanhenses acreditam que às vezes a magia escolhe as pessoas.

— Como o mestre Kell — disse ela, acrescentando —, o príncipe com olho preto.

Lenos assentiu.

— Isso, a magia escolheu o mestre Kell. Mas o que ele é, *Antari*, é apenas um tipo de *aven*. Talvez o mais forte, mas depende da sua definição de forte. Os sacerdotes são outro tipo. Algumas pessoas pensam que *eles* são os mais fortes, porque têm apenas poder suficiente sobre cada elemento para usar todos em equilíbrio, para que possam curar, cultivar, fazer crescer e dar a vida. Costumava haver todos os tipos de *aven*. Uns que podiam dominar todos os elementos. Outros que só conseguiam dominar um, mas eram tão poderosos que podiam mudar as marés, o vento ou as estações. Aqueles que podiam ouvir o que a magia tinha a dizer. *Aven* não é só uma coisa, porque a magia não é só uma. É tudo, velho e novo e em constante mutação. Os castanhenses pensam que, quando alguém *aven* aparece, é por uma razão. É porque a magia está tentando nos dizer algo... — Ele parou. Lila o encarou. Era o máximo que Lenos já dissera a ela. Pensando bem, o máximo que ela já ouvira Lenos dizer a qualquer um.

— Então você acha que eu estou aqui por uma razão? — perguntou Lila.

Lenos ficou na ponta dos pés, balançando-se até voltar a apoiar o calcanhar no chão.

— Todos estamos aqui por uma razão, Bard. Apenas acontece que algumas razões são maiores do que outras. Então acho que eu não tenho medo de quem você é ou mesmo do que você é. Estou com medo da razão por que você está aqui.

Ele estremeceu e se virou.

— Espere — disse ela, tirando o casaco dele. — Pegue aqui.

Ele estendeu a mão para ela e, para alívio de Lila, quando suas mãos quase roçaram, ele não se esquivou. Ela observou o homem recuar através do convés, então alongou o pescoço e fez seu caminho para o andar de baixo.

Chegando lá, encontrou seu próprio casaco pendurado na porta da cabine, junto com uma garrafa fechada de vinho roxo e uma nota que dizia *Solase*.

Sinto muito.

Lila suspirou e pegou a garrafa, seus pensamentos se agitando e seu corpo suplicando por sono.

E então ela ouviu o grito lá em cima.

— *Hals!* — bradou uma voz do convés.

Terra.

IV

Os sinos soaram uma dezena de vezes, então uma dezena mais. Continuaram até que Kell perdeu a conta, muito além das horas em um dia, de uma semana, de um mês.

O som persistente só podia significar uma coisa: a realeza tinha chegado.

Kell estava em sua varanda e observou-os chegando. Passaram-se seis anos desde que Londres fora anfitriã do *Essen Tasch*, mas ele ainda se lembrava de assistir à procissão de navios e pessoas, tentando imaginar de onde vinham, o que tinham visto. Ele não podia ir até o mundo, mas, nessas raras ocasiões, o mundo parecia vir até ele.

Agora, enquanto observava os navios subirem pelo Atol (até onde as arenas flutuantes de Rhy permitissem), ele se perguntou qual Lila escolheria para si. Havia um punhado de pequenas embarcações particulares, mas a maioria era de navios enormes, barcos de luxo projetados para transportar comerciantes e nobres ricos de Faro e Vesk até as festividades da capital arnesiana. Todos os navios carregavam uma marca de origem, na vela ou na lateral: o símbolo pintado de sua coroa. Isso, junto com um pergaminho de autorização, lhes concederia acesso às docas pela duração do *Essen Tasch*.

Será que Lila preferiria um elegante navio de madeira prateada, como aquele que ostentava a marca faroense? Ou algo mais ousado, como o vibrante navio veskano decorado que se aproximava? Ou talvez uma orgulhosa nau arnesiana, com madeira escura polida e velas novas? Pensando bem, será que Lila sabia *como* navegar? Provavelmente não, mas, se alguém podia fazer o estranho parecer comum, o impossível parecer fácil, era Delilah Bard.

— Por que você está sorrindo? — perguntou Rhy, aparecendo ao lado dele.

— Suas arenas estão fazendo uma bagunça no rio.

— Bobagem — retrucou Rhy. — Eu ordenei que fossem construídas docas provisórias nas margens norte e sul do rio, nos dois lados da cidade. Há espaço de sobra.

Kell acenou com a cabeça para o Atol.

— Diga isso aos nossos convidados.

Lá embaixo, os outros navios haviam aberto caminho para a frota de Vesk que subia o rio, e esta parou somente quando chegou à barricada. A barcaça real veskana, um navio esplêndido feito de sequoia, com velas escuras que sustentavam o emblema real do corvo em voo em frente a uma lua branca, era flanqueada por dois navios militares.

Minutos mais tarde, o navio imperial dos faroenses os seguiu, todas as suas embarcações esqueléticas e prateadas, com a insígnia da árvore preta gravada a fogo em suas velas.

— Devíamos ir andando — falou o príncipe. — Temos que estar lá para recebê-los.

— *Devíamos?* — ecoou Kell, mesmo que o rei já tivesse deixado claro que sua presença era necessária. Não porque Kell fosse da família, ele pensou com amargura, mas porque ele era *aven*. Um símbolo do poder arnesiano.

— Vão querer ver você — tinha dito o rei, e Kell tinha entendido.

Quando Maxim dissera *você*, não se referiu à pessoa de Kell. Referira-se a Kell, o *Antari*. Ele ficara indignado. Por que se sentia como um troféu? Ou pior, um objeto...

— Pare com isso — repreendeu Rhy.

— Parar com o quê?

— Com o que quer que esteja passando por sua cabeça e que está fazendo você franzir mais a testa do que o habitual. Vai provocar rugas em nós dois. — Kell suspirou. — Venha — pressionou Rhy. — De jeito nenhum eu vou enfrentá-los sozinho.

— De qual você tem medo? Lorde Sol-in-Ar?

— Cora.

— A princesa veskana? — Kell riu. — Ela é apenas uma criança.

— Ela *era* apenas uma criança. E já era um pesadelo. Mas ouvi dizer que ela se tornou algo verdadeiramente temível.

Kell sacudiu a cabeça.

— Vamos, então — disse ele, apoiando o braço no ombro do príncipe. — Vou defender você.

— Meu herói.

O Palácio Vermelho tinha cinco salões: o Grand, um extravagante salão de baile com pé-direito triplo feito de madeira polida e cristais esculpidos; o Gold, um amplo salão de recepção, todo em pedras e metais preciosos; o Jewel, situado no coração do palácio e feito inteiramente de vidro; o Sky, no telhado, com seu piso de mosaico brilhando sob o sol e as estrelas; e o Rose. Esse último, posicionado perto da parte dianteira do palácio e alcançado através de seu próprio corredor e portas, possuía uma elegância majestosa. Tinha sido construído em uma ala do palácio sem nada acima, e a luz brilhava através das janelas colocadas no teto. As paredes e o chão eram de mármore real, uma pedra pálida intrincada com granada e ouro, trabalhada pelos magos dos minerais para uso exclusivo da coroa. No lugar de colunas, buquês de flores em urnas gigantescas talhavam linhas paralelas através da câmara. Por entre estas colunas, um corredor de ouro levava da entrada até o estrado e o trono.

O Rose Hall era o lugar em que a coroa realizava as audiências com seu povo, e onde pretendia receber os membros das realezas vizinhas.

Se eles aparecessem.

Kell e Rhy estavam um de cada lado dos tronos, Rhy encostado no trono do pai, Kell em posição de sentido ao lado do trono da rainha.

O mestre Tieren estava de pé ao lado do estrado, mas não dirigia o olhar a Kell. Seria sua imaginação, ou o *Aven Essen* o estava evitando? Os guardas reais permaneciam como estátuas em suas armaduras reluzentes, enquanto um seleto amontoado de membros da *ostra* e da *vestra* se movimentava pelo salão, reunindo-se em pequenos grupos para conversar. Fazia mais de uma hora que os navios reais haviam atracado, e uma escolta tinha sido enviada para acompanhá-los até o palácio. Taças de espumante esperavam nas bandejas, fazendo com que a bebida ficasse choca com a espera.

Rhy jogava seu peso de um pé para o outro, claramente tenso. Esta era, afinal, a primeira vez que ele lidava com um assunto real, e, ao passo que ele sempre fora preocupado com detalhes, estes geralmente se concentravam em torno de suas roupas ou seus cabelos. O *Essen Tasch* estava em uma escala inteiramente diferente. Kell o observou mexer e remexer no selo de ouro reluzente da casa Maresh (um cálice e sol nascente) que estava alfinetado na altura de seu coração. Ele tinha confeccionado um segundo selo, para Kell, que o tinha relutantemente espetado no peito de seu casaco vermelho

O rei Maxim brincava com uma moeda, algo que Kell só o vira fazer quando não conseguia ficar sentado. Como seu próprio pai, Maxim Maresh era metalúrgico, um mago forte em seu próprio ofício, embora tivesse pouca necessidade disso agora. Ainda assim, Kell tinha ouvido histórias da juventude de Maxim, contos do "príncipe de aço", que forjava exércitos e derretia corações. E sabia que, mesmo nos dias de hoje, o rei viajava duas vezes por ano para as fronteiras para atiçar o fogo no coração do exército.

— Espero que nada tenha acontecido aos nossos convidados — disse o rei Maxim.

— Talvez tenham se perdido — refletiu Rhy.

— Se tivéssemos essa sorte — murmurou Kell.

A rainha Emira lançou-lhes um olhar penetrante e Kell quase riu. Era uma censura muito simples e maternal.

Por fim, as trombetas soaram e as portas se abriram.

— Finalmente — murmurou Rhy.

— Príncipe Col e Princesa Cora — anunciou um criado, a voz ecoando pelo salão — da Casa Taskon, família governante de Vesk.

Os irmãos Taskon entraram flanqueados por uma dezena de acompanhantes. Eram impressionantes, vestidos com roupas largas em verde e prata e mantos elegantes adejando atrás deles. Col tinha 18 anos agora, dois anos mais velho que Cora.

— Majestades — disse o príncipe Col, um jovem robusto cujo arnesiano era carregado de sotaque.

— Nos sentimos bem-vindos em sua cidade — acrescentou a princesa Cora com uma reverência e um sorriso angelical.

Kell lançou a Rhy um olhar que dizia: *Jura? Esta é a garota de quem você tem tanto medo?*

Rhy atirou de volta um que dizia: *Você também deveria estar.*

Kell olhou novamente para a princesa Cora, agora tentando avaliá-la. A princesa quase não parecia forte o suficiente para segurar a taça de espumante. Sua cascata de cabelos loiros cor de mel estava arrumada em uma trança elaborada que circundava sua cabeça como uma coroa, adornada com esmeraldas.

Ela era delgada para uma veskana. Era alta, mas com a cintura fina, esbelta de uma forma que se encaixaria melhor na corte arnesiana. Rhy tinha sido autorizado a acompanhar sua mãe ao *Essen Tasch* em Vesk, três anos antes, então ele a vira crescer. Mas Kell, confinado à cidade, só acompanhara o torneio nos anos em que Arnes o havia sediado. Quando os Jogos foram realizados lá, seis anos antes, o príncipe Col tinha vindo junto com um de seus outros irmãos.

Da última vez que Kell vira *Cora*, há doze anos, ela era uma criança pequena.

Agora, os olhos azuis pálidos dela haviam divagado e subido até pousar nos olhos de dois tons de Kell e ali ficaram. Ele estava tão acostumado a ter as pessoas evitando seu olhar, a ter seus próprios olhos fugindo dos demais para encontrar um local seguro, que a intensidade da princesa o pegara desprevenido, e ele teve que lutar contra a súbita vontade de desviar o olhar.

Enquanto isso, um criado carregara um objeto grande, envolto em um pano verde pesado, até o estrado do trono, e o colocara no degrau. Afastando o pano com um gesto dramático, o criado revelou um pássaro dentro de uma gaiola. Não era um imitador multicolorido nem um pássaro canoro, ambos favoritos da corte arnesiana, mas algo mais... *predatório*. Era enorme e prateado, exceto por sua cabeça, que tinha uma pluma e um colarinho pretos. Seu bico parecia afiado.

— Um agradecimento — anunciou o príncipe Col — por nos convidar à sua casa.

Col compartilhava a tez de Cora e nada mais. Se ela era alta, ele era mais alto. Se ela era esbelta, ele tinha a estrutura de um touro. Um touro muito bonito, mas, ainda assim, havia algo de taurino e agressivo em sua atitude e expressão.

— Gratidão — falou o rei, acenando com a cabeça para mestre Tieren, que avançou e pegou a gaiola.

Ele iria para o santuário, supôs Kell, ou seria libertado. Um palácio não era lugar para animais selvagens.

Kell acompanhou a troca com o canto dos olhos, sua atenção ainda presa pela princesa, cujo olhar permanecia atrelado ao dele, como se estivesse hipnotizada pelo seu olho preto. Ela parecia o tipo de garota que apontava para alguma coisa, ou mesmo para alguém, e dizia: *Eu quero um daqueles*. A ideia era quase divertida, até Kell se lembrar das palavras de Astrid: *Eu seria sua dona, garoto de flores*. Então o humor dele ficou gélido. Kell deu um leve passo para trás, recuando quase imperceptivelmente.

— Nossa casa será sua — afirmou o rei Maxim.

Tudo parecia um roteiro.

— E se os deuses nos favorecerem — disse o príncipe Col com um sorriso —, assim também será o seu torneio.

Rhy se eriçou, mas o rei simplesmente riu.

— Veremos o que vai acontecer — falou Maxim com um sorriso cordial que Kell sabia que era falso. O rei não se importava com o príncipe Col, nem com qualquer outro membro da família real veskana. O verdadeiro perigo residia em Faro. Em lorde Sol-in-Ar.

Como se reagindo a uma deixa, as trombetas voltaram a soar, então o séquito de Vesk pegou seus copos de vinho e se afastou.

— Lorde Sol-in-Ar, regente de Faro — anunciou o criado enquanto as portas se abriam.

Ao contrário dos veskanos, cuja comitiva os cercava, Sol-in-Ar entrou na frente, seus homens atrás dele em formação. Estavam todos vestidos em estilo faroense, que consistia em um único pedaço de tecido complexamente dobrado em volta do corpo, a extremidade da cauda jogada para trás sobre um dos ombros, como uma capa. Todos os seus homens trajavam um roxo vivo, acentuado por preto e branco, ao passo que Sol-in-Ar usava branco, as bordas do tecido enfeitadas com azul-índigo.

Como todos os faroenses de destaque, ele estava barbeado, possibilitando uma visão completa das contas colocadas em seu rosto. Porém, ao contrário da maioria, que preferia vidro ou pedras preciosas, a ornamentação de lorde Sol-in-Ar parecia ser de ouro branco, partículas em forma de diamante que tracejavam caminhos de suas têmporas até a garganta. Seu cabelo preto estava cortado bem rente, e uma única lágrima maior de ouro branco se destacava em sua testa, logo acima das sobrancelhas, marcando-o como realeza.

— Como será que eles escolhem? — Rhy tinha se perguntado em voz alta, anos antes, segurando um rubi na testa. — Quero dizer, papai fala que o *número* de gemas tem um significado social, mas aparentemente a cor é um mistério. Duvido que seja arbitrário. Talvez se fosse em Vesk, mas nada nos faroenses parece aleatório. O que significa que as cores devem significar *alguma coisa*.

— Isso importa? — perguntara Kell, cansado.

— É claro que importa — ralhara Rhy. — É como saber que há uma língua que você não fala, e não há ninguém disposto a ensiná-la a você.

— Talvez seja secreto.

Rhy inclinara a cabeça e franzira a testa para evitar que o rubi caísse.

— Como estou?

Kell resfolegara.

— Ridículo.

Mas nada havia de ridículo em lorde Sol-in-Ar. Ele era alto — vários centímetros mais alto do que os homens de sua guarda —, com um queixo bem delineado e um aspecto rígido. Sua pele era da cor do carvão, seus olhos eram verdes, pálidos e afiados como vidro quebrado. Era irmão mais velho do rei de Faro, comandante da frota faroense, responsável pela unificação dos territórios que uma vez foram dispersos e considerado responsável pela maior parte do pensamento estratégico por trás do trono.

E incapaz de governar, por falta de magia. Ele mais do que compensara aquilo com suas proezas militares e olho atento para a ordem, mas Kell sabia que o fato deixava Rhy pouco à vontade.

— Seja bem-vindo, lorde Sol-in-Ar — disse o rei Maxim.

O regente de Faro assentiu, mas não sorriu.

— Sua cidade brilha — disse ele simplesmente.

Seu sotaque era pesado e suave, como uma pedra de rio. Ele acenou com a mão, e dois assistentes transportaram um par de vasos com mudas de planta, cuja casca era preta como tinta. As mesmas árvores que marcavam o selo real de Faro, assim como o pássaro era o símbolo de Vesk. Kell tinha ouvido falar das bétulas de Faro, árvores raras que supostamente tinham propriedades medicinais, até mesmo mágicas.

— Um presente — disse ele calmamente. — Para que as coisas boas possam florescer.

O rei e a rainha curvaram suas cabeças em agradecimento, e o olhar de lorde Sol-in-Ar varreu todo o estrado, passando por Rhy e pousando em Kell por apenas um instante antes de ele se curvar e recuar. Com isso, o rei e a rainha desceram de seus tronos, pegando copos de espumante na descida. O restante da sala se moveu para imitar o movimento, e Kell suspirou.

Ficar ali em exibição já era doloroso o suficiente.

Agora vinha a tarefa verdadeiramente pesarosa de socializar.

Rhy estava claramente protegendo-se da princesa, que tinha passado o último encontro tentando roubar beijos e colocar flores no cabelo dele, mas a preocupação de Rhy acabou por se provar vazia: ela tinha outra presa em vista. *Reis*, praguejou Kell em sua mente, agarrando uma taça de vinho enquanto ela se aproximava.

— Príncipe Kell — falou ela, abrindo um sorriso infantil. Ele não se incomodou em dizer que ela deveria dirigir-se a ele como *mestre*, não *príncipe*. — Você dançará comigo nos bailes noturnos.

Ele não tinha certeza se o arnesiano dela era simplesmente limitado ou se ela pretendia ser tão direta, mas Rhy lançou a Kell um olhar que dizia que passara meses se preparando para este torneio, que era uma demonstração de política e diplomacia, que todos estariam fazendo sacrifícios e que preferiria esfaquear a si mesmo do que deixar o irmão colocar a paz do império em perigo ao negar uma dança à princesa.

Kell conseguiu sorrir e fez uma mesura.

— É claro, Alteza — disse ele, acrescentando em veskano: — *Gradaich an'ach.*

O prazer é meu.

O sorriso dela se alargou quando ela acenou para um de seus atendentes.

Rhy inclinou-se.

— Parece que não sou eu quem precisa de proteção, afinal. Você sabe... — Ele tomou um gole de vinho. — Seria uma união interessante...

Kell manteve o sorriso.

— Vou atacar você com este broche.

— Você sofreria também.

— Valeria a pena... — Ele foi interrompido pela aproximação de lorde Sol-in-Ar.

— Príncipe Rhy — disse o regente, reverenciando-o com a cabeça. Rhy endireitou-se, então fez uma mesura.

— Lorde Sol-in-Ar — falou Rhy. — *Hasanal rasnavoras ahas. Sua presença honra nosso reino.*

Os olhos do regente se arregalaram de surpresa.

— *Amun shahar* — disse ele antes de voltar para o arnesiano. — Seu faroense é excelente.

O príncipe corou. Ele sempre tivera um bom ouvido para idiomas. Kell também tinha um ótimo conhecimento de faroense, graças a Rhy preferir ter alguém com quem praticar, mas nada disse.

— Você teve o trabalho de aprender nossa língua — falou Rhy. — É no mínimo respeitoso retribuir. — E então, com um sorriso de desarmar qualquer um, acrescentou: — Além disso, sempre achei a língua faroense linda.

Sol-in-Ar assentiu, seu olhar voltando-se para Kell.

— E você — disse o regente. — Você deve ser o *Antari* arnesiano.

Kell curvou a cabeça, mas, quando olhou para cima, Sol-in-Ar ainda estava examinando-o, da cabeça aos pés, como se a marca de sua magia não estivesse desenhada apenas em seu olho, mas em cada centímetro dele. Quando finalmente sua atenção se fixou no rosto de Kell, ele franziu o cenho levemente, fazendo com que a gota de metal na testa brilhasse.

— *Namunast* — murmurou ele. *Fascinante.*

No instante em que Sol-in-Ar se foi, Kell terminou seu vinho com um único gole e depois se retirou pelas portas abertas do Rose Hall antes que alguém pudesse detê-lo.

Ele tinha visto membros da realeza mais do que suficientes por um dia.

V

O rio estava ficando vermelho.

Quando o *Night Spire* chegou à foz do Atol, Lila conseguiu distinguir apenas uma tonalidade sutil da água, só visível à noite. Agora, com a cidade se aproximando rapidamente, a água brilhava como um rubi iluminado de dentro para fora, a luz vermelha visível até mesmo ao meio-dia. Era como um farol guiando-os para Londres.

Em um primeiro momento, ela pensou que a luz do rio fosse algo constante, uniforme, mas agora notava — após meses de treinamento para ver, sentir e pensar sobre a magia como uma coisa viva — que pulsava sob a superfície, como um relâmpago atrás de camadas de nuvens

Ela se debruçou no parapeito e revirou o fragmento de pedra pálida entre seus dedos. O objeto só estava com ela desde que enfrentara os gêmeos Dane na Londres Branca, mas as bordas já começavam a ficar lisas. Ela tentou fazer com que as mãos ficassem paradas, mas havia muita energia nervosa e nenhum lugar para onde pudesse fluir.

— Chegaremos ao anoitecer — disse Alucard ao lado dela. O pulso de Lila disparou. — Se há algo que você queira me contar sobre sua saída da cidade, agora é a hora. Bem, na verdade, qualquer momento dos últimos quatro meses teria sido a hora, agora é a última chance, mas...

— Não comece — resmungou Lila, guardando o fragmento de pedra de volta em seu bolso.

— Todos temos demônios, Bard. Mas se o seu estiver esperando lá...

— Meus demônios estão todos mortos.

— Então eu a invejo. — O silêncio desceu entre eles. — Você ainda está zangada comigo.

Ela se endireitou.

— Você tentou me seduzir, para obter *informações*.

— Você não pode jogar isso na minha cara para sempre.

— Isso aconteceu *ontem à noite*.

— Bem, eu estava ficando sem opções e achei que valeria a pena tentar.

Lila revirou os olhos.

— Você realmente sabe como fazer uma garota se sentir especial.

— Pensei que estivesse em apuros precisamente por fazer você se sentir especial.

Lila bufou, soprando o cabelo de seus olhos. Ela voltou a observar o rio e ficou surpresa quando Alucard permaneceu ali, apoiando os cotovelos no parapeito ao lado dela.

— *Você* está animado para voltar? — perguntou ela.

— Gosto muito de Londres — respondeu ele.

Lila esperou que ele continuasse, mas ele não o fez. Em vez disso, começou a esfregar os pulsos.

— Você faz isso — disse Lila, acenando com a cabeça para as mãos dele — sempre que está pensando.

Ele parou.

— Ainda bem que não tenho o hábito de pensar profundamente.

Com os cotovelos ainda apoiados no parapeito, ele virou as mãos com as palmas para cima, deixando os punhos de sua túnica subirem para que Lila pudesse ver as marcas em seus pulsos. Na primeira vez que os notara, ela pensou serem apenas sombras, mas, de perto, percebeu que eram cicatrizes.

Ele cruzou os braços e tirou um cantil do bolso de dentro de seu casaco. Era feito de vidro, o líquido rosa-claro chacoalhando lá dentro. Alucard nunca parecera ser fã da sobriedade, porém, quanto mais perto chegavam da cidade, mais ele bebia.

— Estarei sóbrio de novo quando atracarmos — disse ele, lendo o olhar de Lila. A mão que estava livre voltou para seu pulso.

— É um trejeito — falou ela. — Seus pulsos. Por isso falei neles. As pessoas devem sempre conhecer os trejeitos que denunciam seus blefes.

— E qual é o seu, Bard? — perguntou, oferecendo-lhe o cantil.

Lila o pegou, mas não bebeu. Em vez disso, ergueu a cabeça.

— Por que você não me diz?

Alucard virou o corpo na direção dela e apertou os olhos, como se pudesse ver a resposta no ar ao redor de Lila. Seus olhos azuis se arregalaram, parodiando uma revelação.

— Você coloca o cabelo atrás da orelha — disse ele. — Mas só do lado direito. Sempre que está nervosa. Suponho que seja para evitar que fique mexendo nele.

Lila lhe deu um sorriso de má vontade.

— Você percebeu o gesto, mas errou o motivo.

— Esclareça, então.

— As pessoas tendem a se esconder atrás de suas feições quando estão nervosas — explicou ela. — Coloco meu cabelo atrás da orelha para mostrar ao meu oponente, alvo ou adversário, como preferir, que eu não estou escondendo coisa alguma. Olho-os nos olhos e deixo que olhem nos meus.

Alucard ergueu uma sobrancelha.

— Bem, no seu *olho*.

O cantil se quebrou na mão de Lila. Ela sibilou, primeiro em estado de choque, depois com a dor que a bebida provocou ao queimar a palma de sua mão. Ela soltou o cantil, que caiu em pedaços pelo convés.

— O que você disse? — sussurrou ela.

Alucard ignorou a pergunta. Ele balançou e brandiu o pulso, fazendo com que os estilhaços quebrados pairassem no ar acima de seus dedos. Lila levou a palma da mão sangrenta ao peito, mas Alucard estendeu a outra mão.

— Permita-me — pediu ele, pegando o pulso dela e virando-o gentilmente para expor os cortes superficiais.

O vidro brilhava em sua palma, mas, conforme os lábios dele se moviam, as partículas e os fragmentos flutuaram para se juntar aos pedaços maiores que já estavam no ar. Com um contrair de dedos, ele afastou os cacos, que caíram silenciosamente do lado de fora do barco.

— Alucard — rosnou ela. — O que você disse?

A mão de Lila ainda estava descansando sobre a dele.

— Seu trejeito — falou ele, inspecionando os cortes. — É sutil. Você tenta disfarçar erguendo a cabeça e estabilizando o olhar, mas na verdade está fazendo isso para compensar a lacuna em sua visão. — Ele tirou um pedaço de tecido preto da manga da própria camisa e começou a envolver a mão dela. Ela permitiu. — E o cabelo — acrescentou, amarrando a bandagem improvisada com um nó. — Você só o coloca para trás da orelha do lado *direito*, para distrair as pessoas. — Ele soltou sua mão. — É tão sutil que duvido que muitos tenham percebido.

— Você percebeu — murmurou.

Alucard estendeu a mão, ergueu o queixo dela com os nós dos dedos e olhou-a nos olhos. Olho.

— Sou extraordinariamente perspicaz — disse ele.

Lila cerrou os punhos, concentrando-se na dor que florescia ali.

— Você é uma ladra incrível, Lila — falou ele —, especialmente con...

— Não se atreva a dizer *considerando* — explodiu ela, desvencilhando-se dele. Ele a respeitava o suficiente para não desviar o olhar. — Eu sou uma ladra incrível, Alucard. Isto — disse ela, gesticulando para seu olho — não é uma fraqueza. Não tem sido há muito tempo. E, mesmo que fosse, eu mais do que a compenso.

Alucard sorriu. Um sorriso pequeno, porém genuíno.

— Todos nós temos cicatrizes — falou ele, e, antes que ela pudesse se conter, olhou para os pulsos dele. — É verdade — continuou ele, percebendo o olhar —, até mesmo capitães encantadores. — Ele puxou novamente os punhos da camisa, revelando uma pele lisa e bronzeada interrompida apenas pelas faixas prateadas ao redor de ambos os pulsos. Eram estranhamente uniformes. Na verdade, pareciam quase...

— Algemas — confirmou ele.

Lila franziu o cenho.

— Pelo quê?

Alucard encolheu os ombros.

— Um dia ruim. — Ele deu um passo para trás e se recostou numa pilha de engradados. — Sabe o que os arnesianos fazem com os piratas que capturam? — perguntou ele, casualmente. — Aqueles que tentam escapar?

Lila cruzou os braços.

— Pensei que você tivesse dito que não era pirata.

— Não sou. — Ele acenou com a mão. — Não mais. Mas somos todos uns tolos na juventude. Digamos que eu estava no lugar errado, na hora errada e do lado errado.

— O que eles fazem? — perguntou Lila, curiosa.

Alucard desviou o olhar para o rio.

— Os carcereiros usam um sistema eficiente de dissuasão. Eles mantêm todos os prisioneiros algemados, presos antes mesmo de ouvir sua apelação. São coisas pesadas, fundidas no pulso, mas não tão ruins como podem parecer. No entanto, se você faz muito barulho ou começa uma briga, eles simplesmente aquecem o metal. Não demais. A primeira vez é na verdade apenas um aviso. Mas, se for sua segunda ou terceira ofensa, ou se você for tolo o suficiente para tentar escapar, é muito pior. — De alguma forma, os olhos de Alucard estavam penetrantes e vazios ao mesmo tempo, como se ele estivesse focalizando, mas em algo além, algo muito distante. A voz dele tinha uma sonoridade estranhamente uniforme enquanto continuava. — É um método bastante simples. Eles pegam uma barra de metal direto do fogo e tocam no punho de ferro até ficar quente.

Quanto pior a ofensa, mais tempo eles mantêm a barra encostada nos punhos. Na maioria das vezes, param quando você começa a gritar ou quando veem que a pele começou a queimar...

A imagem de Alucard Emery veio à mente de Lila, porém não aquele com o casaco de capitão impecável, mas machucado e derrotado, o cabelo castanho grudado no rosto recoberto de suor, as mãos amarradas enquanto tentava se afastar do ferro quente. Tentando usar seu charme para se livrar da enrascada. Mas obviamente não funcionara, então ela imaginou o som dele implorando, o cheiro de carne queimada, os gritos...

— O problema — continuou Alucard — é que o metal aquece muito mais rápido do que esfria, então a punição não termina quando recolhem a barra.

Lila sentiu-se enjoada.

— Sinto muito — disse ela, embora odiasse aquelas palavras, odiasse a piedade que as acompanhava.

— Eu não — falou ele, simplesmente. — Todo bom capitão precisa de suas cicatrizes. Mantém os homens na linha.

Ele disse isso de forma muito casual, mas ela podia ver os traços da memória em seu rosto. Sentiu o mais estranho desejo de estender a mão e tocar o pulso de Alucard, como se o calor ainda pudesse estar emanando da pele.

Em vez disso, ela perguntou:

— Por que você se tornou um pirata?

Ele lançou para ela aquele sorriso recatado.

— Bem, parecia a melhor no meio de várias más ideias.

— Mas não deu certo.

— Você é muito perspicaz.

— Então, como você escapou?

A safira cintilou acima do olho dele.

— Quem disse que eu escapei?

Nesse momento, o grito correu pela tripulação.

— Londres!

Lila se virou e viu a cidade erguendo-se como fogo por entre a luz desvanecente.

O coração dela disparou, e Alucard empertigou-se, levantando as costas e deixando as mangas da túnica deslizarem sobre seus pulsos.

— Certo — falou ele, seu sorriso libertino de volta ao rosto. — Parece que chegamos.

254

VI

O *Night Spire* atracou ao pôr do sol.

Lila ajudou a amarrar as cordas guias e a colocar as rampas, sua atenção se desviando para as dezenas de navios elegantes que enchiam as margens do Atol. Os ancoradouros da Londres Vermelha eram um emaranhado de energia e pessoas, caos e magia, risos e decadência. Apesar do frio de fevereiro, a cidade irradiava calor. Ao longe, o palácio real erguia-se como um segundo sol sobre a escuridão que se instalava.

— Bem-vinda de volta — disse Alucard, roçando o ombro no dela enquanto carregava um baú para o píer.

Ela levou um susto quando viu Esa sentada no topo, com os olhos violeta arregalados e a cauda balançando.

— Ela não deveria ficar no barco? — A orelha da gata se contraiu, e Lila sentiu que tinha acabado de perder qualquer inclinação favorável que a gata estivesse formando em relação a ela.

— Não seja ridícula — disse Alucard. — O navio não é lugar para uma gata. — Lila estava prestes a apontar que a gata havia estado a bordo do navio por todo o tempo em que ela própria estivera quando ele acrescentou: — Eu gosto de manter meus objetos de valor comigo.

Lila se interessou. Os gatos eram tão preciosos ali? Ou raros? Ela nunca tinha visto outro, mas no pouco tempo em que estivera em terra não estivera exatamente procurando por eles.

— Ah, é?

— Não gosto desse olhar — disse Alucard, virando o baú e a gata para o outro lado.

— Que olhar? — perguntou Lila inocentemente.

— O olhar que diz que Esa poderia desaparecer de repente se eu lhe disser o quanto ela vale. — Lila bufou. — Mas se lhe interessa, ela só é inestimável porque eu mantenho meu coração dentro dela, para que ninguém possa roubá-lo. — Ele sorriu ao dizer isso, mas Esa sequer piscou.

— É mesmo?

— Na verdade — explicou ele, colocando o baú em um carrinho —, ela foi um presente.

— De quem? — perguntou Lila, sem conseguir se conter.

Alucard sorriu maliciosamente.

— Ah, de repente você está pronta para compartilhar segredos? Devemos começar a negociar perguntas e respostas?

Lila revirou os olhos e foi ajudar os homens a desembarcar mais baús. Alguns tripulantes ficariam no *Spire* enquanto o resto iria para uma hospedaria. Com o carrinho carregado, Alucard apresentou seus papéis a um guarda de armadura reluzente, e Lila deixou seu olhar vagar pelos outros navios. Alguns eram adornados, outros, simples, mas todos eram, à sua maneira, impressionantes.

E então, dois navios à frente, Lila viu uma figura descendo de uma embarcação arnesiana. Uma *mulher*. E não do tipo que Lila sabia que frequentava navios. Estava de calças e um casaco sem gola, com uma espada pendurada na cintura.

A mulher começou a descer o píer em direção ao *Spire*, e havia algo animalesco na maneira como se movia. *Espreitando*. Ela era mais alta que Lila, na verdade mais alta do que Alucard, com traços afiados como os de uma raposa, e tinha uma juba (não havia palavra melhor para descrever) de cabelo castanho-avermelhado selvagem. Grandes mechas não exatamente trançadas, mas torcidas em torno de si mesmas de forma que ela se parecia tanto com um leão quanto com uma cobra. Talvez Lila devesse ter se sentido ameaçada, mas estava muito ocupada ficando maravilhada.

— *Aquela* é uma capitã que não se deve provocar — sussurrou Alucard no ouvido de Lila.

— Alucard Emery — disse a mulher quando chegou perto deles. Sua voz tinha uma ligeira aspereza do mar, e seu arnesiano era cheio de arestas. — Não o vejo nas terras de Londres há algum tempo. Presumo que esteja aqui para o torneio.

— Você me conhece, Jasta. Não consigo recusar uma chance de me fazer de bobo.

Ela riu, produzindo um som como o de sinos enferrujados.

— Algumas coisas nunca mudam.

Ele fez uma careta de brincadeira.

— Isso significa que não vai apostar em mim?

— Verei se consigo dispor de alguns trocados — retrucou ela. E, com isso, Jasta prosseguiu, suas armas tilintando como moedas.

Alucard se inclinou para Lila.

— Um conselho, Bard. Nunca desafie aquela mulher para beber. Ou para uma luta de espadas. Ou qualquer coisa em que você possa perder. Porque vai.

Mas Lila mal o ouvia. Ela não conseguia desviar o olhar de Jasta enquanto a mulher se afastava pelas docas, um punhado de homens lascivos a seguindo.

— Nunca vi uma capitã.

— Não há muitas em Arnes, mas é um mundo grande — falou Alucard. — É mais comum de onde ela vem.

— E de onde ela vem?

— Jasta? Ela é de Sonal. Lado oriental do império. Acima da fronteira de Vesk, e é por isso que ela parece...

— Grandiosa.

— Exatamente. E não vá procurar um novo navio. Se você tivesse feito aquele show para entrar no navio *dela*, ela teria cortado sua garganta e jogado você ao mar.

Lila sorriu.

— O meu tipo de capitã.

— Chegamos — anunciou Alucard quando alcançaram a hospedaria.

O nome do lugar era *Is Vesnara Shast*, que significava Wandering Road, ou Estrada Errante. O que Lila não sabia, até ver o mal-estar de Lenos, era que a palavra arnesiana *shast*, traduzida para o inglês *road*, podia significar tanto *estrada* quanto *alma*. Ela achou a alternativa um pouco inquietante, e a atmosfera da hospedaria pouco contribuiu para aliviar a sensação.

Era uma estrutura velha e torta que lembrava caixas empilhadas caoticamente umas sobre as outras. Ela não havia notado em seu curto período de estadia na Londres Vermelha, no outono passado, que a maioria dos prédios pareciam novos. Na verdade, a hospedaria lembrou-lhe um pouco os lugares em que havia morado, na Londres Cinza. Pedras velhas que começavam a se assentar, pisos que começavam a ranger.

O salão principal estava abarrotado de mesas, cada uma, por sua vez, repleta de marinheiros arnesianos, e a maioria parecia ter tomado várias canecas apesar do fato de que era apenas o pôr do sol. Uma única lareira queimava na parede mais distante, um cão lebrel irlandês esparramado na frente dela, mas o cômodo estava repleto de pessoas.

— Estamos vivendo no luxo, não estamos? — resmungou Stross.

— Temos camas — disse Tav, sempre otimista.

— Tem certeza disso? — perguntou Vasry.

— Alguém substituiu minha tripulação durona por um bando de crianças choronas? — repreendeu Alucard. — Devo ir buscar algo para amamentar você, Stross?

O primeiro imediato resmungou, mas nada mais disse quando o capitão entregou-lhes as chaves. Quatro homens para um quarto. Mas, apesar dos espaços apertados e do fato de que a hospedaria parecia ter excedido sua capacidade, Alucard conseguira pegar um quarto apenas para si.

— Privilégio de capitão — disse ele.

Quanto a Lila, dividiria o quarto com Vasry, Tav, e Lenos.

O grupo se dispersou, levando os baús até seus aposentos. A Wandering Road era, como o nome sugeria, uma confusão emaranhada de corredores e escadarias que parecia desafiar várias leis da natureza de uma só vez. Lila se perguntou se havia algum tipo de feitiço na hospedaria ou se era simplesmente peculiar. Era o tipo de lugar onde você poderia facilmente se perder, e ela só podia imaginar que ficaria mais confuso conforme a noite e a bebedeira avançassem. Alucard chamava isso de *excêntrico*.

O quarto dela tinha quatro pessoas, mas apenas duas camas.

— Isso vai ser aconchegante — falou Tav.

— Não — disse Lila em um arnesiano decidido e abrupto. — Eu não divido a cama...

— *Tac?* — provocou Vasry, jogando seu baú no chão. — Certamente podemos dar um jeito de...

— ... porque tenho o hábito de esfaquear as pessoas enquanto durmo — terminou ela, friamente.

Vasry teve a decência de empalidecer um pouco.

— Bard pode ficar com uma cama — disse Tav. — Vou ficar no chão. E Vasry, quais são as chances de você realmente passar suas noites aqui conosco?

Vasry piscou seus longos cílios pretos.

— É mesmo.

Até então, Lenos nada dissera. Nem quando pegaram a chave, nem quando subiram as escadas. Ele abraçou a parede, obviamente nervoso por estar compartilhando o aposento com o Sarows. Tav era o mais resiliente, mas, se ela jogasse bem suas cartas, provavelmente poderia ter o quarto somente para si na noite seguinte.

Não era um cômodo ruim. Tinha aproximadamente o mesmo tamanho de sua cabine, que era aproximadamente do mesmo tamanho de um armário, mas quando ela olhou pela janela estreita pôde ver a cidade, o rio e o palácio arqueado sobre ele.

E a verdade era que era bom estar de volta.

Ela calçou suas luvas, colocou um chapéu e retirou um pacote de seu baú antes de sair. Fechou a porta assim que Alucard saiu de um quarto do outro lado do corredor. A cauda branca de Esa enrolou-se em torno de sua bota.

— Para onde você está indo? — perguntou ele.

— Para o Mercado Noturno.

Ele levantou uma sobrancelha enfeitada com uma safira.

— Mal voltou ao solo de Londres e já está gastando suas moedas?

— O que posso dizer? — perguntou Lila. — Preciso de um vestido novo.

Alucard bufou, mas não forçou o assunto. E, embora a tenha seguido até a escada, ele não a seguiu do lado de fora da hospedaria.

Pela primeira vez em meses, Lila estava realmente sozinha. Ela respirou fundo e sentiu seu peito amainar quando deixou de lado Bard, a melhor ladra a bordo do *Night Spire*, e se tornou simplesmente uma estranha na escuridão.

Ela passou por várias tábuas de divinação que anunciavam o *Essen Tasch*, o giz branco dançando sobre a superfície escura enquanto escrevia detalhes sobre as várias cerimônias e celebrações. Algumas crianças pairavam ao redor de uma poça, congelando-a e descongelando-a. Um homem de Vesk acendeu um cachimbo com um estalar de dedos. Uma mulher faroense, de alguma forma, mudou a cor de seu lenço simplesmente passando os dedos nele.

Para qualquer lugar que Lila olhasse, via sinais de magia.

Quando estava navegando era uma visão bastante rara, não tão estranha quanto teria sido na Londres Cinza, é claro; mas aqui estava em toda parte. Lila tinha esquecido o jeito como a Londres Vermelha brilhava com magia, e, quanto mais tempo ela passava ali, mais percebia que Kell realmente não pertencia àquele lugar. Não se encaixava aos estrondos de cor, às risadas, ao estardalhaço e ao cintilar da magia. Ele era discreto demais.

Ali era um lugar para performances. E isso era adequado para Lila.

Não era tarde, mas a escuridão do inverno já havia se instalado sobre a cidade quando ela chegou perto do Mercado Noturno. O trecho de barracas ao longo da margem do rio parecia *brilhar*, iluminado não apenas pelas lanternas e tochas de sempre, mas também por pálidas esferas de luz que seguiam os frequentadores do mercado aonde quer que fossem. A princípio, parecia que eles próprios estavam brilhando. Não da cabeça aos pés: era algo que parecia emanar de seu núcleo, como se sua própria força vital de repente tivesse se tornado visível. O efeito era inquietante, centenas de pequenas luzes queimando à frente das capas. Quando ela se aproximou, contudo, percebeu que a luz estava vindo de algo nas mãos deles.

— Fogo de mão? — perguntou um homem na entrada do mercado, segurando uma esfera de vidro cheia de luz pálida. Era quente o suficiente para enevoar o ar em volta de suas bordas.

— Quanto custa?

— Quatro lins.

Não era barato, mas os dedos de Lila estavam gelados, mesmo com as luvas, e ela estava fascinada com a esfera, então pagou ao homem e pegou o orbe, maravilhando-se com o calor suave e difuso que se espalhava por suas mãos e subia por seus braços. Ela embalou o fogo de mão, sorrindo sem querer. O ar do mercado ainda cheirava a flores, mas também a madeira queimada, canela e frutas. Ela fora uma completa estranha no outono passado — e ainda era uma forasteira, é claro —, mas agora sabia o suficiente para entender algumas coisas. Letras embaralhadas que não significavam nada para ela meses antes, agora começavam a formar palavras. Quando os mercadores anunciavam seus produtos, ela já era capaz de decifrar seu significado, e, quando a música parecia tomar forma no ar, como por magia, ela sabia exatamente o que era, e isso não a deixou perturbada. Na verdade, ela se sentira deslocada por toda a sua vida, e agora seus pés estavam firmemente plantados.

A maioria das pessoas passeava de barraca em barraca, provando vinho quente e carne assada no espeto, acariciando capuzes de veludo e amuletos mágicos, mas Lila caminhava com a cabeça erguida, cantarolando para si mesma enquanto perambulava entre as tendas e barracas na direção da outra extremidade do mercado. Haveria tempo para passear mais tarde. Nesse momento, ela tinha uma missão.

Mais à frente na margem do rio, o palácio parecia uma lua vermelha. Ali adiante, espremida entre duas outras barracas na extremidade do mercado, perto dos degraus do palácio, ela encontrou a barraca que procurava.

Da última vez que estivera ali, sequer conseguira ler o letreiro montado acima da entrada. Agora ela sabia arnesiano o suficiente para decifrá-lo.

IS POSTRAN.

O Wardrobe.

Simples, porém inteligente. Exatamente como no inglês, a palavra *postran* se referia tanto à roupa quanto ao lugar onde ela era guardada.

Pequenos sinos haviam sido costurados na cortina de tecido que servia como porta, e eles soaram suavemente quando Lila empurrou o pano para o lado. Entrar na tenda era como cruzar a soleira para entrar em uma casa bem aquecida. Lanternas queimavam nos cantos, emitindo não apenas uma luz rosada, como uma gloriosa quantidade de calor. Lila examinou a tenda. Certa vez a parede de trás havia estado recoberta de rostos, mas agora estava revestida com coisas de inverno: chapéus, cachecóis, capuzes e alguns acessórios que pareciam unir todos os três.

Uma mulher roliça, com o cabelo castanho enrolado na cabeça em um coque trançado, estava ajoelhada diante de uma das mesas, procurando por algo embaixo dela.

— *An esto* — pediu ela ao ouvir o som dos sinos, então praguejou baixinho para o que quer que houvesse escapado: — A-ha! —

disse ela afinal, enfiando uma bugiganga de volta no bolso antes de se levantar. — *Solase* — disse ela, ajeitando-se enquanto se virava. — *Kers...* — Então parou e abriu um sorriso.

Fazia quatro meses que Lila havia entrado na tenda de Calla para admirar as máscaras ao longo da parede. Quatro meses desde que a comerciante lhe dera um rosto de diabo, um casaco e um par de botas: o começo de uma nova identidade. Uma nova vida.

Quatro meses, mas os olhos de Calla se iluminaram instantaneamente ao reconhecê-la.

— Lila — falou ela, estendendo o único "i" em vários deles.

— Calla — disse Lila. — *As esher tan ves. Eu espero que esteja bem.*

A mulher sorriu.

— Seu arnesiano — falou ela em inglês — está melhorando.

— Não rápido o suficiente — retrucou Lila. — Seu ilustre real é impecável, como sempre.

— *Tac* — repreendeu Calla, alisando a frente de seu avental escuro.

Lila sentiu uma afeição peculiar pela mulher, um afeto que deveria lhe ter causado nervosismo, mas ela não conseguiu se obrigar a reprimir o sentimento.

— Você sumiu.

— Fui para o mar — respondeu Lila.

— Parece que você atracou junto com metade do mundo — disse Calla, cruzando para a frente da tenda e fechando a cortina. — E bem a tempo para o *Essen Tasch*.

— Não é coincidência.

— Então você veio assistir — concluiu ela.

— Meu capitão está competindo — respondeu Lila.

Calla arregalou os olhos.

— Você navega com Alucard Emery?

— Conhece ele?

Calla deu de ombros.

— Reputações são coisas barulhentas. — Ela acenou com a mão no ar, como se estivesse afastando fumaça. — O que a traz à minha barraca? Precisa de um casaco novo? Talvez verde. Ou azul. O preto está fora de moda neste inverno.

— Não me importo — declarou Lila. — Você nunca vai me separar do meu casaco.

Calla riu e correu um dedo pela manga de Lila, explorando.

— Está aguentando bem. — E então estalou a língua entre os dentes, emitindo um som de desaprovação. — Só os santos sabem o que você tem feito com ele. Isso é um corte de *faca*?

— Ficou preso em um prego — mentiu ela.

— *Tac*, Lila, meu trabalho não é tão frágil.

— Bem — admitiu a garota —, pode ter sido uma pequena faca. Calla sacudiu a cabeça.

— Primeiro invade castelos intempestivamente e agora briga pelos mares. Você é uma garota muito peculiar. *Anesh*, o mestre Kell é um garoto peculiar, então o que eu sei...

Lila corou com a insinuação.

— Não esqueci da minha dívida — disse ela. — Eu vim pagá-la. — E então pegou uma pequena caixa de madeira. Era uma coisa elegante, incrustada de vidro. Dentro, a caixa estava forrada com seda preta e dividida em nichos. Um continha pérolas de fogo, outro, um carretel de fio de prata, fivelas de pedra violeta e minúsculas penas de ouro, extremamente delicadas. Calla emitiu um suspiro curto e agudo ao ver o tesouro.

— *Mas aven* — sussurrou a mulher. E então olhou para cima. — Perdoe-me por perguntar, mas posso ter certeza de que ninguém virá procurá-los? — Surpreendentemente, quase não havia julgamento implícito na pergunta. Lila sorriu.

— Se você conhece Alucard Emery, então sabe que ele comanda um navio real. Estes objetos foram confiscados de uma embarcação em nossas águas. Eram meus e agora são seus.

Os dedos curtos de Calla percorreram as pequenas joias. Então ela fechou a tampa e guardou a caixa.

— O valor disso é muito alto — falou ela. — Você terá um crédito.

— Fico feliz em ouvir isso — disse Lila. — Porque vim pedir um favor.

— Não é um favor se você comprou e pagou. Em que posso ajudar?

Lila enfiou a mão no casaco e tirou a máscara preta que Calla lhe dera meses antes, a que tinha solidificado sua alcunha de Sarows. Estava desgastada pelo ar salgado e por meses de uso: o couro preto estava recoberto de rachaduras, os chifres não estavam mais tão empertigados para cima, e as fitas que a prendiam corriam o risco de arrebentar.

— Que diabos você tem feito com isso? — repreendeu Calla, seus lábios franzidos com algo como desaprovação materna.

— Você a consertaria?

Calla sacudiu a cabeça.

— É melhor fazer uma nova — disse, afastando a máscara.

— Não — insistiu Lila, esticando a mão para pegá-la. — Eu gosto desta. Certamente você pode reforçá-la.

— Para quê? — perguntou Calla, maliciosamente. — Uma batalha?

Lila mordiscou o lábio, e a vendedora pareceu ler a resposta.

— *Tac*, Lila, existe excentricidade e existe loucura. Você não pode querer competir no *Essen Tasch*.

— Por quê? — provocou Lila. — Isso não é digno de uma dama?

Calla suspirou.

— Lila, quando nos conhecemos, deixei todas as minhas mercadorias à sua escolha, e você escolheu uma máscara de diabo e um casaco de homem. Isso não tem nada a ver com o que é apropriado, mas perigoso. *Anesh*, você também é. — Ela disse isso como se fosse um elogio, embora de má vontade. — Mas não está na lista de participantes.

— Não se preocupe com isso — falou Lila com um sorriso malicioso.

Calla começou a protestar, porém se deteve e sacudiu a cabeça.

— Não, eu não quero saber. — Ela olhou para a máscara de diabo. — Eu não deveria ajudá-la com isso.

— Você não tem que fazer isso — retrucou Lila. — Eu poderia encontrar outra pessoa.

— Você *poderia* encontrar — disse Calla —, mas eles não seriam tão bons.

— Nem *de longe* tão bons — reforçou Lila.

Calla suspirou.

— *Stas reskon* — murmurou. Era uma frase que Lila já havia escutado antes. *Perseguindo o perigo.*

Lila sorriu, pensando em Barron.

— Um amigo me disse uma vez que, se houvesse um problema para ser encontrado, eu o encontraria.

— Nós seríamos amigos, então, seu amigo e eu.

— Acho que seriam — falou Lila, seu sorriso vacilando. — Mas ele se foi.

Calla colocou a máscara de lado.

— Volte daqui a dois dias. Verei o que posso fazer.

— *Rensa tav*, Calla.

— Não me agradeça ainda, menina estranha.

Lila virou-se para ir, mas hesitou ao alcançar a cortina.

— Acabei de chegar — disse, cautelosa —, então ainda não tive tempo de encontrar os príncipes. — Ela olhou para trás. — Como eles estão?

— Certamente você pode ir e ver por si mesma.

— Não posso — falou Lila. — Quer dizer, eu não deveria. Kell e eu, o que tínhamos... Foi um arranjo temporário.

A mulher lançou-lhe um olhar que dizia que não acreditava naquilo nem por um instante. Lila presumiu que era o fim da conversa, então se virou de novo, mas Calla disse:

— Ele veio até mim depois que você se foi. O mestre Kell.

Lila arregalou os olhos.

— Para quê?

— Para pagar a dívida de suas roupas.

O humor de Lila azedou.

— Eu posso pagar minhas próprias dívidas — retrucou, irritada —, e Kell sabe disso.

Calla sorriu.

— Foi exatamente o que eu disse. E ele foi embora. Mas voltou uma semana depois com a mesma oferta. Ele vem toda semana.

— Imbecil — murmurou Lila, mas a vendedora sacudiu a cabeça.

— Você não percebe? — repreendeu Calla. — Ele não estava vindo para pagar sua dívida. Estava vindo para ver se você havia voltado para pagá-la. — Lila sentiu o rosto ficar quente. — Eu não sei por que vocês dois estão circundando um ao outro como estrelas. Não é a *minha* dança cósmica. Mas sei que vocês vêm aqui um perguntando pelo outro, quando apenas alguns passos e um punhado de escadas os separam.

— É complicado — ponderou Lila.

— *As esta narash* — murmurou ela para si mesma, e Lila agora sabia o suficiente para entender o que ela dissera. *Todas as coisas são.*

VII

Kell passeou pelo Mercado Noturno pela primeira vez em semanas. Ele tinha procurado evitar tais aparições públicas, e seus momentos de rebeldia estavam se tornando raros em comparação àqueles de constrangimento. *Deixe-os pensar o que quiserem* era um pensamento que o visitava com muito menos frequência e ímpeto do que *Eles o veem como um monstro.*

Mas ele precisava de ar, e Rhy, uma vez na vida, estava muito ocupado para entretê-lo. O que era ótimo. Na crescente loucura dos jogos que se aproximavam, Kell simplesmente queria se mover, perambular, e assim ele se pegou passeando pelo mercado sob a proteção pesada das multidões. O influxo de estranhos na cidade lhe proporcionava abrigo. Havia tantos estrangeiros para atrair o olhar dos habitantes locais que assim eles ficavam muito menos propensos a notá-lo. Especialmente porque Kell havia aceitado o conselho de Rhy e trocado seu severo casaco preto por um azul acinzentado que estava mais na moda. E tinha coberto seu cabelo castanho avermelhado com um pesado capuz.

Hastra caminhava ao lado dele, usando roupas comuns. Ele não havia tentado escapar do guarda hoje, e, em troca, o jovem concordara em trocar a armadura vermelha e dourada por algo menos chamativo, ainda que a espada real continuasse guardada na bainha.

Agora, conforme a hesitação inicial dava lugar ao alívio, Kell se viu *desfrutando* o mercado pela primeira vez em muito tempo, movendo-se através da multidão com um feliz nível de anonimato.

Isso o deixou impaciente para vestir a máscara de competidor, para se tornar outra pessoa.

Kamerov.

Hastra sumiu e reapareceu alguns minutos depois com uma taça de vinho temperado, oferecendo-a a Kell.

— Onde está o seu? — perguntou Kell, pegando o cálice.

Hastra sacudiu a cabeça.

— Não é apropriado, senhor, beber enquanto estou de guarda.

Kell suspirou. Ele não gostava da ideia de beber sozinho, mas estava precisando muito do vinho. Sua primeira parada não fora no mercado. Ele tinha ido até as docas.

E ali encontrara o inevitável: casco escuro, decorações de prata, velas azuis.

O *Night Spire* tinha voltado para Londres.

O que significava que Alucard Emery estava ali. Em algum lugar.

A ideia de afundar o navio passara pela mente de Kell, mas isso só causaria problemas, e, se Rhy descobrisse, provavelmente daria um chilique ou se esfaquearia por despeito.

Assim, ele se conformara em olhar para o *Spire* e deixar sua imaginação fazer o resto.

— Estamos em uma missão, senhor? — sussurrara Hastra. O jovem guarda estava levando muito a sério seu novo papel de confidente e cúmplice.

— Estamos — murmurara Kell, fingindo severidade.

Ele permanecera na sombra de uma loja e franzira o cenho para o navio por vários minutos, sem intercorrências, antes de anunciar que precisava de uma bebida.

E foi assim que Kell terminara no mercado, sorvendo seu vinho e olhando para a multidão sem prestar muita atenção.

— Onde está Staff? — perguntou. — Cansou de ser deixado para trás?

— Na verdade, acho que ele foi enviado para escoltar o lorde Sol-in-Ar.

Escoltar?, pensou Kell. Será que o rei estava assim tão nervoso a respeito do lorde faroense?

Ele começou a andar novamente pelo mercado com Hastra alguns passos atrás.

As multidões ficavam mais densas conforme Kell caminhava, girando em torno dele como a maré. Faroenses com seus tecidos brilhantes e decorados dobrados de forma complexa e suas peles adornadas de joias. Veskanos enfeitados com faixas de prata e ouro, altos e parecendo ainda mais altos por causa de suas jubas de cabelo. E, é claro, os arnesianos, com seus ricos capuzes e capas.

E, em seguida, algumas pessoas que Kell não conseguiu precisar de onde vinham. Alguns com a pele clara o suficiente para serem veskanos, porém com roupas tipicamente arnesianas. Uma figura de pele escura com o cabelo enrolado em tranças veskanas.

O pesadelo flutuou na superfície de sua mente: tantos rostos estranhos, tantos outros quase familiares... Mas ele o sufocou. Um estranho roçou seu braço quando seus caminhos se cruzaram, e Kell se pegou levando as mãos até os bolsos para verificar se faltava alguma coisa, embora nada houvesse ali para roubar.

Tantas pessoas, pensou. Lila furtaria todos os bolsos daqui.

E assim que o pensamento ocorreu, ele viu uma sombra entre a cor e a luz.

Uma figura magra.

Um casaco preto.

Um sorriso afiado.

Kell prendeu a respiração, mas, quando ele piscou, a sombra desapareceu. Apenas outro fantasma projetado pela multidão. Um truque do olhar.

Ainda assim, o vislumbre, mesmo falso, fez com que ele se sentisse inseguro, e o ritmo de seu andar diminuiu o suficiente para interromper o movimento das pessoas ao redor dele.

Hastra logo estava de novo ao lado de Kell.

— O senhor está bem?

Kell acenou com a mão, desdenhando da preocupação dele.

— Estou bem, mas é melhor voltarmos.

Ele partiu na direção da extremidade do palácio, parando apenas quando alcançou a tenda de Calla.

— Espere aqui — ordenou ele a Hastra antes de entrar.

A loja de Calla estava sempre mudando para atender às diferentes necessidades festivas da cidade. O olhar dele percorreu os vários acessórios de inverno que agora revestiam as paredes e cobriam as mesas.

— *Avan!* — gritou a comerciante quando apareceu saída de uma área encortinada perto da parte traseira da barraca, segurando um pedaço de couro preto em uma das mãos. Calla era baixa e roliça, com o olhar perspicaz de uma mulher de negócios e o calor de madeira em brasa. Seu rosto se iluminou quando ela o viu. — Mestre Kell! — disse ela, curvando-se em uma reverência exagerada.

— Vamos, Calla — falou ele, erguendo-a —, não há necessidade disso.

Seus olhos dançavam com mais malícia do que de costume.

— O que o traz à minha loja esta noite, *mas vares*?

Ela dissera as palavras, *meu príncipe*, com tanta bondade que ele não se deu ao trabalho de corrigi-la. Em vez disso, remexeu em uma caixa que estava sobre a mesa, um belo objeto decorado.

— Ah, eu acabei vindo ao mercado e pensei em vir até aqui ver se você está bem.

— Isso me traz muita honra — falou ela, o sorriso se expandindo. — E, se você tiver vindo para saber sobre a dívida — continuou ela com os olhos brilhantes —, deve saber que ela foi paga recentemente.

O peito de Kell ficou apertado.

— O quê? *Quando*?

— Na verdade — continuou Calla —, há apenas alguns minutos. Kell nem sequer disse adeus.

Ele pulou para fora da barraca e para o mercado agitado, vasculhando as correntes de pessoas que passavam.

— Senhor — perguntou Hastra, claramente preocupado. — Algo errado?

Kell não respondeu. Ele girou em um círculo lento, vasculhando a multidão à procura da sombra delgada, do casaco preto, do sorriso afiado.

Ela era real. Estava *ali*. E, é claro, já havia ido embora.

Kell sabia que estava começando a chamar atenção, mesmo com o abrigo das massas. Alguns arnesianos começaram a sussurrar. Ele podia sentir seus olhares.

— Vamos — disse Kell, obrigando-se a voltar para o palácio.

Mas, enquanto caminhava, com o coração batendo acelerado, ele reviveu o momento em sua mente, o vislumbre de um fantasma.

Mas não *fora* um fantasma. Nem um truque do olhar.

Delilah Bard estava de volta a Londres.

SEIS

IMPOSTORES

SEIS

IMPOSTORES

I

Londres Branca

Holland conhecia as histórias de cor.

Crescera com elas: histórias de um rei mau, um rei louco, uma maldição; de um rei bom, um rei forte, um salvador. Histórias de por que a magia se fora e de quem a traria de volta. E cada vez que um novo governante assumia o trono com sangue e resquícios de poder em suas veias, o povo dizia *agora*. Agora a magia vai voltar. Agora o mundo vai acordar. Agora vai ficar melhor, agora vamos ficar mais fortes.

As histórias corriam nas veias de todos os habitantes da Londres Branca. Mesmo quando as pessoas ficavam magras e pálidas, mesmo quando começavam a apodrecer por dentro e por fora, mesmo quando não tinham comida, nem força, nem poder, ainda assim as histórias sobreviviam. E Holland também acreditara nelas quando era jovem. Acreditou até mesmo quando seu olho ficou preto, que ele poderia ser o herói. O rei bom. O rei forte. O salvador.

Ao se ver de joelhos diante de Athos Dane, contudo, Holland percebera o que as histórias realmente eram: contos nascidos do desespero de almas famintas.

E ainda assim.

E ainda assim.

Agora ele estava na praça no coração da cidade, com seu nome na ponta de cada língua e o poder de um deus correndo por suas veias. Por onde quer que passasse, a geada se retraía. Tudo o que ele tocava recuperava a cor. Ao redor dele, a cidade estava descongelando — o povo havia enlouquecido no dia em que o Siljt descongelara. Holland havia liderado levantes, testemunhado revoltas, mas nunca em sua vida tinha visto uma *celebração*. Houvera tensão, claro. As pessoas estavam famintas havia muito tempo, haviam sobrevivido apenas de violência e de ganância. Ele não podia culpá-las. Mas elas aprenderiam. Veriam. Esperança, fé, mudança: eram coisas frágeis e tinham que ser nutridas.

— *Køt*! — gritavam, *Rei*, enquanto a voz em sua cabeça, aquela companhia constante, zumbia de prazer.

O dia estava claro, o ar estava vivo, e o povo, mantido a distância pela Guarda de Ferro, se aglomerava para ver o último feito de Holland. Ojka estava ao lado dele, o cabelo de fogo ao sol, segurando uma faca.

Rei! Rei! Rei!

O local onde estavam chamava-se Praça do Sangue. Um lugar de execuções, sob suas botas havia pedras manchadas de preto e cheias de marcas estriadas nos locais onde dedos desesperados tinham vasculhado a vida derramada, caso houvesse algum resquício de magia. Oito anos antes, os Dane o tinham arrastado para longe de uma morte rápida ali, e, no lugar dela, concedido a ele uma morte lenta.

Praça do Sangue.

Já era hora de conceder outro significado ao nome.

Holland estendeu as mãos, e Ojka levou a lâmina a descansar nas palmas das mãos dele. A multidão se acalmou, esperando que algo acontecesse.

— Meu rei? — disse Ojka, seu olho amarelo pedindo permissão. Tantas vezes movera sua mão sem estar no comando. Desta vez a mão era de sua serva, e a vontade era realmente sua.

Holland acenou com a cabeça, e a lâmina o cortou. O sangue brotou, derramando-se sobre as pedras arruinadas e, onde caiu, rompeu a superfície do mundo, como uma pedra atirada em uma poça. O chão ondulou, e com seus próprios olhos Holland viu a praça renascer. Limpa e completa. Quando as ondulações se espalharam, engoliram as manchas, remendaram as fendas, transformaram as calçadas quebradas em mármore polido, um poço abandonado em uma fonte, as colunas caídas em arcos abobadados.

Podemos fazer mais, disse o deus em sua cabeça.

E antes que Holland pudesse separar seus pensamentos dos do *oshoc*, a magia estava se espalhando.

Os arcos da Praça do Sangue ondularam e se refizeram, transfigurando-se de pedra em água antes de endurecer em forma de vidro. Além deles as ruas estremeceram, e o chão sob os pés da multidão se dissolveu de sua forma rochosa, transformando-se em terra fértil e escura. O povo caiu de joelhos, afundando na terra argilosa e enfiando as mãos nela até cobrir seus pulsos.

Basta, Osaron, pensou Holland. Ele fechou as mãos ensanguentadas, mas as ondulações continuaram, as carcaças de edifícios arruinados desabando e se desfazendo em areia, a fonte jorrando não com água, mas com vinho de cor âmbar.

Os pilares se transformaram em macieiras, os troncos ainda em pedra de mármore, e o peito de Holland começou a doer, seu coração batendo mais forte conforme a magia vertia como sangue de suas veias, cada batida instilando mais poder no mundo.

Basta!

As ondulações cessaram.

O mundo ficou quieto.

A magia esvaneceu; a praça era uma monstruosidade cintilante de elementos, as margens de uma costa varrida pelas ondas. As pessoas estavam sujas de terra e molhadas pela chuva da fonte. Seus rostos brilhantes, seus olhos arregalados — não com fome, mas com reverência.

— Rei! Rei! Rei! — gritavam todos, enquanto na cabeça de Holland ecoavam as palavras de Osaron.

Mais. Mais. Mais.

II

Londres Vermelha

Quando voltou à Wandering Road, o aglomerado de clientes havia diminuído, mas o lebrel irlandês continuava esparramado na frente da lareira, exatamente na mesma posição. Lila não pôde deixar de se perguntar se o cão ainda estaria vivo. Ela cruzou o cômodo até a lareira e se ajoelhou devagar, pousando a mão sobre o peito da criatura.

— Já verifiquei — disse uma voz atrás dela. Lila ergueu os olhos e viu Lenos se remexendo, inquieto. — Ele está bem.

Lila se levantou.

— Onde está todo mundo?

Lenos inclinou a cabeça na direção de uma mesa no canto do salão.

— Stross e Tav estão jogando.

Os homens estavam disputando uma partida de Santo. E, pelo que ela podia perceber, não estavam jogando havia muito tempo: nenhum dos dois parecia muito irritado, e ambos ainda tinham consigo todas as suas armas e a maioria de suas roupas. Lila não era fã do jogo, principalmente porque depois de observar os marinheiros ganharem e perderem durante quatro meses, ela não se sentia nem um pouco mais perto de entender as regras o suficiente para jogar. E muito menos para trapacear.

— Vasry saiu — continuou Lenos conforme Lila andava lentamente na direção da mesa. — Kobis foi dormir.

— E Alucard? — perguntou Lila, tentando manter um tom de voz desinteressado. Ela pegou a bebida de Stross e a sorveu de uma só vez, ignorando os protestos murmurados pelo primeiro imediato.

Stross jogou uma carta com uma figura encapuzada segurando dois cálices.

— Tarde demais — disse ele para Lila, mantendo os olhos na mesa e nas cartas. — O capitão disse que estava se recolhendo.

— Absurdamente cedo — ponderou Lila.

Tav riu e resmungou algo que ela não conseguiu entender. Ele era de algum lugar na fronteira do império e, quanto mais bebia, menos inteligível se tornava seu sotaque. E como o padrão de Lila quando não entendia algo era manter a boca fechada, ela simplesmente se afastou. Depois de alguns passos ela parou e se virou para Lenos, tirando o fogo de mão do casaco. A luz já estava se apagando, e ela não havia pensado em perguntar se existia uma maneira de restaurá-la ou se era um tipo de feitiço para ser usado uma única vez, o que parecia um desperdício.

— Tome — disse ela, jogando o orbe para Lenos.

— Para que isso? — perguntou ele, surpreso.

— Mantém as sombras longe — respondeu ela, caminhando para a escada.

Lenos ficou ali, olhando para o orbe, perplexo com a esfera em si ou com o fato de que o Sarows tinha acabado de lhe dar um presente.

Por que ela o tinha *dado* a ele?

Ficando sensível, resmungou uma voz em sua cabeça. Não a voz de Kell, nem a de Barron. Não, essa voz era dela mesma.

Enquanto subia a escada, Lila pegou uma garrafa de vinho alongada que havia surrupiado, não da pousada ou do mercado — ela sabia que não daria certo roubar das barracas protegidas —, mas da adega do próprio Alucard, a bordo do *Spire*.

O quarto do capitão ficava em frente ao dela, as portas se encarando como em um duelo. O que parecia adequado. Mas, quando ela alcançou as portas, parou no meio delas, assolada pela pergunta de por qual porta procurava, e qual planejava abrir.

Lila ficou pairando no corredor, indecisa.

Ela não sabia muito bem *por que* o quarto dele a atraía mais do que o dela. Talvez porque estivesse inquieta, voltando para esta cidade pela primeira vez, um lugar ao mesmo tempo estranho e familiar. Talvez porque ela quisesse voltar para o conforto do inglês. Talvez porque quisesse saber mais sobre o torneio e sobre a participação de Alucard. Ou talvez por simples hábito. Afinal, era assim que eles passavam a maior parte das noites no mar: uma garrafa de vinho e um fogo mágico, cada um tentando extrair os segredos do outro sem revelar nenhum dos seus. Será que Lila estava tão acostumada com aquela dança a ponto de realmente sentir falta dela?

Espera aí, pensou ela. Que desperdício de vida, ficar parada ali e pensar tanto em cada pequena coisa. Por que importava o motivo de querer ver o capitão? Ela simplesmente queria.

E assim, deixando de lado a especulação do motivo, ela estendeu a mão para bater, mas se deteve quando ouviu passos lá dentro vindo rapidamente para a porta.

Seu sentido de ladra pulsou e seu corpo se moveu antes de sua mente, as botas silenciosamente recuando um passo, depois dois, antes de deslizar suavemente para trás do recanto na curva mais próxima do corredor. Ela não tinha motivos para se esconder, mas fazia isso havia tanto tempo que o gesto lhe veio naturalmente. Além disso, esconder-se era simplesmente ver sem ser visto, o que lhe dava uma vantagem. Não tinha nada a perder com o movimento, mas muitas vezes algo a ganhar.

Um instante depois, a porta se abriu e Alucard Emery saiu para o corredor.

A primeira coisa que ela notou foi o silêncio dele. O capitão do *Night Spire* normalmente fazia uma quantidade razoável de ruído. Suas joias chacoalhavam, suas armas retiniam e suas botas de salto de aço anunciavam cada passo. Mesmo quando sua indumentária estava quieta, o próprio Alucard costumava cantarolar. Lila tinha mencionado isso uma vez, e ele simplesmente dissera que nunca fora um fã do silêncio. Ela o julgara incapaz de ser silencioso, mas, conforme ele caminhava pelo corredor com seus passos marcados apenas pelo suave rangido das tábuas do piso, ela percebeu que antes ele sempre *quisera* ser barulhento.

Outro aspecto do papel que ele desempenhava, agora deixado de lado, substituído pelo... quê?

Ele estava completamente vestido, mas não com suas roupas habituais. Alucard sempre havia preferido peças finas e chamativas, mas agora se parecia menos com um capitão pirata e mais com uma sombra elegante. Trocara o casaco azul que usara em terra por uma meia capa cor de carvão, com um simples lenço cor de prata em seu pescoço. Não portava armas óbvias, e a safira desaparecera de sua testa junto com todos os anéis de seus dedos, exceto um: a grossa faixa de prata em forma de pluma. Seu cabelo castanho avermelhado fora penteado para trás e coberto com um chapéu preto. O primeiro pensamento de Lila foi que, ao se vestir de forma mais simples, ele parecia mais jovem, quase um garoto.

Mas para onde ele estava indo? E por que estava disfarçado?

Lila o seguiu pela escada da estalagem e noite afora, perto o suficiente para acompanhá-lo e longe o bastante para evitar ser vista. Ela podia ter passado os últimos quatro meses como uma corsária, mas passara *anos* como uma sombra. Sabia como se misturar à escuridão, como seguir um alvo, como respirar e se mover no sentido da corrente da noite ao invés de ir contra ela. E os passos de Alucard podiam ser leves, mas os dela eram silenciosos.

Ela esperava que ele fosse para o mercado, abarrotado de pessoas, ou para a rede de ruas que traçava linhas iluminadas para longe do rio. Em vez disso, ele margeou o Atol, seguindo seu brilho vermelho, passando pelo pátio principal depois do palácio até alcançar uma ponte no lado oposto. Era feita de pedra pálida e enfeitada com cobre: balaústres de cobre, pilares de cobre e marquises esculpidas em cobre. O conjunto todo formava uma espécie de túnel brilhante. À sua entrada, Lila hesitou. Toda a extensão da ponte sob as marquises estava bem iluminada, e o metal refletia e amplificava a luz, embora houvesse pessoas espalhadas ao longo dela, principalmente em pares e grupos, as golas viradas para cima para protegê-las do frio, poucas realmente pareciam estar cruzando para a outra margem. Misturar-se seria quase impossível.

Alguns poucos comerciantes haviam montado barracas sob as lanternas, envolvidos pela névoa e pela luz de velas, e Lila esperou para ver se Alucard estava indo para alguma delas, mas ele se moveu rapidamente, com os olhos voltados para a frente, e Lila foi forçada a seguir ou seria deixada para trás. Ela partiu atrás dele, lutando para manter um ritmo tranquilo, ignorando as tendas cintilantes e o teto de metal entalhado, porém não tão decididamente a ponto de denunciar seu propósito. No final, foi um esforço desperdiçado, uma vez que Alucard nunca olhou para trás.

Caminhando sob as marquises de cobre, ela notou que elas estavam pintadas para parecerem árvores, a luz das estrelas brilhando através das folhas, e Lila pensou mais uma vez em com que mundo estranho ela tinha se deparado e em como ela estava feliz por estar ali.

Alucard atravessou toda a extensão da ponte e desceu uma grande escadaria para a margem sul do Atol. Lila só estivera uma vez desse lado do rio, quando ela e Kell levaram Rhy para o Santuário, e ela nunca tinha pensado muito no que mais havia nesta outra metade, mais escura, da cidade. Lojas e tavernas, ela teria imaginado, ou talvez uma versão mais sombria da margem norte. Ela teria errado. Esta metade de Londres era silenciosa em comparação com a outra: o Santuário se erguia solenemente em uma curva do rio, e, depois de uma fronteira formada por lojas e estalagens à beira da água, a cidade dava lugar a jardins e pomares e, além deles, a mansões senhoriais.

Os antigos campos de ação de Lila em Mayfair e Regent Park empalideceram em comparação à margem sul dessa Londres. Carruagens elegantes puxadas por corcéis magníficos salpicavam as ruas cheias de grandes propriedades, com suas paredes altas e decoradas com mármore, vidro e metal brilhante. A própria névoa da noite parecia reluzir com riqueza.

À frente, Alucard apertara o passo, e Lila acelerou o dela para acompanhá-lo. Havia muito menos pessoas nessas ruas, o que tornava o ato de segui-lo muito mais difícil, mas a atenção dele estava fixa na rua à frente. Até onde Lila podia dizer, aqui nada havia para ver. Sem negociações a serem feitas. Sem problemas para encontrar. Nada além de casas com metade das janelas às escuras.

Finalmente, Alucard saiu da rua e passou por um intrincado portão, entrando em um pátio cheio de arbustos e cercado por árvores cujos galhos estavam desnudos por causa do inverno.

Quando Lila o alcançou, viu que o trabalho de metal que ornamentava o portão formava um intrincado *E*. Então ela olhou para dentro e prendeu a respiração. O chão do pátio era um mosaico de pedras cintilantes azuis e prateadas. Ela espreitou na sombra do portão enquanto Alucard andava até a entrada e observou quando, a meio caminho da porta, ele parou para se recompor. Arrancou o chapéu da cabeça e enfiou-o na bolsa pendurada em seu ombro, desarrumou o cabelo, flexionou as mãos, murmurou algo que ela não conseguiu ouvir, voltou a caminhar com calma e confiança enquanto subia alguns degraus e em seguida tocava uma campainha.

Um instante depois, uma das duas portas da frente se abriu e um mordomo apareceu. Ao ver Alucard, ele fez uma reverência.

— Lorde Emery — disse ele, afastando-se. — Seja bem-vindo.

Lila olhou, incrédula.

Alucard não estava visitando o dono da casa.

Ele *era* o dono da casa.

Antes que ele pudesse entrar, uma garota apareceu à porta, guinchou de alegria e jogou os braços ao redor do pescoço dele.

— Luc! — exclamou ela, enquanto ele a lançava para o ar. A menina não podia ter mais de 12 ou 13 anos; tinha os mesmos cachos castanhos ondulados e os mesmos olhos escuros.

— Anisa.

Ele abriu um sorriso que Lila nunca tinha visto antes, não no rosto dele. Não era o sorriso orgulhoso de um capitão ou o sorriso malicioso de um libertino, mas de absoluta adoração de um irmão mais velho. Ela nunca tivera irmãos, então não *entendeu* o olhar, mas reconheceu o amor simples e cego, e isso revolveu algo dentro dela.

E assim, tão repentinamente quanto a garota se lançara sobre ele, ela se afastou, simulando a carranca falsa que Lila tinha visto tantas vezes na boca do próprio Alucard.

— Onde está Esa? — perguntou a garota.

E Lila ficou tensa, não com a pergunta em si, mas com o fato de ela ter perguntado em *inglês*. Ninguém falava aquela língua na Londres Vermelha, não a menos que estivesse tentando impressionar a realeza. Ou que *fosse* da realeza.

Alucard riu.

— É claro — falou ele, cruzando a soleira da porta. — Três anos longe de casa e sua primeira pergunta é sobre a gata...

Eles entraram e desapareceram, deixando Lila olhando para a porta da frente quando ela se fechou.

Alucard Emery, capitão do *Night Spire*, mago participante do torneio e... membro da nobreza da Londres Vermelha? Alguém sabia disso? *Todos* sabiam disso? Lila sabia que deveria estar surpresa, mas não estava. Ela soubera desde o momento em que conhecera Alucard a bordo do *Night Spire* que ele estava representando um papel. Era apenas uma questão de descobrir o homem por trás dele. Agora ela sabia a verdade, e esta havia lhe dado uma carta para jogar. E quando se tratava de homens como Alucard Emery, qualquer vantagem valia a pena.

Um muro decorativo circundava a casa, e Lila conseguiu se erguer com a ajuda de um galho mais baixo. Empoleirada sobre ele, ela podia ver através das grandes janelas de vidro, muitas com as cortinas abertas. Sua silhueta se misturou com o rendilhado das árvores atrás dela conforme contornava a casa, seguindo os vislumbres de Alucard e da irmã enquanto caminhavam por uma grande sala com janelas altas, uma lareira ardente e um par de portas de vidro na parede oposta que conduzia a um jardim suntuoso. Sem descer do muro, ela se agachou rapidamente quando um homem apareceu. Ele tinha a tez e a cor de cabelo de Alucard, e seu queixo era igualmente quadrado, mas parecia sisudo sem o sorriso de Alucard. O homem parecia ser muitos anos mais velho.

— Berras — disse Alucard em forma de saudação.

As janelas estavam abertas, e a palavra alcançou Lila através do vidro semicerrado.

O homem, Berras, caminhou para a frente e, por um instante, parecia que poderia atacar Alucard. Porém, antes que pudesse, a garota se lançou diante do irmão como um escudo. Havia algo de terrivelmente ensaiado no gesto, como se ela já houvesse feito isso muitas vezes, e Berras deteve sua mão no ar. Em um de seus dedos, Lila viu uma duplicata do anel de pluma de Alucard antes que a sua mão caísse ao lado do corpo.

— Saia, Anisa — ordenou ele.

A menina hesitou, mas Alucard lançou para ela um sorriso gentil e um aceno de cabeça, então ela saiu da sala. No momento em que estavam sozinhos, Berras explodiu.

— Onde está Kobis?

— Eu o empurrei no mar — falou Alucard. A aversão se espalhou pelo rosto do homem, e Alucard revirou os olhos. — Santos, Berras, é uma piada. Seu espião mal-humorado está alojado com segurança em uma pousada com o resto da minha tripulação.

Berras desdenhou levemente da menção aos homens do *Spire*.

— Esse olhar não o favorece, irmão — disse o capitão. — E o *Night Spire* navega pela coroa. Insultar meu posto é insultar a Casa Maresh, e não gostaríamos de fazer *isso*.

— Por que você está *aqui*? — rosnou Berras, pegando um cálice.

Antes que ele pudesse beber, no entanto, Alucard moveu o pulso e o vinho abandonou a taça, ergueu-se em forma de fita e enrolou-se sobre si mesmo. De um instante para o outro, tinha endurecido em um bloco de gelo cor de rubi.

Alucard arrancou o cristal do ar e o analisou, casualmente.

— Estou na cidade para o torneio. Vim apenas para ter certeza de que minha família estava bem. Que tolo fui em pensar que seria bem-vindo. — Ele jogou o cubo congelado na lareira e se virou para sair.

Berras nada disse, não até que Alucard estivesse na porta do jardim.

— Eu teria deixado você apodrecer naquela prisão.

Um sorriso pequeno e amargo tocou o canto dos lábios de Alucard.

— Ainda bem que não dependeu de você.

Com isso, Alucard saiu, furioso. Lila ficou de pé sobre o muro e percorreu o perímetro até encontrar Alucard de pé em uma ampla varanda, olhando para o terreno. Além do muro, ela conseguia enxergar o arco do palácio e o brilho difuso do rio.

O rosto de Alucard era uma máscara de compostura gélida, quase desinteressada, mas seus dedos agarraram o parapeito da varanda e os nós de seus dedos ficaram brancos.

Lila não emitiu som algum, mas ainda assim Alucard suspirou e disse:

— Não é educado espionar.

Droga. Ela havia se esquecido de seu dom para ver a magia nas pessoas. Seria uma habilidade útil para um ladrão, e Lila se perguntou, não pela primeira vez, se havia uma maneira de roubar talentos como se fazia com objetos.

Ela saltou do muro baixo para o parapeito do pátio antes de cair silenciosamente no terraço, ao lado dele.

— Capitão — falou ela, em um misto de cumprimento e pedido de desculpas.

— Ainda está simplesmente cuidando de seus interesses? — perguntou ele. Mas não parecia irritado.

— Você não está chateado — observou ela.

Alucard ergueu uma sobrancelha, e ela percebeu que sentia falta do familiar cintilar azul.

— Suponho que não. Além disso, minhas excursões foram bastante inócuas em comparação com a sua.

— Você me seguiu? — perguntou Lila, irritada.

Alucard riu.

— Você não tem o direito de parecer ofendida.

Lila balançou a cabeça, silenciosamente grata por não ter decidido ir até o palácio e surpreender Kell. Para dizer a verdade, ela ainda não havia decidido quando iria vê-lo. *Se* iria vê-lo. Mas quando — e se — ela o fizesse, certamente não queria Alucard lá para espioná-los. Kell era alguém ali, um membro da realeza, um santo, mesmo que ela só pensasse nele como o contrabandista tolo que franzia demais o cenho e quase havia matado a ambos.

— Por que você está sorrindo?

— Nada — retrucou Lila, suavizando sua expressão. — Então... *Luc*, hein?

— É um apelido. Certamente existe isso, de onde quer que você venha. E, só para constar, prefiro Alucard. Ou capitão Emery.

— A tripulação sabe?

— Sabe o quê?

— Que você é... — Ela gesticulou para a propriedade, procurando pela palavra correta.

— Não é um segredo, Bard. A maioria dos arnesianos já ouviu falar da Casa Emery.

Ele lançou a ela um olhar que dizia: *Estranho, não é, que você não tenha ouvido?*

— Você nunca os ouviu me chamando de *vestra*?

Lila tinha ouvido.

— Eu apenas presumi que era um xingamento. Como *pilse*.

Alucard riu silenciosamente.

— Talvez seja, para eles. Significa *realeza*.

— Como um *príncipe*?

Ele riu, porém sem humor.

— Devo ser uma decepção para você. Eu sei que queria um pirata. Você deveria ter armado para subir a bordo de um navio diferente. Mas não se preocupe. Há muitas portas separando a minha pessoa do trono. E não desejo vê-las abertas.

Lila mordeu o lábio.

— Mas, se todo mundo sabe, então por que se esgueirar como um ladrão?

O olhar dele se voltou para a parede do jardim.

— Porque há outras pessoas nesta cidade, Bard. Algumas que eu não desejo ver. E outras que prefiro que não me vejam.

— Como assim? — provocou ela. — O grande Alucard Emery tem inimigos?

— Ossos do ofício, eu receio.

— É difícil imaginar você conhecendo alguém que não possa seduzir.

Os olhos dele se estreitaram.

— Você diz isso como se não fosse um elogio.

— Talvez não seja.

Um silêncio incômodo começou a se instalar.

— Linda casa — falou Lila.

Foi a coisa errada a se dizer. A expressão dele endureceu.

— Espero que me perdoe por não lhe ter convidado a entrar e não lhe apresentar à minha estimada família. Pode ser complicado explicar a repentina presença de uma garota com roupas masculinas e com a habilidade de falar a língua real, mas sem a delicadeza de usar a porta da frente.

Lila engoliu uma resposta. Ela se sentiu dispensada, mas, quando saiu da varanda, Alucard disse:

— Espere — e havia algo na voz dele que ela mal reconheceu, porque nunca o tinha ouvido expressar isso antes. Sinceridade. Ela se voltou e o viu envolto em um halo de luz que vinha da sala atrás dele, todo o conjunto emoldurado pela porta. Ele era pouco mais que uma silhueta, um retrato simplificado de um nobre.

A imagem do que alguém deveria ser, não do que era.

Então Alucard deu um passo à frente, para longe da luz e para dentro das sombras com ela. Esta versão dele parecia real. Parecia correta. E Lila compreendeu que, quando ele dissera *Espere*, o que quisera dizer foi *Espere por mim*.

— Suponho que ambos deveríamos voltar — acrescentou, tentando parecer indiferente, mas falhando.

— Você não deveria se despedir?

— Nunca fui fã de despedidas. Ou de olás, na verdade. Uma rotina desnecessária. Além disso, eles vão me ver novamente.

Lila olhou de novo para a casa.

— Anisa não ficará chateada?

— Ah, eu imagino que sim. Receio estar acostumado à decepção dela.

— Mas e o que...

— Sem mais perguntas, Lila — pediu ele. — Estou cansado.

Os últimos protestos esfriaram e se desfizeram em sua língua enquanto Alucard subia no corrimão ao lado dela, e depois, em um único passo sem esforço algum, no muro baixo.

Era estreito, mas ele se movia com segurança e facilidade. Alucard sequer olhou para baixo para verificar seus passos.

— Cresci aqui — disse ele, lendo a surpresa dela. — Se há uma maneira de entrar ou sair, eu já experimentei.

Eles deslizaram pelo muro do jardim e desceram para o pátio, abraçando as sombras até que estivessem em segurança do lado de fora do portão.

Alucard partiu pela rua sem olhar para trás, mas Lila lançou um olhar para a grande propriedade.

A verdade era que Lila entendia por que Alucard fizera o que fizera. Porque havia trocado a segurança e o tédio pela aventura. Ela não sabia como era se sentir segura e nunca havia tido o luxo de ficar entediada, mas era como dissera a Kell certa vez: pessoas roubam para permanecer vivas ou para se sentir vivas. Ela só podia imaginar que alguém fugiria pelas mesmas razões.

Lila correu para alcançá-lo e acertou o passo ao lado do capitão, a rua silenciosa a não ser pelos sons das botas deles. Ela ainda ensaiou uma olhadela para o lado, porém o olhar de Alucard estava sempre voltado para a frente, para muito longe.

Ela costumava odiar pessoas como ele, pessoas que abriam mão de algo bom, desdenhando refeições quentes e telhados sólidos como se não importassem.

Mas então Barron morrera e Lila percebera que de certa forma ela havia feito a mesma coisa. Fugir do que poderia ter sido uma boa vida. Ou pelo menos uma vida feliz. Porque ser feliz não era o suficiente, não para Lila. Ela queria *mais*. Queria uma aventura. Costumava pensar que, se roubasse o suficiente, o desejo desapareceria e a fome iria embora, mas talvez não fosse assim tão simples. Talvez não dependesse do que ela não tinha ou do que ela não era, mas do que ela *era*. Talvez ela não fosse o tipo de pessoa que roubava para *permanecer* viva. Talvez fizesse isso apenas pela emoção. E isso a assustava, porque significava que ela não precisava fazê-lo, não podia justificá-lo, que ela poderia ter ficado na Stone's Throw e salvado a vida de Barron... Era um terreno escorregadio, aquele tipo de pensamento, do tipo que terminava em um precipício, então Lila recuou.

Ela era quem era.

E Alucard Emery?

Bem, ele era um homem com seus próprios segredos.

E ela não podia culpá-lo por isso.

290

III

Kell se abaixou e se esquivou, movendo-se como sombra e luz pelo Dique.

Ele sentia prazer nos músculos doloridos, em seu coração pulsante; havia dormido mal e acordado pior, seus pensamentos ainda agitados com a notícia do retorno de Lila. Fazia sentido, não? Se ela tivesse entrado para uma tripulação arnesiana, a maioria delas havia aportado em Londres para o torneio.

Faltavam apenas dois dias para o *Essen Tasch*.

Uma lâmina cortou o ar no alto, e Kell pulou para fora de seu alcance.

Dois dias, e ainda nenhum sinal dela. Uma parte pequena e irracional dele havia se convencido de que ele seria capaz de *sentir* seu retorno, de estar sintonizado com ela da mesma forma como acontecia com a Stone's Throw, a Setting Sun e a Scorched Bone. Os pontos fixos nos diferentes mundos. E, no entanto, talvez ele *estivesse* sintonizado com ela. Talvez ela fosse a força pequena e invisível que o levara a passear pela cidade, para começo de conversa.

Mas ele se desencontrara dela, e, com a cidade tão cheia, como conseguiria encontrá-la novamente?

Apenas siga as facas, disse uma voz em sua cabeça. *E os corpos em que estiverem fincadas.*

Ele sorriu para si mesmo. E então, com uma pequena angústia, perguntou-se há quanto tempo ela estaria em Londres. E por que não tinha vindo vê-lo ainda. Seus caminhos só haviam se cruzado por alguns dias, mas ele, Rhy e Tieren eram as únicas pessoas que ela conhecia neste mundo, ou pelo menos as únicas pessoas que conhecia quatro meses antes. Talvez ela tivesse saído por aí e feito uma tonelada de amigos — mas ele duvidava disso.

O golpe seguinte quase encostou na pele dele, e Kell se esquivou a tempo.

Foco, ele se repreendeu. *Respire.*

A máscara de prata contornava perfeitamente o seu rosto, blindando tudo, exceto o ar e a visão. Ele a colocara para se acostumar com o tamanho e o peso, e rapidamente se pegara saboreando a diferença, deslizando para o conforto do anonimato, do personagem. Enquanto usasse a máscara, Kell não era Kell.

Ele era *Kamerov*.

O que Lila pensaria disso? Lila, Lila, ele até mesmo considerara usar magia de sangue para encontrá-la — ainda tinha o lenço dela —, mas se deteve antes de sacar a faca. Passara meses sem se rebaixar tanto. Além disso, ele não era um cãozinho perseguindo um mestre ou um osso. Que ela viesse até ele. Mas por que ela *não tinha* vindo...

O metal cintilou perto demais, e ele xingou e rolou, recuperando-se e colocando-se de pé.

Ele trocara dezenas de inimigos por apenas um, mas ao contrário dos manequins com os quais treinara, este estava muito vivo. Hastra se movia de um lado para outro, trajando armadura completa e tentando evitar os golpes de Kell. O jovem guarda estivera surpreendentemente disposto a correr ao redor do Dique armado com apenas um escudo pequeno e uma lâmina cega enquanto Kell aprimorava sua agilidade e praticava transformar elementos em armas.

A armadura... Ele pensou, um vento chicoteando ao redor dele, *é projetada para rachar...* Ele saltou, dando impulso em uma parede, lançou uma rajada de ar contra as costas de Hastra... *quando atingida.* Hastra tropeçou para a frente e girou para encará-lo. *O primeiro a marcar dez pontos...* Ele continuou recitando as regras enquanto a água girava em torno de sua mão... *ganha o jogo*... A água se dividiu, circulando ambas as mãos... *a menos que um dos competidores*... Ambas as correntes de água dispararam para a frente, congelando antes que atingissem... *seja incapaz de continuar*... Hastra só conseguiu bloquear um bloco de gelo, e o segundo o atingiu na coxa blindada e se quebrou em gotas de gelo... *ou admita a derrota*.

Kell abriu um sorriso por trás da máscara, e, quando o guarda sem fôlego tirou seu capacete, estava sorrindo também. Kell tirou a máscara prateada, e seu cabelo ensopado ficou no mesmo lugar.

— É isso que o senhor tem feito aqui embaixo todas estas semanas, mestre Kell? — perguntou Hastra sem fôlego. — Praticando para o torneio?

Kell hesitou, então respondeu:

— Acho que sim.

Afinal, ele estivera mesmo treinando; simplesmente não sabia *para o quê*.

— Bem, está dando certo, senhor — falou o guarda. — O senhor faz parecer fácil.

Kell riu. A verdade era que o seu corpo inteiro estava dolorido, e, mesmo quando seu sangue cantava pedindo uma luta, seu poder parecia ralo. Drenado. Ele tinha se acostumado com a eficiência da magia do sangue, mas os elementos demandavam mais determinação para serem manejados. A exaustão de usar feitiços de sangue o atingia de uma vez só, mas esse tipo de luta o desgastava. Talvez ele realmente conseguisse ter uma boa noite de sono antes do torneio.

Hastra atravessou a sala de treinamento com cautela, como se estivesse pisando em solo sagrado, e parou junto ao arco do Dique, analisando a mesa de equipamentos com sua tigela de água e seus recipientes de terra, areia e óleo.

— *Você* tem um elemento? — perguntou Kell, ajeitando o cabelo.

O sorriso de Hastra se suavizou.

— Um pouco disso, um pouco daquilo, senhor.

Kell franziu o cenho.

— O que você quer dizer com isso?

— Meus pais queriam que eu fosse sacerdote — explicou o jovem guarda, coçando a cabeça. — Mas eu achei que não parecia nem de longe tão divertido. Passar o dia todo meditando naquela estrutura de pedra mofada...

— Você consegue *equilibrá-los*? — interrompeu Kell, espantado.

Os sacerdotes eram escolhidos não por sua força com um elemento específico, mas pela sua capacidade moderadora de gerir tudo; não como Kell fazia, com poder absoluto, mas com o equilíbrio necessário para nutrir a vida. Equilibrar os elementos era uma habilidade sagrada. Mesmo Kell lutava para conseguir equilíbrio. Assim como um vento forte poderia arrancar um broto de planta, o poder de um *Antari* tinha força demasiada para as artes sutis. Ele poderia impactar em coisas já crescidas, mas a vida era frágil no início e exigia um toque suave.

O jovem guarda deu de ombros e depois se iluminou um pouco.

— O senhor quer ver? — perguntou ele, quase tímido.

Kell olhou ao redor.

— Agora?

Hastra sorriu e enfiou a mão no bolso, pegando uma pequena semente. Quando Kell ergueu uma sobrancelha, o guarda riu.

— Nunca se sabe quando será preciso impressionar uma dama — falou ele. — Muita gente estufa o peito e vai direto para luzes e explosões. Mas eu não consigo contar quantas noites começaram com uma semente e terminaram, bem... — Hastra parecia divagar sempre que ficava nervoso, e Kell aparentemente o deixava muito nervoso. — Mas eu duvido que tenha que se esforçar muito para impressioná-las, senhor.

Hastra examinou os elementos da mesa. Em uma pequena tigela havia um pouco de terra solta: não o fértil solo de pomares e jardins, mas o tipo rochoso encontrado sob as calçadas das ruas. Não era a coisa mais elegante para se treinar, e, quando havia escolha, Kell preferia pedras a terra, mas era abundante. Kell observou enquanto Hastra encheu uma das mãos com terra e fez um pequeno sulco com o dedo antes de jogar a semente. Então mergulhou a outra mão na tigela de água e a pressionou sobre a terra, embrulhando a semente e o solo entre as palmas das mãos, formando uma bola. Hastra fechou os olhos e seus lábios começaram a se mover. Kell sentiu um calor sutil no ar entre eles, uma sensação que conhecia bem do tempo que passara com Tieren.

E então, ainda murmurando, Hastra começou a abrir lentamente as mãos, o montículo de terra úmida como um ovo entre elas.

Kell assistiu, hipnotizado, a um caule verde pálido se erguer da terra úmida. O caule cresceu um centímetro, depois dois, retorcendo-se pelo ar. As folhas começaram a se desdobrar, sua superfície de um roxo escuro, antes que uma flor branca e esférica surgisse.

Hastra parou, parecendo satisfeito.

— O que é isso? — perguntou Kell.

— Acina — respondeu o guarda. — Suas folhas são boas para a dor.

— Isso é incrível.

O jovem guarda deu de ombros.

— Minha mãe e meu pai não ficaram felizes quando eu escolhi ser um guarda em vez de sacerdote.

— Posso imaginar.

Kell queria dizer a Hastra que ele estava desperdiçando o tempo dele ali. Que seu talento era precioso demais para ser jogado fora em favor de uma espada e uma armadura. Mas, se só o valor de uma pessoa fosse suficiente para determinar o seu lugar no mundo, que argumento Kell teria para querer mais?

— Mas isso é porque eles não sabem de tudo — continuou Hastra, alegremente. — Eles provavelmente acham que eu estou patrulhando ruas no *sha*. Ficarão orgulhosos quando souberem que estou protegendo o senhor. Além disso, fiz um acordo com meu pai — acrescentou. — Vou me juntar ao santuário, algum dia. Mas, desde que consigo me lembrar, eu sempre quis ser um guarda real. Sabia que não seria feliz, não até tentar. Não consigo pensar em uma coisa pior do que ficar me perguntando como teria sido. Então, pensei, por que não ter ambos? O santuário ainda me terá, quando eu estiver pronto.

— E se você morrer antes disso?

O humor alegre de Hastra não se abalou.

— Então outra pessoa receberá meu dom. E espero que seja menos teimoso. É o que minha mãe diz. — Ele se inclinou com um ar conspiratório. — Mas eu cuido dos jardins quando ninguém está olhando.

Kell sorriu. Os terrenos do palácio *estavam* suspeitosamente exuberantes para esta época do ano. Hastra endireitou a postura, seu olhar flutuando até a escada.

— Nós devemos ir...

— Ainda temos tempo — assegurou Kell, levantando-se.

— Como sabe? — indagou Hastra. — Não podemos ouvir os sinos aqui embaixo, e não há janelas para perceber a luz.

— Magia — disse Kell. E então, quando Hastra arregalou os olhos, ele apontou para a ampulheta que estava sobre a mesa junto com as outras ferramentas. — E aquilo.

Ainda havia areia no vidro, e Kell não estava pronto para enfrentar o mundo lá em cima.

— Vamos recomeçar.

Hastra assumiu sua posição.

— Sim, senhor.

— Me chame de Kamerov — disse Kell, colocando o capacete de volta sobre a cabeça.

IV

Sessa Av!

As palavras apareciam nas superfícies das tábuas de divinação espalhadas por toda a Londres.

Dois dias!

A cidade estava em contagem regressiva.

Dois dias para o Essen Tasch!

Dois dias, e Lila Bard tinha um problema.

Ela esperava que houvesse uma falha óbvia no sistema, uma forma de entrar para a lista de competidores do torneio através de ameaça ou suborno, ou de roubar um lugar reserva, mas aparentemente todos os campeões haviam sido escolhidos *semanas* antes. Havia doze nomes na lista, além de dois suplentes, o que significava que, se Lila Bard quisesse uma chance de competir — e ela *queria* — teria que roubar um nome.

Lila já havia afanado muitas coisas, mas uma identidade não era uma delas. Claro, ela tinha assumido pseudônimos, representado uma variedade de papéis, mas nunca personificara alguém *real*.

E, claro, não poderia simplesmente personificá-lo. Ela teria que *substituí-lo*.

Não vale a pena, advertiu uma voz em sua cabeça, aquela voz irritante e pragmática que soava muito como Kell. Talvez fosse loucura. Talvez ela devesse apenas ocupar seu lugar nas arquibancadas, torcer por seu capitão e ganhar algumas moedas extras no ranking de apostas. Não era uma maneira desagradável de passar a semana. E, afinal, que lugar ela tinha na arena? Só vinha praticando por alguns meses.

Mas.

Lá estava aquela palavra, alojada em sua pele como uma farpa.

Mas.

Mas ela estava inquieta.

Mas ela queria emoção.

Mas seria um desafio.

E quando se tratava de magia, Lila não era apenas uma aluna que aprendia rápido. Ela possuía um talento *inato*.

Mestre Tieren tinha dito meses antes que havia algo poderoso dentro dela, esperando para ser acordado. Bem, Lila o tinha cutucado com uma vara, e estava bem acordado: algo vivo e que cantarolava, tão inquieto quanto ela.

E a inquietação sempre a fizera ser imprudente.

Ainda assim, havia aquela questão irritante da lista.

Lila passara o dia vagando pela Londres Vermelha, aprendendo tudo o que podia sobre o *Essen Tasch* e seus competidores. Passara tempo suficiente em tavernas, bordéis e pubs para saber em quais lugares você provavelmente encontraria respostas a perguntas sem nunca perguntar. Claro, você sempre podia molhar algumas mãos, mas muitas vezes era preciso apenas sentar-se em um lugar por tempo suficiente para aprender mais do que com qualquer um a quem pagou. E todos pareciam estar falando sobre o torneio.

Alucard, aparentemente, era um dos favoritos entre os arnesianos, junto com uma mulher chamada Kisimyr, vencedora do torneio anterior, e um homem chamado Jinnar. Mas nomes eram apenas nomes. Ela precisava *ver* a lista de competidores antes de eles aparecerem para o público. Se não houvesse bons alvos, disse a si mesma, ela deixaria a ideia de lado e ficaria nas arquibancadas com o resto da tripulação. Se não houvesse bons alvos. Mas ela precisava ver. Precisava saber.

Frustrada, Lila terminou sua bebida, desceu do banco em que estava e voltou para a hospedaria.

Em algum lugar no caminho seus pés mudaram de rumo, e, quando ela procurou saber onde estava, viu-se de pé em frente à estrada principal que levava ao palácio real, olhando para cima. Não ficou surpresa. Durante o dia todo, suas pernas a puxaram para cá. O dia todo ela percebera seu olhar vagando para a estrutura reluzente.

Entre, disse uma voz.

Lila bufou. O que ela poderia fazer? Subir os degraus da frente? Ela já havia feito isso uma vez, mas como convidada, com um convite roubado. As portas estavam abertas naquela ocasião, mas agora estavam fechadas, uma dezena de guardas em armaduras polidas e capas vermelhas de pé em sentinela.

O que ela lhes diria? *Estou aqui para ver o príncipe de olho preto.* Seu inglês poderia deixá-la passar pela porta da frente, mas e depois? Será que o rei e a rainha a reconheceriam como a garota esquelética que ajudara Kell a salvar sua cidade? Lila suspeitava de que *Rhy* se lembraria dela. Ela se pegou pensando, enternecida, no príncipe. Não nele sob o controle de Astrid Dane ou sangrando até a morte em um catre do santuário, mas depois de tudo, cercado por travesseiros, com olheiras sob seus olhos cor de âmbar. Cansado e amável e flertando apesar da dor.

E Kell?

E o príncipe de olho preto? Ele a acolheria? Serviria uma bebida a ela e perguntaria sobre suas viagens ou franziria o cenho e perguntaria se ela estava pronta para ir embora, para voltar ao seu próprio mundo, ao qual ela pertencia?

Lila semicerrou os olhos à luz do crepúsculo — as elevadas varandas do palácio reduzidas a auréolas de luz na noite fria —, e pensou distinguir uma sombra em um dos pátios mais altos. Estava muito longe para ter certeza, aquela distância tamanha a ponto de reduzir tudo a formas vagas, e a mente poderia distorcê-las em qualquer coisa. Ainda assim, a sombra parecia se curvar diante de seus olhos, como se estivesse apoiada no parapeito, e naquele momento a mancha de escuridão se tornou um mago com um casaco de gola alta. Lila ficou de pé e observou até que a forma se dissolveu, engolida pela noite espessa.

A atenção dela desceu e pousou em um par de elegantes tábuas pretas de divinação que se erguiam como colunas diante dos degraus do palácio. Meses antes, o rosto de Kell tinha aparecido nelas, primeiro com a palavra *desaparecido* sobre ele e mais tarde com a palavra *procurado*. Agora, o giz fantasmagórico anunciava uma variedade de eventos nas horas que antecediam o torneio em si. Droga! Havia muitas festas, mas uma em particular chamou sua atenção. Algo chamado *Is Gosar Noche*.

A Noite dos Estandartes.

Ela percebeu o aviso pouco antes de a tábua se apagar e teve que ficar ali por dez minutos esperando a mensagem ser escrita novamente. Quando apareceu, ela leu o mais rápido que pôde, tentando entender a escrita em arnesiano.

Pelo que ela conseguiu captar, concorrentes de todos os três impérios estavam sendo convocados para o palácio na noite seguinte, a véspera do torneio, para uma recepção real. E para selecionar seu estandarte, o que quer que isso fosse.

Não era isso que ela queria?

Uma desculpa para entrar no Palácio Vermelho.

Tudo de que ela precisava era um nome.

Os sinos dobraram, e Lila xingou em voz baixa.

Um dia inteiro se passara, pensou sombriamente enquanto caminhava de volta para a Wandering Road, sem estar mais perto de seu objetivo.

— Aí está você — falou a voz do capitão assim que ela entrou.

Um punhado dos homens de Alucard estava reunido no salão da frente. Não estavam vestidos para o navio, para o cais ou para a taverna. Tav, Stross e Vasry usavam belas meias capas de capuz franzidas nos pulsos, cujos punhos e gola eram presos com fivelas de prata polida. O próprio Alucard estava usando um casaco elegante, azul-marinho com forro prateado; os cachos presos sob um chapéu que se inclinava e se curvava como o mar. Uma das mãos estava apoiada no cabo da sua espada curta e o anel de pena de prata brilhava na luz difusa. Apesar de a safira ainda cintilar sobre sua sobrancelha direita, ele não se parecia com o *casero* do *Night Spire*. E, no entanto, se não parecia um pirata, tampouco parecia um príncipe. Ele parecia polido, mas também afiado, como uma faca bem-guardada.

— Onde você estava, Bard?

Ela encolheu os ombros.

— Explorando.

— Quase saímos sem você.

Ela franziu o cenho.

— Aonde vocês vão?

Alucard deu um sorriso.

— A uma festa — respondeu ele.

Porém, a palavra para *festa* em arnesiano não era tão simples. Lila estava aprendendo que o significado de diversas palavras arnesianas mudava para se ajustar ao contexto. A palavra que Alucard usara era a mais ampla: *tasura*, que significava *festa, evento, reunião* ou *encontro*. Uma gama de significados que variava de comemorativo a nefasto.

— Odeio festas — declarou ela, indo em direção à escada.

Mas Alucard não se deixava dissuadir tão facilmente. Ele a alcançou e a segurou pelo cotovelo: cautelosamente e apenas por um instante, pois sabia o quão perigoso era tocar Lila quando ela não queria ser tocada.

— Acho que você vai gostar desta — murmurou ele em inglês.

— Por quê?

— Porque eu sei o quanto você está fascinada pelo torneio que está chegando.

— E?

— E é uma tradição não oficial — explicou ele — que os concorrentes locais compartilhem uma bebida antes do início dos jogos. — O interesse de Lila aumentou. — Admito que é um pouco de exibição — acrescentou, gesticulando para os outros —, mas eu esperava que você viesse

— Por que eu?

— Porque é uma chance de avaliar a concorrência — disse Alucard. — E você tem os olhos mais aguçados — adicionou, com uma piscadela.

Lila tentou esconder sua empolgação.

— Bem — falou ela. — Se você insiste.

Alucard sorriu e tirou um lenço cor de prata do bolso.

— Para que isso? — perguntou ela enquanto ele amarrava o lenço frouxamente ao redor da garganta dela.

— Hoje à noite você faz parte do meu séquito.

Lila soltou uma gargalhada, um som árido que feriu os ouvidos dos outros homens.

— Seu *séquito*.

O que viria depois?, imaginou ela. *Escudeira?*

— Pense nisso apenas como o nome de uma tripulação quando está em terra.

— Espero que não queira que eu lhe chame de *Mestre* — disse ela, ajustando o nó.

— Santos, não, essa palavra só tem lugar na cama. E *Lorde* me dá calafrios. *Capitão* está ótimo. — Ele apontou para os homens à espera. — Vamos?

O sorriso de Lila ficou afiado quando ela indicou a porta com um movimento de cabeça.

— Mostre o caminho, Capitão.

A placa sobre a entrada da taverna dizia *Is Casnor Ast*.

The Setting Sun.

Lila diminuiu o passo e então parou. Era algo muito estranho, mas ela não conseguia se livrar da sensação de que já estivera ali antes. Não estivera, é claro. Ela só ficara na Londres Vermelha por alguns dias depois do pesadelo com os Dane, e antes de se unir à tripulação do *Spire*. Tempo suficiente apenas para se curar e para responder perguntas, e estivera confinada ao palácio o tempo todo.

Porém, parada ali, na soleira, o lugar parecia *tão familiar*. Quando ela fechou os olhos, quase se sentiu como se estivesse... não podia ser. Lila piscou e olhou em volta para as ruas vizinhas, tentando sobrepor a imagem desta cidade sobre a de outra, aquela na qual ela tinha vivido por toda a sua vida. E conforme as imagens se fundiram, ela percebeu que sabia exatamente onde estava. Onde estaria. Nesse canto, de volta à Londres Cinza, exatamente à mesma distância do rio, havia outra taverna, que ela conhecia muito bem.

The Stone's Throw.

Quais eram as chances? Tavernas eram tão abundantes quanto problemas, mas duas ocupando o mesmo local exato? Vistas do lado de fora elas não se pareciam em nada, contudo o lugar atraía seus ossos com a mesma gravidade peculiar que ela sempre sentira em casa. *Casa*. Nunca tinha pensado na Stone's Throw dessa forma quando estava lá, mas agora era a única palavra que servia. Só que não era pela *construção* que ela ansiava. Não exatamente.

Ela enfiou a mão no bolso e fechou os dedos ao redor do relógio de bolso de prata que pesava no fundo do forro de seda.

— *Kers la*, Bard?

Ela olhou para cima e percebeu que Alucard estava segurando a porta aberta para ela. Lila balançou a cabeça.

— *Skan* — respondeu ela. *Nada*.

Lá dentro, o poder a atingiu em uma onda. Ela não podia ver a magia como Alucard fazia, mas ainda podia senti-la enchendo o ar como vapor enquanto emanava dos magos reunidos. Nem todos os concorrentes viajavam com uma comitiva completa. Alguns — como a mulher bronzeada na parede de trás, seus cabelos pretos retorcidos como cordas e repletos de ouro — estavam no centro de seu próprio universo, ao passo que outros se sentavam em pequenos grupos ou vagavam sozinhos pelo salão, deixando uma aura de poder em seus rastros.

Enquanto isso, a sensação de *déjà vu* continuava. Ela fez o possível para se livrar dela e se concentrar. Afinal, não estava ali apenas para fazer parte da comitiva de Alucard. Havia a questão de encontrar um alvo, de realizar seu pequeno truque mágico. A taverna estava cheia de magos, e Delilah Bard ia fazer um deles desaparecer.

Alguém gritou uma saudação a Alucard, e o séquito parou quando os dois engancharam os pulsos. Tav foi buscar bebidas, enquanto Stross percorria o salão fazendo uma avaliação perspicaz. Ela supôs que ele tivesse sido trazido pela mesma razão que ela: para julgar a concorrência.

Por sua vez, Vasry examinava o salão como se fosse um banquete.

— Essa é a atual campeã, Kisimyr — sussurrou para Lila em arnesiano, enquanto a mulher com o cabelo amarrado se aproximava de Alucard, as botas ressoando no chão de madeira. O homem que cumprimentara Alucard recuou alguns passos quando ela se aproximou.

— Emery — falou ela com um sorriso felino e um sotaque atrevido. — Você realmente não sabe como ficar longe de problemas. — Ela não era de Londres. Estava falando ilustre real, mas suas palavras corriam todas juntas. Não na forma serpentina da língua faroense, mais como se ela tivesse cortado todas as bordas e tirado o espaço entre elas. A voz era baixa e retumbante, e, quando ela falou, soou como um trovão estrondoso.

— Não quando os problemas são mais divertidos — retrucou Alucard com uma reverência. O sorriso de Kisimyr se alargou quando os dois entabularam uma conversa reservada. Havia algo afiado sobre aquele sorriso, emparelhado com o resto de seu rosto, a sobrancelha inclinada e o olhar direto; parecia uma provocação. Um desafio. A mulher exalava confiança. Não arrogância, exatamente. Isso, em geral, era infundado e tudo em Kisimyr dizia que ela *adoraria* uma desculpa para lhe mostrar o que era capaz de fazer.

Lila gostava disso e se pegou imitando os traços dela, perguntando-se que tipo de força acrescentariam ao seu próprio rosto.

Não sabia se queria lutar com a mulher ou ser amiga dela, mas certamente não iria *substituí-la*. A atenção de Lila mudou, passando por um par de figuras corpulentas e por uma menina muito bonita, vestindo azul e com cascatas de cabelos escuros, isso sem mencionar um bom número de curvas. Nenhuma combinação boa ali. Ela continuou a examinar o salão enquanto a comitiva de Alucard se dirigia a uma cabine no canto.

Kisimyr havia se retirado para dentro do círculo de seu próprio grupo e estava conversando com um homem jovem, de pele escura, que estava ao lado dela. Ele tinha uma bela estrutura óssea e era musculoso, com braços nus e brincos de ouro por toda a extensão de suas orelhas, combinando com os de Kisimyr.

— Losen — disse Alucard, em voz baixa. — O protegido dela.

— Eles terão que competir um contra o outro?

Ele deu de ombros.

— Depende do sorteio.

Um homem com uma pilha de papel apareceu ao lado de Kisimyr.

— Aquele ali trabalha para o periódico *Scryer* — falou Stross. — É melhor evitá-lo, a não ser que queira se ver nas fofocas das tábuas de divinação.

Naquele momento as portas da taverna se abriram e um jovem flutuou — literalmente — em uma rajada de vento. Ele rodopiava ao redor do homem e por toda a taverna, estremecendo as chamas das velas e balançando as lanternas. Alucard se contorceu em seu assento e revirou os olhos com um sorriso.

— Jinnar! — disse ele, e, pela forma como falara, Lila não pôde dizer se isso era um nome ou um xingamento.

Mesmo ao lado dos enormes veskanos e dos faroenses cheios de joias que ela conhecera em Sasenroche, o recém-chegado era um dos homens mais impressionantes que Lila já vira. Magro como uma sombra no fim da tarde, sua pele tinha o bronzeado de um arnesiano e o cabelo preto apontava para cima em uma grande mecha vertical. Abaixo das sobrancelhas pretas, seus olhos eram *prateados*, brilhando como os de um gato à luz difusa da taverna e marcados apenas pelas contas pretas em seu centro. Franjas de espessas pestanas pretas emolduravam as duas piscinas de prata, e ele tinha um sorriso de chacal, não afiado, e sim largo. Ficou ainda mais largo quando viu Alucard.

— Emery! — gritou ele, tirando a capa dos ombros e atravessando o salão, os dois gestos entrelaçados em um movimento contínuo.

Debaixo da capa, suas roupas não eram apenas justas; eram modeladas ao corpo, ornamentadas por algemas de prata que circundavam sua garganta e percorriam o comprimento de seus antebraços.

Alucard se levantou.

— Eles te deixaram sair em público?

O jovem jogou o braço no ombro do capitão.

— Somente para o *Essen Tasch*. Você sabe que o velho Tieren tem um fraco por mim.

Ele falou tão rápido que Lila mal conseguiu acompanhar, mas sua atenção deu um salto com a menção do sumo sacerdote de Londres.

— Jin, conheça minha tripulação. Pelo menos, aqueles de quem mais gosto.

Os olhos do homem dançaram pela mesa, pairando em Lila por um instante — pareciam uma brisa fresca — antes de voltar para Alucard. De perto, seu olhar metálico era ainda mais inquietante.

— De que estamos chamando você hoje?

— Capitão está ótimo.

— Que oficial! Embora eu suponha que não seja tão ruim quanto um título de *vestra*. — Ele se curvou em um gesto elaborado que vagamente se assemelhava a uma reverência, se esta fosse acompanhada de um gesto de mão rude. — Sua Eminência Alucard, segundo filho da Casa Real de Emery.

— Você está passando vergonha.

— Não, estou envergonhando *você* — falou Jin, pondo-se de pé.
— Há uma diferença.

Alucard ofereceu-lhe um assento, mas Jin recusou, pousando no ombro da própria cadeira de Alucard, leve como uma pena.

— O que eu perdi?

— Nada ainda.

Jin olhou em volta.

— Vai ser um torneio estranho.

— É?

— Ares de mistério em torno de tudo este ano.

— Isso é uma piada elemental?

— Rá! — disse Jin. — Eu nem pensei nisso.

— Pensei que tivesse uma lista de piadas de vento — provocou Alucard. — Eu com certeza tenho, só para você, e as dividi nas categorias de calafrios, ventos, vapor...

— Você é igual às suas velas — cutucou Jin, saltando da cadeira. — Um cabeça de vento. Mas estou falando sério — disse ele, inclinando-se. — Eu ainda não vi metade dos competidores. Talvez estejam escondidos para causar efeito. E a pompa que cerca tudo! Estive em Faro três anos atrás, e você sabe o quanto eles gostam de ouro, mas era um casebre em comparação com isto aqui. Estou lhe dizendo, o ar de espetáculo perdeu os limites. Eu culpo o príncipe. Sempre teve uma queda pelo drama.

— Diz o homem flutuando a três polegadas do chão.

Lila olhou para baixo e se espantou ligeiramente quando viu que Jinnar estava, de fato, pairando no ar. Não constantemente, mas, a cada vez que se movia, ele demorava mais do que o normal para voltar ao chão, como se a gravidade não tivesse o mesmo domínio sobre ele do que sobre todos os outros. Ou, talvez, como se algo mais o estivesse levantando.

— Bem — falou Jin, encolhendo os ombros —, suponho que combinarei esplendidamente com o evento. Assim como você — acrescentou, balançando a pena de prata no chapéu de Alucard. —

Agora, se me dão licença, eu devo circular por aí e dar boas-vindas. Já volto.

E assim ele saiu. Lila se virou para Alucard, perplexa.

— Ele é sempre assim?

— Jinnar? Ele sempre foi um pouco... entusiasmado. Mas não deixe seu humor infantil enganá-la. Ele é o melhor mago do vento que já conheci.

— Ele estava *levitando* — disse Lila. Ela tinha visto muitos magos *fazendo* magia. Mas Jinnar *era* magia.

— Jinnar pertence a uma determinada escola de magia, que acredita não apenas em usar um elemento, mas em se unir a ele. — Alucard coçou a cabeça. — É como quando as crianças estão aprendendo a jogar *renna* e precisam levar a bola com eles para todos os lugares, para se sentir confortáveis com ela. Bem, Jin nunca abandonou a bola.

Lila observou o mago do vento andar pela sala, saudando Kisimyr, Losen e também a menina de azul. E então parou para se empoleirar no braço de um sofá e começou a falar com um homem que ela ainda não havia notado. Ou melhor, ela o *tinha* notado, mas ela o tomara por membro do séquito de outra pessoa, vestido como ele estava, com um casaco preto simples e um broche iridescente em forma de S em sua garganta. Ele havia percorrido a reunião mais cedo, abraçando as bordas da sala e segurando um copo de cerveja clara. As ações denotavam mais desconforto do que discrição, e ele finalmente se retirou para um sofá para beber sua bebida em paz.

Agora, Lila apertava os olhos para ver através do salão cheio de fumaça e sombras, enquanto Jin apertava a mão dele. A pele do homem era clara, e o cabelo, escuro — mais escuro do que o de Lila — e mais curto, mas seus ossos eram alongados. *Qual a altura dele?*, perguntou-se Lila, medindo o corte de seus ombros, o comprimento de seus braços longos. Uma lufada de ar fresco tocou seu rosto e ela piscou, percebendo que Jin tinha retornado.

Ele estava sentado novamente no espaldar da cadeira de Alucard, aparecendo sem ao menos se anunciar.

— Bem — perguntou Alucard, inclinando a cabeça para trás —, estão todos aqui?

— Quase. — Jinnar puxou a lista da competição de seu bolso. — Nenhum sinal de Brost. Ou do companheiro Kamerov. Ou Zenisra.

— Louvai os santos — murmurou Alucard a este nome.

Jin deu uma risadinha.

— Você faz mais inimigos do que a maioria faz companheiros de cama.

A safira na testa de Alucard cintilou.

— Ah, eu faço muitos desses, também. — Ele acenou com a cabeça para o homem no sofá. — E o sombra?

— Alto, sombrio e quieto? Chama-se Stasion Elsor. Colega bastante agradável. Tímido, eu acho.

Stasion Elsor, pensou Lila, rolando aquele nome por sua língua.

— Ou inteligente o suficiente para manter seus trunfos perto do peito.

— Talvez — retrucou Jin. — De qualquer forma, é a primeira vez dele. E é de Besa Nal, na costa.

— Meu homem, Stross, é dessa região.

— Bem, espero que a performance de Stasion na arena seja melhor que na taverna.

— Nem sempre é importante fazer um show — repreendeu Alucard.

Jin cacarejou.

— Quem é você para falar, Emery? — Com isso, ele saiu da cadeira e pairou para longe.

Alucard se levantou. Ele olhou para a bebida em sua mão como se não tivesse certeza de como tinha chegado ali. Então a terminou em um único gole.

— Acho que é melhor eu ir saudar as pessoas — disse ele, pousando o copo vazio na mesa. — Volto já.

Lila assentiu distraidamente, sua atenção já retornando ao homem no sofá. Só que ele não estava mais lá. Ela vasculhou o salão, olhos pousando na porta bem a tempo de ver Stasion Elsor desaparecendo através dela. Lila terminou sua bebida e se pôs de pé.

— Aonde você está indo? — perguntou Stross.

Ela lançou a ele um sorriso afiado e levantou a gola do casaco.

— Vou procurar problemas.

V

Eles eram quase da mesma altura. Essa foi a primeira coisa que ela notou enquanto seguia os passos dele. Elsor era ligeiramente mais alto, e seus ombros eram sutilmente mais largos, mas ele tinha uma cintura estreita e pernas compridas. Conforme Lila o seguia, primeiro tentou aprender a forma como ele andava e então começou a imitá-lo.

Tão perto do rio, as ruas estavam cheias o suficiente para encobrir a perseguição, e ela começou a se sentir menos como uma ladra com um alvo e mais como um gato perseguindo sua presa.

Houve muitas chances de voltar atrás. Mas ela continuou.

Lila nunca tinha realmente acreditado em destino, mas, como a maioria das pessoas que rejeitam a religião, ela podia convocar uma centelha de crença quando era necessário.

Elsor não era de Londres. Ele não possuía uma comitiva. Conforme eliminava a distância entre eles, ela se perguntou quantas pessoas lá na taverna haviam reparado nele, além de Jinnar. A luz na Setting Sun estava baixa. Será que alguém tinha conseguido dar uma boa olhada no rosto dele?

De qualquer forma, uma vez que o torneio começasse, eles não teriam rostos.

Loucura, advertiu uma voz, mas o que ela tinha a perder? Alucard e o *Spire*? Cuidado, pertencimento... o valor que se dava a isso tudo era tão exagerado.

Elsor pôs as mãos nos bolsos.

Lila pôs as mãos nos bolsos.

Ele alongou o pescoço.

Ela alongou o pescoço.

Lila trazia uma variedade de facas consigo, mas não planejava matá-lo, não se pudesse evitar. Roubar uma identidade era uma coisa; roubar uma vida era outra, e, embora ela certamente tivesse sua cota de mortes, não tomara isso de forma leviana. Ainda assim, para o seu plano funcionar, *algo* tinha que acontecer com Stasion Elsor.

Ele dobrou uma esquina para uma rua estreita que levava às docas. A rua era irregular e estava vazia, contando apenas com lojas escurecidas e uma série de lixeiras e caixotes espalhados.

Sem dúvida, Elsor era um excelente mago, mas Lila tinha o elemento surpresa e nenhum problema em jogar sujo.

Uma barra de metal estava encostada em uma porta, cintilando à luz bruxuleante da lanterna.

O objeto fez barulho ao raspar nas pedras quando Lila o levantou, e Elsor virou-se para trás. Ele era rápido, mas ela era mais, imprensando-se na soleira da porta antes que os olhos dele encontrassem o lugar em que ela estivera.

Uma chama se acendeu na palma da mão do homem, e ele segurou a luz no alto, as sombras dançando pela rua. Um mago do fogo.

Era o último sinal de que Lila precisava.

Seus lábios se moveram, a magia percorrendo-a enquanto convocava alguns versos de Blake. Não uma canção de fogo ou de água, e sim de terra. Um vaso no peitoril da janela acima dele deslizou para fora da borda e caiu, errando o alvo por centímetros e quebrando no chão da rua. Elsor girou para procurar o som uma segunda vez. Com isso, Lila diminuiu a distância e levantou a barra de metal, sentindo-se um pouco menos culpada.

Engane-me de novo, culpa do bobo, pensou ela, balançando a barra.

As mãos dele se ergueram, lentas demais para deter o golpe, mas rápidas o suficiente para agarrar a frente do casaco dela antes de desabar na rua com o som de um peso morto e o assobio de uma chama apagada com água.

Lila bateu nas gotas de fogo em seu casaco e franziu a testa. Calla não ficaria feliz.

Ela apoiou a barra na parede e se ajoelhou para analisar Stasion Elsor de perto, vendo que os ângulos de seu rosto eram ainda mais afilados. O sangue corria em sua testa, mas seu peito estava subindo e descendo, e Lila sentiu-se bastante orgulhosa de seu comedimento enquanto arrastava o braço dele por cima de seus ombros e lutava para ficar de pé sob a carga. Com a cabeça inclinada para a frente e o cabelo escuro cobrindo a ferida na têmpora, quase parecia um homem muito bêbado.

E agora?, pensou ela, e nesse exato momento uma voz atrás dela disse:

— Agora o quê?

Lila girou o corpo, soltando Elsor e ao mesmo tempo desembainhando sua adaga. Com um chicotear do pulso, o punhal tornou-se dois, e, quando golpeou o metal contra o metal, as duas lâminas se acenderam, o fogo lambendo as bordas.

Alucard estava na entrada da rua estreita, com os braços cruzados.

— Impressionante — disse ele, soando decididamente *não impressionado*. — Diga-me, você está planejando me queimar, me apunhalar ou ambos?

— O que você está fazendo aqui? — sibilou ela.

— Acho que eu é quem deveria estar fazendo essa pergunta.

Ela gesticulou para o corpo.

— Não é óbvio?

O olhar de Alucard saiu das lâminas para a barra de metal e então para a forma encolhida aos pés de Lila.

— Não, realmente não é. Porque você não poderia ser tola o bastante para matar um competidor.

Lila reuniu as facas, apagando as flamas.

— Eu não o matei.

Alucard deixou um gemido baixo escapar.

— Santos, você realmente quer morrer. — Ele segurou o chapéu. — No que estava *pensando*?

Lila olhou em volta.

— Há uma porção de embarcações indo e vindo. Eu ia escondê--lo em uma delas.

— E o que você pretende fazer quando ele acordar, fizer o navio retornar e voltar a tempo para garantir que você seja presa e ele possa continuar a competir? — Quando Lila não respondeu, pois ela não havia pensado em tudo isso, Alucard sacudiu a cabeça. — Você tem um verdadeiro dom para pegar as coisas, Bard. Mas já não é tão boa em se livrar delas.

Lila se manteve firme.

— Vou dar um jeito. — Em voz baixa, Alucard estava murmurando xingamentos em uma variedade de idiomas. — Você estava me *seguindo*?

Alucard ergueu as mãos.

— Você atacou um concorrente... só posso imaginar que tivesse a ideia estúpida de tomar o lugar dele... e tem a petulância de ficar ofendida com as *minhas* ações? Você sequer *pensou* no que isso significaria para *mim*? — Ele parecia vagamente histérico.

— Isso não tem nada a ver com você.

— Isso tem tudo a ver comigo! — explodiu ele. — Sou seu capitão! Você é da minha tripulação. — A farpa a atingiu com força inesperada. — Quando as autoridades descobrirem que um marinheiro a bordo do meu navio sabotou um competidor, o que você acha que vão presumir? Que você estava louca o suficiente para fazer algo tão estúpido por conta própria, ou que *eu* ordenei isto?

Ele estava pálido de fúria e o ar ao redor deles zumbia. A indignação flutuou através de Lila, seguida rapidamente pela culpa. A combinação embrulhou seu estômago.

— Alucard... — Lila começou a falar.

— Ele viu o seu rosto?

Lila cruzou os braços.

— Acho que não.

Alucard andou de um lado para o outro, murmurando algo, e depois ficou de joelhos ao lado de Elsor. Ele virou o homem e começou a cavoucar-lhe os bolsos.

— Você está *roubando* o homem? — perguntou ela, incrédula.

Alucard nada disse enquanto espalhava o conteúdo do casaco de Elsor sobre as pedras congeladas. Uma chave de hospedaria. Algumas moedas. Um punhado de páginas dobradas. Escondido no centro, Lila viu, estava seu convite formal para o *Essen Tasch*. Alucard arrancou o broche iridescente da gola do casaco do homem, depois sacudiu a cabeça e recolheu os itens. Ele ficou de pé, empurrando os artigos nas mãos de Lila.

— Quando isto acabar mal, e *irá*, você não vai levar o *Spire* com você. Entendeu, Bard?

Lila assentiu com firmeza.

— E, para constar — disse ele —, esta é uma péssima ideia. Você *será* pega. Talvez não de imediato. Mas eventualmente. E, quando acontecer, eu não vou te proteger.

Lila levantou uma sobrancelha.

— Eu não estou pedindo isso. Acredite ou não, Alucard, posso me proteger sozinha.

Ele olhou para o homem inconsciente entre eles.

— Isso significa que você *não* precisa da minha ajuda para se livrar desse homem?

Lila enfiou os cabelos atrás da orelha.

— Não tenho certeza de que *preciso*, mas certamente apreciaria.

Ela se ajoelhou para pegar um dos braços de Elsor, e Alucard estendeu a mão para o outro, mas, no meio do caminho, ele parou e pareceu reconsiderar. Ele cruzou os braços, seus olhos escuros e sua boca em um sorriso sombrio.

— O que é agora? — perguntou Lila, ficando de pé.

— Este é um segredo caro, Bard — decretou ele. — Vou guardá-lo em troca de outro.

Droga, pensou Lila. Ela havia passado meses no mar sem compartilhar algo que não quisesse.

— Eu lhe concedo uma pergunta — disse ela, finalmente. — Uma resposta.

Lila havia perdido a conta de quantas vezes Alucard fizera as mesmas perguntas: *quem é você, o que você é* e *de onde você veio*? E as respostas que ela tinha dito repetidas vezes não eram mentiras. *Delilah Bard. Sou única. Londres.*

Mas, parado ali nas docas naquela noite, Alucard não fez nenhuma dessas perguntas.

— Você diz que é de Londres... — Ele a olhou nos olhos. — Mas não quer dizer *dessa* aqui, não é?

O coração de Lila apertou, e ela sentiu que estava sorrindo, embora esta fosse a única pergunta que ela não poderia responder com uma mentira.

— Não — respondeu ela. — Agora me ajude com este corpo.

Alucard mostrou-se perturbadoramente apto a fazer alguém desaparecer.

Lila apoiou-se em um conjunto de caixas na extremidade de transporte das docas, o lugar onde os navios iam e vinham, ao contrário daqueles que estavam instalados para ficar durante todo o torneio, e revirou o broche em forma de *S* de Elsor em seus dedos. Elsor estava sentado no chão, caído contra as caixas, enquanto Alucard tentava convencer um par de homens de aparência rude a pegar uma carga de última hora. Ela só captou trechos da conversa, a maioria deles vindos de Alucard, afinada como estava com o arnesiano dele.

— Onde você coloca... que dura o quê, quinze dias nesta época do ano...?

Lila colocou o broche no bolso e percorreu os papéis de Elsor, segurando-os à luz do lampião mais próximo. O homem gostava de desenhar. Imagens pequenas preenchiam as margens de cada pedaço de papel, salvo o convite formal. Este era um objeto encantador, com bordas de ouro, lembrando a ela o convite do baile do aniversário do príncipe Rhy, maculado apenas por uma dobra no meio. Elsor também carregava uma carta parcialmente escrita e algumas anotações escassas sobre os outros concorrentes. Lila sorriu quando viu a nota de apenas uma palavra sobre Alucard Emery:

Ator.

Ela dobrou as páginas e as enfiou no casaco. Falando em casacos, ela se agachou e começou a despir o do homem inconsciente. Era de boa qualidade, um cinza escuro como carvão com um colarinho baixo e duro e uma cintura com cinto. Por um instante ela pensou em trocar, mas não conseguiu se separar da obra-prima de Calla, então, em vez disso, tirou um cobertor de lã de um carrinho e o enrolou em torno de Elsor para que ele não congelasse.

Por fim, ela pegou uma faca e cortou uma grande mecha de cabelo da cabeça do homem, amarrando-a em um nó antes de colocá-la no bolso.

— Eu não quero saber — murmurou Alucard, que de repente estava de pé ao lado dela com os marinheiros um passo atrás. Ele acenou com a cabeça para o homem no chão. — *Ker tas naster* — resmungou ele. *Este é o homem.*

Um dos marinheiros tocou Elsor com a bota.

— Bêbado?

O outro marinheiro ajoelhou-se e prendeu um par de ferros em volta dos pulsos de Elsor, e Lila viu Alucard se encolher instintivamente.

— Cuidado com ele — disse ele enquanto levantavam o homem.

O marinheiro encolheu os ombros e murmurou alguma coisa tão confusa que Lila não podia dizer onde uma palavra terminava e a próxima começava. Alucard apenas balançou a cabeça enquanto eles se viravam e começavam a levá-lo para o navio.

— Só isso? — perguntou Lila.

Alucard franziu o cenho.

— Você conhece a moeda mais valiosa da vida, Bard?

— Qual?

— Um favor. — Os olhos dele se estreitaram. — Agora devo a esses homens. E você deve a mim. — Ele manteve os olhos treinados sobre os marinheiros enquanto transportaram o inconsciente Elsor a bordo. — Eu me livrei do seu problema, mas ele não vai *permanecer* longe. Este é um navio de criminosos. Uma vez que partir, não estará autorizado a voltar até chegar a Delonar. E ele não consta da lista de prisioneiros, então, quando aportarem, saberão que estão levando um homem inocente. Portanto, não importa o que aconteça, é melhor você não estar aqui quando ele voltar.

O significado das palavras era explícito, mas ela ainda tinha que perguntar.

— E o *Spire*?

Alucard olhou para ela com a mandíbula cerrada.

— Só tem espaço para um criminoso. — Ele soltou uma respiração baixa, que se transformou em vapor diante de sua boca. — Mas eu não me preocuparia.

— Por quê?

— Porque você vai ser pega muito antes de partirmos.

Lila conseguiu abrir um sorriso sombrio conforme Stasion Elsor e os marinheiros desapareciam sob o convés.

— Tenha um pouco de fé, Capitão.

Mas a verdade era que ela não tinha ideia do que faria quando isso degringolasse, a menor ideia de se havia se condenado por acidente, ou pior, de propósito. Sabotado outra vida. Assim como na Stone's Throw.

— Permita-me elucidar algo — falou Alucard enquanto se afastavam das docas. — Minha ajuda termina aqui. Alucard Emery e Stasion Elsor não têm negócios em conjunto. E, se tivermos oportunidade de nos encontrar na arena, não vou poupar você.

Lila bufou.

— Espero que não. Além disso, ainda tenho alguns truques na manga.

— Suponho que sim — disse ele, finalmente olhando para ela.
— Afinal, se você correr o bastante, ninguém poderá alcançar você.

Ela franziu o cenho, lembrando-se da pergunta dele e da resposta dela.

— Há quanto tempo você sabe? — indagou ela.

Alucard conseguiu exibir o esboço de um sorriso, emoldurado pela soleira da hospedaria.

— Por que acha que eu a deixei entrar no meu navio?
— Porque eu era a melhor ladra?
— Certamente a mais estranha.

Lila não se deu ao trabalho de dormir; havia muito a fazer. Ela e Alucard desapareceram em seus respectivos quartos sem nem sequer dizer *boa noite*, e, quando ela saiu algumas horas depois com as coisas de Elsor enfiadas debaixo do braço, Alucard não a seguiu, mesmo ela *sabendo* que ele estava acordado.

Um problema de cada vez, disse a si mesma enquanto subia a escada da hospedaria Coach and Castle, a chave do quarto pendurada em seus dedos. Uma etiqueta de bronze na extremidade continha o nome do lugar e do quarto: três.

Ela encontrou o quarto de Elsor e entrou.

Tinha revistado os bolsos do homem e estudado seus papéis, mas, se houvesse qualquer outra coisa a aprender antes que ela assumisse o papel ao anoitecer, acreditava que encontraria ali.

O quarto era simples. A cama estava arrumada. Um espelho estava apoiado ao lado da janela, e havia um porta-retratos dobrável de prata sobre o peitoril estreito, um retrato de Elsor de um lado e de uma jovem do outro.

Remexendo em um baú ao pé da cama, ela encontrou mais algumas peças de roupa, um caderno, uma espada curta e um par de luvas. Estas últimas eram peculiares, projetadas para cobrir a parte superior das mãos, mas expor as palmas e pontas dos dedos. Perfeito para um mago de fogo, pensou ela, colocando-as no bolso.

Em sua maior parte, o caderno continha esboços, incluindo vários da jovem, bem como algumas notas rabiscadas e um registro de viagem. Elsor era meticuloso e parecia ter realmente vindo sozinho. Várias cartas e fichas estavam enfiadas no caderno, e Lila estudou sua assinatura, praticando primeiro com seus dedos e depois com um toco de lápis até que pegasse o jeito.

Ela então começou a esvaziar o baú, jogando o conteúdo na cama, objeto por objeto. Um conjunto de caixas perto do fundo guardava um chapéu alongado que se desenrolava sobre a testa e uma tela que se desdobrava, mostrando um conjunto de artigos de higiene.

E então, em uma caixa no fundo do baú, ela encontrou a máscara de Elsor.

Era esculpida em madeira e lembrava vagamente um carneiro, com chifres que abraçavam os lados da cabeça e se curvavam ao lado das bochechas. A única cobertura facial de verdade ficava sobre o nariz. Isso não adiantaria. Ela o devolveu ao fundo do baú e fechou a tampa.

Em seguida, ela experimentou cada peça de roupa, comparando suas medidas com as de Elsor. Como esperava, não eram muito diferentes. Examinando um par de calças ela confirmou que era alguns centímetros mais baixa do que o homem, mas, colocando algumas meias nos calcanhares de suas botas, alcançou a altura certa.

Por fim, Lila pegou o retrato do peitoril e examinou o rosto do homem. Ele usava um chapéu como o que estava jogado na cama, os cabelos escuros derramados sob ele emoldurando seu rosto anguloso com cachos quase pretos.

O próprio cabelo de Lila era vários tons mais claro, mas, quando ela o molhou com água, ficaram parecidos. Não era uma solução permanente, é claro, especialmente no inverno, mas isso a ajudou a se concentrar enquanto desembainhava uma de suas facas.

Ela devolveu o retrato ao peitoril, estudando-o conforme pegava um monte de cabelo e o cortava com a lâmina. Tinha crescido muito nos meses no mar, e havia algo libertador em cortá-lo novamente. Os fios caíram no chão enquanto ela encurtava a parte de trás e modelava a frente, a combinação violenta de frio e aço dando às extremidades um ligeiro enrolamento.

Vasculhando os escassos suprimentos de Elsor, ela encontrou um pente e um tubo de algo escuro e brilhante. Cheirava a nozes silvestres, e, conforme ela o aplicava no próprio cabelo, ficou aliviada de ver que mantinha os cachos no lugar.

O casaco cor de carvão jazia na cama, e ela o vestiu. Pegando o chapéu da cama, colocou-o cautelosamente sobre a cabeça e voltou-se para o seu reflexo. Um estranho, não exatamente Elsor, mas certamente não Bard, olhava de volta para ela. Algo estava faltando. O broche. Ela procurou nos bolsos de seu casaco e tirou o alfinete de gola iridescente, prendendo-o em sua garganta. Então inclinou a cabeça, ajustando sua postura e maneirismos até que a ilusão entrou em um foco mais nítido.

Lila abriu um sorriso.

Isso, pensou ela, acrescentando a espada curta de Elsor à cintura, *é quase tão divertido quanto ser um pirata.*

— *Avan, ras Elsor* — disse uma mulher corpulenta enquanto Lila descia as escadas. A estalajadeira.

Lila assentiu, desejando ter tido a chance de ouvir o homem falar. Alucard não tinha dito que ele e Stross eram da mesma parte do império? O sotaque dele tinha bordas ásperas, que Lila tentou imitar enquanto murmurava:

— *Avan.*

A ilusão se manteve. Ninguém mais lhe deu atenção, e Lila caminhou na luz da manhã, não como um ladrão de rua ou um marinheiro, mas um mago, pronto para o *Essen Tasch*.

SETE

INTERSEÇÕES

I

Na véspera do *Essen Tasch*, o Mercado Noturno começou a fervilhar por volta do meio-dia.

Aparentemente, a atração das festividades e dos estrangeiros ansiosos para gastar dinheiro era suficiente para alterar o horário de funcionamento. Com tempo para matar antes da Noite dos Estandartes, Lila perambulou pelas barracas, suas moedas tilintando nos bolsos de Elsor; ela comprou uma xícara de chá temperado e um tipo de pão doce e tentou se sentir confortável em sua nova personagem.

Ela não se atreveu a voltar para a Wandering Road, onde teria de trocar Elsor por Bard ou, do contrário, ser desmascarada. Uma vez que o torneio começasse, não importaria. Identidades desapareceriam atrás de máscaras. Mas hoje ela precisava ser vista. Reconhecida. Lembrada.

Não era uma tarefa difícil. Os donos das barracas eram notoriamente fofoqueiros; tudo o que ela tinha que fazer era puxar conversa enquanto fazia compras, deixar escapar uma dica, um detalhe, um nome aqui e ali, mencionar de propósito algo sobre o torneio e esquecer um pacote para que alguém corresse atrás dela gritando: Elsor! Mestre Elsor!

Quando ela chegou à fronteira do mercado com o palácio, o trabalho estava feito: havia rumores percorrendo a multidão. *Stasion Elsor. Um dos competidores. Rapaz bonito. Magro demais. Nunca o vi antes. Do que será que ele é capaz? Acho que veremos.* Ela sentia os olhos sobre si conforme fazia compras, captava resquícios de conversas sussurradas e lutava para sufocar seus instintos de ladra de enganar os olhares e desaparecer.

Ainda não, pensou ela quando o sol finalmente começou a se pôr.

Um assunto ainda estava pendente.

— Lila! — disse Calla quando ela entrou na tenda. — Chegou cedo.

— Você não falou o horário.

A mercadora parou, assimilando a nova aparência de Lila.

— Que tal estou? — perguntou ela, enfiando as mãos nos bolsos do casaco de Elsor.

Calla suspirou.

— Você está se parecendo ainda menos com uma mulher do que habitualmente.

Ela tirou o chapéu de Lila da cabeça da garota e o rodopiou nas mãos.

— Não é ruim — disse Calla, antes de notar que Lila estava com os cabelos mais curtos. Ela pegou uma mecha entre as mãos. — Mas por que *isso*?

Lila deu de ombros.

— Eu quis mudar.

Calla estalou a língua, produzindo um som de desaprovação, mas não continuou a conversa. Em vez disso, desapareceu atrás da cortina e emergiu de volta um instante depois, segurando uma caixa.

Dentro dela estava a máscara de Lila.

Ela a pegou e titubeou ao sentir o peso. O interior havia sido forrado com um metal escuro, tão finamente forjado e trabalhado que parecia ter sido derramado em vez de martelado. Calla não havia se desfeito da máscara de demônio feita em couro, não totalmente, mas tinha desmembrado a peça e criado algo novo. As linhas eram simples, e os ângulos, agudos. Os chifres pretos e simples que antes serpenteavam e se enrolavam para cima e sobre a cabeça, agora se curvavam para trás de uma maneira elegante. A fronte estava mais angulosa, projetando-se ligeiramente para a frente como um visor.

A parte de baixo da máscara, que antes terminava na altura das maçãs do rosto, agora se estendia mais para baixo, dos lados, seguindo as linhas do queixo dela. Ainda era um rosto monstruoso, mas era uma nova raça de demônio.

Lila colocou a máscara sobre a cabeça. Ela ainda estava maravilhada com o objeto lindo e monstruoso quando Calla lhe entregou outra coisa. Era feito do mesmo couro preto e forrado com o mesmo metal escuro, formando uma espécie de coroa ou sorriso; os lados mais largos que o centro. Lila revirou-o nas mãos, perguntando-se o que era, até que Calla o pegou de volta, se dirigiu até as costas de Lila e colocou a placa metálica em torno da garganta dela.

— Para manter sua cabeça no devido lugar — disse a mulher, que então começou a prender as laterais do protetor de pescoço a pequenas dobradiças escondidas nos lados da máscara, que se afunilavam. Era como uma mandíbula, e, quando Lila olhou para seu reflexo, viu seu rosto aninhado entre as duas metades do crânio do monstro.

Ela abriu um sorriso diabólico, os dentes cintilando dentro da boca do capacete.

— Você — falou Lila — é brilhante.

— *Anesh* — disse Calla, encolhendo os ombros, embora Lila pudesse ver que a mercadora estava orgulhosa.

Lila teve uma vontade súbita e peculiar de *abraçar* a mulher, mas resistiu.

A mandíbula articulada permitia que ela levantasse a máscara, o que ela fez. A cabeça do demônio ficou apoiada sobre a dela como uma coroa, a mandíbula ainda circundando sua garganta.

— Como estou? — perguntou ela.

— Estranha — respondeu Calla. — E perigosa.

— Perfeito.

Lá fora, os sinos começaram a dobrar, e o sorriso de Lila se alargou.

Chegara a hora.

Kell foi até sua cama e examinou as roupas — um conjunto de calças pretas e uma camisa preta de gola alta, ambas adornadas com detalhes em ouro. Em cima da camisa estava o broche dourado que Rhy lhe dera para a recepção real. Seu casaco estava jogado sobre o encosto de uma cadeira, mas ele o deixou ali. Era o amuleto de um viajante, mas esta noite ele estava confinado ao palácio.

As roupas sobre a cama haviam sido escolhidas por Rhy e não eram simplesmente um presente.

Eram uma mensagem.

Amanhã, você pode ser *Kamerov*.

Hoje à noite, você é *Kell*.

Hastra tinha aparecido antes, apenas para confiscar sua máscara, por ordens de Rhy.

Kell havia relutado em abandoná-la.

— Você deve estar animado — dissera Hastra, lendo sua hesitação — com o torneio. Não imagino que possa testar seu valor com frequência.

Kell tinha franzido o cenho.

— Isso não é um jogo — dissera ele, talvez com severidade demais. — É para a segurança do reino. — Ele sentira uma pontada de culpa ao observar Hastra ficar pálido.

— Fiz um juramento para proteger a família real.

— Então me desculpe — falara Kell, pesaroso — por você estar preso comigo, *me* protegendo.

— É uma honra, senhor. — Nada houve em seu tom de voz que a mais pura e simples verdade. — Eu o defenderia com a minha vida.

— Bom — dissera Kell, entregando a máscara de Kamerov. — Espero que você nunca precise fazê-lo.

O jovem guarda conseguira abrir um pequeno sorriso envergonhado.

— Eu também, senhor.

Kell andou de um lado para o outro de seu quarto, tentando tirar o dia seguinte de sua mente. Primeiro teria que sobreviver à noite de hoje.

Um jarro e uma bacia estavam sobre o aparador. Kell derramou a água na bacia e pressionou as mãos nas laterais até a água ferver. Uma vez limpo, ele vestiu o traje escolhido por Rhy, disposto a agradar o irmão. Era o mínimo que podia fazer, embora Kell se perguntasse, enquanto vestia a túnica, por quanto tempo Rhy cobraria seu preço. Podia imaginar o príncipe daqui a uma década pedindo a Kell para lhe trazer chá.

— Pegue você mesmo — diria ele, e Rhy responderia:

— Você se lembra de Kamerov?

As roupas de gala de Kell eram justas, no estilo que Rhy gostava, e feitas de um tecido preto tão delicado que captava a luz em vez de engoli-la. O corte e o caimento o forçavam a ficar ereto, empertigado, eliminando sua habitual postura desajeitada. Ele abotoou os botões de ouro, os punhos e os colarinhos — *Santos, quantas fivelas eram necessárias para vestir um homem?* — e, por fim, espetou o broche real acima do coração.

Kell olhou-se no espelho e enrijeceu.

Mesmo com sua pele clara e o cabelo castanho-avermelhado, mesmo com o olho preto que brilhava como pedra polida, Kell parecia *régio*. Ele olhou para seu reflexo por um longo momento, hipnotizado, antes de desviar o olhar. Ele parecia um príncipe.

Rhy ficou diante do espelho, abotoando os botões brilhantes de sua túnica. Do lado de fora da varanda fechada, os sons de celebração se elevavam na noite fria como vapor. Carruagens e risos, passos e música.

Ele estava atrasado e sabia disso, mas não conseguia controlar seus nervos, dominar seus medos. Estava escurecendo, e a escuridão se aninhara ao palácio, e a ele; o peso se assentava em seu peito.

Ele serviu uma bebida para si mesmo — a terceira — e forçou um sorriso ao olhar para seu reflexo.

Onde estava o príncipe que gostava dessas festas, que amava acima de tudo ser a alegria contagiosa no centro do salão?

Morto, pensou Rhy, friamente, antes que conseguisse se deter. Ficou aliviado, não pela primeira vez, que Kell não pudesse ler sua mente tão bem quanto sentia sua dor. Por sorte, outras pessoas pareciam olhar para Rhy e ainda ver o que ele tinha sido em vez do que era agora. Ele não sabia se isso significava que era bom em esconder a diferença ou que eles apenas não estavam prestando atenção. Kell o olhava, e Rhy tinha certeza de que enxergava a mudança, mas tinha a consideração de não dizer nada. Nada havia a ser dito. Kell tinha dado a Rhy uma vida — a vida *dele* — e não era culpa de Kell se Rhy não gostara tanto dela quanto da sua própria. Ele havia perdido aquela, um preço pago por sua própria tolice.

Ele sorveu a bebida, esperando que isso fosse deixá-lo com o humor melhor, mas só entorpeceu o mundo sem sequer tocar em seus pensamentos.

Passou os dedos pelos botões brilhantes e ajustou sua coroa pela décima vez, estremecendo quando uma rajada de ar frio roçou seu pescoço.

— Temo que não esteja usando ouro suficiente — disse uma voz vinda das portas da varanda.

Rhy enrijeceu.

— Para que servem os guardas — disse lentamente — quando deixam entrar até piratas?

O homem deu um passo à frente e depois outro, a prata que o adornava produzindo um tilintar abafado.

— *Corsário* é o nome que se usa hoje em dia.

Rhy engoliu em seco e virou-se para encarar Alucard Emery.

— Quanto ao ouro — disse ele em voz baixa —, é um equilíbrio delicado. Quanto mais eu uso, é mais provável que alguém tente roubá-lo de mim.

— É um grande dilema — falou Alucard, avançando outro passo.

Rhy o deixou entrar. Ele estava vestido com roupas que claramente nunca haviam estado no mar. Vestes de um azul escuro que contrastavam com uma capa prateada, o belo cabelo castanho penteado e entremeado com pedras preciosas. Uma única safira cintilava sobre seu olho direito. Aqueles olhos, como os lírios da noite à luz do luar. Ele costumava cheirar como essas flores. Agora ele cheirava à brisa do mar e a especiarias e outras coisas que Rhy não conseguia nomear, vindas de terras que nunca vira.

— O que traz um patife como você aos meus aposentos? — perguntou Rhy.

— Um patife — Alucard rolou a palavra pela língua. — Melhor um patife do que um nobre entediado.

Rhy sentiu os olhos de Alucard passeando lentamente, vorazes, sobre ele, então corou. O calor começou em seu rosto e se espalhou para baixo, por seu pescoço, seu peito, por baixo da camisa e do cinto. Era desconcertante. Rhy talvez não tivesse magia, mas, quando se tratava de conquistas, ele estava acostumado a ser o dono do poder: as coisas aconteciam ao seu capricho, para o seu prazer. Agora ele sentia o poder vacilar, se esvair. Em toda a Arnes, havia apenas uma pessoa capaz de perturbar o príncipe, de reduzi-lo de um orgulhoso nobre a um jovem nervoso, e esse era Alucard Emery. Inadequado. Patife. Corsário. E nobre. Afastado do trono por um emaranhado de linhagens sanguíneas, sim, mas ainda na linha sucessória. Alucard Emery poderia ter tido um brasão e um lugar na corte. Em vez disso, ele fugira.

— Você veio para o torneio — disse Rhy, conversando fiado.

Alucard apertou os lábios.

— Entre outras coisas.

Rhy hesitou, sem saber o que dizer. Com qualquer outra pessoa, ele teria retrucado com um flerte. Porém, parado ali, a um passo de

Alucard, não conseguia respirar, quanto mais dizer alguma coisa. Ele se afastou, remexendo os punhos da camisa. Ouviu o som de prata tilintando, e, um instante depois, Alucard passou um braço possessivamente em seus ombros e levou os lábios ao pescoço do príncipe, logo abaixo da orelha. Rhy *estremeceu*, de verdade.

— Você está íntimo demais de seu príncipe — advertiu ele.

— Então você admite? — Ele roçou os lábios no pescoço de Rhy. — Que você é meu?

Ele mordeu o lóbulo da orelha de Rhy, e o príncipe arquejou, as costas arqueando. Alucard sempre sabia o que dizer, e o que fazer, para que o mundo cedesse às suas vontades.

Rhy se virou para dizer alguma coisa, mas a boca de Alucard já estava na dele. Mãos enroladas nos cabelos, apertando os casacos. Eles eram uma colisão estimulada pela força de três anos de distância.

— Você sentiu minha falta — disse Alucard.

Não era uma pergunta, mas *havia* uma confissão nela, porque tudo sobre Alucard, desde a tensão em suas costas, a forma como seus quadris pressionavam o de Rhy, até o compasso de seu coração e o tremor em sua voz, diziam que a saudade havia sido mútua.

— Sou um príncipe — falou Rhy, lutando para manter a compostura. — Eu sei como me manter entretido.

A safira cintilou na testa de Alucard.

— *Eu* posso entreter muito bem.

Ele já estava se inclinando para a frente enquanto falava, e Rhy se pegou diminuindo a distância, mas, no último momento, Alucard enredou seus dedos no cabelo de Rhy e puxou a cabeça dele para trás, expondo a garganta do príncipe. Ele pressionou seus lábios na depressão abaixo do queixo de Rhy.

Rhy cerrou os dentes, lutando para conter um gemido, mas seu silêncio provavelmente o traiu; ele sentiu Alucard sorrir contra sua pele. Os dedos do homem deslizaram pela sua túnica, desabotoando habilmente o colarinho para que seus beijos pudessem continuar a descer, mas Rhy sentiu que ele hesitou ao ver a cicatriz sobre seu coração.

— Alguém feriu você — sussurrou ele na clavícula de Rhy. — Devo fazer você se sentir melhor?

Rhy puxou o rosto de Alucard de volta para o dele, desesperado para desviar sua atenção da cicatriz e das perguntas que poderiam surgir. Mordeu o lábio de Alucard e se deleitou com a pequena vitória contida no suspiro que arrancou conforme...

Os sinos tocaram.

A Noite dos Estandartes.

Ele estava atrasado. Eles estavam atrasados.

Alucard riu suave e tristemente. Rhy fechou os olhos e engoliu em seco.

— *Santo* — praguejou ele, odiando o mundo que o esperava depois das portas de seu quarto, assim como seu lugar nele.

Alucard já estava se afastando, e por um instante tudo o que Rhy queria fazer era puxá-lo para trás, abraçá-lo, apavorado com o pensamento de que, se ele o deixasse ir, Alucard desapareceria novamente, não apenas do quarto, mas de Londres, fugindo *dele*, sumindo na noite e no mar como fizera três anos antes. Alucard devia ter visto o pânico em seus olhos, porque voltou e envolveu Rhy, pressionando seus lábios nos dele uma última vez em um beijo suave e duradouro.

— Calma — disse ele, desvencilhando-se lentamente. — Não sou um fantasma. — E então sorriu, arrumou o casaco e se virou para sair. — Ajeite sua coroa, meu príncipe — falou ele quando chegou à porta. — Está torta.

333

II

Kell estava no meio da escadaria quando encontrou com um membro baixinho da *ostra*, de barba aparada e olhar cansado. Parlo, a sombra do príncipe desde o início dos preparativos para o torneio.

— Mestre Kell — disse ele, sem fôlego. — O príncipe não está com você?

Kell inclinou a cabeça.

— Achei que ele já tivesse descido.

Parlo sacudiu a cabeça.

— Alguma coisa poderia estar errada?

— Nada está errado — respondeu Kell, assertivo.

— Bem, então está prestes a ficar. O rei está perdendo a paciência; a maioria dos convidados já chegou e o príncipe ainda não fez sua entrada.

— Talvez seja exatamente isso o que ele esteja tentando fazer. — Parlo parecia enjoado de tanto pânico. — Se você está preocupado, por que não vai ao quarto dele buscá-lo?

O membro da *ostra* empalideceu ainda mais, como se Kell tivesse acabado de sugerir algo inadmissível. Obsceno.

— Está bem — resmungou Kell, voltando a subir as escadas. — *Eu* vou.

Tolners e Vis estavam do lado de fora do quarto de Rhy. Kell estava a poucos passos da câmara quando as portas se abriram e uma figura saiu quase correndo. Uma figura que certamente *não era* Rhy. Os guardas arregalaram os olhos ao vê-lo. O homem obviamente

334

não havia entrado por ali. Kell freou quando eles quase colidiram e, mesmo que anos tivessem se passado — muito poucos, na opinião de Kell —, ele reconheceu o homem imediatamente.

— Alucard Emery — disse friamente, exalando o nome como se fosse um xingamento.

Um sorriso lento se abriu na boca do homem, e Kell precisou de todas as suas forças para não removê-lo fisicamente.

— Mestre Kell — disse Alucard, alegremente. — Que prazer inesperado encontrá-lo aqui. — A voz possuía uma risada natural ao fundo, e Kell nunca sabia dizer se Alucard estava zombando dele.

— Não sei como pode ser inesperado — retrucou Kell —, uma vez que *eu* moro aqui. O que *é* inesperado é esbarrar com *você*, pois achei que tivesse sido bastante objetivo da última vez que nos encontramos.

— Muito — ecoou Alucard.

— Então, o que você estava fazendo no quarto do meu irmão?

Alucard levantou uma sobrancelha.

— Você quer uma descrição detalhada? Ou basta um resumo?

Kell enterrou as unhas nas palmas das próprias mãos. E sentiu o sangue brotar. Alguns feitiços vieram à sua mente, dezenas de formas diferentes de arrancar aquele olhar convencido do rosto de Alucard.

— O que você está fazendo aqui? — rosnou Kell.

— Tenho certeza de que você já sabe — falou Alucard, colocando as mãos nos bolsos. — Estou competindo no *Essen Tasch*. E, sendo assim, fui convidado para vir ao palácio real para a Noite dos Estandartes.

— Que está acontecendo lá embaixo, *não* no quarto do príncipe. Você se perdeu? — Ele não esperou pela resposta de Alucard. — Tolners — vociferou Kell. O guarda deu um passo à frente. — Acompanhe o mestre Emery ao Rose Hall. Assegure-se de que ele não fique perambulando por aí.

Tolners se moveu e fez menção de segurar o braço de Alucard, mas se viu subitamente atirado de costas contra a parede. Alucard sequer tirou as mãos dos bolsos, nem seu sorriso vacilou enquanto dizia:

— Tenho certeza de que consigo achar o caminho.

Ele partiu em direção à escada, mas, quando passou por Kell, este agarrou seu braço.

— Você se lembra do que eu lhe disse antes de bani-lo dessa cidade?

— Vagamente. Suas ameaças são muito parecidas.

— Eu disse — rosnou Kell através dos dentes cerrados — que se você partisse novamente o coração do meu irmão, eu arrancaria o seu. E reafirmo essa promessa, Alucard.

— Ainda gosta de rosnar, não é, Kell? Sempre o cão fiel, mordiscando os calcanhares. Talvez um dia você realmente morda.

E com isso ele libertou o braço e caminhou para longe a passos rápidos, o casaco cor de prata azulada ondulando atrás dele.

Kell o observou partir.

No momento em que Alucard saiu de seu campo de visão, ele esmurrou uma parede com força suficiente para rachar o lambri de madeira. Xingou por causa da dor e da frustração, e um eco desse xingamento pôde ser ouvido nos aposentos de Rhy. Porém, dessa vez, Kell não se sentiu mal por causar um pouco de dor ao irmão. O sangue manchou a palma de sua mão no lugar onde as unhas haviam penetrado a pele, e Kell o pressionou sobre a madeira quebrada.

— *As Sora* — murmurou ele. *Consertar.*

A rachadura começou a se retrair, os pedaços de madeira unindo-se novamente. Ele manteve a mão ali, tentando desfazer o nó em seu peito.

— Mestre Kell... — começou a falar Vis.

— O quê? — explodiu ele, dando a volta nos guardas. O ar no corredor se agitou ao redor dele. As tábuas do piso estremeceram. Os homens ficaram pálidos. — Se virem esse homem perto do quarto de Rhy novamente, prendam-no.

Kell inspirou para se acalmar; e estava perto da porta do quarto do príncipe quando esta se abriu mostrando Rhy, que ajeitava a coroa de ouro sobre a cabeça. Quando viu a aglomeração de guardas e Kell no centro deles, Rhy inclinou a cabeça.

— O que foi? — disse ele. — Não estou *tão* atrasado. — Antes que qualquer um deles pudesse dizer algo, Rhy partiu na direção do corredor. — Não fique aí parado, Kell — gritou para trás. — Há uma festa esperando por nós.

❧

— Você está de mau humor — disse o príncipe conforme passavam pelo esplendor respeitável do Rose Hall.

Kell nada disse, tentando preservar a imagem do homem que vira mais cedo no espelho de seu quarto. Ele esquadrinhou o salão, sua atenção quase instantaneamente recaindo sobre Alucard Emery, que estava conversando com um grupo de magos.

— Honestamente, Kell — ralhou Rhy. — Se um olhar pudesse matar...

— Talvez *olhares* não possam — disse ele, flexionando os dedos.

Rhy sorriu e acenou com a cabeça para um grupo de convidados.

— Você sabia que ele viria — falou por entre os dentes.

— Não imaginei que você fosse recepcioná-lo de forma tão íntima — retrucou Kell com violência. — Como pode ser tão tolo...

— Eu não o convidei para...

— ... depois de tudo o que aconteceu?

— *Basta* — sibilou o príncipe, em tom alto o suficiente para fazer algumas pessoas mais próximas virarem a cabeça.

Kell teria se encolhido com a atenção, mas Rhy abriu os braços, acolhendo-a.

— Pai — gritou Rhy do extremo oposto do salão —, permite-me fazer as honras?

O rei Maxim ergueu seu cálice em resposta. Rhy se encaminhou para a jardineira de pedra mais próxima e a comoção foi silenciada.

— *Avan!* — disse Rhy, sua voz ecoando pelo salão. — *Glad'ach. Sasors* — acrescentou, para os convidados de Vesk e Faro. — Sou o príncipe Rhy Maresh — continuou ele, voltando a falar em arnesiano. — Maxim e Emira, ilustres rei e rainha de Arnes, meu pai e minha mãe, concederam-me a honra de ser o anfitrião desse torneio. E *é* uma honra. — Ele ergueu uma das mãos, e uma onda de serviçais reais apareceu trazendo bandejas repletas de cálices de cristal, frutas cristalizadas, carnes defumadas e dezenas de outras iguarias. — Amanhã, vocês serão apresentados como campeões. Hoje à noite, peço que se divirtam como convidados ilustres e amigos. Bebam, banqueteiem-se e escolham seus símbolos. Amanhã pela manhã, os Jogos começam!

Rhy fez uma reverência, e a multidão de magos e nobres reunidos o aplaudiu enquanto ele descia de seu poleiro. A maré de pessoas mudou de rumo, algumas para os locais de banquete, outras para as mesas com os estandartes.

— Impressionante — observou Kell.

— Vamos — falou Rhy, sem olhar o irmão nos olhos. — *Um* de nós precisa de uma bebida.

— Pare.

Lila mal havia começado a subir os degraus do palácio com a máscara de demônio embaixo do braço, quando ouviu a ordem.

Ela ficou rígida, e seus dedos se moveram no reflexo em direção à faca que estava às suas costas quando um par de guardas com armaduras reluzentes bloqueou seu caminho. A pulsação dela se elevou, incitando-a a lutar ou fugir, mas Lila se forçou a ficar ali, firme. Eles não estavam desembainhando as armas.

— Estou aqui para a Noite dos Estandartes — explicou ela, retirando do casaco o convite real de Elsor. — Fui instruído a me apresentar ao palácio.

— Você deve ir ao Rose Hall — explicou o primeiro guarda, como se Lila tivesse alguma noção de onde ficava o lugar.

O outro guarda apontou para outra escadaria, menor que a principal. Lila nunca havia notado as outras entradas do palácio. Ali havia duas, flanqueando os degraus principais, e ambas eram simples em comparação com a primeira. Porém, agora que haviam sido apontadas, o fluxo de pessoas que perambulavam por aqueles degraus era óbvio, especialmente se comparado ao vazio da grande escadaria de entrada. Assim como o fato de que as portas do Rose Hall haviam sido abertas, ao passo que a entrada principal do palácio estava firmemente fechada.

— *Solase* — disse ela, balançando a cabeça. — Devo estar mais nervoso do que pensei. — Os guardas sorriram.

— Vou acompanhá-lo — falou um deles, como se ela pudesse, sem querer, se perder pela segunda vez.

O guarda a conduziu até a escadaria certa e subiu com ela até entregá-la a um atendente, que a conduziu através da entrada e direto para o Rose Hall.

Era um espaço impressionante, menos um salão de baile do que uma sala do trono, sem dúvida refinado sem ser ostensivo. Até onde ela chegara, pensou com ironia, para achar enormes vasos de flores recém-colhidas e suntuosas tapeçarias vermelhas e douradas algo *sutil*.

Um capitão conhecido estava perto da entrada do salão, vestido em prata e azul-marinho. Ele viu Lila, e por seu rosto passaram várias reações antes de se fixar em uma estima cordial.

— Mestre Elsor.

— Mestre Emery. — Lila fez um floreio e uma reverência, a postura rígida em ângulos.

Alucard sacudiu a cabeça.

— Honestamente, não sei se fico impressionado ou nervoso.

Lila se endireitou.

— Os dois não são mutuamente excludentes.

Ele apontou com a cabeça para a máscara de Sarows sob seu braço.

— Você *quer* ser descoberta?

Lila deu de ombros.

— Há muitas sombras na noite.

Ela viu a máscara enfiada debaixo do braço dele. Feita de escamas azuis com as bordas tingidas de prata, a máscara cobria da linha do cabelo até a maçã do rosto. Uma vez colocada, deixaria seu sorriso encantador à mostra, e nada faria para domar a coroa de cachos que ficava em cima. A máscara em si parecia puramente decorativa; suas escamas não ofereciam nem anonimato, nem proteção.

— O que você é? — perguntou ela em arnesiano. — Um peixe?

Alucard fingiu ultraje.

— *Obviamente* — disse ele, brandindo o capacete —, eu sou um dragão.

— Não seria mais sensato que você fosse um peixe? — desafiou Lila. — Afinal, você vive no mar, é um pouco escorregadio, e...

— Eu sou um dragão — interveio ele. — Você não está sendo muito imaginativa.

Lila sorriu, em parte se divertindo, em parte aliviada por caírem em uma brincadeira familiar.

— Pensei que o símbolo da Casa de Emery fosse uma pena. Você não deveria ser um pássaro?

Alucard tamborilou com os dedos na máscara.

— Minha família já tem pássaros demais — disse ele, as palavras carregadas de rancor. — Meu pai era um abutre. Minha mãe era uma harpia. Meu irmão mais velho é um corvo. Minha irmã é um pardal. Eu nunca fui realmente um pássaro.

Lila resistiu ao desejo de dizer que ele poderia ter sido um pavão. Não parecia um momento apropriado.

— Mas o símbolo de nossa casa — continuou — representa *o voo*, e os pássaros não são as únicas coisas que voam. — Ele ergueu a máscara de dragão. — Além disso, eu não estou competindo pela Casa de Emery. Estou competindo por mim mesmo. E, se você pudesse ver o restante do meu traje, não iria...

— Você tem asas? Ou uma cauda?

— Bem, não, elas me atrapalhariam. Mas eu tenho mais escamas.

— Assim como um peixe.

— Vá embora — explodiu ele, mas havia humor em sua voz, e logo eles caíram em uma risada solta. Então eles se lembraram de onde estavam. De *quem* eles eram.

— Emery! — gritou Jinnar, aparecendo ao lado do capitão.

A máscara dele — uma coroa de prata que enrolava como algodão doce ou talvez como um redemoinho de ar — pendia das pontas de seus dedos. Esta noite, os pés de Jinnar estavam firmes no chão, mas ela podia praticamente sentir o zumbido de energia emanando dele, distorcendo os limites de seu corpo. Como um beija-flor. Como ela lutaria com um beija-flor? Como lutaria com qualquer um deles?

— E quem é esse? — perguntou Jinnar, olhando para Lila.

— Ora, Jinnar — falou Alucard, jocosamente. — Não está reconhecendo o mestre Elsor?

Os olhos prateados do mago se estreitaram. Lila ergueu uma sobrancelha com um ar de desafio. Jinnar havia conhecido o *verdadeiro* Stasion Elsor na taverna. Agora seus olhos metálicos a examinavam, confusos e cheios de suspeita. Os dedos de Lila se contraíram, e Alucard pousou a mão no ombro dela; ela não sabia se para mostrar solidariedade ou para impedir que ela desembainhasse a faca.

— Mestre Elsor — disse Jinnar lentamente. — Você está diferente hoje à noite. No entanto — acrescentou, olhando rapidamente para Alucard —, a luz estava muito fraca na taverna, e eu não o vejo desde aquele dia.

— Um erro fácil de cometer — falou Lila em um tom suave. — Eu não gosto muito de me exibir.

— Bem — interrompeu Alucard, com um tom alegre. — Espero que você consiga superar isso quando entrarmos na arena.

— Tenho certeza de que vou encontrar meu ritmo — retrucou Lila.

— Tenho certeza de que vai.

Um silêncio caiu sobre eles, o que era notável, considerando o barulho da multidão.

— Bem, com licença — pediu Alucard, quebrando o clima do momento —, ainda não atormentei Brost adequadamente, e estou determinado a conhecer este companheiro, Kamerov...

— Foi um prazer conhecê-lo... de novo — disse Jinnar, antes de seguir atrás de Alucard.

Lila observou os dois se afastarem, então começou a circular entre a multidão, tentando manter suas feições tranquilas, como se o fato de se misturar com dezenas de magos imperiais fosse algo corriqueiro. Ao longo de uma das paredes havia mesas carregadas de amostras de tecido e ânforas de tinta, e os magos percorriam páginas e páginas de desenhos para declarar seus estandartes: um corvo verde, uma chama branca, uma rosa preta; flâmulas que tremulariam nas arquibancadas no dia seguinte.

Lila pegou uma taça de cristal da bandeja de um dos serviçais, sentindo o peso com os dedos antes de se lembrar de que não estava ali para roubar. Lila percebeu que Alucard estava olhando para ela e brindou, lançando-lhe uma piscadela. Enquanto dava voltas pelo salão, observando o piso principal e a tribuna acima, bebia o vinho doce e fino, contando as pessoas na tentativa de ocupar sua mente e manter a compostura.

Trinta e seis magos, incluindo ela mesma; doze de cada um dos três impérios, e todos marcados pela máscara sobre a cabeça, debaixo do braço ou jogada sobre um dos ombros.

Cerca de 24 serviçais — era difícil precisar, pois estavam vestidos exatamente com a mesma roupa e sempre em movimento.

Doze guardas.

Quinze membros da *ostra*, a julgar pelas suas expressões arrogantes.

Seis membros da *vestra*, contados pelo uso de broches com emblema real.

Dois veskanos loiros usando coroas em vez de máscaras, cada um com uma comitiva de seis acompanhantes, e um faroense alto com um rosto inexpressivo e um séquito de oito pessoas.

O rei e a rainha de Arnes com trajes esplêndidos em vermelho e dourado.

O príncipe Rhy no alto da tribuna.

E de pé ao lado dele, Kell.

Lila prendeu a respiração. Pela primeira vez, o cabelo castanho avermelhado não caía sobre o rosto dele: estava puxado para trás, revelando tanto o azul límpido do olho esquerdo quanto o preto brilhante do olho direito. Ele não trajava seu casaco habitual, em *nenhuma* de suas versões. Em vez disso, estava vestido elegantemente de preto da cabeça aos pés, com um broche de ouro na altura do coração.

Kell dissera a ela uma vez que se sentia mais um objeto de posse que um príncipe, mas ali, ao lado de Rhy, com uma taça em uma das mãos e a outra apoiada no parapeito enquanto olhava para os convidados no piso principal, ele parecia pertencer àquele mundo.

O príncipe disse algo e o rosto de Kell se iluminou em uma risada silenciosa.

Onde estava o garoto ensanguentado que desmaiara no chão do quarto dela?

Onde estava o mago atormentado cujas veias se tornavam pretas enquanto ele lutava contra a força de atração do talismã?

Onde estava o nobre triste e solitário que ficara parado no píer, olhando Lila ir embora?

Esse último ela quase conseguia enxergar. Ali, na extremidade dos lábios dele, no canto de seu olho.

Lila sentiu o próprio corpo se mover na direção dele, atraído como por gravidade, muitos passos percorridos antes que ela se detivesse e virasse. Ela não era Lila Bard essa noite. Era Stasion Elsor, e, embora a ilusão estivesse funcionando bem até agora, ela sabia que desmoronaria na frente de Kell. Apesar disso, parte dela ainda gostaria de encontrar o olhar dele, desfrutar do instante da surpresa e observar esse instante se dissolver em reconhecimento. E depois, esperançosamente, em acolhida. Mas ela não conseguia imaginar que ele ficaria feliz em vê-la, não ali, misturada com a aglomeração de competidores. E, na verdade, Lila gostou da sensação de tê-lo observado sem ser observada. Fez com que se sentisse como uma predadora, e, em um salão cheio de magos, isso era algo incrível.

— Acho que ainda não nos conhecemos — soou atrás dela uma voz em um inglês carregado de sotaque.

Ela se virou e encontrou um jovem alto e magro, com cabelo castanho quase vermelho e cílios pretos emoldurando os olhos cinzentos. Ele carregava uma máscara de prata muito clara sob um dos braços, que mudou para o outro lado antes de estender a mão enluvada para ela.

— Kamerov — disse ele, cordialmente. — Kamerov Loste.

Então este era o mago esquivo que nem Jinnar nem Alucard conseguiram encontrar. Ela não conseguia entender o porquê de tanto estardalhaço.

— Stasion Elsor — respondeu ela.

— Bem, mestre Elsor — falou ele com um sorriso confiante —, talvez nos encontremos na arena.

Ela ergueu uma sobrancelha e começou a se afastar.

— Talvez.

III

— Tomei a liberdade de criar sua flâmula — falou Rhy, apoiando os cotovelos no corrimão de mármore da tribuna. — Espero que não se importe.

Kell se encolheu.

— Será que eu quero mesmo saber o que há nela?

Rhy tirou um pedaço de tecido dobrado de dentro do bolso e o entregou para Kell. O pano era vermelho, e, quando ele o desdobrou, viu a imagem de uma rosa em preto e branco. A rosa havia sido espelhada, dobrada ao longo do eixo central e refletida, de modo que o desenho continha na verdade *duas* flores, cercadas por uma espiral de espinhos.

— Que sutil — disse Kell, sem emoção na voz.

— Você poderia pelo menos fingir que está agradecido.

— E você não poderia ter escolhido algo um pouco mais... Não sei... imponente? Uma serpente? Uma grande fera? Uma ave de rapina?

— A marca de uma mão ensanguentada? — retrucou Rhy. — Ah, que tal um olho preto brilhante?

Kell o encarou, furioso.

— Você está certo — continuou Rhy. — Eu devia ter desenhado apenas um rosto com as sobrancelhas franzidas. Mas então todos *saberiam* que é você. Pensei que isso aqui fosse mais apropriado.

Kell murmurou algo desagradável enquanto enfiava a flâmula no bolso.

— De nada.

Kell examinou o Rose Hall.

— Você acha que alguém vai notar que eu, bem, que Kamerov Loste não está participando das festividades?

Rhy sorveu um gole de sua bebida.

— Duvido — respondeu ele. — Mas, por via das dúvidas...

Ele acenou com a bebida para uma figura magra que se movia através da multidão. Kell estava no meio de um gole de vinho quando viu o homem e quase engasgou. A figura era alta e esbelta, com cabelos castanhos avermelhados bem arrumados. Estava com elegantes calças pretas e uma túnica prateada de gola alta, mas foi a máscara debaixo do braço que capturou o olhar de Kell.

Uma única peça de metal branco esculpido em prata, polido até ficar extremamente brilhante.

A máscara *dele*. Ou melhor, a máscara de *Kamerov*.

— Quem diabos é *esse*?

— Esse, meu querido irmão, é Kamerov Loste. Pelo menos esta noite.

— Droga, Rhy, quanto mais pessoas souberem desse plano, mais provável é que ele falhe.

O príncipe acenou com a mão.

— Paguei generosamente nosso ator para desempenhar o papel hoje à noite, e, até onde ele sabe, é porque o verdadeiro Kamerov não gosta de aparições públicas. Este é o único evento onde se espera que os 36 competidores mostrem seus rostos, incluindo Kamerov. Além disso, Castars é discreto.

— Você *conhece* ele?

Rhy deu de ombros.

— Nossos caminhos já se cruzaram.

— Pare — disse Kell. — Por favor. Eu não quero ouvir sobre seus interlúdios românticos com o homem que está se passando por mim.

— Não seja obsceno. Não estive com ele desde que ele concordou em assumir esse papel em particular. E isso é uma prova do meu respeito por você.

— Que lisonjeiro.

Rhy olhou o homem nos olhos e, alguns instantes depois, já tendo percorrido o salão, o falso Kamerov Loste — bem, Kell se lembrou de que ambos eram falsos, então se tratava da cópia da cópia — subiu as escadas para a tribuna.

— Príncipe Rhy — disse o homem, curvando-se com mais floreio do que Kell faria. — E mestre Kell — acrescentou ele, com reverência.

— Mestre Loste — disse Rhy, alegremente.

Os olhos do homem, ambos da cor cinza, migraram de Rhy para Kell. De perto, ele viu que tinham a mesma altura e constituição física. Rhy tinha sido minucioso.

— Desejo-lhe sorte nos próximos dias — disse Kell.

O sorriso do homem se alargou.

— É uma *honra* lutar por Arnes.

— Um pouco exagerado, não é? — perguntou Kell enquanto o impostor retornava ao piso principal.

— Ah, não seja tão amargo — disse Rhy. — O importante é que Kamerov tenha um *rosto*. Especificamente, um rosto que não seja o *seu*

— Ele não está usando o casaco.

— Não, infelizmente para nós, você não pode *tirar* casacos de seu casaco, e eu achei que não estaria disposto a se separar dele.

— Você acertou.

Kell estava se afastando quando viu uma sombra se movendo pelo salão: uma figura vestida de preto, com o esboço de um sorriso e uma máscara de demônio. Parecia com a que ele tinha visto em Lila no baile de máscaras de Rhy. Na noite em que Astrid aprisionara Kell e possuíra o corpo do príncipe. Lila tinha aparecido como um espectro na varanda, vestida de preto e usando uma máscara com chifres. Ela a usara ali e depois mais tarde, quando fugiram carregando o corpo moribundo de Rhy. E também no quarto do Santuário enquanto Kell lutava para ressuscitá-lo. Ela a usara sobre os cabelos enquanto adentravam a floresta de pedra e subiam os degraus do castelo da Londres Branca, e a máscara havia pendido dos dedos ensanguentados de Lila quando tudo acabara.

— Quem é aquela pessoa? — perguntou.

Rhy seguiu a direção do olhar de Kell.

— Alguém que claramente compartilha seu gosto por roupas monocromáticas. Fora isso... — Rhy tirou um papel dobrado do bolso e examinou a lista. — Não é Brost, ele é enorme. Eu conheci Jinnar. Deve ser Stasion.

Kell apertou os olhos, mas a semelhança já estava desvanecendo. O cabelo era curto demais, escuro demais; a máscara era diferente, o sorriso fora substituído por expressões duras. Kell sacudiu a cabeça.

— Eu sei que é loucura, mas por um segundo pensei que fosse...

— Santos, agora você está vendo Lila em todo mundo e em todos os lugares, Kell? Há uma palavra para isso.

— Alucinação?

— Paixão.

Kell bufou.

— Não estou apaixonado — retrucou ele. — Eu só... — Ele só queria vê-la de novo. — Nossos caminhos se cruzaram uma vez. Meses atrás. Acontece.

— Ah, sim, seu relacionamento com a senhorita Bard é positivamente comum.

— Silêncio.

— Cruzando mundos, matando reis, salvando cidades. As marcas de todo bom namoro.

— Nós não estávamos namorando — respondeu Kell. — Caso tenha se esquecido, ela foi embora.

Não queria parecer magoado. Não era porque ela o tinha deixado para trás, mas simplesmente porque tinha ido embora. E ele não pudera segui-la, mesmo que quisesse. E agora ela estava *de volta*.

Rhy endireitou-se.

— Quando isso acabar, devíamos fazer uma viagem.

Kell revirou os olhos.

— Não vai começar com isso de novo, vai?

E então viu as vestes brancas de mestre Tieren se movendo pelo salão lá embaixo. A noite toda — na verdade a semana toda, o mês todo —, o *Aven Essen* o evitara.

— Segure isso — disse ele, entregando sua bebida para o príncipe.

Antes que Rhy pudesse protestar, Kell já estava longe.

Lila fugiu antes que a multidão começasse a escassear, a máscara de demônio pendurada em uma das mãos e a flâmula que escolhera na outra. Duas facas de prata cruzadas sobre um fundo preto. Ela estava no saguão de entrada quando ouviu o som de passos atrás dela. Não de botas estalando no mármore, mas de sapatos macios, muito usados.

— Delilah Bard — disse uma voz calma e familiar.

Ela parou no meio do passo e se virou. O sumo sacerdote do Santuário de Londres estava ali, segurando um cálice de prata com as duas mãos, os dedos entrelaçados. Suas vestes brancas eram adornadas com ouro, seu cabelo prateado estava arrumado de forma simples em torno de seus perspicazes olhos azuis.

— Mestre Tieren — cumprimentou ela, sorrindo mesmo com o coração batendo forte em alerta. — O *Aven Essen* deveria estar bebendo?

— Não vejo por que não — respondeu ele. — A chave para todas as coisas, sejam elas mágicas ou alcoólicas, é a moderação. — Ele analisou a taça. — Além disso, é apenas água.

— Ah — exclamou Lila, dando um passo para trás, a máscara escondida às suas costas.

Ela não tinha certeza de como agir. Normalmente, suas duas opções ao ser encurralada eram virar e sair correndo ou ficar e lutar, mas, por se tratar de mestre Tieren, nenhuma delas parecia apropriada. Uma pequena parte dela se emocionou por ser reconhecida, e ela honestamente não podia conceber a ideia de puxar uma faca contra o mentor de Kell.

— É um traje e tanto esse que você está usando — observou o *Aven Essen*, aproximando-se. — Se você quisesse uma audiência com o príncipe Rhy e o mestre Kell, tenho certeza de que poderia simplesmente ter requisitado uma. Um disfarce era realmente necessário? — E então, lendo a expressão dela: — Mas este disfarce não é simplesmente para entrar no palácio, não é mesmo?

— Na verdade, eu estou aqui como competidora.

— Não, você não está — disse ele, simplesmente.

Lila se eriçou.

— Como você sabe?

— Porque eu mesmo selecionei os competidores.

Lila deu de ombros.

— Um deles deve ter desistido.

Tieren lançou a ela um olhar longo e avaliador.

Estava lendo seus pensamentos? Ele *conseguia* fazer isso? Essa era a parte mais difícil de mergulhar em um mundo onde a magia era possível. Fazia você se perguntar se *tudo* seria possível. Lila não era cética nem crente; ela confiava em seus instintos e no mundo que conseguia enxergar. Mas esse mundo havia ficado consideravelmente mais estranho.

— Senhorita Bard, em que confusão se meteu agora? — Antes que ela pudesse responder, ele continuou: — Mas essa não é a pergunta certa, não é? A julgar pela sua aparência, a pergunta certa seria: onde está o mestre Elsor?

Lila abriu um sorriso.

— Ele está vivo e bem — respondeu ela. — Bom, ele está vivo. Ou pelo menos estava, da última vez que o vi. — O sacerdote exalou um pequeno suspiro. — Ele está bem, mestre Tieren. Mas não poderá vir ao *Essen Tasch*, então ficarei no lugar dele.

Houve outro breve suspiro, cheio de desaprovação.

— Foi o senhor quem me encorajou — desafiou Lila.

— Eu lhe disse para cuidar do poder que estava desabrochando em você, não trapacear para conseguir uma vaga em um torneio internacional.

— Você me disse que havia magia em mim. Agora acha que não tenho magia o suficiente?

— Eu não *sei* o que há em você, Lila. E nem você. E, enquanto me alegra saber que a sua estadia no nosso mundo tem sido até agora frutífera, o que você realmente precisa é de tempo, prática e uma boa dose de disciplina.

— Tenha um pouco de fé, mestre Tieren. Algumas pessoas acreditam que a necessidade é a chave para florescer.

— Essas pessoas são tolas. E você tem um desprezo perigoso por sua própria vida, além de pela vida dos outros.

— Já me disseram isso. — Ela deu mais um passo para trás. Agora chegara até a porta. — Você vai tentar me impedir?

Ele lançou um olhar duro para ela.

— E eu poderia?

— Você poderia tentar. Poderia me prender ou me expor. Podemos fazer um belo circo disso tudo. Mas não acho que seja isso o que você quer. O verdadeiro Stasion Elsor está a caminho de Delonar e não voltará a tempo de competir. Além disso, este torneio é importante, não é? — Ela passou um dedo pelo batente da porta. — Para as relações diplomáticas. Há pessoas aqui de Vesk e de Faro. O que você acha que fariam se soubessem de onde eu realmente vim? O que isso diria sobre as portas entre os mundos? O que isso diria sobre *mim*? A confusão fica cada vez pior, não é, mestre Tieren? Mas, além disso, acho que você está curioso para ver o que uma garota da Londres Cinza é capaz de fazer.

Tieren a encarou.

— Alguém já lhe disse que você é perspicaz demais para seu próprio bem?

— Perspicaz demais. Espalhafatosa demais. Imprudente demais. Já ouvi tudo isso. É um milagre que eu ainda esteja viva.

— De fato.

A mão de Lila soltou o batente.

— Não conte a Kell.

— Ah, acredite, criança, isso é a última coisa que farei. Quando você for pega, planejo fingir ignorância completa. — Ele baixou a voz e acrescentou, principalmente para si mesmo: — Esse torneio ainda vai me matar. — Então pigarreou. — Ele sabe que você está aqui?

Lila mordeu o lábio.

— Ainda não.

— Pretende contar a ele?

Lila olhou para o Rose Hall, atrás do sacerdote. Ela pretendia, não? Então, o que a estava impedindo? A incerteza? Enquanto ela soubesse de tudo e ele não, era ela quem estava no controle. No momento que ele descobrisse, esse equilíbrio mudaria. Além disso, se Kell descobrisse que ela estava competindo, se ele descobrisse o que ela *tinha feito* para competir, ela nunca veria o interior de uma arena. Inferno, ela provavelmente nunca mais veria nada além do interior de uma cela e, mesmo que não fosse presa, provavelmente iria ouvir sermões para o resto da vida.

Lila saiu para o patamar da escadaria, Tieren em seu encalço.

— Como eles estão? — perguntou ela, olhando para a cidade.

— Os príncipes? Eles parecem bem o suficiente. E, ainda assim... — Tieren parecia genuinamente preocupado.

— Qual o problema? — perguntou ela de imediato.

— As coisas não são mais as mesmas desde a Noite Preta. O Príncipe Rhy é ele mesmo e ao mesmo tempo não é. Ele sai às ruas com menos frequência, arranja cada vez mais problemas quando o faz.

— E Kell?

Tieren hesitou.

— Alguns acreditam que ele tenha sido responsável pela sombra que atravessou nossa cidade.

— Isso não é justo — retrucou Lila. — Nós salvamos a cidade.

Tieren deu de ombros, como se dissesse: tal é a natureza do medo e da dúvida. Eles se reproduzem com muita facilidade. Kell e Rhy pareciam felizes naquela tribuna, mas ela podia ver os limites frágeis dos seus disfarces. A escuridão logo ali.

— É melhor você ir embora — falou o *Aven Essen*. — Amanhã será... Bem, será algo inesperado.

— Você vai torcer por mim? — perguntou ela, forçando-se a manter a voz tranquila.

— Vou rezar para que não seja morta.

Lila sorriu e começou a descer os degraus. Ela estava na metade do caminho para a rua quando ouviu alguém dizer:

— Espere.

Mas não fora Tieren. A voz era mais jovem, uma voz que ela não ouvia havia quatro meses. Afiada e grave, com um toque de tensão, como se estivesse sem fôlego ou se contendo.

Kell.

Ela hesitou na escada, a cabeça abaixada, os dedos doendo no lugar onde seguravam o capacete. Estava a ponto de se virar, mas ele falou de novo, chamando um nome. E não era o dela.

— Tieren — chamou Kell. — Por favor, espere.

Lila engoliu em seco, de costas para o sumo sacerdote e para o príncipe de olho preto.

Foi necessário reunir toda a força que possuía para começar a andar de novo.

E, quando o fez, ela não olhou para trás.

— O que foi, mestre Kell? — perguntou Tieren.

Kell sentiu as palavras secarem em sua garganta. Finalmente, ele conseguiu dizer uma única frase petulante.

— Você tem me evitado.

Os olhos do velho cintilaram, mas ele não negou a alegação.

— Eu tenho muitos talentos, Kell — disse ele —, mas, acredite ou não, enganar os outros nunca esteve entre eles. Suspeito que seja por isso que nunca ganhei um jogo de Santo...

Kell arqueou uma sobrancelha. Para começar, ele não conseguia imaginar o *Aven Essen* jogando.

— Eu queria lhe agradecer. Por permitir que Rhy, por permitir que eu...

— Eu não permiti que você fizesse coisa alguma — interrompeu Tieren. Kell se encolheu. — Simplesmente não os impedi, porque, se aprendi alguma coisa sobre vocês dois, é que, se quiserem fazer algo, vocês farão, e o mundo que se exploda.

— Você acha que estou sendo egoísta.

— Não, mestre Kell. — O padre esfregou os olhos. — Acho que está sendo humano.

Kell não sabia se isso era desprezo por parte do *Aven Essen*, que devia acreditar que ele era *abençoado*.

— Às vezes, penso que enlouqueci.

Tieren suspirou.

— Verdade seja dita, eu acho que todo mundo enlouqueceu. Acho que Rhy está louco por engendrar esse esquema e ainda mais louco por planejá-lo tão bem. — A voz ficou um pouco mais baixa. — Acho que o rei e a rainha estão loucos por culpar um filho mais do que o outro.

Kell engoliu em seco.

— Eles nunca irão me perdoar?

— O que você preferiria ter? O perdão deles ou a vida de Rhy?

— Eu não deveria ter que escolher — explodiu ele.

O olhar de Tieren rumou para os degraus, para o Atol e para a cidade reluzente.

— O mundo não é nem justo nem correto, mas tem sua própria maneira de achar um equilíbrio. A magia nos ensina muito. Mas quero que me prometa uma coisa.

— O quê?

O olhar azul perspicaz de Tieren voltou-se para Kell.

— Que vai tomar cuidado.

— Eu vou fazer o meu melhor. Você sabe que não quero causar dor a Rhy, mas...

— Não estou pedindo que tome cuidado com a vida de Rhy, seu menino estúpido. Estou pedindo para você tomar cuidado com a sua vida. — Mestre Tieren levou a mão ao rosto de Kell, e uma calma familiar se transferiu como se fosse calor.

Nesse instante, Rhy surgiu, parecendo alegremente bêbado.

— Aí está você! — chamou ele, apoiando o braço nos ombros de Kell e sibilando em seu ouvido. — *Esconda-se.* A princesa Cora está caçando príncipes...

Kell deixou Rhy arrastá-lo de volta para dentro, lançando um último olhar para Tieren, que estava de pé nos degraus, com as costas voltadas para o palácio e seus olhos fixos na noite.

IV

— O que estamos fazendo aqui?

— Estamos nos escondendo.

— Certamente poderíamos ter nos escondido no palácio.

— Sério, Kell. Você não tem imaginação.

— Isso aqui vai afundar?

A garrafa escorregou da mão de Rhy.

— Não seja ridículo.

— Acho que é uma pergunta válida — retrucou Kell.

— E me disseram que não poderia ser construído — disse Rhy, brindando à arena.

— Não poderia ou não deveria? — perguntou Kell, pisando no chão do estádio como se fosse feito de vidro. — Porque, se for a segunda...

— Você é um resmungão... Ai! — Rhy deu uma topada em algo, e uma dor aguda ecoou pelos dedos do pé de Kell.

— Aqui — reclamou ele, conjurando uma chama na palma da mão.

— Não. — Rhy se lançou contra ele, forçando-o a fechar a mão e apagando a luz. — Nós estamos fugindo. Fugir é algo para ser feito no escuro.

— Bem, então preste atenção onde pisa.

Rhy deve ter decidido que haviam ido longe o suficiente, porque desmoronou sobre o chão de pedra polida da arena. À luz do luar, Kell podia ver os olhos de seu irmão, a coroa de ouro em seus cabelos e a garrafa de vinho temperado que ele desarrolhava.

Kell se sentou no chão ao lado do príncipe e descansou, recostando em alguma coisa — uma plataforma, uma parede ou degraus. Ele inclinou a cabeça para trás e ficou maravilhado com o estádio, mesmo o pouco que conseguia enxergar. As arquibancadas logo estariam repletas, o estratagema logo seria posto em prática e, com isso, a ideia de que tudo poderia realmente funcionar.

— Você tem certeza sobre isso? — perguntou Kell.

— É um pouco tarde para mudar de ideia — murmurou o príncipe.

— Estou falando sério, Rhy. Ainda temos tempo.

O príncipe tomou um gole de vinho e colocou a garrafa entre eles, claramente pensando em como responder.

— Você se lembra do que eu disse? — perguntou ele, gentilmente. — Depois daquela noite. Sobre o motivo de eu ter aceitado o colar de Holland?

Kell acenou com a cabeça.

— Você queria ter força.

— E ainda quero — sussurrou Rhy. — Todos os dias eu acordo querendo ser uma pessoa mais forte. Um príncipe melhor. Um rei digno. Esse desejo é como um fogo em meu peito. E então há esses momentos, esses horríveis momentos frios em que me lembro do que fiz... — A mão dele foi até seu coração. — A mim mesmo. A você. Ao meu reino. E isso dói... — A voz dele tremia. — Dói mais do que morrer. Há dias em que sinto que não mereço isso. — Ele encostou um dedo no vínculo da alma. — Eu mereço estar... — Ele parou de falar, mas Kell podia sentir a dor de seu irmão como se fosse algo físico.

— Acho que o que estou tentando dizer — falou Rhy — é que eu preciso disso também. — Os olhos dele finalmente encontraram os de Kell. — Ok?

Kell engoliu em seco.

— Ok. — E pegou a garrafa.

— Dito isso, tente não nos matar.

Kell resmungou, e Rhy deu uma risada.

— A planos inteligentes — disse Kell, brindando com o irmão.

— E a príncipes impetuosos.

— A magos mascarados — falou Rhy, passando o vinho.

— A ideias loucas.

— Ao *Essen Tasch*.

Algum tempo depois, quando a garrafa já estava vazia, Rhy murmurou:

— Não seria maravilhoso se nos safássemos dessa?

— Quem sabe — disse Kell. — Talvez seja possível.

Rhy entrou tropeçando em seu quarto, desviando das perguntas de Tolner sobre onde estivera e fechando a porta na cara do guarda. Estava escuro, e ele deu três passos cambaleantes antes de bater com a canela em uma mesa baixa, xingando com vontade.

O quarto oscilava, uma confusão de sombras iluminadas apenas pela luz pálida do fogo baixo que queimava na lareira e pelas velas nos cantos, mas apenas metade delas havia sido acesa. Rhy recuou até que suas costas encontrassem a parede mais próxima e esperou que a sala entrasse em foco.

No andar de baixo, a festa finalmente havia terminado; a realeza estava se retirando para suas alas, e os nobres, para suas casas. Amanhã. Amanhã o torneio finalmente começaria.

Rhy sabia o verdadeiro motivo da hesitação de Kell, e não era ser descoberto nem causar problemas; era o medo de lhe causar dor. Todos os dias, Kell se movimentava como se Rhy fosse feito de vidro, e isso estava enlouquecendo os dois. Mas, quando o torneio começasse, quando ele visse que Rhy estava bem, que podia aguentar e sobreviver a ele — diabos, ele podia sobreviver a *qualquer coisa*, não era essa a questão? —, então talvez Kell finalmente se soltasse, deixasse de prender a respiração, parasse de tentar protegê-lo e apenas *vivesse*.

Porque Rhy não precisava da proteção dele, não mais, e ele só contara meia verdade quando dissera que ambos precisavam disso.

A verdade era que Rhy precisava *mais* disso do que Kell.

Porque Kell havia lhe dado um presente que ele não queria e que nunca poderia pagar.

Ele sempre invejara a força do irmão.

E agora, de uma maneira horrível, ela era dele.

Ele era imortal.

E *odiava* isso.

E odiava o fato de odiar isso. Odiava ter se tornado algo que nunca quisera ser: um fardo para o irmão, uma fonte de dor e sofrimento, uma prisão. Odiava saber que, se tivesse escolha, ele teria dito não. Odiava ser grato por não ter tido escolha, porque queria viver, mesmo que não merecesse.

Mas, acima de tudo, Rhy odiava a forma como manter sua vida mudara a maneira como *Kell* vivia, o modo como o irmão andava pela vida como se de repente fosse frágil. A pedra preta, e o que quer que tivesse vivido dentro dela, e por um tempo dentro de Kell, havia mudado seu irmão, acordado algo inquieto, algo imprudente. Rhy queria gritar, sacudir Kell e dizer a ele para não se esquivar do perigo por sua causa. E sim se jogar nele de cabeça, mesmo que significasse se ferir.

Porque Rhy merecia aquela dor.

Ele podia ver seu irmão sufocando sob o peso daquilo tudo. Sob o peso dele.

E odiava isso.

Esse gesto — esse gesto tolo, louco e perigoso — era o melhor que ele podia fazer.

O máximo que podia fazer.

O quarto havia se estabilizado, e, de repente, desesperadamente, Rhy precisava de outra bebida.

Um aparador ficava ao longo da parede, uma peça ornamentada feita em madeira e incrustada de ouro. Pequenos cálices de vidro estavam amontoados ao lado de uma bandeja com uma dezena de diferentes garrafas de bebidas finas, e Rhy apertou os olhos para enxergar na penumbra, examinando a variedade antes de pegar o frasco ao fundo, escondido pelas garrafas mais altas e cintilantes. O tônico no frasco era de um branco leitoso, a rolha presa em uma haste fina.

Uma gota para se acalmar. Duas para silenciar. Três para dormir.

Foi o que Tieren dissera ao receitá-lo.

Os dedos de Rhy tremiam quando ele pegou o frasco, esbarrando nas outras garrafas.

Estava tarde, e ele não queria ficar sozinho com seus pensamentos.

Ele podia chamar alguém. Nunca tivera dificuldade em encontrar uma companhia. Mas não estava com disposição para sorrir, rir e seduzir ninguém. Se Gen e Parrish estivessem ali, jogariam Santo com ele e ajudariam a manter os pensamentos a distância. Mas Gen e Parrish estavam mortos, e era culpa de Rhy.

Você não deveria estar vivo.

Ele sacudiu a cabeça, tentando se livrar das vozes, mas elas se agarraram a ele.

Você decepcionou a todos.

— Pare — rosnou baixinho.

Odiava a escuridão e a onda de sombras que sempre o alcançava. Ele tinha esperado que a festa o exaurisse e o ajudasse a dormir, mas seu corpo cansado não conseguiu acalmar seus pensamentos furiosos.

Você é fraco.

Ele pingou três gotas em um copo vazio e em seguida o encheu com um pouco de água adoçada com mel.

Um fracasso.

Rhy bebeu todo o conteúdo — *Assassino* — e começou a contar, em parte para perceber os efeitos e em parte para abafar as vozes. Ficou de pé em frente ao aparador olhando para o copo vazio e contando os segundos até que seus pensamentos e sua visão começaram a se embaraçar.

Rhy se moveu para longe do aparador e quase caiu quando o quarto se inclinou ao redor dele. Ele se segurou no pilar da cama e fechou os olhos — *Você não deveria estar vivo* —, descalçando as botas e tateando o caminho para a cama. Ele se encolheu em posição fetal enquanto os pensamentos o açoitavam: a voz de Holland, o amuleto, distorcido agora, transformando-se nas memórias da noite em que Rhy morrera.

Ele não se lembrava de tudo, mas se lembrou de Holland lhe estendendo o presente.

Para dar força.

Lembrou-se de estar de pé em seus aposentos e de passar o cordão com o pingente sobre a cabeça, de estar no meio do corredor, e então... nada. Nada até sentir um calor abrasador rasgando seu peito e olhar para baixo para ver a própria mão em torno do punho de uma adaga, a lâmina enterrada entre suas costelas.

Lembrou-se da dor, do sangue, do medo e finalmente do silêncio e da escuridão. A entrega de se deixar levar, de afundar, de se esvair, e o choque de ser arrastado de volta com uma força que lembrava a de uma queda, seguido de uma dor terrível e lancinante quando bateu no chão. Só que ele não estava caindo. Estava subindo. Erguendo-se à superfície de si mesmo, e então, e então...

E então o tônico finalmente fez efeito, as lembranças silenciadas conforme o passado e o presente misericordiosamente desapareciam e Rhy caía febrilmente em um sono profundo.

V

Londres Branca

Holland perambulava pelos aposentos reais.

Eram tão grandes quanto a sala do trono, com o mesmo teto abobadado e amplas janelas por todos os lados. Construído no pináculo oeste do castelo, tinha vista para a cidade inteira. Dali ele podia ver o cintilar que a dança das águas do Sijlt emanava, como se fosse a luz da lua em nuvens baixas; podia ver as lamparinas queimando pálidas, porém estáveis, difusas pelos vidros das janelas e pela névoa circundante. Podia ver a cidade, a *sua* cidade, dormir e acordar, descansar e se mover, e voltar à vida.

Ele virou a cabeça de repente ao ouvir algo pousar no peitoril, seu poder vindo à tona em um reflexo, mas era apenas um pássaro. Branco e cinza com uma crista em tom dourado pálido, olhos que brilhavam tão pretos quanto os de Holland. Ele exalou um suspirou, surpreso.

Um *pássaro*.

Há quanto tempo ele não via um? Os animais havia muito tempo tinham ido embora junto com a magia, buscando os lugares distantes em que o mundo não estava morrendo, cavando o chão para alcançar algum resquício da vida que se retraía. Qualquer criatura tola o suficiente para perambular ao alcance das mãos era abatida para ser devorada ou usada em algum feitiço; ou ambos. Os Dane haviam mantido dois cavalos consigo, animais de um branco imaculado, e até mesmo estes pereceram nos dias após a morte dos irmãos, quando a cidade mergulhou em caos e chacina pela coroa. Holland não estivera ali naqueles primeiros dias, claro. Ele os passara agarrando-se à vida em um jardim a um mundo de distância.

Porém, agora havia um pássaro ali.

Ele não percebeu que estava se aproximando dele até o animal se arrepiar e abrir as asas. As pontas dos dedos dele roçaram suas penas antes que saísse do alcance.

Um único pássaro. Mas era um sinal. O mundo estava mudando. Osaron poderia conjurar muitas coisas, mas não aquilo. Nada com um coração pulsante, nada com uma alma. Holland supôs que fosse melhor assim. Afinal, se Osaron pudesse fazer um corpo para si mesmo, não precisaria de Holland. E, por mais que Holland precisasse da magia de Osaron, a ideia do *oshoc* movendo-se livremente lhe dava calafrios. Não, Holland não era apenas o parceiro de Osaron; era a prisão de Osaron.

E seu prisioneiro estava ficando inquieto.

Mais.

A voz ecoava em sua cabeça.

Holland pegou um livro e começou a ler, mas havia percorrido apenas duas páginas quando o papel estremeceu em suas mãos, como se tremulasse com o vento, e se transformou inteiramente em vidro, do miolo à capa.

— Isso é uma infantilidade — murmurou ele, deixando o livro arruinado de lado e esparramando as mãos no peitoril.

Mais.

Ele sentiu um tremor sob as palmas das mãos e olhou para baixo, vendo fios de névoa alastrando-se sobre a pedra e deixando em seu encalço geada, flores, hera e fogo.

Holland afastou as mãos como se tivesse se queimado.

— Pare com isso — disse ele, voltando seu olhar para o espelho alto e elegante que ficava entre duas janelas. Observou seu reflexo e viu o olhar impaciente e impetuoso de Osaron.

Poderíamos fazer mais.

Poderíamos ser mais.

Poderíamos ter mais.

Poderíamos ter qualquer coisa.

E, em vez disso...

A magia resvalou para a frente, serpenteou para fora das mãos de Holland, dezenas de finos fios de fumaça o envolvendo e se enrolando à volta dele, tecendo uma trama de parede a parede, do teto ao chão, até que ele se viu no centro de uma gaiola.

Holland balançou a cabeça e dissipou a ilusão.

— Este é o meu mundo — vociferou ele. — E não uma tela para seus caprichos.

Você não tem visão, falou, enfurecido, o Osaron do reflexo.

— Tenho sim — respondeu Holland. — Eu vi o que aconteceu ao seu mundo.

Osaron nada disse, mas Holland podia sentir a inquietação dele. Podia sentir o *oshoc* perambulando nos limites do corpo do *Antari*, ocupando os sulcos de sua mente. Osaron era velho como o mundo e tão selvagem quanto.

Holland fechou os olhos e tentou forçar uma espécie de cobertor de calma sobre os dois. Ele precisava dormir. Havia uma enorme cama no centro do quarto, elegante, porém intocada. Holland não dormia. Ao menos, não dormia bem. Athos passara vários anos instilando — queimando, destruindo, quebrando — no corpo dele uma desconfiança sobre a paz. Seus músculos se recusavam a relaxar; sua mente não se acalmava; os muros que havia construído nela para se proteger não tinham sido projetados para se desfazer. Athos talvez estivesse morto, mas Holland não conseguia se livrar do medo de que, quando seus olhos se fechassem, os de Osaron poderiam se abrir. E ele não podia suportar a ideia de perder novamente o controle sobre si mesmo.

Ele havia colocado guardas na porta de seu quarto para ter certeza de que não sairia vagando por aí, mas, toda vez que acordava, o aposento parecia diferente. Havia uma trepadeira de rosas subindo pela janela, um candelabro de gelo, um tapete de musgo ou de algum tecido exótico; alguma pequena mudança realizada durante a noite.

Nós tínhamos um acordo.

Holland podia sentir a vontade do *oshoc* lutando com a sua própria e ficando mais forte a cada dia, e, embora Holland ainda estivesse no controle, não sabia por quanto tempo. Algo teria que ser sacrificado. Ou alguém.

Holland abriu os olhos e encontrou o olhar do *oshoc*.

— Quero propor um novo acordo.

No espelho, Osaron inclinou a cabeça, esperando, ouvindo.

— Vou encontrar outro corpo para você.

A expressão de Osaron ficou azeda. *Eles são fracos demais para me sustentar. Até mesmo Ojka sucumbiria sob meu verdadeiro toque.*

— Vou lhe encontrar um corpo tão forte quanto o meu — falou Holland cautelosamente.

Osaron pareceu intrigado. *Um Antari?*

Holland continuou.

— E o mundo dele. Para criar o seu próprio mundo. E em troca você deixará esse mundo para mim. Não como era, mas como pode ser. Restaurado.

Outro corpo, outro mundo, ponderou Osaron. *Está tão ansioso assim para se livrar de mim?*

— Você quer mais liberdade — disse Holland. — Estou lhe oferecendo isso.

Osaron recusou a oferta. Holland tentou manter sua mente calma e clara, sabendo que o *oshoc* perceberia seus sentimentos e conheceria seus pensamentos. *Você me oferece um hospedeiro Antari. Sabe que eu não conseguirei possuir tal corpo sem permissão.*

— Isso é problema meu — explicou Holland. — Aceite minha oferta, e você terá um novo corpo e um novo mundo para fazer o que quiser. Mas não irá tomar *este* mundo. Não irá destruí-lo.

Hummm, o som era uma vibração na cabeça de Holland. *Muito bem*, disse finalmente o oshoc. *Traga-me outro corpo e temos um acordo. Tomarei o mundo dele no lugar do seu.*

Holland acenou com a cabeça.

Mas, acrescentou Osaron, *se ele não puder ser persuadido, vou ficar com seu corpo para mim.*

Holland rosnou. Osaron aguardou.

E então? Um sorriso lento surgiu no reflexo. *Ainda quer fazer o acordo?*

Holland engoliu em seco e olhou pela janela quando um segundo pássaro passou voando.

— Quero.

OITO

O
ESSEN
TASCH

I

Kell se sentou na cama, um grito ainda preso na garganta.

O suor tracejava linhas em seu rosto enquanto ele piscava, tentando se livrar das imagens do pesadelo.

No sonho, a Londres Vermelha ardia em chamas. Mesmo agora, acordado, ele ainda podia sentir o cheiro da fumaça; levou um instante para perceber que não era apenas um eco seguindo-o para fora do sono. Os lençóis estavam chamuscados no lugar em que os segurava: ele havia, de alguma forma, invocado o fogo durante o sono. Kell encarou as próprias mãos: os nós dos dedos estavam brancos. Havia anos seu controle não vacilava.

Kell se livrou das cobertas. Estava se pondo de pé quando ouviu a cascata de sons do lado de fora das janelas: as trombetas e os sinos, as carruagens e os gritos.

O torneio.

O sangue de Kell zumbia enquanto ele se vestia, virando o casaco várias vezes — assegurando-se de que a jaqueta prateada de Kamerov não havia sido engolida pelas dobras infinitas de tecido — antes de convocar o casaco vermelho real e descer para o andar debaixo.

Ele fez uma rápida aparição no café da manhã, cumprimentando o rei e a rainha com um aceno de cabeça e desejando sorte a Rhy conforme um grupo de assistentes girava em volta do príncipe com planos, sugestões e perguntas de última hora.

— Aonde pensa que vai? — perguntou o rei enquanto Kell apanhava um pão doce e se virava na direção da porta.

— Senhor? — indagou ele, olhando para trás.

— Este é um evento real, Kell. Espera-se que você compareça a ele.

— É claro. — Ele engoliu em seco. Rhy lançou-lhe um olhar que dizia: *Eu o fiz chegar até aqui. Não estrague tudo agora.* E se ele estragasse? Será que Rhy teria que chamar Castars para fazer outra aparição? Seria muito arriscado trocar de papéis de novo a tempo para as disputas, e Kell tinha a sensação de que o charme de Castars não o salvaria no ringue. Kell buscou uma desculpa. — É só que... Não achei prudente ficar ao lado da família real.

— E por quê? — interpelou o rei Maxim.

A rainha olhou em sua direção, seu olhar passando de relance pelo ombro dele, e Kell teve que engolir o desejo de sugerir que ele *não era* de fato um membro da família real, como os últimos quatro meses haviam deixado abundantemente nítido. Mas o olhar de Rhy tinha um tom de advertência.

— Bem — disse Kell, pensando em uma explicação —, para a segurança do príncipe. Uma coisa é me exibir ao lado de dignitários e competidores na companhia de membros da realeza, Majestade, mas o senhor mesmo disse que eu sou um alvo. — O príncipe fez um aceno discreto e encorajador, e Kell continuou. — Será realmente prudente me colocar tão perto de Rhy em um local tão público? Esperava ficar em um lugar menos visível, no caso de eu ser necessário. Algum local com uma boa visão do pódio real, mas não nele.

O olhar do rei se estreitou enquanto ponderava. O olhar da rainha retornou para seu chá.

— Bem pensado — falou Maxim, de má vontade. — Mas mantenha Staff ou Hastra com você o tempo inteiro — advertiu. — Nada de vagar por aí.

Kell abriu um sorriso.

— Não há outro lugar em que eu prefira estar.

E, com isso, ele saiu.

— O rei *sabe* do seu papel — disse Hastra enquanto caminhavam pelo corredor. — Não sabe?

Kell lançou um olhar ao jovem guarda.

— É claro — respondeu ele, casualmente. Então, por capricho, acrescentou: — Mas a rainha não. Seus nervos não conseguiriam lidar com a tensão.

Hastra assentiu com a cabeça.

— Ela não tem sido a mesma, não é? — sussurrou ele. — Não desde aquela noite.

Kell endireitou-se e acelerou o passo.

— Nenhum de nós tem sido.

Quando chegaram à escada para o Dique, Kell parou.

— Você conhece o plano.

— Conheço, senhor — respondeu Hastra, abrindo um sorriso animado antes de desaparecer.

Kell despiu o casaco e o revirou de dentro para fora enquanto descia para o Dique, onde já havia desenhado um atalho na parede de vidro. Sua máscara estava em uma caixa sobre a mesa junto com um bilhete de seu irmão.

Mantenha isso — e a sua cabeça — acima do pescoço.

Kell pôs de lado o casaco de Kamerov e abriu a caixa. A máscara esperava ali dentro, sua superfície polida como um espelho límpido, refletindo com exatidão a imagem de Kell, até que esta pareceu ser de outra pessoa.

Ao lado da caixa havia um pedaço de tecido vermelho enrolado, e, quando Kell o abriu, viu que era uma nova flâmula. As duas rosas tinham sido substituídas por leões gêmeos em preto e branco, delineados com ouro contra o fundo carmesim.

Kell sorriu e colocou a máscara sobre a cabeça, escondendo seu cabelo avermelhado e os olhos de dois tons por trás da superfície prateada.

— Mestre Kamerov — disse Staff quando Kell saiu no ar da manhã. — O senhor está pronto?

— Estou — respondeu ele em arnesiano, os limites de sua voz abafados e suavizados pelo metal.

Eles começaram a subir os degraus, e, quando chegaram ao topo, Kell esperou enquanto o guarda desaparecia, reaparecendo um instante depois para confirmar que o caminho estava livre. Ou melhor, encoberto. Os degraus eram abrigados pelas fundações do palácio, indo do rio para a rua, e as barracas do mercado lotavam suas margens, obstruindo o caminho. Quando Kell saiu da sombra do palácio e se embrenhou entre as barracas até a estrada principal, o *Antari* real foi deixado para trás. Kamerov Loste havia tomado seu lugar.

Ele poderia ser outro homem, mas ainda era alto, magro e vestido de prata da máscara até a bota, e os olhos da multidão rapidamente registraram o mago no meio deles. Depois da primeira onda de sussurros, contudo, Kell não se encolheu em reação a toda aquela atenção. Em vez de tentar encarnar Rhy, ele encarnou uma versão de si mesmo, alguém que não temia o olhar do público, alguém que tinha poder e nada a esconder, e logo assumiu um andar fácil e confiante.

Ao seguir caminho junto com a multidão, em direção ao estádio central, Staff ficou para trás, misturando-se aos outros guardas que ladeavam a rua a intervalos regulares e andavam entre a massa de pessoas.

Kell sorriu conforme cruzava a ponte das margens até a maior das três arenas flutuantes. Na noite anterior ele imaginara ter sentido o chão se movendo debaixo dele, mas devia ser efeito do vinho, porque esta manhã, quando atravessou o arco e entrou na arena, o chão estava sólido como terra sob seus pés.

Meia dúzia de outros homens e mulheres, todos arnesianos, já estavam reunidos no corredor esperando para fazer sua grande entrada. Os magos de Faro e Vesk deviam estar reunidos em seus próprios locais. Como Kell, eles estavam vestindo seus trajes oficiais para o torneio, com casacos ou capas elegantes e, claro, capacetes.

Ele reconheceu os cabelos enrolados de Kisimyr por trás de uma máscara semelhante a um gato, com Losen um passo atrás dela, como se ele fosse realmente uma sombra. Ao lado deles estava a forma maciça de Brost, os traços mal disfarçados pela tira simples de metal escuro sobre seus olhos. E ali, por trás de uma máscara feita de escamas decoradas em azul, estava Alucard.

O olhar do capitão pairou sobre Kell e ele sentiu-se enrijecer de tensão. Mas, é lógico, onde Kell via um inimigo, Alucard teria visto apenas um estranho com uma máscara prateada. E um que obviamente se apresentara a ele na Noite dos Estandartes, porque Alucard inclinou a cabeça, acenando com um sorriso arrogante.

Kell acenou de volta, torcendo secretamente para que seus caminhos pudessem se cruzar no ringue.

Jinnar apareceu em uma rajada de vento às costas de Kell, passando por ele com uma risada vivaz antes de ir de encontro aos ombros de Alucard.

O som de mais passos soou no túnel, e Kell se virou para ver os últimos arnesianos se juntarem ao grupo, a silhueta escura de Stasion Elsor na retaguarda. Ele era longilíneo e magro, seu rosto completamente escondido pela máscara de um demônio. Por um instante Kell perdeu o fôlego, mas Rhy estava certo: ele estava determinado a ver Lila Bard em todas as formas vestidas de preto, em cada sombra com um sorriso presunçoso.

Os olhos de Stasion Elsor estavam protegidos pela máscara, mas, de perto, o rosto do demônio era diferente: os chifres arqueavam para trás e uma mandíbula esquelética cobria a boca e garganta. Uma mecha de cabelo um tom mais escuro do que o de Lila traçava uma linha como uma fenda entre os olhos castanhos do mago, que estavam sob a sombra da máscara. E embora sua boca fosse visível por entre os dentes do demônio, Stasion não sorriu, apenas encarou Kell. Kamerov.

— *Fal chas* — falou Kell. *Boa sorte.*

— Idem — respondeu Stasion, simplesmente, a voz quase engolida pelo súbito toque de trombetas.

Kell se voltou para os arcos conforme o portão se abriu e as cerimônias começaram.

II

— Viu só, Parlo? — disse Rhy, entrando na tribuna real do estádio.
— Eu disse que não afundaria.

O assistente se agarrava à parede, parecendo enjoado.

— Até o momento está tudo certo, Alteza — disse ele, gritando para ser ouvido por causa do barulho das trombetas.

Rhy direcionou seu sorriso para a multidão que aguardava. Milhares de pessoas haviam se amontoado no estádio central para as cerimônias de abertura. Acima, os pássaros de lona mergulhavam e subiam em suas amarras de seda, e, abaixo, a pedra polida do chão da arena estava vazia, exceto pelas três plataformas erguidas. Postes montados em cada uma hasteavam enormes bandeiras, cada uma com o símbolo de um império.

A árvore faroense.

O corvo veskano.

O cálice arnesiano.

Sobre cada plataforma, doze postes menores se erguiam trazendo os estandartes enrolados, aguardando por seus campeões.

Tudo estava perfeito. Tudo estava pronto.

Quando as trombetas pararam de soar, uma brisa fria farfalhou nos cachos de Rhy, e ele tocou na coroa de ouro que enfeitava suas têmporas. Mais ouro reluzia em suas orelhas, em sua garganta, na gola e nos punhos de suas vestes, e, conforme captavam a luz, ele sentiu a voz de Alucard pressionada contra sua pele.

Temo que não esteja usando ouro suficiente...

Rhy parou de ficar se remexendo. Atrás dele, o rei e a rainha estavam sentados em cadeiras douradas, flanqueados por lorde Sol--in-Ar e os irmãos Taskon. O mestre Tieren estava ali ao lado.

— Devo começar, pai?

O rei assentiu com a cabeça, e Rhy deu um passo à frente até chegar ao parapeito da plataforma, colocando-se bem no centro, com vista para a arena. A tribuna real não estava no topo do estádio, mas embutida no centro de um lado enviesado, um elegante camarote no meio do caminho entre as entradas dos competidores e diretamente em frente à plataforma do juiz.

A multidão começou a se acalmar, e Rhy sorriu, levantando um círculo de ouro do tamanho de um bracelete. Quando falou, o metal encantado amplificou suas palavras. Semelhantes círculos encantados, embora de cobre e aço, haviam sido enviados para tavernas e pátios espalhados pela cidade, para que todos pudessem ouvir. Durante as disputas, os comentaristas usariam os círculos para manter a cidade informada sobre as diferentes vitórias e derrotas, mas, neste momento, a atenção da cidade pertencia a Rhy.

— Bom dia a todos que estão aqui reunidos.

Uma onda de espanto e satisfação percorreu a multidão quando esta percebeu que ele estava falando em arnesiano. Da última vez que o torneio tinha sido realizado em Londres, o pai de Rhy havia se dirigido ao povo em ilustre real enquanto um tradutor em uma plataforma abaixo oferecia as palavras na língua comum.

Mas o evento não era apenas um assunto de Estado, como seu pai alegara. Era uma celebração para o povo, para a cidade, para o império. E assim Rhy dirigiu-se ao seu povo, à sua cidade, ao seu império, na língua *deles*.

Ele foi ainda mais além: a plataforma abaixo, onde tradutores não apenas de Arnes, mas também de Faro e Vesk deveriam estar, encontrava-se vazia. Os estrangeiros fecharam a cara, perguntando-se se a ausência era alguma espécie de deslize. Mas suas expressões se animaram quando Rhy prosseguiu.

— *Glad-ach*! — falou ele, dirigindo-se aos veskanos. — *Anagh cael tach*. — E então, com a mesma perfeição, deslizou para a língua serpentina de Faro. — *Sasors noran amurs*.

Ele deixou as palavras esvaecerem, saboreando a reação da multidão. Rhy sempre tivera habilidade com idiomas. Já era tempo de utilizá-la.

— Meu pai, o rei Maxim, me deu a honra de supervisionar o torneio deste ano.

Dessa vez, enquanto falava, suas palavras ecoavam de outros cantos do estádio, sua voz se transformando nas outras duas línguas vizinhas. Uma ilusão, que Kell o ajudara a criar, usando uma variedade de feitiços de voz e projeção. Seu pai insistia que a força era a *imagem* da força. Talvez o mesmo fosse verdade para a magia.

— Por mais de cinquenta anos, os Jogos Elementais nos uniram através do esporte de qualidade e do ótimo festival, dando-nos motivo para brindar nossos irmãos e irmãs de Vesk e abraçar nossos amigos de Faro. E embora apenas um mago, uma nação, possa reivindicar o título deste ano, esperamos que os Jogos continuem a celebrar o vínculo entre os nossos grandes impérios! — Rhy inclinou a cabeça e abriu um sorriso maroto. — Mas duvido que estejam aqui para ouvir sobre política. Imagino que estejam aqui para ver um pouco de *magia*.

A massa de ouvintes deu gritos de aprovação.

— Sendo assim, apresento-lhes os magos.

Uma coluna de tecido preto brilhante desdobrou-se da base da plataforma real, com um peso na ponta para que ficasse esticado. Um estandarte equivalente se desenrolou do outro lado da arena.

— De Faro, nosso venerável vizinho do sul, apresento-lhes as gêmeas do vento e do fogo, Tas-on-Mir e Tos-an-Mir; o encantador de ondas, Ol-ran-Es; o incomparável Ost-ra-Gal...

Conforme Rhy lia cada nome, este aparecia em letras brancas na bandeira de seda escura abaixo dele.

— De Vesk, nossos nobres vizinhos do norte, apresento-lhes o montanhoso Otto; o inabalável Vox, o feroz Rul...

E, a cada nome chamado, o mago em questão atravessava o chão da arena e tomava seu lugar no pódio.

— E, finalmente, de nosso grande império de Arnes, apresento a sua campeã, a gata do fogo, Kisimyr — uma ovação ensurdecedora atravessou a multidão —; o rei do mar, Alucard; o filho do vento, Jinnar...

E à medida que cada mago assumia seu lugar, o estandarte escolhido desdobrava-se acima de sua cabeça.

— E Kamerov, o cavaleiro de prata.

Era como uma dança, elaborada, elegante e coreografada à perfeição.

Aplausos ribombaram na multidão quando a última das flâmulas arnesianas estalou no ar fresco da manhã, um conjunto de lâminas duplas sobre a cabeça de Stasion Elsor.

— Nos próximos cinco dias e noites — continuou Rhy —, esses 36 magos competirão pelo título e pela coroa. — Ele tocou a própria cabeça. — Vocês não podem ter esta aqui — acrescentou ele com uma piscadela. — É minha. — Uma onda de risos perpassou as arquibancadas. — Não, a coroa do torneio é algo muito mais espetacular. Riquezas incomparáveis; reconhecimento sem par; glória ao seu nome, à sua casa e ao seu reino.

Todos os vestígios de escrita desapareceram das cortinas de tecido preto, dando lugar a linhas da tabela com os participantes do torneio, desenhadas na cor branca.

— Nessa primeira rodada, nossos magos foram pareados ao acaso.

Enquanto ele falava, os nomes apareceram escritos nas bordas externas da tabela. Murmúrios atravessaram a multidão e os magos se agitaram quando viram os nomes de seus adversários pela primeira vez.

— Os dezoito vencedores — continuou Rhy — serão novamente emparelhados, e os nove que avançarem serão colocados em grupos de três, onde se enfrentarão um a um. De cada grupo, apenas o que alcançar a melhor posição emergirá para a batalha da disputa final. Três magos entrarão na arena e somente um sairá vitorioso. Então digam — terminou Rhy, girando o círculo dourado entre os dedos —, estão prontos para ver a magia?

O barulho no estádio alcançou um nível ensurdecedor e o príncipe sorriu. Ele podia não ser capaz de invocar o fogo, fazer chover ou fazer árvores crescerem, mas ainda sabia causar impacto. Podia sentir a animação do público como se estivesse batendo dentro dele. E então percebeu que não era apenas a animação dele que estava sentindo.

Era também a de Kell.

Certo, irmão, pensou ele, equilibrando o círculo de ouro no polegar, como uma moeda.

— Chegou a hora de se maravilharem, de torcerem e de escolherem seus campeões. E assim, sem mais delongas... — Rhy lançou o círculo dourado no ar e, ao mesmo tempo, fogos de artifício explodiram no céu. Cada explosão de luz tinha sido combinada com sua própria explosão de fumaça azul-marinho, uma ilusão de noite que só alcançava os fogos e desaparecia contra o céu cinzento do inverno.

Ele pegou o círculo e segurou-o de novo, sua voz sobrepondo-se aos fogos de artifício e aos aplausos da multidão.

— Que comecem os jogos!

III

Lila tinha enlouquecido. Essa era a única explicação. Ela estava de pé sobre uma plataforma, cercada por homens e mulheres que praticamente exalavam poder, com uma explosão de fogos de artifício no céu e o rugido da multidão por todos os lados. Estava ali, com roupas roubadas de um estranho e prestes a competir em um torneio em nome de um império ao qual ela não servia, em um mundo de onde não viera.

E ela estava sorrindo como uma tonta.

Alucard cutucou o ombro dela, que percebeu que os outros magos estavam descendo a plataforma e voltando para o corredor pelo qual tinham entrado.

Ela seguiu a procissão para fora da arena e atravessou a ponte coberta. Honestamente, ela não saberia dizer o que estava sustentando o estádio, mas, o que quer que fosse, era nisso que caminhava agora. E enfim ela saíra para o chão sólido das margens do sul da cidade.

Uma vez em terra, as lacunas entre os magos começaram a se alargar enquanto caminhavam, cada um a seu ritmo, em direção às barracas. Dessa forma, Lila e Alucard viram-se com espaço suficiente para se mover e falar.

— Você ainda parece um peixe — sussurrou Lila.

— E você ainda parece uma garota brincando de se fantasiar — explodiu Alucard. Alguns passos silenciosos mais tarde, ele acrescentou: — Você ficará feliz em saber que providenciei que uma pequena quantia fosse enviada para a casa do nosso amigo, alegando que era um bônus para os concorrentes.

— Quanta generosidade — falou Lila. — Pagarei de volta com meus *prêmios*.

Alucard abaixou a voz.

— Jinnar vai ficar calado, mas não há nada que eu possa fazer sobre o mestre Tieren. É melhor evitá-lo, já que ele certamente sabe como é Stasion Elsor.

Lila acenou com a mão.

— Não se preocupe com isso.

— Você não pode *matar* o *Aven Essen*.

— Eu não estava pensando nisso — retrucou ela. — Além do mais, Tieren já sabe.

— *O quê?* — Seus olhos escuros como uma tempestade se estreitaram atrás da máscara de escamas. — E desde quando você chama o *Aven Essen* de Londres pelo primeiro nome? Tenho certeza de que isso é uma espécie de blasfêmia.

A boca de Lila se curvou.

— *Mestre* Tieren e eu temos o hábito de nos esbarrar por aí.

— Com certeza tudo isso faz parte do seu passado misterioso. Não, tudo bem, não se preocupe em me dizer algo útil, eu sou apenas seu capitão e o homem que a ajudou a enviar um sujeito inocente para santos sabem onde, para que você pudesse competir em um torneio para o qual não está nem de longe habilitada a participar.

— Está bem — disse ela. — Não direi. E pensei que você não estivesse associado a Stasion Elsor.

Alucard franziu o cenho, a boca totalmente exposta sob a máscara. Ele parecia estar de mau humor.

— Para onde vamos? — perguntou ela, tentando quebrar o silêncio.

— Para as tendas — respondeu Alucard, como se isso explicasse tudo. — A primeira partida começa em uma hora.

Lila tentou se lembrar da lista de competidores e disputas, o que se mostrou desnecessário, uma vez que todas as tábuas de divinação por que passaram pareciam estar mostrando a tabela. Cada dupla estava acompanhada de um símbolo marcando a arena: um dragão para a do leste; um leão para a do oeste; um pássaro para aquela no centro; e também uma ordem. De acordo com a tabela, Kisimyr foi designada para enfrentar seu próprio pupilo, Losen; Alucard duelaria com um veskano chamado Otto; Jinnar com um faroense cujo nome era uma fileira de sílabas. E Lila? Ela leu o nome que se opunha ao de Stasion. *Sar Tanak*. Um corvo à esquerda indicava que Sar era veskano.

— Alguma ideia de qual deles é Sar? — perguntou Lila, acenando com a cabeça para os enormes homens e mulheres loiros que caminhavam à frente.

— Ah — respondeu Alucard, apontando para uma figura do outro lado da procissão. — *Ali* está Sar.

Os olhos de Lila se arregalaram quando a figura deu um passo à frente.

— *Ali?*

A criatura veskana tinha mais de um metro e oitenta de altura e a constituição física de uma laje de pedra. Era uma mulher, pelo que Lila pôde observar; as feições estavam inflexíveis atrás de sua máscara falconídea, seu cabelo lembrava palha e estava arrumado em tranças curtas que se projetavam como penas. Ela parecia o tipo de criatura que levava consigo um machado.

O que Alucard tinha dito sobre veskanos adorarem suas montanhas?

Sar *era* uma montanha.

— Pensei que a magia não tivesse nada a ver com o tamanho físico.

— O corpo é um recipiente — explicou Alucard. — Os veskanos acreditam que, quanto maior ele for, mais poder poderá conter.

— *Ótimo* — murmurou Lila para si mesma.

— Anime-se — falou Alucard, enquanto se aproximavam de outra tábua de divinação. Ele meneou a cabeça na direção de seus nomes, posicionados em lados opostos da tabela. — Pelo menos, nossos caminhos provavelmente não irão se cruzar.

O ritmo dos passos de Lila diminuiu.

— Você quer dizer que eu tenho que derrotar todas essas pessoas só para ter a chance de atacar você?

Ele inclinou a cabeça.

— Você poderia ter implorado por esse privilégio em qualquer noite a bordo do *Spire*, Bard. Se quisesse uma morte rápida e humilhante.

— Ah, é mesmo?

Eles atravessaram em frente ao palácio enquanto conversavam, e Lila descobriu que, no lado oposto, em vez dos jardins que normalmente preenchiam o espaço entre o muro do palácio e a ponte de cobre, havia três tendas, grandes construções circulares que carregavam as cores de seu império. Lila ficou secretamente feliz com o fato de as tendas não flutuarem também. Ela havia encontrado suas pernas do mar, é claro, mas já tinha o bastante com que se preocupar no *Essen Tasch* sem a perspectiva de se afogar.

— E fique contente por você não ter Kisimyr como adversária — continuou Alucard enquanto um guarda mantinha aberta a cortina que servia de entrada principal na sua tenda. — Ou Brost. Você teve sorte.

— Não precisa parecer tão aliviado... — disse Lila, perdendo-se em sua fala ao contemplar o esplendor do interior da tenda arnesiana.

Eles estavam de pé em uma espécie de área comum ao centro, o resto da tenda dividida em doze partes, como uma torta. Tecidos caíam ondulados do pico central do teto, exatamente como acontecia nos cômodos do palácio real, e tudo era suave, macio e adornado com ouro. Pela primeira vez em sua vida, a estupefação de Lila era maior que seu desejo de afanar qualquer coisa. Ou ela estava se acostumando à riqueza ou, mais provavelmente, tinha acusações suficientes em sua ficha nesse momento sem precisar acrescentar roubo.

— Acredite ou não — sussurrou Alucard —, um de nós gostaria de vê-la viver.

— Talvez eu o surpreenda.
— Você sempre faz isso. — Ele olhou em volta, avistando seu estandarte à frente de um dos doze cômodos com cortinas. — E agora, se me der licença, tenho que me preparar para uma disputa.

Lila acenou com a cabeça.

— Vou me certificar de pegar a sua flâmula. É aquela com um peixe, certo?

— Rá, rá, rá.

— Boa sorte.

Lila abriu o fecho do capacete ao entrar na tenda privada marcada por uma flâmula preta com facas cruzadas.

— Inferno — murmurou ela enquanto tentava tirar a máscara, a mandíbula do diabo emaranhada em seus cabelos.

Então ela olhou para cima. E parou. O cômodo era marcado por múltiplas informações: simples, elegante, suavizado por sofás, mesas e tecidos ondulantes. Mas *não* estava vazio.

Uma mulher aguardava no centro do espaço, vestida de branco e dourado, segurando uma bandeja de chá. Lila saltou para trás, lutando contra o desejo de desembainhar uma faca.

— *Kers la?* — vociferou ela, o capacete ainda em sua cabeça.

A mulher franziu a testa ligeiramente.

— *An tas arensor.*

— Não preciso de uma ajudante — retrucou Lila, ainda em arnesiano e ainda lutando com o capacete.

A mulher pousou a bandeja, aproximou-se e, com um movimento e sem qualquer esforço, desembaraçou o nó e libertou Lila das mandíbulas do demônio. Ela tirou o capacete da cabeça de Lila e colocou-o sobre a mesa.

Lila tinha resolvido não agradecer a ela pela ajuda não autorizada, mas as palavras saíram mesmo assim.

— De nada — respondeu a mulher.

— Não preciso de você — repetiu Lila.

Mas a mulher se manteve firme.

— Assistentes foram designados para todos os competidores.

— Bom, sendo assim — disse Lila bruscamente —, eu dispenso você.

— Não creio que possa fazer isso.

Lila esfregou o pescoço.

— Você fala ilustre real?

A mulher mudou rapidamente para o inglês sem qualquer dificuldade.

— É adequado à minha posição.

— Como serva?

Um sorriso cortou o canto da boca da mulher.

— Como sacerdotisa.

É claro, pensou Lila. Mestre Tieren escolhera os concorrentes. Fazia sentido que ele também designasse os assistentes.

— O príncipe insistiu que todos os competidores fossem agraciados com um ajudante, para atender às suas várias necessidades — disse ela.

Lila ergueu uma sobrancelha.

— Como o quê?

A mulher deu de ombros e apontou para uma cadeira.

Lila ficou tensa. Havia um *corpo* nela. E sem cabeça.

A mulher se dirigiu até a silhueta e Lila percebeu que não era um cadáver sem cabeça, e sim uma armadura. Não polida como aquelas usadas pelos guardas reais, mas simples e branca. Lila pegou a peça mais próxima. Quando a levantou, ficou maravilhada com a sua leveza. Não parecia que faria muito para protegê-la. Ela a atirou de volta na cadeira, mas a assistente a pegou antes de cair.

— Cuidado — disse ela, sentando a peça com gentileza. — As placas são frágeis.

— De que serve uma armadura frágil? — perguntou Lila.

A mulher olhou para ela como se tivesse feito uma pergunta muito idiota. Lila odiava aquele tipo de olhar.

— Este é o seu primeiro *Essen Tasch* — afirmou ela.

Não era uma pergunta. Sem esperar a confirmação, a mulher inclinou-se sobre um baú ao lado da cadeira e pegou uma peça de reposição da armadura. Levantou-a para que Lila visse e atirou-a no chão. A placa rachou ao encontrar o piso, e, quando o fez, houve um clarão de luz. Lila se encolheu diante do brilho súbito; na esteira do clarão, a placa da armadura não era mais branca, tornara-se cinza escuro.

— É assim que eles contam os pontos — explicou a assistente, pegando de volta o pedaço usado da armadura. — Um conjunto completo de armaduras tem 28 peças. O primeiro mago a quebrar dez ganha o jogo.

Lila se abaixou e pegou a placa arruinada.

— Mais alguma coisa que eu deva saber? — indagou, girando a peça em suas mãos.

— Bem — falou a sacerdotisa —, você não pode golpear com o próprio corpo, apenas com seus elementos, mas tenho certeza de que você já sabia disso.

Lila não sabia. Uma trombeta soou. As primeiras partidas estavam prestes a começar.

— Você tem um nome? — perguntou ela, devolvendo a placa.

— Ister.

— Então, Ister... — Lila recuou na direção da cortina. — Você apenas vai... ficar aqui até eu precisar de você?

A mulher sorriu e tirou um códice do bolso.

— Eu tenho um livro.

— Deixe-me adivinhar, um texto religioso?

— Na verdade — respondeu Ister, empoleirando-se no sofá baixo —, é sobre piratas.

Lila sorriu. Estava começando a gostar da sacerdotisa.

— Bem — disse Lila —, não vou contar ao *Aven Essen*.

Ister abriu um sorriso.

— Quem você acha que me deu o livro? — Ela virou a página. — Sua partida é às quatro, mestre Stasion. Não se atrase.

— Mestre Kamerov — soou uma voz alegre assim que Kell entrou em sua tenda.

— Hastra.

A armadura e a capa do jovem guarda haviam sumido, e no lugar ele usava uma simples túnica branca adornada em ouro. Um lenço, igualmente ornamentado em ouro, amarrado frouxamente sobre seu rosto e garganta, resguardava tudo, exceto seu nariz aquilino e os cálidos olhos castanhos. Um cacho escapou do envoltório, e, quando ele puxou o lenço para baixo, deixando-o apenas em volta do pescoço, Kell viu que ele estava sorrindo.

Santos, ele parecia jovem, como um noviço do Santuário.

Kell não se deu ao trabalho de tirar o capacete. Era muito perigoso, e não apenas porque poderia ser reconhecido; a máscara era um lembrete constante do disfarce. Sem o seu peso, Kell poderia esquecer quem era e quem não era.

Relutante, ele despiu o casaco prateado e deixou-o sobre uma cadeira, enquanto Hastra colocava as placas da armadura sobre sua túnica de manga comprida.

Trombetas soaram ao longe. As primeiras três disputas estavam prestes a começar. Não havia como precisar quanto tempo demoraria a rodada de abertura. Algumas podiam durar uma hora. Outras acabariam em minutos. A de Kell era a terceira luta na arena oeste. Seu primeiro oponente era um mago de vento faroense chamado Ost-ra-Nes.

Ele repassou esses detalhes em sua mente enquanto as placas eram posicionadas e fixadas. Não percebeu que Hastra havia terminado até que o jovem guarda falou.

— Está pronto, senhor?

Um espelho estava diante da parede acortinada, e Kell se observou, o coração batendo forte. *Você deve estar animado*, Hastra tinha dito, e Kell *estava*. A princípio, ele pensara que era uma loucura. Honestamente, se ele pensasse muito sobre a situação, saberia que era mesmo loucura. Mas não podia evitar. Que se danasse a lógica, que se danasse a prudência; ele estava animado.

— Por aqui — indicou Hastra, revelando uma segunda porta de cortina no limite externo da tenda reservada.

Era quase como se essa adição tivesse sido projetada levando em conta o ardil de Kell. Talvez *tivesse* sido. Santos, por quanto tempo Rhy vinha planejando essa charada? Talvez Kell não tenha dado o devido crédito ao irmão rebelde. E talvez o próprio Kell não estivesse prestando atenção suficiente. Ele *passara* muito tempo em seus aposentos, ou no Dique, e presumira que, por sentir o corpo de Rhy, também conhecia a mente do irmão. Obviamente estivera enganado.

Desde quando você está tão envolvido na política imperial?

Estou envolvido no meu reino, irmão.

Rhy havia mudado, isso Kell *tinha* notado. Mas ele só havia percebido os humores volúveis do irmão, a maneira como seu temperamento se abatia, à noite. Isso era diferente. Era *inteligente*.

Apenas por precaução, Kell pegou sua faca, descartada juntamente com seu casaco, e puxou para trás uma das muitas tapeçarias da tenda. Hastra observou como ele cortou a carne macia do próprio antebraço e tocou seus dedos no sangue. Desenhou um pequeno símbolo na parede da lona, uma linha vertical com uma pequena marca horizontal no topo que ia para a direita e outra na parte inferior, que ia para a esquerda. Kell soprou até que estivesse seco, então deixou a tapeçaria voltar para o lugar, escondendo o símbolo.

Hastra nada perguntou. Simplesmente desejou-lhe sorte, depois voltou para a tenda quando Kell foi embora. Muito passos depois, um guarda real — Staff — se pôs ao lado dele. Caminharam em silêncio, as multidões na rua — homens e mulheres que se importavam menos com as lutas do que com as festas que as cercavam — abrindo caminho para ele. Aqui e ali, crianças acenavam estandartes, e Kell avistou leões emaranhados entre as demais flâmulas.

— Kamerov! — gritou alguém, e logo o cântico estava sendo entoado pelo ar. — *Kamerov, Kamerov, Kamerov* — o nome ondulando atrás dele como uma capa.

IV

— Alucard! Alucard! Alucard! — entoava a multidão.

Lila perdera o começo da disputa, mas não importava. Seu capitão estava ganhando.

A arena leste estava lotada. Nos níveis inferiores não havia espaço para uma mosca, já a vista nas arquibancadas superiores era pior, mas havia um pouco mais de ar para respirar. Lila tinha optado por um dos níveis mais altos abertos ao público, sopesando o desejo de estudar o jogo com a necessidade de manter o anonimato. O chapéu preto de Stasion caía sobre sua testa, seus cotovelos apoiados na grade enquanto via uma terra escura girar em torno dos dedos de Alucard. Ela imaginou poder ver o sorriso dele, mesmo com toda a distância.

O príncipe Rhy, que tinha aparecido alguns minutos antes com as bochechas enrubescidas pelo esforço das viagens entre os estádios, agora se encontrava na tribuna real e observava enlevado, ao seu lado um sisudo nobre faroense.

Dois postes se erguiam acima da tribuna real, cada um sustentando uma das flâmulas que marcavam a luta. A de Alucard era uma pena de prata — ou chama, ela não conseguia distinguir — sobre um pano de fundo azul-escuro. Lila sustentava uma idêntica em uma das mãos. A outra flâmula era verde-floresta com um conjunto de três triângulos brancos. O adversário de Alucard, um veskano chamado Otto, usava um capacete de aparência antiga, em forma de cúpula, com uma placa de nariz.

Otto escolhera o fogo para combater a terra de Alucard, e agora ambos realizavam uma verdadeira dança, um se esquivando dos golpes do outro. O chão de pedra lisa da arena estava pontilhado de obstáculos, formações rochosas que ofereciam tanto cobertura quanto possibilidades de emboscada. Eles deviam estar protegidos, uma vez que Alucard não os fizera se mover.

Otto era surpreendentemente rápido para um homem com mais de dois metros de altura, mas seus movimentos eram bruscos, ao passo que Alucard era sutil como um prestidigitador. Lila não conseguia ver as coisas de outra maneira. A maioria dos magos, assim como a maioria dos lutadores comuns, entregava qual seria seu próximo ataque ao mover-se na mesma direção que sua magia. Mas Alucard podia ficar perfeitamente imóvel enquanto seu elemento se movia ou, neste caso, podia se esquivar para um lado e lançar seu poder para outro. E através desse método simples, porém eficaz, tinha marcado oito pontos contra dois de Otto.

Alucard era um showman, ostentando floreios, e Lila havia estado um número suficiente de vezes do outro lado de seus golpes para saber que ele agora estava brincando com o veskano, mudando para um modo defensivo de jogo para prolongar a luta e agradar a multidão.

Aplausos eclodiram na arena oeste, onde Kisimyr estava duelando com seu pupilo, Losen. Instantes depois, as palavras na tábua de divinação mais próxima mudaram, o nome de Losen desaparecera e o de Kisimyr fora escrito no nível seguinte da tabela. Na arena abaixo, chamas circundavam os pulsos de Otto. A coisa mais difícil no controle do fogo era a aplicação da força correta, dando-lhe tanto carga quanto calor. O veskano estava projetando o próprio peso nos golpes em vez de usar a força do fogo.

— A magia é como o oceano — dissera Alucard em sua primeira lição. — Quando as ondas seguem na mesma direção, elas constroem um ritmo. Quando elas colidem, destroem tudo. Vá de encontro à sua magia e você quebra o impulso. Mova-se com ela, e...

O ar ao redor de Lila começou a formigar de forma agradável.

— Mestre Tieren — falou ela sem se virar.

O *Aven Essen* se aproximou e ficou ao lado dela.

— Mestre Stasion — disse ele, casualmente. — Você não deveria estar se preparando?

— Minha luta é a última — respondeu ela, lançando-lhe um olhar de esguelha. — Eu queria ver a disputa de Alucard.

— Apoiando amigos?

Ela deu de ombros.

— Estudando adversários.

— Entendo...

Tieren olhou inquisitivamente para ela. Ou talvez fosse um olhar de reprovação. Ele era um homem difícil de decifrar, mas Lila gostava dele. Não só porque não tentara impedi-la, mas porque ela podia lhe fazer perguntas, e ele claramente não tinha o hábito de proteger uma pessoa ao mantê-la na ignorância. Uma vez, ele havia confiado a ela uma tarefa difícil; por duas vezes ele havia guardado os segredos dela; e em todas as vezes havia deixado que ela escolhesse seu próprio caminho.

Lila indicou com a cabeça a tribuna real.

— O príncipe parece interessado nessa luta — arriscou ela, enquanto lá embaixo Otto escapava de um golpe por um triz. — Mas quem é o faroense?

— Lorde Sol-in-Ar — respondeu Tieren. — O irmão mais velho do rei.

Lila franziu o cenho.

— Ser mais velho não deveria *torná-lo* rei?

— Em Faro, a sucessão da coroa não é determinada pela ordem de nascimento, mas pelos sacerdotes. Lorde Sol-in-Ar não tem afinidade com a magia. Sendo assim, não pode ser rei.

Lila percebeu a contrariedade na voz de Tieren, e ela podia sentir que não era por Sol-in-Ar, mas pelos sacerdotes que o consideravam indigno.

Ela não acreditava em toda essa bobagem sobre a magia separar os fortes dos fracos, realizando algum tipo de julgamento espiritual. Não, isso era muito parecido com a ideia de destino, e Lila não apostava suas fichas nele. A pessoa escolhe seu caminho. Ou cria um novo.

— Como você sabe tantas coisas? — perguntou ela.

— Passei minha vida estudando a magia.

— Achei que não estivéssemos falando de magia.

— Estávamos falando de pessoas — disse ele, os olhos acompanhando a luta —, e as pessoas são o componente mais variável e mais importante na equação da magia. A magia em si é, afinal, uma constante, uma fonte pura e permanente, como a água. As pessoas e o mundo que formam são os condutores da magia, determinando sua natureza, colorindo sua energia como um corante faz com a água. Você entre todas as pessoas deveria ser capaz de ver que a magia muda nas mãos dos homens. É um elemento a ser moldado. Quanto ao meu interesse em Faro e Vesk, o império arnesiano é vasto. Não é, no entanto, a extensão completa do mundo, e da última vez que me arrisquei a verificar, a magia existia além de suas fronteiras. Estou contente com o *Essen Tasch*, mesmo que seja apenas por esse lembrete e pela oportunidade de ver como a magia é tratada em outras terras.

— Espero que tenha escrito isso em algum lugar — falou ela. — Para a posteridade e tudo mais.

Ele bateu com o indicador na lateral da própria cabeça.

— Guardo tudo em um lugar seguro.

Lila bufou. Sua atenção se voltou para Sol-in-Ar. Os homens falam muito, e os homens do mar falam mais que a maioria.

— É verdade o que dizem?

— Eu não saberia dizer, mestre Elsor. Não me mantenho informado.

Lila duvidava que ele fosse tão ingênuo quanto parecia.

— Que lorde Sol-in-Ar quer derrubar o irmão e começar uma guerra?

Tieren pousou a mão no ombro dela com um aperto surpreendentemente firme.

— Cuidado com a sua língua — falou ele calmamente. — Há muitas orelhas aqui para observações tão displicentes.

Eles assistiram ao restante da disputa em silêncio. Não durou muito.

Alucard era um borrão de luz, seu capacete cintilando ao sol enquanto ele girava atrás de uma pedra e aparecia do outro lado. Lila observava, hipnotizada, enquanto ele erguia as mãos, e a terra ao seu redor se projetava para a frente.

Otto atraiu o fogo, mantendo-o ao seu redor como uma concha, protegendo a frente, a retaguarda e os flancos. O que era ótimo, exceto pelo fato de ele não conseguir *enxergar* através das chamas, fazendo com que não notasse o instante em que a terra mudou de direção e flutuou no ar, compactando-se em torrões antes de cair, não com uma força comum, mas como uma tempestade súbita. A multidão prendeu o fôlego, e o veskano ergueu os olhos tarde demais. Suas mãos dispararam na direção do céu, assim como o fogo, mas não rápido o suficiente. Três dos mísseis encontraram seu alvo, colidindo com o ombro, o antebraço e o joelho com força suficiente para quebrar as placas de armadura.

Em um clarão de luz, a luta estava encerrada.

Um juiz — um sacerdote, a julgar pelas vestes brancas — levou um círculo de ouro para perto dos lábios e anunciou:

— Alucard Emery avança para a próxima fase!

Os aplausos da multidão retumbaram, e Lila olhou para a tribuna real, mas o príncipe se fora. Ela olhou ao redor, já sabendo que Tieren também sumira. Trombetas soaram na arena central. Lila viu que Jinnar avançara. Ela avaliou a lista, buscando a próxima disputa que aconteceria na arena central.

Tas-on-Mir era o nome no topo da tabela, e, logo abaixo, *Kamerov*.

A magia cantava no sangue de Kell conforme a multidão rugia na arena acima. Santos, será que todas as pessoas da Londres Vermelha tinham aparecido para testemunhar as rodadas de abertura?

Jinnar passou por ele no túnel ao sair de sua disputa. Parecia não ter feito nenhum esforço.

— *Fal chas!* — chamou o mago de olhos prateados, retirando o restante da sua armadura. Pelo que parecia, apenas três placas haviam se quebrado.

— *Rensa tav* — respondeu Kell automaticamente enquanto seu peito zumbia com uma energia nervosa.

No que ele estava pensando? O que estava fazendo ali? Isso tudo era um erro... Ainda assim, seus músculos e ossos ainda suplicavam por uma luta, e, além do túnel, ele podia ouvi-los chamando o nome: *Kamerov! Kamerov! Kamerov!* Mesmo que não fosse o nome dele, o clamor enviava uma nova explosão de fogo através de suas veias.

Seus pés começaram a andar por si mesmos em direção à entrada do túnel, onde dois assistentes esperavam, cada um do lado oposto de uma mesa.

— As regras ficaram claras? — perguntou o primeiro.

— E você está pronto, disposto e preparado? — indagou o segundo.

Kell assentiu com a cabeça. Ele já tinha visto disputas suficientes desse torneio para saber como as coisas funcionavam, e Rhy insistira em rever todas e cada uma das regras novamente, por garantia. À medida que o torneio avançava, as regras mudavam para permitir jogos mais longos e mais difíceis. O *Essen Tasch* então se tornaria muito mais perigoso, tanto para Kell quanto para Rhy. Mas as rodadas de abertura eram simplesmente destinadas a separar os bons dos muito bons; os habilidosos dos peritos.

— Qual o seu elemento? — exigiu o primeiro.

Sobre a mesa havia uma série de esferas de vidro, muito parecidas com as que Kell usara certa vez para ensinar magia a Rhy. Cada esfera continha um elemento: terra escura, água tingida, poeira colorida para dar a forma do vento e, no caso do fogo, um pouco de óleo para criar a chama. A mão de Kell pairou sobre as esferas enquanto tentava decidir qual delas escolher. Por ser um *Antari*, podia usar qualquer um dos elementos. Na pele de Kamerov, teria que escolher. Sua mão repousou sobre um orbe contendo água tingida com um azul vívido para que ficasse visível aos espectadores quando entrasse na arena.

Os dois assistentes fizeram uma mesura e Kell se dirigiu à arena, provocando uma onda de ruídos. Ele olhou de soslaio através da viseira. Era um dia de inverno ensolarado, de um frio mordaz, porém com uma forte luz que cintilava nos pináculos da arena e nos fios metálicos dos estandartes que ondulavam em todas as direções. Os leões da flâmula de Kell piscavam para ele de todos os lados da arena, ao passo que a espiral azul prateada de Tas-on-Mir se destacava aqui e ali contrastada com o fundo preto — sua irmã gêmea, Tos-an-Mir, ostentava o inverso: preto sobre o fundo azul prateado.

De longe, o drama e o espetáculo sempre pareceram ridículos, mas, estando ali, na arena, em vez de na arquibancada, Kell sentiu-se envolvido pelo show. A multidão cantando e aplaudindo pulsava com energia, com magia. Seu coração retumbava, seu corpo ansiava pela luta, e ele olhou para cima, além da multidão, para a tribuna real, onde Rhy tinha ocupado seu lugar ao lado do rei e agora olhava para baixo. Os olhos deles se encontraram e, embora Rhy não pudesse ver Kell através da máscara, ainda sentia o olhar passar entre eles como uma corda esticada sendo tangida.

Tente não nos matar.

Rhy acenou levemente com a cabeça, um gesto quase imperceptível da tribuna, e Kell ziguezagueou por entre os obstáculos de pedra até o centro da arena.

Tas-on-Mir já havia entrado no ringue. Ela estava vestida, como todos os faroenses, com um único pedaço de tecido enrolado em seu corpo, os detalhes perdidos sob sua armadura. Um capacete simples servia mais para emoldurar o rosto dela do que para escondê-lo, e gemas de uma pedra preciosa azul prateada cintilavam como gotas de suor ao longo de sua testa e de suas bochechas. Em uma das mãos, ela segurava um orbe cheio de pó vermelho. Seu elemento era o vento. A mente de Kell se agitou. O ar era um dos elementos mais fáceis de serem movidos, e um dos mais difíceis de combater, mas a força vinha facilmente, ao contrário da precisão.

Um sacerdote de vestes brancas estava sobre um pedestal na varanda mais baixa, para ser o árbitro do combate. Ele fez um gesto e os dois competidores se aproximaram, acenaram com a cabeça para a plataforma real e então se viraram um para o outro, cada um segurando sua esfera. A areia no orbe de Tas-on-Mir começou a girar, ao passo que a água na esfera de Kell chacoalhou preguiçosamente.

Então algo aconteceu: ou o estádio ficou em silêncio, ou o som da pulsação de Kell sobrepujou todo o resto — a multidão, o barulho dos estandartes sendo agitados, os aplausos distantes vindos das outras disputas. Em algum lugar naquele vácuo sem ruídos, as esferas caíram, e o primeiro som que atingiu os ouvidos de Kell foi o barulho cristalino dos orbes se estilhaçando no chão da arena.

Por um instante, o sangue nas veias de Kell correu acelerado e a velocidade do mundo à sua volta diminuiu. Então, de repente, voltou a se mover. O vento da maga faroense se ergueu e começou a girar em torno dela. A água escura girou em espirais ao redor dos braços de Kell antes de se juntar em uma poça flutuando acima das palmas de suas mãos.

A faroense se retraiu antes de disparar uma rajada de vento avermelhado com a força de uma lança. Kell pulou para trás a tempo apenas de desviar do golpe, sendo surpreendido por um segundo ataque que o atingiu na lateral, quebrando uma placa e espalhando luz pela arena.

O golpe fez com que Kell perdesse o fôlego. Ele olhou rapidamente para Rhy, na tribuna real, onde pode vê-lo agarrado à cadeira, rangendo os dentes. De relance, o gesto parecia apenas concentração, mas Kell sabia o que realmente era: um eco de sua própria dor. Ele proferiu um pedido silencioso de desculpas, depois mergulhou atrás do montículo de rocha mais próximo, escapando de outro ataque por um triz. Ele rolou e se levantou, agradecido pelo fato de a armadura ter sido projetada para reagir apenas a ataques, e não a qualquer força autoinfligida.

Lá em cima, Rhy lançou-lhe um olhar fulminante.

Kell analisou as duas poças de água ainda pairando acima de suas mãos e imaginou a voz de Holland ecoando ao redor da arena, enredada pelo vento. Escarnecendo, provocando.

Lute.

Protegido pela rocha, ele ergueu a mão, e a esfera líquida acima de seus dedos começou a se desfazer em duas torrentes, depois em quatro e então em oito. As correntes de água circundavam a arena por lados opostos, esticando-se e ficando cada vez mais finas, transformando-se em fitas, em fios, até assumirem a forma de filamentos que se entrecruzavam em uma teia.

Como reação, o vento vermelho se agitou, ficando mais violento, da mesma maneira como sua água havia feito, transformando-se em uma dezena de lâminas de ar; Tas-on-Mir estava tentando forçá-lo a sair de seu refúgio. Kell estremeceu quando uma lasca de vento acariciou sua bochecha. A voz de sua adversária começou a elevar o vento que saía de uma dezena de lugares. Para o restante da arena parecia que Kell estava lutando às cegas, porém Kell podia *sentir* a faroense, o sangue e a magia pulsando sob a pele dela, a tensão contra os fios de água enquanto ele os puxava e tensionava. Onde... onde... *ali.* Ele girou, lançando-se não para o lado, mas para cima. Subiu no rochedo, o segundo orbe congelando um instante antes de deixar sua mão, despedaçando-se conforme se precipitava em direção a Tas-on-Mir, que conseguiu conjurar um escudo de vento antes que os fragmentos pudessem atingi-la. Mas ela estava tão concentrada no ataque dianteiro que se esquecera da teia de água que havia sido recomposta em uma fração de segundo, transformando-se em um bloco de gelo atrás dela. O bloco se lançou contra as costas da adversária, estilhaçando as três placas que protegiam sua coluna.

A multidão irrompeu em vivas quando a faroense caiu para a frente, de quatro, e a água navegou de volta para Kell, enroscando-se em seus pulsos.

Tinha sido uma finta. O mesmo golpe que usara contra Holland. Porém, ao contrário do *Antari*, Tas-on-Mir não ficara no chão. Um instante depois ela se levantou, o vento vermelho chicoteando em torno dela enquanto as placas quebradas caíam.

Três já foram, pensou Kell. *Faltam sete*.

Ele sorriu atrás de sua máscara, então ambos se tornaram um borrão de luz, vento e gelo.

Rhy apertava com força os braços da cadeira.

Lá na arena, Kell se abaixava e se esquivava dos golpes da faroense.

Mesmo na pele de Kamerov, ele era incrível. Movia-se pela arena com uma elegância impressionante, mal tocando o chão. Até hoje, Rhy só vira o irmão lutando em tumultos e brigas. Teria sido assim quando ele enfrentara Holland? Ou Athos Dane? Ou era fruto dos meses passados no Dique, impulsionado por seus próprios demônios?

Kell emplacou outro golpe, e Rhy teve que se controlar para não rir — do que estava acontecendo, do absurdo do que estavam fazendo, da dor extremamente real em seu flanco, do fato de que ele não podia fazê-la parar. Do fato de que ele não o faria, nem se pudesse. Havia uma espécie de controle em deixar correr solto, em se render.

— Este ano, nossos magos são fortes — disse ele ao pai.

— Mas não fortes demais — retrucou o rei. — Tieren escolheu bem. Esperemos que os sacerdotes de Faro e Vesk tenham feito o mesmo.

A sobrancelha de Rhy arqueou-se.

— Pensei que o objetivo disso tudo fosse mostrar nossa força.

Seu pai lançou-lhe um olhar de censura.

— Nunca se esqueça, Rhy, de que você está assistindo a uma *competição esportiva*. Uma competição com três times fortes, mas com forças equivalentes.

— E se, em algum ano, Vesk e Faro jogassem para *ganhar*?

— Então saberíamos.

— Saberíamos o quê?

O rei voltou seu olhar para a disputa.

— Que a guerra se aproxima.

Na arena abaixo, Kell rolou e logo se levantou. A água escura espiralou e mudou subitamente de direção, deslizando por baixo e ao redor da parede de ar erguida pela faroense antes de atingir o peito dela. A armadura se estilhaçou em um clarão com o golpe, e a multidão irrompeu em aplausos.

O rosto de Kell estava escondido, mas Rhy sabia que ele estava sorrindo.

Exibido, pensou, pouco antes de Kell se esquivar devagar demais e deixar que uma rajada de vento afiada como uma faca o atingisse, o golpe acertando suas costelas. A luz estourou diante dos olhos de Rhy e atrás deles, enquanto ele prendia a respiração. Uma dor queimou por sua pele, e ele tentou imaginar que poderia extraí-la, afastá-la de Kell, e mantê-la para si.

— Você está pálido — observou o rei.

Rhy afundou-se na cadeira.

— Estou bem.

E ele estava. A dor fazia com que se sentisse vivo. Seu coração martelava no peito, pulsando em sintonia com o coração do irmão.

O rei Maxim se levantou e olhou ao redor.

— Onde está Kell? — perguntou.

Sua voz tinha adquirido o hábito de endurecer ao pronunciar o nome de uma forma que revirava o estômago de Rhy.

— Tenho certeza de que ele está por perto — respondeu Rhy, olhando para os dois lutadores na arena. — Ele estava ansioso pelo torneio. Além disso, não é para isso que servem Staff e Hastra? Para ficar na cola dele?

— Eles estão vacilando em seus deveres.

— Quando o senhor vai parar de puni-lo? — explodiu Rhy. — Ele não foi o único a cometer um erro.

Os olhos de Maxim escureceram.

— E *ele* não é o futuro rei.

— O que isso tem a ver?

— Tudo — respondeu seu pai, inclinando-se e baixando a voz. — Você acha que eu faço isso por maldade? Com intenção de prejudicá-lo? Isto é uma lição, Rhy. Seu povo sofrerá quando você errar, e você sofrerá quando o seu povo o fizer.

— Acredite em mim — murmurou Rhy, esfregando um eco de dor que se espalhou por suas costelas. — Estou sofrendo.

Lá embaixo, Kell se abaixou e girou. Rhy percebeu que a luta estava chegando ao fim. A faroense fora superada, estivera em desvantagem desde o início, e seus movimentos estavam ficando mais lentos, ao passo que os de Kell se tornavam cada vez mais rápidos, mais confiantes.

— Acha mesmo que a vida dele está em perigo?

— Não é com a vida *dele* que estou preocupado — disse o rei.

Mas Rhy sabia que não era verdade. Não totalmente. O poder de Kell fazia dele um alvo. Vesk e Faro acreditavam que ele era abençoado, a joia da coroa arnesiana, a fonte de poder que mantinha o império forte. Era um mito perpetuado pela própria coroa arnesiana, Rhy tinha certeza. No entanto, o perigo das lendas era que algumas pessoas as levavam a sério, e aqueles que pensavam que a magia de Kell protegia o império também poderiam pensar que, ao eliminá-lo, estariam enfraquecendo o império. Outros pensavam que se pudessem roubá-lo, teriam para si a força de Arnes.

Mas Kell não era um talismã... era?

Quando pequenos, Rhy olhava para Kell e via apenas seu irmão. À medida que cresceram, sua visão mudou. Alguns dias, ele pensava enxergar uma escuridão. Outras vezes, pensava ver um deus. Não que ele algum dia fosse dizer isso a Kell. Ele sabia que Kell odiava a ideia de ser o escolhido.

Rhy pensava que havia coisas piores na vida.

Na arena, Kell levara outro golpe e Rhy sentiu os nervos reverberarem pela extensão de seu braço.

— Tem certeza de que está bem? — pressionou seu pai, e Rhy percebeu que, agarrados à cadeira, os nós de seus dedos estavam brancos.

— Perfeitamente bem — respondeu ele, engolindo a dor enquanto Kell aplicava os dois golpes finais, um atrás do outro, encerrando o jogo.

A multidão irrompeu em aplausos enquanto a faroense cambaleava e acenava com a cabeça em um movimento rígido, antes de se retirar do ringue.

Kell voltou sua atenção para a tribuna real e fez uma reverência exagerada.

Rhy ergueu a mão, reconhecendo a vitória, e a figura em prata e branco desapareceu no túnel.

— Pai — falou Rhy —, se o senhor não perdoar Kell, vai perdê-lo.

Não houve resposta.

Rhy virou-se para o pai, mas o rei já havia ido embora.

V

Lila sempre ouvira que a pior parte era esperar, e concordava. Tanto que, de fato, ela raramente esperava por qualquer coisa. Esperar abria um grande espaço para perguntas, para dúvidas. Isso enfraquecia a determinação da pessoa, e foi provavelmente o motivo, enquanto ela estava no túnel da arena oeste *esperando* por sua disputa, pelo qual ela começou a sentir como se houvesse cometido um erro terrível.

Perigosa.

Imprudente.

Insensata.

Louca.

Um coro tão barulhento de dúvidas que as botas dela deram um passo para trás, sozinhas.

Em um dos outros estádios, a multidão aplaudiu quando um arnesiano saiu vitorioso.

Lila recuou mais um passo.

Então, de relance, ela viu uma flâmula, a *sua* flâmula, e seus passos cessaram.

Eu sou Delilah Bard, pensou. *Pirata, ladra, maga.*

Os dedos dela começaram a tamborilar.

Atravessei mundos e roubei navios. Lutei com rainhas e salvei cidades.

Os ossos dela estremeceram, e seu sangue acelerou nas veias.

Sou única.

As trombetas convocatórias soaram e então Lila se forçou a atravessar o arco, sua esfera pendendo dos dedos. O óleo iridescente chacoalhou lá dentro, pronto para ser incandescido.

Assim que ela entrou em campo, sua ansiedade se esvaiu, deixando uma excitação familiar em seu rastro.

Perigosa.

Imprudente.

Insensata.

Louca.

As vozes começaram a falar de novo, mas já não podiam detê-la. A espera terminara. Não havia mais volta, e esse simples fato facilitava o avanço.

As arquibancadas deram vivas quando Lila entrou na arena. Visto da tribuna, o estádio parecia consideravelmente grande. Visto do chão, parecia *gigantesco.*

Seus olhos vasculharam a multidão. Havia tantas pessoas, tantos olhos focalizados nela. Quando era uma ladra na noite, Lila Bard sabia que ficar fora da luz era o caminho mais seguro para se manter viva, mas ela não podia evitar, *gostava* desse tipo de truque. Ficar bem na frente de um alvo enquanto embolsava as moedas dele. Sorrir enquanto roubava. Olhá-los nos olhos e desafiá-los a ver através do estratagema. Porque os melhores truques não eram aqueles realizados enquanto o alvo estava de costas, mas enquanto estava olhando.

E Lila queria ser vista.

Até que ela viu a veskana.

Sar entrou na arena atravessando o amplo espaço com alguns passos antes de se deter no centro. Parada ali, ela parecia ter crescido diretamente do chão de pedra, um imponente carvalho em forma de mulher. Lila nunca tinha pensado em si mesma como uma pessoa baixa, porém, ao lado da veskana, ela se sentiu como um graveto.

Quanto maiores são, pensou Lila, *pior é a queda. Assim espero.*

Pelo menos as placas de armadura haviam sido ajustadas para servir nela, dando a Lila um alvo maior. A máscara de Sar era feita de madeira e metal entrelaçados, formando um tipo de fera, com chifres, focinho e olhos fendidos através dos quais brilhavam os próprios olhos azuis de Sar. Em sua mão estava um orbe cheio de terra.

Lila cerrou os dentes.

Terra era o elemento mais difícil: quase qualquer golpe desferido com ele era capaz de quebrar uma placa, mas também era concedido em menor quantidade. O ar estava em toda parte, o que significava que o fogo também estava, se você pudesse domá-lo para assumir a forma desejada.

Sar se curvou em uma mesura, sua sombra pairando sobre Lila.

O estandarte da veskana tremulava no alto, um azul límpido marcado por um único X amarelo. Em meio à letra de Sar e às facas de Lila, a multidão era um mar de linhas cruzadas. A maioria das flâmulas era prateada sobre preto, mas Lila achou que isso provavelmente tinha menos a ver com rumores sobre a habilidade de Stasion Elsor e mais com o fato de ele ser arnesiano. O time da casa sempre seria a maioria. Naquele momento, a lealdade da plateia era esperada. Mas Lila poderia conquistá-la. Já imaginava um estádio inteiro de flâmulas pretas e prateadas.

Não seja precipitada.

O chão da arena estava pontilhado de obstáculos; grandes pedras, colunas e muros baixos feitos da mesma rocha preta que o chão, para que os competidores e seus elementos se destacassem em contraste com o pano de fundo cor de carvão.

As trombetas silenciaram, e o olhar de Lila se ergueu até a tribuna real, mas o príncipe não estava lá. Havia somente um jovem com uma capa verde e uma coroa feita de madeira polida e prata entremeada — um dos nobres de Vesk — e o mestre Tieren. Lila deu uma piscadela e, embora o *Aven Essen* provavelmente não pudesse tê-la visto, os olhos brilhantes dele ainda pareceriam se estreitar, denotando desaprovação.

Um silêncio tenso desceu sobre a multidão, e Lila se virou para trás para ver um homem com vestes brancas e douradas na plataforma suspensa do juiz, que pairava sobre a arena sustentada em apenas uma das laterais por uma coluna. A mão dele estava erguida, e por um instante ela se perguntou se ele estava convocando magia, até que percebeu que estava apenas invocando silêncio.

Sar estendeu sua esfera, a terra se elevando e chacoalhando no interior com uma energia nervosa.

Lila engoliu em seco e levantou a sua, o óleo perturbadoramente imóvel em comparação com a terra.

Tigre, tigre, brilho, brasa...

Os dedos de Lila se fecharam em volta do orbe, e a superfície do óleo irrompeu em chamas. O efeito era impressionante, porém não poderia durar, não com tão pouco ar na esfera. Ela não esperou. No instante em que o homem de branco começou a baixar a mão, Lila estilhaçou o orbe no chão, fazendo jorrar pelo ar uma chama faminta de oxigênio. A força do fogo deu um solavanco em Lila e surpreendeu o público, que pareceu pensar que tudo estava dentro do espírito do espetáculo.

Sar esmagou sua esfera nas próprias mãos, e, num piscar de olhos, a disputa estava em andamento.

— Concentração — ralhou Alucard.

— *Eu estou me concentrando* — retrucou Lila, *suas mãos pairando, uma de cada lado do óleo.*

— *Não está. Lembre-se, a magia é como o oceano.*

— *Já sei, já sei* — resmungou Lila —, *ondas.*

— *Quando as ondas seguem na mesma direção* — disse ele, ignorando o comentário dela —, *elas constroem um ritmo. Quando elas colidem, destroem tudo.*

— *Certo, então eu quero invocar uma onda..*

— Não — falou Alucard. — Apenas deixe o poder passar através de você.

Esa roçou na perna dela. O Spire balançou ligeiramente com o mar. Seus braços doíam por estarem erguidos, uma gota de óleo em cada palma. Era sua primeira lição, e ela já estava falhando.

— Você não está se esforçando.

— Vá se ferrar.

— Não lute. Não force. Seja uma porta aberta.

— O que aconteceu com as ondas? — murmurou Lila.

Alucard a ignorou.

— Todos os elementos estão inerentemente conectados. — Ele continuou divagando enquanto ela lutava para invocar o fogo. — Não há uma linha divisória entre um e outro. Ao contrário, eles existem em um espectro, derramando-se uns nos outros. Trata-se de descobrir qual parte desse espectro tem maior atração sobre você. O fogo se derrama no ar, que se derrama na água, que se derrama na terra, que se derrama no metal, que se derrama nos ossos.

— E a magia?

Ele franziu o cenho, como se não entendesse a pergunta.

— A magia está em tudo.

Lila flexionou as mãos, concentrando-se na tensão em seus dedos, porque precisava se concentrar em algo.

— Tigre, tigre, brilho, brasa... — Nada aconteceu.

— Você está se esforçando demais.

Lila exalou um som exasperado.

— Eu pensei que não estivesse me esforçando o suficiente!

— É um equilíbrio. E está agarrando com força demais.

— Eu nem o estou tocando.

— É claro que está. Apenas não está usando as mãos. Você está exercendo força. Mas força não é o mesmo que controle. Você está caçando algo, quando tudo o que precisa fazer é embalá-lo. Você está tentando controlar o elemento. Mas não funciona assim, não realmente. É mais como uma... conversa. Perguntar e responder, pedir e atender.

— *Espere aí. Então são ondas, portas, ou conversas?*
— *Pode ser o que você quiser.*
— *Você é um péssimo professor.*
— *Eu lhe avisei. Se você não está preparada para isso...*
— *Silêncio. Estou me concentrando.*
— *Você não pode obrigar a magia a acontecer.*

Lila respirou fundo. Tentou se concentrar na sensação do fogo, imaginar o calor nas palmas das mãos, mas isso também não funcionou. Em vez disso, ela encontrou as lembranças de Kell, de Holland, do modo como o ar mudava quando eles invocavam a magia, o formigar, o pulsar. Ela pensou em si mesma segurando a pedra preta, conjurando seu poder, pensou na vibração passando por seu sangue, seus ossos e algo mais, algo mais profundo. Algo estranho e impossível e, ao mesmo tempo, inteiramente familiar.

As pontas dos dedos dela começaram a queimar, não com calor, mas algo estranho, algo quente e frio, áspero e suave; vivo.

— Tigre, tigre, brilho, brasa — sussurrou ela baixinho e, um instante depois, o fogo começou a ganhar vida na palma de suas mãos.

Ela sequer precisava ver o que havia feito. Podia sentir. Não apenas o calor, mas o poder ondulando abaixo dele.

Agora era oficial: a magia corria nas veias de Lila.

Lila ainda estava tentando dar forma ao fogo quando a primeira bola de terra de Sar — que era basicamente uma pedra — atingiu seu ombro. O clarão de luz foi agudo e ofuscante quando a placa se partiu. A dor foi intensa e demorou a passar.

Não houve tempo para reagir. Outro torrão de terra veio na direção dela, e Lila girou para sair da linha de ataque de Sar, abaixando-se atrás de um pilar uma fração de segundo antes que a terra se estilhaçasse contra ele, fazendo chover pedrinhas no chão da arena. Pensando ter tempo antes do próximo ataque, Lila contornou o pilar, preparada para atacar, e foi atingida no peito por uma lança de terra que esmagou a placa central. O golpe lançou-a de encontro a um pedregulho, e suas costas bateram na rocha com uma força brutal: mais duas placas se quebraram enquanto ela arquejava e caía sobre as mãos e os joelhos.

Quatro placas perdidas em questão de segundos.

A veskana emitiu um riso abafado, grave e gutural, e, antes que Lila pudesse sequer se levantar, muito menos contra-atacar, outra bola de terra a atingiu no queixo, espatifando a quinta placa e a derrubando novamente de quatro.

Lila girou o corpo e se pôs de pé, xingando com voracidade, as palavras perdidas por entre os gritos, aplausos e flâmulas sendo agitadas. Pequenas chamas ainda ardiam em uma poça de óleo que mal sujava o chão. Lila se jogou para perto dela com vontade, enviando um rio de labaredas na direção de Sar. O fogo mal chamuscou a veskana, o calor lambendo a armadura inofensivamente. Lila praguejou e se abaixou atrás de uma barreira.

A veskana disse algo, escarnecendo, mas Lila continuou escondida.

Pense, pense, pense.

Ela passara o dia todo assistindo às disputas, reparando nos movimentos que os competidores faziam, na forma como jogavam. Ela captara segredos, rachaduras nas armaduras dos participantes e trejeitos que denunciavam suas jogadas.

E ela aprendera uma coisa muito importante.

Todos competiam *de acordo com as regras*. Bem, pelo que Lila entendera, não eram muitas, além da mais óbvia: não tocar uns nos outros. Mas esses competidores eram como artistas. Não jogavam sujo. Não lutavam como se realmente importasse. Claro que queriam ganhar, levar a glória e o prêmio, mas não lutavam como se suas *vidas* dependessem disso. Havia bravata demais e medo de menos. Todos se moviam com a confiança de saber que um sino tocaria, um apito soaria, a partida seria encerrada e eles ainda estariam seguros.

Lutas de verdade não funcionavam dessa forma.

Delilah Bard nunca tinha estado em uma luta que não fosse real.

Os olhos dela moveram-se por toda a arena e pousaram na plataforma do juiz. O homem havia recuado alguns passos, deixando a extremidade vazia. Ficava acima da arena, mas não muito alto. Ela conseguiria alcançá-la.

Lila puxou o fogo, retesando-o, deixando-o pronto para atacar. E então ela se virou, escalou a parede e saltou. E conseguiu, por pouco. A multidão ficou ofegante, surpresa com a forma como ela aterrissara na plataforma e girara na direção de Sar.

E com isso, a veskana hesitou.

Atingir a multidão era expressamente proibido. Mas não havia regras a respeito de ficar na frente dela. Aquele momento em suspenso era tudo o que Lila precisava. Sar não atacou, mas Lila o fez, lançando um cometa de fogo de cada mão.

Não lute. Não force. Seja uma porta aberta.

Mas Lila não se sentia como uma porta aberta. Sentia-se como uma lupa, amplificando qualquer magia estranha que queimava dentro dela de modo que, quando encontrou o fogo, a força foi sua própria explosão.

Os cometas se retorceram e arquearam pelo ar, colidindo em Sar vindos de ângulos diferentes. Um foi bloqueado por ela. O outro se chocou contra a lateral de seu corpo, estilhaçando as três placas que a cobriam do quadril ao ombro.

Lila sorriu como uma boba quando a multidão irrompeu em vivas. Um reluzir de ouro vindo do alto chamou sua atenção. Em algum momento, o príncipe havia chegado para assistir. Alucard estava na arquibancada abaixo e, no mesmo nível que ela, o juiz de branco avançava. Antes que ele pudesse decretar uma falta, Lila saltou da plataforma de volta para o pedregulho. Infelizmente, Sar havia se recuperado tanto da surpresa quanto do golpe, e quando o pé de Lila atingiu o amontoado de rochas, um projétil de terra bateu em seu ombro, quebrando uma sexta placa de armadura e derrubando-a.

Ao cair, ela girou o corpo com uma elegância felina e aterrissou de cócoras.

Sar se preparou para atacá-la assim que as botas de Lila batessem nas pedras, razão pela qual Lila lançou fogo antes de alcançar o chão. O meteoro atingiu a canela da veskana, quebrando outra placa.

Quatro a seis.

Lila estava se recuperando.

Ela rolou para trás de uma barreira para se recompor enquanto Sar esticava os dedos grossos. A terra espalhada pela arena estremeceu e voltou para perto dela.

Lila viu um grande torrão de terra e caiu sobre um dos joelhos, os dedos se curvando em volta da terra no momento em que a força invisível de Sar se apoderou dela e puxou com poder suficiente para convocar o elemento, e Lila a reboque. Ela não soltou, as botas deslizando pelo piso de pedra lisa conforme Sar a arrastava sem perceber, Lila ainda escondida pelos vários obstáculos. As pedras, as colunas e as paredes terminaram, e, no instante em que isso aconteceu, Sar viu Lila soltar a bola de terra, agora recoberta de chamas. O torrão se voltou contra a veskana, impulsionado primeiro pelo poder de atração dela e depois pelo comando de Lila, espatifando-se no peito de Sar e quebrando mais duas placas.

Bom. Agora estavam empatadas.

Sar atacou de novo, e Lila se esquivou despreocupadamente. Ou pelo menos foi o que tentou fazer, porém sua bota se manteve firme no chão e ela olhou para baixo, onde pôde ver uma faixa de terra endurecida, escura como pedra e fundida ao chão. Os dentes de Sar cintilaram em um sorriso por trás de sua máscara, e tudo o que Lila pôde fazer foi erguer os braços a tempo de bloquear o ataque seguinte.

A dor reverberou por ela como se fosse um diapasão, quando as placas da barriga, do quadril e da coxa se espatifaram. Lila sentiu gosto de sangue e torceu para que tivesse simplesmente mordido a língua. Ela estava a uma placa de perder a maldita disputa, Sar estava se preparando para atacar de novo, e a terra que prendia sua bota ainda a segurava firme no lugar.

Lila não conseguia libertar o pé, e seu fogo estava espalhado por toda a arena, morrendo junto com suas chances de reagir. Seu coração acelerou e sua cabeça girou, o ruído na arena abafando tudo enquanto o golpe final de Sar avançava em sua direção.

Não havia sentido em bloqueá-lo, então ela estendeu as mãos, o calor esquentando o ar enquanto ela delineava seu último resquício de fogo na forma de um escudo.

Proteja-me, pensou ela, abandonando poesia e feitiço em detrimento da súplica.

Ela não esperava que funcionasse.

Mas funcionou.

Uma onda de energia percorreu seus braços indo ao encontro da esparsa chama, e um instante depois o fogo *explodiu* na frente dela. Uma *parede* de fogo irrompeu, dividindo a arena e transformando Sar em uma sombra no lado oposto, seu ataque de terra queimando até virar cinzas.

Lila arregalou os olhos por trás da máscara.

Ela nunca falara com a magia, não diretamente. Lógico, ela tinha praguejado, resmungado e feito uma série de perguntas retóricas, mas nunca havia comandado, não da forma como Kell fazia com o sangue. Não do jeito que ela havia feito com a pedra, antes de descobrir o preço a pagar.

Se o fogo reivindicara um, ela ainda não o sentira. Sua cabeça latejava, seus músculos doíam, seus pensamentos fervilhavam e a parede de chamas queimava ardentemente diante dela. O fogo lambia seus dedos estendidos e o calor roçava sua pele, mas não permanecia tempo suficiente em um só lugar para queimá-la.

Lila não tentou ser uma onda nem uma porta. Ela simplesmente *empurrou*, não com força, mas com vontade, e a parede de fogo disparou à frente, embarreirando o caminho da veskana. Para Lila pareceu que tudo durara uma eternidade. Ela não entendeu por que Sar estava parada, não até que o tempo voltasse ao foco e ela percebesse que o aparecimento da parede, sua transformação, havia sido obra de apenas um segundo.

O fogo retorcia-se como um lenço enrolado em uma mão, enquanto se lançava na direção de Sar, pressionando, ganhando força, calor e velocidade.

A veskana era muitas coisas, mas não era rápida, não tão rápida quanto Lila e definitivamente não tão rápida quanto o fogo. Ela ergueu os braços, mas não conseguiu bloquear a explosão, que estilhaçou cada placa restante na parte da frente da armadura, produzindo um clarão de luz intenso.

Sar caiu para trás, a madeira de sua máscara chamuscada, e finalmente a terra em torno da bota de Lila se despedaçou, libertando-a.

A partida terminara.

E Lila *vencera*.

Quando suas pernas ficaram bambas, ela lutou contra o desejo de desmoronar no chão de pedra frio.

O suor escorria por seu pescoço, e suas mãos estavam em carne viva. Sua cabeça vibrava com energia, e ela sabia que, assim que a adrenalina se esvaísse, o corpo inteiro doeria infernalmente. Mas, naquele momento, ela se sentia incrível.

Invencível.

Sar se levantou, deu um passo na direção de Lila e estendeu uma das mãos, que engoliu a de Lila quando esta a pegou. Então a veskana desapareceu em seu túnel, e Lila se virou para a tribuna real a fim de oferecer uma reverência ao príncipe.

Ela estava no meio do gesto quando viu Kell ao lado de Rhy, desarrumado e esbaforido. Lila conseguiu terminar a mesura, uma das mãos sobre seu coração. O príncipe aplaudiu. Kell apenas meneou a cabeça. Então ela saiu sob uma onda de aplausos e o eco de: Stasion! Stasion! Stasion!

Lila atravessou a arena com passos lentos e constantes, fugindo para o corredor escuro.

E lá ela caiu de joelhos e riu até o peito doer.

VI

— Você perdeu uma disputa e tanto — falou Rhy.

Stasion Elsor havia desaparecido, e o estádio começava a esvaziar. A primeira rodada estava terminada. Trinta e seis haviam se tornado dezoito e, no dia seguinte, dos dezoito sobrariam apenas nove.

— Desculpe — disse Kell. — Foi um dia cheio.

Rhy botou um braço nos ombros do irmão e estremeceu.

— Precisava ter levado aquele último golpe? — sussurrou sob os sons da multidão.

Kell se encolheu.

— Eu quis fazer um espetáculo para a plateia. — Mas ele estava sorrindo.

— É melhor se livrar desse sorriso — ralhou Rhy. — Se alguém o vir feliz assim, vai pensar que você enlouqueceu.

Kell tentou domar suas feições para que voltassem à severa forma habitual, mas não conseguiu. Estava além de seu controle. A última vez que se sentira assim vivo, alguém estivera tentando matá-lo.

O corpo doía em uma dezena de lugares diferentes. Ele tinha perdido seis placas contra dez do faroense. Usar apenas um elemento fora muito mais difícil do que ele pensava que seria. Normalmente ele permitia que os limites ficassem difusos, conjurando o que quer que precisasse, sabendo que poderia dispor de qualquer elemento e que eles atenderiam. No fim das contas, Kell gastara metade de sua concentração tentando não quebrar as regras.

Mas ele havia conseguido.

Rhy puxou seu braço de volta e apontou para o chão da arena onde o arnesiano havia estado.

— Aquele pode dar trabalho aos demais.

— Pensei que as probabilidades estavam a favor de *Alucard*.

— Ah, ainda estão. Mas esse é interessante. Você deveria assistir à próxima disputa dele, se conseguir tempo para isso.

— Vou verificar minha agenda.

Um homem pigarreou.

— Alteza, mestre Kell. — Era Tolners, o guarda de Rhy.

Ele os escoltou até a saída do estádio, e Staff se juntou a eles no caminho para o palácio. Havia apenas algumas horas desde que Kell saíra dali, mas ele se sentia um homem diferente. As paredes não eram tão sufocantes e nem mesmo os olhares o incomodavam tanto.

Lutar havia sido tão bom. A emoção combinada com um estranho alívio, um relaxamento de seus membros e de seu peito, como uma ânsia saciada. Pela primeira vez em meses, ele fora capaz de exercitar seu poder. Não de forma completa, é claro, e a todo instante ele se lembrava da necessidade de discrição, de disfarce. Mas era *alguma coisa*. Algo de que ele precisava desesperadamente.

— Você com certeza virá hoje à noite — afirmou Rhy enquanto subiam as escadas para o saguão real. — Ao baile?

— Outro baile? — reclamou Kell. — Não se cansa deles?

— A política é exaustiva, mas a companhia pode ser agradável. E eu não posso esconder você de Cora para sempre.

— Falando em exaustão — murmurou Kell quando chegaram ao corredor.

Ele parou em frente ao próprio quarto, enquanto Rhy continuou a caminhar em direção às portas com a letra R incrustada em ouro.

— Os sacrifícios que fazemos — retrucou Rhy.

Kell revirou os olhos enquanto o príncipe desaparecia. Ele levou a mão à porta e parou. Um hematoma estava se formando em seu pulso, e ele podia sentir os outros lugares em que havia sido atingido ficando roxos por baixo de suas roupas.

Mal podia esperar pela partida do dia seguinte.

Empurrou a porta e já estava tirando o casaco quando viu o rei de pé em frente às portas de sua varanda, olhando para fora através do vidro fosco. O humor de Kell azedou.

— Senhor — disse ele, cautelosamente.

— Kell — replicou o rei à guisa de saudação. A atenção dele se voltou para Staff, que estava parado à porta. — Por favor, espere lá fora. — E então, para Kell: — Sente-se.

Kell sentou-se em um sofá, seus machucados de repente se parecendo menos com vitórias e mais com traições.

— Alguma coisa errada? — perguntou Kell quando ficaram sozinhos.

— Não — respondeu o rei. — Mas eu tenho pensado sobre o que você disse hoje pela manhã.

Hoje de manhã? Esta manhã parecia estar a anos de distância.

— Sobre o quê, senhor?

— Sobre sua proximidade com Rhy durante o *Essen Tasch*. Com tantos estrangeiros inundando a cidade, prefiro que você se mantenha no palácio.

O peito de Kell ficou apertado.

— Fiz algo errado? Estou sendo punido?

O rei Maxim sacudiu a cabeça.

— Não estou fazendo isso para puni-lo. Estou fazendo isso para proteger Rhy.

— Majestade, *sou eu* quem protege Rhy. Se houver algo a...

— Mas Rhy não precisa de sua proteção — interrompeu o rei —, não mais. A única forma de mantê-lo seguro é manter *você* a salvo. — A boca de Kell ficou seca. — Vamos, Kell — continuou o rei. — Você não se importa tanto assim. Não o vi no torneio o dia todo.

Kell meneou a cabeça.

— Essa não é a questão. Isso não é...

— A arena central pode ser vista das varandas do palácio. Você pode assistir ao torneio daqui. — O rei colocou um círculo de ouro do tamanho da palma de sua mão sobre a mesa. — Pode até ouvir tudo.

Kell abriu a boca, mas os protestos morreram em sua língua. Ele engoliu em seco e cerrou os punhos.

— Muito bem, senhor — falou ele, colocando-se de pé. — Também estou banido dos bailes?

— Não — disse o rei, ignorando o desafio na voz de Kell. — Controlamos quem entra e quem sai. Não vejo razão para mantê-lo longe dos bailes, contanto que você seja cuidadoso. Além disso, não queremos que nossos convidados se perguntem onde você está.

— É claro — murmurou Kell.

Assim que o rei saiu, Kell foi para o pequeno quarto fora da câmara principal e fechou a porta. As velas ganharam vida nas paredes cheias de prateleiras, e à luz delas era possível enxergar a parte de trás da porta, sua madeira marcada por uma dezena de símbolos, cada um deles um portal para outro lugar em Londres. Seria tão fácil ir embora. Eles não conseguiriam mantê-lo ali. Kell puxou uma faca e cortou uma linha superficial no próprio braço. Quando o sangue brotou, ele tocou o corte com os dedos, mas, em vez de tracejar um dos símbolos existentes, desenhou uma nova marca em um espaço limpo de madeira: uma linha vertical com uma pequena marca horizontal no topo que ia para a direita, e outra na parte inferior, que ia para a esquerda.

O mesmo símbolo que desenhara de manhã na tenda de Kamerov.

Kell não tinha a menor intenção de perder o torneio, mas, se uma mentira fosse dar paz de espírito ao rei, que fosse. Quanto a perder a confiança do rei, isso não importava. Havia meses o rei não confiava nele.

Kell sorriu sombriamente para a porta e foi se juntar ao irmão.

VII

Londres Branca

Ojka estava de pé em meio às árvores, limpando o sangue de suas facas.

Ela passara a manhã patrulhando as ruas de Kosik, seu antigo território, onde os problemas ainda se espalhavam como fogo em vegetações secas. Holland dissera que isso era esperado, que mudanças sempre trariam agitações, mas Ojka era menos tolerante. Suas lâminas encontraram as gargantas de traidores e descrentes, silenciando suas vozes dissidentes, uma a uma. Eles não mereciam fazer parte deste novo mundo.

Ojka guardou as armas em suas bainhas e respirou profundamente. Os terrenos do castelo, que um dia haviam sido repletos de estátuas, agora estavam cheios de árvores, todas florescendo apesar do frio do inverno. Tanto quanto Ojka podia se lembrar, seu mundo tinha cheiro de cinzas e sangue, mas agora cheirava a ar fresco e folhas caídas, a florestas e fogueiras vívidas, a vida e morte, a algo doce, úmido e limpo. Cheirava a promessa, a mudança, a poder.

Sua mão se dirigiu para a árvore mais próxima, e, quando ela encostou a palma da mão no tronco, sentiu uma pulsação. Ela não sabia se era dela mesma, do rei ou da própria árvore. Holland lhe dissera que era o pulso do mundo, que, quando a magia se comportava da maneira que deveria, não pertencia a ninguém e a todos ao mesmo tempo, a nada e a tudo. Era algo compartilhado.

Ojka não entendia isso, mas queria entender.

A casca era áspera, e, quando ela arrancou um pedaço com a unha, ficou surpresa ao ver que a madeira exposta estava manchada por fios de prata enfeitiçados. Um pássaro crocitou sobre ela e Ojka se aproximou, mas antes que ela pudesse examinar a árvore, sentiu o pulso de calor atrás de seus olhos, a voz do rei cantarolando em sua cabeça, ressonante e bem-vinda.

Venha até mim, disse ele.

A mão de Ojka se afastou da árvore.

Ela ficou surpresa ao encontrar o rei sozinho.

Holland estava sentado na beirada de seu trono, os cotovelos apoiados nos joelhos e a cabeça inclinada sobre uma tigela de prata cuja superfície estava repleta de fumaça espiralada. Ela prendeu a respiração quando percebeu que ele estava no meio de um feitiço. As mãos do rei estavam erguidas, uma de cada lado da tigela, e seu rosto era uma máscara de concentração. Sua boca era uma linha dura, mas havia sombras entrelaçadas aos seus dois olhos, enrolando-se no preto retinto do olho esquerdo antes de dominar o verde do olho direito. As sombras estavam vivas, serpenteando através da vista dele como a fumaça na tigela, onde se enrolava em torno de algo que ela não conseguia ver. Linhas de luz se desenhavam como relâmpagos na escuridão, e a pele de Ojka formigou com a força da magia antes que o feitiço terminasse. O ar ao redor dela estremeceu e então ficou quieto.

As mãos do rei se afastaram da tigela, mas demorou algum tempo antes que a escuridão viva abandonasse o olho direito do rei, deixando uma esmeralda cintilante em seu encalço.

— Majestade — disse Ojka, cuidadosamente.

Ele não olhou para cima.

— Holland.

Com isso, ele ergueu a cabeça. Por um instante, seu olhar de duas cores continuou estranhamente vazio, seu foco distante, mas então se aprumou, e ela sentiu o peso da atenção dele fixa nela.

— Ojka — disse ele à sua maneira suave e reverberante.

— Você me convocou.

— Convoquei.

Ele se levantou e apontou para o chão ao lado do estrado.

Foi então que ela viu os corpos.

Havia dois deles, varridos para o lado como se fossem sujeira, e sinceramente pareciam menos corpos do que pilhas esfarelentas de cinzas: a pele preta esturricada nos ossos, as silhuetas contorcidas como se estivessem com dor, o que restava de mãos erguidas para suas gargantas destruídas. Um parecia muito pior do que o outro. Ela não sabia o que tinha acontecido com eles. E não tinha certeza se *queria* saber. No entanto, sentiu-se compelida a perguntar. A pergunta saiu, sua voz rasgando o silêncio.

— Cálculos — respondeu o rei, quase para si mesmo. — Eu estava errado. Pensei que a gargantilha fosse forte demais, mas não é. As pessoas é que eram muito fracas.

O medo se espalhou por Ojka como um arrepio conforme a atenção dela se voltava para a tigela de prata.

— Gargantilha?

Holland mergulhou as mãos dentro da tigela. Por um instante, algo nele pareceu recuar, resistir ao movimento, mas o rei persistiu. E, conforme o fez, a sombra se espalhou sobre a sua pele, seus dedos, suas mãos, seus pulsos, tornando-se um par de luvas pretas, lisas e fortes, sua superfície sutilmente adornada com o feitiço. Proteção para o que aguardava na escuridão.

Das profundezas da tigela de prata, o rei retirou um círculo de metal escuro, articulado em um lado com uma dobradiça, com símbolos encravados cintilando por toda a superfície. Ojka tentou ler as marcações, mas sua visão ficara desviando, incapaz de se fixar. O espaço dentro do círculo parecia engolir a luz, a energia, o ar ali dentro tornando-se pálido, incolor e fino como papel. Havia algo de *mau* naquela gargantilha de metal, mau de uma forma que distorcia o mundo ao seu redor; uma iniquidade que tocava os sentidos de Ojka, fazendo-a se sentir tonta e doente.

Holland revirou o círculo sobre suas mãos enluvadas, como se inspecionasse uma peça de artesanato.

— Deve ser forte o suficiente — disse ele.

Ojka arriscou dar um passo à frente.

— Você me convocou — repetiu ela, sua atenção rumando dos cadáveres para o rei.

— Convoquei — disse ele, erguendo o olhar. — Preciso saber se funciona.

O medo percorreu Ojka, a velha e instintiva mordida de pânico, mas ela se manteve firme.

— Majestade...

— Você confia em mim?

Ojka ficou tensa. Confiar. A confiança era uma coisa difícil de se conquistar em um mundo como o deles. Um mundo onde as pessoas eram sedentas por magia e matavam por poder. Ojka permanecera viva por tanto tempo por causa das suas lâminas, artimanhas e por pura desconfiança nos demais. Era verdade que as coisas estavam mudando agora, por causa de Holland, mas o medo e a cautela ainda sussurravam avisos.

— Ojka. — Ele a analisou por inteiro com seus olhos de esmeralda e tinta preta.

— Eu confio em você — disse ela, forçando as palavras a saírem, tornando-as reais, antes que pudessem recuar por sua garganta.

— Então se aproxime.

Holland ergueu a gargantilha como se fosse uma coroa, e Ojka sentiu-se recuar. Não. Ela conquistara este lugar ao lado dele. Conquistara seu poder. Fora forte o suficiente para sobreviver à transferência, ao teste. Ela tinha provado ser digna. Sob a pele dela, a magia tocou sua batida forte e constante. Ela não estava pronta para abrir mão de tudo, para abandonar o poder e voltar a ser uma assassina comum. *Ou algo pior*, pensou, olhando para os corpos.

Aproxime-se.

Dessa vez, o comando percorreu a mente dela, retesando-lhe os músculos, os ossos, a magia.

Os pés de Ojka avançaram, um passo, dois, três, até ela estar de pé diante do rei. *Seu* rei. Ele lhe dera tanto, e ainda tinha que reclamar seu preço. Nenhuma benção vinha sem custo. Ela teria pago a ele em feitos, em sangue. Se este era o custo — o que quer que isso fosse —, então ela o pagaria.

Holland baixou a gargantilha. As mãos dele estavam tão seguras, seus olhos, tão firmes. Ela deveria ter inclinado a cabeça, mas, em vez disso, manteve seu olhar no dele, e lá encontrou equilíbrio, encontrou calma. Ali ela se sentia segura.

Então o metal se fechou em torno de sua garganta.

A primeira coisa que sentiu foi o frio mordaz do metal sobre a pele. Houve surpresa, mas não dor. Então o frio ficou afiado como uma faca. Deslizou sob sua pele, rasgando-a por inteiro, a magia derramando-se como sangue vertendo das feridas.

Ojka arquejou e caiu de joelhos conforme o gelo lhe atravessava a cabeça e percorria seu peito, espinhos congelados se expandindo através do músculo e da carne, dos ossos e da medula.

Frio. Mordendo e lacerando, depois desaparecendo.

Em seu encalço: nada.

Ojka dobrou-se sobre si mesma, os dedos apertando inutilmente a gargantilha de metal enquanto ela soltava um gemido animal. O mundo parecia errado — pálido, magro e vazio —, e ela se sentia separada dele, de si mesma, de seu rei.

Foi como ter um membro extirpado: nenhuma dor, mas todo o mal, um pedaço vital dela cortado tão rápido que ela podia sentir o espaço que ocupava, onde deveria estar. Então ela percebeu o que era. A perda de um sentido. Como visão, audição ou tato.

Magia.

Ela não podia mais sentir seu zumbido nem sua força. Havia estado em todos os lugares, uma presença constante desde seus ossos até o ar em torno de seu corpo, e, de maneira súbita e horrível... se fora.

As veias nas mãos dela começaram a clarear, indo do preto para um azul pálido, e no reflexo do piso de pedra polida ela viu o emblema escuro da marca do rei recuando por sua testa e bochechas, retirando-se até que nada restava além de uma mancha no centro de seus olhos amarelos.

Ojka sempre tivera um temperamento forte, que se incendiava rapidamente, e seu poder emergia com seu mau humor. Mas agora, conforme o pânico e o medo rasgavam seu corpo, nada se elevava para fazer frente a isso. Ela não conseguia parar de tremer, não conseguia se recuperar do choque, do terror e do medo. Ela estava fraca. Vazia. Carne, sangue e nada mais. E era *horrível*.

— Por favor — sussurrou ela para o chão da sala do trono enquanto Holland permanecia de pé ao lado dela, observando. — Por favor, meu rei. Eu sempre fui... leal. Eu sempre serei... leal. Por favor...

Holland ajoelhou-se diante dela e segurou seu queixo com a mão enluvada, guiando-a suavemente, pondo-a de pé. Ela podia ver a magia girando nos olhos dele, mas não podia senti-la em seu toque.

— Diga-me — pediu ele. — O que você está sentindo?

A palavra escapou de um tremor.

— Eu... eu não... sinto... coisa alguma.

O rei sorriu, sombrio.

— Por favor — sussurrou Ojka, odiando a palavra. — Você me escolheu...

O rei roçou o queixo dela com o polegar.

— Eu escolhi você — afirmou ele, seus dedos escorregando pela garganta dela. — E mantenho minha escolha.

Um instante depois, a gargantilha havia desaparecido.

Ojka arquejou, a magia flutuando de volta como o ar em suas veias famintas. Uma dor bem-vinda, resplandecente, vívida e cheia de vida. Ela inclinou a cabeça contra a pedra fria.

— Obrigada — sussurrou ela, observando a marca traçar seu caminho através de seu olho, por sua sobrancelha e seu rosto. — Obrigada.

Foram necessários vários segundos para que ela conseguisse ficar de pé, mas Ojka se forçou a se levantar enquanto Holland devolvia aquela gargantilha horrível à tigela de prata, as luvas derretendo de seus dedos e formando sombras ao redor do metal.

— Majestade — falou Ojka, odiando o tremor em sua voz. — Para quem é a gargantilha?

Holland levou os dedos até seu coração, sua expressão ininteligível.

— Um velho amigo.

Se isso é para um amigo, ela pensou, *o que Holland faz aos seus inimigos?*

— Vá — ordenou ele, voltando para seu trono. — Recupere sua força. Vai precisar dela.

NOVE

ROTA DE COLISÃO

I

No dia seguinte, quando Lila acordou, levou um segundo para se lembrar de onde estava e, acima de tudo, por que todo o seu corpo doía.

Ela se lembrava de ter se retirado para o quarto de Elsor na noite anterior e resistido ao desejo de cair na cama dele ainda completamente vestida. De alguma forma, ela havia voltado às suas próprias roupas, ao próprio quarto na Wandering Road, embora não se lembrasse muito do percurso. Agora já era o meio da manhã. Lila não conseguia se lembrar da última vez que dormira tanto ou tão pesado. O sono não deveria fazer a pessoa se sentir descansada? Ela sentia apenas uma grande exaustão.

Uma das botas de Lila estava presa em algo que ela descobriu ser a gata de Alucard. Lila não sabia como a criatura havia entrado no quarto dela, mas não se importava. E a gata também não pareceu se incomodar: mal se movera quando Lila libertara seu pé e se sentara.

Cada parte do corpo dela protestou contra o movimento.

Não era apenas o cansaço da disputa. Ela já havia estado em algumas brigas feias antes, mas nada a deixara assim. A única coisa que chegara perto disso foram as consequências do uso da pedra preta. O preço do uso do talismã fora sentir um vazio imenso e súbito, quando o de agora era sutil, porém profundo: prova de que a magia não era uma fonte inesgotável.

Lila se arrastou para fora da cama estreita e dura, gemendo de dor, agradecida pelo fato de o quarto estar vazio. Despiu-se de suas roupas com a maior cautela possível, assustando-se com os hematomas que começavam a aflorar nas suas costelas. A ideia de lutar novamente no dia de hoje a fez se encolher, e ainda assim uma parte dela estava empolgada com a possibilidade. Ela, contudo, precisava admitir que era uma parte muito pequena.

Perigosa.

Imprudente.

Insensata.

Louca.

As palavras começavam a parecer mais exultações do que crítica.

No andar de baixo, o salão principal estava quase vazio, mas ela avistou Alucard em uma mesa encostada à parede. Ela atravessou o cômodo, arrastando as botas até chegar a ele e afundar em uma cadeira.

Ele estava lendo um pedaço de papel e não levantou os olhos quando ela abaixou a cabeça sobre a mesa com um baque suave.

— Você não gosta muito das manhãs, não é?

Ela resmungou algo ofensivo. Ele serviu para ela uma xícara de um chá preto encorpado e forte, as especiarias ondulando através do vapor.

— Uma parte inútil do dia — respondeu ela, arrastando-se para se sentar ereta e pegar a xícara. — Não se pode dormir; não se pode roubar.

— Há *mais* coisas na vida.

— Como o quê?

— Como comer. Beber. Dançar. Você perdeu um baile e tanto ontem à noite.

Lila grunhiu ao pensar na festa. Era cedo demais para se imaginar como Stasion Elsor lutando na arena, que dirá no palácio.

— Eles celebram *todas* as noites?

— Acredite ou não, há quem venha para o torneio *apenas* para frequentar essas festas.

— Isso tudo não é cansativo? Toda essa... — Ela acenou com a mão, como se tudo pudesse ser resumido com um simples gesto.

Na verdade, Lila havia estado apenas em um baile em toda a sua vida, e aquela noite, que começara com uma máscara de demônio e um casaco novo glorioso, terminara com ambos recobertos com o sangue de um príncipe e vestígios poeirentos de uma rainha estrangeira.

Alucard deu de ombros e ofereceu a ela um tipo de doce.

— Posso pensar em formas menos prazerosas de se passar uma noite.

Ela pegou o naco de algo que lembrava pão e começou a mordicar um dos cantos.

— Vivo esquecendo que você faz parte daquele mundo.

O olhar dele ficou gelado.

— Não faço.

O café da manhã foi revigorante; a visão de Lila voltou a entrar em foco, e conforme isso acontecia, a atenção dela se voltou para o papel nas mãos dele. Era uma cópia da tabela de disputas, com os dezoito vitoriosos agora pareados em um conjunto de nove lutas inéditas. Ela estava tão cansada que sequer havia se dado ao trabalho de verificar.

— Como está o campo de batalha hoje?

— Bem, eu tenho o privilégio de enfrentar um dos meus amigos mais antigos, sem mencionar que ele é o melhor mago do vento que eu já conheci...

— Jinnar? — perguntou Lila, de repente interessada no assunto. Aquela seria uma partida e tanto.

Alucard concordou, sombrio.

— E você vai enfrentar... — Ele percorreu a página com o indicador. — ... Ver-as-Is.

— O que você sabe sobre ele? — indagou ela.

Alucard franziu o cenho.

— Desculpe, você me confundiu com um companheiro? Da última vez que verifiquei, estávamos em lados opostos do jogo.

— Vamos lá, capitão. Se eu morrer no torneio você terá que encontrar uma nova ladra.

As palavras saíram antes que Lila se lembrasse de que já havia perdido seu lugar na tripulação do *Night Spire*. Ela tentou de novo:

— Meus gracejos espirituosos e inteligentes são únicos. Você sabe que vai sentir falta deles quando eu for embora. — Novamente, foi a coisa errada a dizer, e um silêncio pesado se instalou. — Tudo bem — disse ela, exasperada. — Mais duas perguntas e mais duas respostas em troca de tudo o que você sabe.

Os lábios de Alucard se curvaram. Ele dobrou a lista e colocou-a de lado, entrelaçando os dedos com uma paciência exagerada.

— Quando foi a primeira vez que você veio à nossa Londres?

— Há quatro meses — respondeu ela. — Precisava de uma mudança de ares. — Ela queria parar ali, mas as palavras continuavam saindo. — Eu me vi no meio de algo que não esperava, porém, depois que tudo começou, quis ver no que ia dar. E então acabou, e eu estava aqui, e ganhei uma chance de recomeçar. Não é a qualquer passado que vale a pena se agarrar.

Isso angariou um olhar de interesse, e ela esperou que Alucard continuasse nessa linha de interrogatório, mas ele mudou de tática.

— Do que você estava fugindo na noite em que se juntou à minha tripulação?

Lila fechou a cara, direcionando sua visão para a xícara de chá preto.

— Quem disse que eu estava fugindo? — murmurou ela.

Alucard ergueu uma sobrancelha, paciente como um gato. Ela tomou um longo gole de chá escaldante, que desceu queimando todo o caminho por onde passou, antes de dizer:

— Então, todo mundo fala sobre o desconhecido como se fosse algo assustador, mas foi o *familiar* que sempre me incomodou. É algo pesado que cerca você como se fosse um muro de pedras, até que um dia você é surpreendido por estar dentro de um muro, de um teto e de uma prisão.

— Por isso você estava tão determinada a ocupar o lugar de Stasion? — perguntou ele friamente. — Porque minha companhia se tornou um fardo?

Lila deixou a xícara sobre a mesa, engolindo o desejo de se desculpar.

— Já gastou suas duas perguntas, capitão. Agora é minha vez.

Alucard pigarreou.

— Muito bem. Ver-as-Is. Obviamente é um faroense; e não é uma boa pessoa, pelo que ouvi dizer. Um mago de terra com um temperamento forte. Vocês dois devem se dar esplendidamente bem. É a segunda rodada, então você tem permissão para usar um segundo elemento, se for capaz.

Lila tamborilou com os dedos na mesa.

— Água.

— Fogo e água? É um par incomum. A maioria dos magos duplos escolhe elementos adjacentes. Fogo e água estão em lados opostos do espectro.

— O que posso dizer? Sempre fui contraditória. — Ela piscou seu olho bom. — E tive um professor tão bom...

— Bajuladora — murmurou ele.

— Cretino.

Ele levou a mão ao próprio peito, como se estivesse ofendido.

— Você vai competir esta tarde — falou ele, colocando-se de pé —, e eu competirei daqui a pouco. — Ele não pareceu animado.

— Está preocupado? — perguntou ela. — Com o seu jogo?

Alucard pegou sua xícara de chá.

— Jinnar é o melhor no que faz. Mas ele só faz uma coisa.

— E você é um homem de muitos talentos.

Alucard terminou sua bebida e colocou a xícara de volta sobre a mesa.

— Assim me disseram. — Ele vestiu seu casaco. — Vejo você do outro lado.

O estádio estava *lotado*.

O estandarte de Jinnar ondulava, o pôr do sol púrpura sobre um fundo cor de prata, e a prata de Alucard sobre o fundo azul-marinho.

Dois arnesianos.

Dois favoritos.

Dois amigos.

Rhy estava na tribuna real, mas Lila não viu sinal algum do rei nem da rainha, nem mesmo de Kell, embora tenha visto os irmãos de Alucard em uma varanda logo abaixo. Berras estava de cara fechada e carrancudo, enquanto Anisa aplaudia, torcia e tremulava a flâmula do irmão.

A arena era um borrão de movimento e luz, e toda a multidão prendia a respiração conforme os dois favoritos realizavam uma dança ao redor um do outro. Jinnar movia-se como o ar, e Alucard, como aço.

Lila mexia inquieta na pedra pálida, revirando a lembrança da Londres Branca entre os dedos enquanto observava, tentando acompanhar os movimentos dos competidores, decifrar as linhas de ataque, prever o que fariam e entender como fizeram o que fizeram.

Foi uma disputa acirrada.

Quando se tratava de vento, Jinnar era magnífico, mas Alucard tinha razão, esse era o único elemento dele. Podia transformá-lo em uma parede ou uma onda, usá-lo para cortar como uma faca, e com sua ajuda ele podia praticamente voar. Mas Alucard dominava terra e água, e tudo o que faziam entre eles: lâminas sólidas como metal, escudos de pedra e gelo e, no final, seus dois elementos triunfaram sobre o de Jinnar. Alucard venceu quebrando dez placas da armadura de Jinnar contra sete da sua.

O mago de olhos prateados se retirou com um sorriso visível através dos fios de metal de sua máscara. Alucard inclinou seu queixo escondido por escamas na direção da tribuna real e fez uma ampla mesura para o príncipe antes de desaparecer no corredor.

O público começou a se dispersar, porém Lila permaneceu. A caminhada até a arena havia relaxado seus membros, mas ela não queria se mover novamente, não até que precisasse fazê-lo. Então ficou para trás observando as multidões indo e vindo conforme alguns partiam para assistir a outras disputas e outros vinham prestigiar o próximo jogo que aconteceria nessa arena. Os estandartes azuis e prateados desapareceram, substituídos por um gato vermelho vivo que flutuava sobre um fundo dourado — o estandarte de Kisimyr — e um par de leões sobre o vermelho.

Kamerov.

Lila guardou o fragmento de pedra branca de volta no bolso e se acomodou na arquibancada. *Essa* disputa seria interessante.

Ela imaginou que o elemento de Kisimyr fosse o fogo, mas a campeã arnesiana entrou na arena devagar — espreitando, na verdade, sua juba de cabelos pretos saindo como cordas enroladas por baixo de sua máscara felina —, segurando esferas de água e terra.

Para o deleite da multidão, Kamerov apareceu com os mesmos orbes.

Seria um jogo equilibrado, pelo menos com relação aos elementos. Aquela nem era a luta de Lila, graças a Deus, mas ela sentiu o pulso acelerar em empolgação.

As esferas caíram, e a disputa subitamente começou.

Eles estavam realmente bem equilibrados, pois levou quase cinco minutos para que Kisimyr acertasse o primeiro golpe, que pegou de relance na coxa de Kamerov. Foram mais oito até que Kamerov acertasse o segundo.

Lila estreitou os olhos enquanto observava, descobrindo algo antes mesmo de saber o que era.

Kisimyr se movia de uma maneira elegante, mas também quase animalesca. Porém, Kamerov... havia algo *familiar* na forma fluida como ele lutava. Era gracioso, quase sem fazer esforço, os floreios conduzidos de uma maneira que parecia desnecessária. Antes do torneio, ela só tinha visto um punhado de brigas usando magia. Mas observá-lo ali, no chão da arena, era como um *déjà vu*.

Lila tamborilou com os dedos no parapeito e se inclinou para a frente.

Por que ele parecia tão familiar?

❧

Kell se abaixou, rolou e se esquivou, tentando acelerar sua velocidade para alcançar a de Kisimyr, algo difícil, porque ela era *rápida*. Mais rápida que seu primeiro adversário e mais forte do que qualquer um com quem já lutara, exceto Holland. A competidora o acompanhava movimento a movimento, ponto a ponto. Aquele primeiro golpe havia sido um erro. Desajeitado, desajeitado... Mas, santos, ele se sentira bem. Vivo.

Kell percebeu o esboço de um sorriso por trás da máscara de Kisimyr e, atrás da própria máscara, ele sorriu também.

Acima da mão direita dele, a terra pairava em um disco, ao passo que a água girava em torno de sua mão esquerda. Ele se contorceu ao deixar o abrigo de um pilar, mas ela já não estava mais lá. Estava atrás dele. Kell girou, atirando o disco. Lento demais. Os dois colidiram, atacaram e se separaram como se estivessem lutando com espadas em vez de usarem água e terra. Estocada. Evasão. Ataque.

Uma lança de terra endurecida passou a centímetros da bochecha blindada de Kell conforme ele rolava, se erguia em um joelho e atacava com os dois elementos simultaneamente.

Ambos acertaram o alvo, cegando-os na luz.

A multidão enlouqueceu, mas Kisimyr sequer hesitou.

Tingida de vermelho, a água da competidora estivera orbitando na forma de um cinturão. O ataque de Kell o aproximara desse círculo, e agora ela o empurrava com veemência contra uma parte dele, ao mesmo tempo que disparava sem quebrar o cinturão, congelando na forma de uma estaca gelada.

Kell saltou para trás, mas não rápido o suficiente. O gelo bateu em seu ombro, quebrando a placa e perfurando a carne por baixo dela.

A multidão perdeu o fôlego.

Kell sibilou de dor e pressionou a palma da mão contra a ferida. Quando afastou a mão de seu ombro, o sangue manchou seus dedos, vermelho como um rubi. A magia sussurrou através dele — *As Travars. As Orense. As Osaro. As Hasari. As Steno. As Staro* — e os seus lábios quase proferiram um feitiço, mas ele se conteve a tempo, enxugando o sangue na manga da camisa e atacando de novo.

Lila arregalou os olhos.

O restante da multidão tinha a atenção fixa em Kamerov, mas ela ergueu o olhar logo após o golpe e viu o príncipe Rhy na tribuna real, o rosto contorcido de dor. Ele a camuflou rapidamente e varreu a tensão de suas feições, mas os nós dos dedos dele continuaram agarrados ao balaústre, a cabeça inclinada. Então Lila enxergou e *compreendeu*. Ela estivera lá naquela noite, quando os príncipes se uniram, sangue a sangue, dor a dor, vida a vida.

A atenção dela se voltou bruscamente para a arena.

De repente, tudo ficou óbvio. A altura, a postura, os movimentos fluidos, a elegância incrível.

Ela abriu um sorriso feroz.

Kell.

Era ele. Tinha que ser. Ela conhecera Kamerov Loste durante a Noite dos Estandartes, marcara seus olhos cinzentos e seu sorriso de raposa. Mas também marcara sua altura, a maneira como se movia, e não havia dúvida, nenhuma dúvida em sua mente: o homem na arena não era o mesmo que lhe desejara boa sorte no Rose Hall.

Era o homem ao lado de quem lutara em três Londres diferentes. Aquele a quem ela havia roubado, ameaçado e salvado. Era Kell.

— Por que você está sorrindo? — perguntou Tieren, aparecendo ao lado dela.

— Apenas apreciando o jogo — respondeu Lila.

O *Aven Essen* emitiu um pequeno zumbido de incredulidade.

— Responda uma coisa — acrescentou ela, mantendo os olhos fixos na luta. — O senhor pelo menos tentou dissuadi-lo desta loucura? Ou simplesmente planeja fingir ignorância com relação a ele, também?

Houve uma pausa, e, quando Tieren respondeu, sua voz era serena.

— Eu não sei do que você está falando.

— É claro que não, *Aven Essen*. — Ela se virou para ele. — Aposto que se o Kamerov lá embaixo precisasse tirar o capacete, ele se pareceria com o homem que se apresentou na Noite dos Estandartes, não com certo jovem com um olho...

— Esse tipo de conversa me faz desejar ter entregado você — falou o sacerdote, interrompendo-a. — Rumores são coisas perigosas, *Stasion*, especialmente quando partem de alguém culpado de seus próprios crimes. Então eu vou perguntar de novo — disse ele. — Por que você está sorrindo?

Lila olhou firme nos olhos dele, com uma expressão dura.

— Nada — respondeu ela, voltando a observar a luta. — Nada mesmo.

II

No final, Kamerov vencera.

Kell vencera.

Fora uma disputa surpreendentemente acirrada entre a campeã atual e o chamado cavaleiro prateado. A multidão pareceria tonta de tanto prender a respiração, e a arena se transformara em uma bagunça de pedras quebradas e gelo preto, metade dos obstáculos rachados, lascados ou arruinados.

O jeito como ele se movera, como lutara. Mesmo no curto espaço de tempo que passaram juntos, Lila nunca o vira lutar assim. Um único ponto, ele havia vencido por um mísero ponto, destronando a campeã, e tudo no que ela conseguira pensar fora: *Ele está se controlando.*

Mesmo aqui ele está se controlando.

— Stasion! Stasion!

Lila arrastou os pensamentos para longe de Kell; ela tinha as próprias questões, e eram mais urgentes.

Sua segunda disputa estava prestes a começar.

Ela se via de pé no meio da arena oeste, e as arquibancadas eram um mar de prata e preto. O verde pálido do estandarte faroense era visto apenas aqui e ali.

De frente para ela estava o homem em pessoa, Ver-as-Is, com um orbe de terra tingida em cada mão. Lila observou o mago. Ele era ágil; os membros longos e delgados, exibindo os músculos; a pele negra, e os olhos de um verde incrivelmente pálido, igual ao da sua flâmula. Incrustados nas profundezas do rosto dele, os olhos pareciam brilhar. Mas foi o *ouro* que mais atraiu a atenção dela.

A maioria dos faroenses que ela já vira usava pedras preciosas na pele, mas Ver-as-Is usava ouro. Por baixo de sua máscara, que ocultava apenas a metade superior de sua cabeça, contas do metal precioso traçavam as linhas do rosto e da garganta, formando um revestimento esquelético.

Lila se perguntou se isso era algum símbolo de *status*, uma demonstração de riqueza.

Mas ostentar a riqueza era apenas *pedir* para ser roubado, e ela se perguntou o quão difícil seria remover aquelas contas.

Como se mantinham no lugar? Cola? Magia? Não, ela notou que os enfeites de Ver-as-Is não estavam presos no lugar, não exatamente. Eles haviam sido enterrados, cada um deles incrustado na pele. Algo que havia sido feito com muita perícia, pois a carne em torno das contas quase não estava elevada, criando a ilusão de que o metal tinha crescido diretamente de seu rosto. Mas ela podia ver os vestígios fracos das cicatrizes, no local em que a pele e o objeto estranho se encontravam.

Isso certamente dificultaria o roubo.

Sem falar na lambança.

— *Astal* — avisou o juiz, vestido de branco e dourado. *Preparar*.

A multidão ficou em silêncio, prendendo a respiração.

O faroense ergueu seus orbes, esperando que ela fizesse o mesmo.

Lila levantou suas esferas — fogo e água —, proferiu uma oração rápida e as soltou.

Alucard pegou o decantador sobre a mesa e encheu dois copos.

O copo de Lila estava no meio do caminho para os lábios dela quando ele disse:

— *Eu não beberia isso se fosse você.*

Ela parou e examinou o conteúdo.

— O que é isso?

— Vinho da região do Avise... pelo menos a maior parte.

— A maior parte – ecoou Lila. Ela apertou os olhos e conseguiu ver partículas de algo girando no líquido. — O que você colocou nele?

— Areia vermelha.

— Suponho que tenha contaminado minha bebida favorita por um motivo?

— De fato.

Ele colocou o próprio copo de volta na mesa.

— Hoje você vai aprender a controlar dois elementos simultaneamente.

— Não acredito que você arruinou uma garrafa de vinho do Avise.

— Eu disse a você que a magia era uma conversa...

— Você também disse que era um oceano — retrucou Lila. — E uma porta, e acho que uma vez você a comparou a um gato...

— Bem, esta noite estamos chamando a magia de conversa. Estamos simplesmente adicionando outro participante. O mesmo poder, falas diferentes.

— Nunca consegui dar tapinhas em minha cabeça e esfregar minha barriga ao mesmo tempo.

— Então isso vai ser interessante.

Lila arquejou, buscando ar.

Ver-as-Is andava em círculos em volta dela, e seu corpo gritou, ainda dolorido do dia anterior. Mesmo cansada como estava, podia sentir a magia ali, sob sua pele, pulsando para sair.

Estavam empatados, seis a seis.

O suor escorreu por seus olhos quando ela se agachou, esquivou, saltou, golpeou. Um golpe de sorte levou a placa do bíceps do faroense. Sete a seis.

A água rodopiou diante dela como um escudo, transformando-se em gelo todas as vezes que Ver-as-Is atacava. O gelo se estilhaçava sob os golpes dele, mas era melhor acontecer com o gelo do que com suas preciosas placas.

O ardil não funcionou por muito tempo. Depois do segundo bloqueio, ele percebeu o que estava acontecendo e atacou duas vezes, consecutivamente. Lila perdeu mais duas placas em questão de segundos. Sete a oito.

Ela podia sentir sua força se esvaindo, e o faroense só parecia ficar mais forte. Mais rápido.

Fogo e água estavam provando ser uma escolha inútil. Não podiam se tocar. A cada vez que o faziam, anulavam-se, transformando-se em vapor ou fumaça...

E isso deu a ela uma ideia.

Ela se dirigiu para a rocha mais próxima, que era baixa o suficiente para ser escalada, e uniu as duas forças em suas mãos. Uma fumaça branca emergiu, enchendo a arena, e, sob essa cobertura, ela se virou e saltou sobre a rocha. De cima, ela podia ver o redemoinho de ar feito por Ver-as-Is enquanto ele se virava, tentando encontrá-la. Lila se concentrou e o vapor se separou; a água tornou-se névoa e depois gelo, congelando-se ao redor dele, enquanto seu fogo subiu pelo ar e depois despencou como chuva. Ver-as-Is transformou sua terra em um escudo abaulado, mas não antes que ela quebrasse duas placas dele. Nove a oito.

Antes que ela pudesse saborear a vantagem, uma estaca de terra voou pelo ar na direção dela, que pulou da pedra, de costas.

E direto para uma armadilha.

Ver-as-Is estava ali, dentro da área de defesa dela, arremessando quatro lanças de terra em sua direção. Não havia como evitar os ataques, nem *tempo*. Ela ia perder, mas não se tratava apenas do jogo, não naquele momento, porque aquelas lanças eram afiadas, tão afiadas quanto o gelo que tinha perfurado o ombro de Kell.

O pânico a percorreu, como tantas vezes havia acontecido quando uma faca se aproximara demais, e ela sentiu a balança se desequilibrar, sentiu o beijo do perigo, o toque da morte.

Não. Algo emergiu de dentro dela, algo simples e instintivo, e naquele momento o mundo inteiro *desacelerou.*

Era magia, tinha que ser, mas era diferente de tudo que ela já havia feito. Por um instante, o espaço dentro da arena pareceu *mudar*, diminuindo a pulsação e prolongando as frações de cada segundo, esticando o momento. Não muito, apenas por tempo suficiente para ela se esquivar, rolar e atacar. Uma das lanças de Ver-as-Is ainda lhe arranhou o braço, quebrando uma placa e derramando sangue, mas não importava, porque o corpo de Ver-as-Is demorou um instante — o mesmo instante roubado — a mais para se mover. O gelo dela atingiu a lateral do corpo dele, quebrando sua última placa.

E, da mesma forma que se abriu, o instante prolongado se fechou e tudo voltou ao normal. Ela não havia notado o silêncio impossível daquele segundo suspenso até que ele desabou. Em seu encalço, o mundo era um caos. Seu braço formigava, e a multidão explodira em vivas, porém Lila não conseguia parar de encarar Ver-as-Is, que estava olhando para si mesmo, como se seu próprio corpo o tivesse traído. Como se ele soubesse que o que acabara de acontecer não era possível.

Mas, se Lila quebrara as regras, ninguém mais pareceu notar. Nem o juiz, nem o rei, nem as arquibancadas em festa.

— A vitória é de Stasion Elsor — anunciou o homem de branco e dourado.

Ver-as-Is olhou furioso para ela, mas não pediu uma falta. Em vez disso, virou-se e saiu intempestivamente. Lila o observou ir embora. Ela sentiu algo úmido em seus lábios e sentiu um gosto de cobre. Quando ela passou os dedos nas mandíbulas de sua máscara e tocou o nariz, eles voltaram tingidos de vermelho. Sua cabeça estava girando. Mas estava tudo bem; havia sido uma luta brutal.

E ela vencera.

Só não sabia como.

III

Rhy estava empoleirado na beira da cama de Kell, esfregando a clavícula enquanto Hastra tentava enfaixar o ombro do *Antari*. Estava melhorando, mas não rápido o suficiente para um baile.

— Aguente firme, irmão — provocou Kell. — Amanhã será pior.

Ele vencera. Havia sido um resultado apertado; não apenas porque ganhar de Kisimyr por mais que um fio de cabelo levantaria suspeitas. Não, ela era boa, excelente, talvez até a melhor. Mas Kell ainda não estava pronto para parar de lutar, ainda não estava pronto para desistir da liberdade e da emoção e voltar a ser um adorno em uma caixa. Kisimyr era forte, mas Kell estava desesperado, faminto, e havia marcado o décimo ponto.

Ele chegara aos nove finalistas.

Três grupos de três lutando uns contra os outros, um de cada vez, e apenas o competidor com a maior pontuação avançaria. Vencer não era o suficiente. Kell teria que ganhar por mais de um único ponto.

E estava sem sorte. Amanhã ele não teria apenas uma, mas duas lutas. Estava com pena do príncipe, mas não havia mais volta.

Kell havia contado a Rhy sobre o pedido do rei para que ele se mantivesse no palácio. Claro, tinha contado a ele *depois* de fugir para ir à disputa.

— Ele vai ter um ataque se descobrir — advertiu Rhy.

— O que não vai acontecer — falou Kell.

Rhy não pareceu convencido.

Mesmo com todas as suas empreitadas dissolutas, ele nunca havia sido bom em desobedecer ao pai. Até recentemente, Kell também não.

— Falando em amanhã — disse Rhy de seu lugar à beira da cama. — Você precisa começar a perder.

Kell ficou tenso, o que enviou uma pontada de dor por seu ombro.

— O quê? Por quê?

— Faz ideia do quanto foi difícil planejar isso tudo? E executar o plano? Honestamente, é um milagre que ainda não tenhamos sido descobertos...

Kell se levantou, testando o movimento do ombro.

— Bom, isso é que é um voto de confiança...

— E não vou deixar você colocar tudo a perder por *ganhar*.

— Não tenho a menor intenção de vencer o torneio. Ainda vamos para as nonas. — Kell sentiu que estava deixando algo passar. A expressão no rosto de Rhy confirmou sua desconfiança.

— Os trinta e seis escolhidos se tornam dezoito — disse Rhy, devagar. — Os dezoito melhores se tornam nove.

— Eu sei fazer as contas — falou Kell enquanto abotoava sua camisa.

— Os nove melhores se tornam três — continuou Rhy. — E o que acontece com esses três, sábio matemático Kell?

Kell franziu o cenho. Então a ficha caiu.

— Ah.

— Ah — arremedou Rhy, saltando da cama.

— A Cerimônia da Retirada das Máscaras — lembrou Kell.

— Exatamente — falou seu irmão.

O *Essen Tasch* possuía poucas regras quando se tratava do combate e ainda menos determinações com relação aos disfarces usados durante as lutas. Os competidores eram livres para manter seus personagens durante a maior parte do torneio, mas a Cerimônia da Retirada das Máscaras exigia que os três finalistas se revelassem às multidões e aos reis, removessem suas máscaras e não as utilizassem na partida final e na subsequente coroação.

Como muitos dos rituais do torneio, a origem da Cerimônia da Retirada das Máscaras estava desaparecendo da memória, mas Kell sabia que a história remontava aos primeiros dias da paz, quando um assassino tentara usar o torneio e o anonimato que ele oferecia para matar a família real de Faro. O assassino eliminou o mago vencedor, vestiu seu capacete e, quando os reis e rainhas dos três impérios o convidaram para receber o prêmio, ele atacou, matando a rainha faroense e ferindo gravemente um jovem nobre antes de ser contido. A frágil paz poderia ter sido quebrada naquele momento, porém ninguém estava disposto a reivindicar o assassino, que morreu antes de poder confessar. No final, a paz entre os reinos foi mantida, mas a Cerimônia da Retirada das Máscaras nasceu.

— Você *não pode* avançar além das nonas — falou Rhy, enfático.

Kell assentiu com o coração pesado.

— Anime-se, irmão — falou o príncipe, espetando o broche com o selo real sobre o peito dele. — Você ainda tem duas lutas para disputar. E, quem sabe, talvez alguém vença você de verdade.

Rhy se dirigiu para a porta, e Kell começou a andar atrás dele.

— Senhor — chamou Hastra. — Uma palavra, por favor.

Kell parou. Rhy se deteve na soleira da porta e olhou para trás.

— Você vem?

— Já encontro você.

— Se você não aparecer, estarei propenso a fazer algo estúpido, como me jogar nos braços de Aluc...

— Não vou faltar a esse baile idiota! — explodiu Kell.

Rhy deu uma piscadela e fechou a porta atrás de si.

Kell se virou para o guarda.

— O que foi, Hastra?

O guarda parecia extremamente nervoso.

— É só que... Quando você estava competindo, voltei para o palácio para verificar as coisas com Staff. O rei estava passando, parou e me perguntou como você passou o dia... — Hastra hesitou, deixando o óbvio não dito: o rei não teria perguntado uma coisa dessas se soubesse do esquema de Kell. O que significava que ele não sabia.

Kell ficou tenso.

— E o que você disse a ele? — perguntou, preparando-se.

Hastra olhou para o chão.

— Eu disse que o senhor não havia deixado o palácio.

— Você mentiu para o rei? — perguntou Kell num tom de voz deliberadamente calmo.

— Não foi uma mentira em si — respondeu Hastra devagar, erguendo os olhos. — Não exatamente.

— Como assim?

— Bom, eu disse a ele que *Kell* não havia deixado o palácio. Mas eu nada disse sobre *Kamerov*...

Kell encarou o jovem com espanto.

— Obrigado, Hastra. Rhy e eu não deveríamos ter colocado você nessa situação.

— Não — retrucou Hastra, com uma firmeza surpreendente, então acrescentou depressa —, mas eu entendo por que fizeram isso.

Os sinos começaram a soar. O baile havia começado. Kell sentiu uma dor aguda em seu ombro, e suspeitou fortemente que fosse Rhy insistindo.

— Bem — disse ele, dirigindo-se para a porta —, você não terá que mentir por muito tempo.

Naquela noite, Lila estava dividida sobre ir ao baile. Agora que ela sabia a verdade, queria ver o rosto de Kell sem a máscara, como se ela pudesse ver a fraude escrita nas linhas de sua expressão carrancuda.

Em vez disso, ela acabou vagando pelas docas, observando os navios subindo e descendo, escutando o murmúrio da água contra seus cascos. Sua máscara pendia da ponta de seus dedos, com as mandíbulas abertas.

O píer estava estranhamente vazio. A maioria dos marinheiros e dos trabalhadores portuários devia estar se aventurando nos bares e nas festas, ou pelo menos no Mercado Noturno. Os homens do mar, que amavam a terra mais do que qualquer um na costa, sabiam como aproveitar o melhor dela.

— Foi uma disputa e tanto hoje — soou uma voz. Um segundo depois Alucard apareceu, acompanhando o ritmo dos passos dela.

Lila pensou nas palavras que haviam trocado naquela manhã, na dor na voz dele quando perguntara a ela por que fizera isso, roubar a identidade de Elsor, colocar-se — colocar a *todos* — em risco. E ali estava de novo, aquele desejo traiçoeiro de pedir desculpas, de pedir seu lugar de volta no navio de Alucard, ou pelo menos nas boas graças dele.

— Está me seguindo de novo? — perguntou ela. — Você não devia estar comemorando?

Alucard inclinou a cabeça para trás.

— Não tive vontade de fazer isso hoje. Além disso — continuou ele, desviando o olhar para o chão —, eu queria ver o que você fazia que era tão melhor do que bailes.

— Você queria ter certeza de que eu não tinha me metido em encrenca.

— Não sou seu pai, Bard.

— Espero que não. Pais não devem tentar seduzir suas filhas para descobrir seus segredos.

Ele balançou a cabeça pesarosamente.

— Foi só *uma* vez.

— Quando eu era mais jovem — disse ela, divagando —, costumava percorrer as docas de Londres, da minha Londres, olhando para todos os navios que chegavam. Alguns dias, eu imaginava como seria o meu. Em outros, apenas tentava imaginar um que me levasse embora. — Alucard estava olhando fixamente para ela. — O quê?

— Essa foi a primeira vez que você me deu uma informação voluntariamente.

Lila abriu um sorriso torto.

— Não se acostume.

Eles caminharam em silêncio por um tempo, os bolsos de Lila tilintando. O Atol cintilava vermelho ao lado deles, e, ao longe, o palácio resplandecia.

Mas Alucard nunca fora bom com o silêncio.

— Então é isso que você faz em vez de dançar — falou ele. — Assombra as docas como um fantasma de marinheiro?

— Bem, só quando me canso de fazer *isso*. — Ela tirou a mão do bolso e a abriu, revelando uma coleção de joias, moedas, bugigangas.

Alucard sacudiu a cabeça, exasperado.

— Por quê?

Lila deu de ombros. Porque era familiar, ela poderia dizer, e era boa nisso. Além disso, o conteúdo dos bolsos das pessoas era muito mais interessante *nesta* Londres. Ela tinha encontrado uma pedra de sonho, um seixo de fogo e algo que parecia uma bússola, mas não era.

— Uma vez ladra, sempre ladra.

— O que é isso? — perguntou ele, colhendo o fragmento de pedra branca dentre o emaranhado de pedras preciosas roubadas.

Lila ficou tensa.

— Isso é meu — disse ela. — Uma lembrança.

Ele deu de ombros e deixou cair o fragmento de volta na pilha.

— Você vai acabar sendo apanhada.

— Então é melhor eu me divertir enquanto ainda posso — retrucou ela, guardando o lote de objetos. — E, quem sabe, talvez a coroa me perdoe também.

— Eu não esperaria por isso. — Alucard começou a esfregar os pulsos e, ao perceber, parou e alisou o casaco. — Bem, você pode se contentar com assombrar docas e roubar transeuntes, mas eu preferiria uma bebida quente e um pouco de refinamento, então... — Ele fez uma mesura. — Posso confiar que você ficará longe de encrencas pelo menos até amanhã?

Lila apenas sorriu.

— Vou tentar.

❧

No meio do caminho de volta à Wandering Road, Lila percebeu que estava sendo seguida.

Ela podia ouvir os passos deles, sentir o cheiro da magia no ar, sentir o coração acelerar daquela maneira familiar. Então, quando olhou para trás e viu alguém na rua estreita, não ficou surpresa.

Ela não fugiu.

Deveria ter fugido, deveria ter ido para uma rua principal quando percebeu a presença deles, deveria ter se colocado à vista em um local público. Em vez disso, Lila fez a única coisa que tinha prometido a Alucard que tentaria não fazer.

Ela se meteu em encrenca.

Quando chegou à curva seguinte da rua, um beco, ela entrou. Algo brilhava na extremidade mais distante, e Lila deu um passo na direção do brilho antes de perceber o que era.

Uma faca.

Ela girou e tentou sair do caminho quando a lâmina se aproximou dela. Lila era rápida, mas não o bastante, e a faca arranhou a lateral do seu corpo antes de bater no chão.

Lila pressionou a palma da mão em sua cintura.

O corte era superficial e mal estava sangrando, e quando ela ergueu o olhar novamente viu um homem, sua silhueta difusa pela escuridão. Lila se virou, mas a entrada do beco estava sendo bloqueada por outra figura.

Ela mudou de posição, tentando manter os olhos nos dois ao mesmo tempo. Conforme adentrava nas sombras mais profundas do muro do beco, no entanto, uma mão agarrou seu ombro, e ela saltou para a frente. Foi então que uma terceira figura saiu da escuridão.

Não havia para onde correr. Ela deu um passo na direção da silhueta que estava na entrada do beco, na esperança de que fosse um marinheiro bêbado ou um bandido.

E então ela viu o ouro.

Ver-as-Is não estava de capacete, e sem ele Lila podia ver o restante do padrão que tracejava por cima dos olhos e adentrava a linha do cabelo.

— Elsor — sibilou ele, o sotaque faroense transformando o nome em um som viperino.

Merda, pensou Lila. Mas tudo o que ela disse foi:

— Você de novo.

— Sua escória vigarista — continuou ele em um arnesiano confuso. — Não sei como você fez aquilo, mas eu vi. Eu *senti*. Não havia como você ter...

— Não fique magoado — interrompeu ela. — Foi apenas um jo...

Lila foi silenciada por um punho que atingiu seu flanco machucado, e ela dobrou o corpo, tossindo. O golpe não viera de Ver-as-Is, mas de um dos outros cujos rostos decorados com pedras preciosas estavam mascarados com tecidos escuros. Ela apertou com mais força a máscara de metal que estava em sua mão e golpeou a testa do homem mais próximo com o capacete. Ele gritou e cambaleou para trás, mas, antes que Lila pudesse atacar de novo, eles já estavam sobre ela, as seis mãos deles contra as duas dela, empurrando-a com força contra a parede do beco. Ela tropeçou quando alguém puxou seu braço, dobrando-o atrás das costas. Lila caiu de joelhos por instinto e rolou, jogando o homem sobre seu ombro. Mas, antes que ela pudesse se levantar, uma bota acertou seu queixo; a escuridão explodiu em fragmentos de luz e um braço envolveu sua garganta por trás, puxando-a para colocá-la de pé.

Ela se contorceu para tentar alcançar a faca que mantinha presa às costas, mas o homem pegou seu pulso e torceu-o violentamente.

Lila não tinha saída. Ela esperou pela onda de poder que sentira na arena, esperou que o mundo desacelerasse e sua força retornasse, mas nada aconteceu.

Então ela fez algo inesperado. Riu.

Ela não estava com vontade de rir — a dor rugia por seu ombro, e ela mal podia respirar —, mas o fez mesmo assim e foi recompensada pela confusão que se espalhou como uma mancha pelo rosto de Ver-as-Is.

— Você é patético — cuspiu ela. — Não conseguiu me vencer sozinho, então vem para cima de mim com três? Tudo o que faz é provar o quão fraco realmente é.

Lila buscou a magia, de fogo ou de terra, até mesmo de ossos, mas nada aconteceu. Sua cabeça latejou, e o sangue continuou a escorrer da ferida na lateral de seu corpo.

— Você acha que seu povo é o único que consegue encantar metal? — sibilou Ver-as-Is, aproximando a faca da garganta dela.

Lila encontrou o olhar dele.

— Você realmente vai me matar só porque perdeu uma disputa?

— Não — disse ele. — Olho por olho. Você trapaceou. Então eu também vou.

— Você já perdeu! — explodiu ela. — Qual é a porra do propósito disso aqui?

— Um país não é um homem, mas um homem é um país — falou ele, e então, para seus homens: — Livrem-se dele.

Os outros dois começaram a arrastá-la para as docas.

— Nem mesmo consegue fazer isso sozinho — escarneceu ela. Se o golpe o atingira, ele não demonstrara; apenas se virou e começou a se afastar.

— Ver-as-Is — chamou Lila. — Vou lhe dar uma opção.

— Ah, é? — Ele olhou para trás, os olhos verdes se arregalando com a graça que achou naquilo.

— Você pode me deixar ir embora agora e sair andando — falou ela, lentamente. — Ou irei matar todos vocês.

Ele sorriu.

— E, se eu te deixar ir, suponho que nos separaremos como amigos?

— Ah, não — disse ela, balançando a cabeça. — Eu vou matar *você* de qualquer forma. Mas, se seus homens me deixarem ir agora, eu não os matarei.

Por um momento, ela pensou ter sentido o braço em sua garganta afrouxar. Mas então ele voltou, duas vezes mais apertado. *Merda*, pensou ela, enquanto Ver-as-Is se aproximava, girando a faca na mão.

— Se palavras fossem armas... — divagou ele, baixando a lâmina. O cabo se chocou contra a têmpora dela, e tudo ficou escuro.

IV

Lila acordou como uma pessoa afogada rompendo a superfície da água.

Seus olhos se abriram, mas o mundo permaneceu na escuridão total. Ela abriu a boca para gritar e percebeu que já estava aberta, uma mordaça de pano abafando o som.

Uma dor latejante assolava a lateral de sua cabeça, ficando pior a cada movimento, e ela pensou que fosse vomitar. Tentou se sentar e, rapidamente, descobriu que não podia.

O pânico a inundou, a necessidade de vomitar repentinamente substituída pela necessidade de respirar. Ela estava em uma caixa. Uma caixa muito pequena.

Ficou parada e exalou, trêmula, quando a caixa não se deslocou ou balançou. Até onde ela podia dizer, ainda estava em terra. A menos, é claro, que estivesse *embaixo* dela.

De repente, o ar pareceu mais rarefeito.

Ela não sabia dizer se a caixa era *realmente* um caixão, porque não conseguia precisar as dimensões. Estava deitada de lado na escuridão. Tentou se mover novamente e entendeu por que não conseguia: suas mãos e pés tinham sido amarrados juntos, com os braços presos para trás. Seus pulsos doíam pela corda grossa que os apertava, os dedos dormentes, os nós tão apertados que sua pele já estava ficando em carne viva. A menor tentativa de se libertar causava um tremor vindo de uma dor aguda.

Vou matá-los, pensou. *Vou matar todos eles.* Ela não disse as palavras em voz alta porque a mordaça a impedia... E também porque não havia muito ar na caixa. Saber disso a deixou com vontade de inspirar bem fundo.

Fique calma.
Fique calma.
Fique calma.

Lila não se afligia por qualquer motivo, mas não gostava de espaços pequenos e escuros. Ela tentou encontrar alguma faca em seu corpo, mas elas haviam sumido. Sua coleção de bugigangas havia sumido. Seu fragmento de pedra havia sumido. A raiva queimou através de Lila como fogo.

Fogo.

Era disso que ela precisava. *O que poderia dar errado ao conjurar fogo em uma caixa de madeira?*, perguntou a si mesma, com sarcasmo. No pior cenário, ela simplesmente queimaria viva antes que pudesse escapar. Mas, se ela quisesse sair dali — e *queria*, mesmo que fosse apenas para matar Ver-as-Is e seus homens —, precisava se libertar da corda. E cordas queimavam.

Então Lila tentou invocar o fogo.

Tigre, tigre, brilho, brasa...

Nada. Nem mesmo uma faísca. Não podia ser o ferimento da faca; já havia secado, e o feitiço secara com ele. Era assim que funcionava. *Era* assim que funcionava? Ela achava que sim.

Pânico. Mais pânico. Pânico arrebatador.

Ela fechou os olhos, engoliu em seco e tentou novamente.

E de novo.

E de novo.

— Concentre-se — disse Alucard.

— Bem, na verdade, é um pouco difícil.

Lila estava de pé no meio da cabine dele, com os olhos vendados. A última vez que o vira, estivera sentado em sua cadeira, um tornozelo apoiado no joelho oposto, bebendo um licor escuro. Julgando pelo som de uma garrafa sendo erguida e de uma bebida sendo derramada, ele ainda estava ali.

— Olhos abertos, olhos fechados — falou ele —, não faz diferença.

Lila discordou com veemência. Com os olhos abertos ela conseguia conjurar fogo. Com os olhos fechados, bem, não conseguia. Além disso, ela se sentia uma completa idiota.

— Qual exatamente é o objetivo disso?

— O objetivo, Bard, é que a magia é um sentido.

— Como a visão — explodiu ela.

— Como a visão — disse Alucard. — Mas não a visão. Você não precisa vê-la. Apenas senti-la.

— Tato também é um sentido.

— Não seja irritante.

Lila sentiu Esa se enroscar em sua perna e resistiu à vontade de chutar a gata.

— Odeio isso.

Alucard a ignorou.

— A magia é tudo e nada. É visão, paladar, olfato, audição e tato. E também é algo completamente diferente. É o poder em todos os poderes e, ao mesmo tempo, é o seu próprio poder. Quando você aprender a sentir sua presença, nunca mais estará sem ela. Agora pare de choramingar e concentre-se.

Concentre-se, pensou Lila, lutando para manter a calma. Ela podia sentir a magia enrolada em seu pulso. Não precisava vê-la. Tudo que precisava fazer era alcançá-la.

Ela fechou os olhos bem apertados, tentando enganar sua mente para que pensasse que a escuridão era uma escolha. Ela era uma porta aberta. Estava no controle.

Queime, pensou ela, a palavra raspando como um fósforo dentro dela. Estalou os dedos e sentiu o calor familiar do fogo lambendo o ar sobre sua pele. A corda incandesceu, iluminando as dimensões da caixa — pequena, muito pequena, pequena demais —, e, quando ela virou a cabeça, um rosto macabro a encarou, mas se mostrou ser a máscara de demônio logo antes que Lila fosse invadida por uma dor abrasadora. Quando o fogo pairava acima de seus dedos, não machucava. Porém, agora, conforme lambia as cordas, ele *queimava*.

Ela mordeu o lábio para conter um grito enquanto as chamas queimavam seus pulsos antes de finalmente romper a corda. Assim que suas mãos ficaram livres, ela apagou o fogo, mergulhando de volta na escuridão. Lila puxou a mordaça da boca e sentou-se para alcançar seus tornozelos, batendo com a cabeça no topo da caixa e xingando com vontade quando caiu de volta para trás. Manobrando com cuidado, ela conseguiu alcançar as cordas em seus pés e desamarrá-los.

Com os membros livres, ela fez força contra a tampa da caixa. Nada aconteceu. Xingou e juntou as palmas das mãos, acendendo uma pequena chama entre elas. Àquela luz, ela pôde ver que a caixa não estava amarrada. Era um caixote de carga. E fora fechado com pregos. Lila apagou a luz e deixou sua cabeça dolorida repousar contra o fundo da caixa. Ela respirou fundo algumas vezes, para se acalmar — *emoção não é força*, disse a si mesma, recitando uma das muitas frases de efeito de Alucard —, então pressionou as palmas das mãos contra as paredes de madeira do caixote e *empurrou*.

Não com as mãos, mas com sua vontade. Comandou sua vontade contra a madeira, contra os pregos, contra o ar.

A caixa estremeceu.

E *explodiu*.

Os pregos de metal caíram soltos, as tábuas estalaram e o ar dentro da caixa empurrou tudo para *fora*. Lila cobriu a cabeça enquanto os restos da explosão caíam sobre ela, depois se pôs de pé, arfando por ar. A pele de seus pulsos estava irritada e ferida, suas mãos tremendo de dor e fúria enquanto ela lutava para se orientar.

Ela estivera errada. Estava em um porão de carga. De um navio. Mas, a julgar pela estabilidade da embarcação, ainda estava ancorada. Lila olhou para os vestígios da caixa. Não deixou de notar a ironia da situação: afinal, ela tentara fazer a mesma coisa com Stasion Elsor. Mas preferia acreditar que se ela realmente o tivesse colocado em um caixote, teria feito alguns buracos para o ar entrar.

Dos destroços, a máscara de diabo piscou para ela, que a recolheu, vestindo-a sobre a cabeça. Ela sabia onde Ver-as-Is estava hospedado. Tinha visto seu séquito na Sun Streak, uma taverna na mesma rua que a Wandering Road.

— Ei — gritou um homem, enquanto ela subia para o convés. — O que você pensa que está fazendo?

Lila não desacelerou. Atravessou rapidamente o navio e desceu a prancha até o píer, ignorando os gritos vindos do convés, ignorando o sol da manhã e o som distante de aplausos.

Lila havia advertido Ver-as-Is sobre o que aconteceria.

E ela era uma garota de palavra.

— Qual parte de *você precisa perder* você não entendeu?

Rhy estava andando de um lado para o outro na tenda de Kell, furioso.

— Você não deveria estar aqui — falou Kell, esfregando seu dolorido ombro.

Ele não tivera a intenção de ganhar. Só queria que fosse uma boa partida. Uma partida equilibrada. Não era culpa dele se "Rul, o Lobo" tinha tropeçado. Não era culpa dele que os nove melhores preferissem um combate corpo a corpo. Não era culpa dele se o veskano *claramente* se divertira demais na noite anterior. Havia visto o homem duelar, e ele fora brilhante. Por que não podia ter sido brilhante *hoje*?

Kell passou a mão pelos cabelos ensopados de suor. O capacete de prata estava jogado, posto de lado sobre as almofadas.

— Este não é o tipo de problema de que precisamos, Kell.

— Foi um acidente.

— Não quero ouvir.

Hastra estava de pé encostado na parede, com a expressão de quem queria desaparecer. Na arena central, ainda estavam gritando o nome de Kamerov.

— Olhe para mim — disse Rhy, puxando Kell pelo queixo para que seus olhos se encontrassem. — Você precisa começar a perder *agora*. — Ele voltou a perambular, sua voz baixa, embora tivesse mandado Hastra sair da tenda. — O jogo dos nove é um jogo de pontuação — prosseguiu. — A maior pontuação no seu grupo avança. Com sorte, um dos outros vai vencer a partida de lavada, mas, para sua informação, Kamerov vai *embora*.

— Se eu perder por muito, será suspeito.

— Então você precisa perder por pontos *suficientes* — disse Rhy. — A boa notícia é que vi seu próximo adversário na arena, e ele é bom o bastante para vencê-lo. — O humor de Kell azedou. — Está bem — corrigiu Rhy —, ele é bom o bastante para vencer *Kamerov*. E é exatamente o que ele vai fazer.

Kell suspirou.

— Quem irei enfrentar?

Rhy finalmente parou de perambular.

— Seu nome é Stasion Elsor. E, com sorte, ele vai trucidar você.

Lila trancou a porta atrás de si.

Encontrou suas facas em uma bolsa ao pé da cama, junto com as bugigangas e o fragmento de pedra. Os homens ainda estavam dormindo. Pelo que parecia — as garrafas vazias, os lençóis emaranhados —, eles tiveram uma noite agitada. Lila escolheu sua faca favorita, aquela com o soco-inglês como cabo, e se aproximou das camas, cantarolando baixinho.

Como se sabe quando o Sarows está chegando?
(Está chegando está chegando está chegando a bordo?)

Ela matou os dois companheiros de Ver-as-Is em suas camas, mas o próprio ela acordou, instantes antes de cortar sua garganta. Não queria que ele implorasse; queria somente que visse.

Uma coisa estranha acontecia quando os faroenses morriam. As pedras preciosas que demarcavam suas peles escuras perdiam o que as segurava e se soltavam. As contas de ouro despencaram do rosto de Ver-as-Is, batendo no chão como gotas de chuva. Lila pegou a maior e guardou-a como pagamento antes de ir embora. Voltou pelo caminho que tinha vindo com seu casaco apertado sobre o corpo e a cabeça baixa, pegando a máscara da lata de lixo em que ela a havia escondido. Seus pulsos ainda doíam e sua cabeça ainda latejava, mas ela se sentia muito melhor agora. E, conforme seguiu seu caminho em direção à Wandering Road, respirando o ar fresco e deixando a luz do sol acalmar sua pele, uma tranquilidade a invadiu: a calma que advinha de assumir o controle, de fazer uma ameaça e cumpri-la. Lila sentiu-se ela mesma novamente. Mas, debaixo de tudo isso havia uma pontada de inquietação, não de culpa ou arrependimento, mas a sensação irritante de que estava esquecendo alguma coisa.

Quando ela ouviu o soar das trombetas, caiu em si.

Esticou o pescoço, vasculhando o céu para encontrar o sol, e achou apenas nuvens. Mas ela sabia. Sabia que estava tarde. Sabia que *ela* estava atrasada. Seu estômago despencou como uma pedra, então ela enfiou o capacete na cabeça e *correu*.

Kell estava no centro da arena, esperando.

As trombetas soaram pela segunda vez. Ele ajeitou os ombros e se virou para o túnel oposto, esperando que seu adversário emergisse.

Mas ninguém apareceu.

O dia estava frio, e sua respiração se tornou fumaça na frente de sua máscara. Um minuto se passou, depois dois, e a atenção de Kell acabou se dirigindo para a tribuna real onde estava Rhy, que observava, esperava. Atrás dele havia um lorde Sol-in-Ar impassível, uma princesa Cora entediada, uma rainha Emira perdida em pensamentos.

A multidão estava ficando inquieta, sua atenção se dissipando.

A empolgação de Kell se transformou em tensão, nervosismo, hesitação.

Seu estandarte — os leões espelhados sobre o vermelho — tremulou acima do pódio e da multidão. A outra flâmula — facas cruzadas sobre o preto — estalava na brisa.

Mas Stasion Elsor não estava em lugar algum.

— Você perdeu a hora — falou Ister quando Lila entrou na tenda dos arnesianos.

— Eu sei — retrucou Lila.

— Você nunca vai...

— Apenas *me ajude*, sacerdotisa.

Ister enviou um mensageiro ao estádio e convocou mais dois ajudantes. Os três correram para vestir a armadura em Lila, uma confusão de tiras, acolchoamentos e placas.

Cristo. Ela sequer sabia com quem iria lutar.

— Isso é sangue? — perguntou um ajudante, apontando para a gola dela.

— Não é meu — murmurou Lila.

— O que aconteceu com seus pulsos? — perguntou o outro.

— Muitas perguntas, pouco trabalho.

Ister apareceu com uma grande bandeja, cuja superfície estava coberta de armas. Não, não armas, exatamente, apenas os punhos e cabos.

— Acho que falta alguma coisa.

— Esses jogos são dos nove — disse Ister. — Você tem que fazer o resto.

Ela pegou um cabo na bandeja e passou seus dedos ao redor dele. Os lábios da sacerdotisa começaram a se mover, e Lila observou uma rajada de vento se agitar e girar ao redor e acima do cabo até formar uma espécie de lâmina.

Lila arregalou os olhos. As duas primeiras rodadas haviam sido travadas a distância, ataques lançados pela arena como explosivos. Mas essas armas significavam combate corpo a corpo, e esse tipo de enfrentamento era a especialidade dela. Lila pegou dois cabos na bandeja e guardou-os sob as placas em seus antebraços.

— *Fal chas* — disse Ister, pouco antes de as trombetas tocarem em alerta. Lila apertou a mandíbula do demônio e saiu, as últimas fivelas de sua máscara ainda flutuando soltas atrás dela.

Kell inclinou a cabeça na direção de Rhy, perguntando-se o que o príncipe faria. Se Elsor não aparecesse, perderia. Se ele perdesse, Kell teria os pontos para avançar. Kell *não podia* avançar. Ele viu a dúvida se espalhar pelo rosto de Rhy, então o rei sussurrou algo em seu ouvido. O príncipe pareceu ficar mais pálido quando ergueu o círculo de ouro até a boca, pronto para decretar o fim da disputa. Mas, antes que pudesse falar, um assistente apareceu no canto da tribuna e falou rapidamente. Rhy hesitou, e, então, misericordiosamente, as trombetas soaram.

Instantes depois, Stasion entrou correndo no estádio, parecendo... desgrenhado. Mas, quando viu Kell, abriu um sorriso, seus dentes brilhando brancos atrás da máscara de diabo. Não havia calor naquele olhar. Era um sorriso de predador.

As multidões explodiram em aplausos excitados conforme Kamerov Loste e Stasion Elsor ocupavam seus lugares no centro da arena.

Kell olhou através de seu visor para a máscara de Elsor. De perto, era algo saído de um pesadelo.

— *Tas renar* — falou Kell. *Você está atrasado.*

— Vale a pena esperar por mim — respondeu Stasion.

Sua voz pegou Kell de surpresa. Rouca, suave e afiada como uma faca. E, ainda, inegavelmente feminina.

Ele conhecia aquela voz.

Lila.

Mas não era Lila. *Não podia* ser Lila. Ela era humana, uma habitante da Londres Cinza. Sim, era uma habitante da Londres Cinza diferente de qualquer outro, mas ainda assim era uma habitante da Londres Cinza. Ela não sabia como fazer magia e definitivamente nunca seria louca o suficiente para entrar no *Essen Tasch*.

No mesmo momento que o pensamento percorreu sua cabeça, o argumento de Kell desmoronou. Porque, se alguém era teimosa o suficiente para fazer algo tão estúpido, tão imprudente, tão suicida, era a garota que tinha afanado seu bolso naquela noite na Londres Cinza. Que o seguira através de uma porta entre mundos — uma porta à qual ela nunca deveria ter sobrevivido —, que enfrentara a pedra preta, a realeza branca e a própria morte com um sorriso mordaz.

O mesmo sorriso afiado que agora cintilava entre os lábios da máscara de demônio.

— *Espere* — disse Kell.

A palavra foi um sussurro, mas era tarde demais. O juiz já tinha decretado a partida e Lila havia soltado suas esferas. Kell deixou cair as suas um instante depois, mas ela já estava atacando.

Kell hesitou, mas ela não. Ele ainda estava tentando processar a presença dela quando ela congelou o chão sob os pés dele, e então o golpeou de perto com um punhal feito de chamas. Kell se afastou, mas não o suficiente. Um momento depois ele estava caído de costas, a luz estourando a placa de seu abdômen e Lila Bard ajoelhando-se sobre ele.

Ele olhou para seus olhos castanhos de tons diferentes.

Será que ela sabia que era ele por trás da máscara prateada?

— Olá — disse ela, e, com essa única palavra, ele soube que sim.

Antes que pudesse dizer qualquer coisa, Lila se afastou novamente. Kell rolou rapidamente para trás, alavancando-se em um agachamento de combate.

Ela agora brandia duas facas — *claro* que ela havia escolhido lâminas: uma feita de fogo, outra, de gelo — e as estava girando casualmente. Kell não escolhera nada. (Era um movimento corajoso, algo que Kamerov faria, destinado a derrubá-lo. Mas não tão rápido.) Ele retorceu a água em um chicote e bateu, mas Lila rolou para fora do alcance e atirou sua lâmina de gelo. Kell se esquivou, e nesse momento de distração da parte dele, Lila tentou atacar de novo, mas desta vez a terra de Kell segurou a bota dela e seu chicote atacou. Lila pegou sua lâmina de fogo para bloquear o golpe; o chicote de água se partiu ao redor da lâmina, mas o final do chicote conseguiu encontrar o antebraço dela, quebrando uma placa.

Lila ainda estava presa no chão, mas sorria, e um instante depois sua lâmina de gelo atingiu Kell pela retaguarda. Ele cambaleou para a frente enquanto uma segunda placa se quebrava, perdendo o controle da terra que segurava o pé dela.

E então a luta começou para valer.

Eles duelaram, um borrão de elementos e membros, pontos marcados apenas por clarões de luz. Eles se encontravam e se separavam, desafiando-se golpe a golpe.

— Você ficou maluca? — rosnou ele quando seus elementos se chocaram.

— É bom ver você também — retrucou ela, agachando-se e girando atrás dele.

— Você tem que parar — ordenou ele, esquivando-se de uma bola de fogo por um triz.

— Você primeiro — ralhou ela, mergulhando atrás de uma coluna.

A água talhava, o fogo queimava e a terra retumbava.

— Isso é loucura.

— Não sou a única disfarçada aqui.

Lila se aproximou, e ele pensou que ela fosse atacar, mas no último segundo ela mudou de ideia, tocando a lâmina de fogo em sua palma vazia e empurrando.

Por um instante, o ar ao redor deles vacilou. Kell viu a dor passando pelo rosto de Lila, atrás da máscara, mas então uma parede de fogo *irrompeu* na direção dele, e tudo o que ele pôde fazer foi transformar a água em uma onda sobre a própria cabeça. Nuvens de vapor se formaram quando os dois elementos colidiram. Então Lila fez algo completamente inesperado. Ela estendeu a mão e congelou a água sobre a cabeça de Kell. A água *dele*.

O público perdeu o fôlego e Kell xingou quando a folha de gelo rachou, se estilhaçou e caiu sobre ele. Não era contra as regras, uma vez que ambos haviam escolhido água, mas era uma coisa rara, reivindicar o elemento do seu adversário para si mesmo e dominá-lo.

Uma coisa ainda mais rara era ser subjugado.

Kell poderia ter escapado, poderia ter prolongado a luta por mais um minuto, talvez por dois. Mas ele precisava perder. Então manteve sua posição e deixou o teto de gelo cair, quebrando as placas sobre seus ombros e costas e emitindo clarões de luz.

E assim, sem mais nem menos, estava tudo acabado.

Delilah Bard vencera.

Ela parou ao lado dele e lhe ofereceu a mão.

— Bela partida, *mas vares* — sussurrou ela.

Kell ficou ali parado, aturdido. Ele sabia que deveria se curvar a ela, à multidão, e sair, mas seus pés não se moviam. Ele observou enquanto Lila meneava sua máscara para as arquibancadas e para o rei, então a assistiu lhe lançar um último sorriso diabólico e se afastar. Kell prestou uma reverência apressada à tribuna real e correu atrás dela, saindo do estádio e entrando nas tendas, abrindo a cortina marcada pelas duas lâminas cruzadas.

Uma assistente esperava, a única figura na tenda vazia.

— Onde ela está? — perguntou ele, mesmo já sabendo a resposta.

A máscara de demônio estava sobre as almofadas, descartada com o resto da armadura. Lila já havia ido embora.

V

Lila se recostou na porta do quarto de Elsor, lutando para respirar.

Ela pegara Kell desprevenido, tinha certeza, e agora ele sabia. Sabia que ela chegara a Londres dias antes, sabia que estivera lá, perto dele, no torneio. Seu coração martelava no peito. Ela se sentia como um gato que finalmente pegara seu rato e depois o deixara fugir. Por enquanto.

A adrenalina começou a baixar, e, sua pulsação, a se acalmar. Sua cabeça latejava, e, quando ela engoliu em seco, sentiu gosto de sangue. Esperou que a onda de tontura passasse e, quando isso não aconteceu, deixou o corpo afundar no chão de madeira, com a voz de Kell ressoando em seus ouvidos.

Aquele tom de voz familiar e exasperado.

Isso é loucura.

Aquele ar de superioridade, como se não estivessem *ambos* infringindo todas as regras. Como se ele não estivesse interpretando um papel, exatamente como ela.

Você tem que parar.

Ela podia imaginar a carranca dele por trás daquela máscara de prata, o vinco se aprofundando entre aqueles olhos de duas cores.

O que ele faria agora?

O que *ela* faria?

O que quer que acontecesse, valia a pena.

Lila ficou de joelhos, franzindo o cenho quando uma gota de sangue atingiu o chão de madeira. Ela tocou seu nariz, depois enxugou a mancha vermelha com a manga da camisa e se levantou.

Começou a tirar as roupas de Elsor, arruinadas pelo ataque de Ver-as-Is e pela disputa subsequente. Lentamente, ela se desfez das armas e dos tecidos, depois olhou para si mesma no espelho, semivestida. Seu corpo era uma teia de novos hematomas e velhas cicatrizes.

Um fogo queimava fraco na lareira, e havia uma bacia de água fria sobre a cômoda. Lila levou algum tempo para se limpar, secar e aquecer, lavando a graxa que escurecia seus cabelos e o sangue que manchava sua pele.

Ela olhou ao redor do quarto, tentando decidir o que vestir.

Então teve uma ideia.

Uma ideia nova e perigosa, que era, naturalmente, o seu tipo favorito.

Talvez seja hora, pensou, *de ir a um baile.*

— Rhy! — gritou Kell, e a multidão se abriu. Ele havia guardado o capacete e trocado o casaco, mas seu cabelo ainda estava suado, e ele, sem fôlego.

— O que você está fazendo aqui? — perguntou o príncipe.

Ele estava caminhando de volta ao palácio, cercado por uma comitiva de guardas.

— Era ela! — sibilou Kell, entrando no ritmo dos passos do irmão.

Ao redor deles, as pessoas aplaudiam e acenavam, esperando ganhar um olhar ou sorriso do príncipe.

— Quem era ela? — perguntou Rhy, agradando a multidão.

— Stasion Elsor — sussurrou ele. — Era *Lila*.

Rhy franziu o cenho.

— Eu sei que foi um dia longo — disse Rhy, batendo de leve no ombro de Kell —, mas obviamente...

— Sei o que vi, Rhy. Ela falou comigo.

Rhy balançou a cabeça, o sorriso ainda fixado na boca.

— Isso não faz sentido. Tieren selecionou os jogadores há semanas.

Kell olhou em volta, mas Tieren estava convenientemente ausente.

— Bem, ele não me selecionou.

— Não, mas *eu* fiz isso. — Eles alcançaram os degraus do palácio, e a multidão ficou para trás conforme subiam.

— Não sei o que dizer. Não sei se ela *é* Elsor ou se está apenas se passando por ele, mas a pessoa com quem acabei de lutar lá atrás não era um mago vindo da área rural. Aquela era Delilah Bard.

— Foi por isso que você perdeu tão facilmente? — perguntou o príncipe quando chegaram ao topo dos degraus.

— Você me disse para perder! — gritou Kell enquanto os guardas abriam as portas. Suas palavras ecoaram pelo silencioso saguão de entrada, e o estômago de Kell se revirou quando olhou para cima e viu o rei de pé no centro do cômodo.

Maxim olhou para Kell e disse:

— Lá em cima. *Agora*.

Quando entraram no quarto, o rei continuou.

— Pensei que tivesse sido claro.

Kell estava sentado em sua poltrona ao lado da varanda, ouvindo um sermão como se fosse uma criança, enquanto Hastra e Staff permaneciam em silêncio. Rhy fora proibido de entrar e estava dando um chilique no corredor.

— Eu não ordenei que ficasse dentro das paredes do palácio? — perguntou Maxim, com a voz cheia de condescendência.

— Ordenou, mas...

— Você é surdo aos meus comandos?

— Não, senhor.

— Bem, obviamente não fui claro o suficiente quando pedi como seu pai, então agora eu ordeno como seu rei. Você está *confinado* ao palácio até segunda ordem.

Kell se endireitou.

— Isso não é *justo*.

— Não seja infantil, Kell. Eu não teria pedido se não fosse para seu próprio bem. — Kell escarneceu e os olhos do rei escureceram. — Está fazendo pouco caso do meu comando?

Kell se acalmou.

— Não. Mas nós dois sabemos que isso não tem a ver com o que é bom para *mim*.

— Você tem razão. Tem a ver com o que é bom para o nosso reino. E se você é leal a esta coroa e a esta família, ficará confinado a este palácio até o torneio terminar. Estamos resolvidos?

Kell sentiu um aperto no peito.

— Sim, senhor — disse ele, sua voz menos que um sussurro.

O rei virou para Staff e Hastra.

— Se ele sair desse palácio de novo, ambos enfrentarão acusações, entendido?

— Sim, Majestade — responderam eles.

Com isso, o rei saiu intempestivamente.

Kell colocou a cabeça entre as mãos, respirou fundo e então jogou no chão tudo que havia na mesinha diante dele, espalhando livros e estilhaçando uma garrafa de vinho do Avise no chão intrincado.

— Que desperdício — murmurou Rhy, atirando-se na cadeira oposta.

Kell afundou na sua poltrona e fechou os olhos.

— Ei, não é tão ruim — insistiu Rhy. — Pelo menos você já está fora da competição.

Isso deprimiu ainda mais o espírito de Kell. Seus dedos se dirigiram para os amuletos ao redor do pescoço, enquanto ele lutava para suprimir o impulso de *ir embora*. *Fugir*. Mas ele não podia, porque a despeito do que o rei pensava, Kell *era* leal à sua coroa, à sua família. A *Rhy*.

O príncipe se inclinou para a frente, aparentemente alheio à tempestade na cabeça de Kell.

— Então — disse ele —, o que devemos vestir para a festa?

— Para o inferno com essa festa — resmungou Kell.

— Vamos lá, Kell, a festa não fez nada a você. Além disso, e se certa jovem com uma inclinação para o *cross-dressing* decidir aparecer? Você não gostaria de perder isso.

Kell afastou a cabeça das almofadas.

— Ela não deveria estar competindo.

— Bem, ela chegou até aqui. Talvez você não esteja dando-lhe o devido crédito.

— Eu a deixei ganhar.

— E todos os outros fizeram o mesmo? — perguntou Rhy, divertindo-se. — E devo dizer que ela parecia muito segura de si.

Kell gemeu. Ela *estivera* mesmo. O que não fazia sentido. Mas, na verdade, nada sobre Lila fazia. Ele ficou de pé.

— Tudo bem.

— Esse é o espírito.

— Mas chega de vermelho e dourado — decretou ele, virando o casaco. — Hoje vou usar preto.

Calla estava cantarolando e colocando alfinetes na bainha de uma saia quando Lila entrou.

— Lila! — disse ela, alegremente. — *Avan*. Em que posso ajudá-la esta noite? Um chapéu? Algumas algemas?

— Na realidade... — Lila passou a mão por uma arara de casacos, depois suspirou e apontou com a cabeça para os vestidos. — Preciso de um desses. — Ela sentiu um pequeno temor, olhando fixamente para as roupas bufantes e pouco práticas, porém Calla abriu um sorriso deliciado. — Não fique tão surpresa — disse ela. — É para o mestre Kell.

Isso só fez o sorriso da comerciante se alargar.

— Qual é a ocasião?

— Um baile do torneio.

Lila começou a pegar um dos vestidos, mas Calla bateu de leve nos dedos dela.

— Não — disse Calla com firmeza. — Preto, não. Se você vai fazer isso, vai fazer direito.

— O que há de errado com o preto? É a cor perfeita.

— Para se esconder. Para se misturar às sombras. Para invadir castelos. Não para bailes. Eu deixei você ir de preto ao último e isso me incomodou por todo o inverno.

— Se isso é verdade, você não tem coisas suficientes com que se preocupar.

Calla estalou a língua em um barulho de desaprovação e se voltou para a coleção de vestidos. O olhar de Lila passeou por eles, e ela se encolheu ao ver um com uma saia amarela com as mangas roxas e aveludadas. Eles pareciam frutas maduras, como sobremesas decadentes. Lila queria parecer poderosa, não *comestível*.

— Ah — disse Calla, e Lila se preparou para o que viria quando a mulher tirou um vestido da prateleira e o apresentou a ela. — Que tal este?

Não era preto, mas tampouco parecia saído de uma confeitaria. O vestido era verde-escuro e lembrava Lila dos bosques à noite, de lascas de luar atravessando as folhas.

A primeira vez que ela fugira de casa — se é que podia ser chamada assim —, tinha 10 anos. Fora até o parque St. James's e passara a noite inteira tremendo sobre uma árvore baixa, olhando para a lua através dos galhos e imaginando que estava em outro lugar. De manhã, ela se forçara a voltar e encontrara seu pai bêbado e desmaiado no quarto. Sequer se preocupara em procurá-la.

Calla tentou interpretar as sombras no rosto dela.

— Não gosta?

— É bonito — respondeu Lila. — Mas não me convém. — Ela lutou para encontrar as palavras. — Talvez servisse a quem já fui, mas não a quem sou agora.

Calla assentiu e guardou o vestido.

— Ah, aqui está. — Ela pegou outro vestido e puxou-o da arara. — E esse aqui?

O vestido era... difícil de descrever. Sua cor estava entre o azul e o cinza, e era cravejado de gotas de prata. Milhares delas. A luz dançou através do corpete e pelas saias, fazendo com que a coisa toda cintilasse sombriamente.

Lembrava-a do mar e do céu noturno. Lembrava facas afiadas, estrelas e liberdade.

— Esse — respirou Lila — é perfeito.

Ela não percebera o quão complicado era o vestido até tentar vesti-lo. Tinha parecido uma pilha de tecido bem-costurado jogado sobre o braço de Calla, mas na verdade era a geringonça mais complicada que Lila já havia visto.

Aparentemente, o estilo do inverno priorizava a estrutura. Centenas de prendedores, botões e fechos. Calla apertou, puxou e endireitou, e de alguma forma colocou o vestido no corpo de Lila.

— *Anesh* — disse Calla quando terminou.

Lila lançou um olhar cauteloso ao espelho, esperando ver-se no meio de um elaborado dispositivo de tortura. Em vez disso, seus olhos se arregalaram de surpresa.

O corpete transformara a silhueta estreita de Lila em algo com curvas, ainda que modestas. Deu a ela uma cintura. Não podia fazer muito a respeito dos seios, uma vez que Lila não era bem fornida nesse quesito, mas felizmente a tendência do inverno era enfatizar os ombros, não o busto. O vestido subia até o pescoço dela, terminando em uma gola que lembrava a Lila vagamente da mandíbula de seu capacete. Pensar na máscara de demônio lhe deu força.

E tudo isso era, na verdade, outro disfarce.

Para consternação de Calla, Lila insistiu em manter as calças justas sob as saias, assim como as botas, alegando que ninguém seria capaz de notar.

— Por favor, me diga que isso é mais fácil de tirar do que de vestir.

Calla levantou uma sobrancelha.

— Você acha que o mestre Kell não sabe como?

Lila sentiu as bochechas queimarem. Ela devia ter demovido a comerciante de sua suposição meses antes, mas essa suposição, de que Kell e Lila eram de alguma forma comprometidos ou pelo menos tinham um caso, era a razão pela qual Calla tinha concordado em ajudá-la, para começar. E, tirando a questão do orgulho, a mercadora era extremamente prestativa.

— Aqui está a abertura — mostrou, apontando dois pinos na base do espartilho.

Lila estendeu a mão, tateando pelos cordões do espartilho, perguntando a si mesma se poderia esconder uma de suas facas ali.

— Sente-se — insistiu a comerciante.

— Sinceramente, não sei se consigo.

A mulher fez um gesto de reprovação e acenou para um banquinho. Lila sentou-se nele.

— Não se preocupe. O vestido não vai quebrar.

— Não é com o vestido que estou preocupada — resmungou ela.

Não era de admirar que muitas das mulheres de quem ela roubara parecessem fatigadas. Elas obviamente não conseguiam respirar, e Lila estava bastante certa de que seus espartilhos não estavam tão apertados quanto este.

Pelo amor de Deus, pensou Lila. *Estou dentro de um vestido há cinco minutos e já estou choramingando.*

— Feche os olhos.

Lila a encarou, cética.

— *Tac*, precisa confiar em mim.

Lila nunca fora boa em confiar em alguém, mas ela tinha chegado até ali, e, agora que já estava dentro do vestido, iria até o fim. Então fechou os olhos e deixou que a mulher passasse algo em suas pálpebras e também em seus lábios.

Lila manteve os olhos fechados ao sentir uma escova percorrendo seus cabelos, e dedos por entre os fios.

Calla cantarolava enquanto trabalhava, e Lila sentiu algo dentro de si afundar, entristecer. Sua mãe estava morta havia muito tempo, tanto tempo que ela mal conseguia se lembrar da sensação de suas mãos alisando seu cabelo, do som da voz dela.

Tigre, tigre, brilho, brasa.

Lila sentiu as palmas das mãos começarem a arder e, com medo de incendiar acidentalmente o vestido, apertou-as juntas e abriu os olhos, concentrando-se no tapete da tenda e na sutil dor provocada por grampos que deslizavam em seu couro cabeludo.

Calla havia colocado um punhado de grampos no colo de Lila. Eram de prata polida, e ela os reconheceu da pequena caixa que trouxera para terra firme.

— Estes você traz de volta — pediu Calla quando terminou. — Gosto deles.

— Trarei tudo de volta — disse Lila, levantando-se. — Não terei uso para um vestido como este além desta noite.

— A maioria das mulheres acredita que um vestido só precisa cumprir seu papel por uma noite.

— Essas mulheres são um desperdício — falou Lila, esfregando os pulsos.

Eles ainda estavam bastante esfolados pelas cordas que os prenderam de manhã. Calla viu e nada disse, apenas colocou largas pulseiras de prata sobre ambos. *Manoplas*, pensou Lila, mesmo que a primeira palavra a vir-lhe à mente tivesse sido *correntes*.

— Um toque final.

— Ah, pelo amor de Deus, Calla — reclamou ela. — Eu acho que isso é mais que suficiente.

— Você é uma garota muito estranha, Lila.

— Fui criada muito longe daqui.

— Bem, isso explica um pouco.

— Um pouco do quê? — perguntou Lila.

Calla apontou para ela.

— E suponho que, onde você foi criada, mulheres se vestiam como homens e usavam armas como joias.

— ... eu sempre fui única.

— Certo. Não é de se admirar que você e Kell se atraiam. Ambos únicos. Ambos... um pouco... — De repente, convenientemente, o idioma pareceu falhar.

— Maus? — arriscou Lila.

Calla sorriu.

— Não, não, não maus. Resguardados. Mas, hoje à noite — falou ela, prendendo um véu bordado em prata no cabelo de Lila —, você vai baixar a guarda dele.

Lila sorriu, sem querer.

— Essa é a ideia.

VI

Londres Branca

A faca cintilou nas mãos de Ojka.

O rei estava ao lado dela, esperando.

— Está pronta?

Os dedos dela apertaram a lâmina conforme o medo zumbia através de seu corpo. Medo e poder. Ela havia sobrevivido à marca, à febre do sangue e mesmo àquela gargantilha. Sobreviveria a isso.

— *Kosa* — respondeu ela, praticamente em um suspiro. *Estou.*

— Bom.

Eles estavam de pé no pátio do castelo, com os portões fechados e apenas as estátuas dos gêmeos caídos como testemunhas enquanto o olhar do rei aquecia sua espinha e o vento de inverno mordia seu rosto. A vida estava voltando à cidade, colorindo-a como um hematoma, mas o frio tinha permanecido nas extremidades. Especialmente à noite. O sol era quente, e as coisas cresciam abaixo dele, mas, quando se punha, levava todo o calor com ele. O rei disse que isso era normal, que um mundo saudável tinha estações de calor e luz e outras de sombra.

Ojka estava pronta para o calor.

Fora a primeira coisa que ela sentira quando a febre do sangue chegara. Um calor glorioso. Ela tinha visto as cascas queimadas de seus predecessores fracassados, mas tinha acolhido o fogo.

Ela acreditara, então, no poder de Holland. E em seu próprio potencial.

Ela ainda acreditara, mesmo quando a gargantilha do rei se fechara em torno de sua garganta.

E agora ele estava pedindo que ela acreditasse novamente. Que acreditasse na magia dele. Na magia que ele lhe dera. Ela havia conjurado feitiços de sangue. Invocado gelo e fogo. Consertado algumas coisas e quebrado outras. Construído portas dentro de seu mundo. Isso não seria diferente. Ainda estava ao alcance dela.

Ela olhou para a faca, o punho na palma de uma das mãos, o fio pressionado na outra. Tinha suas ordens. E, no entanto, hesitava.

— Meu rei — disse ela, ainda de frente para o muro do pátio. — Não é covardia que me faz perguntar, mas...

— Só o que pensam, Ojka — falou Holland. — Você está se perguntando por que eu designei essa missão a você. Por que eu mesmo não vou até lá. A verdade é que não posso.

— Não há nada que você não possa fazer.

— Todas as coisas têm um preço — explicou ele. — Para restaurar este mundo, o *nosso* mundo, tive que sacrificar algo de mim mesmo. Se eu sair agora, não tenho certeza se poderei retornar.

Então essa era a origem do poder. Um feitiço. Um acordo. Tinha ouvido o rei falando consigo mesmo, como se estivesse com mais alguém, tinha visto o que se escondia à sombra do seu olho, até mesmo vira o reflexo dele se mover quando ele não o fizera.

Quanto Holland já havia sacrificado?

— Além disso... — Ela sentiu as mãos dele pousarem em seus ombros, sentiu calor e magia flutuando através dela mediante o toque dele. — Eu lhe dei poder para que você pudesse usá-lo.

— Sei disso, meu rei — sussurrou ela.

O olho direito de Ojka pulsou quando ele enlaçou sua ampla figura ao redor da delgada silhueta dela, moldando seu corpo ao dela. Os braços dele sombreavam os dela, os dedos traçando os ombros, os cotovelos e os pulsos, até que as mãos dele se uniram com as dela.

— Você ficará bem, Ojka, contanto que seja forte o bastante.

E se eu não for?

Ela pensou não ter dito as palavras em voz alta, mas o rei as ouviu de qualquer maneira.

— Então você estará perdida, e eu também. — As palavras eram frias, mas a forma como ele as disse, não. Sua voz era como sempre foi, uma pedra desgastada até ficar polida, com um peso que fez os joelhos dela enfraquecerem. Ele levou os lábios à orelha dela. — Mas tenho fé em você.

Com isso, ele guiou a mão dela que estava com a faca com a sua própria mão, arrastando a lâmina na pele dela. O sangue jorrou, escuro como tinta, e ele pressionou algo contra a palma da sua mão ensanguentada. Uma moeda, tão vermelha quanto o cabelo dela, com uma estrela dourada no centro.

— Você sabe o que estou lhe pedindo — falou ele, guiando a mão ferida e a moeda dentro dela até o frio muro de pedra. — Sabe o que deve fazer.

— Não vou decepcioná-lo, meu rei.

— Espero que não — disse Holland, afastando-se dela e levando o calor com ele.

Ojka engoliu em seco e se concentrou no lugar em que a palma de sua mão, incandescente de magia, encontrara as pedras frias enquanto ela dizia o comando, tal como ele a ensinara.

— *As Travars*.

Seu olho marcado pela magia cantou no crânio, seu sangue estremecendo com as palavras. Onde sua mão encontrara a pedra, sombras floresceram e se espalharam formando uma porta. Ela queria dar um passo à frente, atravessar, mas nunca teve a chance.

A escuridão a puxou para a frente. O mundo se rasgou. E ela também.

Seus músculos se laceraram. Seus ossos se partiram.

Sua pele queimava, seu sangue congelava, e tudo se transformou em dor.

Durou para sempre e mais um instante, e então nada mais havia.

Ojka caiu de joelhos, estremecendo com a sensação de que de alguma forma ela falhara. Não era forte o suficiente. Não era digna. E agora ela havia ido embora, arrancada de seu mundo, de seu propósito, de seu rei. Essa calma, esse sentimento de aquietação, isso devia ser a morte.

E, contudo...

A morte não deveria ter limites, e eles existiam aqui. Podia senti-los, mesmo com os olhos fechados. Podia sentir onde seu corpo terminava e o mundo começava. Poderia a morte ser como um mundo? Teria música?

Os olhos de Ojka se abriram, e ela respirou fundo quando viu a rua de paralelepípedos sob seus pés, o céu noturno tingido de vermelho. Suas veias escurecidas ardiam na pele. Seu olho pulsou com poder. A moeda carmesim ainda estava enterrada na palma de sua mão, e sua faca cintilava nas pedras a poucos metros de distância.

E então a compreensão a atingiu como uma onda.

Ela conseguira.

Um som escapou de sua garganta, algo que era uma mistura de surpresa e triunfo, enquanto ela cambaleava tentando ficar de pé. Tudo doía, mas Ojka regozijou-se com a dor. Significava que ela estava viva, que havia *sobrevivido*. Ela havia sido desafiada, testada e considerada digna.

Meu rei?, pensou ela, buscando através da escuridão do espaço e das paredes entre os mundos. Mundos que *ela* havia atravessado.

Por um longo instante, não houve resposta. Então, incrivelmente, ela ouviu a voz dele emparelhada com o zumbido da pulsação em sua cabeça.

Minha mensageira.

Era o som mais bonito de todos. Um fio de luz na escuridão.

Estou aqui, pensou, perguntando-se onde estava exatamente. Holland lhe falara sobre esse mundo. Esse brilho vermelho devia ser o rio. E aquele farol de luz, o palácio. Ela podia ouvir os sons das pessoas, sentir sua energia enquanto arrumava sua capa pálida e cobria seu olho marcado com o cabelo ruivo. *E agora?*

Houve outra pausa, e, quando a voz do rei soou novamente, estava calma e impassível.

Ache-o.

DEZ

CATÁSTROFE

DEL

CATÁSTROFE

I

Londres Vermelha

A partir dos degraus do palácio, a cidade cintilava em uma extensão de gelo, névoa e magia.

Lila absorveu aquela imagem e então se virou para apresentar o convite de Elsor. A escadaria estava repleta de estrangeiros e nobres, e os guardas não se deram ao trabalho de olhar o nome no envelope, apenas verificaram o selo real e mandaram que ela entrasse.

Quatro meses haviam se passado desde a última vez que ela colocara os pés dentro do palácio real.

Ela tinha visto o Rose Hall, é claro, antes do torneio, mas aquilo fora outra questão, algo impessoal. O palácio em si parecia uma grande casa. Um *lar* da realeza. O saguão de entrada estava novamente enfeitado com fileiras de buquês de flores, mas dessa vez eles haviam sido dispostos como um caminho, conduzindo Lila para a esquerda, através do vestíbulo e por mais um conjunto de portas grandes que deviam estar fechadas antes, mas que agora estavam bem abertas, como asas. Ela entrou no enorme salão de baile de madeira polida e cristais trabalhados que formavam uma colmeia de luz.

Chamavam esse salão de Grand Hall.

Na noite do Baile de Máscaras, Lila havia estado em outro salão, o Gold Hall, que era impressionante com suas pedras entalhadas e o trabalho em metal precioso. Mas esse aqui possuía todo o esplendor, a opulência e *algo mais*. Dezenas de lustres pendiam do teto abobadado a uma altura de vários andares e iluminavam o espaço com luz de velas refratada por cristais. Colunas se erguiam do chão de carvalho, adornadas com escadas em espiral que culminavam em passarelas, que por sua vez levavam a galerias e alcovas acomodadas na parte superior das paredes.

No centro do salão de baile, erguido sobre um estrado, um quarteto de músicos tocava. Havia diversos instrumentos, mas todos eram feitos de madeira polida e adornados com fios de ouro. Os próprios músicos haviam sido polvilhados com ouro e permaneciam perfeitamente imóveis, exceto pelos movimentos necessários de seus dedos.

O que Jinnar tinha dito sobre o príncipe Rhy? Sempre tivera uma queda pelo drama...

Lila examinou o cavernoso salão de baile e viu o príncipe se movendo entre as mesas do outro lado do saguão. Ali, junto às portas da varanda, viu Alucard reverenciando uma bela criatura faroense vestida em seda roxa. Flertando.

Ela contornou a sala, perguntando-se quanto tempo demoraria para localizar Kell em meio a tamanha multidão. Porém, míseros instantes depois, ela o viu, não na pista de dança ou misturando-se com os convidados às mesas, mas no piso acima. Ele estava sozinho em uma das varandas mais baixas, sua forma esguia dobrada sobre o parapeito. Seu cabelo castanho avermelhado reluzia sob os lustres, e ele rolava um copo entre as palmas das mãos, parecendo inquieto. Do ângulo em que estava, ela não podia ver os olhos dele, mas imaginou que podia ver o vinco entre eles.

Parecia que procurava alguém.

E Lila teve a sensação de que esse alguém era *ela*.

Ela recuou para a segurança da sombra da coluna, e por alguns momentos, assistiu a Kell observando a multidão. Mas ela não se enfiara em um vestido apenas pelo prazer de vesti-lo, então finalmente terminou sua bebida, colocou o copo vazio na mesa mais próxima e saiu para a luz.

Assim que o fez, uma garota apareceu ao lado de Kell. A princesa de Vesk. A mão dela tocou o ombro de Kell, e Lila franziu o cenho. Ela tinha idade suficiente para flertar assim? Cristo, ela parecia uma *criança*. Esguia, mas com o rosto redondo; bonita, mas com covinhas: era *delicada*. Usava uma coroa de madeira e prata em cima dos cabelos loiros cor de palha presos em uma trança.

Kell olhou para a princesa, mas não se afastou do toque dela, que devia ter tomado sua imobilidade por um convite, porque deslizou seu braço através do dele e descansou a cabeça em seu ombro. Lila se deu conta de que seus dedos estavam ávidos por uma faca, mas então, para sua surpresa, o olhar de Kell passou pela garota, descendo até o salão de baile e aterrissando *nela*.

Kell ficou visivelmente tenso.

Lila também.

Ela o observou dizer algo à princesa e recolher o braço. A garota pareceu contrariada, mas ele não olhou para ela novamente; não desviou o olhar de Lila por um instante sequer conforme descia as escadas e caminhava na direção dela, os olhos sombrios, os punhos cerrados ao lado do corpo.

Kell abriu os lábios e Lila se preparou para um ataque. Porém, em vez disso, ele suspirou, estendeu a mão e disse:

— Dance comigo.

Não fora uma pergunta. Mal fora um pedido.

— Eu não sei dançar — disse ela.

— Eu sei — falou ele simplesmente, como se o ato não exigisse duas pessoas.

Ele ficou parado ali, esperando, e os olhos dos convidados começaram a se virar para eles. Então Lila pegou a mão de Kell e deixou que ele a conduzisse para a parte menos iluminada do salão de baile. Quando a música começou, Kell envolveu os dedos de Lila com os seus, apertando-os, sua outra mão encontrou a cintura dela e eles começaram a se mover. Bem, Kell começou a se mover e ela se moveu com ele, obrigando-se a seguir sua condução, a confiar nele.

Ela não ficava assim tão perto dele havia meses. Sua pele zumbia onde ele a tocava. Isso era normal? Se a magia percorria a tudo e a todos, era isso que acontecia quando ela encontrava a si mesma?

Eles dançaram em silêncio por algum tempo, girando juntos e separados, em uma versão mais lenta de sua cadência na arena. E então, do nada, Lila perguntou:

— Por quê?

— Porque o quê?

— Por que você me pediu para dançar?

Ele *quase* sorriu. Uma aparição. Um truque da luz.

— Para você não poder fugir novamente antes que eu dissesse olá.

— Olá — disse Lila.

— Olá — falou Kell. — Onde você esteve?

Lila sorriu.

— Por quê? Sentiu minha falta?

Kell abriu a boca. E a fechou. Abriu-a de novo antes de finalmente conseguir responder:

— Senti.

A palavra fora dita em voz baixa, e a sinceridade da resposta pegou Lila desprevenida. Um golpe abaixo das costelas.

— O quê? — Ela se atrapalhou. — A vida com a realeza não lhe agrada mais?

Mas a verdade era que ela também sentira falta dele. Falta da teimosia, das irritações e de sua carranca constante. Falta dos olhos dele, um azul límpido e o outro preto reluzente.

— Você está... — começou ele, então parou.

— Ridícula?

— Maravilhosa.

Lila franziu o cenho.

— Você não — disse ela, vendo as sombras sob seus olhos e a tristeza neles. — Qual é o problema, Kell?

Ele ficou um pouco tenso, mas não a soltou. Respirou fundo, como se estivesse formulando uma mentira, mas, quando exalou, a verdade saiu.

— Desde aquela noite, eu não senti... Pensei que competir ajuda-ria, mas só piorou. Sinto como se estivesse sufocando. Sei que você acha que é loucura, que eu tenho tudo de que preciso, mas assisti a um rei murchar e morrer dentro de um castelo. — Ele olhou para baixo, como se pudesse ver o problema através de sua camisa. — Não sei o que está acontecendo comigo.

— Vida — disse ela, enquanto giravam pelo salão. — E morte.

— O que você quer dizer com isso?

— Todos acham que eu tenho um desejo de morte, sabe? Mas eu não quero morrer. Morrer é fácil. Não, eu quero *viver*, mas chegar perto da morte é a única forma de se sentir vivo. E uma vez que você faz isso, percebe que tudo o que estava fazendo antes não era *realmente* viver. Era apenas um arremedo. Pode me chamar de louca, mas acho que vivemos melhor quando os riscos são altos.

— Você é louca — disse Kell.

Ela riu de forma sutil.

— Quem sabe? Talvez o mundo tenha ficado distorcido. Talvez você ainda esteja possuído. Ou talvez tenha apenas provado o gosti-nho do que realmente significa estar vivo. Acredite em alguém que teve sua cota de escapar por um triz. Você quase morreu, Kell. Então agora sabe como é *viver*. Como é temer por aquela vida. Lutar por ela. E, ao descobrir isso, bem, não há como voltar atrás.

A voz dele saiu trêmula.

— O que eu faço?

— Eu sou a pessoa errada para você perguntar — retrucou ela. — Eu apenas fujo.

— Fugir parece uma boa ideia.

— Então fuja — falou ela. Ele riu, tenso, mas ela estava falando sério. — Sabe qual é a questão da liberdade, Kell? Ela não nos vem naturalmente. Quase ninguém a tem entregue de mão beijada. Eu sou livre porque lutei por isso. Você é supostamente o mago mais poderoso em todos os mundos. Se você não quer estar aqui, então vá embora.

O ritmo da música acelerou. Eles se juntaram e depois se afastaram.

— Eu fiz uma promessa a Rhy — disse Kell enquanto eles giravam, levados pela dança. — Que estaria ao lado dele quando ele fosse rei.

Ela deu de ombros.

— Que eu saiba, ele ainda não está no trono. Olhe, eu fiquei aqui porque não tenho nada para o que voltar. Não há razão alguma para que você vá e não possa retornar. Talvez só precise esticar as pernas. Viver um pouco. Ver o mundo. Então você pode voltar e se estabelecer. E então você e Rhy podem viver felizes para sempre.

Ele bufou.

— Mas, Kell... — disse ela, com seriedade — ...não faça o que eu fiz.

— Vai ter que ser mais específica.

Ela pensou em Barron, no relógio de prata no fundo do casaco.

— Se você decidir partir, quando decidir partir, não faça isso sem dizer adeus.

A música atingiu suas notas finais, e Kell girou Lila em seus braços. Seus corpos se entrelaçaram, e ambos perderam o fôlego. Da última vez que eles se abraçaram, estavam feridos, sangrando e prestes a serem presos. Aquilo parecera real; isso parecia um sonho.

Por cima do ombro de Kell, Lila viu a princesa de Vesk no canto do salão, cercada por cavalheiros, fuzilando-a com o olhar. Lila lançou-lhe um sorriso e deixou que Kell a conduzisse para fora do salão, por entre um par de colunas.

— Então, Kamerov? — disse ela quando encontraram um lugar calmo para conversar.

Ele a apertou ainda mais.

— Ninguém sabe. Ninguém *pode* saber.

Ela lançou a ele um olhar intimidador.

— Eu pareço do tipo que entrega segredos? — perguntou ela. Kell nada disse, apenas examinou-a com aquele estranho olhar de dois tons, como se esperasse que ela desaparecesse. — Então... —

começou ela, pegando um copo de espumante de uma bandeja que passava. — Você matou o verdadeiro Kamerov?

— O quê? Claro que não. Ele é uma invenção. — Kell franziu o cenho. — *Você* matou o verdadeiro Elsor?

Lila sacudiu a cabeça.

— Ele está em um navio para Denolar. Ou era Delo...

— *Delonar?* — explodiu Kell, balançando a cabeça. — Santos, no que você estava pensando?

— Não sei — respondeu ela, honestamente. — Eu não entendo o que sou, como estou viva, o que sou capaz de fazer. Acho que só queria tentar descobrir.

— Você não precisava entrar no torneio de maior visibilidade dos três impérios para testar suas habilidades recém-descobertas.

— Mas está sendo divertido.

— Lila — disse ele gentilmente, e pela primeira vez sua voz não parecia zangada. Tensa, sim, mas não nervosa. Ele alguma vez tinha dito o nome dela daquela forma? Soava quase como um desejo.

— Sim? — perguntou ela, sua respiração superficial.

— Você precisa desistir.

E foi assim que a ternura entre eles se despedaçou, substituída pelo Kell de que ela se lembrava: teimoso e mandão.

— Não, não preciso — disse ela.

— Você não pode continuar.

— Cheguei até aqui. Não vou desistir.

— Lila...

— O que vai fazer, Kell? Mandar me prender?

— Eu deveria.

— Mas eu não sou Stasion Elsor — falou ela, gesticulando para o vestido de baile. — Sou Delilah Bard. — A verdade realmente era o melhor disfarce. A carranca dele ficou ainda pior. — Vamos, não seja um mau perdedor.

— Eu entreguei a luta — explodiu ele. — E, mesmo que não tivesse entregado, você *não pode* continuar.

— Eu posso e vou.

— É perigoso demais. Se você derrotar Rul, será uma das três finalistas. Terá que remover sua máscara. E esse ardil pode funcionar a distância, mas você honestamente acredita que ninguém irá notar quem você é, e quem você não é, quando mostrar o seu rosto? Além disso, eu a vi na arena hoje...

— Quando eu *ganhei*?

— Quando você *vacilou*.

— Cheguei até aqui.

— Senti seu poder falhar. Vi a dor escrita em seu rosto.

— Isso nada teve a ver com a nossa disputa...

— O que vai acontecer se você perder o controle?

— Não vou perder.

— Você se lembra da regra cardinal da magia? — pressionou ele.

— *Poder no equilíbrio. Equilíbrio no poder.* — Ele levantou a mão dela, franzindo o cenho ao olhar as veias no dorso. Estavam mais escuras do que deveriam ser. — Não acredito que você esteja em equilíbrio. Você está pegando e usando, e isso terá um preço.

Lila enrijeceu, aborrecida.

— O que é, Kell? Você está bravo comigo, está preocupado comigo ou feliz em me ver? Porque não consigo acompanhar.

Ele suspirou.

— Estou sentindo tudo isso. Lila, eu...

Mas ele parou de falar quando viu algo atrás dela. Lila observou a luz deixar os olhos dele, sua mandíbula cerrar.

— Ah, aí está você, Bard — falou uma voz familiar, e ela se virou para ver Alucard se aproximando. — Santos, isso é um *vestido*? A tripulação nunca vai acreditar.

— Só pode ser brincadeira — rosnou Kell.

Alucard o viu e então parou. Ele emitiu um som entre uma risadinha e uma tosse.

— Desculpe, eu não quis interromper...

— Está tudo bem, capitão — disse Lila ao mesmo tempo que Kell rosnou:

— Vá embora, Emery.

Lila e Kell se entreolharam, confusos.

— Você *o conhece*? — perguntou Kell.

Alucard endireitou-se.

— É claro que sim. Bard trabalha para mim a bordo do *Night Spire*.

— Sou a melhor ladra dele — retrucou Lila.

— Bard — repreendeu Alucard —, não chamamos de roubo na presença da coroa.

Kell, entretanto, parecia estar prestes a perder a cabeça.

— Não — murmurou, passando a mão pelos cabelos cor de cobre. — Não. Não. Há *dezenas*.

— Kell? — indagou ela, movendo-se para tocar o braço dele.

Ele a repeliu.

— *Dezenas* de navios, Lila! E você tinha que subir a bordo *deste*.

— Sinto muito — respondeu ela, encrespando-se. — Eu achava que era livre para fazer o que bem entendesse.

— Para ser justo — acrescentou Alucard —, acho que ela estava planejando roubar o *Spire* e cortar minha garganta.

— Então por que não fez isso? — rosnou Kell, girando ao redor dela. — Você está sempre tão ansiosa para talhar e apunhalar, por que não *o* esfaqueou?

Alucard inclinou-se.

— Acho que ela está começando a gostar de mim.

— *Ela* pode falar por si mesma — retrucou Lila. E se virou para Kell. — Por que você está tão chateado?

— Porque Alucard Emery é um nobre sem valor com charme demais e honra de menos, e você escolheu ir embora com *ele*.

As palavras cortaram o ar conforme Rhy dobrava a esquina.

— Por que diabos vocês estão gritando?... — O príncipe parou quando viu Kell, Lila e Alucard agrupados ali. — Lila! — exclamou ele, alegremente. — Então você não é mesmo um fruto da imaginação de meu irmão.

— Olá, Rhy — disse ela com um sorriso torto. Lila se virou para Kell, mas ele já estava saindo intempestivamente do salão de baile.

O príncipe suspirou.

— O que você fez agora, Alucard?

— Nada — respondeu o capitão inocentemente.

Rhy virou-se para ir atrás de Kell, mas Lila se adiantou.

— Eu cuido disso.

❦

Kell escancarou um par de portas do pátio. Por um instante ele ficou parado ali, deixando o ar gelado açoitar sua pele. E então, quando o frio enregelante não era mais suficiente para aplacar sua frustração, ele mergulhou na noite de inverno.

Uma mão pegou a dele quando pisou na varanda, e Kell soube sem olhar para trás que era a dela. As pontas dos dedos de Lila ardiam de calor, e sua pele absorveu a faísca. Ele não olhou para trás.

— Olá — disse ela.

— Olá — falou ele, a palavra soando áspera.

Kell continuou seguindo em frente para a varanda, a mão dela frouxamente entrelaçada na dele. O vento frio se aquietou ao redor dos dois quando alcançaram a beirada.

— De todos os navios, Lila.

— Você vai me contar por que o odeia? — perguntou ela.

Kell não respondeu. Em vez disso, olhou para o Atol.

Alguns instantes depois, começou a falar:

— A Casa Emery é uma das famílias mais antigas de Arnes. Possui laços longínquos com a Casa Maresh. Reson Emery e o rei Maxim eram amigos íntimos. A rainha Emira é prima de Reson. E Alucard é o segundo filho de Reson. Três anos atrás, ele foi embora no meio da noite. Nenhuma palavra. Nenhum aviso. Reson Emery veio pedir ajuda ao rei Maxim para encontrá-lo. E Maxim veio até mim.

— Você usou sua magia de sangue, como fez para encontrar Rhy e eu?

— Não — falou Kell. — Eu disse ao rei e à rainha que não consegui localizá-lo, mas a verdade é que nunca tentei.

Lila franziu a testa.

— Por que diabos não tentou?

— Não é óbvio? — perguntou Kell. — Porque fui eu quem lhe disse para ir embora. E eu queria que ele continuasse longe.

— Por quê? O que ele fez com você?

— Não *comigo* — respondeu Kell, com a mandíbula cerrada.

Os olhos de Lila brilharam com compreensão.

— Rhy.

— Meu irmão tinha 17 anos quando se apaixonou pelo seu *capitão*. Então Emery partiu o coração dele. Rhy ficou devastado. Eu não precisava de uma tatuagem mágica para saber a dor que meu irmão estava sentindo. — Ele passou a mão livre pelos cabelos. — Eu disse a Alucard que desaparecesse, e ele o fez, mas não ficou longe. Não, ele reapareceu alguns meses depois, quando foi arrastado de volta para a capital por crimes contra a coroa. Pirataria, dentre todas as coisas. O rei e a rainha encerraram a acusação, como um favor para a Casa Emery. Deram o *Night Spire* a Alucard, o acolheram sob o nome da coroa e mandaram que tomasse seu rumo. E eu disse a ele que se ele *voltasse* a pisar em Londres, eu o mataria. Pensei que desta vez ele fosse me ouvir.

— Mas ele voltou.

Kell apertou os dedos ao redor dos dela.

— Voltou. — A pulsação dela batia contra a dele, forte e firme. Ele não queria soltar. — Alucard sempre foi descuidado ao tratar de preciosidades.

— Eu não o escolhi — explicou ela, afastando Kell da beirada. — Só escolhi fugir.

Ela começou a se soltar, mas ele não estava pronto para deixar. Kell a puxou para si, seus corpos aninhados para se proteger do frio.

— Você acha que algum dia vai parar de fugir?

O corpo dela ficou tenso contra o dele.

— Não sei como.

A mão livre de Kell subiu pelo braço nu de Lila e rumou até a nuca. Ele inclinou a cabeça e descansou a testa na dela.

— Você poderia simplesmente... — sussurrou ele — ficar.

— Ou você poderia vir — retrucou ela — comigo.

As palavras eram um sopro de névoa contra os lábios dele, e Kell percebeu que estava se inclinando, atraído pelo calor dela, pelas palavras dela.

— Lila — disse ele, o nome doendo em seu peito.

Ele queria beijá-la.

Mas ela o beijou primeiro.

A última vez — a única vez — fora apenas um espectro dos lábios dela contra os dele. Estiveram ali e logo foram embora, tão rapidamente, um beijo roubado para dar sorte.

Isso era diferente.

Eles colidiram como se estivessem sendo impulsionados pela gravidade, e ele não sabia qual deles estava atraindo o outro; sabia apenas que estavam colidindo. Este beijo era a essência de Lila comprimida em um único gesto. Seu orgulho descarado, sua determinação obstinada, sua imprudência, sua ousadia e sua fome de liberdade. Era tudo isso ao mesmo tempo e deixou Kell sem fôlego. Roubou o ar dos pulmões dele. Lila pressionou os lábios fortemente contra os dele, e seus dedos se entrelaçaram com o seu cabelo conforme os dedos de Kell desciam pelas costas dela, enrolando-se com as intrincadas dobras de seu vestido.

Ela o empurrou para o parapeito e ele arquejou: o choque da pedra gelada misturado ao calor do corpo dela no seu. Kell podia sentir o coração de Lila acelerado, sentir a energia crepitando através dela, através dele. Eles rodopiaram, enlevados em outra dança, e então ele a imprensou contra a parede recoberta de geada. A respiração dela parou, e Lila encravou as unhas no couro cabeludo dele. Ela enterrou os dentes no lábio inferior dele, derramando sangue, e deu uma risada maliciosa, e ainda assim ele a beijou. Não por desespero, por esperança ou por sorte, mas simplesmente porque ele queria. Santos, ele queria. Ele a beijou até a noite fria sumir e seu corpo inteiro cantar de calor. Ele a beijou até o fogo dizimar o pânico, a raiva e o peso em seu peito; até ele poder respirar novamente e até ambos ficarem sem fôlego.

E, quando eles se separaram, ele pôde sentir o sorriso dela nos lábios dele.

— Estou feliz por você ter voltado — sussurrou ele.

— Eu também estou — disse ela. E então olhou nos olhos dele e acrescentou: — Mas não vou desistir do torneio.

O momento se desfez. Despedaçado. O sorriso era firme e mordaz, e o calor desaparecera.

— *Lila...*

— *Kell* — imitou ela, libertando-se dele.

— Este jogo tem consequências.

— Posso lidar com elas.

— Você não está escutando — falou ele, exasperado.

— Não — explodiu ela —, *você* não está! — Ela lambeu o sangue de seus próprios lábios. — Eu não preciso ser salva.

— Lila — começou ele, mas ela já estava fora de alcance.

— Tenha um pouco de fé — disse ela, abrindo a porta. — Vou ficar bem.

Kell a observou ir embora, esperando que estivesse certa.

II

Ojka se agachou no pátio do palácio, escondida na sombra abaixo do encontro da varanda com o muro, o capuz escondendo o cabelo carmesim. Dentro deste estranho castelo de rio parecia estar havendo algum tipo de celebração. A luz dançava sobre as pedras e a música atravessava as portas. O ar frio mordia a pele de Ojka, mas ela não se importou. Estava acostumada ao frio, ao frio *de verdade*. E, comparativamente, o inverno nesta Londres era moderado.

Atrás do vidro enregelado, homens e mulheres comiam e bebiam, riam e giravam por uma ornamentada pista de dança. Nenhum deles tinha marcações. Nenhum deles tinha cicatrizes. Do outro lado do corredor, a magia estava sendo usada para coisas insignificantes, como acender braseiros, esculpir estátuas de gelo, encantar instrumentos e entreter convidados.

Ojka sibilou, enojada pelo desperdício de poder. Uma nova runa de tradução foi marcada em seu pulso, mas ela não precisava falar a língua local para saber o quanto eles estavam esbanjando. Desperdiçando vida, enquanto o povo dela passava fome em um mundo estéril.

Antes de Holland, ela se corrigiu. Agora tudo estava mudando. O mundo estava se curando, florescendo, mas será que algum dia se pareceria com *este*? Meses atrás, teria sido algo impossível de se imaginar. Agora era apenas difícil. O mundo de Ojka estava sendo lentamente despertado pela magia. Este aqui era um mundo agraciado havia muito.

Poderia uma pedra polida algum dia parecer verdadeiramente uma joia?

Ela sentiu uma vontade súbita de pôr fogo em algo.

Ojka, soou uma voz gentil e repreensiva em sua cabeça, suave e provocante como o sussurro de um amante. Ela levou os dedos até o olho, o nó no cordel que a unia a seu rei. Seu rei, que podia ouvir seus pensamentos, sentir seus desejos — poderia sentir *todos*? — como se ambos fossem um só.

Eu não faria isso, Majestade, pensou ela. *Não a menos que o agradasse. Daí eu faria qualquer coisa.*

Ela sentiu a linha entre eles relaxar conforme o rei retornava para sua própria mente. Ojka voltou a atenção para o baile.

E então o viu.

Alto, magro, vestido de preto, circulando pelo salão com uma garota bonita em trajes verdes. Sob um círculo de prata e madeira, o cabelo da menina era claro, mas o de Kell era vermelho. Não tão vermelho quanto o de Ojka, não, mas o cobre ainda captava a luz. Um dos olhos dele era claro, o outro tão preto quanto o dela, quanto o de Holland.

Mas ele não se parecia em *nada* com o seu rei. Seu rei era belo, poderoso e perfeito. Esse *Kell* não passava de um menino magro.

E, no entanto, ela o reconhecera à primeira vista, não apenas porque Holland o conhecia, mas porque ele reluzia para ela como uma chama na escuridão. A magia irradiava como calor nos contornos da silhueta dele, e, quando seu olho escuro flutuou preguiçosamente pela parede de janelas, passando pela sombra, pela neve e por Ojka, ela *sentiu* seu olhar. Ele ondulou através dela, e ela se preparou, certa de que ele a veria, a sentiria, mas ele nada percebera. Ela se perguntou se o vidro era espelhado em vez de translúcido, de modo que todos lá dentro veriam apenas a si mesmos. Sorrisos refletindo de novo e de novo, enquanto lá fora a escuridão espreitava, mantida a distância.

Ojka ajustou seu equilíbrio no parapeito da varanda. Ela chegara até ali passando por uma série de degraus de gelo forjados no muro do palácio, mas a construção em si provavelmente era protegida contra invasores. Na única vez que ela tentara entrar por um par de portas no andar superior, havia sido repelida: não de forma barulhenta nem dolorosa, mas *vigorosamente*. O feitiço estava fresco, e a magia, ainda forte.

A única forma de entrar parecia ser pelas portas da frente, mas Holland a advertira a não causar tumulto.

Ela puxou o cordel em sua mente e o sentiu dominar a corda.

Eu o encontrei. Ela nem se deu ao trabalho de explicar. Simplesmente olhou. Ela era a visão do rei. O que via, ele também via. *Devo forçá-lo a sair?*

Não, soou a voz do rei na mente dela. Cantava lindamente nos ossos dela. *Kell é mais forte do que parece. Se tentar forçá-lo e falhar, ele nunca sairá. Ele precisa ir sozinho. Seja paciente.*

Ojka suspirou. *Muito bem.* Mas a mente dela estava inquieta, e seu rei sabia. Uma calma tranquilizante passou para ela através das palavras dele, de seu comando.

Você não é apenas minha visão, disse ele. *Você é minhas mãos, minha boca, minha vontade. Espero que se comporte como eu faria.*

Farei isso, respondeu ela. *E não falharei.*

III

— Você está um lixo.

As palavras de Alucard reverberaram na mente de Lila; foram as únicas que ele dissera a ela naquela manhã, quando ela lhe desejara boa sorte.

— Você diz as coisas mais gentis — resmungara ela antes de escapar para sua própria tenda.

Mas a verdade era que Lila se *sentia* um lixo. Não conseguira dormir no quarto de Elsor, então voltara para a Wandering Road, com seus aposentos lotados e rostos familiares. Mas, sempre que fechava os olhos, estava de volta naquele maldito caixote ou na varanda com Kell. No final, ela passara a maior parte da noite olhando para a luz da vela que bruxuleava contra o teto, enquanto Tav e Lenos roncavam — vá saber onde Vasry estava — e as palavras de Kell repetiam-se continuamente em sua cabeça.

Ela fechou os olhos e sentiu o corpo cambalear levemente.

— Mestre Elsor, você está bem?

Lila voltou a prestar atenção ao seu redor. Ister estava colocando a última placa de armadura em sua perna.

— Estou bem — murmurou ela, tentando se concentrar nas lições de Alucard.

A magia é uma conversa.

Seja uma porta aberta.

Vá no ritmo das ondas.

No momento, ela se sentia como uma costa rochosa.

Olhou para o próprio pulso. A pele dos locais feridos pelas cordas já estava cicatrizando, mas, quando ela virou as mãos, viu que suas veias estavam escuras. Não pretas, como os gêmeos Dane, mas não tão claras quanto deveriam estar. Uma onda de preocupação a percorreu, seguida rapidamente por irritação.

Ela estava bem.

Ficaria bem.

Chegara até ali.

Delilah Bard *não* desistia.

Kell vencera o veskano, Rul, por apenas dois pontos e perdera para ela por quatro. Ele estava fora do páreo, mas Lila poderia perder por um ponto e ainda avançaria. Além disso, Alucard já havia vencido sua segunda disputa, assegurando seu lugar entre os três finalistas ao lado da maga chamada Tos-an-Mir, uma das famosas gêmeas faroenses. Se Lila vencesse, finalmente teria uma chance de lutar contra ele. A perspectiva a fez sorrir.

— O que é isso? — perguntou Ister, indicando com a cabeça o fragmento de pedra pálida em sua mão.

Lila estivera esfregando-a, distraidamente. Agora ela a segurava à luz da tenda. Se ela apertasse os olhos, quase conseguiria ver o canto dos lábios de Astrid, congelada no que poderia ser uma risada ou um grito.

— Um lembrete — respondeu Lila, guardando o pedaço de estátua lascado no casaco que estava jogado sobre uma almofada.

Talvez fosse um pouco mórbido, mas isso fazia Lila se sentir melhor, sabendo que Astrid tinha parecido e jamais retornaria. Se *houvesse* uma espécie de magia que pudesse trazer de volta uma rainha malvada transformada em pedra, ela esperava que fossem ser necessárias todas as partes da estátua. Dessa forma, podia ter certeza de que uma sempre estaria faltando.

— De quê? — indagou Ister.

Lila pegou os punhos de adaga e os deslizou para dentro das placas de seus antebraços.

— De que eu sou mais forte do que as minhas chances — falou ela, saindo da tenda.

De que cruzei mundos e salvei cidades.

Lila entrou no túnel do estádio.

De que derrotei reis e rainhas.

Ela ajustou o capacete e caminhou para a arena, inundada pelos aplausos.

De que sobrevivi a coisas impossíveis.

Rul estava no centro do pátio, uma figura alta.

De que sou Delilah Bard...

Ela estendeu suas esferas, a visão borrando por um instante antes de soltá-las.

E ninguém pode me deter.

Kell estava na varanda de seu quarto, o círculo de ouro entre suas mãos no parapeito, os sons do estádio reverberando através do metal.

A arena leste pairava bem ao lado do palácio, seus dragões de gelo flutuando no rio ao redor, as barrigas vermelhas. Com a ajuda de uma luneta, Kell podia ver o estádio: os dois guerreiros eram manchas brancas contra o chão de pedra escura; Lila com a máscara escura de demônio; Rul com o rosto canino de aço, o próprio cabelo selvagem se projetando como uma juba, um rufo ao redor do pescoço. A flâmula dele era um lobo azul contra um fundo branco, mas a multidão estava cheia de lâminas de prata cruzadas sobre o preto.

Hastra estava atrás de Kell, nas portas da varanda, e Staff ao lado das portas do quarto.

— Você o conhece, não é? — perguntou Hastra. — Stasion Elsor?

— Não tenho certeza — murmurou Kell.

Lá embaixo, a arquibancada aplaudiu. A disputa havia começado.

Rul escolhera terra e fogo, e os elementos giravam em torno dele. Ele trouxera uma alça e um cabo para a arena. A terra girou em torno do cabo, endurecendo para formar um escudo de pedra, ao passo que o fogo formou uma espada curva. Os punhos de Lila ganharam vida, como no dia anterior, um de fogo e outro de gelo. Por um instante, ambos ficaram parados, entreolhando-se, avaliando-se.

E então colidiram.

Lila atingiu o primeiro golpe, alcançando por baixo da espada de Rul, depois girando atrás dele e enfiando a adaga de fogo na placa da parte traseira de sua perna. Ele se contorceu, mas ela já estava de pé e fora de alcance, preparando outro ataque.

Rul era mais alto por pelo menos uns trinta centímetros e duas vezes mais largo, mas era mais rápido do que um homem de seu tamanho seria normalmente. Quando ela tentou encontrar de novo um espaço sob a guarda dele, falhou, perdendo duas placas na tentativa.

Lila deslocou-se para trás, e Kell podia imaginá-la dimensionando o homem, procurando uma entrada, uma fraqueza, uma abertura. De alguma forma, ela encontrou uma. E depois outra.

Ela não lutava como Rul, Kisimyr ou Jinnar. Não lutava como qualquer pessoa que Kell tivesse visto. Não era a questão de ser *melhor* — embora ela fosse certamente rápida e inteligente —, tratava-se apenas do fato de que ela lutava na arena da forma como ele supunha que ela fazia nas ruas da Londres Cinza. Como se tudo estivesse em jogo. Como se o adversário fosse a única coisa entre ela e a liberdade.

Logo ela passou à frente, seis pontos a cinco.

E então, de repente, Rul atacou.

Ela estava correndo na direção dele, estava no meio do passo quando ele virou o escudo de pedra e atirou-o como um disco. O objeto atingiu Lila no peito com força suficiente para jogá-la contra a coluna mais próxima. O clarão de luz das placas quebradas explodiu no abdômen, ombros e coluna, e Lila desmoronou no chão de pedra.

A multidão ofegou, e a voz no círculo de ouro anunciou o dano. Quatro placas.

— *Levante-se* — rosnou Kell enquanto observava Lila lutando para se pôr de pé, uma das mãos segurando as costelas. Ela deu um passo e quase caiu, obviamente abalada, mas Rul ainda estava atacando. O enorme disco voltou voando para a mão dele, e em um único movimento fluido ele o girou e lançou novamente, dando mais potência à força da magia.

Lila devia ter visto o ataque, reparado que a pedra estava avançando contra ela. Para o horror de Kell, porém, ela não se esquivou. Em vez disso, ela soltou as duas adagas e jogou as *mãos* para o alto, em vez de seus antebraços, para bloquear o golpe.

Era loucura.

Não funcionaria. Não poderia funcionar. E, no entanto, de alguma forma, o escudo de pedra *desacelerou*.

Uma onda de espanto percorreu a multidão quando eles perceberam que Stasion Elsor não era um mago duplo, afinal. Ele tinha que ser um tríade.

O escudo se arrastou pelo ar, como se estivesse lutando contra uma corrente, e parou a alguns centímetros das mãos estendidas de Lila. Ele pairou ali, suspenso.

Mas Kell sabia que o objeto não estava simplesmente erguido no ar.

Lila o estava *empurrando*. Tentando dominar o elemento de Rul da mesma forma que havia feito com o dele. Mas Kell deixara que ela o fizesse, ele havia *parado* de lutar. Rul, momentaneamente atordoado, agora redobrava seus esforços. As botas de Lila deslizaram para trás pelo chão de pedra enquanto ela empurrava o disco com toda a sua força.

A arena em si pareceu tremer, e o vento soprou conforme os magos lutavam, comando contra comando.

Entre Lila e Rul, o disco de terra estremeceu. Através da luneta, Kell podia ver os membros dela tremendo, seu corpo curvado para a frente com o esforço.

Pare!, ele queria gritar, mas Lila continuava empurrando.

Sua tola teimosa, pensou Kell quando Rul convocou uma explosão de força, levantou sua espada de fogo e a atirou. A lâmina se projetou, mas deve ter atraído a atenção de Lila, porque ela vacilou, apenas o suficiente. Então o escudo de pedra tremulou para a frente e a atingiu na perna. Um golpe de raspão, mas duro o suficiente.

A décima placa fora quebrada.

A partida terminara.

A multidão irrompeu em aplausos, e Rul deu um grito vitorioso. Porém, a atenção de Kell ainda estava em Lila, que estava ali, com os braços dos lados do corpo, a cabeça inclinada para trás, parecendo estranhamente em paz.

Até o instante em que ela vacilou e desmoronou.

IV

Kell já estava atravessando o quarto quando a voz do juiz verteu do círculo, requisitando um médico.

Ele avisara a ela. Várias vezes, ele avisara.

A faca já estava na mão de Kell antes que ele alcançasse o segundo cômodo, com Hastra em seus calcanhares. Staff tentou bloquear o caminho, mas Kell era mais rápido, mais forte, e ele estava na alcova antes que os guardas pudessem detê-lo.

— *As Staro* — disse ele, selando a porta fechada atrás de si e desenhando o símbolo enquanto Staff esmurrava a madeira. — *As Tascen.*

O palácio se desfez, substituído pela tenda do torneio.

— *Rul é o vencedor* — anunciava o juiz enquanto Kell emergia da tenda de Kamerov e passava para a de Lila. Ele chegou lá quando dois assistentes a colocavam em um sofá, uma terceira tentando retirar o capacete. Eles se assustaram ao vê-lo e ficaram pálidos.

— Saiam — ordenou Kell. — Todos vocês.

Os dois primeiros recuaram instantaneamente, porém a terceira — uma sacerdotisa — o ignorou e continuou a retirar os pedaços articulados da máscara de demônio da cabeça de Lila e colocá-los de lado. Sob o capacete, o rosto de Lila estava fantasmagoricamente branco, com veias escuras tracejando as têmporas, e dois filetes de um vermelho-escuro escorrendo do nariz. A sacerdotisa pousou uma das mãos no rosto dela e, um instante depois, os olhos de Lila se abriram. Uma série de xingamentos subiu até a garganta de Kell, mas ele segurou a língua. Ele a segurou quando ela respirou com dificuldade e quando se arrastou para conseguir se sentar, ele se conteve quando ela levantou a cabeça, flexionou os dedos e levou um pano ao nariz.

— Pode ir, Ister — falou ela, limpando o sangue.

Kell segurou a língua o quanto pôde, mas, no momento em que a sacerdotisa saiu, ele não se conteve mais.

— Eu avisei! — gritou ele.

Lila estremeceu, tocando uma das têmporas com a mão.

— Estou bem — murmurou ela.

Kell emitiu um som abafado.

— Você desabou na arena!

— Foi uma partida difícil — rebateu ela, levantando-se, incapaz de esconder que não conseguia se equilibrar.

— Como você pode ser tão estúpida? — vociferou ele, a voz aumentando. — Você está sangrando, e o sangue está preto. Você brinca com a magia como se fosse um jogo. Você sequer entende as regras. Ou pior, decide que não há nenhuma. Você sai pisoteando o mundo, fazendo o que bem entende. É descuidada. Insensível. Imprudente.

— Falem baixo, vocês dois — disse Rhy, entrando na tenda, com Vis e Tolners às suas costas. — Kell, você não deveria estar aqui.

Kell o ignorou e dirigiu-se aos guardas.

— Prendam-na.

— Pelo quê? — grunhiu Lila.

— Acalme-se, Kell — pediu Rhy.

— Por ser uma impostora.

Lila zombou.

— Ah, e quem é você para...

Kell a empurrou com força contra o poste central da tenda, esmagando sua boca com a mão, tampando-a.

— Não se *atreva*.

Lila não revidou. Ela ficou imóvel como uma pedra, os olhos de tons diferentes o encarando. Havia algo selvagem neles, e ele pensou que ela realmente poderia estar com medo, ao menos chocada. Então sentiu a faca pressionada contra seu dorso.

E o olhar em seus olhos dizia que, se não fosse pela presença de Rhy, ela o teria esfaqueado.

O príncipe ergueu a mão.

— *Stasion* — disse ele, dirigindo-se a Lila enquanto segurava o ombro de Kell. — Por favor. — Ela baixou a faca, e Rhy puxou Kell para longe com a ajuda de Tolners.

— Você nunca escuta. Você nunca *pensa*. Ter poder é uma responsabilidade, Lila, uma que você claramente não merece.

— Kell — advertiu Rhy.

— Por que você a está defendendo? — explodiu ele, dando a volta no irmão. — Por que eu sou o único neste maldito mundo a ser responsabilizado por minhas ações?

Eles apenas o encaravam, o príncipe e os guardas, e Lila teve a coragem de sorrir. Era um sorriso sombrio e desafiador, manchado pelo sangue escuro que ainda marcava seu rosto.

Kell jogou as mãos para cima e saiu intempestivamente.

Ecoando nos paralelepípedos, ele ouviu o som das botas de Rhy o seguindo, mas Kell precisava de espaço, precisava de ar. E, sem saber direito o que estava fazendo, desembainhou a faca e puxou o colar com as moedas para fora da gola do casaco.

A última coisa que ele ouviu antes de pressionar os dedos ensanguentados na parede mais próxima foi a voz de Rhy lhe pedindo que parasse, mas então o feitiço brotou nos lábios de Kell e o mundo já se afastava, levando tudo com ele.

V

Em um instante Kell estava ali e no momento seguinte ele se fora, nada mais que um pouco de sangue na parede marcando sua passagem.

Rhy ficou em pé do lado de fora da tenda, olhando para o lugar em que seu irmão estivera, seu peito doendo não por uma dor física, mas pela súbita e horrível compreensão de que Kell havia ido propositalmente para onde ele não podia segui-lo.

Tolners e Vis apareceram como sombras atrás dele. Uma multidão estava se reunindo, alheia à discussão na tenda, alheia a tudo exceto à presença do príncipe no meio deles. Rhy sabia que deveria estar recompondo suas feições, abrindo um sorriso, mas não conseguia. Não conseguia desviar os olhos daquela marca de sangue.

Maxim apareceu com os guardas de Kell em seus calcanhares. A multidão se dividiu, dando passagem ao rei, que sorriu, acenando com a cabeça e com a mão mesmo enquanto tomava o braço de Rhy e o guiava de volta para o palácio. Falando sobre a rodada final, os três campeões e os eventos da noite, ele preencheu o silêncio com fragmentos de conversa inúteis até as portas do palácio se fecharem atrás deles.

— O que aconteceu? — explodiu o rei, arrastando-o para um aposento privado. — Onde está Kell?

Rhy se jogou em uma cadeira.

— Não sei. Ele estava no quarto dele, mas, quando viu a disputa desandar, foi até as tendas. Ele só estava preocupado, pai.

— Com o quê?

Não com o quê, pensou Rhy. *Com quem*. Mas ele não podia exatamente contar ao rei sobre a garota que desfilava como Stasion Elsor. A mesma que espalhara a Noite Preta por toda a cidade ao lado de Kell e que também salvara o mundo, é claro, mas isso não importaria. Então, ele simplesmente disse:

— Nós brigamos.

— Onde ele está agora?

— Não sei. — Rhy colocou a cabeça entre as mãos, o cansaço pesando sobre ele.

— Levante-se — ordenou seu pai. — Vá se arrumar.

Rhy levantou a cabeça lentamente.

— Para quê?

— Para os festejos de hoje à noite, é claro.

— Mas Kell...

— *Não* está aqui — disse o rei, sua voz pesada como uma pedra. — Ele pode ter abandonado os deveres, mas você não abandonou. Você *não vai* abandonar. — Maxim já estava indo para a porta. — Quando Kell retornar, eu lidarei com ele, mas, enquanto isso, você ainda é o príncipe de Arnes. Sendo assim, agirá como tal.

Kell se recostou contra o frio muro de pedra enquanto os sinos de Westminster soavam as horas.

Seu coração batia freneticamente pelo que havia feito.

Ele havia *fugido*. Fugido da Londres Vermelha. Fugido de Rhy. Fugido de Lila. Fugido de uma cidade e deixado uma bagunça em seu encalço.

E tudo isso a um passo de distância. Separado por um mundo inteiro.

Se você não quer estar aqui, então vá embora.

Fuja.

Não fora a intenção dele. Ele queria apenas um instante de paz, um momento para *pensar*; e agora estava ali, o sangue fresco pingando na rua gelada, a voz do irmão ainda ecoando em sua cabeça. A culpa o invadiu, mas ele a varreu da mente. Não era diferente das centenas de viagens que ele havia feito ao exterior, cada uma colocando-o fora de alcance.

Desta vez, simplesmente, a escolha havia sido *dele*.

Kell endireitou-se e saiu andando pelas ruas. Ele não sabia para onde estava indo, sabia apenas que o primeiro passo não era suficiente. Precisava seguir em movimento antes que a culpa o castigasse. Ou o frio. O inverno da Londres Cinza tinha uma umidade incômoda, então ele puxou o casaco, baixou a cabeça e caminhou.

Cinco minutos depois, estava parado à porta da Five Points.

Ele poderia ter ido a qualquer lugar, mas sempre terminava ali. A única explicação real era que havia uma memória muscular. Seus pés o levavam por caminhos exauridos do mundo, a inclinação cósmica, uma deformação gravitacional que atraía massa e magia para um ponto fixo.

Lá dentro, um rosto familiar olhou para ele de trás do bar. Não era a larga testa nem a barba escura de Barron, mas os grandes olhos de Ned Tuttle, o queixo alongado, o sorriso amplo, surpreso e *maravilhado*.

— Mestre Kell!

Pelo menos o jovem Entusiasta não se lançou por cima do balcão quando Kell entrou. Ele apenas deixou cair três copos e derrubou uma garrafa de vinho do Porto. Kell deixou que os primeiros caíssem, mas salvou a bebida alguns centímetros antes que a garrafa batesse no chão: um gesto que passou despercebido por todos, exceto Ned.

Kell sentou-se em um dos bancos altos, e um instante depois um copo de uísque escuro apareceu diante dele. Não era magia, apenas Ned. Quando sorveu o conteúdo do copo em um único gole, a garrafa apareceu ao seu lado.

O Entusiasta fingiu se ocupar com um punhado de outros clientes enquanto Kell bebia. Ao fim do terceiro copo ele desacelerou; afinal, não era apenas o seu corpo que estava vandalizando. Mas por quantas noites Kell suportara a bebedeira de Rhy? Em quantas manhãs acordara com o sabor rançoso de vinhos e elixires recobrindo a língua?

Kell serviu um pouco mais de bebida no copo.

Ele podia sentir os olhos dos clientes sobre si, e se perguntou se eles estavam sendo atraídos pela magia ou por fofocas. Será que podiam sentir a atração, o limite da gravidade, ou era apenas um rumor boca a boca? O que Ned contara? Alguma coisa? Tudo?

Naquele momento, Kell não se importava. Queria apenas sufocar seus sentimentos antes que estes o sufocassem. Apagar a imagem do rosto sangrento de Lila antes que arruinasse a lembrança de sua boca na dele.

Foi apenas uma questão de tempo antes que Ned reaparecesse, mas, quando o fez, não foi com perguntas ou conversas sem sentido. Em vez disso, o jovem esguio se serviu de uma bebida da mesma garrafa, cruzou os braços na borda do balcão e colocou algo à frente de Kell. O objeto reluziu à luz da lamparina.

Um lin da Londres Vermelha.

A moeda que Kell havia deixado para trás em sua última visita.

— Acho que isso é seu — disse ele.

— É, sim.

— Tem cheiro de tulipas.

Kell inclinou a cabeça e o salão se inclinou junto.

— O rei da Inglaterra sempre disse que era de rosas.

Ned ficou boquiaberto.

— George Quarto disse isso?

— Não, o Terceiro — respondeu Kell, distraído, acrescentando: — o Quarto é um imbecil.

Ned quase engasgou com a bebida, soltando uma risada simples e espantada. Kell estalou os dedos, o lin da Londres Vermelha ficou em pé e começou a rodopiar em círculos preguiçosos. Os olhos de Ned se arregalaram.

— Será que um dia conseguirei fazer isso?

— Espero que não — disse Kell, olhando para ele. — Você não deveria ser capaz de fazer nada.

As feições esguias do homem se contorceram.

— Por quê?

— Há muito tempo, esse mundo, o seu mundo, possuía a própria magia.

Ned se inclinou para a frente como uma criança esperando pelo monstro na história.

— O que aconteceu?

Kell sacudiu a cabeça, o uísque embaralhando seus pensamentos.

— Uma porção de coisas muito ruins. — A moeda descreveu revoluções lentas. — A questão é o equilíbrio, Ned. — Por que Lila não conseguia entender? — Caos precisa de ordem. Magia precisa de moderação. É como o fogo. Não tem autocontrole. Ele se alimenta do que você der a ele, e, se você o alimentar demais, vai queimar e queimar até não restar mais nada.

Kell explicou:

— Seu mundo já teve fogo. Não era muito, pois estava muito longe da fonte, mas era o suficiente para queimar. Nós o eliminamos antes que pudesse fazê-lo, e o que restou começou a diminuir. Eventualmente, ele apagou.

— Mas como você sabe que nós teríamos queimado? — perguntou Ned, os olhos brilhando, febris.

Kell tocou de leve na moeda e a derrubou.

— Porque ter muito pouco de algo é tão perigoso quanto ter demais. — Ele se endireitou no banco. — O caso é que a magia não deveria mais existir aqui. Não deveria ser *possível*.

— Impossibilidade é algo que implora para ser refutado — disse Ned, alegremente. — Talvez não tenha sido possível por anos, talvez nem seja possível no momento, mas isso não significa que *não pode* ser. Não significa que *nunca* mais será. Você diz que a magia foi drenada, que a chama se extinguiu. Mas e se o fogo simplesmente precisasse ser alimentado?

Kell se serviu de outra bebida.

— Talvez você esteja certo.

Mas espero que esteja errado, pensou ele. *Pelo bem de todos nós.*

Rhy *não* estava disposto.

Não estava disposto a ir ao baile.

Não estava disposto a ser anfitrião.

Não estava disposto a sorrir, a brincar e a fingir que estava tudo bem. Seu pai lhe lançava olhares de advertência e a mãe o olhava de soslaio, como se pensasse que ele iria quebrar. Ele queria gritar com ambos por afugentar seu irmão dali.

Em vez disso, ele ficou entre o rei e a rainha enquanto os três competidores retiravam suas máscaras.

O primeiro a fazer isso foi o veskano, Rul, com seu cabelo áspero descendo pelo maxilar, ainda se vangloriando da vitória sobre Elsor.

Depois foi a vez de Tos-an-Mir, metade das favoritas gêmeas faroenses, suas joias tracejando formas de chamas em seu rosto, do cenho ao queixo.

E, é claro, Alucard Emery. Patife, libertino, membro da realeza e o mais novo queridinho do império arnesiano.

Rhy parabenizou o lorde Sol-in-Ar e o príncipe Col pela excelente exibição, anunciando seu encantamento pelo equilíbrio da disputa — um arnesiano, um faroense e um veskano nas finais! Quais eram as chances? — e depois se retirou para o refúgio de uma das colunas para beber em paz.

As festas daquela noite estavam sendo realizadas no Jewel Hall, um salão de baile feito inteiramente de vidro. Em um lugar tão aberto, Rhy sentia-se como se estivesse em um sepulcro.

Ao redor dele, pessoas bebiam. Pessoas dançavam. Música tocava.

Do outro lado do salão, a princesa Cora flertava com meia dúzia de nobres arnesianos enquanto olhava para todos os lados à procura de Kell.

Rhy fechou os olhos e se concentrou na pulsação do irmão, um eco da sua; tentou alcançá-lo através desse ritmo e transmitir... o quê? Que estava com raiva? Que sentia muito? Que não conseguiria chegar até o fim sem Kell? Que não o culpava por ter fugido? Que o *culpava*, sim?

Volte para casa, pensou ele, com algum egoísmo. *Por favor.*

Aplausos polidos soaram pelo salão de vidro, e ele abriu os olhos de má vontade para ver os três campeões retornando com roupas novas, suas máscaras enfiadas sob os braços, os rostos expostos.

Rul, com seu ar de lobo feroz, dirigiu-se diretamente para a mesa de bufê mais próxima, onde seus companheiros de Vesk já haviam bebido bastante.

Tos-an-Mir passou pela multidão seguida pela irmã, Tas-on-Mir, que sofrera sob a primeira vitória de Kell. Rhy só conseguia distingui-las pelas joias dispostas em suas peles escuras: Tos-an-Mir usava gemas cor de laranja flamejante, ao passo que as de Tas-on-Mir eram de um azul perolado.

Alucard era o centro de seu próprio universo particular. Rhy observou quando uma bela representante da *ostra* levou os lábios pintados até a orelha de Alucard para sussurrar algo e sentiu suas mãos apertando o cálice com mais vigor.

Alguém se recostou na coluna, ao lado dele. Uma figura magra, vestida de preto. Lila parecia melhor do que naquela tarde: ainda abatida, com sombras como hematomas sob os olhos e, no entanto, ágil o suficiente para afanar dois cálices de uma bandeja que passava. Ela ofereceu um para Rhy. Ele o pegou, distraído.

— Você voltou.

— Bem — disse ela, indicando o salão de baile com a bebida —, vocês sabem como dar uma festa.

— Para Londres — pontuou Rhy.

— Ah — retrucou ela. — Isso.

— Você está bem? — perguntou ele, pensando na disputa daquela tarde.

Ela engoliu em seco, mantendo os olhos na multidão.

— Não sei.

Um silêncio se formou em torno deles, uma ilha de quietude em um mar de sons e barulho.

— Sinto muito — falou ela, finalmente, as palavras tão baixas que Rhy quase não as ouviu.

Ele virou o ombro para ela.

— Pelo quê?

— Na verdade, não sei. Parecia a coisa certa a dizer.

Rhy tomou um longo gole de sua bebida e analisou aquela garota estranha, suas linhas afiadas, o rosto resguardado.

— Kell tem apenas dois rostos — disse ele.

Lila arqueou uma sobrancelha.

— *Apenas* dois? A maioria das pessoas não tem só um?

— Pelo contrário, senhorita Bard. E você é Bard novamente, a julgar pelas suas roupas? Suponho que Stasion tenha sido deixado em algum lugar para se recuperar? A maioria das pessoas tem muito mais do que dois. Eu mesmo tenho um guarda-roupa inteiro.

Ele não sorriu quando disse isso. Seu olhar foi até os pais, até os nobres arnesianos, até Alucard Emery.

— Mas Kell tem apenas dois. Aquele que usa para o mundo em geral e aquele que usa para aqueles que ama. — Ele bebericou seu vinho. — Para nós.

A expressão de Lila endureceu.

— O que ele sente por mim não é amor.

— Porque não é suave, doce e apaixonado? — Rhy se jogou para trás, esticando-se contra a coluna. — Você sabe quantas vezes ele quase me espancou por amor? Quantas vezes eu fiz o mesmo? Eu vejo a forma como ele olha para aqueles que odeia... — Ele balançou a cabeça. — Há muito poucas coisas de que meu irmão gosta, e ainda menos pessoas.

Lila engoliu em seco.

— O que você acha que ele está fazendo?

Rhy olhou para o vinho.

— A julgar pela rapidez com que isso está me subindo à cabeça — falou ele, levantando o cálice —, eu diria que ele está afogando as mágoas, assim como eu.

— Ele vai voltar.

Rhy fechou os olhos.

— Eu não voltaria.

— Voltaria — afirmou Lila. — Voltaria, sim.

— Ned — falou Kell, já nas primeiras horas da manhã —, da última vez em que estive aqui, você queria me dar algo. O que era?

Ned olhou para baixo e balançou a cabeça.

— Ah, nada.

Mas Kell tinha visto a empolgação nos olhos do homem e, mesmo que ele não pudesse aceitar o que quer que fosse, ainda assim queria saber.

— Conte pra mim.

Ned mordeu o lábio, depois assentiu. Ele buscou algo embaixo do balcão e puxou um pedaço de madeira esculpida. Era aproximadamente do comprimento de uma mão, da palma à ponta do dedo, todo gravado com um padrão e com a extremidade pontiaguda.

— O que é isso? — perguntou Kell, curioso e confuso.

Ned levou o lin da Londres Vermelha até ele e equilibrou a ponta do bastão esculpido em seu topo. Quando ele soltou, a madeira não caiu. Ficou ali, perfeitamente vertical, a extremidade entalhada equilibrada sobre a moeda.

— Magia — disse Ned com um sorriso cansado. — Pelo menos era o que eu pensava. Agora sei que não é realmente magia. É apenas um truque inteligente com ímãs. — Ele cutucou a madeira com o dedo. Ela balançou e então voltou a ficar de pé. — Mas, quando eu era jovem, isso me fazia acreditar. Mesmo quando descobri que era um truque, eu ainda *queria* acreditar. Afinal, só porque isso não era magia, não significava que nada fosse. — Ele arrancou o bastão de seu poleiro e o colocou no balcão, bocejando.

— Eu deveria ir — falou Kell.

— Você pode ficar.

Era muito tarde, ou muito cedo, e a Five Points já estava vazia havia muito tempo.

— Não — disse Kell, simplesmente. — Não posso.

Antes que Ned pudesse insistir, antes que ele pudesse se oferecer para manter a taverna aberta, antes que pudesse dar a Kell o quarto no alto das escadas — aquele com a porta verde e a parede ainda estragada por seu primeiro encontro com Lila, quando ele a prendera na madeira, aquela marcada pelo feitiço de localização de Kell e manchada com o sangue de Barron —, Kell se levantou e saiu.

Ele ergueu a gola do casaco, adentrou na escuridão e começou a andar novamente. Andou pelas pontes e pelas ruas da Londres de Lila, pelos parques e trilhas. Andou até seus músculos doerem e a empolgação agradável do uísque esvaecer, então restou apenas aquela dor teimosa em seu peito, a pressão enervante da culpa, da necessidade, do dever.

E, ainda assim, ele caminhou.

Não conseguia parar de caminhar. Se parasse, começaria a pensar, e, se pensasse demais, voltaria para casa.

Ele andou por horas e, apenas quando parecia que suas pernas sucumbiriam se não parasse, ele finalmente se jogou em um banco ao lado do Tâmisa e ouviu os sons da Londres Cinza, semelhante e ao mesmo tempo tão diferente da sua.

O rio não possuía luz. Era um estirão de preto que se tornava roxo com as primeiras insinuações da manhã.

Ele revirou as opções em sua mente como se fossem os lados de uma moeda.

Vá embora.

Vá para casa.

Vá embora.

Vá para casa.

Vá embora.

VI

Londres Vermelha

Ojka perambulou por entre as sombras do palácio, furiosa consigo mesma.

Ela o perdera. Não sabia como ele havia escapado, apenas que o fizera. Ela passara o dia procurando por ele nas multidões, esperara a noite cair, voltara para seu posto de guarda na varanda, mas o salão de baile estava escuro, e a celebração, em algum outro lugar. Um fluxo constante de homens e mulheres subia e descia os degraus, desaparecia e ressurgia, mas nenhum deles era Kell.

Nas horas mais escuras da noite, ela viu uma dupla de guardas, homens vestidos esplendidamente em vermelho e dourado, inclinando-se um para o outro na sombra dos degraus do palácio, falando baixo. Ojka desembainhou sua lâmina. Ela não conseguia decidir se deveria cortar as gargantas e roubar suas armaduras, ou torturá-los para obter informações. Mas, antes que ela pudesse fazer qualquer uma dessas coisas, ouviu um nome soando entre eles.

Kell.

Ao se aproximar deles, a runa de tradução começou a queimar contra a pele dela, e as palavras tomaram forma.

— ... dizendo que ele se foi... — continuou um.

— O que você quer dizer com *se foi*? Foi raptado?

— Fugiu. Melhor assim. Sempre me deu arrepios..

Ojka sibilou, recuando para os bancos. Ele não tinha ido embora. Ele não podia ter ido *embora*.

Ela se ajoelhou na terra fria e tirou um pedaço de pergaminho do bolso, abrindo-o sobre o chão. Em seguida, enfiou seus dedos na terra e arrancou um punhado, esfregando-o na palma da mão.

Não era magia de sangue. Apenas um feitiço que ela usara centenas de vezes em Kosik, para caçar aqueles que lhe deviam dinheiro ou a própria vida.

— *Køs øchar* — pronunciou ela conforme a terra caía no pergaminho. Ao cair, ia tracejando as linhas da cidade, o rio, as ruas.

Ojka limpou as mãos.

— *Køs Kell* — disse ela. Mas o mapa não mudou. A terra não se agitou. Onde quer que Kell estivesse, não estava em Londres. Ojka cerrou os dentes e se levantou, temendo a reação do rei, mesmo enquanto o chamava pelo vínculo.

Ele se foi, pensou ela, recebendo no instante seguinte a resposta de Holland: não apenas a voz dele, mas também seu descontentamento.

Explique.

Ele não está neste mundo, falou ela. *Ele se foi.*

Uma pausa e então: *Ele foi sozinho?*

Ojka hesitou. *Creio que sim. A família real ainda está aqui.*

O silêncio que se seguiu a deixou enjoada. Ela imaginou Holland sentado em seu trono, cercado pelos corpos que haviam falhado. Ela não seria um deles.

Finalmente, o rei falou.

Ele vai voltar.

Como você sabe?, perguntou Ojka.

Ele sempre volta para casa.

Rhy estava um caco. Ficara acordado durante a noite, remoendo a escuridão, remoendo as lembranças, resistindo ao desejo de tomar algo para dormir sem saber onde Kell estava e o que poderia acontecer com seu irmão se ele o fizesse. Em vez disso, o príncipe havia se revirado na cama por metade da noite antes de atirar longe os cobertores e andar de um lado para o outro até o amanhecer finalmente despontar na cidade.

A disputa final do *Essen Tasch* aconteceria em poucas horas. Rhy não se importava com o torneio. Não se importava com Faro, Vesk ou com a política. Ele só se importava com o irmão.

E Kell ainda estava sumido.

Ainda sumido.

Ainda sumido.

A escuridão zumbia na cabeça de Rhy.

O palácio estava acordando à volta dele. Logo ele teria que exibir a coroa e o sorriso, desempenhar o papel de príncipe. Ele passou as mãos pelos cabelos, estremecendo de dor quando um cacho ficou preso em um de seus anéis. Rhy xingou. Então parou de perambular.

Os olhos dele dançaram pelo quarto, passaram pelos travesseiros, cobertores e sofás, tantas coisas *macias*, antes de pousar no broche real. Rhy o havia deixado de lado com sua camisa depois do baile, e agora reluzia com a primeira luz da manhã.

Ele testou a ponta contra o polegar, mordendo o lábio quando a peça derramou sangue. Rhy observou a gota brotar e escorrer pela palma de sua mão, seu coração acelerando. Então levou o broche até a dobra de seu antebraço.

Talvez fosse o resquício de álcool. Ou talvez fosse o pânico que o corroía por saber que ele não poderia chegar a Kell. Ou a culpa de saber o quanto seu irmão havia sacrificado, ou a necessidade egoísta de pedir que ele desistisse de algo mais, que voltasse, que voltasse para casa, que levou Rhy a pressionar a ponta do broche na carne macia do interior do antebraço e começar a escrever.

Kell sibilou com a súbita ardência em sua pele.

Ele estava acostumado com dores entorpecidas, dores sutis, ecos das várias peripécias de Rhy, mas essa era nítida e pungente, deliberada de uma forma que um golpe certeiro nas costelas ou uma joelhada nunca foram. A dor se arrastou pela parte de dentro do braço esquerdo, e ele levantou a manga, esperando ver sangue manchando sua túnica ou marcas vermelhas em sua pele, mas nada havia. A dor parou, então começou de novo, arranhando o braço em ondas. Não, *linhas*.

Kell olhou para a pele, tentando compreender aquela dor abrasadora.

Então, de repente, ele entendeu.

Ele não conseguiu ver as linhas, mas, quando fechou os olhos, sentiu que elas seguiam o caminho sobre a pele da maneira que Rhy costumava rastrear letras com a ponta dos dedos, escrevendo mensagens secretas no braço de Kell. Era um jogo que haviam jogado quando eram jovens, presos lado a lado em algum evento ou jantar enfadonho.

Não era um jogo, não agora. E, no entanto, Kell podia sentir as letras queimando em seu braço, marcadas com algo muito mais afiado do que uma unha.

D
D-E
D-E-S
D-E-S-C
D-E-S-C-U
D-E-S-C-U-L
D-E-S-C-U-L-P
D-E-S-C-U-L-P-E.

Kell já estava de pé no meio da letra C, xingando a si mesmo por ter ido embora, enquanto alcançava as moedas penduradas no pescoço e abandonava a aurora cinzenta de uma Londres pela manhã vibrante de outra.

Conforme se dirigia ao palácio, pensou em tudo o que gostaria de dizer ao rei, mas, quando subiu as grandes escadas e entrou no saguão, a família real já estava lá. Assim como o príncipe e a princesa de Vesk, além do lorde de Faro.

O olhar de Rhy encontrou o de Kell, e sua expressão ardia de alívio, mas Kell manteve a guarda enquanto avançava. Ele podia sentir a tempestade chegando, a energia no ar pesada com tudo que não fora dito. Ele estava preparado para a luta, para as palavras ásperas, as acusações, as ordens, mas, quando o rei falou, sua voz estava cálida:

— Ah, aí está ele. Estávamos prestes a sair sem você.

Kell não conseguiu esconder sua surpresa. Ele presumira que ficaria confinado ao palácio, talvez indefinidamente. Não que seria recebido de novo sem a menor reprimenda. Ele hesitou, encontrando o olhar do rei. Estava tranquilo, mas ele podia ver o aviso ali.

— Desculpe meu atraso — disse ele, esforçando-se para manter a voz leve. — Eu estava em uma missão e perdi a noção do tempo.

— Você está aqui agora — falou o rei, levando uma mão ao ombro de Kell. — Isso é o que importa. — A mão apertou com força, e por um instante Kell pensou que não o soltaria. Mas então a procissão partiu, a mão de Maxim se soltou e Rhy chegou perto de Kell. Se por solidariedade ou desespero, ele não sabia.

A arena central estava lotada, as ruas transbordando de espectadores apesar de ser tão cedo. Em uma manobra sagaz, os dragões da arena oeste e os leões da leste foram movidos e agora convergiam para o estádio central. As bestas de gelo estavam no rio, os leões, dispostos em apoios de pedra, e os pássaros, flutuando sobre o estádio central. O piso do estádio era um emaranhado de obstáculos; colunas, pedregulhos e saliências de pedra. As arquibancadas acima fervilhavam com vida e cor: a flâmula de Alucard, com sua pena de prata, tremulava por todos os lados, e em alguns pontos havia o lobo azul de Rul e a espiral preta de Tos-an-Mir.

Quando os três magos surgiram de seus respectivos túneis e assumiram seus lugares no centro do ringue, o rugido foi ensurdecedor; Kell e Rhy se encolheram com o barulho.

Na franca luz da manhã, o príncipe estava horrível — Kell só podia presumir que também estava. Olheiras se destacavam sob os olhos claros de Rhy, que segurava o braço esquerdo com cautela, escondendo as letras recém-marcadas na pele. De todos os lados, o estádio estava vivo com energia e barulho, mas a tribuna real estava perigosamente silenciosa, o ar pesado com coisas não ditas.

O rei mantinha os olhos no chão da arena. A rainha finalmente lançou um olhar para Kell, mas estava cheio de desprezo. O príncipe Col pareceu sentir a tensão e observava tudo com seus olhos azuis de rapina, enquanto Cora parecia alheia aos humores perigosos, ainda irritada com a sutil rejeição de Kell.

Somente lorde Sol-in-Ar pareceu imune à atmosfera conflituosa. Seu humor até parecia estar melhor que o habitual.

Kell examinou as massas lá embaixo. Não percebeu que estava procurando por Lila até a encontrar na multidão. Isso deveria ser impossível em um espaço tão gigantesco, mas ele podia sentir o deslocamento da gravidade, a atração de sua presença, e seus olhos encontraram os dela do outro lado do estádio. De onde estava, não conseguia ver os traços dela, não poderia saber se seus lábios estavam se movendo, mas ele os imaginava formando a palavra *olá*.

De repente Rhy deu um passo à frente, conseguindo reunir uma centelha de seu charme habitual enquanto levava o amplificador de ouro até os lábios.

— Bem-vindos! — gritou ele. — *Glad'ach! Sasors!* Que torneio! Seria mesmo justo que nossos três grandes impérios se encontrassem aqui, representados igualmente por três grandes competidores. De Faro, uma gêmea por nascimento, sem igual no ringue, a flamejante Tos-an-Mir. — Assovios encheram o ar quando a faroense se curvou, sua máscara de ouro cintilando na luz. — De Vesk, um lutador feroz, um lobo de homem, Rul! — Na arena, Rul soltou um uivo, e os veskanos na multidão o imitaram. — E é claro, do nosso império de Arnes, o capitão do mar, o príncipe do poder, Alucard!

Os aplausos foram estrondosos, e até Kell bateu palmas, ainda que devagar e sem fazer muito barulho.

— As regras desta rodada final são simples — continuou Rhy — porque são poucas. Isso não é mais um jogo de pontuação. A armadura de um mago é composta de vinte e oito placas; algumas são alvos largos, outras são pequenas e difíceis de atingir. Hoje, o último com placas intactas ganha a coroa. Então, torçam por seus magos, porque apenas um deixará esse ringue como campeão!

As trombetas soaram, as esferas caíram, e Rhy recuou para a sombra da plataforma quando a partida começou.

Lá embaixo, os magos se tornaram um borrão de elementos: a terra e o fogo de Rul; o fogo e o ar de Tos-an-Mir; a terra, o ar e água de Alucard. *Claro que ele é um tríade,* pensou Kell com aspereza.

Levou menos de um minuto para Alucard atingir o primeiro golpe no ombro de Rul. Levou mais de cinco para Rul acertar o segundo na canela de Alucard. Tos-an-Mir parecia satisfeita em deixar os dois homens se atacarem, até que Alucard lhe acertou um golpe gelado na parte de trás dos joelhos, e ela se juntou à briga.

O ar na tribuna real era sufocante. Rhy ficou em silêncio, jogado e cansado na sombra do toldo da varanda, enquanto Kell permanecia vigilante ao lado do rei, cujo olhar nunca se afastava da partida.

Na arena, Tos-an-Mir se movia como uma sombra usando máscara de ouro, dançando no ar, enquanto Rul se abaixava e pulava com seu jeito de predador lupino. Alucard ainda se movia com o equilíbrio de um nobre, mesmo que seus elementos se arqueassem e quebrassem em torno dele em uma tempestade. Os sons da luta se perdiam sob a torcida crescente, mas todos os pontos eram marcados por uma explosão de luz, um clarão resplandecente que elevava o tom da multidão.

E então, misericordiosamente, a tensão na tribuna real começou a diminuir. O humor se amainou como o ar depois de uma tempestade, e Kell ficou tonto de alívio. Assistentes trouxeram chá. Príncipe Col fez uma piada, e Maxim riu. A rainha elogiou o mago de lorde Sol-in-Ar.

Ao fim de uma hora, Rul já não tinha mais placas e estava sentado no chão de pedra, parecendo aturdido, enquanto Alucard e Tos-an-Mir realizavam uma verdadeira dança um ao redor do outro, colidindo como espadas antes de se separar. Então, lenta porém seguramente, Alucard Emery começou a perder. Kell sentiu seu espírito se animar, embora Rhy tenha cutucado seu ombro quando ele chegou longe demais ao torcer por um dos pontos de Tos-an-Mir. Alucard enfim reagiu, diminuindo a vantagem, e ambos caíram em um empate.

Por fim, Tos-an-Mir se colocou atrás de Alucard e sob sua guarda. Ela se moveu para quebrar a última das suas placas com uma rajada de vento em forma de faca, porém, no último instante, ele se revirou e saiu do caminho. Lançou um açoite de água que partiu a última placa da armadura dela.

E assim, acabou.

Alucard Emery vencera.

Kell soltou um gemido quando o estádio irrompeu em barulho, atirando vivas, rosas e flâmulas prateadas, enchendo o ar com um nome.

— Alucard! Alucard! Alucard!

E mesmo com Rhy tendo o bom senso de não vibrar e gritar como o resto da multidão, Kell podia vê-lo radiante e orgulhoso quando avançou para anunciar formalmente o vencedor do *Essen Tasch*.

Santo, pensou Kell. Emery ia ficar ainda mais insuportável.

Lorde Sol-in-Ar se dirigiu a Tos-an-Mir e à multidão em faroense; a princesa Cora elogiou Rul e os veskanos reunidos; e finalmente o príncipe Rhy dispersou as arquibancadas com a promessa de festas e cerimônias de encerramento, o restante do dia seria um motivo de celebração.

O rei sorriu e até bateu de leve nas costas de Kell quando a família Maresh voltou para o palácio, uma corrente de súditos alegres em seu encalço.

E enquanto subiam as escadas do palácio e entravam no salão repleto de flores, parecia que tudo ficaria bem.

Então Kell viu a rainha segurar Rhy no patamar com uma palavra, uma pergunta, e, quando ele se virou para ver por que haviam parado, as portas estavam se fechando, bloqueando a luz da manhã e os sons da cidade. No saguão sombrio, Kell viu o brilho cortante do metal quando o rei se despiu da ilusão de bondade e disse apenas duas palavras, nem mesmo dirigidas a ele, mas aos seis guardas que estavam circulando por ali.

Duas palavras que fizeram Kell desejar nunca ter voltado.

— Prendam-no.

VII

Lila ergueu seu cálice junto com a tripulação do *Night Spire*, brindando ao seu capitão.

Estavam todos reunidos nas mesas e cadeiras da Wandering Road, e era como se estivessem de volta ao navio depois de uma boa noite de ação, rindo, bebendo e contando histórias antes de ela e o capitão se recolherem.

Alucard Emery estava machucado, ensanguentado e, sem dúvida, exausto, mas isso não o impediu de comemorar. Ele estava em cima de uma mesa no centro do salão, pagando bebidas e discursando sobre pássaros e dragões; Lila não sabia ao certo, tinha parado de ouvir. Sua cabeça ainda estava martelando, e seus ossos doíam com cada movimento. Tieren lhe dera algo para aliviar a dor e restaurar suas forças, insistindo também em uma dieta de alimentos sólidos e noites bem dormidas. Ambos pareciam tão prováveis quanto sair de Londres sem um preço por sua cabeça. Enfim, ela tomou o tônico e fez promessas vagas sobre o resto.

— Equilíbrio — instruíra ele, colocando o frasco na mão dela — não é apenas importante para a magia. Parte disso é simplesmente bom senso. O corpo é um receptáculo. Se não for manuseado com cuidado, irá quebrar. Todo mundo tem limites. Até você, senhorita Bard.

Ele se virara para ir embora, mas ela o chamara de volta.

— Tieren. — Ela tinha que saber, antes de desistir de mais uma vida. — Certa vez você me disse que viu algo em mim. Poder.

— Sim, eu disse.

— E o que você viu? — perguntara ela. — O que eu sou?

Tieren lançara a ela um de seus olhares longos e penetrantes.

— Você está perguntando se eu acredito que você seja uma *Antari*. Lila assentiu.

— Não posso responder isso — dissera Tieren, simplesmente. — Eu não sei.

— Pensei que você fosse sábio — resmungara ela.

— Quem lhe disse isso? — Mas então seu rosto ficara sério. — Você é *algo*, Delilah Bard. Quanto ao quê, exatamente, não posso dizer. Mas, de uma forma ou de outra, imagino que vamos descobrir.

Um copo quebrou em algum lugar do salão, e a atenção de Lila se voltou para a taverna e para Alucard, ainda sobre a mesa.

— Ei, capitão — gritou Vasry. — Eu tenho uma pergunta! O que você está planejando fazer com todos esses ganhos?

— Comprar uma tripulação melhor — respondeu Alucard, a safira cintilando novamente em sua sobrancelha.

Tav botou o braço nos ombros de Lila.

— Onde você esteve, Bard? Mal tenho visto você!

— Vejo vocês o suficiente a bordo do *Spire* — resmungou ela.

— Você fala grosso — disse Vasry, os olhos vidrados pela bebida —, mas tem o coração mole.

— Mole como uma faca.

— Sabe, uma faca só é algo ruim se você estiver do lado errado.

— Ainda bem que você é uma de nós.

O peito dela ficou apertado. Eles não sabiam nada sobre sua artimanha, sobre o real Stasion Elsor estar perdido em algum lugar do mar, sobre o fato de que Alucard a eliminara da tripulação.

Seus olhos encontraram os de Lenos do outro lado da mesa, e havia algo no olhar dele que a fez achar que *ele* soubesse. Que ela estava indo embora, pelo menos, mesmo que não soubesse o porquê da partida.

Lila se levantou.

— Preciso de um pouco de ar — murmurou, mas, depois de passar pela porta, ela não parou.

Ela já estava a meio caminho do palácio antes que se desse conta, e então continuou se dirigindo para lá até subir os degraus e encontrar mestre Tieren no patamar. E ver nos olhos dele que algo estava errado.

— O que foi? — perguntou ela.

O *Aven Essen* engoliu em seco.

— É Kell.

A prisão real era reservada para casos especiais.

Naquele momento, Kell parecia ser o único prisioneiro. Nada havia em sua cela exceto um catre e um par de argolas de ferro presas à parede. As argolas eram obviamente destinadas a segurar correntes, mas, no momento, não havia nenhuma. Havia apenas algemas em seus pulsos, frias e carregadas de magia. Cada pedaço de metal na cela fora marcado, encantado para anular ou amortecer qualquer poder. Ele sabia. Ajudara a conjurá-los.

Kell sentou-se na cama com as pernas cruzadas, a cabeça inclinada para trás na parede de pedra fria. A prisão era alojada na base do palácio, um pilar acima do Dique onde ele treinava. Mas, ao contrário do Dique, as paredes eram reforçadas, e nenhuma luz vermelha do rio as atravessava. Apenas o frio do inverno.

Kell estremeceu um pouco; haviam levado seu casaco junto com os amuletos de viagem que ficavam em seu pescoço e pendurado ambos na parede do lado de fora da cela. Ele não lutou contra os homens. Tinha ficado atordoado demais para se mover conforme os guardas se aproximavam, colocando bruscamente as algemas de ferro em seus pulsos. Quando se deu conta do que estava acontecendo, era tarde demais.

Nas horas seguintes, a raiva de Kell tinha esfriado e endurecido.

Dois guardas estavam do lado de fora da cela, observando-o com uma mistura de medo e fascínio, como se ele pudesse realizar um feitiço a qualquer momento. Ele fechou os olhos e tentou dormir.

Passos ecoaram na escada. Quem seria?

Tieren já havia estado ali. Kell fizera apenas uma pergunta para o ancião.

— Você sabia sobre Lila?

A expressão nos olhos de Tieren lhe dissera tudo o que ele precisava saber.

Os passos se aproximaram, e Kell ergueu os olhos, esperando pelo rei ou por Rhy. Mas, em vez disso, viu a rainha.

Emira ficou do outro lado das barras, resplandecente em suas vestes vermelhas e douradas, o rosto uma máscara inexpressiva. Se ela estava feliz em vê-lo enjaulado ou triste com a visão, não demonstrava. Ele tentou encontrar os olhos dela, mas eles fugiram para a parede atrás da cabeça dele.

— Você tem tudo de que precisa? — perguntou ela, como se ele fosse um hóspede em uma das alas luxuosas do palácio, não um prisioneiro em uma cela.

Um riso ameaçou subir pela garganta de Kell. Ele engoliu em seco e nada disse.

Emira levou uma das mãos até as barras, como se estivesse testando sua força.

— As coisas não deveriam ter chegado a esse ponto.

Ela se virou para ir, mas Kell se sentou na beira da cama.

— Você me odeia, minha rainha?

— Kell — disse ela, gentilmente —, como eu poderia lhe odiar? — Algo nele se suavizou. Os olhos escuros dela finalmente encontraram os dele. Então ela disse: — Você devolveu meu filho.

As palavras o dilaceraram. Houve um tempo em que ela dizia ter dois filhos, não um. Se ele não tinha perdido todo o amor dela, havia perdido isso.

— Você a conheceu? — perguntou Kell.

— Quem? — perguntou a rainha.

— Minha verdadeira mãe.

As feições de Emira se contraíram e ela franziu os lábios.

Do andar superior ouviu-se uma porta sendo escancarada.

— Onde ele está? — Rhy desceu a escada como um furacão.

Kell pôde ouvi-lo chegando a um quilômetro de distância, podia sentir a raiva do príncipe enroscando-se na sua, fervilhante, enquanto a de Kell era gélida. Rhy chegou à prisão, olhou para Kell atrás das barras e ficou pálido.

— Deixem-no sair *imediatamente* — exigiu o príncipe.

Os guardas baixaram a cabeça em uma mesura, mas permaneceram em seus lugares, as mãos com manoplas ainda imóveis ao lado do corpo.

— Rhy — começou Emira, buscando o braço do filho.

— Saia de perto de mim, mãe — retrucou ele, virando as costas para ela. — Se não o soltarem — disse ele aos guardas —, então ordeno que me prendam.

Os guardas permaneceram impassíveis.

— Quais são as acusações? — rosnou ele.

— Traição — falou Emira ao mesmo tempo que um guarda respondeu:

— Desobediência ao rei.

— Eu desobedeço ao rei o tempo todo — afirmou Rhy. — E *eu* não fui preso. — Ele ofereceu as mãos.

Kell observou a briga dos dois, concentrando-se no frio, deixando-o se espalhar como geada e dominar tudo. Ele estava cansado de se importar.

— Isso não vai ficar assim. — Rhy agarrou as barras, expondo a manga dourada de sua camisa. Sangue havia transpassado o tecido, pontilhando-o no lugar em que ele entalhara a palavra.

Emira empalideceu.

— Rhy, você está machucado! — Ela olhou imediatamente para Kell, os olhos tão cheios de acusação. — O que...

O som de outras botas ecoou nas escadas, e um instante depois o rei estava ali, sua silhueta preenchendo a soleira da porta. Maxim olhou para a esposa e para o filho e ordenou:

— Saiam.

— Como o senhor pôde fazer isso? — demandou Rhy.

— Ele infringiu a lei — disse a rainha.

— Ele é meu irmão.

— Ele não é...

— *Saiam!* — gritou o rei.

A rainha ficou em silêncio e as mãos de Rhy penderam ao lado do corpo enquanto ele olhava para Kell, que assentiu taciturnamente.

— Vá.

Rhy sacudiu a cabeça e saiu. Emira era um fantasma silencioso em seu encalço, e Kell ficou sozinho para enfrentar o rei.

O príncipe passou por Lila como um raio.

Segundos depois, ela ouviu algo se quebrando e se virou para ver Rhy agarrado ao aparador mais próximo, um vaso quebrado aos seus pés. A água se infiltrara no tapete e se espalhara pelo chão de pedra, as flores espalhadas no meio do vidro quebrado. A coroa de Rhy tinha desaparecido, e seus cachos estavam desgrenhados. Os ombros dele tremiam de raiva, e os nós de seus dedos agarrados ao móvel estavam brancos.

Lila sabia que provavelmente deveria ir embora, fugir antes que Rhy a notasse, mas seus pés já a levavam na direção do príncipe. Ela pisou na bagunça de pétalas e cacos de vidro.

— O que esse vaso fez a você? — perguntou ela, recostando o ombro na parede.

Rhy ergueu o olhar, seus olhos cor de âmbar rajados de vermelho.

— Receio que seja apenas um espectador inocente — respondeu ele. As palavras saíram vazias, sem humor.

Ele baixou a cabeça e soltou um suspiro trêmulo. Lila hesitou. Ela sabia que provavelmente devia fazer uma reverência, beijar a mão dele ou desmaiar; ou ao menos explicar o que estava fazendo ali, nos salões privados do palácio, o mais perto da prisão que conseguiria chegar. Mas, em vez disso, estalou os dedos, conjurando uma pequena adaga.

— Quem eu preciso matar?

Rhy emitiu um som abafado, algo entre um soluço e uma risada, e se agachou, ainda agarrado à borda de madeira do aparador. Lila se abaixou ao lado dele, então se mexeu com cautela e se recostou no aparador. Ela esticou as pernas, as botas pretas desgastadas afundando no tapete macio.

Um instante depois, Rhy desabou no tapete ao lado dela. A manga da camisa estava manchada com sangue seco, mas ele escondeu o braço junto à barriga. Obviamente não queria falar sobre isso, então ela não perguntou. Havia questões mais urgentes.

— Seu pai prendeu mesmo Kell?

Rhy engoliu em seco e assentiu silenciosamente.

— Cristo — murmurou ela. — E agora?

— O rei o deixará ir, quando sua raiva se acalmar.

— E depois?

Rhy balançou a cabeça.

— Honestamente, não sei.

Lila deixou a cabeça se apoiar no aparador, depois se encolheu.

— É culpa minha, sabe — falou o príncipe, esfregando o braço ensanguentado. — Eu pedi a ele para voltar.

Lila bufou.

— Bem, eu disse a ele para ir embora. Acho que nós dois somos culpados. — Ela respirou profundamente e se levantou. — Vamos?

— Aonde estamos indo?

— Nós o colocamos lá — disse ela. — Agora vamos tirá-lo.

— Não era isso o que eu queria — afirmou o rei.

Ele pegou um molho de chaves e destrancou a cela de Kell, então abriu as algemas de ferro. Kell esfregou os pulsos, mas não fez nenhum outro movimento quando o rei saiu pela porta aberta da cela, puxou uma cadeira e se sentou.

Maxim parecia cansado. Fios de prata haviam aparecido em suas têmporas, e eles reluziram à luz da lamparina. Kell cruzou os braços e esperou que o monarca encontrasse seu olhar.

— Obrigado — disse o rei.

— Pelo quê?

— Por não ir embora.

— Eu fui.

— Eu quis dizer daqui.

— Estou em uma cela — falou Kell secamente.

— Nós dois sabemos que isso não o impediria.

Kell fechou os olhos e ouviu o rei se recostar de volta na cadeira.

— Admito que perdi a paciência — declarou Maxim.

— O senhor me *prendeu* — rosnou Kell, sua voz tão baixa que o rei poderia não ter escutado se houvesse qualquer outro ruído na cela. Em vez disso, as palavras ressoaram, ecoando.

— Você me desobedeceu.

— Desobedeci. — Kell forçou os olhos a ficarem abertos. — Tenho sido leal a essa coroa, a essa família, a minha vida inteira. Eu dei tudo o que tenho, tudo o que sou, e o senhor me trata... — A voz dele vacilou. — Não posso continuar fazendo isso. Pelo menos quando me tratava como um filho, eu conseguia fingir. Mas agora... — Ele balançou a cabeça. — A rainha me trata como um traidor, e o senhor me trata como um prisioneiro.

O olhar do rei escureceu.

— Você criou essa prisão, Kell. Quando você vinculou sua vida à de Rhy.

— O senhor preferia vê-lo morrer? — explodiu Kell. — Eu salvei a vida dele. E, antes de me culpar por colocá-lo em perigo, nós dois sabemos que ele fez isso sozinho. Quando vai parar de punir somente a mim pelos pecados de uma família inteira?

— Vocês colocaram *todo o reino* em perigo com sua tolice. Mas pelo menos Rhy está tentando compensar o erro. Provar que ele merece minha confiança. Tudo o que você fez...

— *Eu trouxe seu filho de volta da morte!* — gritou Kell, levantando-se.

— Fiz isso sabendo que vincularia nossas vidas, sabendo o que isso significaria para mim, o que eu me tornaria, sabendo que a ressurreição da vida dele seria o fim da minha, e eu fiz isso de qualquer maneira porque ele é meu irmão, seu filho e o futuro rei de Arnes. — Kell respirou fundo, as lágrimas escorrendo pelo rosto. — O que mais eu posso fazer?

Agora ambos estavam de pé. Maxim agarrou o cotovelo de Kell e o forçou a se aproximar. Kell tentou se libertar, mas Maxim era forte como uma árvore, e sua enorme mão agarrou a parte de trás do pescoço de Kell.

— Não posso *continuar pagando pelos meus erros indefinidamente* — sussurrou Kell no ombro do rei. — Eu dei minha vida a ele, mas o senhor não pode me pedir para deixar de viver.

— Kell — falou ele, suavizando a voz. — Sinto muito. Mas eu não posso deixá-lo ir embora. — O ar ficou preso no peito de Kell. O rei diminuiu a força com que o segurava, então ele se libertou. — Isso é maior do que você e Rhy. Faro e Vesk...

— Eu não me importo com as superstições deles!

— Deveria. As pessoas *agem* movidas por elas, Kell. Nossos inimigos vasculham o mundo em busca de outro *Antari*. Nossos aliados querem você para eles. Os veskanos estão convencidos de que você é a chave do poder do nosso reino. Sol-in-Ar acha que você é uma arma que pode se voltar contra os inimigos.

— Mal sabem eles que sou apenas um *peão* — cuspiu Kell, retirando-se do alcance do rei.

— Estas são as cartas que estão sobre nossa mesa — disse Maxim. — É apenas uma questão de tempo antes que alguém tente cooptá-lo, e, se eles não puderem ter sua força, acredito que tentarão acabar com ela. Os veskanos estão certos, Kell. Se você morrer, Arnes também morrerá.

— Eu não sou a chave para este reino!

— Mas você é a chave para o meu filho. Para meu herdeiro.

Kell ficou enjoado.

— Por favor — implorou Maxim. — Ouça a voz da razão. — Mas Kell estava cansado da razão, cansado das desculpas. — Todos devemos fazer sacrifícios.

— Não! — gritou Kell. — Para mim, chega de sacrifícios. Quando isso tudo acabar e os lordes, as damas e a realeza tiverem partido, *eu vou embora*.

— Não posso deixar você ir.

— O senhor mesmo disse, Majestade. Não tem poder para me impedir. — E, com isso, Kell deu as costas para o rei, pegou o casaco que estava pendurado na parede e saiu.

Quando Kell era criança, costumava ficar no pátio real do palácio, no pomar, fechar os olhos e ouvir a música, o vento, o rio e imaginar que estava em outro lugar.

Em algum lugar sem edifícios, sem palácios, sem pessoas.

Ele estava ali agora, entre as árvores — árvores de inverno, de primavera, de verão e de outono, todas florescendo. Apertou os olhos e ficou a escutar, esperando que a velha sensação de calma o encontrasse. Ele esperou. E esperou. E...

— Mestre Kell.

Ele se virou e viu Hastra alguns passos atrás. Alguma coisa estava errada, e, em um primeiro momento Kell não conseguiu descobrir o que era. Então percebeu que Hastra não usava o uniforme da guarda real. Kell sabia que era por causa dele. Mais um fracasso para adicionar à pilha.

— Desculpe, Hastra. Eu sei o quanto você queria isso.

— Eu queria uma aventura, senhor. E vivi uma. Não é tão ruim. Rhy falou com o rei, e ele concordou em me deixar treinar com o mestre Tieren. Melhor o Santuário do que uma cela. — Então seus olhos se arregalaram. — Ah, me desculpe.

Kell apenas sacudiu a cabeça.

— E Staff?

Hastra fez uma careta.

— Receio que o senhor esteja preso a ele. Foi Staff quem chamou o rei quando o senhor sumiu da primeira vez.

— Obrigado, Hastra — falou ele. — Se como sacerdote você tiver metade das qualidades que demonstrou como guarda real, é melhor o *Aven Essen* tomar cuidado para não perder sua posição.

Hastra abriu um sorriso e foi embora. Kell ouviu o som dos passos dele se afastando do pátio, ouviu o som distante das portas do pátio se fechando e voltou sua atenção para as árvores. O vento aumentou, e o farfalhar das folhas era quase alto o suficiente para abafar os sons do palácio, para ajudá-lo a esquecer o mundo que esperava atrás daquelas portas.

Eu vou embora, pensou ele. *Você não tem poder para me impedir.*

— Mestre Kell.

— O que foi agora? — perguntou ele, virando-se para trás. Ele franziu o cenho. — Quem é você?

Havia uma mulher ali, entre duas árvores, as mãos cruzadas às costas e a cabeça inclinada como se estivesse esperando há algum tempo, embora Kell nem tivesse ouvido sua aproximação. Seu cabelo vermelho flutuava como uma chama acima de sua capa branca imaculada, e ele se perguntou por que ela parecia tão estranha e tão familiar ao mesmo tempo. Era como se eles já se conhecessem, embora ele tivesse certeza que não.

E então a mulher se empertigou e ergueu o olhar, revelando o rosto. A pele era clara, os lábios, vermelhos, e ela tinha uma cicatriz sob dois olhos de cores diferentes, um amarelo e o outro, impressionantemente preto.

Ambos os olhos se estreitaram, mesmo quando um sorriso dançou nos lábios dela.

— Tenho procurado você por toda parte.

VIII

O ar ficou preso no peito de Kell. A marca de *Antari* ficava confinada aos limites de um olho, mas o preto da íris da mulher se derramava como lágrimas por sua bochecha, linhas pretas como tinta corriam para seu cabelo vermelho. Não era natural.

— Quem é você?

— Meu nome — disse ela — é Ojka.

— *O que* é você? — perguntou ele.

Ela inclinou a cabeça.

— Sou uma mensageira. — Ela estava falando em ilustre real, mas seu sotaque era grosseiro, e ele conseguia ver a runa de tradução aparecendo por baixo da manga de sua camisa. Então, ela era da Londres Branca.

— Você é uma *Antari*? — Mas isso não era possível. Kell era o último deles. Sua cabeça girou. — Não pode ser.

— Sou apenas uma mensageira.

Kell sacudiu a cabeça. Algo estava errado. Ele não a *sentia* como uma *Antari*. A magia dela era mais estranha, mais sombria. Ela deu um passo à frente, e ele se pegou recuando. As árvores ficaram mais densas, mudando da primavera ao verão.

– Quem enviou você?

— Meu rei.

Então alguém reivindicara o trono da Londres Branca. Era apenas uma questão de tempo.

Ela deu outro passo lento à frente, e Kell manteve sua distância, passando do verão para o outono.

— Estou feliz por ter encontrado você — disse a jovem. — Estive procurando.

O olhar de Kell passou por ela e foi até as portas do palácio.

— Por quê?

Ela percebeu o olhar dele e sorriu.

— Para enviar uma mensagem.

— Se você tem uma mensagem para a coroa — disse ele —, entregue-a você mesma.

— Minha mensagem não é para a coroa — pressionou ela. — É para *você*.

Um tremor o percorreu.

— O que você poderia dizer a mim?

— Meu rei precisa de sua ajuda. Minha cidade precisa de sua ajuda.

— Por que eu? — perguntou ele.

A expressão dela mudou para a tristeza:

— Porque é sua culpa.

Kell deu um passo para trás, como se tivesse sido atingido.

— O quê?

Ela continuou avançando na direção dele, que continuou recuando, e logo eles estavam no inverno, um ninho de galhos nus balançando ao vento.

— A culpa *é* sua. Você derrubou os Dane. Você matou nosso último *Antari* verdadeiro. Mas *você* pode nos ajudar. Nossa cidade precisa de você. Por favor, venha. Encontre meu rei. Ajude-o a reconstruir.

— Não posso simplesmente ir embora — disse ele, as palavras saindo automaticamente.

— Não pode? — perguntou a mensageira, como se tivesse ouvido os pensamentos dele.

Eu vou embora.

A mulher — Ojka — gesticulou para uma árvore próxima, e Kell notou a espiral já desenhada em sangue. Uma porta.

Os olhos dele se dirigiram ao palácio.

Fique.
Você criou essa prisão.
Não posso deixar você ir.
Fuja.
Você é um Antari.
Ninguém pode detê-lo.

— E então? — perguntou Ojka, estendendo a mão, as veias pretas na pele dela. — Você vem?

— Como assim ele foi libertado? — explodiu Rhy.

Ele e Lila estavam de pé na entrada da prisão real, os olhares passando por um guarda e encarando a cela agora vazia. Ele estava preparado para atacar os homens e libertar Kell com a ajuda de Lila, mas não havia Kell para libertar.

— *Quando?*

— Ordens do rei — falou o guarda. — Nem dez minutos atrás. Não pode ter ido longe.

Rhy riu, uma risada doentia e histérica tomando conta da sua garganta, então saiu de novo, correndo de volta pela escada até o quarto de Kell, com Lila no encalço.

Ele chegou aos aposentos de Kell e abriu as portas, mas estavam vazios.

Lutou para aplacar o pânico crescente conforme voltava para o corredor.

— O que vocês dois estão fazendo? — perguntou Alucard, subindo a escada.

— O que *você* está fazendo aqui? — questionou Rhy.

— Procurando você — respondeu Alucard, ao mesmo tempo que Lila perguntou:

— Você viu Kell?

Alucard ergueu uma sobrancelha.

— Nós fazemos questão de nos evitar.

Rhy soltou um som exasperado e passou pelo capitão, apenas para colidir com um jovem na escada. Ele quase não reconheceu o guarda sem a armadura.

— Hastra — disse ele, sem fôlego. — *Você* viu Kell?

Hastra assentiu.

— Sim, senhor. Acabei de deixá-lo no pátio.

O príncipe relaxou de alívio. Ele estava prestes a começar a descer as escadas novamente quando Hastra acrescentou:

— Há alguém com ele agora. Eu acho. Uma mulher.

Lila ficou visivelmente irritada.

— Que tipo de mulher?

— O que você acha? — perguntou Alucard.

Hastra parecia um pouco atordoado.

— Eu... Não consigo lembrar do rosto dela. — Um vinco se formou entre as sobrancelhas dele. — É estranho, sempre fui tão bom fisionomista... Tinha algo no rosto dela... Algo estranho...

— Hastra — disse Alucard com a voz tensa. — Abra suas mãos.

Rhy sequer havia notado que as mãos do jovem guarda estavam fechadas em punhos dos lados de seu corpo.

Hastra olhou para baixo, como se também não tivesse notado, então as estendeu e abriu os dedos. Uma das mãos estava vazia. Na outra havia um pequeno disco cheio de feitiços entalhados na superfície.

— Hum — grunhiu o guarda. — Isso é esquisito.

Mas Rhy já corria escada abaixo na direção do saguão, com Lila o seguindo, deixando Alucard para trás.

Kell estendeu a mão e pegou a de Ojka.

— Obrigada — disse ela, com uma voz cheia de alegria e alívio enquanto seus dedos se apertavam contra os dele. Ela pressionou a mão livre na árvore marcada com sangue. — *As Tascen* — proferiu ela. Um instante depois, o pátio do palácio sumira, substituído pelas ruas da Londres Vermelha. Kell olhou ao redor. Levou um segundo para registrar onde estavam... Mas o importante não era onde eles *estavam* e sim onde *estariam* em breve.

Nessa Londres, era apenas uma rua estreita flanqueada de um lado por uma taverna e do outro pelo muro de um jardim.

Mas, na Londres Branca, eram os portões do castelo.

Ojka puxou um objeto de dentro da capa branca, depois pressionou a mão ainda ensanguentada na hera de inverno que se agarrava às pedras da parede. Ela parou e olhou para Kell, esperando sua permissão, e Kell se pegou olhando para as ruas, o palácio real ainda visível a distância. Algo reverberou dele — culpa, pânico, hesitação —, mas, antes que ele pudesse desistir, Ojka disse as palavras e o mundo os engoliu. A Londres Vermelha desapareceu e Kell sentiu que estava dando um passo à frente, saindo da rua e entrando na Floresta de Pedra que ficava diante do castelo.

Porém, já não havia uma floresta de pedra, não mais.

Era apenas um bosque comum, cheio de árvores, galhos de inverno nus abrindo caminho para um límpido céu azul. Kell ficou espantado. Desde quando a Londres Branca tinha cores tão vivas? Este não era o mundo de que ele lembrava, não era o mundo de que ela falara, danificado e moribundo.

Este mundo não estava destruído.

Ojka estava perto do portão, recuperando o equilíbrio e apoiando-se no muro. Quando ela ergueu o olhar, um sorriso felino apareceu em seu rosto.

Kell teve apenas um segundo para processar as mudanças — a grama debaixo de seus pés, a luz do sol, o som dos pássaros — e perceber que cometera um erro terrível, antes de ouvir passos e se virar para se encontrar cara a cara com o *rei*.

Ele ficou de frente para Kell, os ombros empertigados e a cabeça alta, revelando dois olhos: um cor de esmeralda e o outro preto.

— Holland?

A palavra saiu como uma pergunta, porque o homem que estava diante dele não tinha quase nenhuma semelhança com o Holland que Kell conhecera, com quem havia lutado, a quem vencera e lançara no abismo quatro meses antes. Da última vez que Kell viu Holland, ele estava a algumas pulsações de morrer.

Aquele Holland não poderia estar de pé ali.

Aquele Holland nunca poderia ter sobrevivido.

Mas *era* Holland diante dele, e não apenas havia sobrevivido.

Ele havia sido *transformado*.

Havia uma cor saudável em suas bochechas, o brilho que só surgia no auge da vida, e seus cabelos — que, apesar da idade dele, sempre foram da cor de um carvão acinzentado — agora estavam lisos, pretos e brilhantes, esculpindo linhas afiadas conforme caíam contra suas têmporas e sua testa. Quando Kell encontrou o olhar de Holland, o homem-mago-rei-*Antari* sorriu de verdade, um gesto que transformou mais o seu rosto do que as roupas novas e a aura da saúde.

— Olá, Kell — disse Holland, e uma pequena parte dele ficou aliviada ao descobrir que pelo menos a voz do *Antari* ainda era familiar. Não era uma voz alta, nunca fora, mas estava firme, marcada por uma rouquidão sutil que fazia parecer que ele estivera gritando. Ou urrando.

— Você não deveria estar aqui — falou Kell.

Holland arqueou uma única sobrancelha preta.

— E nem você.

Kell sentiu a sombra às suas costas, a mudança de peso no instante anterior ao bote. Ele já estava pegando sua faca, mas era tarde demais; seus dedos só encontraram o punho antes de algo frio e pesado apertar sua garganta e o mundo explodir em dor.

Rhy cruzou intempestivamente as portas para o pátio, chamando o nome do irmão. Não havia sinal dele antes da linha onde começava o pomar, nenhuma resposta exceto o eco da própria voz de Rhy. Lila e Alucard estavam em algum lugar atrás dele, o som das botas perdido sobre sua pulsação alucinada.

— Kell? — gritou ele de novo, entrando no pomar. Ele cravou as unhas na ferida em seu braço, a dor um cordel de titereiro que ele tentava puxar enquanto cruzava os limites das flores de primavera.

E então, a meio caminho entre as árvores verdejantes do verão e as douradas do outono, Rhy desabou com um grito.

Em um instante ele estava de pé e, no seguinte, estava caído de quatro, urrando de dor como se algo afiado e serrilhado o rasgasse de lado a lado.

— Rhy? — soou uma voz próxima quando o príncipe se dobrou sobre si mesmo, um soluço abrindo seu caminho à força.

Rhy.
Rhy.
Rhy.

O nome dele ecoava pelo pátio, mas ele estava se afogando em seu próprio sangue; tinha certeza de que o veria tingindo as pedras. Sua visão ficou turva, saindo de foco enquanto ele caía, do jeito que acontecera tantas vezes quando a escuridão chegara, trazendo consigo as memórias e os sonhos.

Isso era um pesadelo.

Sua boca estava cheia de sangue.

Tinha que ser um pesadelo.

Ele tentou se levantar.

Isso era...

Ele desabou novamente com um grito quando a dor rasgou seu peito e enterrou-se entre suas costelas.

— Rhy? — berrou a voz.

Ele tentou responder, mas sua mandíbula estava travada. Ele não conseguia respirar. As lágrimas escorreram pelo rosto, e a dor era real demais, familiar demais, uma lâmina enfiada através da carne e do músculo, raspando o osso. O coração dele acelerou, depois tropeçou e pulou uma batida. Sua visão ficou preta, e ele estava de volta à cama do Santuário, caindo pela escuridão, chocando-se contra o...

Nada.

Lila correu direto para o muro do pátio, atravessando o estranho pomar e saindo do outro lado. Mas não havia nenhum sinal deles, nenhum sangue nas pedras, nenhuma marca. Ela voltou, tentando pensar em onde mais procurar. Então ouviu o grito.

Rhy.

Ela encontrou o príncipe no chão, protegendo o próprio peito. Ele estava soluçando, pressionando o braço contra as costelas como se tivesse sido esfaqueado, mas não havia sangue. Não ali. A compreensão a atingiu em cheio.

O que quer que estivesse acontecendo com Rhy não estava acontecendo realmente com ele.

Estava acontecendo com *Kell*.

Alucard apareceu e ficou lívido ao ver o príncipe. Ele chamou os guardas antes de cair de joelhos quando Rhy soltou outro soluço.

— O que está acontecendo com ele? — perguntou Alucard.

Os lábios de Rhy estavam manchados de sangue, e Lila não sabia se ele os havia mordido ou se o estrago era pior.

— Kell... — arquejou o príncipe, tremendo de dor. — Algo está.. errado... não posso...

— O que Kell tem a ver com isso? — indagou o capitão.

Dois guardas reais apareceram com a rainha atrás deles, lívida de medo.

— Onde está Kell? — chorou ela assim que viu o príncipe.

— Para trás! — gritaram os guardas quando um punhado de nobres tentou se aproximar.

— Chamem o rei!

— Aguente firme — implorou Alucard, falando com Rhy.

Lila recuou quando o príncipe se enrolou sobre si mesmo.

Ela começou a procurar nas árvores por um sinal de Kell, da mulher, da forma como eles haviam ido embora.

Rhy rolou para o lado e tentou se levantar, sem sucesso, e começou a tossir sangue no chão do pomar.

— Alguém encontre Kell! — exigiu a rainha, sua voz no limite da histeria.

Onde ele havia ido?

— O que posso fazer, Rhy? — sussurrou Alucard. — O que posso fazer?

Kell acordou com a dor.

Ele estava se partindo em pedaços, alguma parte vital sendo arruinada. A dor irradiava da gargantilha de metal em seu pescoço, cortando o ar, o sangue, o pensamento, o poder. Ele tentou desesperadamente invocar a magia, mas nada aconteceu. Arquejou por ar: ele sentia como se estivesse se afogando, o sabor do sangue se acumulando na boca mesmo ela estando vazia.

A floresta tinha desaparecido, e ao redor dele não havia ninguém. Kell estremeceu, seu casaco e sua camisa haviam desaparecido, e a pele nua de suas costas e ombros estava pressionada contra algo frio e metálico. Ele não conseguia se mover; estava de pé, mas não por sua própria força. Seu corpo estava sendo suspenso por uma espécie de armação, os braços forçados a ficarem abertos dos dois lados do corpo, as mãos amarradas às barras verticais da estrutura. Ele podia sentir uma barra horizontal contra os ombros e uma vertical contra a cabeça e a coluna vertebral.

— Uma relíquia — disse uma voz calma, e Kell forçou sua visão a entrar em foco para ver Holland de pé diante dele — de meus predecessores.

O olhar do *Antari* era firme, e toda a sua silhueta estava imóvel como se fosse esculpida em pedra em vez de carne, mas seu olho preto girava, sombras prateadas retorcendo-se nele como serpentes em óleo

— O que você fez? — engasgou Kell.

Holland inclinou a cabeça.

— O que eu *deveria* ter feito?

Kell cerrou os dentes, forçando-se a pensar em algo além da dor gélida da gargantilha.

— Você deveria... ter ficado na Londres Preta. Deveria... ter morrido.

— E deixado meu povo morrer também? Deixado minha cidade mergulhar em mais uma guerra, deixado meu mundo afundar mais e mais na direção da morte, sabendo que eu poderia salvá-lo? — Holland balançou a cabeça. — Não. Meu mundo já sacrificou o suficiente pelo seu.

Kell abriu a boca para falar, mas a dor o atravessou como uma faca, ficando mais aguda sobre o coração. Ele olhou para baixo e viu o selo do vínculo se quebrando. Não. *Não.*

— Holland — arquejou Kell. — Por favor. Você tem que tirar esta gargantilha.

— Vou tirar — disse Holland lentamente. — Quando você concordar.

O pânico rasgou o corpo de Kell.

— Com o quê?

— Quando eu estava na Londres Preta, depois que *você* me enviou para lá, eu fiz um acordo. Meu corpo pelo poder *dele*.

— *Dele?*

Mas só poderia haver uma coisa esperando naquela escuridão para fazer um acordo. A mesma *coisa* que esmagara um mundo, que tentara escapar em um fragmento de pedra. Que abrira um caminho devastando a cidade dele e que tentara devorar a alma de Kell.

— Seu *idiota* — rosnou ele. — Foi você mesmo... quem me disse que se abrir para a magia sombria era perder... — Os dentes dele estavam batendo. — Que você era o mestre... ou o servo. E olhe... o que você fez. Você pode estar livre do feitiço de Athos... mas apenas trocou um mestre por outro.

Holland pegou Kell pelo maxilar e esmurrou a cabeça dele contra o poste de metal. A dor reverberou por seu crânio. A gargantilha apertou mais, e o selo acima de seu coração se quebrou e se dividiu.

— Ouça-me — implorou Kell, a segunda pulsação vacilando em seu peito. — Eu conheço essa magia.

— Você conheceu uma sombra. Uma centelha de seu poder.

— Esse poder já destruiu um mundo.

— E curou outro — retrucou Holland.

Kell não conseguia parar de tremer. A dor estava desaparecendo, substituída por algo pior. Um frio horrível e destruidor.

— Por favor. Tire isso. Não vou lutar. Eu...

— Você teve seu mundo perfeito — falou Holland. — Agora quero o *meu*.

Kell engoliu em seco, fechou os olhos, tentou evitar que seus pensamentos se esfarrapassem.

Deixe-me entrar.

Kell piscou. As palavras saíram da boca de Holland, mas a voz não era a dele. Era mais suave, mais ressonante, e, enquanto ela falava, o rosto de Holland começou a mudar. Uma sombra sangrou de um olho para o outro, consumindo o olho verde esmeralda e tingindo-o de preto. Um fio de fumaça de prata se retorcia através daqueles olhos, e alguém — algo — olhou através deles, mas não era Holland.

— *Olá*, Antari.

A expressão de Holland continuou se alterando, suas feições se rearrumando de linhas duras para contornos suaves, quase gentis. As linhas de sua testa e das bochechas suavizadas como se fossem pedra polida, sua boca contorcida em um sorriso beatífico. Quando a criatura falou, tinha duas vozes: uma que enchia o ar e era uma versão mais suave da voz de Holland; enquanto a outra ecoava na cabeça de Kell, grave e espessa como fumaça. Aquela segunda voz se contorceu atrás dos olhos de Kell e se espalhou por sua mente, procurando.

— *Posso salvar você* — falou, colhendo os pensamentos dele. — *Posso salvar seu irmão. Posso salvar tudo.* — A criatura estendeu a mão e tocou em um fio de cabelo suado de Kell, como se estivesse fascinado. — *Apenas me deixe entrar.*

— Você é um monstro — rosnou Kell.

Os dedos de Holland apertaram a garganta de Kell.

— *Eu sou um deus.*

Kell sentiu a vontade da criatura tentando sobrepujar a dele, sentiu-a forçando seu caminho pela sua mente com dedos gelados e precisão calculada.

— Saia da minha mente.

Kell fez toda a força que pôde contra as amarras e bateu com sua testa contra a de Holland. A dor o atravessou, quente e lancinante, o sangue escorrendo por seu nariz, mas a coisa no corpo de Holland apenas sorria.

— *Eu estou na mente de todos* — falou. — *Estou em tudo. Sou tão antigo quanto a criação. Eu sou vida, morte e poder. Sou inevitável.*

O coração de Kell estava batendo, mas o de Rhy estava se apagando. Uma batida por cada duas. E depois três. E depois...

A criatura mostrou os dentes.

— *Deixe-me entrar.*

Mas Kell não podia. Ele pensou em seu mundo, em soltar essa criatura sobre ele vestindo sua pele. Viu o palácio ruindo e o rio escurecendo, viu os corpos se desfazendo em cinzas nas ruas, toda cor sangrando até só restar o preto. E se viu parado no centro como tinha visto em cada pesadelo. Impotente.

Lágrimas escorreram pelo rosto dele.

Ele não podia. Não podia fazer aquilo. Não podia se *tornar* aquilo.

Rhy, me desculpe, pensou ele, sabendo que acabara de condenar os dois.

— Não — afirmou ele em voz alta, a palavra arranhando-lhe a garganta.

Mas, para a surpresa dele, o sorriso do monstro se alargou.

— *Eu esperava que você dissesse isso.*

Kell não compreendeu a alegria da criatura, não até que ela recuou e ergueu as mãos.

— *Eu gosto dessa pele. E, agora que você me recusou, posso ficar com ela.*

Algo mudou nos olhos da criatura, um clarão de luz, uma centelha de verde, resplandecendo, lutando, apenas para ser engolida novamente pela escuridão. O monstro sacudiu a cabeça, quase tristemente.

— *Holland, Holland...* — ronronou ele.

— Traga-o de volta — exigiu Kell. — Nós ainda não terminamos. — Mas a criatura continuou a balançar a cabeça enquanto alcançava a garganta de Kell. Ele tentou se afastar, mas não havia escapatória.

— *Você estava certo*, Antari — disse ela, deslizando a ponta dos dedos pela gargantilha metálica. — *A magia é somente serva ou somente mestra.*

Kell lutou contra a armação de metal, as algemas cortando seus pulsos.

— Holland! — gritou ele, a palavra ecoando pela sala de pedra. — Holland, seu imbecil, lute, reaja!

O demônio apenas observou, seus olhos pretos se divertindo, sem piscar.

— Mostre-me que você não é fraco! — gritou Kell. — Prove que você não é apenas um escravizado da vontade de outra pessoa! Você realmente percorreu todo esse caminho de volta para perder assim? Holland!

Kell pendeu contra a armação de metal, os pulsos sangrando e a voz rouca conforme o monstro se virava e se afastava.

— Espere, demônio — engasgou Kell, exaurido pela escuridão opressiva, pelo frio, pelo eco minguante do pulso de Rhy.

A criatura olhou para trás.

— *Meu nome* — disse ela — *é Osaron.*

Kell lutou contra a moldura metálica conforme sua visão ficava turva, entrava em foco novamente e então começava a falhar.

— Aonde você vai?

O demônio segurou algo para que ele visse, e o coração de Kell se apertou. Era uma única moeda carmesim, marcada por uma estrela dourada no centro. Um lin da Londres Vermelha.

— *Não* — implorou ele, contorcendo-se contra as algemas até elas descarnarem sua pele e o sangue escorrer pelos pulsos. — Osaron, você não pode.

O demônio apenas sorriu.

— E quem vai me parar agora?

IX

Lila perambulou pelo pomar.

Ela precisava fazer alguma coisa.

O pátio estava repleto de guardas, o palácio em estado de frenesi. Tieren tentava obter respostas de Hastra, e, várias fileiras de árvores à frente, Alucard ainda estava curvado sobre Rhy, murmurando algo muito suave para que ela pudesse ouvir. Parecia um sussurro calmante. Ou uma oração. Ela tinha ouvido homens orando no mar, não para Deus, mas para o mundo, para a magia, para qualquer coisa que pudesse estar ouvindo. Um poder superior, um nome diferente. Havia muito tempo, Lila não acreditava em Deus — desistira de rezar quando ficou evidente que ninguém responderia — e, por mais que estivesse disposta a admitir que a magia *existia*, ela não parecia ouvir ou pelo menos não parecia se importar. Lila sentia um estranho prazer nisso, porque significava que o poder era dela mesma.

Deus não iria ajudar Rhy.

Mas Lila podia.

Ela marchou de volta através do pomar.

— Para onde está indo? — perguntou Alucard, olhando por cima do príncipe.

— Consertar tudo — respondeu ela.

E com isso saiu correndo e atravessou as portas do pátio. Ela não parou, nem para os assistentes, nem para os guardas que tentaram bloquear seu caminho. Abaixou-se e girou, passando por eles, pelas portas do palácio e descendo os degraus.

Lila sabia o que precisava fazer, embora não tivesse ideia se funcionaria. Tentar era uma loucura, mas não tinha escolha. Isso não era verdade. A velha Lila teria ressaltado que sempre havia uma escolha e que ela viveria muito mais se escolhesse a si mesma.

Mas, quando se tratava de Kell, havia uma dívida. Um vínculo. Diferente daquele que o ligava a Rhy, mas tão sólido quanto.

Aguente firme, pensou.

Lila abriu caminho pelas ruas lotadas e para longe das festas. Em sua mente, ela tentou desenhar um mapa da Londres Branca, o pouco que ela tinha visto, mas não conseguia se lembrar muito além do castelo, e Kell a advertira para nunca atravessar exatamente onde se queria chegar.

Quando ela finalmente se viu sozinha, puxou o fragmento de Astrid Dane de seu bolso traseiro. Então, enrolou a manga e desembainhou a faca.

Isso é loucura, pensou ela. *Uma loucura total e absoluta.*

Ela sabia a diferença entre as magias elemental e *Antari*. Sim, ela havia sobrevivido a isso antes, mas estivera com Kell, sob a proteção da magia dele. E agora estava sozinha.

O que eu sou?, perguntara a Tieren.

O que eu sou?, perguntara a si mesma por todas as noites no mar, por todos os dias desde que chegara lá naquela cidade, naquele mundo.

Naquele momento, Lila engoliu em seco e passou a lâmina da faca pelo antebraço. A faca rasgou sua carne, e um fino filete vermelho brotou e se derramou. Ela pintou a parede com seu sangue e apertou o pedaço de pedra.

O que quer que eu seja, pensou ela, pressionando a palma da mão no muro, *que seja o suficiente.*

AGRADECIMENTOS

Aqui estamos novamente. O fim de outro livro. Sempre me surpreendo por chegar tão longe. Pode ter levado dias, semanas ou mesmo meses para você ler *Um encontro de sombras*, mas eu levei anos para escrever, editar e enviar este livro para publicação. Tal duração torna esse momento surreal. Ainda mais difícil é lembrar a quem devo agradecer.

À minha mãe e meu pai, por me dizerem que eu poderia ser o que quisesse, fosse uma designer, uma interrogadora ou uma autora de ficção fantástica.

À minha editora, Miriam, por ser uma editora sagaz, uma paladina valente e um ás no uso de GIFs. Por ser amiga e companheira nesta aventura particularmente maravilhosa.

À minha agente, Holly, por provar sucessivamente que é cheia de magia.

À minha ex-agente de publicidade, Leah, ao meu novo agente publicitário, Alexis, e a Patty Garcia, por terem me mantido no rumo.

À diretora de arte Irene Gallo e ao designer de capa Will Staehle, por fazerem as coisas parecerem tão impactantes.

À minha leitora beta, Patricia, por ficar comigo nas horas boas e ruins, nas horas estranhas e nas horas obscuras.

À minha equipe de Nashville, especialmente Courtney e Carla, Ruta, Paige, Lauren, Sarah, Ashley, Sharon, David, e tantos outros mais, por serem a comunidade mais cálida em toda a terra.

Para minha querida colega de quarto escocesa, Rachel, por ser um deleite absoluto e não zombar de mim quando falava sozinha ou desaparecia por longos períodos até o fim dos prazos.

À minha nova colega de quarto, Jenna, por não ter ideia de onde está se metendo.

Aos meus leitores, que são, sem dúvida, os melhores leitores do mundo inteiro (foi mal, leitores de todos os outros livros).

A todos os outros: tantos ficaram ao meu lado, defenderam meu trabalho, comemoraram nos bons dias, estiveram perto nos piores e caminharam comigo passo a passo. Eu nunca poderei agradecer a todos, mas por favor saiba que, se você estiver lendo isso, você é importante. Vocês tiveram impacto em minha vida e em meus livros, e, por isso, sou incrivelmente grata.

(Também gostaria de salientar que escrevi nove livros sem deixar o final em suspenso.)

Este livro foi composto na tipologia Palatino LT Std,
em corpo 11/16,1, e impresso em papel pólen natural
no Sistema Cameron da Divisão Gráfica
da Distribuidora Record.